T0022228

PUENTE AL REFUGIO

PUENTE AL REFUGIO

Una novela

FRANCINE RIVERS

 Tyndale House Publishers, Carol Stream, Illinois, EE. UU.

Visite Tyndale en Internet: tyndaleespanol.com y BibliaNTV.com.

Entérese de las últimas novedades sobre Francine Rivers en FrancineRivers.com.

TYNDALE y el logotipo de la pluma son marcas registradas de Tyndale House Ministries.

Puente al refugio

Diseño: Alberto C. Navata Jr.

Edición en inglés: Kathryn S. Olson

Traducción al español: Patricia Cabral de Adriana Powell Traducciones

Edición en español: Christine Kindberg

Publicado en asociación con la agencia literaria Browne & Miller Literary Associates, LLC, 410 Michigan Avenue, Suite 460, Chicago, IL 60605.

Para información acerca de descuentos especiales para compras al por mayor, por favor contacte a Tyndale House Publishers a través de espanol@tyndale.com.

Library of Congress Cataloging-in-Publication Data

Names: Rivers, Francine, date- author. | Cabral, Patrícia, translator.

Title: Puente al refugio / Francine Rivers ; [traducción al español: Patricia Cabral].

Other titles: Bridge to haven. Spanish

Description: Carol Stream, Illinois, EE. UU. : Tyndale House Publishers, [2020] | "Originalmente publicado en inglés en el 2014 como Bridge to Haven por Tyndale House Publishers"--Title page verso.

Identifiers: LCCN 2020017816 (print) | LCCN 2020017817 (ebook) | ISBN 9781496445681 (trade paperback) | ISBN 9781496445698 (kindle edition) | ISBN 9781496445704 (epub) | ISBN 9781496445711 (epub)

Classification: LCC PS3568.I83165 B7518 2020 (print) | LCC PS3568.I83165 (ebook) | DDC 813/.54--dc23

DEDICADO A MIS HIJOS Y MIS NIETOS

Trevor, Travis, Rich, Brendan, William y Logan

AGRADECIMIENTOS

A LO LARGO DE LOS AÑOS, muchas personas me han apoyado en la escritura y han influido en ella. Mi esposo, Rick, siempre ha sido el primero en la lista. Me alentó desde el principio a que empezara a escribir y, luego, insistió para que sacara el manuscrito del armario y lo enviara. Me respaldó para que dejara mi empleo, fuera una madre ama de casa y me dedicara a mi profesión como escritora. Nuestros hijos (todos adultos ya, con sus propios hijos) también me animan. Nuestra hija, Shannon, publica mis blogs, me envía recordatorios de lo que se necesita y está atenta a los correos electrónicos de la página en Internet.

Mi representante, Danielle Egan-Miller, y su socia, Joanna MacKenzie, se ocupan de los asuntos comerciales de mi carrera y me dan la libertad para concentrarme en el proyecto que tenga en curso. Confío incondicionalmente en ellas y agradezco el tiempo que dedican a conseguir nuevos ámbitos de publicación: en el extranjero, en Estados Unidos, en el ciberespacio. Todo éxito que tenga se lo debo en gran parte a su ardua labor.

He tenido la bendición de trabajar con la misma editorial, Tyndale House, durante más de veinte años. Sacar un libro siempre ha sido un esfuerzo de equipo, desde los ejecutivos hasta los editores, desde los diseñadores de portada hasta los especialistas de mercadeo y expertos en Facebook, y todos los que trabajan en distribución. Estoy agradecida con cada uno de los que participan en el proceso de extraer mi libro de un dispositivo USB (o de los archivos enviados por correo electrónico) para llevarlo a las páginas impresas y a las librerías en nuestras ciudades y en Internet. Quiero agradecer especialmente a Mark Taylor y a Ron Beers, quienes me han apoyado firmemente y han sido buenos amigos desde el comienzo de mi lanzamiento al mundo editorial cristiano. Me alentaron desde el principio. Otra amiga especial es Karen Watson, quien siempre me hace las preguntas adecuadas para ayudarme a pensar con mayor profundidad y, a veces, a dirigirme a un rumbo distinto. Mi editora, Kathy Olson, es una bendición. Sabe qué quitar y cuándo hay que agregar. Ve el panorama completo, así como los pequeños detalles. Siempre espero con ansias la hora de trabajar con ella. Gracias también a Stephanie Broene por su contribución, particularmente en las preguntas para discusión, y a Erin Smith por revisar mis datos históricos y ayudarme con mi página de autora en Facebook.

Muchos amigos me han acompañado en persona y en oración durante el proceso de escritura, en particular durante los momentos sombríos en los que me pregunto por qué se me ocurrió que podía llegar a escribir algo que tuviera sentido para alguien. Colleen Phillips es mi alma gemela en Chile. Los miembros de nuestro estudio bíblico de los martes en la noche son poderosos guerreros de oración. Cuando necesito ayuda, convoco a mis brillantes compañeras creativas de Coeur d'Alene, quienes aman firmemente al Señor, cantan como ángeles, escriben como profetas y cuentan chistes como si fueran cómicas estupendas. No veo la hora de que llegue nuestro retiro anual de oración, trama y ocio.

Aquellos que he nombrado aquí y muchos que no he mencionado: todos han enriquecido mi vida incalculablemente. Que el Señor siga derramando bendiciones sobre todos y cada uno.

CAPÍTULO I

Así es, estás conmigo desde mi nacimiento;
me has cuidado desde el vientre de mi madre.

SALMO 71:6

1936

Llenándose los pulmones con el aire frío de octubre, el pastor Ezekiel Freeman comenzó su vigilia matutina. Había trazado la ruta sobre un mapa cuando recién había llegado al pueblo. Cada edificio le traía a la mente a ciertas personas, y él las mantenía en oración ante el Señor, dando gracias por las pruebas que habían superado, orando por las pruebas que enfrentaban ahora y preguntándole a Dios qué papel podía desempeñar él para ayudarlas.

Caminó hacia la Thomas Jefferson High School. Pasó por el Restaurante de Eddie, el lugar de reunión preferido de los estudiantes. Adentro, las luces estaban encendidas. Eddie salió por la puerta principal. «Buenos días, Ezekiel. ¿Quieres una taza de café?».

Ezekiel se sentó junto a la barra mientras Eddie apilaba hamburguesas para cocinar. Conversaron sobre el fútbol americano de la preparatoria y de quién tenía posibilidades de ganar una beca. Ezekiel le agradeció el café y la charla y se encaminó nuevamente a la oscuridad de la calle.

Cruzó la calle principal y caminó por las vías del ferrocarril hacia la aldea de indigentes. Vio una fogata y se acercó a los hombres sentados alrededor de ella, preguntando si les molestaba que los acompañara. Varios habían vivido en el pueblo lo suficiente como para conocer a Ezekiel. Otros eran desconocidos, hombres de aspecto cansado y deteriorado por recorrer el país tomando trabajos esporádicos sobre la marcha y viviendo precariamente. Un joven dijo que le gustaba el estilo del pueblo y que esperaba quedarse. Ezekiel le dijo que en el aserradero al norte del pueblo estaban buscando un cargador. Le dio al joven una tarjeta con su nombre, la dirección de la iglesia y su número telefónico. «Visítenos cuando quiera. Me gustaría saber cómo le va».

Los grillos entre el pasto alto y el búho posado sobre un pino imponente se callaron cuando un carro entró al Parque Ribereño, pasó al lado del río y frenó cerca de los baños. Una joven salió del asiento del conductor. La luna llena iluminaba lo suficiente como para que viera por dónde iba.

Gimiendo de dolor, se agachó y apoyó su mano sobre su vientre abultado. Las contracciones llegaban cada vez más rápido; no pasaba ni un minuto entre una y otra. Necesitaba un refugio, algún lugar oculto donde dar a luz. Caminó tropezando en la oscuridad hacia el baño de damas, pero no pudo abrir la puerta. Profirió un sollozo ahogado y se dio la vuelta, buscando algo.

¿Por qué había conducido tan lejos? ¿Por qué no se había registrado en un motel? Ahora era demasiado tarde.

La plaza del centro era el siguiente destino en el recorrido de Ezekiel. Oró por cada uno de los comerciantes, por los miembros del concilio que esa tarde tenían una reunión en el ayuntamiento y por los viajeros alojados en el Hotel El Refugio. Todavía estaba oscuro cuando caminó por la calle Segunda y vio el camión de Leland Dutcher, cargado de mercancías, doblando por el callejón al lado del Supermercado de Gruening. Todos le decían Dutch, aun su esposa, quien estaba en el hospital padeciendo las últimas etapas de su cáncer. Ezekiel se había reunido con ella varias veces y sabía que sufría más por la falta de fe de su esposo que por estar cerca de la muerte. «Sé adónde voy. Estoy más preocupada por dónde terminará Dutch». El hombre trabajaba seis días a la semana y no veía necesario pasar el séptimo en la iglesia. A decir verdad, estaba furioso con Dios y no quería hacerle caso.

Los frenos del camión chirriaron brevemente cuando se detuvo. Dutch bajó el vidrio de su ventanilla.

—Esta es una mañana fría como para estar dando vueltas por la calle, pastor. ¿Tiene una novia escondida en alguna parte?

Ezekiel pasó por alto su sarcasmo y metió las manos frías en sus bolsillos.

—Es la mejor hora para orar.

—Bueno, al infierno y aleluya, no quiero robarle tiempo de sus asuntos. —Soltó una risotada ronca.

Ezekiel se acercó a él.

—Ayer vi a Sharon.

Dutch dejó escapar un suspiro.

—Entonces sabe que no está muy bien.

—No. No está bien. —A menos que hubiera un milagro, no le quedaba mucho tiempo. Ella descansaría más en paz si no estuviera tan preocupada por su esposo, pero decir eso en ese preciso momento solo pondría más agresivo a Dutch.

—Adelante, pastor. Invíteme a la iglesia.

—Ya sabe que la invitación siempre está abierta.

Dutch decayó un poco.

—Ella ha insistido durante años para que vaya. En este momento, lo único que tengo ganas de hacer es escupir a Dios en la cara. Es una buena mujer; la mejor que haya conocido. Si hay alguien que merece un milagro, es Sharon. Dígame qué ayuda está dándole Dios.

—Dutch, el cuerpo de Sharon morirá, pero ella no. —Vio el destello de dolor y supo que no estaba preparado para escuchar más—. ¿Quiere que lo ayude a descargar el camión?

—Gracias, pero creo que puedo arreglármelas solo. —Dutch forzó los cambios, soltó una grosería y siguió conduciendo por el callejón.

⸻

El bebé salió en un torrente de tibieza resbaladiza, deslizándose de su cuerpo, y la joven dio un grito ahogado de alivio. El apretujón férreo y desgarrador había pasado y ahora podía volver a respirar más tranquila. Jadeando en las sombras debajo del puente, miró hacia arriba, entre los soportes de acero, al cielo repleto de estrellas.

El bebé yacía pálido y perfecto bajo la luz de la luna, sobre un manto negro de tierra. Estaba demasiado oscuro para ver si era un niño o una niña. De todas maneras, ¿qué importancia tenía?

Con el cuerpo febril, la joven se retorció para quitarse el fino suéter y lo puso sobre el recién nacido.

⸻

Sopló una brisa fría. Ezekiel se subió el cuello de la chaqueta. Caminó por la calle Mason, cruzó la Primera y bajó por la calle McMurray; volvió por la Segunda hacia el Hospital El Buen Samaritano. El puente le vino a la mente, pero quedaba en la dirección opuesta. Durante los meses de verano, solía cruzarlo hacia el Parque Ribereño, especialmente cuando el campamento adyacente estaba lleno de visitantes viviendo en carpas.

En esta época del año, cuando las temperaturas bajaban y caían las hojas de los árboles, no habría nadie en el campamento.

La oscuridad estaba cediendo, aunque todavía faltaba un rato para que saliera el sol. Debía volver a su casa, pero el puente acechaba en sus pensamientos. Ezekiel cambió de rumbo y se dirigió al puente y al Parque Ribereño.

Se sopló las manos. Esa mañana debía haberse puesto los guantes. Se detuvo en la esquina y se preguntó si ir hacia el puente o volver a su casa. Siempre se daba una ducha y se afeitaba antes de desayunar con Marianne y con Joshua. Si se dirigía ahora al puente, llegaría tarde a su casa.

Tuvo una sensación de apremio. Alguien necesitaba ayuda. Solo tardaría diez minutos en caminar hasta el puente, menos si apresuraba el paso. No estaría en paz a menos que lo hiciera.

Temblando fuertemente, la joven subió la ventanilla de su carro, sabiendo que nunca se libraría de la culpa y el remordimiento. Con una mano trémula giró la llave que había dejado en el punto de arranque. Solo deseaba alejarse de este lugar. Quería cubrirse la cabeza y olvidar todo lo que había sucedido, todo lo que había hecho mal.

Giró el volante y apretó demasiado fuerte el acelerador. El carro patinó hacia un costado y sintió un torrente de adrenalina en su cuerpo. Enderezó rápidamente el carro, mientras las ruedas disparaban gravilla como balas hacia el parque. Bajó la velocidad y dobló a la derecha, rumbo al camino principal. Fijó la vista adelante, mirando con ojos empañados de lágrimas. Iría al norte y buscaría un motel barato. Entonces decidiría cómo quitarse la vida.

La brisa se movió sobre la playa arenosa y debajo del puente. Ya sin la protección del tibio vientre de su madre, el bebé abandonado sintió el frío punzante del mundo. Emitió un llanto suave, luego un gemido lastimero. El agua llevó el sonido, pero ninguna luz se encendió en las casas que daban al río.

El acero de la celosía Pratt sobresalía por encima de los árboles. Ezekiel cruzó el antiguo camino del río y tomó la vereda del puente. Se detuvo a la mitad del cruce y se apoyó en la baranda. El río ondeaba debajo de él. Había llovido pocos días antes y la playa había quedado lisa y compacta. El lugar estaba desierto.

¿Por qué estoy aquí, Señor?

Ezekiel se incorporó, todavía preocupado. Esperó otro instante y se dio vuelta. Hora de irse a casa.

Un sollozo débil se confundió con los sonidos del río. ¿Qué era eso? Sujetándose a la baranda, se inclinó hacia adelante y miró entre las sombras de los extremos del puente. El sonido llegó otra vez. Cruzó el puente rápidamente y cortó camino por la loma cubierta de hierba, yendo hacia el estacionamiento. ¿Era un gatito? La gente solía descartar las crías no deseadas al lado del camino.

Volvió a escuchar el sonido y esta vez lo reconoció. Joshua sonaba de la misma manera cuando era muy pequeño. *¿Un bebé, aquí?* Revisó en la penumbra con el corazón palpitante. Distinguió unas pisadas. Bajó a la ribera y siguió las pisadas por la arena hasta la gravilla que había debajo del puente. Las piedritas crujieron bajo sus pies.

Lo escuchó de nuevo, más débil esta vez, pero tan cercano que tuvo que mirar con cuidado antes de dar otro paso. Frunciendo el ceño, se agachó y levantó lo que parecía un suéter desechado. «Oh, Señor...». Un bebé yacía tan quieto, tan pequeño y tan blanco que se preguntó si era demasiado tarde. Una niña. Levantó el cuerpo con sus manos. No pesaba casi nada. Mientras la apoyaba sobre su antebrazo, la bebé abrió los bracitos como si fueran las alas de un pajarito tratando de volar y soltó un llanto trémulo.

Ezekiel se puso de pie de un salto, abrió de un tirón su chaqueta y arrancó los botones de su camisa para poder poner a la bebé contra su piel. Respiró sobre su rostro para darle calor. «Grita, corazoncito; grita lo más fuerte que puedas. Aférrate a la vida ahora. ¿Me oyes?».

Ezekiel conocía todos los atajos y llegó al Hospital El Buen Samaritano antes de que saliera el sol.

———

Ezekiel volvió al hospital al mediodía para visitar a Sharon. Dutch estaba con ella y se veía triste y extenuado. Sostenía la mano de su esposa entre las suyas y no hablaba. Ezekiel les habló a los dos. Cuando Sharon estiró su mano, él la tomó y oró por ella y por Dutch.

No podía irse sin pasar de nuevo por Neonatología. No debería haberse sorprendido de ver a Marianne parada al otro lado del vidrio, rodeando con su brazo al pequeño Joshua, de cinco años. Sintió que la ternura y el orgullo brotaban desde su interior. Su hijo era puro brazos desgarbados y piernas largas y delgadas, con rodillas huesudas y pies grandes.

Joshua apoyó sus manos en el vidrio.

—Es tan chiquita, papi... ¿Fui yo así de pequeño? —La diminuta bebé dormía profundamente en una pequeña cuna de hospital.

—No, hijo. Fuiste un gigante de cuatro kilos. —La expresión que vio en el rostro de Marianne lo preocupó. Tomó su mano—. Deberíamos irnos a casa, cariño.

—Gracias a Dios que la encontraste, Ezekiel. ¿Qué le habría sucedido si no lo hubieras hecho? —Marianne lo miró—. Deberíamos adoptarla.

—Sabes que no podemos. Ya encontrarán a alguien que la cuide. —Trató de alejarla.

Marianne no quiso moverse.

—¿Quién mejor que nosotros?

—Tú la encontraste, papi. —Se sumó Joshua—. El que la encuentra se la queda.

—No es una moneda que encontré en la vereda, hijo. Necesita una familia.

—Nosotros somos una familia.

—Sabes a qué me refiero. —Acarició la mejilla de Marianne—. Ya te olvidaste de lo que es cuidar a un recién nacido.

—Estoy en condiciones de hacerlo, Ezekiel. Sé que puedo. ¿Por qué no debería ser nuestra? —Retrocedió un paso—. Por favor no me mires así. Soy más fuerte de lo que piensas. —Sus ojos se llenaron de lágrimas antes de que se diera vuelta—. Solo mírala. ¿No te parte el corazón?

Ezekiel la miró, y su corazón se enterneció. Pero tenía que ser práctico.

—Debemos irnos.

Marianne estrujó su mano.

—"La religión pura y sin mácula delante de Dios y Padre es esta: Visitar a los huérfanos y a las viudas en sus tribulaciones".

—No uses la Escritura contra mí cuando es a ti a quien trato de proteger.

Joshua miró hacia arriba.

—¿Protegerla de qué, papi?

—De nada. —Marianne le dirigió a Ezekiel una mirada reprobadora—. Solo una idea que se le metió a tu papá en la cabeza hace mucho tiempo. Ya la olvidará. Dios la puso en tus brazos, Ezekiel. No me digas que no lo hizo. —Marianne lo miró con ojos de corderito—. Tenemos a nuestro hijo. Con una niña, todo sería perfecto. ¿Acaso no te lo he dicho?

Se lo había dicho. Marianne siempre había anhelado tener más hijos, pero el médico les había advertido que su corazón, deteriorado por la fiebre reumática en la infancia, no era suficientemente fuerte para sobrevivir otro embarazo.

Ezekiel sintió que su determinación se disolvía.

—Por favor, Marianne. No sigas. —Le había llevado meses recuperarse del parto de Joshua. Cuidar a otro recién nacido sería demasiado agobiante para ella.

—Podemos ser padres de acogida. Llevémosla a casa lo

antes posible. Si es demasiado, pues... —Sus ojos se llenaron de lágrimas—. Por favor, Ezekiel.

Diez días después, el Dr. Rubenstein firmó los papeles de autorización para la pequeña sin nombre y la puso en los brazos de Marianne. «Serán excelentes padres de acogida».

Al cabo de las primeras tres noches, Ezekiel empezó a preocuparse. Marianne se levantaba cada dos horas para darle de comer a la bebé. ¿Cuánto tiempo pasaría antes de que su salud se viera afectada? Aunque parecía agotada, no podía estar más feliz. Sentada en una mecedora, acunaba en sus brazos a la pequeña y la alimentaba con un biberón de leche tibia.

—Necesita un nombre real, Ezekiel. Un nombre prometedor y lleno de esperanza.

—Ava significa "vida" —dijo él antes de poder detenerse.

Marianne se rio.

—Tú la quisiste desde el comienzo, ¿verdad? No lo disimules.

¿Cómo podía no quererla? Sin embargo, sentía una punzada de temor.

—Somos padres de acogida, Marianne. No lo olvides. Si las cosas se vuelven demasiado para ti, llamaremos a la asistenta social. Tendremos que devolver a Ava.

—¿A quién se la devolveríamos? La asistenta social quiere que esto funcione. Y no creo que alguien en este pueblo quiera quitarnos a Ava. ¿O sí? —Al principio, Peter Matthews, un maestro de la escuela primaria local, y su esposa, Priscilla, habían manifestado interés, pero como ya tenían una bebé propia, coincidían en que Ava debía quedarse con los Freeman, si ellos podían hacerse cargo de ella.

Marianne dejó a un costado el biberón vacío y levantó a la bebé para apoyarla sobre su hombro.

—Tendremos que ahorrar dinero para agregar otro cuarto. Ava

no será una bebé por mucho tiempo. Dormirá en una cuna, luego en una cama normal. Necesitará su propia habitación.

No se podía razonar con ella. Todos los instintos maternales de Marianne habían aflorado, pero cada día la desgastaba un poco más. Las siestitas que tomaba durante el día la ayudaban, pero los pocos minutos que dormía aquí y allá no bastaban para mantenerla saludable. Se le veía despeinada, pálida y ojerosa.

—Mañana dormirás hasta tarde. Yo la llevaré conmigo.

—¿En la oscuridad?

—Hay suficientes farolas y conozco el pueblo como la palma de mi mano.

—Tendrá frío.

—Yo la abrigaré. —Dobló una manta formando un triángulo, levantó a Ava de los brazos de Marianne, ató la manta alrededor de su cintura y de su cuello, y se enderezó—. ¿Ves? Abrigadita y envuelta como un tamalito. —Y junto a su corazón, donde estuvo desde el primer momento que la vio.

A veces, Ava se ponía inquieta cuando la llevaba a caminar temprano en la mañana, y él le cantaba himnos. «*A solas al huerto yo voy, cuando duerme aún la floresta...*». Ella se dormía un rato y se movía cuando Ezekiel paraba en el Restaurante de Eddie o se detenía a charlar con Dutch.

—Es bueno que se encargue de esa pequeñita. ¿No es una belleza, con toda esa cabellera pelirroja? —Eddie pasó la punta de un dedo sobre la mejilla de Ava.

Hasta el insensible Dutch sonreía cuando se asomaba por la ventanilla de su camión para mirarla.

—Parece un angelito. —Se echó hacia atrás—. Sharon y yo siempre quisimos tener niños. —Lo dijo como si fuera otro punto en contra de Dios. Sharon había fallecido y Ezekiel sabía que el hombre estaba afligido. Cuando los deditos de Ava se aferraron al meñique de Dutch, él pareció a punto de echarse a llorar—.

¿Quién abandonaría a una bebé debajo de un puente, por el amor del cielo? Qué bueno que usted pasó por ahí.

—No fue una casualidad que yo fuera ahí esa mañana.

—¿A qué se refiere? —El motor de Dutch rugía en punto muerto.

—Me sentí impulsado a ir. Dios hace eso, a veces.

Dutch parecía incómodo.

—Bueno, no voy a especular sobre lo que dice. Sin duda, esta pequeñita necesitaba a alguien esa mañana, o ya estaría muerta y sepultada. —Como Sharon, dijeron sus ojos.

—Si alguna vez quiere hablar, Dutch, solo llámeme.

—Es mejor que se dé por vencido conmigo.

—Sharon nunca lo hizo. ¿Por qué debería hacerlo yo?

A medida que Ava crecía, dormía más tiempo entre sus comidas y Marianne lograba descansar un poco más. No obstante, Ezekiel no dejó de llevar a Ava a sus caminatas. «Seguiré haciéndolo hasta que duerma toda la noche de corrido». Cada mañana, se levantaba antes de que sonara la alarma, se vestía y echaba un vistazo al cuarto de los niños, donde Ava ya estaba despierta, aguardándolo.

<hr/>

1941

Aun las demandas de una niña tranquila podían ser agobiantes, y Ezekiel vio cómo hacían estragos en Marianne.

Una tarde de junio, cuando llegó a su casa y encontró a Marianne dormida en el sillón mientras Ava, ya de cuatro años, metía y sacaba a su muñeca en el agua del inodoro, supo que las cosas iban a tener que cambiar.

—Estás agotada.

—Ava puede meterse en líos más rápido que en un santiamén.

—No puedes seguir así, Marianne.

Otros miembros de la congregación se dieron cuenta de lo cansada que se veía Marianne y manifestaron su preocupación. Un domingo, después del culto, Priscilla Matthews se acercó para hablar con ellos. Su esposo había colocado puertas para que Penny, su hija de cuatro años, no pudiera escaparse de la sala de estar. «Ahora, toda la sala es un gran corralito, Marianne. Renuncié a todo lo que puede romperse y lo guardé. ¿Por qué no le pides a Ezekiel que traiga a Ava un par de tardes por semana? Podrías descansar unas horas sin preocupaciones ni interrupciones».

Marianne se resistía, pero Ezekiel insistió en que era una solución perfecta.

———————

Ezekiel compró madera, clavos, membrana impermeabilizante y tejas, y empezó a trabajar en una habitación en la parte trasera de la casa. Joshua, con sus nueve años, se sentaba sobre las tablas para sostenerlas firmemente mientras Ezekiel serruchaba. Uno de los feligreses contribuyó con el cableado para la electricidad. Otro hizo una cama de plataforma con cajones corredizos y ayudó a Ezekiel a colocar las ventanas que daban al patio trasero.

Aunque a Ezekiel no le entusiasmaba tanto que su hijo se mudara a una habitación estrecha que hacía poco había sido la terraza trasera, a Joshua le encantaba su «fuerte». Su mejor amigo, Dave Upton, vino a pasar la noche, pero el cuarto era tan angosto que Ezekiel terminó armando una carpa sobre el césped del fondo. Cuando volvió adentro, se desplomó sobre su sillón.

—El fuerte es demasiado pequeño.

Marianne sonrió; Ava estaba acurrucada a su lado en el sillón, con un libro de historias bíblicas abierto.

—No escucho que Joshua se queje. Los chicos parecen felices como cuervos en un maizal, Ezekiel.

—Por ahora. —Si Joshua se parecía a su padre y a sus tíos que estaban en Iowa, el espacio le quedaría chico antes de que entrara a la preparatoria.

Ezekiel encendió el radio y revisó la correspondencia. La radio no transmitía más que malas noticias. Hitler se volvía cada vez más ambicioso. El insaciable führer seguía mandando aviones hacia el oeste a través del canal de la Mancha para bombardear a Inglaterra, mientras sus tropas asaltaban las fronteras rusas al este. Charles Lydickson, el banquero local, decía que solo era una cuestión de tiempo antes de que Estados Unidos se involucrara. El océano Atlántico no era protección alguna con todos esos submarinos alemanes merodeando, ansiosos por hundir embarcaciones.

Ezekiel le agradeció a Dios que Joshua solo tuviera nueve años, y luego se sintió culpable, sabiendo que muchos otros padres tenían hijos que pronto podrían partir a la guerra.

Cuando Marianne terminó de leer la historia de David y Goliat, apretó a Ava contra su cuerpo. La niña estaba casi dormida y Marianne parecía demasiado cansada para levantarse. Cuando lo intentó, Ezekiel se levantó de su asiento. «Déjame acostarla esta noche». Levantó a Ava del lado de Marianne y la niña se recostó contra él, con la cabeza apoyada en su hombro y un pulgar en la boca.

Apartó las mantas, las acomodó alrededor de ella y agachó la cabeza. Ella juntó las manos en actitud de oración y él las envolvió con las suyas. «Padre nuestro, que estás en el cielo... —Cuando terminaron, él se inclinó y la besó—. Dulces sueños».

Antes de que pudiera levantar su cabeza, ella rodeó su cuello con sus brazos.

—Te amo, papi. —Él también dijo que la amaba. Le dio un beso en cada mejilla y en la frente antes de salir de la habitación.

Marianne lucía apagada. Él frunció el ceño. Ella sacudió la cabeza, sonriendo débilmente.

—Estoy bien, Ezekiel. Solo un poco cansada. No me pasa nada que una buena noche de sueño no pueda curar.

Ezekiel supo que no era verdad cuando ella quiso levantarse y se tambaleó un poco. La levantó en sus brazos y la llevó a su habitación, donde se sentó en la cama con ella en su regazo.

—Llamaré al doctor.

—Ya sabes qué dirá. —Se echó a llorar.

—Tenemos que empezar a hacer otros planes. —No tenía el valor para decirlo de otra manera, pero ella sabía a qué se refería.

—No entregaré a Ava.

—Marianne...

—Me necesita.

—*Yo* te necesito.

—Tú la amas tanto como yo, Ezekiel. ¿Cómo puedes siquiera pensar en entregarla?

—Nunca debimos haberla traído a la casa.

Ezekiel meció a su esposa por un momento; luego la ayudó a quitarse la bata de felpa y la acomodó en la cama. La besó y apagó la luz antes de cerrar la puerta.

Casi se tropezó con Ava, sentada en el pasillo con las piernas cruzadas, aferrando su osito de peluche contra su pecho y el dedo pulgar en la boca. Lo asaltó la duda. ¿Cuánto había escuchado?

La levantó en sus brazos.

«Deberías estar en la cama, pequeña. —Volvió a arroparla entre las mantas y le dio un par de toquecitos en la nariz—. Esta vez, quédate debajo de las mantas. —La besó—. Duérmete».

Se desplomó en su sillón en la sala de estar y se agarró la cabeza con las manos. *¿Entendí mal, Señor? ¿Dejé que Marianne me persuadiera cuando tenías otro plan para Ava? Sabes cuánto las amo a las dos. ¿Qué hago ahora, Señor? Dios, ¿qué hago ahora?*

Ava estaba sentada en el primer banco mientras mami practicaba himnos en el piano; estaba tiritando a pesar de que papi había encendido la caldera para que el templo estuviera cálido para el culto del día siguiente. La señorita Mitzi había dicho que si la calefacción no funcionaba correctamente, «la iglesia olía a humedad y a moho, igual que un cementerio». Ava dijo que no sabía a qué olía un cementerio, y la señorita Mitzi le respondió: «Bueno, no me mires así, jovencita. La única manera de que yo vaya es si me llevan ahí en un ataúd de pino».

La lluvia vapuleaba el techo y las ventanas. Papi revisaba sus apuntes para el sermón en la pequeña oficina ubicada a un costado de la entrada de la iglesia. Joshua había salido vestido con su uniforme de los Niños Exploradores a vender árboles navideños en la plaza del centro. Faltaban menos de tres semanas para Navidad. Mami había dejado que Ava la ayudara a hornear galletas de jengibre para los confinados en sus hogares y a armar el pesebre en la repisa de la chimenea. Papi y Joshua habían colocado las luces alrededor de la casa. A Ava le gustaba salir después de la cena a la puerta delantera y ver toda la casa iluminada.

Mami cerró el himnario, lo puso a un costado y se levantó. «Muy bien, cariño. Tu turno para practicar». Ava se paró de un salto del banco y subió corriendo las escaleras hasta el taburete del piano. Mami la levantó a medias y enseguida la soltó, se apartó y apoyó fatigosamente su mano sobre el piano, con la otra mano contra su pecho. Jadeó un momento y luego sonrió para alentar a Ava y apoyó un libro para principiantes en el atril. «Primero, toca tus escalas y, luego, "Noche de paz". ¿Puedes hacerlo?».

Normalmente, mami se quedaba parada a su costado. Excepto cuando no se sentía bien.

A Ava le encantaba tocar el piano. Era su actividad preferida. Tocaba escalas y acordes, aunque le costaba llegar a todas las notas inmediatamente. Practicó «Noche de paz», «Oh pueblito de Belén» y «Allá en el pesebre». Cada vez que terminaba una, mami decía que lo hacía muy bien y Ava se sentía bien por dentro.

Papi entró al santuario.

«Creo que es hora de irnos». Puso un brazo sobre los hombros de mami y la ayudó a levantarse. Desilusionada, Ava cerró la tapa del piano y los siguió al carro. Mami pidió disculpas por estar tan cansada y papi le dijo que iba a estar bien, que se recuperaría luego de descansar algunas horas.

Mami protestó cuando papi la cargó hasta adentro de la casa. Se sentó con ella en la cama durante algunos minutos. Luego, salió a la sala de estar.

«Juega en silencio, Ava, y deja que Marianne duerma un rato». Tan pronto como papi volvió al carro, Ava fue al cuarto de sus padres y se subió a la cama.

—Esa es mi niña —dijo mami y la acurrucó contra ella.

—¿Estás enferma otra vez?

—Shhh. No estoy enferma. Solo estoy cansada; eso es todo. —Se quedó dormida y Ava permaneció con ella hasta que escuchó el carro en la entrada. Bajó de la cama y corrió a la sala para mirar por la ventana. Papi estaba desatando un árbol navideño del techo del viejo Plymouth gris.

Chillando de emoción, Ava abrió la puerta delantera de par en par y bajó corriendo los escalones. Daba saltitos y aplaudía. «¡Es enorme!».

Joshua entró por la puerta trasera con las mejillas enrojecidas por el frío, pero con los ojos brillantes. La venta de árboles navideños había sido buena. Si el escuadrón recaudaba el dinero suficiente este año, todos podrían ir al campamento Dimond-O, cerca de Yosemite. Si no, Joshua ya había hablado con los Weir y los McKenna, los vecinos de la cuadra, para que lo contrataran para cortarles el césped. «Aceptaron pagarme cincuenta centavos por semana. Multiplicado por dos, ¡son cuatro dólares al mes! —Sonaba a un montón de dinero—. Podré ahorrar lo suficiente para pagar yo mismo el campamento».

Después de la cena, mami insistió en lavar los platos y le dijo a papi que abriera la caja con los adornos y empezara con el árbol. Papi desenredó y colocó las luces en el árbol. Las encendió antes de empezar a desenvolver los adornos y de pasárselos uno por uno a Joshua y a Ava para que los colgaran. «Ocúpate de las ramas de arriba, hijo, y déjale a Ava las de la mitad de abajo».

Algo se estrelló en la cocina. Sobresaltada, Ava soltó un adorno de cristal cuando papi se levantó de repente y corrió hacia la cocina. «¿Marianne? ¿Estás bien?».

Temblorosa, Ava se agachó para recoger los pedazos del adorno que había roto, pero Joshua la apartó. «Ten cuidado. Déjame hacerlo. Podrías lastimarte. —Cuando ella rompió en llanto, él la abrazó—. Está bien. No llores».

Ava se aferró a él; su corazón latía rápido y fuerte, y oía que mami y papi discutían. Trataban de hablar en voz baja, pero Ava podía oírlos. Escuchó que barrían y que tiraban algo en el cesto de la basura debajo del fregadero. La puerta se abrió y mami apareció. Su sonrisa se borró rápidamente.

—¿Qué pasó?

—Ella rompió un adorno.

Papi levantó a Ava.

—¿Te cortaste? —Ella negó con la cabeza. Papi le dio una palmadita en el trasero—, Entonces, no hay motivo para molestarse. —Le dio un abracito y volvió a pararla en el piso—. Terminen de decorar el árbol, mientras enciendo el fuego.

Mami prendió el radio y encontró un programa de música. Se acomodó en su sillón y sacó un tejido de su canasta. Ava se subió al asiento con ella. Mami la besó en la frente.

—¿No quieres poner algunos adornos más en el árbol?

—Quiero sentarme contigo.

Papi miró por encima del hombro mientras acomodaba la leña. Tenía una expresión sombría.

El domingo hacía frío, pero había dejado de llover. Las parejas se reunían en el salón social con sus hijos y los guiaban a las clases de la escuela dominical, antes de pasar al santuario para la «reunión de los adultos». Ava vio a Penny Matthews y corrió delante de mami. Cuando la alcanzó, se tomaron de la mano y se fueron a su clase.

Después de la escuela dominical, la señora Matthews vino a buscar a Penny. Mami ayudó a la señorita Mitzi a lavar y secar los platos de las galletitas. Papi habló con los últimos rezagados. Cuando todos se fueron, la familia entró al santuario. Mami acomodó los himnarios y juntó los boletines descartados. Papi guardó los relucientes candelabros de bronce y los platos de las ofrendas. Ava se sentó en el taburete del piano, balanceando las piernas y tocando acordes.

La puerta de la iglesia se abrió de golpe y un hombre entró corriendo. Mami se incorporó y apoyó una mano contra su pecho.

—Clyde Eisenhower, ¿qué pasó? Casi me matas del susto.

El hombre se veía acalorado y alterado.

—¡Los japoneses bombardearon una de nuestras bases navales en Hawái!

Ni bien llegaron a casa, papi encendió el radio. Se quitó la chaqueta del traje y la colgó en el respaldo de una silla de la cocina, en vez de guardarla en el clóset de su habitación, como solía hacer. «... *los japoneses han atacado Pearl Harbor, Hawái, por vía aérea, acaba de anunciar el presidente Roosevelt. El ataque también fue perpetrado contra todas las actividades navales y militares de la isla principal de Oahu...»*. La voz en la radio sonaba angustiada.

Mami se hundió en una silla de la cocina. Papi cerró los ojos y bajó la cabeza. «Sabía que esto sucedería».

Mami ayudó a Ava para que se subiera a su regazo y se quedó callada, escuchando la voz que seguía hablando sin parar sobre bombardeos, barcos hundidos y hombres que morían quemados. Mami empezó a llorar y eso hizo llorar a Ava. Mami la estrechó y la meció en sus brazos. «Está bien, cariño. Todo está bien».

Pero Ava sabía que no estaba bien.

La señorita Mitzi abrió la puerta con una floritura.

—¡Bueno, si no es mi pequeñita preferida! —Echó su chal hacia atrás por encima de su hombro y abrió los brazos de par en par. Con una risita, Ava la abrazó—. ¿Cuánto tiempo podremos estar juntas hoy?

—Todo el tiempo que gusten —dijo mami, siguiéndolas a la sala de estar.

A Ava le gustaba estar con la señorita Mitzi. Tenía toda la sala de estar decorada con chucherías y no le molestaba que Ava las levantara y las revisara. A veces, hacía café y servía una taza para Ava, permitiéndole que agregara leche y todo el azúcar que quisiera.

Mitzi parecía preocupada.

—Te ves terriblemente cansada, Marianne.

—Iré a casa y tomaré una siesta larga y placentera.

—Haz justo eso, querida. —Mitzi la besó en la mejilla—. No te exijas tanto.

Mami se agachó y abrazó a Ava. Le dio un beso en cada mejilla y pasó la mano por su cabeza mientras se incorporaba.

—Sé buena con Mitzi, cariño.

Mitzi levantó el mentón.

—Adelante con la cacería —le dijo a Ava. Mitzi acompañó a mami hasta la puerta delantera, donde conversaron unos minutos mientras Ava daba vueltas por la sala, buscando su estatuilla favorita: un cisne de porcelana lustrosa que tenía un patito feo al costado. La encontró en una mesa rinconera, bajo una boa de plumas.

Mitzi volvió a la sala de estar.

—La encontraste muy rápido. —La puso sobre la repisa de la chimenea—. Tendré que buscar un lugar mejor donde esconderla para la próxima vez. —Frotándose las manos, entrelazó sus dedos y los hizo tronar—. ¿Qué piensas de un poco de *honky tonk*? —Se lanzó al viejo piano vertical y tecleó una melodía alegre—. Después de que aprendas a tocar a Bach, Beethoven, Chopin y Mozart, te enseñaré a tocar las cosas divertidas. —Sus manos corrían de un extremo al otro del piano. Se levantó, apartó el taburete de un empujón y siguió tocando, abriendo un pie hacia un costado y luego el otro, con una seguidilla torpe de salto-patada, salto-patada. Ava se rio y la imitó.

Mitzi se incorporó.

—Eso fue solo un pequeño adelanto. —Echó la punta de su chal hacia atrás otra vez, por encima de su hombro, y levantó el mentón con el rostro serio—. Ahora, debemos ponernos serias. —Dio un paso al costado y con un gesto exagerado invitó a Ava a que se sentara en la banqueta. Riendo, Ava ocupó su lugar mientras Mitzi ponía algunas partituras en el atril—. La orden del día es un poco de Beethoven simplificado.

Ava tocó hasta que el reloj sobre la chimenea dio las cuatro. Mitzi miró su reloj pulsera.

—¿Por qué no juegas un rato a los disfraces? Voy a hacer una llamada.

Ava se bajó del taburete.

—¿Puedo ver tus joyas?

—Claro que puedes, cariño. —Mitzi señaló con un gesto hacia la habitación—. Mira dentro del clóset; revisa los cajones, también. Pruébate lo que te guste.

Ava encontró un tesoro de adornos y collares brillantes. Se puso un par de pendientes de diamantes de imitación y un collar de cuentas de cristal rojo. Agregó uno de perlas y otro collar con cuentas color azabache. Le agradaba el peso del destello y la gloria que rodeaban su cuello. Al descubrir el recipiente de rubor de Mitzi, se frotó un poco en cada mejilla y luego usó el delineador de cejas. Eligió el lápiz labial del rojo más intenso de Mitzi, entre la multitud de tubitos. Abriendo muy grande la boca, imitó a una de las mujeres que había visto en el baño de damas de la iglesia y se embadurnó de lápiz labial. Hurgó entre el maquillaje y se empolvó las mejillas, tosiendo cuando una nube perfumada la rodeó.

—¿Estás bien allá dentro? —gritó Mitzi desde el otro cuarto.

Agitando las manos alrededor de su rostro, Ava dijo que estaba perfectamente bien y se dirigió al clóset de Mitzi. Se puso un sombrero de ala ancha con una gran boa roja y encontró un chal negro con flores bordadas y flecos largos. Vaya que Mitzi tenía un montón de zapatos. Ava se sentó y desató sus zapatos Oxford, luego se calzó un par de tacones rojos.

—¡Ay, ay, ay! —Mitzi entró aprisa y le agarró la mano—. El pastor Ezekiel está viniendo a recogerte. Tengo que limpiarte antes de que llegue. —Se rio, quitándole el gran sombrero y lanzándolo dentro del clóset. Le desenrolló el chal—. Un admirador me dio esto cuando cantaba en un cabaret en París, hace como ciento cincuenta años.

—¿Qué es un cabaret?

—Ah, olvida que lo mencioné. —Mitzi arrojó el chal sobre el cubrecama rosado de felpa—. ¡Y estos collares viejos! Santo cielo. ¿Cuántos te pusiste? Me sorprende que todavía estés de pie con todo ese peso. Bueno, vamos. Entra al baño. —Mitzi le untó una crema limpiadora y después se la quitó. Se rio—. Te ves como todo un payasito con esas cejas negras y los labios rojos. —Volvió a soltar una risita y refregó las mejillas de Ava hasta que le causó comezón.

Sonó el timbre de la puerta.

—Bueno, es lo mejor que pudimos hacer. —Arrojó la toalla a un costado, enderezó el vestido de Ava, peinó su cabello con los dedos y le dio una palmadita en la mejilla—. Te ves muy bien, tesorito. —La tomó de la mano y volvieron a la sala de estar. —Espera aquí. —Fue hasta la puerta y la abrió tranquilamente—. Pase, pastor Ezekiel.

Papi le echó un vistazo a Ava y levantó las cejas muy alto. Le temblaban los labios mientras miraba de reojo a Mitzi.

—Hmmmm.

Mitzi llevó sus manos a su espalda y sonrió con mucha inocencia.

—Cargue la culpa a mi cuenta, Ezekiel. —Sonrió—. Le dije que usara lo que quisiera de mi cuarto mientras yo hablaba con Marianne. Olvidé todas las tentaciones que podía encontrar. Marianne sonaba tan cansada que le dije que lo llamaría a usted. Pensé que no llegaría hasta después de las cinco.

Papi extendió la mano.

—Es hora de irnos, Ava.

Mami estaba dormida en el sofá. Empezó a levantarse, pero papi le dijo que descansara; él se ocuparía de la cena. Le dijo a Ava que jugara en silencio. Joshua entró por la puerta trasera y habló con papi. El teléfono sonó. Que Ava recordara, fue la primera vez que papi lo ignoró.

Mami tenía mejor aspecto cuando se sentaron a cenar. Papi oró bendiciendo los alimentos. Todos hablaron sobre cómo había sido su día. Joshua levantó la mesa y lavó los platos. Ava intentó ayudarlo, pero él la alejó. «Lo haré más rápido si lo hago solo».

Mami se fue a dormir temprano. Tan pronto como papi acostó a Ava en su cama, él se fue a la suya. Ava se quedó despierta, escuchando el sonido de la conversación en voz baja. Pasó un largo rato antes de que se quedara dormida.

━━━

Ava se despertó a oscuras y escuchó que se cerraba la puerta delantera. Papi había salido a tener su tiempo de oración matutina. Recordó cuando la llevaba a esas caminatas y añoró que lo siguiera haciendo.

La casa parecía fría y oscura cuando él se iba, aunque mami estuviera en la habitación de al lado y Joshua en su fuerte. Empujó las mantas y fue de puntillas al cuarto de mami y papi. Mami se movió y levantó la cabeza.

—¿Qué sucede, cariño?

—Tengo miedo.

Mami levantó las mantas. Ava se subió a la cama y se metió debajo. Mami la rodeó con su brazo, cubrió a las dos y la acercó a su cuerpo. Ava se sumergió en la tibieza y se adormeció. Se despertó cuando mami hizo un sonido raro, un gemido bajo, y murmuró: «Ahora no, Señor. Por favor. Ahora no». Volvió a gemir y su cuerpo se puso rígido. Se acostó sobre su espalda.

Ava se dio vuelta.

—¿Mami?

—Vuélvete a dormir, nena. Solo duérmete. —Lo dijo con una voz tensa, como si hablara entre dientes. Entre sonidos sollozantes, dejó escapar un largo suspiro y su cuerpo se aflojó.

—¿Mami? —Cuando no le respondió, Ava se acurrucó junto a ella.

Ava se despertó abruptamente al sentir que unas manos frías y fuertes la levantaban de la cama.

—Vuelve a tu cama ahora, Ava —susurró papi.

El aire frío la estremeció. Se abrazó a sí misma y miró atrás por encima del hombro mientras caminaba hacia la puerta.

Papi rodeó la cama.

—¿Durmiendo hasta tarde esta mañana? —Habló en voz baja y cariñosa mientras se inclinaba y besaba a mami—. ¿Marianne? —Se enderezó y encendió la luz. Su nombre salió en un grito ronco cuando apartó las mantas y la levantó.

Mami colgaba de los brazos de papi como una muñeca de trapo, con la boca y los ojos abiertos.

Papi se sentó en la cama y empezó a mecerla hacia adelante y hacia atrás, mientras sollozaba: «Oh, Dios, no... no... *no*».

CAPÍTULO 2

El SEÑOR me dio lo que tenía,
y el SEÑOR me lo ha quitado.
¡Alabado sea el nombre del SEÑOR!

JOB 1:21

JOSHUA ESTABA SENTADO en el primer banco de la iglesia, mirando hacia su padre con ojos empañados por las lágrimas. Ava estaba sentada a su lado, el cuerpo rígido y lágrimas corriendo por sus pálidas mejillas. Cuando le tomó la mano, unos dedos gélidos se aferraron a los suyos. Los bancos de atrás estaban repletos de asistentes; algunos lloraban calladamente. La voz de papá se quebró y Joshua se estremeció, haciendo desbordar sus propias lágrimas. Papá se detuvo un instante, con la cabeza gacha, silencioso. Alguien sollozó y Joshua no supo si él había hecho el sonido o Ava.

El señor y la señora Matthews se movieron del banco detrás del de ellos y se sentaron uno a cada lado de Joshua y Ava. Penny se apretujó entre su madre y Ava y le tomó la mano. El señor Matthews rodeó con su brazo a Joshua.

Papá levantó lentamente la cabeza y los miró.

«Es muy difícil despedirse de alguien a quien uno ama, aunque sepamos que volveremos a verla. Marianne fue una esposa y una

25

madre maravillosa. —Contó cómo se habían conocido en la niñez, en sus días en la granja en Iowa. Habló de lo jóvenes que eran cuando se casaron, cuán pobres y cuán felices. Habló de la familia que Joshua nunca conoció porque vivían tan lejos. Habían mandado una corona de flores. La voz de papá se volvió más baja y más forzada—. Si alguien quiere decir algo o contar alguna anécdota sobre Marianne, por favor, hágalo».

Una tras otra, las personas se pusieron de pie. Mamá tenía muchos amigos y todos tenían cosas lindas para decir. Una señora dijo que Marianne era una guerrera de la oración. Otra dijo que era una santa. Varios feligreses ancianos contaron que ella había ido a visitarlos más de una vez con guisos y pasteles caseros. «También traía con ella a la niñita. Cuánto me alegraba». Una madre joven se paró con su bebé en brazos y dijo que Marianne siempre encontraba la manera de incluir al Señor en su conversación.

La congregación guardó silencio. Nadie se movió. La señorita Mitzi se puso de pie. Su hijo, Hodge Martin, dijo algo, pero ella pasó delante de él, salió al pasillo lateral y avanzó hacia el frente de la iglesia. Mientras caminaba, se sonó la nariz y metió el pañuelito en la manga de su suéter. Subió solemnemente los tres escalones y se sentó al piano. Le sonrió a papá, todavía de pie frente al púlpito. «Mi turno, Ezekiel».

Papá asintió con la cabeza.

Mitzi miró a Joshua y clavó los ojos en Ava. «La primera vez que Marianne trajo a Ava a mi casa para que le diera clases de piano, me pregunté por qué no le enseñaba ella misma. Todos sabemos lo bien que tocaba. Dijo que nunca había aprendido a tocar otra cosa que no fueran himnos y ella quería que Ava conociera toda clase de música. Le pregunté qué era lo que más le gustaba, y me sorprendió con su respuesta. —Posicionó sus manos sobre las teclas y miró hacia arriba—. Esto es para ti, cariño. Espero que estés bailando ahí arriba».

Golpeteando varias veces con el pie, Mitzi marcó el ritmo y

entonces se lanzó a «Maple Leaf Rag». Hodge Martin se hundió en su banco y se tapó la cara. Algunas personas tenían una expresión consternada, pero papá se rio. Joshua también se rio, limpiándose las lágrimas del rostro. Cuando Mitzi terminó, miró a papá, con una expresión más suave y empezó a tocar uno de los himnos favoritos de mamá. Papá cerró los ojos y cantó.

«"¡Cristo vive! Ya no más causará la muerte pena..."».

Las personas fueron sumándose una a una, hasta que toda la congregación cantó. «"¡Cristo vive! Desde aquí ya el sepulcro no encadena"».

Papá descendió los escalones y Peter Matthews, vestido con un traje negro, se levantó, apretó el hombro de Joshua y se sumó a los otros portadores del ataúd. Toda la congregación se puso de pie y siguió cantando. «"¡Cristo vive! Ya el morir es volar al alto cielo. Esto nos alentará al abandonar el suelo"». Joshua tomó la mano de Ava y siguieron a papá y a los hombres que llevaron a mamá en el ataúd hasta el coche fúnebre estacionado en la calle.

Tres semanas después del funeral de mami, el carro murió en la entrada de la casa con un ruido sordo y una fuerte vibración. Papi salió y miró debajo del capó mientras Ava se quedaba sentada en el asiento de adelante, esperando. Luego de unos minutos, papi cerró el capó con un golpe y con el rostro tenso. Abrió la puerta del carro.

—Vamos, Ava. Tendremos que ir caminando a la escuela.

Hacía frío y de su aliento brotaba vapor, pero entró rápidamente en calor manteniendo el ritmo de los pasos largos que daba papi. Deseaba no tener que ir a la escuela. Después de que mami murió, no volvió durante una semana y, cuando lo hizo, uno de los niños se burló de ella diciendo que era una llorona, hasta que Penny le dijo que se callara, que él también lloraría si su mami hubiera muerto justo al lado de él, y que ella lo sabía porque su mamá se lo había dicho. Al día siguiente, otra niña en el patio de la escuela dijo que Ava nunca había tenido madre. El pastor Ezekiel la había encontrado debajo de un puente, donde las personas desechaban los gatitos que ya no querían.

Ava tropezó y casi se cayó, pero papi la agarró de la mano.

—¿Puedo acompañarte a la iglesia?

—Tienes que ir a la escuela.

Le dolían las piernas y todavía faltaban varias cuadras por caminar.

—¿Tendremos que volver caminando a casa?

—Es probable. Cuando te canses de caminar, yo te cargaré.

—¿Puedes cargarme ahora?

La levantó y la apoyó sobre su cadera.

—Solo una cuadra. El tiempo suficiente para que descanses.

Ella apoyó la cabeza sobre su hombro.

—Extraño a mami.

—Yo también.

Papi no la bajó al suelo hasta que estuvieron a una cuadra de la escuela. Se agachó y la tomó de los hombros.

—Esta tarde, la señora Matthews te llevará a casa con Penny. Yo iré a buscarte a las cinco y cuarto.

El labio de Ava tembló.

—Quiero ir a casa.

—No discutas, Ava. —Le dio un beso en la mejilla—. Debo hacer lo mejor para ti, nos guste o no. —Cuando Ava empezó a llorar, la acercó más y la abrazó—. Por favor, no llores. —Su voz mostraba que estaba ahogando sus propias lágrimas—. Las cosas ya son bastante difíciles, sin que llores todo el tiempo. —Le pasó un dedo por la nariz y levantó su mentón—. Ahora, ve y entra a clases.

Cuando terminó la escuela, la señora Matthews estaba esperándolas al otro lado de la puerta del aula, hablando con la madre de Robbie Austin. Parecía triste y seria, hasta que las vio.

—¡Ahí están mis niñas! —Primero besó la mejilla de Penny

y después la de Ava—. ¿Cómo estuvo su día? —Penny habló sin parar mientras caminaban al carro—. Adentro, las dos. —La señora Matthews dejó que ambas se sentaran en el asiento de adelante, Ava en el medio. Penny se inclinaba hacia adelante para hablarle a su mamá.

La casa olía a galletitas recién horneadas. La señora Matthews había preparado la mesa del rincón de la cocina para una merienda especial. Bebieron jugo de manzana y comieron galletitas. Ava empezó a sentirse mejor.

La cama de Penny tenía un dosel y un cubrecama rosado de felpa. En la habitación había una cómoda blanca y las paredes estaban empapeladas con un diseño de capullos rosados y blancos. La ventana de la buhardilla tenía un asiento acolchado y daba al jardín delantero. Mientras Penny revolvía su cajón de juguetes, Ava se sentó en el asiento de la ventana a mirar el césped y la cerca de vallas blancas. Recordó cómo las rosas rojas cubrían la pérgola en el verano. A mami le encantaban las rosas. Ava sintió que el nudo de su garganta era cada vez más grande.

—¡Vamos a pintar! —Penny arrojó los libros para colorear sobre la alfombra floreada y abrió una caja llena de crayones. Ava se sentó con ella. Penny hablaba y hablaba, mientras Ava esperaba escuchar que el reloj de pie en la planta baja repicara cinco veces. Luego, esperó que sonara el timbre de la puerta. Por fin lo hizo. Papi había venido a buscarla, tal como lo había prometido.

Penny dejó escapar un fuerte gemido.

—¡No quiero que te vayas! ¡Nos estamos divirtiendo tanto! —Siguió a Ava por el pasillo—. Quisiera que fueras mi hermana. Así podríamos jugar juntas todo el tiempo. —Papi y la señora Matthews estaban parados en la entrada, conversando en voz baja—. ¿Mami? —dijo Penny lloriqueando—. ¿Puede Ava quedarse a dormir? *¿Por favooor?*

—Desde luego que puede, pero eso depende del pastor Ezekiel.

Penny se dio vuelta y miró a Ava con entusiasmo.

—Podemos jugar a las damas chinas y escuchar la radionovela que me encanta.

Papi permanecía parado con el sombrero en la mano, mirando a Ava. Parecía cansado.

—No tiene su pijama ni una muda de ropa para ir a la escuela mañana.

—Ah. Eso no es ningún problema. Ella y Penny usan la misma talla. Incluso tenemos cepillos de dientes adicionales.

—¡Qué bien! —Penny dio unos saltitos—. Ven, Ava. ¡Vamos a jugar!

Ava corrió hacia papi, apretó su mano y se acurrucó a su costado. Ella quería irse a casa. Papi la apartó y se agachó.

—Es una larga caminata hasta casa, Ava. Me parece una buena idea que pases la noche aquí. —Cuando ella empezó a protestar, él apoyó un dedo sobre sus labios—. Estarás bien.

Ezekiel fue a ver a Joshua antes de salir a su caminata matinal. Ava había pasado las últimas tres noches con la familia Matthews. Cerró con llave la puerta delantera, dejó la llave en el macetero y caminó hacia la calle principal. Siguió hacia el norte, pasó los límites del pueblo y siguió hasta que llegó al cementerio de El Refugio. En las últimas semanas, había ido tantas veces a la tumba de Marianne, que podría haber encontrado el camino aun sin la luna llena. La lápida de mármol blanco resplandecía.

Su corazón añoraba su presencia. Tenían la costumbre de charlar todas las mañanas en la cocina, antes de que los niños se levantaran. Y ahora, él necesitaba hablar.

Se metió las manos en los bolsillos.

«La señora Welch vino ayer a la iglesia». La asistenta social le había dado sus condolencias antes de empezar a hacerle preguntas. Tragó con dificultad, conteniendo las lágrimas.

«Perdóname por haber sido tan egoísta, Marianne. Lamento

haberme dejado convencer de llevar a Ava a casa, a pesar de que sabíamos que la adopción era imposible por tu salud. Cedí porque sabía cuánto deseabas otro hijo. —Cerró los ojos y negó con la cabeza—. No. No es cierto. Cedí porque yo también la amaba». Por un momento, no pudo seguir hablando.

«Trabajo todo el día, todos los días, Marianne. Tú conoces las exigencias del ministerio. Y estoy fallando en todo. Fallé en cuidarte. Estoy fallando como padre. Estoy fallando como pastor. Estoy tan abrumado por mi propio dolor, que me agobian las cargas ajenas. —Soltó una risa sombría—. Sé que lo he dicho cien veces a los que viven alguna crisis, pero si una persona más me dice que todas las cosas ayudan a bien...».

Sintió que la garganta le apretaba.

«Ava apenas tiene cinco años. Necesita una madre. Necesita un padre que no tenga que salir corriendo en la mitad de la noche cuando alguien tiene una crisis».

No había una manera fácil de solucionarlo. Ezekiel apoyó su mano sobre el montículo de tierra.

«Hoy hablaré con Peter y con Priscilla sobre la adopción de Ava. Tú sabes que ellos la quisieron desde el principio y, desde que te fuiste, me han ofrecido ayuda de todas las maneras posibles. Sé que estarían felices de recibirla en su familia».

Ezekiel parpadeó para contener las lágrimas.

«La señora Welch no está segura de que esto funcione. Piensa que Ava se adaptaría más fácil a un lugar nuevo. Tal vez sea egoísta, pero yo quiero que esté cerca, no en algún lugar lejano con unos completos desconocidos».

¿Estaba tomando otra decisión de la que se arrepentiría? Nunca lamentaría los cinco años que habían tenido con Ava. Marianne había sido muy feliz. «Ay, Marianne, tú sabes cuánto la amo. Me está matando tener que entregarla. Espero estar haciendo lo correcto. —Se sentó y todo su cuerpo se convulsionó por los sollozos—. Ella no lo entenderá. —Se limpió la cara. Dejó que las lágrimas fluyeran—. Perdóname. Por favor. Perdóname».

Si la señora Welch cambiaba de parecer, le arrebatarían a Ava de una manera menos sensible y la llevarían a otra parte. No se enteraría de dónde estaría. No podría verla crecer.

Ezekiel caminó hacia la carretera principal. Un camión del mercado de Gruening se acercó a la cuneta y se quedó parado en la entrada. Dutch bajó su ventanilla y lo esperó.

—¿Cómo anda, pastor?

—Aguantando. —A duras penas.

—Sé a qué se refiere. Suba. Lo llevaré de vuelta al pueblo.

Ezekiel se sentó en el asiento del acompañante.

—Gracias.

Dutch puso el cambio en el camión y apoyó el pie en el acelerador.

—Solía sentarme junto a la tumba de Sharon y hablarle todos los días durante un par de semanas. Luego cada dos días, luego una vez por semana. Ahora, voy para su cumpleaños y para nuestro aniversario. Ella habría querido que siguiera adelante con mi vida. —Le echó un vistazo a Ezekiel—. Tardé un tiempo en darme cuenta de que ella no está ahí. Bueno, sí está. Pero no está. Usted me lo dijo. Yo no lo creí. —Soltó una grosería en voz baja—. Estoy tratando de hacerlo sentir mejor, pero lo estoy haciendo muy mal.

—No se preocupe.

Dutch sonrió apenas.

—Una vez, usted me dijo que no hay lágrimas en el cielo. —Miró hacia adelante con los ojos fijos en el camino—. Bueno, acá abajo tenemos mares de lágrimas, ¿cierto? Sé que ahora duele hasta dejarlo sin aliento. —Cambió de velocidad y desaceleró—. Ya logrará vadear este dolor y saldrá a flote al otro lado. —Frenando, se detuvo en la esquina—. Como hice yo.

Ezekiel le tendió la mano.

—Gracias, Dutch.

El hombre se la estrechó con firmeza. Ezekiel se deslizó fuera de la cabina del camión.

—¿Qué le parece si tomamos un café alguna vez?

Ezekiel se dio vuelta y miró a Dutch. Después de todos esos años, ¿finalmente estaba abriéndose la puerta?

Dutch parecía avergonzado.

—Tengo un montón de preguntas. Es probable que Sharon me haya dado las respuestas, pero cada vez que se ponía a hablar de religión, yo cerraba los oídos.

—¿Qué le parece en la Cafetería de Bessie, mañana temprano cuando termine de trabajar? ¿A eso de las siete y cuarto?

—Sí. Lo veo ahí. —Dutch levantó la mano, puso el cambio y giró a la derecha.

Ezekiel sonrió débilmente mientras el camión desaparecía en la esquina.

El sol estaba saliendo. Ezekiel cerró los ojos por un momento, tratando de no pensar en los días que vendrían. *Señor, solo ayúdame a salir adelante este día. Acompáñame en todo este dolor y ayúdame a atravesarlo.*

Ava lloró toda la tarde. Papi ya no la quería porque era su culpa que mami hubiera muerto. Lo había oído decir que ella había sido demasiado esfuerzo para mami.

La señora Matthews se sentó con ella en el cuarto de Penny, acariciándole la espalda y diciéndole cuánto la amaban y esperaban que ella también aprendiera a amarlos. Ava no pudo mantener los ojos abiertos.

Se despertó cuando Penny llegó a casa y subió corriendo las escaleras. Su padre la llamó para que volviera abajo antes de que llegara a la puerta. Ava se levantó y se sentó en el asiento de la ventana.

La puerta se abrió unos minutos después y toda la familia entró. Se acercaron a Ava, y Penny se sentó junto a ella.

—Mami y papi dicen que vas a ser mi hermana. —Cuando las lágrimas empezaron a correr por las mejillas de Ava, Penny pareció insegura—. ¿No quieres ser mi hermana?

—Quiero ser tu amiga —dijo Ava mientras su labio temblaba.

La señora Matthews apoyó una mano en la cabeza de cada una y les alisó el cabello.

—Ahora pueden ser las dos cosas.

Penny abrazó a Ava.

—Le dije a mami que quería que fueras mi hermana. Ella me dijo que orara al respecto y lo hice. Oré y oré, muchas veces, y ahora recibí exactamente lo que siempre quise.

Ava se preguntó qué sucedería cuando Penny cambiara de idea. Como papi.

⸻

Después de cenar, de escuchar la radionovela y de la hora del cuento, Ava fue arropada en la cama junto con Penny. La señora Matthews le dio un beso a cada una, apagó la luz y cerró la puerta. Penny parloteó hasta que se quedó dormida a mitad de lo que estaba diciendo.

Despierta, Ava se quedó mirando el encaje del dosel.

Mami había dicho que siempre la amaría, y mami murió. Mami dijo que Dios no se la llevaría, pero lo hizo. Papi le dijo que la amaba, pero luego dijo que no podía vivir más con él. Ella tenía que quedarse aquí y vivir con la familia Matthews. Había dicho que el señor y la señora Matthews querían ser su papi y su mami.

¿Por qué no importaba lo que Ava quería?

La lluvia golpeteaba sobre el techo, unas pocas gotas que rápidamente se convirtieron en un repiqueteo constante. Penny se dio vuelta y habló entre sueños. Ava se quitó las mantas de encima, se levantó y fue al asiento de la ventana. Se abrazó las piernas y apoyó el mentón sobre sus rodillas. Las farolas se veían borrosas bajo la lluvia. La reja delantera se cerró de golpe. Las campanitas de viento tintineaban.

Un hombre apareció por la esquina y se acercó caminando por la vereda. ¡Papi! ¡Quizás había cambiado de parecer y quería que volviera!

Se puso de rodillas, con las manos apoyadas sobre la ventana.

Él miró hacia arriba una vez y aminoró el paso mientras caminaba a lo largo de la valla blanca.

¿La había visto? Ava dio unos golpecitos en la ventana. El viento azotaba las ramas de los tres abedules en un rincón del jardín delantero. Él se paró allí debajo, frente a la reja. Cuando Ava volvió a golpear la ventana, más fuerte, su corazón palpitó.

Él no miró hacia arriba ni entró por la reja. Se quedó inmóvil, con la cabeza agachada, como lo hacía cada vez que oraba. Cuando hacía eso, mami siempre le pedía a Ava que esperara porque él estaba hablando con Dios.

Ava se puso en cuclillas, inclinó su cabeza y apretó firmemente las manos.

«Por favor, Dios, por favor, por favor, haz que mi papi me lleve a casa. Por favor. Seré buena. Lo prometo. No cansaré demasiado a nadie ni lo haré enfermar. —Se limpió las lágrimas—. Quiero ir a casa».

Llena de esperanza, se levantó y miró hacia afuera por la ventana.

Papi había llegado caminando hasta el final de la cuadra. Ella se quedó mirando cuando desapareció a la vuelta de la esquina.

───

Peter y Priscilla hablaban en susurros. A veces se veían molestos. Luego dibujaban unas sonrisas radiantes en su rostro y simulaban que todo estaba bien. El entusiasmo de Penny por tener una hermana desapareció. Entró en crisis cuando Priscilla le hizo a Ava unas prendas nuevas para jugar y no hizo unas para Penny.

—¡Creí que eran para mí! —gimió Penny.

—Ya tienes varios conjuntos para jugar, y Ava no.

—¡Quiero que se vaya a *su casa*! —gimió Penny más fuerte.

Peter dobló la esquina de donde había estado sentado a la mesa de la cocina, clasificando unos papeles.

—Basta, Penny. ¡Ve a tu cuarto!

Penny se fue, pero antes de irse le sacó la lengua a Ava. Peter le dijo a Priscilla que debían tener otra conversación con Penny, y él y Priscilla subieron las escaleras. Cerraron la puerta de la habitación de Penny y estuvieron tanto tiempo allí que Ava no sabía qué hacer. Finalmente, salió al patio y se sentó en el columpio. ¿Debía irse a casa? ¿Adónde la llevaría su papi entonces? ¿A otra familia?

Dio vueltas en el columpio hasta que las cadenas quedaron retorcidas, luego levantó los pies y dio vueltas y vueltas. *Con ellos, Penny siempre estará en primer lugar, primer lugar, primer lugar. Penny es la hija verdadera, hija verdadera, hija verdadera.* Mareada, lo hizo otra vez. *Será mejor que sea buena, sea buena, sea buena.*

Esa mañana, Ava había escuchado a Peter hablando con Priscilla.

—No la he visto sonreír ni una vez en los últimos tres meses, Pris. Antes era una niñita tan feliz...

—Marianne la adoraba —dijo Priscilla en voz baja—. Probablemente aún estaría viva si nos hubieran dejado tener a Ava desde el principio, y ahora no tendríamos todos estos problemas.

Peter se sirvió café en una taza.

—Espero que las cosas mejoren pronto, o no sé qué haremos.

Ava se había llenado de miedo. Estaban hablando de deshacerse de ella.

—¡Ava! —Peter sonaba conmocionado. Salió corriendo por la

puerta de atrás. Ava bajó del columpio y él suspiró aliviado—. Allí estás. Volvamos adentro, cariño. Queremos hablar contigo.

Ava sintió húmedas las palmas de sus manos. Los latidos de su corazón se aceleraron mientras seguía a Peter a la sala de estar. ¿La enviarían a vivir con desconocidos? Priscilla y Penny estaban sentadas en el sofá. Peter puso una mano sobre el hombro de Ava.

—Penny tiene algo para decirte.

—Perdóname, Ava. —El rostro de Penny estaba hinchado de llorar—. Me gusta tenerte como hermana. —Su voz era monótona; sus ojos decían la verdad.

—¡Niña buena! —Priscilla la abrazó y la besó en la coronilla.

Ava no confiaba en ninguno de ellos.

Priscilla jaló del brazo a Ava para sentarla a su lado y le puso un brazo encima de los hombros, estrechando a Penny de un lado y a Ava del otro.

—Ahora las dos son nuestras niñas. Nos encanta tener dos hijas.

Papi seguía viniendo de visita de vez en cuando. Joshua nunca lo acompañaba. Solo lograban verse después de la escuela dominical y, en esos momentos, no hacían otra cosa que mirarse el uno al otro, sin saber qué decir.

Cada vez que Ava oía la voz de papi, corría escaleras abajo con la esperanza de que esta vez hubiera venido a buscarla para llevarla a casa. Priscilla la agarraba de la mano y se inclinaba hacia Ava.

—No lo llames papi, Ava. Debes decirle reverendo Freeman, como lo hacen todos los demás niños. Cuando seas mayor, podrás decirle pastor Ezekiel. Ahora tu papi es Peter.

Esas noches, lloraba hasta quedarse dormida y a veces tenía pesadillas. Pedía su papi a gritos, pero él no podía escucharla. Trataba de correr tras él, pero unas manos la retenían. Ella gritaba: *¡Papi, papi!*, pero él no se daba vuelta.

Priscilla la despertaba y la abrazaba. «Todo va a estar bien, Ava.

Mami está aquí». Pero mami no estaba ahí. Mami estaba en un ataúd bajo tierra.

Por más que se lo dijeran, Ava no creía que Peter y Priscilla la amaran. Sabía que solo la habían adoptado porque Penny quería tener una hermana. Si Penny cambiaba de opinión, Peter y Priscilla la abandonarían. ¿Y adónde iría entonces? ¿Con quién?

La siguiente vez que papi vino de visita, Peter habló con él durante un largo rato en el porche delantero, y luego volvió a entrar solo. Ava trató de eludirlo, pero Peter se agachó y la tomó de los hombros. «Ava, no verás al pastor Ezekiel por un tiempo».

Ella pensó que se refería a que no lo vería hasta el domingo en la iglesia, pero el domingo siguiente Peter tomó un rumbo distinto. Cuando Penny preguntó adónde iban, Peter dijo que irían a otra iglesia. Aunque Penny lloriqueó e hizo un alboroto porque no veía a sus amigos, Peter dijo que el cambio sería bueno para ellos. Ava sabía que era su culpa que no pudieran seguir yendo a la iglesia del reverendo Freeman, y su última esperanza se apagó. Ahora, ni siquiera podría ver a Joshua. Penny se cruzó de brazos y se enfurruñó. Priscilla la miró con tristeza y dijo que tendrían que esperar a ver cómo resultaban las cosas.

1950

Mitzi abrió la puerta y miró alrededor. No se había maquillado ni peinado el cabello.

—¿Es miércoles? —Le hizo un gesto a Ava para que entrara y cerró la puerta. Tenía puesta una bata roja y unas pantuflas de satén azul con un borde de plumas.

Ava se quedó mirándola.

—Dijiste que podía practicar aquí.

—Bueno, lo prometido es deuda. —Las pantuflas golpeaban sus talones mientras caminaba hacia la sala de estar—. Me alegro de que estés aquí, tesorito. Pero no le digas a nadie que no estaba vestida a las tres de la tarde. Y no le digas a nadie que estaba fumando. —Aplastó su cigarrillo en un pequeño cenicero tallado—. Hodge piensa que es malo para mi salud. —Agarró el cenicero y lo llevó a la cocina, donde arrojó a la basura la evidencia de sus fechorías—. ¿Te gustaría beber una taza de chocolate antes de atacar la pieza de Beethoven que te di?

Ava se desplomó en una silla de la cocina y echó un vistazo al jardín lateral. Hodge, el hijo de Mitzi, vivía en la casa de al lado. Ava podía ver a su esposa, Carla, trabajando en la cocina.

—Baja esa persiana. —Mitzi agitó los dedos manteniéndose fuera de la vista—. No, espera. Mejor no. Carla pensará que algo anda mal y Hodge vendrá a ver por qué todavía estoy con la bata puesta a media tarde.

Ava dejó escapar una risita al ver la actitud rebelde de Mitzi y luego preguntó:

—¿Y por qué todavía estás con la bata puesta a media tarde?

—Porque estoy vieja y cansada y a veces simplemente no tengo ganas de preocuparme por el maquillaje, el cabello ni qué voy a ponerme. Verse bien es una obra importante que requiere un palustre y un balde lleno de base. ¡Ah! ¡Por fin! ¡Una sonrisa! —Agregó una cucharada de cocoa a la leche que estaba calentando sobre la estufa—. ¿Cómo te trata la vida a ti, tesorito?

—Penny odia que toque el piano.

—Porque no tiene oído ni talento para la música. —La expresión de Mitzi cambió—. Y tú olvidarás lo que acabo de decir en este preciso instante. —Extendió su mano con el dedo meñique estirado—. Hagamos la promesa del meñique. —Ava lo hizo.

Carla Martin vio a Ava desde la ventana de su cocina y la saludó con la mano. Ava se obligó a sonreír ampliamente y le devolvió el saludo con los dedos.

—Podrías practicar cuando quieras en ese bello piano de media cola que hay en la iglesia, ¿sabes? Al pastor Ezekiel no le molestaría.

—¿Por qué querría ir ahí? —Ava volvió a mirar por la ventana.

—Solo se me ocurrió... —Mitzi apagó el fuego y sirvió el chocolate hirviente en dos tazones—. Vamos a la sala. —Le dio un tazón a Ava y fingió escabullirse por la puerta—. No tiene sentido agitar esta bata roja en la cara de Carla.

Con el tazón caliente entre sus manos, Ava se recostó en un sillón y dejó que sus piernas colgaran sobre el brazo.

—Gracias, Mitzi. —Si se sentara así en la casa de Peter y Priscilla, ella le diría que se sentara como una dama—. Prefiero estar aquí que en cualquier otro lugar.

—Me gusta que estés aquí —dijo Mitzi con una sonrisa cariñosa. Se acomodó en el sofá, se quitó las pantuflas y apoyó sus pies descalzos en la mesa de centro. Tenía las uñas de los pies pintadas con un rojo intenso—. Así que te atacan en grupo, ¿cierto? ¿Están tratando de cortar el capullo de tu floreciente talento?

A veces Mitzi podía ser fastidiosa. Ava sorbió un poco de su cocoa y decidió ser sincera:

—Están hartos de oírme tocar la misma pieza una y cien veces, y no puedo interpretarla bien si no lo hago. A Priscilla le da dolor de cabeza, Peter quiere escuchar el noticiero de la radio y Penny chilla como un alma en pena.

—Sabes —dijo Mitzi alargando las palabras—, el verdadero problema es que hay dos muchachitas de trece años viviendo bajo el mismo techo. Un día son amigas del alma, y al día siguiente están como perros y gatos.

—Entonces estás diciendo que Peter y Priscilla estarían mucho mejor si tuvieran una sola hija.

Mitzi pareció perturbada.

—No estoy diciendo eso en absoluto. Estoy diciendo que ambas crecerán y dejarán de ser insoportables.

—Espero que sí.

—Bueno, eres bienvenida a usar mi piano todas las veces que gustes. Tal vez aúlle cuando te equivoques de nota, pero no te haré detenerte.

—Peter, Priscilla y Penny gritarán hurras y darán brincos por toda la sala. —Ava giró sus piernas y apoyó los pies en la mesita de centro. Le gustaba estar con Mitzi. No tenía que morderse la lengua cada vez que quería decir lo que realmente pensaba. No era que Mitzi le diera permiso para chismear o quejarse. No tenía paciencia para ninguna de esas cosas. Pero aquí, Ava se sentía más en casa que en el lugar al que llamaba su «hogar».

—No tan rápido, jovencita. —Mitzi miró a Ava por encima del borde de su taza—. Tengo una condición. Tienes que tocar en los servicios dominicales.

—¿Qué? —Ava sintió que todo el placer y la afabilidad se desvanecían—. ¡No! —Apoyó su taza sobre la mesa de centro. El solo pensar en eso le revolvía el estómago.

—Sí. Y quiero que empieces...

—Dije que no.

—Dame una buena razón para no hacerlo.

Ava buscó cualquier excusa.

—Porque no quiero hacer nada para el reverendo Freeman. Esa es la razón. Él me abandonó, ¿recuerdas?

Con un destello en los ojos, Mitzi plantó sus pies en el piso.

—Esas son tonterías. Y, además, ¿acaso escuchaste que el pastor Ezekiel te lo pidiera? No lo haces para él. Lo haces para mí. Mejor aún sería si lo hicieras para Dios.

Ni en sueños. ¿Qué había hecho Dios por ella? Pero, sabiendo cuáles eran los sentimientos de Mitzi en cuanto a Él, supo que era mejor no decirlo.

—Tocas mucho mejor de lo que yo jamás podré tocar.

—Eres casi tan buena como yo y lo sabes. Ya casi no me quedan cosas por enseñarte. Y sí, sí, ya tendremos tiempo para el ragtime. Pero aún no.

—¿Por qué me estás obligando a tocar en la iglesia?

—Porque me estoy haciendo vieja y estoy cansada y quiero

tener un domingo libre. Es por eso. Y Marianne siempre soñó con que algún día tocaras para la iglesia. Hazlo por ella, si no por mí.

Las lágrimas brotaron de los ojos de Ava. El antiguo dolor afloró y le apretó la garganta.

—Perdón, tesorito. —La voz de Mitzi se suavizó—. Ay, cariño, tienes tanto miedo, ¡y no hay porqué! —Sonrió con tristeza—. El pastor Ezekiel te ama y ni siquiera quieres hablarle. Me alegro mucho de que tu familia te haya traído de vuelta a nuestra iglesia. Esos dos años que apenas pudo verte fueron muy difíciles para él.

Ava puso los ojos en blanco.

—Él te salvó la vida y te dio un hogar durante cinco años.

—Debería haberme dejado donde me encontró.

—Bua-bua-bua... Puedes llorar a mares, pero ¿puedes construir un puente para atravesarlo? Ni siquiera le muestras el respeto que merece por ser tu pastor.

Temblando y haciendo un esfuerzo para no llorar, Ava se levantó.

—Creí que te caía bien.

—¡Yo te amo, tonta! ¿Por qué crees que te tengo aquí? ¿Por tu carácter alegre? —Mitzi soltó un suspiro impaciente—. Voy a decir esto una vez y nunca lo repetiré. *¡Supéralo!* Ava, cariño, Ezekiel te entregó porque te ama, no porque quería librarse de ti. Lo hizo por tu propio bien. Y no te quedes mirándome con esos ojos fríos. Nunca te mentí y nunca te mentiré. —Resopló—. Sé que es tu decisión creerme o no, pero será mejor que entiendas esto: lo que crees marca el rumbo de tu vida. Y no me digas que no has sido feliz con la familia Matthews.

—He estado fingiendo.

—¿En serio? —Mitzi bufó de manera poco delicada—. Bueno, si eso es cierto, eres mejor actriz de lo que yo fui en toda mi vida. —Seguía sentada en el borde del sofá—. ¿Me haces el favor de sentarte de nuevo? Haces que me duela el cuello.

Ava se sentó. Mitzi se acomodó y volvió a apoyar los pies sobre la mesa de centro. Observó a Ava.

—¿Y bien? ¿Qué dice, señorita Matthews? ¿Bajará del caballo sobre el que está montada y ensillará el taburete del piano? ¿O practicará en su casa y volverá loca a su familia?

—¿Cuándo tendré que tocar en la iglesia?

—Esta semana.

—¿*Esta semana?*

—Escogeré algunos himnos fáciles. "Hermoso Salvador" es uno bueno. —Mitzi recogió la taza de cocoa de Ava e hizo un ademán con la mano—. Suficiente holgazanería. Entra en calor con algunas escalas.

Ava reconoció la partitura de una canción de Dinah Shore. Mitzi volvió de la cocina y colocó «Carita de ángel» frente a ella. Ava recorrió alegremente la música sin cometer demasiados errores.

—Muy bien. Suficiente recreo. —Mitzi abrió el himnario en «Hermoso Salvador». No se quedó conforme hasta que Ava lo interpretó tres veces sin cometer un solo error. Luego, volvió a hojear el himnario—. El siguiente es "Al Dios invisible, al Rey inmortal". —Mientras Ava tocaba, Mitzi caminaba de un lado a otro—. Acelera el ritmo. No es una marcha fúnebre. —Mitzi movió los brazos en el aire y cantó en voz alta, con un tono perfecto. Cuando finalmente quedó satisfecha, encontró «Junto a la cruz de Jesús».

Ava le dirigió una mirada fulminante. Quería cerrar la tapa del piano de un golpe. En lugar de eso, le dio un ritmo completamente nuevo a «Junto a la cruz de Jesús».

—No es un vals. ¿Qué crees? ¿Que la gente debería bailar en los pasillos?

—¡Es mejor que dormirse en los bancos!

Mitzi se rio hasta que tuvo que sentarse. Estiró las piernas y dejó los brazos colgando a los costados del sillón.

—Dos más y podrás practicar lo que quieras. Busca "Loores

dad a Cristo el Rey" y haz que suene como una marcha. Este será el último himno. ¡Tócalo con pasión!

Ava lo hizo echando chispas.

—Lo único que necesitamos ahora es un himno procesional para que pasen a los bancos y un ofertorio que les ablande lo suficiente el corazón para que abran la billetera. —Mitzi dio unas palmaditas en los hombros de Ava—. Una hora al día para estos y, después, lo que quieras aprender. ¿De acuerdo?

—¿Tengo alternativa?

—Ah, ¡cuánto entusiasmo! —Juntó las manos como si estuviera orando—. Perdónala, Señor. No sabe lo que hace. Todavía. —Acercándose a Ava, hojeó las páginas hasta encontrar «Para andar con Jesús»—. Toca ese.

Un recuerdo surgió como un chispazo: el reverendo Freeman llevándola sobre sus hombros en una mañana neblinosa, mientras cantaba ese himno. Ella amaba el sonido de su voz. Conocía de memoria cada palabra de ese himno, con el coro que empezaba «Obedecer y confiar en Jesús...». Pero ¿confiar? Ya no confiaba en nadie, mucho menos en Jesús. Cerró la tapa sobre las teclas.

—Tengo que irme a casa.

Las manos de Mitzi la agarraron por los hombros.

—Mañana no te presionaré tanto.

—No sé si volveré.

—Bueno, eso depende de ti. —Mitzi la besó en la coronilla.

No tenía sentido fingir con Mitzi. Ambas sabían que volvería. Cuando Ava se levantó, Mitzi se interpuso en su camino y le tomó la cara con las manos.

—Tengo fe en ti. Nos llenarás de orgullo a todos. —La soltó y se agachó para tomar el himnario—. Llévatelo. Solo tienes que leer la letra para saber cómo tocar. Apuesto a que si le dices a Priscilla y a Peter que tocarás en la iglesia, te dejarán practicar. —Sus ojos resplandecieron con picardía—. Así, cuando vengas, podremos ensayar ragtime.

Ava se sintió más animada. Besó la mejilla suave de Mitzi.

—Te quiero, Mitzi.

—Yo también te quiero, tesorito. —Mitzi la acompañó a la puerta—. En un año podrás tocar todos los himnos de ese libro. No solo aprendas de memoria la música. Memoriza las palabras. Ahora vete antes de que Priscilla te reporte como persona perdida y Jim Helgerson aparezca en su patrulla. —Se envolvió en su bata roja, parada en la puerta—. ¡Hasta la vista!

Ezekiel se quitó la gorra de los Cardenales de San Luis mientras entraba a la Cafetería de Bessie. La campanilla sobre la puerta tintineó y la nueva mesera lo miró fugazmente antes de volver a prestarle atención a la media docena de clientes masculinos sentados en los taburetes junto a la barra. Llevaba el cabello castaño arreglado con un pulcro moño francés que dejaba a la vista un rostro encantador pero un poco distante. El delantal azul que usaba ceñido a la cintura, sobre la camisa blanca sencilla y la falda negra, insinuaba una silueta de curvas atractivas. Los hombres la halagaban, pero ella servía las mesas con una sonrisa fría y estrictamente profesional y se comportaba de manera reservada.

Las puertas vaivén de la cocina se abrieron de golpe y Bessie salió con tres platos llenos apilados sobre un brazo y otro en la mano.

—¡Buenos días, Ezekiel! Llegas un poquito tarde hoy. Tu mesa está esperándote. Ponte cómodo, enseguida te atiendo. —Sirvió a cuatro hombres vestidos con ropa de trabajo sentados cerca de las ventanas del frente.

Antes de acomodarse en su lugar habitual al fondo, Ezekiel asomó la cabeza por la cocina y saludó a Oliver, agobiado pero siguiendo el ritmo de la clientela matutina.

—Veo que Bessie encontró una muchacha nueva.

—Trabaja bien. Empezó anoche. Siguió el ritmo sin problema. Bessie espera que siga así.

Ezekiel lo dejó seguir trabajando y ocupó su asiento. Le gustaba ubicarse atrás, mirando al frente. De esa manera podía ver a toda persona que entraba. Dutch solía pasar por un rato y tomaban un café y charlaban un poco. Por fin había ido a la iglesia, donde Ezekiel le había presentado a Marjorie Baxter. Transcurrieron varios meses de conversaciones informales antes de que Dutch invitara a Marjorie a cenar.

«Hablamos de ti toda la noche —le dijo Dutch con una gran sonrisa—. Ahora que ya está agotado ese aburrido tema, podemos continuar con otras cosas». Ezekiel estuvo muy contento cuando empezaron a verse con frecuencia.

La nueva mesera volvió a mirar hacia donde estaba Ezekiel. Él sonrió y la saludó en silencio, asintiendo con la cabeza. Generalmente podía adivinar la edad de las personas, pero esta mujer lo dejó perplejo. ¿Treinta y cinco? Se movía con agilidad, como si estuviera acostumbrada a esta clase de trabajo. El contorno de sus ojos denotaba cansancio, no como si estuviera cansada físicamente, sino hastiada, agobiada. Ella le devolvió una sonrisa cordial, sin calidez.

Una vez que entregó los platos llenos, Bessie tomó una taza de la estantería y caminó hacia él.

—Sueles llegar antes de que se llene de gente. —Apoyó la taza en la mesa y sirvió el café negro y humeante sin derramar una gota.

Ezekiel le agradeció y envolvió la porcelana caliente con sus manos frías.

—Esta mañana hice una caminata más larga.

—No puedo entender por qué sales a caminar teniendo ese encantador Packard 740 que puede llevarte a cualquier parte.

Pocos meses después de la muerte de Marianne, Mitzi Martin lo sorprendió cuando insistió en regalarle el Packard 740 Roadster de 1930 que había estado estacionado en su cochera por quién sabe cuántos años.

«Necesitas un carro y yo tengo uno en el garaje acumulando polvo. Quiero regalártelo». Ella lo había decidido, y lo único que Ezekiel pudo hacer fue aceptar el ofrecimiento con gratitud.

Sin embargo, y aunque habían pasado varios años, todavía sentía que llamaba la atención sentado al volante del carro de Mitzi, y lo usaba solamente cuando estaba apurado o tenía que llegar a algún lugar más alejado de donde pudieran llevarlo sus piernas en un tiempo razonable. La semana anterior lo había usado solo una vez, para llevar a Mitzi a dar una vuelta por la campiña. Hablaron sobre Ava. Tocaba todos los domingos en la iglesia, aunque bajo protesta.

«Se pone nerviosa por tocar frente a todo el mundo, pero se acostumbrará. Lleva tiempo».

Ava aún no tenía mucho para decirle a Ezekiel. Ahora lo llamaba pastor Ezekiel en lugar de reverendo Freeman, lo cual era un avance. Una vez, él dijo lo orgullosa que estaría Marianne de verla tocar el piano en los cultos. Ella dijo que Mitzi le había dicho lo mismo y que ese era el motivo por el cual había accedido a tocar, en honor a Marianne. Lo dijo en un tono perfectamente respetuoso; sin embargo, él sintió la puñalada. Mitzi dijo que veía las cosas a través de las heridas de su niñez.

«Pase lo que pase, aprenderá de memoria cada himno del libro, y quizás recuerde algo cuando lo necesite».

Ezekiel le sonrió con ironía a Bessie.

—No quiero meterle demasiados kilómetros al carro.

—O te da vergüenza tener un carro más lindo que el de la mayoría de tus feligreses.

Había algo de cierto en eso. En efecto, Charles Lydickson se fastidiaba un poco cada vez que veía a Ezekiel en el Packard.

Hizo un gesto con la cabeza hacia la nueva mesera.

—Veo que encontraste a alguien para que te ayude.

—Se llama Susan Wells. —Bessie parecía encantada—. Llegó ayer, es nueva en el pueblo y dijo que estaba buscando trabajo. Dijo que tenía experiencia como mesera, y después de observarla trabajar anoche y esta mañana, le doy la razón. —Le hizo señas—. ¡Susan! Ven a conocer uno de mis mejores clientes.

Susan se secó las manos y salió de detrás de la barra.

—Ezekiel, quiero presentarte a Susan Wells, recién llegada a El Refugio. Susan, este es el reverendo Ezekiel Freeman, de la Iglesia de la Comunidad de El Refugio.

Al escuchar la palabra *reverendo*, los ojos de la mujer parpadearon. Él había visto esa expresión de *¡ay no!* en otros rostros.

—Reverendo Freeman. —Susan lo saludó con la cabeza de manera reservada.

—Dile pastor Ezekiel —dijo Bessie—. *Reverendo* suena aburrido, ¿no te parece? Como un viejo. —Le guiñó un ojo a Ezekiel.

Ezekiel le tendió la mano a Susan.

—Un placer conocerla, señorita Wells.

Después de dudar un instante, ella estrechó su mano con un apretón firme y lo soltó.

—Soy la señora Wells —dijo con rigidez. Desvió la mirada y volvió a mirarlo—. Mi esposo murió en la guerra.

Él reconoció una mentira.

—Lamento escuchar eso.

—¡Oye, Bessie! ¿Qué tal si nos atienden un poco por acá? —Un cliente levantó su taza.

—¡Un momento, Barney! Y de todos modos, ¿qué estás haciendo? ¿Lo estás virtiendo en un termo antes de al fin pararte para ir a trabajar? —Bessie se disculpó y se dirigió a la otra mesa.

Susan se quedó mirando el intercambio en conmocionado silencio. Ezekiel soltó una risita.

—No se preocupe. Barney es el hermano menor de Bessie.

—Ah. —Susan cerró la boca.

Bessie y Barney se reían. Ella agarró un mechón de su cabello oscuro y rizado y lo tironeó antes de dirigirse a otra mesa.

—Es un ritual matutino. —Ezekiel sonrió—. Bienvenida a El Refugio, señora Wells. —La miró a los ojos.

La expresión de ella cambió, como si hubiera corrido un velo ante su rostro para ocultarla de su mirada escrutadora.

—Gracias. Será mejor que yo vuelva a trabajar.

Joshua había quedado atrapado en el columpio del porche delantero, con Ava apoyada contra el barandal y Penny sentada al lado de él, hablando de la próxima graduación de octavo grado y de la fiesta que harían sus padres. Ava se recostó contra el barandal del porche, sin decir una palabra.

Penny se acercó más a Joshua.

—¿Irás a tu baile de graduación de preparatoria? ¿No es el próximo fin de semana?

Priscilla salió por la puerta delantera.

—Penny, entra a poner la mesa.

—Ni siquiera es la hora de la cena.

—Ahora, Penny.

—Está bien, está bien. —Se levantó del columpio, enojada—. ¿Puede quedarse Joshua a cenar?

Priscilla lo miró interrogante.

—Sabes que eres más que bienvenido.

Un poco más de lo que él deseaba.

—Gracias, pero no puedo.

Apenas la puerta se cerró detrás de ellas, Joshua se puso de pie.

—¿Qué te parece si vamos a caminar?

Ava levantó la cabeza y su rostro se animó.

—Claro.

Él le abrió la reja del frente. Ella caminaba con los ojos mirando al frente. Él se preguntó en qué estaría pensando.

—Estaba tratando de incluirte en la conversación.

Ella se encogió de hombros.

—Penny está enamorada de ti.

Joshua volvió a tener la sensación de que algo se revolvía en el interior de Ava. Lo último que quería era causar una división entre las hermanas.

—La semana próxima se enamorará de algún otro.

—¿*Irás* al baile de fin de año? —Le dirigió una mirada que no pudo descifrar—. Nunca respondiste la pregunta de Penny.

—Ajá. Voy a ir. —Paul Davenport quería llevar a Janet Fulsom, pero el padre de ella no la dejaría ir a menos que fueran con otra pareja. Joshua habría invitado a Sally Pruitt, la mejor amiga de Janet, pero sabía que Brady Studebaker ya lo había hecho. Por eso, había llamado a Lacey Glover, quien le había dicho que estaría encantada de ir.

Ava cambió abruptamente de tema y preguntó si todavía estaba trabajando en los gabinetes de la cocina para la familia Wooding.

—No. Jack y yo terminamos ese proyecto la semana pasada. Ahora está hablando de reemplazar los balaustres de su escalera. Me enseñó a usar la fresadora y me puso a trabajar haciendo balaustres a partir de un modelo. Son para las cabañas nuevas que está construyendo. Quiere que invente un modelo propio, "un balaustre con detalles", según sus palabras. —Se rio—. El señor Wooding tiene más confianza en mí que yo mismo. Hasta ahora, hice seis, y él los partió a la mitad y los arrojó al cajón de la leña.

—Qué malvado.

—No, no es malvado. Me presiona para que lo haga mejor. He aprendido mucho de él.

—¿No quieres ir a la universidad?

—Algún día. Quizás. Ahora mismo no tengo suficiente dinero ahorrado.

—¿Todavía estás en los Exploradores?

—Ya no. —Jack Wooding lo había incentivado para que llegara hasta el más alto rango de los Niños Exploradores. Joshua lo había logrado el año anterior cuando realizó su proyecto para la comunidad, escribiendo la propuesta de una rampa de acceso a la biblioteca pública, diseñándola y consiguiendo ayuda económica y un grupo de trabajo para concretar el proyecto—. Entre la escuela y trabajar para el señor Wooding, estoy bastante ocupado.

—Sin embargo, tienes tiempo para salir con chicas. —Le echó un vistazo—. No dijiste a quién llevarás al baile de fin de año.

¿Todavía estaba pensando en eso?

—A Lacey Glover. Su familia va a nuestra iglesia. —Observó que Ava fruncía el ceño y supuso que probablemente no la conocía—. Alta, de pelo castaño, se sienta con su familia en el sexto banco del lado derecho de la iglesia, tiene un hermano menor que es un año mayor que tú, Brian. ¿Lo conoces?

Ava encogió los hombros.

—Sé quién es. Pero no lo conozco. —Siguió caminando—. Penny esperaba que tú la invitaras al baile de fin de año.

—Lo dudo. Solo tiene trece años y ni siquiera está en la preparatoria.

—Iremos el otoño que viene.

Joshua trató de sacarla de su desánimo.

—¿Tienes idea de quién te gustaría que te lleve al baile algún día?

Ella soltó una risita.

—Dudo de que me inviten.

—¿Por qué no te invitarían? Eres una niña preciosa. —Le rodeó los hombros con su brazo y la estrechó contra su costado—. Te invitarán. Tendrás una fila de muchachos esperando invitarte a salir. Y en el improbable caso de que no tengas con quién ir, yo te llevaré. —La besó en la mejilla y la soltó, mientras el reloj del centro repicaba en la torre—. Será mejor que te lleve a casa.

El ánimo de ella cambió y lo desafió a una carrera de regreso.

Jadeantes, llegaron a la reja delantera, tratando de recuperar el aliento.

—Corres bastante bien para ser una niña. —Apenas la había superado. Revolvió sus bolsillos buscando las llaves. La puerta de la camioneta chirrió cuando la abrió.

Ava se apoyó en la ventanilla abierta del acompañante.

—Esta cosa sigue siendo chatarra, Joshua.

—¡Oye! Esta es una obra en proceso. —Acarició el volante—. Anda bastante bien. —Giró la llave y el motor se ahogó.

Ava dejó escapar una risita.

—¿Llevarás a Lacey Glover al baile en este viejo pedazo de chatarra?

Él sonrió:

—Papá me va a prestar el Packard.

—¡Nunca he dado una vuelta en el carro de Mitzi!

—Eso es culpa tuya. Lo único que tienes que hacer es pedírselo. —Volvió a girar la llave al punto de arranque y la camioneta revivió con una sacudida.

Ava bajó del estribo y gritó por encima del ruido:

—¿Vendrás a nuestra graduación?

—¡No me la perdería! Más te vale que vengas a la mía. —La saludó con una mano mientras se apartaba de la cuneta. Antes de doblar en la esquina, miró hacia atrás. Ava todavía estaba parada fuera de la reja, observándolo. Sintió un estímulo raro en su pecho al verla, un indicio de algo que vendría, pero no sabía qué.

El auditorio de la escuela primaria estaba lleno para la ceremonia de graduación de octavo grado. Un estandarte que decía «Promoción 1950» colgaba sobre la plataforma donde estaban sentados los estudiantes.

—¿No es emocionante? —Penny apretó la mano de Ava. Ava le devolvió el apretón y miró a lo lejos por encima de la multitud de personas. Allí estaba Mitzi, radiante, y también Joshua, ambos sentados con Peter y Priscilla. Ava sabía que el pastor Ezekiel estaba parado sobre la plataforma, a unos pocos metros de distancia, pero sentía que las lágrimas estaban demasiado cerca para arriesgarse a mirar en su dirección. ¿Estaría orgulloso de ella? ¿Se arrepentía ahora de haberla entregado?

Después de la ceremonia, todos se pusieron de pie para aplaudir y aclamar. Ava vio que Joshua se llevó los dedos a los labios y emitió un silbido agudo. Se rio y devolvió el abrazo eufórico de Penny.

Priscilla y Peter las encontraron fuera del auditorio, donde reinaba el pandemonio. Ava vio a Mitzi y fue a buscarla como si fuera un faro.

—Me alegro tanto de que hayas venido.

Mitzi la estrechó y la besó en la sien.

—No me lo habría perdido por nada del mundo. —La apartó un poco de su cuerpo—. Esto es solo el comienzo, tesorito.

—¡Penny! ¡Ava! —Peter las llamó y chasqueó los dedos—. Vamos. Tienen que devolver las togas y los birretes para que volvamos a casa. Tengo que encender el carbón.

La gente ya había llegado y estaba dando vueltas por el patio de atrás. El pastor Ezekiel y Joshua se pararon a hablar con Peter mientras volteaba a las hamburguesas en la parrilla. Penny se reía y brincaba con Pamela y Charlotte, probablemente ensayando para las pruebas del equipo de porristas de la liga menor de la preparatoria en septiembre.

Ava vio que Joshua se le estaba acercando. Su mirada la recorrió de arriba abajo.

—Luces mayor, excepto que tienes los pies descalzos.

Eso le levantó el ánimo.

—Soy mayor, aunque tenga los pies descalzos.

—Ese vestido hace que tus ojos parezcan casi como esmeraldas.

Ella se ruborizó.

El pastor Ezekiel se les sumó, pero Priscilla interrumpió sus felicitaciones.

—Párense juntos. Quiero tomarles una foto. —Ava quedó atrapada entre el pastor Ezekiel y Joshua—. ¡Digan *whisky*! —Priscilla disparó la fotografía y les sonrió ampliamente antes de alejarse para tomar más fotografías de Penny y de los invitados.

—Marianne habría estado muy orgullosa de ti, Ava. —El pastor Ezekiel sacó una cajita de su bolsillo y se la dio—. Ella habría querido darte esto.

Lo último que Ava esperaba de él era un regalo. Lo recibió, confundida.

—Adelante —dijo Joshua, mirándola con una sonrisa entusiasmada—. Ábrela.

El collar con la cruz de oro de Marianne estaba acomodado dentro de la cajita de terciopelo azul. Se le hizo un nudo duro en la garganta, y no pudo hablar. El pastor Ezekiel sacó el collar de la caja y se paró detrás de Ava. Ella sintió el roce de sus dedos sobre su cuello.

—Ya está. Justo donde debe estar —habló en voz baja, con un tono levemente ronco. Pasó las manos sobre los hombros de Ava y se los apretó con delicadeza antes de soltarla.

Ava tocó la cruz y trató de contener las lágrimas. Cuando lo miró, no logró decir siquiera un simple gracias.

La expresión del pastor Ezekiel se suavizó.

—Su madre se lo regaló. —Sonrió con ternura—. Espero que lo uses para recordarla.

Ella asintió sin poder decir una palabra.

—¡Bueno, mira a esta pequeña belleza! —Mitzi se unió a ellos y rodeó la cintura de Ava con su brazo—. Tan arreglada y con ningún lugar adonde ir. Estás poniéndote tan linda que Peter tendrá que usar un bate de béisbol para mantener lejos a los muchachos.

Ava dejó escapar una risita, con los ojos todavía empañados. Cuando volvió a mirar hacia el pastor Ezekiel, vio que alguien ya lo había apartado de ellos. Mitzi se dio cuenta de hacia dónde miraba.

—Pobre hombre, nunca tiene un rato libre, ¿cierto?

—Solo es parte del trabajo —dijo Joshua y Ava se dio cuenta de que él había estado mirándola todo el tiempo. Súbitamente, sintió que sus mejillas se acaloraban.

—Bueno —Mitzi tenía un brillo especial en los ojos—, es algo que deberás tener en cuenta si alguna vez consideras seguir su tipo de profesión.

Joshua se rio.

—Creo que Dios me está llamando en otra dirección.

—Nunca sabes lo que Dios tiene en mente, hasta que ha terminado contigo. —Mitzi miró de a uno al otro, y una extraña sonrisa se dibujó en sus labios—. Y parece que sí nos lleva en miles de direcciones, ¿verdad? La sal de la tierra y todo eso. Un poco de condimento por aquí y otro poco por allá. —Se colgó del brazo de cada uno de ellos e hizo que la acompañaran, caminando en dirección de la comida—. Hablando de condimento, vamos, queridos míos. ¡Mejor apurémonos a comer alguna hamburguesa, antes de que desaparezcan!

Joshua escaló las colinas y se sentó en un lugar donde pudiera contemplar El Refugio. El campamento tenía una docena de carpas levantadas donde había familias empezando a preparar sus parrilladas. El estacionamiento del Parque Ribereño estaba lleno, los adolescentes holgazaneaban tendidos en sus toallas playeras mientras las familias hacían picnics bajo las secuoyas y los niños chapoteaban en el sector acordonado para nadar.

Desde su graduación el mes anterior, Joshua había dedicado todo su tiempo a aprender carpintería con Jack Wooding. Le encantaban los sonidos de las sierras y de los martillos, y el olor del aserrín. Le gustaba ver las casas levantarse, sabiendo que él cumplía un rol para lograr que eso sucediera. Pero, después de volver a casa, ducharse y prepararse la cena, apenas le quedaba energía para charlar con papá.

No solía tener días libres, pero cuando sucedía, venía aquí arriba a respirar aire fresco y orar. El futuro parecía muy incierto. Corea del Norte había invadido a Corea del Sur y las Naciones Unidas habían decidido llevar adelante acciones policiales, lo cual significaba que Estados Unidos estaba entrando a la guerra. Varios conocidos de papá que estaban en la reserva del Ejército ya habían sido llamados al servicio. Y el reclutamiento se había reactivado. Joshua sentía intranquilidad en su alma, un anhelo que no podía definir.

El domingo, Priscilla lo había apartado a un costado de la iglesia y le había dicho que Peter y ella estaban preocupados por Ava. «Pasa todo el tiempo en su habitación leyendo, o en las prácticas de piano en casa de Mitzi. Dice que está bien, pero a mí no me lo parece. Peter trató de hablar con ella, pero solo nos deja acercarnos hasta cierto punto y luego levanta una muralla invisible». No se lo pidió, pero Joshua sabía que esperaba que él fuera a visitarla y a charlar con ella para averiguar qué pasaba en su interior.

Lo inquietó darse cuenta de cuánto deseaba hacerlo. Ava solo tenía trece años, por todos los cielos. Y él, dieciocho. Todavía era una niña, aunque en su fiesta de graduación había notado que estaba creciendo muy rápido. Su cabello pelirrojo estaba más oscuro y se le notaban los primeros indicios de femineidad. Papá se había dado cuenta de que él se estaba fijando en ella y lo había mirado de una manera extraña. Se había reído de sí mismo. Había estado a punto de decirle a Priscilla que buscara a otro, pero no quiso que pensara que a él no le importaba. El hecho era que no estaba seguro de cómo apoyar a una niña de trece años sin darle una falsa impresión.

Su amor por ella era tan antiguo como podía recordar. Cuando papá la entregó a Peter y a Priscilla, él se había entristecido. Ahora, estaba preocupado. No podía dejar de pensar en Ava. No podía reprimir la inquietud que, sin querer (o, tal vez, a sabiendas), Priscilla había metido en su cabeza. *Ava está sufriendo, Señor. ¿Es a causa del pasado? ¿O es por algo que está pasando ahora? ¿Y de qué se trata todo esto? ¿Solo angustia adolescente? ¿Conflictos con Penny?* ¿Cómo podía saberlo, a menos que pasara tiempo con ella?

Ava necesita un amigo. Nada más que eso. Y nada menos, tampoco.

Joshua conducía de vuelta al pueblo cuando vio a Ava cruzando el puente a pie. Ella ni siquiera había notado que la camioneta se acercaba hasta que Joshua tocó la bocina y la llamó por su nombre a través de la ventanilla abierta.

—¿Quieres que te lleve?

—Ah. Hola. Sí, claro. —Abrió la puerta de un tirón y se subió.

—Venía pensando en ti, y aquí estás. —Joshua puso en marcha la camioneta—. Hace semanas que no te veo.

—Has estado muy ocupado.

Tenía el cabello húmedo y las mejillas quemadas por el sol.

—Estuviste nadando en el Parque Ribereño.

—Hoy es el primer día que fui. No volveré.

—¿Te peleaste con Penny?

—No. —Encogió un hombro y miró por la ventanilla—. Es solo que no me gusta ir ahí.

Ah. Él sabía por qué, pero pensó que era mejor no decir más.

—Entonces, ¿cuáles son tus planes para el resto del día?

—¿Yo? —Lo miró sarcásticamente—. ¿Crees que tengo planes?

—Genial. Estoy muerto de hambre. ¿Qué te parece una hamburguesa con papas fritas y una malteada? Puedes llamar a tu casa desde la Cafetería de Bessie y avisarle a tu familia que estás conmigo. No creo que les moleste.

Toda la angustia desapareció del rostro de Ava y lo miró con una sonrisa que lo desarmó completamente.

La nueva mesera, Susan, les tomó la orden. Ahora Joshua entendía por qué papá iba tan seguido a comer allí. Le preguntó a

Ava cómo estaba pasando el verano y ella dijo: «Lento». Él dijo que cada domingo se notaba que iba mejorando en el piano y ella dijo que todavía se ponía nerviosa cuando tocaba en la iglesia.

—Mitzi insiste en que lo superaré, pero todavía no sucede.

—¿Cómo te convenció de hacerlo?

—Dijo que si tocaba para la iglesia, me enseñaría ragtime. Le estoy exigiendo que cumpla esa promesa.

Él se rio entre dientes.

—Sería interesante si confundieras los dos estilos.

Ella lo miró con picardía y le recordó a Mitzi. Luego, cambió de tema.

—¿Qué has estado haciendo todo el verano? ¿Tú y Lacey Glover todavía salen?

—Terminamos hace dos semanas.

—¿Te rompió el corazón?

Él apoyó los antebrazos en la mesa.

—Seguimos siendo buenos amigos.

La sonrisa simpática de Ava se volvió ácida.

—Se lo contaré a Penny. Su corazón se acelerará cuando se entere de que estás disponible otra vez. Y se olvidará de Kent Fullerton.

A Joshua no le gustó el tono malicioso.

—No seas malcriada.

Parecía dispuesta a defenderse y entonces se recostó en su asiento.

—A veces, me canso de fingir.

—¿Fingir qué?

Ella lo miró y sacudió la cabeza.

—No importa.

—Sí importa. A mí me importas. —Se inclinó hacia adelante—. ¿Qué es lo que te preocupa?

—Todo. Nada. Ni siquiera lo sé. Solo quiero… —En su rostro, él podía ver la lucha y la frustración que la agitaban internamente.

Se dio por vencida en su intento de explicarlo y encogió los hombros—. Quiero mi hamburguesa, mis papas fritas y la malteada. —Sonrió con amabilidad cuando la mesera les sirvió su pedido.

—¿Usted es nueva, verdad? —dijo Joshua antes de que la mesera se marchara. Cuando respondió que sí, le tendió la mano—. Soy Joshua Freeman, el hijo del pastor Ezekiel, y ella es mi amiga, Ava Matthews. Apuesto a que Bessie está contenta de tenerla en el equipo.

—Eso dice. —Susan sonrió sin alegría. Miró primero a Joshua y después a Ava—. Un gusto conocerlos a ambos. —¿Había percibido que algo andaba mal?

Joshua dio gracias por los alimentos y tomó su hamburguesa.

—¿Tú también estás enamorada del salvavidas?

—Penny me asesinaría mientras duermo. —Golpeó el fondo de la botella de kétchup hasta que salió una gran cantidad.

Joshua se rio.

—Nada como una pequeña hamburguesa para acompañar todo ese kétchup.

Ella soltó una risita.

—Cuéntame, ¿cómo conocieron a Kent Fullerton?

Ella agarró su hamburguesa.

—Bueno, para ser exacta, no lo hemos conocido aún. Es el salvavidas del parque. El año próximo estará en su último año de la preparatoria y está en el equipo de fútbol. Todas las chicas están locas por él.

—¿Tú también?

Ella tragó y lo miró, divertida.

—Es un Adonis rubio bronceado por el sol que quedaría perfecto al lado de Penny. —Se encogió de hombros y mordió otro bocado.

Él cambió de tema.

Ava le habló de la lista de libros clásicos que Peter le había dado. Hasta ahora, había leído seis. Se relajó y se puso a hacer imitaciones ingeniosas de conversaciones de las novelas de Jane Austen. Joshua se rio.

Después de comer, dieron vueltas alrededor de la plaza y escucharon la banda. Varias familias se reunieron. Unas parejas mayores bailaron en el patio frente a la glorieta. Joshua tomó la mano de Ava.

—Vamos. Bailemos como ellos.

—¿Estás bromeando? —Se puso rígida—. ¡No sé bailar!

Joshua prácticamente tuvo que arrastrarla.

—No seas tan miedosa. Te mostraré cómo hacerlo. —Le enseñó un simple paso cuadrado, luego apoyó la mano de ella en su hombro y la movió a la posición de baile. Ella pedía disculpas cada vez que lo pisaba—. Levanta la cabeza, Ava. Deja de mirarte los pies. —Le sonrió—. Confía en mí. Cierra los ojos y siente la música. —Después de eso, ella aprendió los movimientos enseguida.

Otras parejas se acercaron a bailar. El reloj del campanario sonó. La canción terminó. Joshua la soltó.

—Será mejor que te lleve a tu casa.

Ava caminó a su lado. La expresión triste que él había visto en el puente ya no estaba. Se veía feliz y relajada, más parecida a la niña que debía ser.

—¿Tienes ganas de ir a una caminata en mi próximo día libre?

—Seguro. —Le dedicó una sonrisa radiante—. ¿Cuándo será?

—El domingo. Hablo de subir cinco kilómetros, no a caminar alrededor de la manzana. —La camioneta tosió y se apagó dos veces antes de que lograra ponerla en marcha—. ¿Te animas?

—No lo sé. —Ella le sonrió—. ¿Estás seguro de que no tienes que arreglar esa chatarra?

Él le devolvió la sonrisa.

—Jamás en domingo.

Joshua sabía que papá todavía no estaría en casa. Le había dicho que iría a visitar a los MacPherson para hablar con Gil, quien tenía dificultades desde que había regresado de la guerra. Sadie llamaba varias veces al mes y le pedía a papá que fuera. Nunca dijo de qué se trataba, aparte de que Gil fue paramédico y que vio más de lo que cualquier hombre debería ver.

Joshua sacó la correspondencia del buzón y subió los escalones, hojeando los sobres. Al ver el que estaba al fondo de toda la pila, dirigido a él, sintió como si hubiera recibido una patada en el estómago.

Con el corazón palpitándole fuertemente, dejó la correspondencia de papá en la mesa de la cocina y abrió la carta. Doblándola nuevamente, la colocó dentro del sobre otra vez. Miró a su alrededor y luego decidió meterla en su Biblia para que estuviera en un sitio seguro.

Oyó el rugido del Packard. Joshua no quería decírselo a papá, todavía no. Primero, quería orar por el tema y asimilarlo. Necesitaba un poco de tiempo antes de darle la noticia. Sentía como si tuviera un elefante sentado sobre su pecho.

De repente, el verano le pareció completamente diferente a como lo había imaginado un par de horas antes, mientras bailaba con Ava.

Tal vez Dios quería cerrar esa puerta.

CAPÍTULO 3

Perdona a tus enemigos,
pero nunca olvides sus nombres.
JOHN F. KENNEDY

AVA SE ALEGRÓ CUANDO JOSHUA cumplió su promesa y la llevó a caminar el domingo por la tarde. Durante las semanas siguientes, cada vez que salía temprano de trabajar, pasaba a buscarla y la llevaba a la Cafetería de Bessie por unas papas fritas y una malteada. Le dijo que dejara de quejarse de Penny y de Priscilla y que le hablara de libros, o de qué materias iba a estudiar, o de qué quería ser cuando creciera.

La mayoría de los domingos, iban a caminar. Él la alentaba para que mantuviera el ritmo y no parara hasta que sintiera como si tuviera una lanza clavada en el costado y apenas pudiera respirar.

—Está bien. Pararemos aquí.

Ella se sentó, sintiéndose pegajosa por el sudor. Joshua sonrió y se quitó la mochila de los hombros.

—La semana que viene, subiremos hasta la cima de la montaña.

—Suponiendo que alguna otra vez vuelva a caminar contigo. —Ella se dejó caer de espaldas, con los brazos extendidos.

—Un kilómetro más y llegaremos. La vista vale la pena, te lo aseguro.

—Cuéntamelo cuando vuelvas. —Ella se incorporó y abrió su cantimplora. La habría vaciado si él no se la hubiera quitado.

—Solo un par de sorbos o podrías sentirte mal. —Abrió su mochila y le dio un emparedado, la manteca de maní y la jalea se habían derretido en el pan. Tenía un sabor glorioso.

Bebió otro par de sorbos de agua y lo miró.

—No has hablado mucho hoy.

—Tengo mucho en qué pensar.

—¿Como qué?

—Subamos a la cima de la montaña y te lo cuento. —Su sonrisa bromeaba, pero sus ojos parecían serios. Comió sin hablar. Se había sentado junto a ella, pero parecía estar a miles de kilómetros.

Ava terminó su emparedado y se levantó.

—Vamos. —Él la miró como si estuviera pensándolo mejor—. Vamos. Dijiste que querías llegar a la cima y mostrarme la vista. Así que, andando.

Él metió los pedazos de papel encerado en su mochila, se la calzó en los hombros y tomó la delantera. Mientras lo seguía, Ava sentía que el temor la acosaba. Al cabo de cuatrocientos metros, empezó a resoplar otra vez. Le dolían las piernas. Sus pies hervían dentro de sus alpargatas rojas. Apretó los dientes y no se quejó. Se sintió triunfante cuando vio la cima. Joshua se sacó la mochila y la dejó caer al suelo. Ava contempló la vista de El Refugio.

—Puedes ver todo desde aquí arriba.

—Casi. —Él parecía estar empapándose de la vista.

Ella había pensado en toda clase de posibilidades.

—Entonces. Lacey Glover y tú están saliendo otra vez y vas a casarte.

—¿Casarme? ¿De dónde sacaste esa idea? No estoy saliendo con nadie. Me han...

Él se detuvo tan abruptamente, que ella supo que no le iba a gustar lo que iba a decirle.

—¿Te han qué?

—Reclutado. —Su expresión fue sombría.

Ava cerró los ojos; sus labios temblaron. Le vino el recuerdo de estar parada junto a la tumba y observar cómo bajaban a la tierra el ataúd de Marianne.

Se sentó fatigosamente en el suelo, apoyó los codos sobre sus rodillas y se cubrió la cabeza con las manos. Tragó un sollozo.

—¿Por qué tienes que ir?

—Porque me han convocado. —Se sentó junto a ella—. Eso no significa que no volveré.

Le dolía respirar.

—Así que me trajiste hasta aquí arriba para decírmelo.

—Lo estuve posponiendo durante semanas. No quería arruinar el tiempo que me quedaba para estar contigo.

Tenía miedo de preguntar, pero necesitaba saberlo:

—¿Irás a Corea?

Él negó con la cabeza.

—No lo sé. Primero, será al campamento militar; luego recibiré órdenes de dónde debo servir. —Frunció el ceño—. Tenemos bases en Europa y en Japón. Te lo contaré ni bien lo sepa.

Se recostó contra él y él rodeó sus hombros con un brazo. Ella se acercó más aun, hasta que su cadera estaba al lado de la de él.

—Te quiero.

Sintió que él la besaba en la coronilla.

—Yo también te quiero. Siempre te quise. Siempre te querré.

—¿Cuántas personas saben que te vas?

—Papá. Jack Wooding. Ahora, tú.

—¿Y Penny? ¿Y Peter y Priscilla?

—Puedes contarles tú. Creo que Priscilla ya lo adivinó. —Frotó su mentón contra la cabeza de Ava—. ¿Cuándo empezarás a decirles mamá y papá?

Ava se acurrucó contra él y lloró.

—Prométeme que volverás a casa.

—Te prometo que lo intentaré.

───────

Ava volvió corriendo a su casa al salir de la escuela, ansiosa por ver si había llegado otra carta de Joshua. Estaba en Fort Ord. Le describió la base cercana a la bahía de Monterrey y dijo que lo habían asignado a un cuartel de espera y luego a un cuartel de entrenamiento, donde le dieron su uniforme. El suboficial que era el jefe del pelotón supervisaría el entrenamiento durante las próximas ocho semanas. Siguieron llegando más cartas.

Nuestro suboficial es duro con nosotros, pero todos lo respetan. Es un sobreviviente del «Día D», así que todo lo que dice tiene peso. Marchamos a todas partes y entrenamos varias veces por día. Las carreras de obstáculos son un desafío que disfruto, pero me estoy cansando de correr varios kilómetros en formación día tras día, sin importar el clima...

Dijo que extrañaba pasar tiempo a solas en las colinas. Cada hora del día estaba programada y en todo momento estaba acompañado por los demás hombres.

Mi compañero de litera es de Georgia y también es cristiano. Su voz es mejor que la mía y canta tan fuerte en la capilla que algunos se ríen de él. Cada vez que el capellán dice algo importante, él dice «Amén», y me sobresaltaba al principio. Ya estoy acostumbrándome. Él trabajaba para un productor de cacahuates, pero se alistó cuando se enteró de que el presidente Truman eliminó la segregación racial en las fuerzas armadas.

Joshua tuvo su primera salida y la pasó en Cannery Row con sus compañeros de los cuarteles. Ava fue a la biblioteca y sacó el libro *Cannery Row* de John Steinbeck. En la siguiente carta que escribió, preguntó si Joshua había estado buscando el restaurante Bear Flag. Joshua escribió una respuesta inmediata.

Si preguntas lo que creo que estás preguntándome, la respuesta es ¡no! No estaba buscando una chica. Quería algo mejor para comer que la comida de la cantina. Dile a Bessie que extraño los platos de Oliver.

Mitzi quería que Ava practicara en el piano de cola de la iglesia. Entonces, cada sábado se encontraban allí. Mitzi le daba instrucciones y luego la dejaba practicar, mientras revisaba los himnarios en los bancos o encontraba algo para hacer en el salón social. El pastor Ezekiel solía entrar al santuario y sentarse a escuchar.

—Cada día tocas mejor, Ava.

Se sorprendió a sí misma por estar alerta a su presencia. Él siempre esperaba hasta que ella terminara de practicar antes de preguntar si había recibido novedades de Joshua.

—Ayer recibí una carta. Dice que está descubriendo músculos que no sabía que tenía. Y volvió a ir a Monterrey.

—Hace que Monterrey parezca un lugar hermoso, ¿cierto?

—¿Vendrá a casa cuando termine el campamento de entrenamiento?

—Esperemos que sí.

No había hablado tanto con el pastor Ezekiel desde la época en que vivía en su casa.

A Joshua le encantaba la llegada del correo. Papá escribía con frecuencia, pero Ava cada vez menos, y sus cartas eran cortas y forzadas.

Querido Joshua:

¿Cómo estás? Espero que bien. Yo estoy bien y trabajando duro.

Escribía sobre las tareas escolares y los profesores, pero nunca sobre Penny o sus otras amigas.

Joshua abrió el sobre de papá y desdobló la única hoja llena con la prolija letra cursiva de su padre.

Mi amado Joshua:

Deseo que al recibir esta carta te encuentres bien física y espiritualmente. Extraño las largas charlas contigo durante el café matutino. Me alegra que hayas encontrado algunos compañeros dispuestos a dedicar tiempo a un estudio bíblico. Cuando dos o tres se reúnen en Su nombre, Cristo está entre ustedes, y Él los consolará y los fortalecerá cuando más lo necesiten.

Priscilla y Peter vinieron a verme. Están muy preocupados por Ava, tanto como yo. Todos los días va a casa de Mitzi después de la escuela. Apenas habla con Penny. Priscilla cree que Ava está celosa de algún muchacho que prefiere a Penny. Oro para que ambas lleguen a quererse como deben hacerlo las hermanas. Eran muy unidas antes de que Peter y Priscilla adoptaran a Ava. Todos esperábamos que su amistad se convirtiera en un verdadero lazo de hermandad.

Ava tiene una buena amiga en Mitzi. Es una buena mujer que ama al Señor. Sé que hará todo lo que pueda por mantener a Ava en el barco cuando le toque ir corriente abajo.

Lo bueno es que Ava está convirtiéndose en una pianista maravillosa. Le dijo a Mitzi que ya no siente ganas de vomitar cada vez que toca ante la congregación. A veces me da la sensación de que quiere hablarme y le dejo la puerta abierta. Mitzi nos abre el espacio, pero Ava se queda callada. Traicioné la confianza de Ava, y solo me queda orar y esperar que algún día vuelva a aceptar mi amor.

———

Querido Joshua:

Te alegrará saber que Penny y yo volvimos a hablarnos. A las dos nos gustaba Kent Fullerton. ¿Recuerdas el Adonis del que te hablé? Es nuestro mejor mariscal de campo y la mitad de las chicas de la escuela mueren por su atención. Él empezó a interesarse en mí, hasta que Penny decidió robármelo. Pero lo que llega fácil, fácil se va. Ahora ella tiene el corazón roto porque él está saliendo con Charlotte. Penny dice que es culpa de la regla de Peter de no poder salir con nadie hasta los dieciséis años, pero creo que es porque quiere una chica que acepte sentarse con él en la última fila del cine. Sabes lo que hacen en la última fila, ¿cierto? Penny actúa bastante bien, como si no le importara.

Te extraño, Joshua. ¡No como hamburguesas ni bebo malteadas desde que te fuiste! Pero también estoy enfadada contigo. Invitaste a tu papá a tu ceremonia de graduación del campamento de entrenamiento. ¿Por qué no me invitaste a mí? Hubiera ido. ¡No me habría importado no ir a la iglesia el resto de mi vida! Y no me digas que debería avergonzarme por tener tan mala actitud. Mitzi me lo dice lo suficiente.

En este momento, también estoy enfadada con ella. Ya me hizo aprender a tocar cada uno de los himnos del himnario, pero no le basta con eso. Ahora me está haciendo aprender de memoria uno distinto cada semana. Me enojé tanto con ella que quería golpearla. Ella solo sonreía.

Me llevé su copia de «Maple Leaf Rag» y le dije que no se la devolvería. Salió al porche delantero de su casa y gritó fuerte, como para que la oyeran todos sus vecinos, que nunca lograré sacar bien el ritmo sin ella. Priscilla y Peter dicen que puedo practicar en la casa, pero sé que esa solución no durará mucho. Siempre queda el piano de la iglesia, pero no creo que tu papá ni el consejo lo aprueben. ¿Y tú? Ja ja.

Escribe pronto. Te quiero.

Ava

Ezekiel entró en la Cafetería de Bessie y vio que todas las mesas estaban ocupadas con los madrugadores. Distinguió a Dutch sentado en un taburete de la barra y se sentó junto a él.

—Buenos días.

Susan Wells estaba a unos metros de distancia, anotando un pedido. Le echó un vistazo a Ezekiel.

—Enseguida lo atiendo, pastor Freeman.

Dutch lo miró con aire serio.

—¿Se sabe algo de ese muchacho tuyo?

—Está en Texas, estudiando medicina.

Dutch se restregó la cabeza y apoyó los brazos en el mostrador.

—Mejor no hablar mucho al respecto, ¿verdad? —Bebió su café.

—¿Cómo está Marjorie?

—Sigue sin querer poner una fecha.

Ezekiel sabía cuál era el problema.

—¿Guardaste la foto de Sharon?

Dutch frunció el ceño como si estuviera considerándolo.

—¿Es eso lo que le molesta?

Bessie salió de la cocina con varios platos apilados en su brazo y sirvió el desayuno a una mesa cerca de la entrada.

—Buenos días, Ezekiel. Susan, ocúpate de servirle lo que quiera.

Susan puso una taza frente a Ezekiel y la llenó de café humeante. Volvió a llenar la de Dutch. Sonó la campana y Susan fue hacia la cocina. Regresó y le preguntó a Ezekiel si estaba listo para ordenar. Él respondió que quería el desayuno completo con jugo de naranja. Ella no se demoró. Dutch la observó mientras se alejaba.

—Me parece que no le agradas.

—La pongo nerviosa.

Él se rio.

—Tú solías ponerme nervioso a mí también. Sabía que andabas detrás de mi alma. —Dutch levantó la mano para pedir la cuenta—. Tengo que volver al trabajo. —Susan dejó su cuenta en la barra, frente a él. Mientras ella iba hacia la caja registradora, Dutch se levantó y palmeó la espalda de Ezekiel—. Buena suerte, mi amigo. Creo que la necesitarás.

Ezekiel sacó la última carta de Joshua del bolsillo de su chaqueta. Ya la había leído una docena de veces y la leería otras tantas antes de que recibiera la próxima.

Se preguntaba qué efectos causaría la guerra en Joshua. Algunos hombres lograban sobrevivir físicamente, pero volvían al hogar con el alma lastimada. Gil MacPherson aún tenía episodios de una depresión profunda. El estallido de la Guerra de Corea había agitado nuevamente sus pesadillas. El pobre hombre todavía soñaba con la masacre de Normandía y con los amigos que habían muerto allí, uno de ellos en sus brazos. Varios otros tenían síntomas de fatiga de combate en menor grado. Michael Weir trabajaba todo el tiempo, dejando sola y sin compañía a su esposa. Patrick McKenna bebía mucho.

Ay, Señor, mi hijo, mi hijo...

Su hijo era un hombre de paz que había sido llamado a la guerra. Estaría en medio del combate, viajando con su unidad para llevar insumos médicos. Tenía que prepararse para dar socorro de urgencia a los heridos. A menudo, Ezekiel tenía que recordarse a sí mismo que, pese a lo que sucediera, Joshua nunca estaría perdido. Su futuro estaba a salvo y asegurado, aunque no fuera así con su cuerpo. A pesar de saberlo, el miedo era un enemigo incansable que lo atacaba cuando estaba más cansado y vulnerable.

—¿Una carta de su hijo?

Sobresaltado, Ezekiel levantó la vista. Susan tenía en sus manos el plato con su desayuno y una cafetera.

—Sí. —Dobló la carta y la guardó en el bolsillo de su chaqueta.

—Disculpe. —Puso el plato en la mesa—. No debí haber preguntado.

—Lo considero una gentileza de su parte que me lo pregunte. —Sonrió—. Él está bien, pero pide oración para ser apto para la tarea que le dieron.

—¿Qué trabajo hará?

—Paramédico.

—Oh. —Ella cerró los ojos.

La reacción de la mujer hizo que uno de los dardos de Satanás entrara por una rendija de su armadura. El miedo le clavó sus garras. *¡Señor!* Oró Ezekiel. *Señor, sé que Tú lo amas más que yo.*

—Dios es soberano, aun en tiempos de guerra. —Tomó la servilleta y desenvolvió los cubiertos.

—¿No tiene miedo por él?

—Ah, el miedo me es familiar, pero cada vez que me ataca, oro.

—La oración nunca me sirvió de nada. —Su expresión mostró

que se había perturbado—. Pero supongo que Dios escucha más a los ministros que a alguien como yo.

Se alejó antes de que él pudiera hacer algún comentario y se mantuvo distante. Llenó su taza con café una vez más y depositó la cuenta en el mostrador. Ezekiel dejó lo suficiente para cubrir el desayuno y una propina generosa. Dio vuelta al recibo y escribió: *Dios escucha a todos, Susan.*

1951

Querido Joshua:

Peter dijo que la preparación para ser paramédico significa que irás a Corea. ¿Es verdad? Espero que se haya equivocado al respecto. Si no es así, ¡ojalá la guerra termine antes que tu capacitación! Peter escucha los noticieros todas las noches, y el noticiero Edward R. Murrow nunca dice algo bueno sobre Corea.

La Navidad fue linda. Mitzi colaboró con el programa. Este año, el señor Brubaker tocó el piano. ¿Sabías que fue concertista? Mitzi dice que tocó en el Carnegie Hall. Les dijo a Priscilla y a Peter que yo debería tomar lecciones de piano con él una vez por semana. Le pregunté si ella quiere deshacerse de mí. Dice que ahora podemos concentrarnos en el ragtime. Penny y yo fuimos a ver Cenicienta.

Fuera de eso, estudio, cumplo con mis quehaceres en casa y practico el piano como una niña buena. Esa es la suma total de mi vida aburrida y patética. El Refugio es el pueblo más aburrido del mundo.

Cuando sea grande, me mudaré lejos, a una gran ciudad. ¡Tendrás que venir a visitarme a Nueva York, o a Nueva

Orleans y ver el Mardi Gras! Tal vez vaya a Hollywood y me convierta en una estrella de cine. ¡Quiero vivir en algún lugar fascinante, donde la gente se divierta! Ahora me debes dos cartas.

Cariños,
Ava

Ava volvió a su casa después de tener una larga lección en la casa de Mitzi con el señor Brubaker. Priscilla la saludó y continuó pelando papas. Dijo: «En tu cama hay una carta de Joshua para ti».

Ava subió las escaleras corriendo. No había tenido noticias de Joshua desde que vino a casa cuando le dieron permiso para el Día de Acción de Gracias. La llevó una vez a la Cafetería de Bessie y ella se sintió peculiarmente tímida en su compañía. Lucía distinto. Se paraba más erguido; parecía mayor y más reservado. Ya no era un muchacho, y ella estaba muy consciente de los cinco años de diferencia que había entre ambos. Nunca antes se había cohibido con Joshua ni había sentido ese raro torbellino que le causaba cosquillas en el estómago cuando él la miraba.

Ava dejó los libros en su escritorio y tomó el delgado sobre militar con franjas azules y rojas. Lo abrió con cuidado. Esta vez, eran apenas algunos renglones.

Querida Ava:

Para cuando recibas esta carta, estaré volando hacia Corea. Le dije a papá que no quería que nadie supiera que había recibido mis órdenes. Habría echado a perder el tiempo que pasé en casa. Perdóname por no despedirme. En ese momento pensé que era lo mejor. Ahora me arrepiento de no haberlo hecho.

Estoy orando para que fijes tus pensamientos con firmeza en Jesús y que confíes en Él, pase lo que pase. Dios tiene un plan para cada uno de nosotros, y este es el plan que tiene para mí. Haré lo mejor que pueda por cumplir mi deber y volver sano y salvo a casa. Por favor, agradécele a tu mamá por la fotografía.

Te amaré siempre.

Joshua

Ava lloró.

Ezekiel tomó su lugar en el asiento del pastor a la derecha del púlpito, mientras Ava terminaba el popurrí de himnos y la congregación se acomodaba en sus lugares. Las interpretaciones de Ava habían mejorado notablemente desde que Ian Brubaker había comenzado a trabajar con ella. Tocaba con más habilidad que Marianne, pero la destreza mecánica no podía reemplazar la transmisión de la emoción del espíritu del pianista a través de la música. Ezekiel oraba mientras la observaba y la escuchaba. *Señor, ¿qué será necesario para abrir el corazón de esta niña a la profundidad, la anchura y la altura de Tu amor por ella?*

Ezekiel distinguió un rostro nuevo entre los conocidos. Susan Wells estaba sentada en el último banco y se movió discretamente a la derecha para esconderse detrás de los Beamer y los Callaghan. Ezekiel estuvo a punto de sonreír, pero pensó que sería mejor no hacerlo. Que creyera que no la había visto. No quería que se escabullera por la puerta y escapara. Susan había estado huyendo durante mucho tiempo y parecía cansada de hacerlo.

Ezekiel abrió su Biblia y pasó las páginas hasta el Sermón del monte. Las hojas crujieron cuando Ezekiel comenzó a leer en voz alta: «Bienaventurados los pobres en espíritu: porque de ellos es el reino de los cielos. Bienaventurados los que lloran: porque ellos recibirán consolación. Bienaventurados los mansos: porque ellos recibirán la tierra por heredad. Bienaventurados los que tienen hambre y sed de justicia: porque ellos serán hartos».

Todos guardaron silencio esperando mientras Ezekiel elevaba una plegaria silenciosa para que el Señor le diera las palabras que necesitaba decir; luego, empezó a hablar. Ross Beamer se reclinó hacia atrás en el banco y Ezekiel vio por un segundo a Susan, detrás de él. El rostro de la mujer no traslucía nada, pero él percibía sus heridas y su anhelo.

Le dolió el corazón al ver lo que había en su expresión. ¿Se iría antes de que él tuviera la oportunidad de darle la bienvenida? Quizás los demás le brindarían su amistad si ella no quería aceptar la de él.

El culto finalizó. Las personas se levantaron y avanzaron hacia el pasillo central, mientras Ava tocaba el himno final. Ezekiel pensó que Susan se iría antes de que él llegara al último banco, pero fue atrapada por la ancianita Fern Daniels, que siempre estaba atenta a los nuevos. Mitzi también llegaría pronto. Ezekiel esperaba que la atención precisa y cariñosa que le brindaban no ahuyentara a Susan. Él se paró afuera para estrechar la mano de los feligreses y charlar con ellos mientras salían en fila de la iglesia. La mayoría le daba las gracias, hacía comentarios amables o conversaba brevemente antes de ir hacia el salón social, donde los aguardaban los refrigerios.

Marjorie Baxter enlazó su brazo con el de Dutch cuando llegaron a él.

—Tenemos una buena noticia, Ezekiel. —Se veía feliz. Dutch también.

—Vi el anuncio de su compromiso en el periódico. Felicitaciones.

Fern Daniels tenía a Susan del brazo mientras se la presentaba a la señora Vanderhooten y a Gil y Sadie MacPherson. Todos avanzaron hacia la puerta delantera. Susan evitó mirarlo. Fern sonrió animadamente.

—Ezekiel, quiero que conozcas a Susan Wells. Susan...

—Nos conocemos —dijo Susan, y Fern pareció sorprendida e, inmediatamente, tan interesada, que Susan se apresuró a explicar—: Trabajo en la Cafetería de Bessie. El pastor Freeman viene a desayunar un par de veces por semana.

—Ah, nadie lo llama pastor Freeman, querida. Es el pastor Ezekiel para todos en este pueblo. —Le dio una palmadita maternal—. Aquí, todos somos como una familia, y nos encantaría que nos acompañaras.

—Solo estoy de visita, señora.

—Bueno, desde luego. Visítanos todas las veces que quieras. Oh, y ella es nuestra pequeña Ava. Cariño, ven aquí. —Le hizo señas para que se acercara—. Susan, te presento a Ava Matthews. ¿Acaso no es maravillosa tocando el piano?

—Sí. Lo es.

—No tan buena como Ian Brubaker, señora Daniels. —Ava estrechó la mano de Susan.

—Ya, ya... eso es irrelevante. —Fern rechazó el comentario con un ademán, como si fuera una mosca fastidiosa—. Él fue a Juilliard. Tú también eres brillante. —Se inclinó hacia Susan—. Ava toca desde que era una pulguita. Antes le daba pánico sentarse adelante, pero no ha dejado de mejorar, semana tras semana.

—Fern miró alrededor para presentarle a otras personas. Susan parecía estar a punto de salir huyendo.

—¡Mitzi! Ven aquí. Hay alguien a quien quiero que conozcas.

Ezekiel se rio por lo bajo.

—Estarás bien, Susan. No muerden.

Mitzi y Fern acompañaron a Susan al salón social.

Ava se demoró.

—¿Ha tenido alguna noticia de Joshua, pastor Ezekiel?

Joshua era el único tema que tenían en común.

—Recibí una carta muy breve que decía que llegó a Japón y que lo trasladarían en barco por el Estrecho de Corea hacia Pusan. ¿Qué sabes tú?

—Nada. —Parecía preocupada—. Peter dijo que Hoengseong

fue destruida. Joshua no estaba ahí, ¿verdad? Peter dijo que los comunistas rebasaban a nuestras unidades como una ola humana.

Ezekiel había leído el periódico y había escuchado los programas radiales, también.

—Hoengseong está en el centro de Corea del Sur. Él no debe haber estado ahí cuando fue la batalla, aunque es posible que haya llegado después. No dijo si acompañaría a una unidad o si estaría en un hospital de campaña. Tendremos que esperar hasta que escriba y orar para que Dios lo mantenga a salvo.

Ahora parecía enojada, al borde del llanto.

—Bueno, espero que Dios lo escuche a usted. A mí, jamás me ha escuchado. —Se dio vuelta y bajó corriendo los escalones.

———

Joshua había pasado apenas una semana en el país, pero ya se sentía muerto de cansancio. Y las cosas empeoraban cada día. Nunca había estado tan cansado en toda su vida. El avance sobre Chipyong-ni y sobre las montañas al sureste había sido extenuante. Su espalda y sus piernas pedían a gritos un descanso. El terreno era abrupto y la temperatura apenas ascendía a los diez grados centígrados al mediodía. Joshua cargaba un equipo de metal, morrales y un arma M1911 con balas .45 ACP que solo usaría para defenderse a sí mismo o a algún paciente.

Ya le habían advertido que los comunistas no respetaban el Convenio de Ginebra y que usarían como blanco la cruz roja que llevaba en el casco. Como precaución, la había cubierto con lodo, pero la lluvia la lavaba. Más de una vez, el enemigo lo había acorralado disparando al suelo alrededor de él. Sus camaradas decían que había tenido suerte de que los Rojos fueran pésimos tiradores, pero Joshua le daba el crédito a Dios y a la banda de ángeles que Él debía haber enviado para mantenerlo vivo.

Llegaron disparos de la colina que tenían enfrente. Joshua se agachó para protegerse. «¡Mantengan la cabeza agachada!».

Lanzaron granadas colina arriba. Un hombre gritó y cayó. Una explosión acertó cerca de él. Levantándose, Joshua se encorvó y subió corriendo la colina para llegar hasta el hombre caído.

«¡Boomer!». Habían orado juntos y charlado de las respectivas familias que los esperaban en casa. Los padres de Boomer, en Iowa, cultivaban trigo y tenían ocho hijos, de los cuales cinco eran varones. Boomer compartía la fe de Joshua, pero había tenido la sensación de que las cosas no resultarían bien para él ese día. Le había entregado a Joshua una carta para que la enviara a su casa si algo le sucedía. Joshua la tenía en el bolsillo de su chaqueta.

Boomer yacía tendido de espaldas, con una flor roja en medio de su pecho, los ojos muy abiertos y la mirada fija en el cielo color gris acero. Joshua cerró suavemente sus ojos mientras una ametralladora retumbaba. Las explosiones sacudieron el suelo sobre el que estaba arrodillado. Escuchó que otros hombres gritaban.

«¡*Paramédico!*», gritó alguien más arriba en la colina. Joshua rompió la cadena que rodeaba el cuello de Boomer. Colocó una placa de identificación entre los dos dientes frontales de Boomer y se metió la otra en el bolsillo. Ajustó su mochila y corrió. Dos hombres habían sido heridos. Joshua pidió ayuda, haciéndole señas a otro paramédico para que se ocupara del más cercano mientras él se dirigía hacia el que estaba más arriba. Las balas llovieron sobre el terreno que lo rodeaba. Vio una explosión desde arriba; escuchó gritos y alaridos. Con el corazón latiéndole fuertemente y las piernas ardientes por el esfuerzo, siguió corriendo, decidido a llegar a los hombres que lo necesitaban.

Ava no había recibido carta de Joshua en un mes, y de lo único que hablaba Peter era de la cantidad de hombres que estaban muriendo en Corea. Apenas entraba por la puerta, él encendía el radio, ansioso por escuchar los últimos boletines informativos. El presidente Truman había relevado de su cargo al general

MacArthur. Las fuerzas comunistas chinas atravesaron la segunda, la tercera, la séptima y la vigésima cuarta división estadounidense y siguieron hacia Seúl mientras MacArthur enfrentaba audiencias en el Congreso por expresar con demasiada franqueza su opinión sobre cómo debía pelearse la guerra.

La última carta de Joshua había sido corta, casi rutinaria, como si la escribiera por obligación. Preguntaba cosas sobre ella. ¿Había solucionado las cosas con Penny? La vida era demasiado corta para guardar rencores. No había respondido una sola de sus preguntas sobre su vida como soldado, sus amigos o lo que sucedía alrededor de él. Y el pastor Ezekiel ya no compartía sus cartas. Había sido grosera con él. Quizás, esta era su manera de castigarla.

Cuando ella le pidió disculpas, él siguió sin permitirle leer las cartas de Joshua.

—No las retengo por rencor, Ava. Joshua me escribe cosas distintas de las que te escribe a ti. Eso es todo.

A partir de eso, se volvió aún más decidida.

—Esa es la razón por la que las compartíamos, ¿no?

—Hay cosas que no es necesario que sepas.

—¿Cómo cuáles?

—Cómo es estar en medio del combate.

—Podría decirme *algo*, ¿verdad?

—Puedo decirte que Joshua necesita tus oraciones. Puedo decirte que lo transfirieron a un hospital de campaña cerca del frente.

Peter opinaba que estar en un hospital de campaña sonaba más seguro que estar en el campo de batalla. «Por lo menos, no está corriendo con una unidad y recibiendo los disparos». Ava dejó de preocuparse un poco, hasta que lo oyó conversando con el vecino de al lado acerca de que los comunistas atacaban los hospitales de campaña. No fue necesario que preguntara si Joshua corría peligro. Tuvo pesadillas en las cuales lo soñaba acostado en un ataúd y que luego lo bajaban a un pozo en la tierra, junto a la lápida de mármol de Marianne Freeman.

Priscilla la despertó en mitad de la noche. «Escuché que llorabas».

Ava se metió entre sus brazos, sollozando.

Medio dormida, Penny estaba parada en la puerta.

—¿Está bien, mamá?

—Fue solo una pesadilla, cariño. Regresa a la cama. —Los brazos de Priscilla estrecharon a Ava y habló en voz baja—: Sé que estás preocupada por Joshua, Ava. Todos lo estamos. Lo único que podemos hacer es orar. —Priscilla lo hizo, mientras Ava se aferraba a ella. Lo único que esperaba era que el Dios que no había estado presente para ella no abandonara a Joshua.

Mirando fijamente a la oscuridad fuera de la ventana de su cuarto, ella también oró.

Si lo dejas morir, Dios, te odiaré para siempre. Juro que lo haré.

———

Querido papá:

Ha sido duro. No he dormido durante 92 horas. Me desperté hace un rato en la carpa de los cuarteles y no sabía cómo había llegado aquí. Joe dice que me desmayé. No recuerdo nada. Muchas veces me acuerdo de Gil. Ahora lo entiendo mejor. Oro por él cada vez que pienso en eso.

Me dieron órdenes de descansar ocho horas más, pero quería enviarte una carta. Tal vez pase un buen tiempo hasta que pueda escribirte de nuevo.

Pensé que la lluvia helada y las nevadas eran malas, pero ahora tenemos el calor. Los insectos son un problema; las pulgas son lo peor. Cada paciente que recibimos del frente llega infestado. Tenemos que limpiarlos y rociarlos con DDT. Cada coreano de esta región está infestado de gusanos y parásitos.

Apenas alguno de los doctores abre a un paciente coreano, empiezan a salir gusanos; algunos miden más de sesenta centímetros. Los doctores solo los lanzan a un balde.

Estamos escasos de agua y la que tenemos está contaminada por los desechos. Muchos hombres están enfermos de disentería y de fiebre entérica. Incluso hemos tenido un par de casos de encefalitis. Hay gran cantidad de refugiados en la pobreza, hambrientos, buscando cobijo donde puedan hallarlo y viviendo en la mugre. Las mujeres recurren a la prostitución para sobrevivir. Cada soldado que las busca para «consolarse» vuelve con ETS. El doctor tiene que hacer una revisión de bajos a cada hombre que vuelve de sus días de licencia.

En todo momento llevo conmigo mi Biblia Gedeón de bolsillo y la leo en cada oportunidad que tengo. Me calma y me da esperanza. Los hombres me dicen «Predicador», y no de la manera socarrona que lo hacían en el campamento de entrenamiento. Cuando la muerte los persigue, los hombres buscan a Dios. Quieren escuchar el evangelio.

Ora por mí, papá. He visto morir a tantos que ya no siento nada cuando ocurre. Sin embargo, probablemente sea mejor así. Necesito tener sangre fría. Debo trabajar rápido. Por cada hombre que muere, hay otro esperando en una camilla.

Dile a Ava que la quiero. A veces, sueño con ella. Dile que lamento no escribirle mucho. La verdad es que ya no sé qué decirle. Vivo en un mundo completamente distinto al de ella y no quiero invitarla a conocerlo. Lo único que necesita saber es que la amo. Que sigo haciendo lo mejor para servir a Dios y a mi país. Que estoy vivo.

Te amo, papá. Tus palabras son mi salvavidas. Me mantienen cuerdo en un mundo demente.

Joshua

Joshua le escribió una vez a Ava desde Japón, donde pasaba su período de descanso. Era la carta más larga que ella hubiera recibido en meses. Decía que pasaba la mayor parte del tiempo durmiendo, mientras los demás salían a la ciudad. Había solicitado una prórroga de su período de servicio porque sentía que lo necesitaban.

Ava le contestó por carta, furiosa porque estuviera dispuesto a causarles tanta preocupación a todos. Ella estaba pendiente de los noticieros casi tanto como Peter. Las conversaciones para una tregua habían comenzado en julio, sin embargo, para fines de agosto los comunistas pusieron fin a las negociaciones y la Batalla de Cresta Sangrienta salió en las primeras planas. Peter creía que los comunistas habían adoptado la postura de que deseaban la paz, pero que realmente querían tiempo para recuperarse de sus pérdidas. Su preocupación resultó acertada cuando el combate se intensificó y las negociaciones de paz solo sirvieron para darle tiempo al enemigo para que escondiera sus provisiones en refugios de bolsas de arena con el plan de apoderarse de toda Corea.

Las clases habían comenzado y le daban a Ava más cosas en qué pensar que las lecciones de piano y su obsesión por Joshua. Penny calificó para el equipo de porristas de la liga mayor y se pasaba la mayoría de las tardes practicando nuevas coreografías. Cuando las chicas fueron a ver *El día que paralizaron la Tierra*, Ava siguió repitiendo una y otra vez «¡Klaatu barada nikto!», porque Patricia Neal no podía recordar lo que debía decir para salvar al mundo del robot espacial.

Mientras tanto se desencadenó la Batalla de Cresta de la Angustia en Corea. En cuestión de semanas, tres divisiones estadounidenses atacaron a las fuerzas comunistas a lo largo de las débiles líneas fronterizas y las hicieron retroceder con éxito. Las pérdidas comunistas fueron tan graves que las negociaciones de paz se reanudaron en Kaesong. Ava no recibió ni una palabra de

Joshua, pero supo que las cosas no estaban yéndole bien porque el pastor Ezekiel se veía envejecido y demacrado.

———————

1952

Peter y Priscilla le regalaron a Penny un tocadiscos para su décimo sexto cumpleaños. Ava estaba harta de escuchar a Hank Williams cantando «Tu corazón engañoso» y la canción «¡Ven pa' mi casa!», de Rosemary Clooney. Para escapar, nadaba sola en la piscina del patio. Vieron la película *A la hora señalada*, y Penny empezó a usar el cabello recogido como Grace Kelly.

Ava no esperaba un festejo de cumpleaños, pero Peter y Priscilla la sorprendieron invitando a cenar al pastor Ezekiel, a Mitzi y al señor Brubaker. El señor Brubaker le regaló a Ava una partitura del éxito de Broadway *South Pacific*. Mitzi había envuelto su hermoso chal español. Penny le regaló un reloj Kit Cat. Cuando abrió el regalo del pastor Ezekiel, encontró la Biblia gastada de Marianne, envuelta en papel de seda. La abrió y en los márgenes vio la letra prolija de Marianne; había pasajes subrayados, rodeados con círculos y marcados con asteriscos. Ava levantó la mirada y vio los ojos esperanzados y húmedos del pastor Ezekiel. Le dio las gracias, pero no pudo mentir prometiendo que iba a leerla.

—Y, ahora, nuestro regalo.

Priscilla le entregó a Ava un regalo preciosamente envuelto. Cuando quitó los moños y los papeles, encontró un estuche azul forrado en satén.

Penny se quedó sin aliento.

—¡Perlas! Oh, déjame ver. —Estiró la mano para agarrarlas, pero Peter le recordó que ella había recibido un tocadiscos estupendo. Él sacó el collar de perlas del estuche y lo colocó alrededor del cuello de Ava, asegurando el broche.

La noche ni siquiera había terminado cuando Penny le pidió que se las prestara para ir a ver *El hombre tranquilo* con Jackson

Constantinow, uno de los defensores del equipo de fútbol americano.

—No hasta que yo tenga la oportunidad de usarlas. —Ava trató de decirlo con un tono suave, pero le molestaba que Penny diera por sentado que todo lo que había en el clóset y en los cajones de Ava le pertenecía a ella también. Cuando Priscilla trajo el pastel de cumpleaños y le dijo que pidiera un deseo, Ava pidió que Joshua volviera a casa y apagó todas las velas.

Las conversaciones para la paz continuaron; siguieron batallas menores a lo largo de la línea principal de resistencia. Mientras las negociaciones se hacían eternas, las pérdidas siguieron acumulándose.

Las cartas de Joshua llegaban a cuentagotas y entonces dejaron de llegar.

CAPÍTULO 4

¡La guerra es el infierno!
WILLIAM TECUMSEH SHERMAN

1953

El sudor frío bajó entre los omóplatos de Joshua cuando se levantó y corrió con su unidad. Los cañones de campaña de retrocarga retumbaban a sus espaldas y los proyectiles explotaban. Los morteros de avancarga disparaban proyectiles a las almenas enemigas; las bolsas de arena estallaban, los fogonazos relumbraban, los hombres gritaban.

Un hombre cayó delante de él. Otro fue lanzado hacia atrás, con los brazos abiertos como si fueran alas. Un soldado sollozante trataba de arrastrar a un compañero para ponerlo a salvo. Joshua lo ayudó a arrastrarlo y a meterse detrás de unas rocas.

«¡Jacko! —gemía el soldado—. ¡Jacko! Vamos, hombre. ¡Despierta! Te dije que mantuvieras la cabeza agachada».

Joshua no necesitó verificar su pulso. Arrancó las placas de identificación, guardó una en su bolsillo y metió la otra entre los dientes del hombre.

87

Joshua acercó a su pecho al soldado afligido, como un padre que consuela a un hijo. El hombre recostó todo el peso de su cuerpo contra él, sacudiéndose por los sollozos. Una explosión estalló tan cerca que ambos fueron lanzados hacia atrás. Los oídos de Joshua zumbaban. Escuchó gritos y disparos de ametralladoras. Se dio vuelta y vio al otro hombre inconsciente por la explosión. Lo arrastró para resguardarlo bajo un sitio cubierto y pidió ayuda por radio. A los pocos minutos, dos paramédicos subieron la colina con una camilla.

El olor a polvo, sangre y azufre envolvía a Joshua. El suelo se movía cada vez que los cañones disparaban. Algo golpeó el costado de su casco. Sintió un puñetazo fuerte en su costado.

«¡Predicador!», gritó alguien.

Joshua se deslizó hasta el cobertizo de piedras. Un hombre yacía reclinado, pálido y jadeante, mientras otros dos disparaban sus armas. Alguien estaba gritando groserías mientras una ametralladora escupía docenas de municiones en el término de pocos segundos. Quitándose de encima su propia mochila, Joshua despegó el equipo del hombre herido. Se secó la humedad que chorreaba sobre sus ojos y abrió la chaqueta y la camisa del hombre para detener el sangrado.

—Predicador. —Con el rostro cubierto con polvo y mugre, los ojos del hombre expresaron alivio y confusión.

Joshua lo conocía.

—Trata de no hablar, Wade. Veamos cómo están las cosas. —Calculó el daño—. Tienes el hombro herido. No le dieron a tus pulmones. Gracias a Dios. Te irás a casa, a tus maizales, amigo mío.

Joshua volvió a secarse el rostro y vio que su mano estaba totalmente ensangrentada. Sacó una venda de gasa de sus insumos y la metió en su casco. Uno de los hombres lanzó una granada. La explosión provocó una lluvia de piedras y de tierra. «¡Les di! ¡Vámonos!».

Joshua y Wade se quedaron atrás. Joshua intentó comunicarse

por radio sin lograrlo. El herido se había desmayado. Joshua se movió y sintió un dolor agudo. El costado le ardía como si estuviera quemándose y la humedad se filtraba hasta su cinturón. Tomó otro apósito de gasa y lo presionó fuertemente contra su costado para taponar el flujo de sangre, usando una venda para mantenerla fija.

Su radio crujió y luego quedó en silencio. Nadie vendría.

El tiroteo se alejó. Si se iba ahora, posiblemente podría bajar el cerro.

Joshua levantó a Wade, lo cargó sobre sus hombros y se tambaleó al levantarse. Atravesó la zona desolada y pedregosa, esquivando los hoyos, las piedras y los desechos. Las placas de identidad tintineaban en su bolsillo. ¿Cuántas había puesto en sus bolsillos desde que pisó el suelo de Corea?

Tropezó una vez y cayó de rodillas; sintió que un dolor agudo corría por su pierna y su espalda. El peso de Wade lo presionaba hacia abajo como si cargara un saco de piedras. Un dolor agudo se extendió por su costado. *Dios, ¡dame fuerzas!* El hospital de campaña tenía que estar cerca. Se le nubló la vista, pero creyó haber divisado la escuela con las luces apagadas y las carpas.

El peso de Wade le fue quitado de encima. Joshua cayó de bruces contra la tierra. Unos brazos fuertes lo levantaron. Trató de caminar, pero las puntas de sus pies se arrastraron mientras dos hombres lo cargaban a medias. Todo se puso negro.

—Ava. —Priscilla estaba en la puerta del cuarto—. El pastor Ezekiel está abajo. Quiere hablar contigo.

El libro de química y el cuaderno de Ava rebotaron en el piso cuando saltó de la cama y bajó corriendo las escaleras. Hacía semanas que ni ella ni el pastor Ezekiel recibían noticias de Joshua.

El pastor Ezekiel estaba pálido y ojeroso. El temor la inundó, con el enojo cerca.

—Está muerto, ¿verdad? Joshua murió. —Su voz se quebró—. Sabía que lo matarían. ¡Lo sabía!

El pastor Ezekiel la tomó de los hombros y la sacudió con delicadeza.

—Está herido. Pero está vivo.

El alivio la debilitó.

—¿Cuándo puedo verlo?

—Por un tiempo estará en el hospital Tripler en Hawái; no sé cuánto tiempo. Luego lo trasladarán en avión a la Base Travis de la Fuerza Aérea. Nos avisarán cuando llegue. —Medio día de viaje en carro desde El Refugio. Ella se echó a llorar. No podía evitarlo. El pastor Ezekiel la abrazó—. Volverá a casa, Ava.

Ella mantuvo los brazos a sus costados. El pastor Ezekiel tenía su mano tiernamente apoyada sobre la nuca de Ava. Ava había olvidado cómo la tranquilizaba el sonido de los latidos de su corazón.

—Ora para que la guerra termine pronto, Ava. —El pastor Ezekiel apoyó el mentón en su cabeza por unos segundos, antes de dejar que retrocediera—. Por el bien de Joshua, tanto como por los otros hombres que están en Corea.

El alivio se disipó.

—Está herido. No lo harán volver.

—Esperemos que el Ejército no haga caso a su petición. —Por un instante, atisbó el dolor en la mirada del pastor Ezekiel. Había envejecido desde la partida de Joshua. En su cabello oscuro había mechones grises. Había bajado de peso—. Está en las manos de Dios.

—De lo único que habla es de Dios. Podría decirle a Joshua que se quede en casa y él le haría caso.

—No puedo hacer eso.

—Puede, ¡pero no quiere hacerlo!

—Basta, Ava —dijo Peter con voz firme—. Ve a tu cuarto.

En lugar de hacerlo, corrió hasta la puerta delantera y bajó aprisa los escalones. Corrió tres cuadras, hasta que el dolor en su costado la hizo disminuir la velocidad. La ira la estremecía y quería descargarla en alguien. ¿Volver como voluntario? ¿Estaba loco Joshua? ¿Acaso *quería* morir?

Respirando con dificultad, siguió caminando rápido hasta que llegó a la plaza central. Se sentó en un banco y miró el patio donde Joshua había bailado con ella. Hoy no había bandas. Hacía mucho que el verano había terminado. Lloviznaba; las nubes oscuras prometían la llegada de lluvia intensa. Su cuerpo se había enfriado y tiritaba. La Cafetería de Bessie le daría refugio.

Pocos clientes venían entre el desayuno y el almuerzo. Cuando entró, la campanilla sobre la puerta tintineó. La mujer de cabello oscuro que estaba en el mostrador levantó la vista, sorprendida. ¿Cómo se llamaba? Susan Wells.

—¿Me daría un poco de agua, señora Wells?

—Dime Susan. —Puso hielo picado en un vaso alto, lo llenó con agua y dejó el vaso frente a Ava—. Si no te molesta que pregunte, ¿estás bien?

—Estoy bien. Joshua fue herido. —Tragó el agua.

—El hijo del pastor Ezekiel. Un joven agradable. Has venido aquí con él, ¿cierto?

—Es mi mejor amigo. O lo era. Ya no lo sé. Prácticamente no escribe. Le cuenta todo lo importante al pastor Ezekiel y a mí solo me hace algunas preguntas tontas. —Habló en tono de burla—: "¿Cómo te va en la escuela, Ava? ¿Cómo te llevas con Penny? ¿Haces las tareas? ¿Estás yendo a la iglesia?". —Se mordió el labio para contener la avalancha de palabras, con temor de echarse a llorar. ¿Por qué hablaba sin parar con una desconocida?

—Quizás no te cuente algunas cosas porque sabe que te preocuparías.

—Ya no voy a preocuparme por él. —Bebió el resto del agua y dejó caer de golpe el vaso sobre el mostrador—. No me importa lo que haga. Me da igual si se va a la perdición.

—Eso es lo que solemos decir cuando alguien nos importa

mucho. —Susan sonrió sin alegría mientras volvía a llenar el vaso—. Él es paramédico, ¿verdad?

Ava se desplomó sobre un taburete.

—¡Es un idiota!

—¿Qué tan herido está?

—Lo suficiente para que el Ejército lo mande a casa, ¡pero no tanto como para impedirle que vuelva al frente!

—Oh. —Susan suspiró y se quedó mirando a la nada—. Ciertamente parecía esa clase de hombre.

—¿Qué clase?

—De los que se preocupan más por los demás que por sí mismos. —Sonrió con tristeza—. Ya casi no quedan esa clase de hombres. Te lo aseguro.

Ava se cubrió el rostro y contuvo un sollozo.

Susan la tomó de las muñecas y las apretó.

—Lo siento mucho, Ava. Lo lamento mucho, mucho. —Le hablaba tan de cerca, que Ava podía sentir el calor de su aliento—. Si algo aprendí con los años, es que uno no puede opinar sobre lo que hacen los demás con su vida. Cada uno toma sus propias decisiones, buenas o malas.

—No quiero que muera.

Susan soltó sus manos y las apartó.

—Lo único que puedes hacer es esperar y ver qué sucede. —Acomodó varias servilletas en el mostrador frente a Ava.

Ava tomó una y se sonó fuerte la nariz.

—Perdón por hacer este alboroto.

—No te preocupes por eso.

Ava miró afuera por la ventana. Ya no lloviznaba; la lluvia fría caía torrencialmente.

—¿Puedo quedarme un rato?

—Quédate todo lo que quieras. —Dejó un menú frente a Ava—. Tal vez te sentirías mejor si comieras algo.

—No tengo ni un centavo.

—Yo invito. —Susan sonrió—. A menos que quieras un filete.

————————

Joshua sintió que el miedo brotaba desde lo profundo de su ser como burbujas de soda en una lata agitada. No tenía sentido. Estaba en Estados Unidos, viajando en un ómnibus Greyhound rumbo a su casa. Poco después de llegar a Travis, trató de ofrecerse como voluntario para volver a Corea, pero le dijeron que debía alistarse otra vez. Oró por el tema, pero, en lugar de tener paz por regresar al frente, sintió el fuerte impulso de ir a casa.

Todo estaba muy tranquilo, muy normal, mientras que, por dentro, sentía lo opuesto. No podía dejar de pensar en los hombres que todavía estaban en Corea, que seguían peleando y seguían muriendo. Sentía como si hubiera pasado por una trituradora de carne que lo había escupido al otro lado.

La mayoría de los pasajeros del autobús dormía. Uno roncaba ruidosamente en la fila de atrás. Joshua dormitó y soñó que corría hacia lo alto de una colina, sus pulmones ardían por falta de aire, las explosiones sonaban a diestra y siniestra. Podía escuchar los gritos y sabía que tenía que llegar hasta los heridos. Llegó a la cima y, desde arriba, miró hacia el valle de sombra y de muerte: estadounidenses, coreanos y chinos, todos enmarañados. El hedor de la carne en descomposición llenaba el aire; el cielo estaba oscuro y las aves de carroña daban vueltas en círculos, listas para el festín. Cayó de rodillas, llorando, y escuchó una risotada siniestra.

Una figura malévola y burlona salió de las tinieblas y desplegó sus alas, triunfante. *Todavía no he terminado. Esto es solo el comienzo de lo que conseguiré antes de que llegue el último día.*

Joshua se puso de pie:

«Tú ya perdiste».

Ah, pero entonces, tú también. No pudiste salvarlos a todos, ¿verdad? Solo a unos míseros pocos. Este es mi dominio. Yo tengo el poder sobre la vida y la muerte.

«Eres un mentiroso y un asesino. ¡Aléjate de mí!».

La voz desdeñosa se acercó. *Te veo, Joshua. También la veo a ella.*

Joshua se estiró para agarrarlo de la garganta, pero la criatura se rio y desapareció.

Joshua se despertó; su corazón resonaba con un compás de guerra. No había nadie junto a su asiento. Nadie le estaba hablando. No había morteros cerca que dispararan proyectiles y volaran en pedazos a los hombres. Solo el chirrido de los frenos del autobús.

Se reclinó contra el respaldo y se quedó mirando por la ventanilla. No quería volver a cerrar los ojos. Hacía un mes que había vuelto al suelo estadounidense, pero el dormir aún le traía pesadillas sobre Corea.

Joshua respiró hondo y exhaló lentamente. Empezó a recordar. Sus músculos se relajaron; su mente se concentró. *Tú llamaste y yo respondí, Señor.*

Sintió la calidez y la calma. *Y Yo te llamo nuevamente para que dejes a un lado tus cargas. Yo doy paz, Joshua, no como la que da el mundo, sino una paz que sobrepasa toda comprensión humana. Permanece en Mí.*

El autobús Greyhound salió de la ruta principal. Joshua vio el Parque Ribereño a la izquierda. Su corazón tamborileó de emoción cuando el autobús cruzó el puente a El Refugio. *Toc-toc, toc-toc*; las ruedas susurraban contra el acero y el macadán.

Joshua se inclinó hacia adelante cuando el Greyhound frenó en una parada de la calle principal, al otro lado de la plaza del centro. Su pecho estalló de gozo cuando vio a su papá parado en la plataforma y luego sintió el dolor agudo de la desilusión. No veía a Ava.

«¡El Refugio!», gritó el conductor al abrir la puerta, bajando rápidamente la escalerilla.

Joshua se levantó, se arregló la chaqueta del uniforme y salió del autobús. Papá lo abrazó firmemente.

—En unos minutos verás a Ava. Peter y Priscilla insistieron en que vayamos a cenar con ellos. —Papá tomó de sus manos el bolso de viaje y lo acompañó al descapotable de Mitzi, estacionado a la vuelta de la esquina.

Joshua sonrió de oreja a oreja cuando se deslizó en el asiento del carro y cerró la puerta.

—O no has estado usando esta preciosura, o acabas de hacerlo lavar y lustrar.

Papá se rio y giró la llave. El motor rugió a la vida.

—Me pareció que era una buena ocasión para sacarlo a dar una vuelta.

Un letrero que decía *Bienvenido a casa, Joshua* se extendía sobre la valla blanca. Vio carros estacionados a lo largo de toda la cuadra. Sintió pavor.

—¿Qué es todo esto?

—Lo siento. Sabes qué es lo que te espera y sobrevivirás. Traté de convencerlos de que te dieran un par de días, pero la gente te quiere, hijo. Quieren darte la bienvenida a casa. —El lugar para estacionar frente a la casa había quedado reservado para ellos.

Los amigos salieron a raudales por la puerta principal al porche para aclamarlo y aplaudirlo. Joshua apenas logró rodear el carro antes de que saliera una multitud por la reja y lo cercara para abrazarlo y palmearle la espalda. Priscilla lloraba y animaba a otros frente a ella. Joshua miró los rostros conocidos: Mitzi, los Martin, Bessie y Oliver Knox, los Lydickson. Jack y la gente con quien había trabajado.

—¡Déjenle espacio al muchacho, amigos! —gritó Peter—. ¡Déjenlo entrar a la casa!

Entonces, Joshua vio a Ava. Su corazón brincó cuando ella salió por la puerta de adelante y se quedó parada en el porche. Durante su ausencia, había crecido en estatura y su cuerpo había madurado. Aunque usaba el cabello recogido en una coleta como niña, ya era una joven, no una niña. Al verla bajar la escalera, se abrió paso entre sus amistades y la atrapó cuando ella se lanzó a sus brazos.

—¡Joshua! —Rodeando su cuello con sus brazos, estrechó todo su cuerpo contra el de él. Joshua aspiró el aire profundamente, sorprendido por el impacto que causaron en él las sensaciones que recorrían su cuerpo. Ella lo besó en la mejilla—. ¡Te extrañé tanto! —¿Sentía ella cuán fuerte latía su corazón contra el de ella, o el calor que irradiaba su cuerpo?

La dejó en el suelo firmemente y retrocedió un paso, forzando una risa.

—Yo también te extrañé. —Su voz salió tensa y ronca. Deseó que estuvieran solos para poder hablar con ella. Las últimas cartas de ella habían sido muy cautelosas y frías. Él no había sabido qué esperar cuando llegara a casa, y desde luego no una bienvenida como esta, tampoco el calor en su interior ni la aceleración de su sangre.

Ava lo tomó de la mano y lo tironeó para que subiera los escalones, actuando más como la niña que él había dejado cuando se fue.

—¡Vamos! ¡Está todo listo adentro!

Él se rio incómodamente.

—¿Qué todo?

—¡La decoración, la comida en el patio de atrás, el pastel! —Cuando entraron a la casa, ella rodeó su cintura con un brazo y lo estrechó con fuerza—. Tuve miedo de que nunca volvieras a casa.

Él deslizó su mano debajo de la coleta de Ava y la tomó suavemente por la nuca.

—Yo también.

Ella se dio vuelta, eufórica, y lo besó en la comisura de los labios. Cuando retrocedió, él vio algo indefinible y embriagador en sus ojos. ¿Acaso percibía el poder incipiente que tenía? Él desvió la mirada, echando a perder el momento deliberadamente. Papá estaba parado a un costado, observándolos.

Joshua no se relajó del todo hasta que las personas se

acomodaron en fila para servirse la comida. Había estado en cientos de banquetes en la iglesia y había hecho fila para comer en los comedores del Ejército. Todos insistían en que él se sirviera primero. Todos habían llevado algo para aportar al festín. Joshua dudó hasta que Mitzi agarró su plato y su brazo.

—Vamos, muchacho. Necesitas un poco más de carne sobre esos huesos.

Penny apartó a Ava a un costado.

—Cúbreme, ¿ya?

—¿A dónde irás esta vez?

—Michelle y yo iremos al Restaurante de Eddie.

Ava medio esperaba que al ver a Joshua vestido con el uniforme militar, Penny reviviera su antiguo enamoramiento. Pero, además de decir que se veía guapo, no había quedado impresionada por él. Ava lo miró parado frente a la mesa de la comida mientras Mitzi le arrebataba el plato y le servía. Estaba distinto. No se trataba solo de su delgadez o de su musculatura, el cabello recortado o la firmeza en sus mandíbulas. Tampoco era el uniforme. Era otra cosa, algo hundido en lo profundo de su ser. Lo había percibido cuando salió del carro. ¿Los demás lo notaron también? Había sufrido, enormemente. Llevaba heridas más profundas que la que tenía en su costado. Seguía siendo Joshua, pero no el mismo Joshua que había dejado El Refugio casi tres años atrás.

—¡Ava! —insistió Penny, impaciente—. ¿Me cubrirás o no?

—¿Tanto drama por una hamburguesa y una malteada con Michelle?

—Hay un chico que quiero ver.

Ava la miró divertida.

—Desde luego. ¿Quién es?

—Nadie que conozcas. Es de Los Ángeles y es absolutamente divino. Quiero conocerlo. Si mamá te pregunta...

Ava se rio.

—Si alguien pregunta, diré que estás hablando por teléfono. Eso te permitirá tener toda la tarde para ti. ¿Qué te parece?

—¡Perfecto! —Besó a Ava en la mejilla—. Gracias. Algún día, te haré yo un favor. Y te contaré todo sobre él cuando vuelva a casa. —Dio dos pasos y se dio vuelta con una sonrisa pícara—. O, pensándolo bien, quizás mejor no lo haga.

—Como si me importara. —Ava puso los ojos en blanco—. Anda. Vete de aquí. —Negó con la cabeza mientras Penny atravesaba la reunión y entraba a la casa. Ava tomó un plato y se sirvió una porción de pollo frito. Echó un vistazo a Joshua. Las personas seguían pasando por su mesa para saludarlo. Joshua parecía incómodo, tenso. Si las cosas hubieran sido como ella quería, se habría encontrado a solas con él en la terminal de autobuses y, en ese preciso momento, estarían en la Cafetería de Bessie, comiendo hamburguesas, papas fritas y malteadas, de chocolate para ella y de fresa para él.

Volvió a mirar a Joshua. Estaba mirándola. Sintió una punzada rara en el estómago. Él sonrió. Ava le devolvió la sonrisa, esperando que la guerra no lo hubiera cambiado demasiado.

Unos días después, cuando Ava volvió de la casa de Mitzi, vio un Corvette convertible rojo brillante con asientos de cuero blanco estacionado frente a la casa. Mientras abría la reja, escuchó voces y vio a un joven apoyado contra el barandal del porche. Este debía ser «el chico de Los Ángeles» del cual Penny hablaba tanto. Cuando la reja se cerró de golpe detrás de Ava, él le echó un vistazo.

Nunca había visto a un joven más increíblemente apuesto. Podría haber salido del póster de una película. Cuando él esbozó una sonrisa, ella se dio cuenta de que se había quedado mirándolo fijamente. Con sus ojos oscuros y entrecerrados, él recorrió a Ava de arriba abajo. Ella sintió que todo su cuerpo se encendía y el aire quedó retenido en su garganta.

Él se incorporó y caminó hacia ella.

—Ya que Penny olvidó sus modales, permíteme que me presente. Dylan Stark. —Extendió su mano—. ¿Y tú eres...?

—Ava. —Los dedos del joven se cerraron alrededor de su mano, y ella sintió la presión caliente que bajó hasta la punta de sus pies.

—Mi hermana —dijo Penny alegremente, con una mirada alterada.

—¿En serio? —dijo él, arrastrando las palabras. Su chaqueta de cuero marrón estaba abierta y dejaba a la vista una playera blanca entallada, metida dentro de un Levi's ceñido por un cinturón. Seguramente, con un traje de baño se veía mucho mejor que Kent Fullerton. Ella desvió la mirada, pero no antes de que él lo notara. La expresión del joven le dio a Ava la sensación de que sabía exactamente qué estaba pensando... y sintiendo. Él sonrió y dejó al descubierto sus dientes perfectamente derechos y blancos—. Es un placer conocerte, Ava.

Se sintió perturbada por la sensación ardiente del reconocimiento.

—Ava. —Penny le lanzó una mirada furiosa—. ¿No tienes algo que hacer?

Ava le dedicó otra mirada a Dylan antes de abrir la puerta delantera.

—Siempre es un gusto conocer a uno de los nuevos novios de Penny. —Se escapó al interior de la casa y casi chocó contra Priscilla en el vestíbulo.

Priscilla miró hacia la puerta del frente.

—¿Qué piensas de él?

Ava trató de inventar una respuesta, pero sus propias emociones revoloteaban en su interior. Priscilla observó su expresión y frunció el ceño. Abrió la puerta mosquitera y salió al porche.

—Penny, ¿por qué no invitas a tu amigo para que se quede a cenar?

—No quisiera causarle molestia, señora Matthews.

—Nos encantaría que nos acompañaras. —Priscilla sonó casi insistente—. A Peter y a mí siempre nos gusta conocer a los amigos de Penny.

—Bueno, ¿cómo puedo negarme? —Dylan rio en voz baja—. Pero necesitaré llamar a mi padre, en caso de que él ya haya hecho planes.

—Por supuesto. El teléfono está en la cocina.

Por vergüenza de que la pescaran espiando, Ava corrió escaleras arriba. Cerró la puerta de su cuarto y apoyó la espalda contra ella, con el corazón palpitante. ¿Esto era a lo que se referían las novelas románticas cuando uno conocía a alguien y, de inmediato, sabía que eran el uno para el otro? Nunca antes lo había sentido. ¿Se sentía Penny así cada vez que estaba «enamorada»?

Ava se cepilló el cabello ferozmente. ¿Por qué Penny podía conseguir a cada muchacho que quería, cuando a Ava ni siquiera la habían invitado a una cita? Que Penny persiguiera y consiguiera a otro. Ava había estado enamorada de Kent Fullerton, pero eso no había impedido que Penny lo enamorara, hasta que él sucumbió.

Quitándose la blusa blanca, el jean, los calcetines y las zapatillas, Ava hurgó en su clóset y se decidió por el vestido verde que usaba para ir a la iglesia. Mitzi le había dicho que era el color perfecto para ella. Ava no esperó que la llamaran a cenar. Se ofreció para poner la mesa. Priscilla pareció sorprendida cuando vio el cambio de ropa de Ava y su cabello suelto hasta los hombros. Penny estaba visiblemente furiosa, pero Priscilla solo tuvo que mirarla una vez, y desistió de la idea de decir algo al respecto. Peter habló unas pocas palabras con Dylan en la sala antes de que todos se sentaran alrededor de la mesa del comedor.

En cada fibra de su cuerpo, Ava sentía que la atención de Dylan estaba puesta en ella, aunque ni siquiera la miraba. Su corazón tamborileaba; su cuerpo bullía. Peter empezó a hacer preguntas. Penny protestó, pero Dylan dijo que no le molestaban. Respondió sonriente, mientras pasaba el puré de papa y las chuletas de cerdo. Había cursado algunas materias en la Universidad del Sur de California, principalmente de comercio y mercadotecnia. Tenía veinte años y estaba tomando un descanso antes de terminar sus estudios y dedicarse a una carrera. Le gustaba la idea de tener su propia empresa algún día, pero no sabía cuál sería. Estaba pasando el verano con su padre, que tenía viñedos en la zona.

—No conozco ninguna familia Stark en esta zona. —Peter sonaba confundido.

—Mi padre es Cole Thurman. Es dueño de la bodega Shadow Hills.

—Ah. —El tono de Peter fue seco. Solo quienes lo conocían bien habrían identificado su sensación de recelo.

Ava nunca antes había visto esa expresión en el rostro de Peter. Miró a Priscilla y vio que ella también estaba preocupada. ¿Quién era Cole Thurman?

Dylan continuó. Sus padres se habían divorciado cuando él era niño; desgraciadamente, no había sido una separación en términos amigables. Dejó escapar una risa débil y triste, y dijo que ese era el motivo por el cual usaba el apellido de su madre en lugar del de su padre. Pensó que era hora de ir al norte y conocerlo, de formar su propia opinión.

Peter cortó su chuleta de cerdo.

—¿Cuánto tiempo tienes pensado quedarte?

—Aún no lo sé. —Dylan se encogió de hombros—. Podría ser una semana. Podría ser toda la vida. —Su madre no se había alegrado de que viniera, pero él necesitaba tiempo para decidirse. Todos tenían derecho a saber la verdad sobre sus padres, ¿cierto? Sus ojos oscuros llegaron a Ava. Ella sintió el impacto. ¿Había estado Penny contándole historias acerca de dónde provenía su hermana?

Peter le preguntó a Dylan qué pensaba de la guerra en Corea.

—¡Papá! —gimió Penny.

—¿Por qué no vamos todos a la sala y nos ponemos más cómodos? —los interrumpió Priscilla.

Penny empujó su silla hacia atrás.

—Papi, Dylan quiere llevarme al cine esta noche. Están dando *El monstruo de tiempos remotos*.

—Pensé que no te gustaban las películas de terror.

—Ah, es que se supone que esta es realmente buena. ¿Por favor...?

—Prometo traerla a casa a las diez de la noche, señor Matthews.

Era probable que Penny arrastrara a Dylan a la última fila. Fingiría estar aterrada y necesitar desesperadamente un brazo que la protegiera. Ava vio a Penny bajar los escalones con Dylan. Él abrió la puerta del carro para ella, y ella le sonrió mientras plegaba la falda blanca alrededor de sus muslos antes de que él cerrara la puerta. Ava bajó la cabeza, por miedo a que él la viera mirándolo por la ventana, y no la levantó hasta que escuchó el estruendo del Corvette alejándose de la cuneta.

Subió las escaleras. En su habitación, Ava se quitó el vestido verde y volvió a colgarlo en el clóset. Se había puesto completamente en ridículo siendo aún más obvia que Penny. Se puso el pijama y se arrojó sobre su cama.

El timbre de la puerta sonó. Ava se incorporó inmediatamente, recordando de pronto que se suponía que Joshua iba a pasar a visitarla esta noche. Corrió a la cabecera de las escaleras antes de que Priscilla pudiera abrir la puerta. «¡Dile que bajaré en cinco minutos!». Volvió corriendo a su cuarto y se puso sus nuevos capri negros estilo Audrey Hepburn y unos zapatos bajos del mismo color. Se puso una blusa verde de mangas cortas y la abotonó, se peinó el cabello con los dedos y se puso un poco de lápiz labial.

Le pediría a Joshua que la llevara al cine.

Joshua contuvo la respiración cuando Ava bajó corriendo las escaleras con las mejillas enrojecidas y los ojos tan emocionados. Cuántos cambios podían hacer tres años en una niña. Se sentía desconcertado, alterado. ¿Por qué no podía seguir siendo una niñita, en lugar de haberse convertido en esta joven perturbadora que se le arrojaba al cuello y lo abrazaba como una amiga, cuando él estaba sintiendo muchas más cosas? *Demasiado pronto*, se dijo a sí mismo, esperando que el calor se enfriara y que su corazón bajara a su ritmo normal.

—¿Podemos ir al cine, Joshua? Por favor. ¡Por favor!

—¿Qué están mostrando?

—*El monstruo de tiempos remotos* —gritó Peter desde la sala. Apareció en la entrada y miró raro a Ava, antes de extender la mano y saludarlo—. Qué bueno verte, Joshua. —Levantó una ceja al mirar a Ava—. ¿Vas con el plan de vigilar a tu hermana? —Se rio sombríamente—. No me parece una mala idea. Ya estoy arrepintiéndome de haberla dejado ir.

Joshua miró inquisitivamente a Ava y vio que sus mejillas enrojecían de repente. Peter los acompañó a la puerta, les deseó que pasaran un buen rato y la cerró detrás de ellos. Joshua abrió la puerta de la reja para ella.

—Creí que no te gustaban las películas de terror.

Ella encogió los hombros.

—No me gustan. En general. Se supone que esta está muy buena.

Estaba pasando algo más y él quiso saber de qué se trataba, antes de encontrarse en medio del asunto.

—¿Quién lo dijo?

—¡Todo el mundo lo dice! —Abrió la puerta de la camioneta y se subió—. Tenemos que apurarnos, o nos perderemos los primeros minutos.

Joshua le echó un vistazo mientras conducía hacia el centro.

—¿Qué pasa con Penny?

—No pasa nada. Salió con alguien. Un tipo que llegó al pueblo hace poco.

Un tipo. Lo dijo con un tono despreocupado, como si no le importara. Él sintió un dolor molesto en el pecho.

—¿Segura de que no quieres ir a la Cafetería de Bessie a charlar?

—Segura. —Apretaba y aflojaba las manos sobre su regazo.

—¿Cómo es ese tipo nuevo?

—Más joven que tú. Es de Los Ángeles.

Lo dijo como si Joshua tuviera cuarenta años y Los Ángeles fuera la ciudad más fascinante del universo. Joshua apretó los dientes y no hizo más preguntas.

El muchacho con el rostro lleno de espinillas que estaba en la boletería dijo que ya habían perdido diez minutos de la película. Joshua propuso que fueran a los bolos en lugar de entrar. Ava insistió que quería ver la película. No podían haberse perdido tanto, dijo, y si así fuera, siempre podían quedarse y ver la primera parte cuando empezara la segunda función. ¿Cierto?

—¡*Por favor*, Joshua!

Él siempre la consentía, pero ahora quería meterla bruscamente en la camioneta y llevársela a cien kilómetros del cine. *Sé racional*, se dijo a sí mismo, tratando de calmarse. Compró las entradas. Quería ver a su competencia.

El acomodador encendió la linterna y los guio dentro del cine a oscuras. Ava miró hacia las filas de atrás. Joshua la agarró firmemente del brazo y le hizo un gesto con la cabeza.

«Si buscas a Penny, está cuatro filas más adelante, a tu derecha». Su cabello platinado casi resplandecía en la oscuridad. Estaba recostada contra el muchacho que tenía un brazo alrededor de sus hombros.

Con los ojos clavados en ellos, Ava ingresó en una de las filas y se sentó. Cuando el dinosaurio que se había despertado por una prueba atómica en el Ártico comenzó a destruir los estados costeros del Atlántico Norte, ella ni siquiera lo notó. Penny se sobresaltó y lanzó un chillido; luego se apretó más contra el chico con el que estaba. Joshua miró de reojo a Ava y vio que tenía los labios apretados y los ojos en llamas. Irritado, se acercó:

—¿Estás disfrutando la película?

—Claro. —Se cruzó de brazos y se encorvó en su asiento—. Es genial.

Joshua nunca antes había sentido estos celos, y lo perturbaban. Cerró con fuerza los ojos. *Señor, esto no está bien. ¿Quién es este tipo?* Abrió los ojos y se concentró en el acompañante de Penny. El muchacho estaba inclinado hacia Penny, susurrándole algo al oído. Ava tenía las manos apretadas sobre su regazo. Joshua sabía exactamente cómo se sentía.

El dinosaurio fue exitosamente derrotado en la ciudad de Nueva York y se predicó fuertemente el mensaje contra las armas atómicas. Estados Unidos, el villano, tuvo la culpa por haber lanzado dos veces la bomba atómica sobre Japón, y ¿quién sabía qué monstruos acecharían todavía en el futuro? Joshua puso los ojos en blanco, fastidiado. Estaba haciendo un gran esfuerzo por dominar el enojo que iba creciendo dentro de él. Seguía viendo a los hombres que habían muerto en los combates en Corea. Una bomba atómica bien posicionada y lanzada más al norte podría haber acabado con la masacre. *Ayúdame, Señor. Mi carne se está imponiendo.* Se movió en su asiento y miró a Ava.

—¿Ya podemos irnos?

—Todavía no.

Las luces se encendieron y Joshua pudo ver bien al muchacho que ambas chicas Matthews querían. No era un muchacho; era un joven. Opulento, seguro de sí mismo, carismático. Penny lo miraba con reverencia. Interesado apenas en su conquista, él ya investigaba a las otras mujeres que había en el cine. Cuando detectó a Ava, su boca dibujó una sonrisa engreída que a Joshua le provocó ganas de darle un puñetazo. Esta vez, tomó a Ava del brazo.

—Salgamos de aquí.

Ella se quedó resueltamente fija en su sitio.

—Solo un minuto.

Joshua hizo contacto visual. Las cejas del otro hombre se arquearon levemente, reconociendo la advertencia. Luego, apartando la mirada de Joshua, se fijó en Ava como si la reclamara, aún mientras llevaba a Penny de la mano.

Joshua le tendió la mano y se presentó. El hombre más joven aceptó el gesto y lo correspondió amablemente, aunque sus ojos negros entrecerrados no demostraban más que desprecio. Joshua tenía ganas de apretar la mano hasta quebrar todos los huesos de la de Dylan Stark. La soltó antes de que el impulso se impusiera. Se recordó a sí mismo que no tenía derecho a prejuzgar a nadie. Tal vez la aversión que le producía Dylan desapareciera si llegaba a conocerlo un poco mejor.

—¿Por qué tú y Penny no nos acompañan a la Cafetería de Bessie? Podemos charlar mientras comemos unas hamburguesas y bebemos unas malteadas.

La sonrisa de Stark se volvió burlona.

—Lamentablemente, tendré que negarme. —Abrazó a Penny—. Esta joven se convertirá en calabaza si no la devuelvo a su casa a las diez. —Echó un vistazo a su reloj de oro—. Lo cual me da quince minutos antes de que papi llame a la policía. —Le sonrió a Ava—. Supongo que tú estás bajo otro régimen de reglas hogareñas.

—Solo cuando está conmigo. —Joshua apoyó sus manos sobre los hombros de Ava y la apartó de Dylan. Ella temblaba y su cuerpo irradiaba calor. Dando un vistazo al rostro de Stark, Joshua se dio cuenta de que el depravado sabía exactamente qué efecto tenía en ella.

Tan pronto como cruzaron las puertas del cine, Ava miró a la derecha y a la izquierda. Joshua oyó el rugir de un motor potente y supo, antes de verlo, quién iba al volante. Un Corvette convertible rojo frenó en el señal de alto. Stark le sonrió y aceleró el motor.

Todos los que estaban en la vereda se dieron vuelta para mirar. Los muchachos se fijaron en el carro; las chicas, en el tipo que lo conducía. Joshua intentó recapturar la atención de Ava.

—¿Te gustaría ir a comer algo a la Cafetería de Bessie?

—En verdad, no. Es tarde. Creo que debo ir a casa.

Él dejó escapar una risa baja y cínica.

—Nunca había visto que te distrajeras tan fácil por una cara bonita. —Se arrepintió apenas las palabras salieron de su boca, y no solo por la expresión que vio en el rostro de Ava. *¡Cállate, Joshua!* Si hasta ahora ella no había adivinado cómo se sentía él, ahora se enteraría—. Es mucho mayor que tú, Ava.

—Solo tiene veinte años. ¡Tú tienes veintidós! —Liberó su brazo de un tirón—. Peter le dio permiso a Penny para que saliera con Dylan, y sabes lo puntilloso que es él acerca de quién es lo suficientemente bueno para su hija.

—Si te llevo a casa ahora, él y Penny pensarán que estás persiguiéndolos. —Era un pecado del que muchas veces había culpado a su hermana. ¿Acaso no le había escrito que Penny le había robado a Kent Fullerton? Joshua la arrastró hasta la Cafetería de Bessie. Tal vez un vaso de agua helada lograría enfriarla. Y, en caso de que no lo bebiera, podría volcárselo sobre la cabeza.

La cafetería estaba atestada de parejas de chicos de la preparatoria que acababan de salir del cine. Susan les sonrió y les señaló dos taburetes cromados con tapizado de vinilo rojo junto al mostrador. Dejó un menú frente a cada uno y le dijo a Joshua que se alegraba de verlo otra vez en casa, sano y salvo. Ava se encaramó en su taburete como si estuviera a punto de salir volando.

Él frunció el ceño y bajó el menú.

—¿Quieres quedarte o irte a casa?

—Como si tuviera elección.

Trató de tener paciencia.

—Te estoy dando la elección.

—No quiero quedarme, pero tampoco quiero volver a la casa de Peter y Priscilla.

A la casa de Peter y Priscilla.

—Deja de hablar de ellos como si fueran unos desconocidos.

—Bien podrían serlo.

—Son tus padres. Te aman.

Ella lo miró furiosa.

—Nunca fueron, ni serán, mis padres. Yo no tengo padres. ¿Lo recuerdas? No pertenezco a ninguna parte ni a nadie. —Se bajó del taburete y se dirigió a la puerta. Susan lo miró con preocupación. Sacudió la cabeza, frustrado, y fue detrás de Ava. Ella ya había llegado a la esquina y estaba a punto de cruzar la calle.

—¡Espera un minuto! —Joshua la alcanzó en la senda peatonal—. ¿Qué está pasando por tu cabeza?

Ella lo enfrentó bajo la farola; sus ojos relucían.

—¡Estoy harta de que me digan cómo debo sentirme y qué debo pensar de cada cosa! ¡Estoy harta de ver que Penny consigue *todo* lo que quiere y cada vez que lo quiere! Y estoy completamente harta de ti y de todos los que la defienden todo el tiempo, mientras que a mí me dicen que tengo que arreglármelas como pueda.

—Espera un momento. —Tuvo que tomar aire y luchar para mantener la calma—. No estás siendo justa.

—¡Solo déjame en paz!

La agarró del brazo con firmeza y, de un tirón, la hizo girar para que lo mirara de frente.

—¿Quieres ir a tu casa? ¡Perfecto! ¡Yo te llevaré!

—Queda solo a seis cuadras. Prefiero caminar. —Trató de soltarse.

—Ah, no. No lo harás.

—¡Ya soy grande, por si no te has dado cuenta! ¡Puedo cuidarme sola! —le gritó.

—Desde donde estoy parado, se nota que actúas como una malcriada de dos años que está haciendo un berrinche porque no puede salirse con la suya. —La llevó enérgicamente de vuelta a la camioneta—. ¡Entra ya! —Ella lo hizo y cerró la puerta con un golpe tan fuerte que él creyó que se desencajaría de sus bisagras oxidadas. Joshua ocupó el asiento del conductor—. Iremos a dar una vuelta.

—¡No quiero ir a dar una vuelta!

—¡Mala suerte! Te tranquilizarás antes de que te lleve a tu casa.

Ella cruzó los brazos sobre su pecho y miró furiosa hacia afuera por la ventanilla.

Joshua dio vueltas por el pueblo durante media hora. No se dijeron ni una palabra. Él se calmó. Por fin, Ava perdió su ímpetu y comenzó a llorar.

—Tú no entiendes, Joshua. —Sonaba quebrantada—. ¡No entiendes!

—¿No entiendo como es ver a alguien y sentirse mareado y puesto al revés? —Sacudió la cabeza—. Oh, sí. Lo entiendo. —Sintió que ella lo miraba como si lo entendiera. Sabía que ella suponía que estaba hablando de Lacey Glover. No quiso corregirla. Ella estaba rompiéndole el corazón y ni siquiera se daba cuenta.

Se detuvo frente a su casa y apagó el motor.

—No quiero que salgas lastimada, Ava.

—He estado lastimada toda mi vida. No recuerdo una sola vez que no haya sentido que no valía lo suficiente.

Él empezó a deslizar una mano para tocarle la mejilla, pero ella se dio vuelta y abrió la puerta de la camioneta. Él salió rápidamente y dio la vuelta para acompañarla a la casa. Ella ya estaba pasando por la reja. Él la alcanzó y la hizo girar.

—Escúchame, Ava. Por favor. —Cuando ella trató de liberarse, la tomó de ambos brazos y se inclinó para mirarla a los ojos—. Guarda tu corazón. Eso afectará todo lo que hagas en esta vida.

—Tal vez deberías haber puesto en práctica lo que predicas. —Le sonrió con tristeza—. Lacey Glover no te merece.

Subió corriendo los escalones y entró a la casa.

Ezekiel escuchó entrar a Joshua. La puerta de atrás se cerró con un golpe sordo. Las llaves tintinearon sobre la mesa. El agua sonó en el fregadero de la cocina. Ezekiel se levantó de su sillón y entró en la cocina. Joshua estaba inclinado sobre el fregadero, echándose agua en la cara. Ezekiel tomó la toalla colgada en la manija del horno y la puso en la mano de Joshua.

—Gracias —masculló Joshua, secándose la cara. Ezekiel nunca había visto tan enojado a su hijo.

—¿Algún problema?

—Podría decirse que sí. —Se rio sin alegría—. Ava cree que está enamorada.

—Alguna vez tenía que pasar.

—No me gusta.

—¿Lo conociste?

—Por casi dos minutos. Lo suficiente para saber que es un problema.

Ezekiel se rio entre dientes.

—¿Tanto tardaste en formarte una opinión?

Joshua lanzó la toalla sobre el mostrador.

—De acuerdo. Quizás no me gustaría ningún tipo del que ella se enamore, pero este... —Su mirada se apagó, dolida—. Tiene algo, papá. No suelo reaccionar visceralmente ante las personas, pero este hizo que me rechinaran los dientes. —Se frotó la nuca—. Me gustaría saber más de él. Se llama Dylan Stark. ¿Has oído hablar de él?

Ezekiel frunció el ceño.

—¿Tiene familiares aquí? —El nombre no le sonaba conocido.

—Quizás Peter sepa algo. Dudo que dejara salir a Penny sin hacerle primero un montón de preguntas. —Joshua sonrió apenas, con esperanza, luego negó con la cabeza—. No quiero que Ava tenga nada que ver con ese tipo.

Al día siguiente, Ezekiel pasó por la escuela primaria para hablar con Peter.

—Fue sincero con la información —dijo Peter—. Es el hijo de Cole Thurman. Fue algo que sucedió antes de que llegaras, Ezekiel, pero ese hombre estuvo a punto de destruir la Iglesia de la Comunidad de El Refugio cuando tuvo un romance con la directora del coro. Arruinó ese matrimonio y después comenzó con otra mujer antes de darse cuenta de que eso no era bien visto y se apartó de la iglesia. Lo veo por aquí de vez en cuando. No digo que Dylan sea igual que su padre. Pero diré que ya logró que mis hijas se pongan una contra la otra. No me cae bien.

—¿Penny saldrá de nuevo con él?

—Si le digo que no, será el fruto prohibido. Quiero que se sienta bienvenido. —Tenía una expresión sombría—. Prefiero tener cerca a mi enemigo, donde pueda mantenerlo vigilado. Sé que Penny coquetea y que a veces es caprichosa, pero detrás de todo eso tiene la cabeza en su lugar.

—¿Y Ava?

Peter tenía una expresión seria.

—Nunca ha comprendido cuánto la amamos. —No tuvo que decir a qué se refería. Podía llegar a buscar amor en cualquier otra parte.

Ezekiel pensó en Joshua, pero sabía que no sería oportuno que su hijo hiciera declaración alguna. Ella era demasiado joven; Joshua todavía estaba demasiado lastimado por la guerra. Ya le dolía el corazón de ver lo que la guerra le había hecho a su compasivo hijo. ¿Qué pasaría con ellos dos si Ava se iba detrás del engañador, en lugar de quedarse con quien amaba su alma?

Ezekiel sabía que tenía una sola manera de luchar por esta niña que tanto él como su hijo amaban. Oró.

CAPÍTULO 5

*El diablo no nos tienta; somos nosotros quienes lo tentamos,
atrayendo su habilidad con la oportunidad.*

GEORGE ELIOT

EL DÍA ANTERIOR AL COMIENZO DE CLASES, Ava sacó dinero de sus ahorros para la universidad y fue a la boutique de Dorothea, que estaba a la vuelta de la plaza. Mitzi decía que Dorothea Endicott era la mejor vestida del pueblo. En su época, había sido modelo en Nueva York, y cada centímetro de su delgada silueta de un metro ochenta anunciaba que era una experta en moda. Dio un vistazo a Ava y sonrió. «Esperaba que algún día entraras en mi tienda. Tienes todo lo que hay que tener en el lugar indicado, querida mía, y no veo la hora de enseñarte cómo vestir».

Al día siguiente, Ava ignoró a Penny cuando llamaba a la puerta del baño, diciéndole que se apurara. Se había puesto la falda acampanada, la blusa con botones y el cinturón rojo de cuero que Dorothea había elegido para ella. Levantó de manera impecable el cuello y dejó suelto su cabello, que cubrió sus hombros y parte de su espalda.

Ni siquiera habían cruzado la reja del jardín cuando Penny le dijo a Ava que iba a encontrarse con Dylan. Echó un vistazo a la ropa nueva de Ava para dar a entender que por más que estuviera toda arreglada, no le serviría de nada. Caminaron tres cuadras y Ava escuchó el rugido del potente motor que se acercaba a ellas.

—Dos chicas hermosas y yo con lugar para una sola. Qué situación más triste.

Penny abrió la puerta del carro y se subió. Dylan la ignoró y le sonrió a Ava de un modo que le hizo temblar las piernas.

Penny se puso un pañuelo rosa en el cabello.

—No le digas a papi, Ava.

Dylan le guiñó un ojo antes de salir quemando los neumáticos, dejando a Ava atrás con el olor a caucho quemado y el humo.

Durante el receso del almuerzo, Ava vio a Penny sentada con Michelle, Pamela y varios jugadores de fútbol americano. Michelle llamó a Ava con la mano para que los acompañara. Penny sonreía como si Dylan no estuviera entre ellas. Sonó la campana y todos se levantaron para volver a clases. Penny alcanzó a Ava.

—Después de la escuela iremos en grupo al Restaurante de Eddie. ¿Quieres venir con nosotros?

Por «grupo», Ava sabía que se refería a Michelle, Charlotte, Pamela y, probablemente, a Robbie Austin y Alex Morgan.

—¿No vas a verte con Dylan?

Hizo una mueca fea.

—No.

—¿No? —¿Se suponía que debía creerle?

—Papá no quiere que ninguna de nosotras salga con él.

—Eso no te impidió subirte a su auto esta mañana.

—Aprendí la lección.

—¿De qué estás hablando?

Penny parecía inquieta.

—Dylan no es Joshua, Ava. Él... —Charlotte las alcanzó y Penny frunció el ceño—. Dylan me asusta un poco —susurró—. Te lo cuento después. —Caminó hacia atrás para ir a su próxima clase—. Ven con nosotros al Restaurante de Eddie. —Sonrió—. Alex dice que eres un bombón. Probablemente te invitará al baile. —Penny se dio vuelta y se mezcló entre otros estudiantes.

Ava puso los ojos en blanco. ¿A quién le importaba lo que opinara Alex? Y no creyó ni por un instante que Penny hubiera dejado de interesarse en Dylan Stark. Solo fingía, de la misma manera que Ava fingió que no le importaba Kent Fullerton.

Cuando terminaron las clases del día, Ava caminó rumbo al centro, en lugar de ir a su casa o a la de Mitzi. Se sentía inquieta y nerviosa, como si esperara que pasara algo. Cuando escuchó el conocido ronroneo del motor, supo por qué. No se dio vuelta para mirar. Caminó hacia la tienda más cercana, fingiendo interesarse en los libros de la vidriera. El silencio le indicó que Dylan había estacionado el carro. Cuando escuchó que cerró la puerta del carro, se llenó de emoción. Abrió la puerta de la Cafetería de Bessie.

Susan levantó la vista de donde estaba limpiando el mostrador y sonrió.

—Te ves muy bonita hoy, Ava. —El lugar estaba casi vacío—. Siéntate donde gustes. —Arrojó el paño de cocina debajo del mostrador y agitó la mano sobre el mostrador limpio.

—Gracias, pero ¿te molesta si me siento en una mesa? Tengo tarea.

—Claro. —Parecía sorprendida pero complacida. Los estudiantes de la preparatoria solo iban allí los viernes y los sábados por la noche, cuando salían del cine—. ¿Qué puedo servirte? ¿Papas? ¿Un refresco?

—Solo un refresco, gracias. —Tomó asiento en una de las mesas del fondo y escuchó el tintineo de la campanilla que había sobre la puerta de entrada. Sintió un cosquilleo en todo el cuerpo. No necesitaba darse vuelta para saber que era Dylan.

Mantuvo la cabeza agachada, fingiendo poner en orden los libros de texto. Cuanto más se acercaban los pasos, más se aceleraba su corazón.

—¿Te molesta si te acompaño? —Dylan se deslizó en el asiento frente a ella sin esperar la respuesta. Cruzó las manos sobre la mesa y le sonrió lenta y provocativamente—. Y no finjas que no sabías que te seguiría.

Con el orgullo herido, ella levantó el mentón.

—Si buscas a Penny, está en el Restaurante de Eddie, frente a la preparatoria. ¿Necesitas que te indique dónde es?

—¿Estás diciéndome que te deje tranquila? Solo dilo y me iré. —Esperó. Cuando ella no contestó, él estudió su rostro y todo lo que podía ver hasta la altura de la mesa—. Apuesto que muchos se dieron vuelta para mirarte hoy, Ava. Siempre pasa cuando una chica se suelta el cabello por primera vez.

No fueron las palabras que dijo. Fue cómo lo dijo que hizo que sus mejillas se acaloraran. Desvió la mirada para protegerse a sí misma y vio que Susan los observaba. La mesera frunció el ceño y negó con la cabeza a Ava. Dylan miró por encima de su hombro y se rio en voz baja.

—Apuesto a que es amiga de ese HP con el que sales. ¿Verdad?

—¿HP?

—El hijo del predicador. Anoche, Penny me contó todo sobre él de camino a su casa. Un héroe de guerra. Vaya. —Ladeó un poco la cabeza—. ¿Te gustaría ir a dar una vuelta conmigo? ¿Ver cómo soy? —Tenía una expresión pícara—. Prometo no llevarte más allá de donde quieras ir. —Su sonrisa la desafió—. Y volverás a salvo a casa con tiempo de sobra para hacer toda tu tarea y cenar con tu mamita y tu papito. Ni siquiera se enterarán de que te ausentaste.

El corazón de Ava se aceleró. Echó un vistazo a Susan y luego volvió a mirar a Dylan.

—¿Adónde quieres ir?

—Arriésgate. —Se deslizó fuera del cubículo y le tendió la mano.

—¿Qué hay de tu refresco? —dijo Susan desde el mostrador.

Ava ni siquiera recordaba haber pedido uno. Dylan sacó una

moneda de veinticinco centavos de su bolsillo y la azotó contra el mostrador.

—Eso debería cubrir todo. —Cargando los libros de Ava bajo un brazo, apoyó su otra mano sobre la parte baja de la espalda de Ava y la guio hacia la puerta. La abrió para que pasara y la siguió de cerca—. Parece que en este pueblo todos quieren protegerte.

Era una afirmación general y bastante alejada de la verdad.

—En este pueblo, a nadie le interesa lo que me suceda.

—¿De verdad? —Le dedicó una sonrisa extraña—. Eres verdaderamente ingenua, ¿no?

¿Estaba burlándose de ella?

—¿A dónde vamos?

—Ya verás. —Dylan lanzó sus libros al piso del asiento del acompañante y le abrió la puerta—. ¿Estás lista para vivir peligrosamente, nenita?

—Tengo que llegar a mi casa a las cinco. —Se sintió infantil apenas lo dijo.

Dylan se rio.

—Lo haremos rápido. —Se inclinó hacia la palanca—. Sujétate, nena. Voy a darte el paseo de tu vida. —Empezó a quemar los neumáticos en el estacionamiento, empujó la palanca de cambios y salió disparado hacia la señal de alto, frenando apenas un instante antes de que el carro entrara chirriando a la calle principal. Se mantuvo al límite de velocidad hasta que dobló hacia el puente. Cambiando la velocidad, pisó el acelerador.

El viento revolvía el cabello de Ava mientras él aceleraba hacia las afueras del pueblo. Riendo, trató de contenerlo. Cuando la corriente de aire quedó atrapada bajo su falda y la levantó, la agarró y la metió bajo sus piernas. Dylan la observó.

—¡Aguafiestas! —Le sonrió. Tomaba tan rápido las curvas que las ruedas chillaban. Pasó a toda velocidad la mancha verde de árboles y arbustos. El estómago de Ava cosquilleó cuando él aceleró súbitamente subiendo una colina y bajó la cuesta, luego volvió a subir y dobló bruscamente en una curva. Sintió un sacudón de temor cuando él aceleró, tomando la carretera como un piloto de carreras. Su sonrisa se veía más como una mueca amenazadora cuando volvió a acelerar.

Los viñedos se extendían a ambos lados del camino. El pulso de Ava se disparó cuando Dylan bajó abruptamente la velocidad y dobló a la derecha. El Corvette patinó mientras lo compensaba. Dylan volvió a cambiar de velocidad y maniobró tan fuerte el volante, que el Corvette giró en un círculo completo y derrapó hasta detenerse, envuelto por una nube de tierra con olor a caucho. Él se inclinó hacia ella y le peinó el cabello con los dedos.

—Ahora, voy a hacer lo que he tenido ganas de hacer desde que me fijé en ti. —La besó larga y firmemente. Cuando la soltó, ella respiró agitadamente. Con una sonrisa amplia, Dylan acarició su cabello con sus manos.

Un instinto básico e intenso se alzó en su interior cuando la miró fijo. La mano de él se apoyó sobre la curva de su cadera.

—Me encanta cómo me miras. —La besó otra vez. No fue como la primera vez. Abrió sus labios y la devoró. Cuando se echó hacia atrás, parecía divertido—. Nunca antes te habían besado así, ¿verdad?

—No. —¿Había besado a Penny de esa manera?

—Eres deliciosa. Probemos otra vez.

En el pequeño pueblo, nada permanecía oculto por mucho tiempo. Ezekiel se enteró de que Ava había salido a dar un paseo con Dylan Stark antes de que cruzaran el puente. Susan Wells lo llamó. «Él la siguió aquí y se sentó en su mesa. Cinco minutos después, ya la tenía en su carro. Ella es solo una chiquilla, pastor Ezekiel, y él es... Conozco perfectamente a los de su tipo».

Mitzi llamó al día siguiente. Su hijo le había contado que había visto a Ava en un Corvette rojo. «Hodge me contó que ese

muchacho manejaba como un loco. Dijo que debía ir a cien kilómetros por hora cuando pasaron por el Parque Ribereño. ¿Ha perdido Peter la cabeza, para dejar que Ava salga con un muchacho así?

Apenas había colgado cuando Priscilla lo llamó.

—Peter le dijo a Dylan que las dos niñas son demasiado jóvenes
para él. Jamás vi a Peter tan enojado.

—¿Qué dijo Dylan?

—Nada. Solo se metió en su carro y se marchó. Peter habló
con las chicas. Pensé que Penny se molestaría, pero estaba bien. Es
Ava la que está furiosa.

Peter le había dicho a Ava que no hablara con Dylan nunca
más y ella le había contestado que haría lo que le diera la gana y él
había contestado: «¡No mientras estés bajo mi techo!», y ella dijo
que se marcharía. ¡Podía vivir debajo del puente! Allí es donde
todos pensaban que ella pertenecía, ¿verdad?

«No sé qué hacer, Ezekiel. Peter está desquiciado por la angustia
y el dolor. No sé qué sucede con Ava. Enloqueció por amor. ¿No es
así como le dicen? —Priscilla sollozó—. Nunca la había visto así.
¿Hablarías con ella, por favor?».

Lo intentó. Ella se quedó muda como una piedra, los puños
cerrados, mirando fijo hacia adelante. Cuando él se quedó en silencio, ella se levantó y se fue de la sala. Peter y Priscilla salieron de la
cocina y lo miraron. Él sacudía la cabeza.

Joshua fue el último en enterarse de lo que estaba pasando, y
fue el más afectado.

———

Joshua tocó el timbre de la casa de Peter y Priscilla. Sus manos
temblaban. Papá le había preguntado si podía ir y hablar con ella.
Joshua le recordó a papá que ya había tratado de advertirle a Ava
acerca de Dylan Stark y que no había vuelto a verla desde la noche
del cine. Pero suponía que valía la pena intentarlo.

Priscilla abrió la puerta.

—Gracias a Dios. —Retrocedió unos pasos para que pudiera entrar—. Espero que te escuche a ti, Joshua. —Siguió hablando en voz baja—. Está castigada, pero mi temor es que, en el instante que salga para la escuela, se suba al carro de Dylan. No quiere escuchar.

—¿Cómo está Penny?

—Molesta, desde luego. Ella estaba enamorada de Dylan, pero creo que ya se le pasó. No sé bien cómo sucedió. — Lo miró—. Creí que todo el melodrama por Kent Fullerton había sido difícil, pero esto es aterrador. No sabemos qué hacer, Joshua. Ava no quiso siquiera hablar con tu padre ayer. No creo que haya escuchado una sola palabra de lo que le dijo.

—Puede ser testaruda.

—¿Acaso no lo somos todos? —Ella hizo un gesto débil—. Está arriba, en su cuarto. Debe tener hambre. No quiso bajar a cenar. —Se rio con tristeza—. Dijo que no quería sentarse a comer con hipócritas. —Se le llenaron los ojos de lágrimas de enojo—. Algunas personas son muy difíciles de amar.

Lo cual significaba que necesitaban más amor aún.

Joshua subió la escalera. La puerta del cuarto de Penny estaba abierta. Penny estaba recostada en el asiento de la ventana, hojeando una revista sobre cine. Se levantó cuando lo vio y fue hacia la puerta.

—Buena suerte. Vas a necesitarla. ¡Es una idiota! —Levantó la voz—. Ava no escucharía a Dios aunque se le apareciera en la zarza ardiente. —Arrojó la revista al piso y volvió a subir la voz—. Cree que estoy celosa. ¡Y no es así! —gritó—. ¡Te arrepentirás de haber conocido a Dylan, Ava!

—¡Penny! —la llamó Priscilla desde abajo—. ¡Es suficiente!

Estallando en llanto, Penny cerró la puerta de su cuarto con un portazo.

Al menos una de las chicas Matthews había visto bajo el disfraz.

Joshua dio unos golpecitos en la puerta de Ava.

—¿Ava? Soy Joshua.

La cerradura giró y la puerta se abrió. Ava volvió a su cama deshecha. Se sentó con las piernas cruzadas sin mirarlo y levantó su cepillo.

—¿Viniste como amigo o como enemigo? —dijo con hostilidad.

—¿Cuándo he sido tu enemigo?

Ella siguió mirando hacia otra parte, mientras se cepillaba el cabello a tirones.

—Entonces, cierra la puerta. No quiero que esa bruja escuche desde el otro lado del pasillo todo lo que hablamos.

A pesar de conocerla de tantos años, tuvo la sensación de que no era correcto estar encerrado con ella en una habitación, aunque Peter y Priscilla lo aprobaran dadas las circunstancias del momento.

—Quizás deberíamos salir a caminar.

—No me dejan salir.

Joshua se encogió de hombros y cerró la puerta. Tomó la silla que estaba junto al pequeño escritorio, le dio vuelta y se sentó a horcajadas. Ava siguió cepillándose el cabello. Él recorrió el cuarto con la mirada. Daba la sensación de ser un cuarto de hotel, no una vivienda personal. Todo combinaba a la perfección, excepto por el tablero de anuncios donde había pósteres de estrellas de cine de antaño, más de la generación de Mitzi que de la de Ava. Su corazón se animó cuando vio dos fotografías suyas: una donde tenía puesta la gorra y la toga de su graduación y la otra, vestido con su uniforme. Al menos, él todavía era importante en el esquema general. Quizás todavía había esperanzas.

—Entonces... ¿qué está pasando?

Ella dio un respingo y sus ojos verde claro escupieron fuego.

—Nada. —Apretó el cepillo como si fuera a lanzárselo a la cabeza—. Aún.

—¿Aún?

—Dylan y yo tenemos mucho en común.

—¿Como qué? —Mantuvo tranquilo su tono, aunque todo en su interior estuviera tenso como para la batalla.

—Su padre lo abandonó cuando era un bebé.

—¿Qué más sabes de él?

Sus ojos parpadearon.

—Tiene planes de graduarse en Administración de Empresas y en Mercadotecnia.

—Suena a algo de familia. —Trataba de hablar en tono neutro, pero los ojos de ella destellaron otra vez.

—¿Qué se supone que significa eso?

—Cole Thurman es conocido por ser un empresario consumado. Eso es lo único que significa.

Ella volvió a cepillarse el cabello.

—Está tratando de compensar los años que perdió con Dylan.

Joshua batallaba contra la ira que estaba surgiendo en él, la cual bullía bajo la superficie desde que había vuelto de Corea.

—¿Hasta qué punto conoces realmente a Dylan Stark?

—No le gusta la simulación. Quiere que sea yo misma.

—Ah, ¿en serio? —Esta vez se le escurrió el tono sarcástico y supo que ya estaba derrotado.

—*¡Él me entiende!*

—Entiende que te atrae. Eso se vio claramente en el cine. Esto no se trata de amor, Ava. Se trata de sexo, del tipo más bajo.

Ella se quedó boquiabierta y su rostro enrojeció.

—¡Eres un asqueroso!

Él se puso de pie tan rápido que tumbó la silla.

—¡Estoy diciéndote la verdad!

—Dylan dice que soy hermosa. Dylan dice que soy inteligente. ¡Dylan me ama!

—¡Dylan dirá cualquier cosa para conseguir lo que quiere!

—Él me quiere a *mí*.

—¡No lo dudo! Pero, ¿por cuánto tiempo? Su afecto por Penny no duró ni una semana.

Ella sonrió y levantó el mentón.

—Dijo que Penny es agua y que yo soy vino.

Dylan parecía saber exactamente qué quería escuchar Ava. Lo enfurecía que ella no se diera cuenta de lo que estaba buscando ese tipo. Agarró la silla y volvió a sentarse, apretando las manos entre sus rodillas esta vez, luchando por controlar sus emociones.

—Escúchame, Ava. Escúchame bien. Somos amigos. Concédeme eso. —Cuando ella no dijo nada, él oró mientras hablaba—. El hombre que te ame procurará resaltar lo mejor que hay en ti.

—Yo *soy* mi mejor versión cuando estoy con Dylan.

Él se apretó las rodillas.

—¿Engreída y rebelde? ¿Completamente egocéntrica, sin consideración por lo que le haces a tu familia? ¿Eso es lo mejor de ti?

Los ojos de Ava se llenaron de lágrimas de reproche.

—Se supone que eres mi mejor amigo, ¿y puedes decirme todo eso?

—Lo digo porque *te amo*. —Ella no tenía idea de cuánto.

—¿Sabes qué, Joshua? Yo solía pensar que eras mi único amigo real y verdadero. —Sus ojos se endurecieron—. Ahora sé que eres igual que todos los demás.

La vieja herida que tenía en el costado pulsaba.

—Sigo siendo tu amigo, el mejor amigo que tendrás en tu vida. —Y más, mucho más—. Y siempre lo seré.

Ella lanzó el cepillo sobre la cama sin tender, se levantó y se dirigió a la puerta. La abrió y se paró a un costado.

—Muchas gracias por pasar a visitarme. —Lo dijo en un tono meloso, luego su voz se volvió gélida—: No te molestes en volver nunca más.

Joshua cruzó el umbral. Ella profirió un gemido atragantado, cerró la puerta con un portazo y la aseguró con llave.

Joshua se quedó parado en el pasillo, aturdido. Se había

terminado antes de haber empezado siquiera. *La perdí, Señor. Oh, Dios, la he perdido.*

Las pesadillas de Joshua volvieron, peores que nunca. Soñaba que estaba de nuevo en Corea, padeciendo un invierno frío y níveo, corriendo, siempre corriendo, para salvar a alguien a quien no podía alcanzar. Papá lo despertaba casi todas las noches, se sentaba y oraba por él, mientras que Joshua yacía jadeante, luchando contra el pánico que acechaba apenas bajo la superficie.

Gil MacPherson llamó para invitar a Joshua a que fuera al rancho. Papá lo había sugerido.

—Fue paramédico en Normandía. Creo que él podría entender mejor que yo lo que estás pasando.

Así fue.

Papá seguía saliendo todas las mañanas a hacer su larga caminata alrededor del pueblo. Joshua sabía que todavía se detenía en la reja de Peter y Priscilla. Seguía orando por Ava.

Y Dylan Stark seguía apareciendo por el pueblo. Un profesor de la preparatoria, amigo de Peter, dijo que había visto el Corvette rojo estacionado en la cerca de malla en el extremo más alejado del campo de fútbol americano. También habían visto a Dylan Stark cerca del Restaurante de Eddie, lugar elegido por los estudiantes para pasar el rato.

Joshua sabía que Dylan no se rendiría. Dylan estaba esperando su momento, esperando la oportunidad para tomar lo que deseaba. Peter no podría mantener castigada a Ava para siempre.

Ava sentía que estaba volviéndose loca. En lo único que podía pensar era en Dylan y cuándo podría volver a verlo.

Las clases los dejaron libres para el receso del almuerzo; los pasillos y los corredores se llenaron de estudiantes que pululaban abriéndose paso para salir a sentarse en grupos sobre el césped, en las mesas de picnic armadas debajo de los árboles, cerca del taller de manualidades, o para reunirse en grupos en el campo de fútbol americano. Cuando Ava descubrió a Dylan parado junto a la cerca de malla, miró fugazmente alrededor y fue hacia él. Se aferró al alambrado.

—Qué gusto de verte.

Los dedos de él se cerraron sobre los de ella.

—¿Es lo único que tienes para decir? —Parecía enojado, frustrado—. ¿Cuándo vas a escaparte de esa prisión en la que te han encerrado?

—Peter me castigó por un mes, Dylan. Todavía me faltan dos semanas.

—No me quedaré esperando aquí otras dos semanas, nena. Estoy harto de este pueblo.

Su corazón latió fuerte y rápido.

—Por favor, no te vayas.

—Ven conmigo. —Apretó los dedos, lastimándola.

—¿Adónde iríamos?

—¿Acaso importa? Me amas, ¿verdad? —Cuando ella asintió jadeante, él se acercó más—. Quiero recorrerte con mis manos. El día que te llevé a tu casa, apenas habíamos empezado. Seremos muy buenos juntos, nena. Podríamos ir a San Francisco, a Santa Cruz, a cualquier lugar que se nos ocurra.

No tenía dudas de que él la amaba.

—Sabes que quiero escaparme, Dylan.

La soltó y retrocedió de la cerca.

—Entonces, ven y encuéntrame en el puente a medianoche.

¿Esta noche?

—¡No puedo! —No podía pensar tan rápido.

—¿No puedes o no quieres? Tal vez me equivoqué en cuanto a ti. —Se marchó.

—¡Dylan! ¡Espera! Iré.

El miró hacia atrás y sonrió.

—Si no vas, pasarás el resto de tu vida preguntándote qué te perdiste.

Esta vez, siguió caminando y no miró atrás.

———

Ava comió, pese a que no tenía hambre. Era el turno de Penny de lavar los platos y Ava pidió permiso para retirarse. Tenía que hacer sus tareas y estaba un poco cansada. Quizás se iría temprano a dormir.

Peter le dirigió una mirada levemente interrogativa.

—¿Segura de que no quieres acompañarnos a la sala? ¿Mirar un poco de televisión?

—Quisiera. Tengo que entregar un ensayo el viernes. —Dos mentiras seguidas y ni siquiera le incomodó decirlas.

Mientras todos estaban abajo, le resultó fácil escurrirse al cuarto de Penny y robar una maleta del juego que Priscilla le había obsequiado para Navidad. Penny quería ir a la Universidad Mills. Ian Brubaker decía que Ava debía ir a Juilliard. Pero ahora ella solo deseaba una cosa: estar con Dylan.

La maleta no tenía el tamaño suficiente para todo, pero Ava empacó lo que pudo y la escondió debajo de su cama. Peter recién subió después de las nueve. Una hora después, subió Priscilla. Llamó con unos golpecitos sobre la puerta de Penny. «Apaga la luz, Penny. La escuela empieza temprano».

La casa quedó en silencio. Ava yacía en la oscuridad. Las palabras de Joshua volvieron a su mente, y a continuación, las dudas. ¿La amaba Dylan realmente? Nunca lo había dicho con todas las palabras. Pero ¿era posible que la besara así si no la amara?

El reloj hacía sonar su tictac. El tiempo pasaba lentamente. Se levantó y caminó de un lado al otro, luego se detuvo porque alguien podría oírla y llamar a la puerta para preguntarle qué le pasaba. Se sentó a los pies de su cama con el corazón latiéndole descontroladamente. Al menos debía dejar una nota. Fue a su escritorio y buscó papel. Encendió la lámpara y escribió rápidamente. El viento se levantó, el árbol de arce fuera de su ventana crujió y la sobresaltó. Los carrillones de viento danzaban bajo la pérgola del patio. El reloj de la sala dio las once. Sacó los sobres. Guardó en ellos una nota dirigida *al Sr. y la Sra. Matthews*; otra *al Reverendo Ezekiel Freeman* y una despedida mucho más amable para Mitzi. Deseaba escribirle a Joshua, también, pero no sabía qué decirle. Era mejor dejar las cosas como estaban. Como una idea de último momento, tomó la Biblia de Marianne del último cajón y garabateó una nota breve que metió adentro: «Marianne habría querido que la esposa de Joshua recibiera esto».

Sacó la maleta de debajo de la cama y abrió lentamente la puerta. Caminó de puntillas por el pasillo; su corazón brincaba irregularmente cuando la escalera rechinaba. Caminó rápido hacia la puerta delantera y la cerró con cuidado detrás de ella.

Para cuando llegó al puente, sentía un dolor en el costado. Dylan estaba ahí, recostado contra su carro. Cuando la vio, se incorporó. Lanzó su maleta dentro del pequeño baúl y lo cerró de un golpe.

—Sabía que vendrías. —La acercó a su cuerpo y la besó hasta dejarla sin aliento—. ¿No te fascinaría ver sus caras mañana por la mañana? —Sus manos se extendieron sobre sus pechos y ella sintió pánico por un momento.

—¿Todavía usas esto? —Él rompió la cadenilla que tenía la cruz de Marianne y la lanzó a un costado—. No necesitas nada que te recuerde el pasado, ¿cierto? —Él no le dio tiempo de pensar pues volvió a besarla. Sus manos se tomaron libertades que la sobresaltaron, pero ahora tenía miedo de protestar—. Me divertiré mucho contigo. —La movió para poder abrir la puerta del carro—. Entra.

Ella resbaló por el asiento, se sentó y giró las piernas antes de que él cerrara la puerta.

Él dio la vuelta y se sentó en el lugar del conductor.

—Esta noche, empezaremos a vivir. —Pisó el acelerador y tocó la bocina mientras cruzaban el puente, saliendo de El Refugio—. ¡Para que todos se enteren!

Parecía tan entusiasmado que ella se rio, exultante.

———

Joshua estaba sentado en la cocina, todavía conmocionado por la pesadilla que había tenido. Sujetándose la cabeza, trató de concentrarse en el Salmo 23. *«Aunque ande en valle de sombra de muerte, No temeré mal alguno; porque tú estarás conmigo: Tu vara y tu cayado me infundirán aliento».*

El teléfono sonó. Súbitamente, la adrenalina corrió por su cuerpo; sintió una premonición y trató de alejarla. El hecho de que el teléfono sonara a las cuatro de la madrugada no significaba que le hubiera pasado algo a Ava. Papá a menudo recibía llamadas a mitad de la noche. Joshua empujó la silla hacia atrás y fue a la sala a contestar.

—Joshua, soy Peter. Ava se fue.

No fue necesario preguntar quién se la había llevado.

—¿Cuándo se fueron?

—En algún momento luego de que nos fuimos a dormir. Priscilla se despertó y creyó oír algo. He estado dando vueltas por el pueblo durante las últimas dos horas, pero no la he visto.

Joshua colgó, hojeó la guía telefónica y marcó el número de Cole Thurman. El teléfono sonó diez veces antes de que una voz atontada respondiera con una maldición infame.

—¿Señor Thurman? Joshua Freeman. ¿Dónde está Dylan? —Joshua apenas se contuvo de gritarle.

—¿Cómo debería saberlo? Soy su padre, no su guardián.

—Ava Matthews está con él. Tiene dieciséis años.

—Esa chica ya era basura el día que tu padre la encontró. Debió haberla dejado debajo del puente.

Joshua colgó de un golpe el receptor.

—No hay nada que puedas hacer, Joshua. —Papá estaba parado en la puerta, vestido para salir a su caminata matutina. Su rostro estaba aún más pálido y acabado que cuando murió mamá.

—¡Es que no puedo no hacer nada, papá! ¡Tengo que ir a buscarla!

Agarró su chaqueta y las llaves y fue hacia la puerta.

Ava se sentía acurrucada y aterciopelada dentro del carro deportivo de Dylan. Él conducía rápido, mientras el rocanrol sonaba a todo volumen en el radio. Cada vez que la miraba, ella sentía un hormigueo en todo su cuerpo. Cuando bajaba la velocidad y volvía a acelerar, se le apretaba el estómago por la excitación. Penny y todas sus amigas habían tratado de captar su atención, pero él la había elegido a ella. Iban a estar juntos para siempre. Él solo tenía que mirarla para que el calor fluyera por sus venas.

Él deslizó su mano subiendo por su muslo.

—Pareces entusiasmada.

Ava se sentía devorada por la necesidad.

—Todavía estoy asimilando todo. —Lo miró, esperando que él dijera que la amaba.

—¿Asimilando qué?

Dylan tenía la sonrisa más hermosa y espléndida. Ella se rio, un poco agitada.

—Estar huyendo contigo, desde luego. —Era tan hermoso. Como para una foto de revista.

—No veo la hora de meterte en mi cama.

¿La tierra se movería, como decían las novelas románticas que Penny escondía? Sintió un escalofrío de temor. No sabía nada de sexo, además de que era un gran misterio.

Ella contempló su perfil.

—¿Adónde iremos para casarnos?

—¡Casarnos! —Él lanzó una risotada corta y despectiva—. ¿Qué te hizo pensar que iba a casarme contigo?

Sus palabras la alcanzaron como una cachetada.

—Me pediste que huyera contigo, Dylan. Dijiste que me querías.

—Ay, nena. Te quiero. Te quiero de la peor manera. —Con el dorso de su mano, acarició la mejilla encendida de Ava—. Más de lo que he querido a alguien en mucho tiempo. —Se concentró en el camino que tenía por adelante—. ¿Quién sabe? Quizás algún día me case. Eso sería algo notable, ¿cierto? —Se rio como si toda la idea fuera imposible—. Oye. —Le dirigió una sonrisa despectiva—. ¿Crees que el reverendo Freeman oficiaría la ceremonia?

—Lo dudo.

—Estaba bromeando —Se rio él.

Tal vez era la forma en que Dylan conducía, tomando las curvas tan velozmente que los neumáticos chirriaban, atascando la palanca de cambios, acelerando, lo que le estaba provocando náuseas.

—Bueno, de todas maneras lo invitaríamos, ¿verdad? —Dylan hablaba con mordacidad, burlonamente—. Y a ese hijo mojigato que tiene, también. ¿Cuál es su nombre?

—Joshua.

—Eso. Joshua. Qué lindo nombre bíblico. Tal vez me case contigo solo para ver llorar a dos hombres adultos. —Se rio.

Por una fracción de segundo, Ava quiso decirle que diera vuelta con el carro y la llevara a su casa. No quería hablar del pastor Ezekiel ni de Joshua. No quería pensar cuán decepcionados estarían de ella. Pensó en las notas que había dejado. Ahora ya no había vuelta atrás.

Dylan la miró.

—¿Sabes qué me encanta de ti, nena? Fuiste tras lo que querías. No te acobardaste.

Ella analizó los ángulos pronunciados y atractivos de su rostro, iluminados por las luces del tablero. ¿Alguna vez volvería a encontrar a alguien como él? ¿Alguien que le provocara tal sensación salvaje de deseo y necesidad?

—Te amo, Dylan.

Dylan sonrió confiadamente.

—Sé que me amas, nena. Desde el instante que te vi, supe que éramos el uno para el otro.

Esperaba que su declaración animara a Dylan a hacer su propia declaración también. Su estómago se estrujó, ya no por el deseo.

—¿Me amas, Dylan? —Contuvo la respiración a la espera de su respuesta. Les había dado la espalda a todos en El Refugio para irse con él y, ahora, también estaba sacrificando su orgullo.

Despreocupado, Dylan se encogió de hombros.

—No estoy seguro de saber qué es el amor, nena. —Se rio secamente—. No estoy seguro de querer saberlo. Según mi punto de vista, el amor debilita al hombre. —Bajó la velocidad, tomó una curva cerrada y aceleró de nuevo—. Será mejor que aprendas algo sobre mí ahora mismo. —Le dirigió una mirada de advertencia—. No me gusta que me presionen.

Entendió el mensaje. Si quería que Dylan la amara, sería mejor que hiciera lo que fuera para mantenerlo contento. Miró por la ventanilla, luchando contra las emociones contradictorias que había en su interior. Podía considerarse afortunada. Todas las muchachas de El Refugio lo habían deseado. Él la había escogido a ella. Y la había preferido a Penny. Eso era importante, ¿cierto?

Apoyando su cabeza contra el asiento, reprimió el peso creciente de la desilusión. Esto no era lo que deseaba. No era como pensó que sería. Su instinto le decía que no llorara delante de Dylan. Acababa de decirle que no le gustaban las personas cobardes.

Dylan encendió el radio y la canción «Pretend» de Nat King

Cole llenó el carro. Él cantó «That's Amore» junto con Dean Martin. Tenía una buena voz, pero no le llegaba ni por asomo a la calidad de la voz del pastor Ezekiel o la de Joshua.

¿Por qué estaba pensando otra vez en el pastor Ezekiel y en Joshua? Se dijo a sí misma que debía sacárselos de la cabeza. Los había visto por última vez.

—De repente estás terriblemente callada. No puedo soportarlo cuando una chica se pone de malhumor.

Ava forzó una sonrisa.

—Solo estoy disfrutando el paseo.

—¿De veras? —Pisó más fuerte el acelerador, sonriéndole, y no lo soltó hasta que el carro empezó a vibrar por la velocidad—. Se siente como si fuera a desarmarse, ¿verdad?

Su corazón retumbaba en sus oídos, pero Ava se obligó a reír.

—¿No puede ir más rápido?

Dylan pareció sorprendido y complacido.

—¡Eres una chica salvaje! —Desaceleró el carro—. Alguna vez, lo probaremos en una recta.

—¿A dónde vamos?

—San Francisco. Hice una reserva. —Mostró una sonrisa blanca brillante—. Será más lindo que cualquier otro lugar donde hayas estado.

A medida que pasaban las horas, la niebla de su capricho pareció desvanecerse. ¿Cuánto sabía realmente sobre Dylan? Lo único que había pensado en las últimas semanas era en cómo se sentía cuando él la miraba. Incluso ahora, cuando sus ojos oscuros se volvían hacia ella, sentía que no podía respirar. Dylan no le preguntó cómo se sentía ni por qué estaba callada. Estaba demasiado entretenido golpeando el volante al ritmo de la música.

«Dylan me asusta un poco». Las palabras susurrantes de Penny surgieron como burlándose de ella.

Las irritantes dudas carcomieron su confianza. Pero ¿qué sabía Penny? Ella y Dylan habían salido solo dos veces antes de que él perdiera el interés y la dejara. Pensar en Dylan con Penny hizo que se le contrajera el estómago. ¿Por qué se permitía siquiera pensar en esas cosas ahora? Dylan era lo único que importaba. Él la había elegido a ella, no a Penny. Dylan la cuidaría.

¿Lo había dicho?

¿Y si no?

El camino ascendía. Dylan subió la colina a toda velocidad, luego la bajó y entró a un túnel. El Puente Golden Gate apareció del otro lado. La densa niebla matutina se derramaba sobre la montaña y atravesaba la carretera como una espuma blanca. La Ciudad Junto a la Bahía estaba totalmente iluminada, invitándolos. Dylan disminuyó la velocidad para pagar el peaje cuando llegó al puente, y el *ta-tick-ta-tick* aceleró el pulso de Ava. Después de ir tan rápido, los setenta kilómetros por hora parecían un avance demasiado lento por la extensión de kilómetros. Dylan manejó paralelo a Doyle Drive hacia el puerto deportivo y luego giró en Van Ness. Se pasó dos semáforos y dobló bruscamente a la izquierda, hacia California, y se disparó colina arriba.

—Casi llegamos, nena.

Una catedral se erigía imponente sobre ellos. Ava había soñado que, algún día, tendría una boda de blanco. Se prometió a sí misma hacer tan feliz a Dylan esta noche, que él querría casarse con ella a la mañana siguiente. Clavó las uñas en las palmas de sus manos. Haría lo que fuera para que nunca deseara dejarla ir. El carro voló por Nob Hill. Una cuadra después de la catedral, Dylan dobló bruscamente hacia la izquierda y se estacionó frente al Hotel Fairmont. Ava se quedó boquiabierta. Nunca había visto algo tan grandioso.

—Toma. Ponte esto. —Dylan sacó un anillo de su dedo meñique y se lo dio—. Gíralo para que solo se vea la cinta. Si alguien pregunta, estamos de luna de miel. —Abrió su puerta de un empujón y salió. El aire frío y húmedo la alcanzó.

Ava se puso rápidamente el anillo que tenía un escudo con

una bestia alada, antes de que un hombre uniformado abriera su puerta.

—Bienvenida al Fairmont. —La sonrisa del hombre cambió cuando la miró bien. Ella se ruborizó. Estaba claro que el hombre sabía que ella y Dylan no estaban casados. Sabía por qué estaban ahí. Ella bajó la mirada mientras salía del carro.

—¡Oye! ¡Tú! —Dylan le lanzó las llaves al hombre—. Estaciónalo. —Rodeó el carro, tomó del brazo a Ava y se agachó para susurrar—: Trata de no verte tanto como una colegiala. —Dylan la guio adentro del hotel.

Ava quiso esconderse cuando entraron al vestíbulo, aunque a esa hora solo estaba el personal del hotel.

—Siéntate por ahí y espérame. No hables con nadie. Enseguida vuelvo. —Ella hizo lo que le dijo y se dejó caer en un sillón de terciopelo detrás de una palmera. Dylan se alejó caminando.

Él era tan seguro de sí mismo, como si perteneciera a sitios como este. Con el corazón golpeando en su pecho y las palmas de las manos sudorosas, Ava miró a su alrededor las columnas de mármol, las escaleras doradas, las alfombras rojas, las esculturas metidas en los rincones, los cuadros sobre las paredes. ¡Era como un palacio! Recordó lo que Mitzi le había enseñado cuando se ponía nerviosa antes de tocar el piano en la iglesia. *«Respira hondo y suelta el aire lentamente por la nariz. Eso te calmará»*. Ava apartó la idea de que todos estaban mirándola de reojo y se imaginó como una princesa y a Dylan como el príncipe que la había traído a este castillo.

Lo escuchó reír. Fisgando a través de las hojas de la palmera, vio cómo coqueteaba con la atractiva recepcionista. La mujer le retribuyó la sonrisa y se puso a hacer su trabajo, mientras Dylan se inclinaba hacia adelante sobre el mostrador. Algo que él dijo puso nerviosa a la mujer y la hizo ruborizarse. Celosa y dolida, Ava sintió que el calor la atravesaba. ¿Tan pronto se había olvidado de que la había dejado escondida en un rincón fuera del paso?

¿Qué haría Dylan si ella se levantaba y salía por la puerta en ese mismo momento?

¿Adónde iría si lo hiciera? Afuera hacía frío, y no había pensado en traer un abrigo. Tendría que llamar a Peter y a Priscilla y rogarles que vinieran a buscarla.

¿Lo harían?

Dylan apareció sonriente.

—Pan comido. Tuve que coquetearle un poco y ni se molestó en mirar adonde estabas. —Estudió su rostro—. No pensaste que me sentía atraído por ella, ¿o sí? Es, como mínimo, diez años mayor que yo. Aunque, pensándolo bien, podría ser interesante. —La rodeó con un brazo y la acercó a su lado—. Relájate. Soy todo tuyo. Nos enviarán champaña a la habitación para que celebremos la boda. —La besó en la sien—. Te ves asustada.

—Lo estoy. Un poco.

Él sabía exactamente dónde estaban los elevadores. ¿Había estado antes aquí?

—No sé nada, Dylan.

—Oh, ya sabrás, nena. Te lo aseguro. —Ni bien las puertas se cerraron, Dylan la rodeó con sus brazos—. Me encanta cómo me miras. Como si el sol saliera y se pusiera a mis órdenes. —Su boca devoró la de ella, mientras la empujaba contra la pared. Subieron y subieron. Su cuerpo se sentía como un horno.

El elevador se detuvo. Dylan la agarró de la mano. Por cada zancada que él avanzaba por el pasillo alfombrado, ella tenía que caminar dos. Destrabó la puerta y la abrió con un empujoncito.

—Hogar, dulce hogar.

El corazón de Ava se le atoró en la garganta y no se movió hasta que él puso las manos sobre sus caderas y la empujó hacia adelante. La puerta ni siquiera se había cerrado cuando él empezó a tirar de la ropa de ella. Ava jadeó, retrocediendo. Los botones saltaron. Él le desabrochó la falda y la empujó hacia abajo, dejándola caer hasta sus tobillos. Cuando bajó de un tirón los tirantes de su sostén, ella, asustada, pronunció su nombre en tono de protesta.

Alguien golpeó la puerta. Ella rápidamente buscó cómo taparse.

Dylan dejó escapar una grosería; su respiración estaba acelerada.

—Ve al baño y quédate ahí hasta que te diga que salgas.

Temblando, Ava huyó y cerró la puerta detrás de ella. Cuando se miró al espejo, no reconoció a la muchacha sonrojada, de mirada oscura y desarreglada que tenía enfrente. A través de la puerta, podía escuchar que Dylan le hablaba a alguien. Parecía completamente en control otra vez, divertido. El otro hombre hablaba en voz baja y respetuosa. Los pasos se dirigieron hacia la puerta, la cual se cerró con un chasquido.

Dylan entró al baño.

—Ya tenemos nuestro equipaje. No hay moros en la costa, nena. —Cuando él levantó la tapa del inodoro y bajó la cremallera de su pantalón, ella huyó del baño. Con las manos sobre sus mejillas acaloradas, se paró junto al ventanal y contempló las luces de la ciudad, las calles angostas, el Puente de la Bahía. Sintió que estaba a miles de kilómetros de El Refugio. Escuchó la descarga de agua del inodoro.

Presa del pánico, abrió la maleta de Penny y la revolvió buscando su pijama. Cuando Dylan volvió a la habitación, ella se agachó pasando al lado de él y volvió a meterse al baño. Esta vez, cerró la puerta con llave.

Dylan se rio y tamborileó los dedos contra la puerta.

—No serás una de esas chicas que se encierran en el baño toda la noche, ¿verdad?

Nuevamente, unos golpecitos contra la puerta de la suite la salvaron de tener que responder. Dylan la abrió y habló con otro hombre. Escuchó el traqueteo de un carrito, la cristalería, los hombres hablando en voz baja, la pequeña explosión del descorche y el cierre de la puerta. Dylan volvió a llamarla.

—Llegó la champaña.

Abrió la puerta con cautela.

—¿Vendrá alguien más?

—No hasta que ordenemos el desayuno a la cama. —Le entregó una copa de cristal con champaña y levantó la suya—. Brindo por disfrutar la vida al máximo. —Chocó la copa de ella con la suya—. Bebe, nena. Parece que necesitarás un poco de valor líquido. —Él observó disimuladamente mientras ella probaba la bebida. Las burbujas le hicieron cosquillas en la nariz y no le gustó el sabor—. Prueba con esto. —Él le metió en la boca una fresa. Volvió a llenarle la copa. Después de dos, se sintió mareada.

Dylan pasó la punta de un dedo por el brazo desnudo de Ava y se le puso como carne de gallina.

—Pareces más relajada. —Le quitó la copa de champaña de la mano y la puso en el carrito del servicio al cuarto—. Suficiente efervescencia. —Le guiñó un ojo, pícaramente—. Te quiero consciente.

Ava nunca había visto a un hombre desnudarse y se dio vuelta. Dylan se rio entre dientes.

—No seas tímida. Puedes mirar. —Le dio vuelta para que lo mirara de frente y le agarró la mano—. Y tocar. —Cuando ella se hizo para atrás, él agarró su camisón y lo desgarró en la parte delantera. Ella levantó las manos, tratando de cubrirse, pero él la tomó de las muñecas y separó sus brazos para poder mirarla—. Sabía que serías hermosa.

—Estás lastimándome, Dylan.

—Es culpa tuya. Deja de luchar conmigo.

—Por favor. Espera.

—¿Por qué? —Sus ojos eran como carbones negros; su sonrisa, burlona—. Nena. —Él interpuso su rodilla entre las de ella.

¿Cómo podía ser que alguien tan hermoso se volviera tan horrible y aterrador? La sensación ardiente en la boca del estómago de Ava se volvió un frío nudo de miedo. Sentía que todo estaba mal.

Dylan era fuerte e implacable. No era amable ni dulce.

Incapaz de huir, Ava se refugió en sí misma, cerrándose, entumeciéndose. Se abandonó como si flotara por encima, presenciando la devastación. *¿Esto es hacer el amor? ¿Este vil y profano acto de violencia? ¿Esto es lo que los novelistas describen como hacer temblar la tierra?*

Finalmente, terminó. Dylan se echó hacia atrás abruptamente y la dejó para que sintiera el frío. ¿Le habían dejado magulladuras sus dedos? Se sentía maltratada por dentro. Quería cubrirse el rostro por la vergüenza.

Dylan se desparramó de espaldas e inmediatamente se quedó dormido. Roncaba como un viejo.

Ava se quedó quieta, temerosa de moverse, temerosa de despertarlo. Se quedó mirando fijo el techo mientras las lágrimas inundaban sus ojos y se derramaban por sus sienes hacia su pelo. En la oscuridad, recordó: *«No quiero que salgas lastimada, Ava».* Joshua había tratado de advertírselo. Ella siempre había sido una marginada, una desechada. Ahora, también había sido deshonrada.

Oh, Dios, ¿y ahora qué?

Una voz siniestra dentro de su cabeza susurró: *¿Qué crees? Tú te lo buscaste. Ahora, acéptalo. ¿Recuerdas? Esto es lo que querías. Tendrás que sacarle el mejor provecho.*

CAPÍTULO 6

Cuidado con lo que deseas.
Podrías recibirlo.

REY MIDAS

JOSHUA MANEJÓ TODA LA NOCHE hacia San Francisco. Encontró una gasolinera y llenó el tanque, tratando de pensar qué haría a continuación. ¿Debía empezar buscando en la maraña de calles que se entrecruzaban en las laderas de las colinas? No sabía dónde comenzar ni cómo encontrarla. ¿La habría llevado Dylan a un hotel de lujo o a uno barato? ¿Había seguido conduciendo? Lo dudaba. Probablemente querría tomar lo que perseguía lo más rápido que pudiera. Pero ¿luego qué? ¿Abandonaría a Ava en algún lugar? ¿La llevaría a cualquier parte donde tuviera pensado ir a continuación?

Llegó el amanecer y Joshua se estacionó junto a la playa. Se quedó mirando el océano sin fin, las olas que lamían la orilla. Las personas salían a dar un paseo, algunas acompañadas por sus perros. Joshua apoyó su cabeza sobre el volante.

«Señor, por favor, haz que llame a casa».

Derrotado, puso en marcha el motor y se dirigió de vuelta al Puente Golden Gate.

139

Ava se llenó los pulmones y exhaló todas sus expectativas y sus sueños. Sus lágrimas se secaron. Cuidadosamente, salió de la cama, entró al baño y cerró la puerta. Con manos temblorosas, abrió la ducha. Se paró bajo el chorro y, poco a poco, fue subiendo la temperatura hasta que la piel se le puso roja como una langosta hervida. El cuarto se llenó de un vapor tan denso que respiró aire líquido. Se lavó minuciosamente, pero seguía sintiéndose sucia.

Dylan se despertó cuando regresó a la cama. «Hmmm, hueles tan bien». La quiso otra vez. Ella no se atrevió a decirle que no. Aunque lo hubiera hecho, ¿la habría escuchado? Cuando él terminó, ella se cubrió con la manta y se acurrucó en posición fetal.

Ava, susurró una voz en su interior. *Levántate. Ve abajo y llama a tu casa.*

No puedo.

Llama al pastor Ezekiel.

Se apretó los oídos con las palmas de las manos.

Solo eres una niña.

Ya no. Peter y Priscilla estarían demasiado avergonzados como para mirarla; y mucho menos, hablarle. Penny divulgaría por toda la escuela que se había escapado con Dylan, que había pasado una noche en un hotel y que había vuelto a casa con el rabo entre las piernas, como un cachorrito golpeado. El pastor Ezekiel le diría que estaba destinada al infierno. Y Joshua... Ay, ¿qué le diría Joshua? Se estremeció al pensar en tener que enfrentarse a él.

Llama...

Cerró los oídos a la voz. *No puedo ir a casa. Ya no tengo una casa. Dondequiera que Dylan vaya, yo iré.*

Finalmente, el agotamiento se apoderó de ella. Soñó que había vuelto a ser bebé, tan débil que no podía levantarse sola, con apenas fuerzas para llorar. Un hombre estaba parado en el puente, sobre ella. Se llenó de esperanza y levantó la mano, con los dedos abiertos, suplicante. Quería gritar, pero no tenía voz. Él se inclinó hacia adelante y miró por encima del pasamano, pero una bestia con ojos negros se acercó a ella. Lo único que Ava podía ver ahora era la gran silueta oscura que se cernía sobre ella. Tenía unos ojos rojos y encendidos y una sonrisa resplandeciente y burlona.

Papá abrió la puerta trasera cuando Joshua subió los escalones. No fue necesario preguntarle si había tenido suerte. Joshua entró a la sala y se hundió en el sofá.

—Ni siquiera sabía dónde empezar a buscar.

—Está en las manos de Dios, hijo.

—¡Está en las manos de Dylan Stark, papá! —Sintió un ataque de ira—. La hará pedazos. —Sintió que se ahogaba de rabia—. Si no lo ha hecho ya.

—Quizás eso sea lo necesario para alcanzarla.

Joshua se quedó mirándolo.

—No quisiste decir lo que dijiste.

—La idea no me agrada más que a ti, hijo, pero el amor, la bondad y la razón no la han alcanzado. Ella ha cerrado su corazón a todos, excepto a ese muchacho.

—No es un muchacho. ¡Es un hijo de...!

—Si te opones a ella, se considerará una mártir.

Joshua se levantó.

—¡Entonces, dime qué hacer!

—Ya hiciste todo lo que puedes hacer. Eso es lo que estoy diciéndote. Es hora de dejarla ir.

—¿Que me dé por vencido con ella? —La voz de Joshua sonó entrecortada, quebrantada.

—Dejarla ir no significa que te des por vencido. Es confiar en que Dios hará lo que tenga que hacer. Recuerda lo que sabes que es verdadero. Dios la ama más que tú. La ama más que yo, o Peter o Priscilla, y más que todos nosotros juntos. —Suspiró—. A veces, Dios tiene que destruir para salvar. Tiene que lastimar para sanar.

—¿Destruir? ¿Lastimar? No puedo permitir que pase eso.

—Ya está pasando, Joshua. No es tu decisión. Es la de ella. Lo único que puedes hacer es confiar en el amor incondicional de Dios.

—Tengo que hacer *algo*, o me volveré loco. —Joshua volvió a dejarse caer en el sofá, se cubrió la cabeza y lloró.

Sintió la mano firme de su padre sobre su hombro.

—Vamos a hacer algo. —Su mano lo apretó—. Oraremos por ella.

Ava se despertó cuando Dylan le quitó las mantas de encima. —Vamos, nena. Levántate. —Desayunaron en la habitación y Dylan la hizo esperar afuera mientras pagaba el hotel. Dijo que se quedarían una o dos noches más en San Francisco, en un hotel cerca de North Beach. No sería tan imponente, pero lo único que realmente necesitaban era una cama, ¿verdad?

La llevó a Fisherman's Wharf. Habló de la última vez que había estado en la ciudad con amistades de su círculo estudiantil. Cuando mencionó que se habían divertido, ella supo que hablaba de chicas. A ella le gustaba el olor del mar. Dylan compró cangrejos frescos en un vasito.

—Abre la boca, pajarito. —Se lo metió en la boca con un tenedor. Dijo que quería comprarle algo de recuerdo y se decidió por un barato pulóver rosado con cremallera, que tenía impresas las palabras *Fisherman's Wharf*. El rosado era el color preferido de Penny.

—Se rumorea que Joe y Marilyn se casarán pronto. Viven en algún lugar por aquí. Si tenemos suerte, quizás nos encontremos con ellos.

—¿Estás diciéndome que los conoces?

—Conozco a Marilyn. —Sonrió con gusto al ver que la dejaba boquiabierta—. Ha estado en mi casa. Mi madre conoce a todo el mundo en Hollywood.

—¿Tu madre también es actriz? —Nunca había oído hablar de Lilith Stark.

—Es columnista. Hace y deshace actrices. Organiza las mejores fiestas de la industria del cine. Cualquiera que desee ser alguien importante, viene. Ella conoce todos los secretos que la gente quiere mantener ocultos. Todos quieren llevarse bien con ella. Cuando ella le dice a alguien que venga, le preguntan cuándo. —Sonrió con ironía—. Marilyn podrá parecer una rubia tonta, pero es más lista de lo que parece.

Dylan la llevó a cenar al Barrio Chino y, luego, a un club nocturno en North Beach. «Tengo todo un mundo nuevo para mostrarte». El hombre que estaba en la entrada apenas la miró y meneó la cabeza. Dylan se acercó más a él y le habló al oído, poniendo un poco de dinero en su mano. El hombre se apartó a un costado y los dejó entrar.

Adentro, estaba oscuro y lleno de humo. Ava se quedó con la boca abierta cuando vio a dos muchachas desnudas que bailaban en una pequeña tarima. El lugar estaba atestado de gente, la mayoría hombres. Dylan condujo a Ava hasta que encontró un lugar para que se sentaran. Los hombres la miraban. Se le erizó la piel. Una mesera que no usaba nada arriba vino a tomarles la orden, y Ava rápidamente bajó la vista a la mesa. Dylan ordenó y se recostó en su asiento para mirar el espectáculo.

—¿Podemos irnos? —rogó Ava, mortificada.

—Deja de actuar como una niña de escuela dominical. Observa la función. —La tomó del mentón y dio vuelta a su rostro hacia el escenario—. Podrías aprender algo. —Cuando Dylan se levantó, Ava entró en pánico. Él se inclinó hacia ella—. No te preocupes. Volveré. —Lo vio irse entre las mesas y hablar con un hombre que estaba al otro lado del salón. El hombre sacó algo de su bolsillo y se lo entregó. Dylan, a su vez, le dio algo. Ava no respiró con tranquilidad hasta que Dylan volvió a sentarse al lado de ella. Le guiñó un ojo—. ¿Pensaste que ya estaba abandonándote?

La mesera semidesnuda volvió con una bandeja con las bebidas. Dylan agarró una y se la entregó a Ava.

—Bebe. —Ella obedeció y sintió el efecto ni bien tragó. Su estómago se calentó. Él sacó un sobrecito de su bolsillo y extrajo una pastilla—. Toma esto. Has estado tensa todo el día. Esto te ayudará a relajarte. —Hizo lo que le dijo para complacerlo. Cuando él indicó la bebida con un gesto de su cabeza, bebió otro trago.

Efectivamente, Ava se relajó. El sonar rítmico de los tambores latía en su sangre. Dylan la levantó y bailó con ella. Cuando la soltó, no dejó de bailar. Se sentía eufórica y se movía a la par de la música. Los hombres gritaban, animándola. Las luces de colores caían directo sobre su rostro. Con los ojos cerrados, dio vueltas, los brazos en alto, moviéndose al ritmo. El sonido se volvió más fuerte. Escuchó gritos furiosos, una conmoción, pero no le importó. No quería pensar en otra cosa que la música y el movimiento.

Alguien la agarró de la muñeca y la arrastró. Se tropezó en los escalones. ¿Había estado en un escenario?

—Ven. —Una mujer la arrastró a medias a un pasillo tenuemente iluminado. Ava trastabilló y chocó contra una pared. La mujer la cacheteó suavemente una vez, dos veces—. ¡Anímate, cariño! ¿Qué te dio ese endiablado?

Ava escuchó a Dylan. La mujer gritó. Él sujetó a Ava. La mujer protestó y, entre insultos, él dijo que se ocupara de sus propios asuntos. Tambaleándose, Ava siguió caminando con una mano apoyada en la pared para encontrar el camino. Todo estaba borroso. Dylan la alcanzó y posó firmemente su brazo alrededor de su cintura.

—Vámonos. —Abrió una puerta al final del pasillo. El aire estaba frío; el cielo, muy oscuro. Ella se bamboleó y todo se puso negro.

Ava se despertó con un fuerte dolor de cabeza y escuchó el correr del agua de la ducha. Le dolía todo, por dentro y por fuera. ¿Dónde estaba? No recordaba esta habitación. Había una cómoda vieja, un espejo, una silla de chintz gastada junto a una ventana con cortinas y una fotografía del Puente Golden Gate colgada en la pared.

Dylan salió del baño con la cintura envuelta en una toalla mientras usaba otra para secarse el cabello.

—¡Qué noche! —Le sonrió como un gato salvaje a punto de abalanzarse sobre un ratón—. Anoche, causaste sensación.

—¿Qué pasó?

—¿Qué no pasó? —Se rio de ella—. ¡Te volviste loca!

Ella no se acordaba de mucho, después de la pastilla que Dylan le había dado. Se incorporó y se apretó las sienes con las manos.

—Me duele la cabeza.

—Te daré algo para curártelo. —Dylan sonrió—. Me sorprendiste, nena. No sabía que una buena chica cristiana pudiera bailar así.

¿Así cómo? Recordaba lo suficiente como para no querer preguntar.

—¿Qué me diste?

—Solo una cosita para que te relajaras. —Se sentó sobre la cama y le quitó el cabello de los hombros. La besó en la curva del cuello—. Me agotaste, nena. —Le mordió el lóbulo de la oreja—. Pedí que nos dejaran salir tarde, así que tenemos hasta las dos. Eso te da treinta minutos para estar lista.

Ava se sentía aterrada.

—¿Lista para qué?

—Para seguir camino.

Se dirigieron al sur por la Autopista 101, rumbo a Santa Cruz, y se detuvieron junto a la rambla en la desembocadura del río San Lorenzo. Dylan estaba de buen humor. Le preguntó a Ava qué quería hacer. Ella subió al carrusel y atrapó la sortija. Dylan la llevó a la montaña rusa pintada de rojo y blanco. Ava pasó del terror terrible a la risa histérica de un momento al otro. Luego de eso, hicieron las rondas de las atracciones de la rambla. Dylan compró dos toallas coloridas, un bañador para él y un bikini para ella.

—Tienes un cuerpazo, nena. Muéstralo con orgullo.

Nadaron hacia la plataforma. Dylan le dijo que ella estaba tardando demasiado y, alargando sus brazadas, la dejó atrás. El agua estaba fría. Sintió un miedo estremecedor al imaginar qué podría estar nadando en las aguas profundas. Nadó más rápido y, cuando llegó al pontón, estaba agotada. Dylan ya estaba disfrutando el sol. Se aburrió rápido y volvió a zambullirse en el agua. Ella lo siguió y se consternó cuando vio que llegó a la orilla y siguió caminando sin mirar atrás. Él se secó los hombros y sacudió la cabeza como un perro peludo. Se preguntó si sabía que había una docena de muchachas mirándolo. Una rubia delgada con un traje de baño rosado de una pieza se acercó para hablar con él. Dylan se dio vuelta hacia ella y se empapó de la atención.

Cuando Ava llegó a las aguas poco profundas, salió sin mirarlo. Se paró en pose y se pasó los dedos por el cabello húmedo, escurriéndolo. Luego, lo sacudió y lo dejó caer. Hasta Dylan se dio vuelta para mirar. Cuando un joven se dirigió hacia ella, Dylan la alcanzó primero. «Aléjate. Es mía. —Posó un brazo alrededor de sus hombros mientras caminaban por la playa—. Nos invitaron a una fiesta».

Los carros estaban estacionados a lo largo de una calle estrecha, con música que retumbaba desde el interior de una casa en la playa. El lugar estaba atestado de adolescentes. La rubia de la playa llamó a Dylan, y Ava resistió el impulso de colgarse de su brazo. Él le soltó la mano ni bien entró por la puerta y siguió abriéndose paso entre el gentío, delante de ella, llevando en la mano una botella de *bourbon* de Kentucky, que recibieron con vítores. Todas las chicas parecían llevar puestas unas blusas muy delgadas sobre los trajes de baño y algunas tenían bikinis más diminutos que el suyo.

Pronto, Dylan quedó rodeado. Cuando besó a la rubia, Ava sintió una patada en el estómago.

Salió al otro lado de las puertas corredizas de vidrio, donde había más personas reunidas alrededor de una fogata, con rostros bronceados bajo la luz del fuego. Las olas chocaban y subían por la ladera blanca, perdían su fuerza y se retiraban hacia el mar.

Ava había visto a Penny coqueteando la suficiente cantidad de veces para saber cómo se hacía. Pero a ella le parecía más natural dejar hablar a los muchachos que se acercaban a ella. Sonreía, fingiendo escucharlos, esperando que la puerta se abriera y apareciera Dylan. ¿Qué estaba haciendo él dentro de la casa con esa rubia? Cuando finalmente apareció, ella se rio de nada y dijo algo en voz baja para que los muchachos que estaban de pie alrededor de ella tuvieran que inclinarse hacia ella. «Aquí estás, nena. Anduve buscándote por todas partes».

Mentiroso. Ava no aceptó la bebida que le trajo y levantó otra que alguien le había dado. Cuando él la tomó y la puso a un costado, entregándole la que él había traído afuera, se preguntó si le habría metido otra pastilla. Escuchó una risa chillona cuando un muchacho y una chica desnudos salieron de la casa y corrieron hacia el mar. Mientras Dylan los observaba y se reía, Ava volcó la bebida en la arena. Él la miró. «Vuelve adentro cuando termines de hacer pucheros».

Cuando lo hizo, Dylan estaba rodeado por un grupo de chicos y chicas, la mayoría de la edad de ella. Al lado de los otros, él parecía maduro y sofisticado. Lo contemplaban con veneración.

—No esperaba verte a *ti* aquí. —Kent Fullerton estaba parado junto a ella, con una cerveza en la mano—. Te vi en la playa. Pensé que quizás habías venido con Penny Matthews.

—Ya no vivo con ellos.

—¿Desde cuándo? —Kent parecía preocupado.

—Desde hace un par de días. Ahora estoy con Dylan.

Él levantó su cerveza y estudió a Dylan.

—Otro tipo mayor.

Ella lo miró.

—¿Qué quieres decir con eso?

Kent sonrió con ironía.

—Penny me contó que estabas enamorada de Joshua Freeman. Por eso es que nunca me prestabas atención.

—Joshua era un amigo de la familia. Y te habría prestado atención si no hubieras perdido tan rápido el interés en mí.

—Yo no perdí el interés. Cada vez que te miraba, tú mirabas a otro lado. Penny decía que eras tímida. Una vez te esperé fuera de tu clase. Apenas me miraste y saliste corriendo al baño de chicas. Me sentía un tonto persiguiendo a una muchacha que ni siquiera quería hablarme.

—Hasta ese entonces nadie siquiera sabía que yo existía. No sabía qué decir.

Kent analizó su rostro.

—Bueno, ahora estamos hablando.

—Es demasiado tarde.

Kent desvió la mirada de ella a Dylan.

—¿Estás segura de que no estás cometiendo un error? —Cuando ella no respondió, volvió a bajar la vista hacia ella—. ¿Quieres que te saque de aquí?

Después de horas de observar a Dylan y a su creciente aglomeración de admiradores, nada le habría gustado más.

No se habían alejado más que unos pasos cuando Kent fue arrastrado hacia atrás. La expresión que Ava vio en el rostro de Dylan antes de golpear a Kent la aterró. Cuando Kent trató de levantarse, Dylan se lanzó sobre él como un animal salvaje. La gente retrocedió y gritó. Kent rodó y logró lanzar algunos golpes, antes de que Dylan lo montara a horcajadas y usara los dos puños. Entonces, otros intervinieron y agarraron a Dylan por los brazos, arrastrándolo hacia atrás.

La música seguía a todo volumen mientras Dylan luchaba

contra ellos, mostrando los dientes, con las venas hinchadas en su frente y el rostro enfurecido.

—¡Ya! —dijo—. ¡Ya! ¡Suéltenme! —Se quitó de encima las manos que lo sujetaban.

Kent gruñó y trató de incorporarse. Ava avanzó un paso y Dylan le agarró el brazo.

—¡Tú y yo nos vamos! —La empujó hacia la puerta. Las personas abrieron el paso para ellos. Hasta las muchachas que antes habían estado tan flechadas, ahora retrocedían, asustadas. Los ojos de la rubia se cruzaron con los de Ava, y se encontró con una mirada de preocupación, no de envidia.

Los dedos de Dylan se clavaron en la carne de su brazo mientras volvían al carro a zancadas. Ava tenía que dar dos pasos por cada uno de él. Él abrió bruscamente la puerta del acompañante y por poco la arrojó adentro. Apenas tuvo tiempo de meter las piernas dentro del carro antes de que él cerrara la puerta con un portazo. Dylan plantó la palma de su mano sobre el capó, saltó encima, abrió impetuosamente la puerta del conductor y se subió. El motor rugió al ponerse en marcha. Maldiciendo, Dylan aceleró y se despegó del cordón de la acera. Voló calle abajo a toda velocidad, apenas esquivando los carros estacionados. Los neumáticos chillaban cuando doblaba en las esquinas.

—Estabas yéndote con ese tipo.

Ava cerró los ojos, aterrada. Dylan manipuló la palanca de cambios. Dos días atrás, ese movimiento le había acelerado el pulso. Ahora, le frenaba el corazón.

—Era uno de los exnovios de Penny.

—¿Qué planeabas hacer con él?

—Nada más que lo que tú hacías con todas esas chicas que tenías alrededor.

Él soltó una risotada, pero no fue de alegría. No dijo nada más y Ava se quedó callada, deseando que él se concentrara en conducir el carro para que no los matara a ambos.

Ava no tenía idea de cuántos kilómetros viajaron antes de que Dylan se relajara.

—Le rompí la nariz. Quería romperle todos los dientes. —Le dirigió una sonrisa cruel—. Quizás lo hice. —Se burló de las chicas que había conocido en la playa. La rubia quería mostrarle la casa, pero se acobardó en el momento decisivo. Ava desvió la mirada, sabiendo a qué se refería.

Dylan la miró y le sonrió.

—Igual que Penny. —Viró bruscamente y Ava contuvo la respiración. La gravilla golpeó la parte inferior del carro cuando derrapó al frenar al borde de un precipicio. La agarró del cabello y la acercó a él—. Podría lanzarte a esas rocas y nadie te echaría de menos. —La mirada que había en sus ojos le hizo saltar el corazón como un conejo huidizo—. ¿Qué te parece?

Ella se aseguraría de dejarle arañazos si lo intentaba.

La expresión de él cambió.

—La mayoría de las chicas estaría llorando en este instante, suplicando. —Le dio un beso castigador—. Tú eres notable, ¿sabes? —Sonriendo, sacudió su cabeza y retrocedió hacia el camino—. No creo que vaya a cansarme de ti pronto. —Siguió conduciendo a través del anochecer.

Ava reclinó su cabeza contra el asiento y estudió a Dylan. Era tan bello. Se había puesto celoso de Kent. Tal vez fuera un indicio de que sí la amaba, solo que aún no lo sabía. Le dirigió la sonrisa que la había hecho enamorarse de él... o que la había hecho imaginar que lo estaba, fuera cual fuera el caso.

—¿En qué estás pensando, nena?

—Solo disfruto el paseo. ¿A dónde vamos, Dylan?

—¿Acaso importa?

Ella desvió la mirada hacia la negrura sin fin.

—No.

—Quiero pasar algunos días más contigo antes de ir a casa y enfrentar las consecuencias.

—No tienes que preocuparte, Dylan. —Ava sacudió la cabeza—. Nadie se molestará en buscarme.

—No hablaba de ti. —Se rio con desprecio, como si la gente de El Refugio fuera lo último que le preocupara—. Digamos que dejé una situación un poco complicada para que mi madre la solucionara. Por eso fui a El Refugio, para dejar que las cosas se tranquilizaran.

—¿Qué cosas?

—Algunas chicas no saben cuándo decir adiós. Mi madre dijo que la paloma herida salió volando y que pasará unos meses en la Riviera italiana. —Apoyó su mano en el muslo de Ava—. Así que no hay moros en la costa. —Retiró la mano—. El problema es que mi madre te echará un vistazo y querrá cortarme la cabeza.

━━━━━━

Ezekiel caminó hacia el puente y apoyó sus brazos en la baranda. Cerró apenas las manos y oró con los ojos abiertos, tranquilizado por el sonido del agua que bajaba de las montañas y corría hacia el mar. Los recuerdos de Ava lo invadieron: el sonido de su llanto de recién nacida, la imagen de su desamparo, el sentir los latidos de su corazón bajo la punta de sus dedos; el aliento de vida que él sopló sobre ella, su piel fría contra su pecho. Había enfrentado el temor antes, pero nunca como lo hizo aquella noche cuando levantó en sus manos a Ava, aún resbaladiza por los líquidos del parto, al borde de la muerte.

Recuerdo cómo me miraba con total confianza y amor. Y recuerdo el día en que todo cambió.

Se agarró fuerte de la baranda.

Señor, no fingiré entender qué estás haciendo por medio de todo esto, pero confío en Ti. Joshua está pasando un momento difícil. Está luchando una batalla en su interior. Acaba de volver de una guerra y ahora se enfrenta a otra. Él me escucha, Señor, pero tiene el corazón hecho pedazos. Cúbrelo y protégelo, Padre. Afiánzalo. Rodéalo.

Ezekiel se enderezó y miró al este. Hacía una semana que Ava se había ido y no había noticias de ella. El horizonte se volvió claro con la tenue luz, anunciando el amanecer. Se metió las manos en los bolsillos y emprendió el regreso. Un destello en el sendero llamó su atención. Curioso, se detuvo y levantó el objeto. La cruz de Marianne, con la cadenita rota. Suspirando, la guardó en el bolsillo de su camisa.

Cuando entró a la casa, Joshua estaba sentado a la mesa de la cocina, con ojeras y una taza de café humeante entre sus manos. Le dirigió una sonrisa desoladora. Ezekiel le apretó el hombro y caminó hasta el mostrador para servirse una taza de café antes de sentarse frente a su hijo.

Joshua cerró los ojos.

—Me pregunto dónde estarán ahora.

No serviría de nada decirle a Joshua que dejara de pensar en Ava y en Dylan. Sería como como decirle que dejara de respirar.

—¿Vas a trabajar hoy?

Joshua negó con la cabeza.

—No en el vecindario bajo construcción. Estamos esperando más madera. Pensé ir a la hacienda de Gil para ayudarlo a reparar el granero.

—Es una buena idea. —El trabajo duro ayudaría a mantener ocupada la mente de Joshua. Tendría que aprender por sí mismo que solo el tiempo aliviaría su dolor.

Dylan empezó a quedarse sin dinero y reservaba hoteles cada vez más baratos. Comían en restaurantes de mal aspecto. Una vez, le dio algo de dinero y le dijo que comprara pan y queso mientras él miraba unas revistas. Cuando volvieron al carro, él sacó una botella de *bourbon* robada que había metido en su chaqueta y la arrojó sobre su falda. Encontró un lugar donde detenerse para pasar la noche e hizo una cama con dos mantas que había robado del último motel. Bebió el *bourbon* mientras miraba fijamente el oleaje. Ava tenía miedo de quedarse dormida por miedo a que, si lo hacía, cuando despertara descubriría que él se había ido. El agotamiento debilitó su decisión.

El sol salió y sintió que las manos de Dylan peinaban su cabello. Escudriñaba su rostro con una expresión divertida.

—Por lo general, a estas alturas ya estoy harto de una muchacha. Pero a ti, todavía te deseo.

Ella escuchó lo que él no había dicho. *Solo es cuestión de tiempo para que termine contigo.* Dylan haría exactamente lo que le diera la gana. Irónicamente, esa había sido una de las cosas que más le habían atraído de él.

Con los ojos entrecerrados, él rozó su frente con un dedo, bajando a su nariz, a sus labios y a su garganta.

—Tengo dinero suficiente para comprar el combustible para llegar a casa. Supongo que es hora de enfrentar al dragón.

Luego de eso, Dylan apenas habló. Ava se ponía cada vez más nerviosa con cada kilómetro que conducía por la autopista del Pacífico Oeste, aunque hacía lo mejor posible por no demostrarlo. Dylan tomó San Vicente hacia Wilshire y salió en South Beverly Glen hacia Sunset Boulevard. Pasaban volando por vecindarios impecables, con jardines como alfombras de césped y setos recortados. Panaderías y boutiques, zapaterías y sastrerías, joyerías y churrasquerías, y más casas; luego volvió a doblar hacia Benedict Canyon Drive. Aceleró y el Corvette se aferró a la calle. Las casas estaban más alejadas, más imponentes, más escondidas.

En la calle Tower, giró bruscamente a la derecha, aceleró, luego bajó la velocidad y volvió a doblar a la derecha, frenando de golpe frente a dos grandes columnas de piedra y un portón enorme de hierro ornamentado. Presionó un botón. Una voz de hombre crujió. Dylan lo llamó por su nombre y le dijo que abriera el portón; luego esperó con la mano sobre la palanca de cambios. Un músculo se tensó en su mejilla mientras los minutos pasaban. Ava sabía que no era la única que estaba ansiosa.

Dylan aceleró el motor y levemente chocó el portón.

—Vamos, madre. Basta de rodeos. —Los neumáticos chirriaron cuando retrocedió y frenó en seco. Aceleró el motor otra vez. El portón se abrió lentamente—. ¡Por fin! —Tan pronto como se abrió lo suficiente para dar paso al Corvette, entró disparado.

Un hombre manejaba una cortadora de césped del tamaño de un carro cerca de la arboleda. Contemplando el lugar, Ava recordó el Parque Golden Gate: el césped, los árboles, los arbustos y las flores perfectamente arreglados. El camino hizo una curva y apareció una enorme mansión mediterránea con un techo de tejas rojas.

Dylan aceleró, viró el carro en un círculo abrupto y se detuvo frente a la casa. Dejó las llaves en el encendido, abrió su puerta de un empujón y salió. Rodeó el carro y actuó como un perfecto caballero. La tomó de la mano y le plantó un beso en el dorso mientras la ayudaba a salir.

—Madre siempre insiste en los buenos modales. —Guiñó un ojo—. Es probable que esté observándonos desde su torre. —Rodeándole la cintura con su brazo, la besó en la mejilla—. Sé valiente. Si empieza a lanzar fuego, ponte detrás de mí. Yo puedo aguantar el calor.

Una sirvienta abrió la puerta principal y saludó a Dylan con deferencia. Asintió con la cabeza para saludar gentilmente a Ava. Dylan la guio a través del umbral y entraron en un recibidor de mármol rojo, rodeado de columnas blancas, con palmeras en coloridas macetas de terracota. Una sala inmensa, decorada con muebles elegantes, se extendía ante ellos con sus ventanales de vidrios laminados que daban al jardín y a una piscina enorme. Al otro lado se extendían jardines formales que bajaban hacia el paisaje del valle.

—¿Dónde está? —le preguntó Dylan a la sirvienta.

—En la oficina de la planta alta, señor Stark. Ella llamó cuando le avisaron desde la casa del guardia que usted había llegado a casa. Quiere que suba.

Dylan tomó del codo a Ava. En su frente aparecieron unas gotitas diminutas de sudor. ¿Era por el calor del sur de California, o realmente le tenía tanto miedo a su madre? Su mano se tensó mientras caminaban por un corredor cubierto por óleos y colecciones de estatuas de mármol dispuestas en huecos. Se sentía como si estuvieran en un museo. Él se detuvo frente a una gran puerta tallada y clavó dolorosamente los dedos en su piel.

—No digas nada. Déjame a mí ser el que habla.

Detrás de la puerta se oían voces apagadas.

Dylan soltó a Ava y, sin llamar a la puerta, la abrió y entró caminando con pasos largos.

—Hola, madre. —Un hombre de traje y corbata, y una mujer joven con anteojos, una falda negra, una blusa con botones y tacones negros se retiraron por una puerta que había a la derecha.

La mujer era delgada como un junco, vestida con un elegante traje rosado. Estaba de pie junto al ventanal, mirando hacia la entrada delantera. Su cabello rubio estaba impecablemente recogido en un moño. Se dio vuelta y ladeó la cabeza.

—Dylan, querido. El pródigo al fin en casa. —Presentó su mejilla para que la besara—. Qué bueno verte. —Sonaba a cualquier cosa menos complacida. Se alejó de él y sus fríos ojos azules se fijaron en Ava, parada en la entrada donde Dylan la había dejado—. Y trajiste a una amiga contigo. ¡Qué maravilla! —Su tono de voz derramó sarcasmo.

Dylan las presentó formalmente. Ava ofreció el saludo apropiado, avergonzada de sonar como una niña asustada.

Lilith se dio vuelta y miró a Dylan.

—¿Te volviste completamente loco? ¿Cuántos años tiene esta? ¿Quince?

¿Esta?

Dylan se lo tomó a risa.

—Me olvidé de preguntar. —Miró a Ava y levantó una ceja para preguntar.

—Diecisiete. —No era una gran mentira, ya que faltaban solo dos semanas para su cumpleaños.

La madre de Dylan le lanzó una mirada fulminante, como si fuera una técnica de laboratorio examinando en un microscopio el microbio que había causado una plaga. Emitió un sonido de disgusto.

—Otra maraña para desenredar. Me gusta escribir sobre escándalos, no estar en el torbellino de uno.

—Ella no le importa a nadie.

—Tu padre llamó y dijo que la policía fue a verlo. Luego, recibí una llamada de otro hombre que quería saber dónde estabas.

—¿Cuándo fue eso?

—Hace una semana.

—¿Llamó alguien más desde entonces?

—No.

Dylan le sonrió, arrogante.

—Como te dije. A nadie le importa.

Ava sintió otra vez los gélidos ojos azules de Lilith Stark fijos en ella.

—¿Por qué no eres importante para alguien?

—No tiene padres —Dylan respondió por ella.

Lilith Stark ignoró a su hijo.

—¿Qué te parece si te doy algo de dinero? Dylan puede dejarte en un ómnibus Greyhound y mandarte de regreso adonde sea que hayas salido.

Por un instante, Ava sintió pánico y miró a Dylan. ¿Lo haría? ¿Cómo podría enfrentar a las personas de El Refugio luego de lo que había hecho? Todos iban a decir: «Te lo dije».

—Me la quedaré, madre. —Dylan sonó furioso.

—¿Qué crees que es? ¿Una mascota? —Lilith lo estudió—. Sueles elegir rubias esbeltas, Dylan. ¿Qué ves en esta muchacha?

—No es algo que pueda expresar con palabras. Simplemente, tiene... algo.

—¿Y cuánto durará ese *algo* esta vez?

—Todo lo que yo quiera.

—Siempre con la misma respuesta para todo, Dylan. —Lilith levantó unos anteojos adornados con diamantes—. Le doy un mes a este asunto. —Hojeó un libro—. De acuerdo. Quédatela. Puede quedarse en el cuarto azul.

—Quiero la casa de huéspedes.

Lilith bajó los anteojos por su nariz.

—Está bien. La casa de huéspedes. Ella es tu prima, la hija de mi hermana.

—Tú no tienes una hermana.

—¿Y quién lo sabe? —Le lanzó una mirada fulminante—. No quiero que alguien crea que apruebo amoríos de dudosa reputación bajo mi techo.

Dylan se rio con ganas.

—No hablaré del banquero de Nueva York ni del artista de México, ni...

—Cuidado, Dylan. —Entrecerró los ojos—. Esta es *mi* casa.

—Y tú sabes cuánto te adoro y te admiro, madre. —Impávido, Dylan se rio entre dientes—. Los amoríos de dudosa reputación son tu modo de ganarte la vida. Ah. Necesito algo de dinero. Se me terminó.

—Te daré dinero. Después de que trabajes por él. —Lilith se echó hacia atrás y le sonrió con indulgencia—. Tengo una gran fiesta programada para el sábado. Espero que asistas.

—¿Quién vendrá esta vez?

—Todo el mundo, desde luego.

Dylan le sonrió ampliamente a Ava.

—Vas a ver algo especial, nena. Todos esos campesinos de El Refugio morirían por estar en tus zapatos ahora mismo.

—Hablando de zapatos... —Lilith miró con desagrado los de Ava y escribió algo en un bloc. Arrancó la página y se la entregó a Dylan—. Llama a Marisa y dile que haga algo con tu amiguita. —Lilith hizo una mueca—. Está toda desaliñada.

—Vinimos con la capota baja.

—¿Así le dices?

—¿Cuánto puedo gastar en ella?

—El cielo es el límite. —Su sonrisa blanca resplandeciente era igual a la de su hijo—. Le enviaré la cuenta a tu papito. —Su atención se desvió momentáneamente y, luego, volvió a centrarse en él—. Ah, y otra cosa, querido. Llévala a nuestro doctor y asegúrate de que tenga protección. —Su expresión se cargó de una seria insinuación—. Si llegas a generar otro problemita, Dylan, serás tú quien lo arregle y lo pague esta vez.

El teléfono sonó. Lilith levantó el receptor con una mano llena de joyas. Su voz cambió cuando respondió: «Cariño, ¿qué jugosas noticias tienes para mí?».

———————

Ezekiel se inclinó hacia adelante en el sofá de Mitzi mientras ella le extendía una taza de té y un plato de delicada porcelana.

—Parece que te caería bien algo más fuerte que el té, pastor Ezekiel. Tengo un buen brandy en mi armario... solo para fines medicinales, desde luego.

Su tono irónico lo hizo reír.

—Con el té estoy bien, Mitzi. —Observó a la anciana cruzar la sala. Había bajado varios kilos que le hacían falta. Con cuidado bajó su cuerpo delgado al sillón de terciopelo rojo desteñido que estaba junto a las ventanas del frente. Tenía los tobillos hinchados y los dedos retorcidos por la artritis. Ian Brubaker estaba reemplazando a Ava en la iglesia y, si bien conservaba todas las habilidades de un pianista de conciertos, Ezekiel extrañaba el toque más suave que Ava había aprendido de Mitzi. Mitzi tenía una manera maravillosa de introducir su sentido del humor de vez en cuando, para la consternación de Hodge y de algunos otros—. ¿Cómo estás, Mitzi?

Ella lo miró jocosamente.

—Estupendamente bien, pastor Ezekiel. ¿Recibieron Peter y Priscilla alguna noticia de Ava? —Cuando él negó con la cabeza, ella suspiró y recostó la suya contra su asiento—. Me lo temía. Las adolescentes pueden ser muy tontas. —Lo miró un poco inhibida—. Yo lo sé. Fui así una vez.

—Ava podría llamarte a ti, antes que a cualquier otro.

—Si lo hace, te lo haré saber, pero no puedo prometer que te contaré lo que me diga ni dónde está, si me pide que no lo haga.

—Ella confía en ti, Mitzi. Y yo también. —Mitzi siempre le había caído bien. Hodge parecía indeciso entre la mortificación y el orgullo. Adoraba a su madre, pero decía que a veces lo volvía loco. Una vez confesó que nunca supo cómo su padre trabajador, un poco tímido, puritano y correcto había llegado a conocerla, mucho menos a casarse con ella. No es que no se alegrara de que hubiera sucedido, ya que él era el único fruto de su unión.

Ezekiel conocía a Mitzi como una mujer astuta y sabia, que podía dar la apariencia de ser frívola, si no fuera porque tenía raíces muy sólidas en la fe. La experiencia de la vida no siempre generaba sabiduría. En el caso de Mitzi, había producido mucho más. Solía decir que había sido una pecadora apasionada, pero que era más apasionada en su arrepentimiento. Como prueba de ello, tenía el don de la compasión por los marginados.

—Nunca te pediré que traiciones la confianza de Ava, Mitzi.

—Lo sé. Tengo una lista de insultos que podría dedicarle a ese Dylan Stark, pero no lo haré. ¿Quién es, de todas maneras? Apareció de la nada y enseguida sentí el tufillo del azufre del infierno. ¿De dónde vino? ¿Sabes algo de él?

Mitzi había preparado el té fuerte y caliente y le había agregado una gran cantidad de miel.

—Es el hijo de Cole Thurman.

—Oh. El cachorro del lobo. —Miró a Ezekiel con sus envejecidos ojos sabios—. Pobre Ava. —Sacudió la cabeza y se quedó mirando su taza de té—. Le espera un golpe duro. —Bebió su té—. ¿Cómo está Joshua?

—Sufriendo. Trabaja duro. Sale a dar largas caminatas por las colinas. No duerme mucho.

—De tal palo, tal astilla. Aunque uno sepa que el tren está viniendo, no siempre sabe cómo salir del camino, Ezekiel. —Parecía a punto de echarse a llorar—. Me preocupa tu muchacho.

—Está firme en la fe.

—Lo necesitará. Sabes que esto podría llevar mucho tiempo.

—Sigo teniendo esperanzas.

—Aférrate a eso. Dios no ha terminado con Ava, aunque ella quiera haber terminado con Él. —Su sonrisa tenía el conocido toque de picardía—. Voy a orar para que recuerde cada verso de cada himno que le hice aprender. —Se rio por lo bajo—. Estoy segura de que querrá olvidarlos, pero creo que Dios le hará recordar todo cuando más lo necesite. —Se dio unos golpecitos en la sien—. Está todo ahí, dentro de su cabeza, Ezekiel. Dios puede usarlo.

Ezekiel se recostó, relajándose en los almohadones del viejo sofá.

—Parece que sabías que llegaría este día.

Ella bebió otro sorbo de su té.

—Ava y yo podemos ser de edades muy distintas, pero tenemos mucho en común. Además, ¿no fuiste tú quien me dijo que nadie nace cristiano? La guerra por el alma de una persona comienza antes de que ese bebé respire siquiera por primera vez. —Mitzi dejó la taza y el plato en la mesa de centro—. Yo no puedo caminar por todo el pueblo como tú ni deambular por las colinas como

Joshua, pero te aseguro que puedo sentarme aquí, en mi sillón, y orar todo el día. Ya verá el diablo. Puede que yo sea la dama más vieja del pueblo, Ezekiel, pero no me he quitado la armadura desde el día que me la puse. —Una sonrisa bondadosa arrugó su rostro avejentado—. Y te diré algo más: yo no soy la única en este pueblo que está dispuesta a pelear por Ava contigo y con Joshua. Tampoco me refiero a esas dos almas afligidas, Peter y Priscilla. Ava tiene amigos en este pueblo de los que ni siquiera sabe.

Ezekiel tenía esperanzas de que así fuera.

Se quedó una hora más.

Había venido a reconfortar. Se fue reconfortado.

CAPÍTULO 7

Los muros de piedra no hacen una prisión,
ni los barrotes de hierro una jaula...
RICHARD LOVELACE

1955

El hijo de Jack Wooding entró al lugar de la construcción con las ventanillas bajas y la radio sonando a todo volumen con el éxito de Doris Day «If I Give My Heart to You». El recuerdo de Ava emergió de repente en los pensamientos de Joshua y le trajo un dolor punzante.

Hacía casi un año desde que se había ido y nadie sabía una palabra de ella. Después de la primera semana, Peter se contactó con la policía. Jim Helgerson, el comisario, fue a Shadow Hills y habló con Cole Thurman, quien dijo que no sabía dónde estaba su hijo ni a quién se había llevado cuando se fue. ¿Por qué no llamaban a su madre, Lilith Stark? Le dio su número telefónico. Lilith Stark dijo que hacía varios meses que no veía a su hijo. Él era adulto y responsable por su propia vida, pero dudaba que se hubiera llevado a alguna chica que no quisiera irse con él. ¿Quién sabe? Quizás se habían casado.

El comisario Helgerson le dijo a Peter que él no podía hacer nada más. Los jóvenes que se fugaban tenían cierta manera de desaparecer todo el tiempo que quisieran. A estas alturas, podían estar casados en otro estado. Él no tenía el tiempo ni los recursos para seguir buscándola. «Si quiere volver a casa, lo hará». Las palabras del comisario difícilmente animaron a los que amaban a Ava. Incluso Penny estaba preocupada por ella.

Lo último que se supo de Ava llegó a través de Kent Fullerton. La estrella de fútbol americano volvió a su casa de la universidad para las vacaciones de Navidad y llamó a Penny. Había visto a su hermana en una fiesta en la playa, en Santa Cruz. Debió haber sido pocos días después de que se fue de El Refugio. Cuando Joshua se enteró, fue a la casa de los Fullerton para hablar con Kent. «Le pregunté si quería irse. Antes de que me diera cuenta qué estaba pasando, estaba en el piso con la nariz fracturada. Creo que ese tipo me habría matado si no hubiera sido por un par de amigos que me lo quitaron de encima. Me dejó esto como recuerdo». Se tocó la cicatriz que tenía en un pómulo.

Las pesadillas de Joshua volvieron con intensidad.

«¿Me darás todo tu amor? ¿Jurarás serme fiel?», cantó la voz de Doris Day en el camión, mientras el hijo de Jack entregaba algunos papeles. Joshua rechinó los dientes al escuchar la letra y se secó el sudor de la frente. ¿Qué clase de cosas le había prometido Dylan a Ava? ¿Habría cumplido alguna de ellas? ¿Seguía sintiendo Ava lo mismo por Dylan, o el capricho ya le había pasado? ¿Seguían juntos, o la había dejado en alguna parte? Pensó en la Corea devastada por la guerra, en las muchachas muertas de hambre abandonadas a su suerte y en los muchos soldados que había atendido por enfermedades venéreas. Oró una plegaria relámpago pidiéndole a Dios que cuidara y protegiera a Ava.

Joshua colocó en su lugar una tabla recién cortada y sacó el martillo de su cinturón de herramientas. Le daba placer el aroma del aserrín, las vetas de la madera, la forma en que cada pieza encajaba con otras como en un rompecabezas. La canción de Doris Day había terminado y ahora Rudy Eckhart, que trabajaba a pocos metros de Joshua, cantaba acompañando a las Chordettes: «"Señor de los sueños, estoy tan sola; no tengo nadie a quien decirle amor mío..."». Afortunadamente, las niveladoras de la calle se pusieron en marcha y ahogaron la canción con los ruidos de la tarea de alisar nuevos lugares para la siguiente fase del vecindario Pleasant Hills.

Los camiones cargados con cemento entraron retumbando, listos para poner los cimientos. Durante las próximas semanas, Joshua y su cuadrilla se ocuparían de hacer los armazones de esas casas, luego colocarían las puertas y las ventanas y harían los revestimientos, mientras el personal subcontratado trabajaría en los techos, en la instalación eléctrica y en las cañerías. A continuación vendrían la insulación y las molduras, seguidas por las tareas de los yeseros y los pintores. Los electricistas y los plomeros terminarían su trabajo antes de que los mostradores de los baños y las cocinas estuvieran instalados. Más subcontratistas llegarían para colocar las alfombras y los pisos. Una vez que estuvieran terminadas las conexiones para el agua y las alcantarillas, los jefes recibirían las listas para revisar todo y asegurarse de que no hubiera defectos o problemas que tuvieran que ser resueltos. Antes de que llegara ese día, Joshua haría su propia inspección general.

Un chiflido penetrante frenó el martilleo.

—¡Eso es todo por hoy, caballeros! —Jack saludó con el puñado de cheques que su hijo había traído de la sede central.

Rudy vitoreó.

—¡Oigan, muchachos! ¿Qué tal si vamos al Wagon Wheel y bebemos un par de cervezas heladas? ¿Vendrás con nosotros esta vez, Freeman?

—Tengo un compromiso previo. —Joshua calzó su martillo en el cinturón de herramientas con la misma suavidad que un pistolero guardaría su Colt .45 en su funda.

—¡Noticia para todos! —gritó Rudy a los otros que estaban guardando sus herramientas y acercándose a Jack—. ¡Joshua tendrá una cita esta noche!

Joshua se rio.

—Una cita con un techo mañana temprano. —La iglesia necesitaba uno nuevo desde hacía varios años, pero estaba escasa de fondos. Él tenía contactos y el suficiente dinero ahorrado para hacer el trabajo. Papá, Gil MacPherson y Peter Matthews serían parte del equipo de trabajo.

—¿Nunca dejas de trabajar, Freeman? —gritó Rudy.

—Los domingos tengo todo el día libre.

—Y lo pasas en la iglesia. Todos esos cantos me dan dolor de cabeza.

—¡Escucharte cantar "Earth Angel" me da dolor de cabeza! —gritó uno de los hombres. Los demás se rieron.

Rudy irrumpió en la canción «That's All Right» e imitó los infames movimientos de caderas de Elvis. Los hombres lo abuchearon y protestaron a gritos.

—¿Qué problema tienes, Eckhart? ¿Se te metieron hormigas en los pantalones?

Riendo, Joshua recogió su cheque y caminó con sus compañeros hasta donde estaban estacionados sus vehículos. Todos tenían planes para el fin de semana. Dos irían a pescar a la costa. Uno tenía una cita con una muchacha que había conocido en un bar. Otro contó que su esposa lo esperaba con una larga lista de tareas hogareñas, y si no la terminaba antes de que llegaran sus suegros, quedaría mal con todos. A otros dos les gustó la idea de Rudy de encontrarse en el Wagon Wheel después de ducharse, para beber un par de cervezas frías y comer unos filetes para celebrar el día de cobro.

De camino a casa, Joshua paró un rato en la iglesia. Quería asegurarse de que hubieran entregado los materiales para el techo. El viejo Plymouth de Irene Farley estaba estacionado al frente. Era la secretaria de la iglesia desde que Joshua tenía memoria. Papá la llamaba «la PLM» (la primera línea del ministerio) porque su voz cálida a través del teléfono había llevado a la iglesia a más de un alma agotada el domingo, aunque solo fuera para conocer a la dama de la voz dulce. El descapotable de Mitzi también estaba estacionado enfrente, lo cual significaba que papá había estado haciendo algunas visitas fuera de los límites del pueblo.

En el césped entre la iglesia y el salón social habían dejado pilas de placas de asfalto empaquetado, una caja de clavos y rollos de papel de alquitrán negro y láminas de cobre. Había dos escaleras extensibles apoyadas contra la iglesia. La parte más difícil del trabajo sería quitar las tejas viejas. Los escombros serían cargados en su camioneta. Hodge Martin los llevaría al basurero.

La puerta de la oficina de la iglesia estaba abierta. Irene levantó la vista cuando Joshua entró.

—¡Bueno! ¿Qué tal, Joshua? —Sonrió cuando él se inclinó para besarla ligeramente en la mejilla. La puerta de la oficina de papá estaba levemente abierta. Escuchó la voz suave de una mujer. Papá nunca se reunía con una mujer a menos que Irene estuviera en la oficina principal y, aun así, nunca cerraba del todo la puerta.

Acomodándose en una silla, Joshua charló con Irene mientras esperaba que papá terminara su cita de consejería. Se sorprendió cuando vio salir a Susan Wells con los ojos rojos e hinchados. Al ver a Joshua, Susan se ruborizó. Lo saludó rápida e incómodamente, le dio las gracias a Irene y se dirigió a la puerta. Papá la siguió. Apoyó una mano sobre el hombro de Susan antes de que pudiera escaparse y le habló en voz baja. Susan se quedó quieta cuando la tocó, pero no levantó la cabeza. Asintió una vez y se fue.

Irene miró a papá:

—¿Estará bien?

—Está aprendiendo lo que significa confiar en Dios. —Papá le agradeció a Irene por quedarse hasta tarde. Ella recogió su cartera, algunos archivos y dijo que los vería el domingo en la mañana.

Joshua siguió a papá de regreso a su oficina.

—Te ves agotado, papá.

—Tú también. —Papá sonrió—. Ian Brubaker mandó los suministros. ¿Tenemos todo lo que necesitamos?

—Sí, pero prométeme que no volverás a subir al techo. —La última vez, se había resbalado y casi se había caído; apenas había logrado sujetarse metiendo el talón en una canaleta.

—Tenía planeado encargarme de la polea. —Tomó su chaqueta—. ¿Qué te parece si vamos a cenar a la Cafetería de Bessie?

Joshua ladeó la cabeza y analizó el rostro de su padre. Irene le dijo que había estado en su oficina durante más de una hora.

—Te gusta Susan, ¿verdad?

—Sí. Me gusta.

Era una declaración decisiva. Joshua empezó a preguntarse si lo decía en un sentido personal, pero su padre interrumpió sus especulaciones.

—Solo déjalo allí.

Joshua reprimió su curiosidad.

—Necesito una ducha antes de ir a cenar. —Se preguntó cómo se sentiría mamá de que papá se interesara en otra mujer.

Del perchero que había junto a la puerta, papá levantó su gorra de béisbol de los Cardenales.

—Iré caminando al centro y conseguiré una mesa para nosotros.

—Seré rápido. Ordena lo que sea el plato especial de hoy.

—No hay prisa, hijo. Esperaré a que llegues.

Joshua fue a casa y se quedó parado bajo el chorro de agua fría, lavándose la suciedad y la transpiración del arduo día de trabajo. Seguía pensando en papá y en Susan Wells. Papá todavía era un hombre en su plenitud. ¿Por fin había conocido a alguien con quien pudiera pensar en casarse? Joshua se puso un par de Levi's limpios, una camisa de manga corta y mocasines, y decidió prestar más atención a la relación.

Se estacionó en un lugar a la vuelta de la esquina de la cafetería. La campanilla sonó y Bessie lo saludó a gritos cuando él entró.

—¡Los dos Freeman! ¡Mi día de suerte! ¡Ustedes comen como caballos!

Papá estaba en su lugar habitual, la mesa más cercana a las puertas vaivén de la cocina. Susan estaba de pie junto a su mesa, hablando con él, con las manos metidas en los bolsillos de su delantal. Se dio vuelta mientras Joshua se acercaba. Ya no tenía los ojos hinchados, pero todavía parecía perturbada.

—Hola, Joshua. ¿Qué puedo traerte para beber? —No era la primera vez que alguien se avergonzaba de haber sido visto en la oficina pastoral.

—Limonada con un montón de hielo, por favor. —Se sentó—. Y pediré cualquier cosa que sea el especial de Oliver para hoy.

—Carne asada, puré de papa y vegetales variados. La cena incluye una sopa de tomate o una ensalada verde.

—Ensalada con vinagre y aceite.

Riéndose, papá le entregó el menú a Susan y dijo:

—Que sean dos, Susan, por favor.

—Enseguida se los traigo, pastor Ezekiel. —La voz de Susan tenía una calidez nueva y una expresión que no había escuchado antes. Joshua estudió subrepticiamente a su padre y no vio nada fuera de lo común. Parecía relajado, contento. Cada vez que se abría la puerta y sonaba la campanilla, papá saludaba con una sonrisa. Conocía a todos en el pueblo. Algunos lo saludaban con un «hola»; otros se acercaban a la mesa para conversar algunos minutos. Joshua había crecido rodeado de interrupciones.

Papá dejó a un costado su gorra de béisbol.

—Me enteré de que Gil vendrá mañana para ayudar.

A pesar de la diferencia de edad que tenían, Joshua consideraba a Gil uno de sus mejores amigos. Ambos habían pasado por el infierno y luchaban para encontrarle un sentido a la masacre que habían presenciado. Ambos conocían la aflicción de los remordimientos por el solo hecho de haber sobrevivido cuando otros no lo hicieron. La partida de Ava había empeorado el estrés de posguerra que sufría Joshua. Gil también sufría, y lo hacía desde muchos años atrás. De alguna manera, poder hablar de las cosas los había ayudado a ambos a dejar a un lado la carga de lo que no podían hacer y a librarse de los fantasmas de los que no pudieron salvar.

Papá había tratado de avivar la chispa agonizante de la fe de Gil. Cuando le pidió a Joshua que se encontrara con él, algo cambió en el hombre. Había otro que lo necesitaba, desesperadamente, por haber sufrido lo mismo que él. Se fortalecieron el uno al otro. Joshua vio que la llama de la fe en el hombre mayor se encendía. Ambos tenían a alguien más cercano que un hermano que estaba junto a ellos, que había muerto para salvar a todos, alguien que sabía cómo era llorar por los que se perdían en la batalla por las almas humanas.

Estar con Gil le hizo recordar a Joshua las cosas que le habían enseñado.

—Olvidé las reglas —le confesó a Gil en una de sus primeras charlas.

—¿Qué reglas? —había preguntado Gil.

—Regla número uno: los hombres jóvenes mueren. Regla número dos: no puedes cambiar la regla número uno. Lo escuché en el adiestramiento, pero lo olvidé en la batalla.

Joshua y Gil charlaban con libertad de lo que habían visto y vivido en el campo de batalla. Podían compartir cosas que no podían hablar con nadie más. A medida que pasaba el tiempo, hablaban menos de las pérdidas y más de lo que era necesario derribar y reconstruir. El vecino de Gil tenía un granero nuevo. En pocos días más, la iglesia tendría un techo nuevo.

Susan atravesó las puertas vaivén con sus ensaladas. Papá bendijo la comida.

—Y oramos por nuestra amada Ava, Señor. Hazla recordar quién es.

Con la cabeza agachada, Joshua agregó:

—Y a quién pertenece.

—Y que llame a casa —dijo Susan, todavía parada lo suficientemente cerca como para oír cada palabra. Joshua miró hacia arriba y ella hizo una mueca para disculparse—. Perdón. No tenía la intención de entrometerme.

—No lo hiciste. —Papá sonrió.

Susan se fue y regresó enseguida para volver a llenarles los vasos con limonada.

Papá la contempló mientras se alejaba. Se dio cuenta de que Joshua lo observaba.

—Dios está obrando, hijo.

—Así parece. —Joshua sonrió.

—Él siempre está obrando. —Papá empezó a comer su ensalada.

Joshua lo creía. Solo deseaba que Dios obrara un poco más rápido en Ava.

Ava estaba acostada de espaldas y miraba fijamente el techo de la cabaña. Dylan, vestido con su inmaculada ropa de tenis, ya se había ido a pasar el día en el club campestre. Nunca la llevaba. Nunca le decía con quién estaría ni cuándo volvería.

Una semana después de que Dylan la mudara a la casa de huéspedes, Ava se dio el lujo de llorar y quejarse cuando volvió a salir sin ella. Dylan la acusó de quejumbrosa. Cuando se enfureció con él, la agarró de los brazos y la sacudió. Ella vio en sus ojos la ira que apenas dominaba y la sintió en sus manos; recordó lo que le había hecho a Kent Fullerton cuando perdió el control. Esa noche, cuando apareció por la casa para una fiesta, Lilith notó las magulladuras y la hizo volver a la cabaña. Pudo oír los reclamos que Lilith le hacía a Dylan antes de llegar a la puerta. Esa noche, él volvió pero no le pidió perdón. Y, mucho antes de que saliera el sol, Ava supo que nunca más debía volver a cuestionarlo. Él haría lo que le diera la gana, cada vez que quisiera, y eso incluía lo que quisiera hacerle a ella. Podía ser más dañino aún con sus palabras que con sus manos.

Lilith esperaba que Ava se viera bonita y refinada, que fuera simpática (pero no demasiado simpática) y que escuchara disimuladamente. «Solo te pido que circules por el salón y que escuches las conversaciones discretamente».

Y Ava lo hizo. Escuchó toda clase de cosas.

—Deberían convertir ese estudio en un refugio antiaéreo. No ha tenido un éxito en años.

—Por lo que sé, no están produciendo nada; solo alquilan los derechos de las películas antiguas para la televisión.

—La televisión no perdurará.

—Eres un tonto si crees eso. La televisión ha llegado para quedarse. Nadie la apagará. Espera y verás que tengo razón.

—Sí, claro...

Lilith trataba a Ava como su sobrina preferida en las fiestas y la ignoraba el resto del tiempo. Ella disfrutaba las fiestas de Lilith: los vestidos largos y caros que usaba y estar en la misma sala que los ricos y famosos, aunque apenas la notaran. Lilith lo prefería de esa manera. Le decía a Ava que circulara por el salón, pero que se mantuviera callada, poco llamativa. A los hombres les gustaban las mujeres jóvenes que esperaban cada palabra que ellos decían. «Anímalos a que presuman. Solo mira y escucha». Penny habría dado todo por estar entre esas personas. Penny se jactaría con todo el mundo si le tocara estar en el mismo salón que Natalie Wood, Robert Wagner, Debbie Reynolds y Gene Kelly.

A veces, Ava quería escribirle una carta a Penny solo para contarle sobre las personas que había conocido. Le diría que todavía estaba con Dylan, que vivían en una cabaña encantadora en una gran casa que era propiedad de su madre, una famosa columnista de Hollywood. Quería que Penny se enterara de que su vida era más importante y mejor de lo que jamás sería la de Penny. ¿Qué importaba si no era cierto? Penny no tenía que saber que Dylan podía ser cruel, que su madre apenas la toleraba, y que ninguno de los famosos con los que compartía los salones la conocía ni la tenía en cuenta lo suficiente para tener una conversación con ella, porque no era nadie. La trataban con cortesía porque era la «sobrina» de Lilith. Ella había sido nadie en El Refugio y tampoco era alguien notable aquí. Así que, ¿cuál era la novedad? Los amigos de Dylan, los que había llegado a conocer, ni siquiera sabían que era su novia. Lo más cerca que estuvo él de confesárselo a alguien fue durante una fiesta en la piscina, cuando se emborrachó, la abrazó y la besó; luego dijo jocosamente que eran primos que se conocían bastante bien.

Lilith siempre invitaba a Ava a tomar un café y a charlar con ella la mañana siguiente a una fiesta. Por lo general, Dylan se quedaba en la cama con resaca. Lilith le preguntaba a Ava qué había escuchado y anotaba cosas en un cuaderno mientras Ava hablaba. Dylan sonreía satisfecho cuando leía las columnas. Cuando se iba, Ava las leía y entendía qué rol había tenido en difundir las insinuaciones y los escándalos rotundos; cómo un dato aparentemente inofensivo podía ser retorcido y usado para recompensar o castigar a las personas.

No necesitó más que algunas fiestas para darse cuenta de que las «estrellas» no eran tan distintas al resto de la gente. Eran inseguras, envidiosas, a veces agradables y a veces tímidas. Eran más atractivas y tenían más dinero, pero sus vidas no eran tan perfectas como Ava, Penny, Charlotte y las otras chicas siempre habían imaginado.

Con el tiempo, Ava dejó de compartir con Lilith todas las cosas que escuchaba. ¿Cómo podía ser parte de la divulgación de semejantes rumores, cuando su propia vida había comenzado de manera escandalosa? Su nacimiento había llegado a los titulares y la historia todavía la atormentaba. No quería ayudar a Lilith a buscar información escandalosa, pero era consciente de que le convenía no admitir su ataque de escrúpulos.

Lilith notó el cambio y se volvió un poco menos tolerante, incluso menos dispuesta a darle dinero a Dylan para gastar en su mantenimiento, según las palabras de ella.

—Si quieres que esté en la fiesta, págale tú el vestido esta vez.

—Siempre te jactas de ser muy generosa, madre —argumentó Dylan—. ¿Qué pensará la gente si tu "sobrina preferida" tiene que quedarse en la cabaña por falta de un vestido decente? Serás la madrastra malvada de *Cenicienta*. —Se rio.

Lilith no parecía divertida.

—Dudo que alguien la eche de menos.

Ava tenía la sensación de que Dylan insistía en que fuera solo para irritar a su madre. La mayoría de las veces la dejaba sola mientras él se apartaba para seducir y coquetear con las jóvenes actrices de cine y beber con los hombres que las controlaban. Durante los primeros meses, los celos la habían consumido y se había sentido dolida. Tenía que recordarse a sí misma que él representaba un papel, interactuando con la gente como a su madre le agradaba. Mientras siguiera haciéndolo bien, el dinero seguiría llegando.

Cuanto más tiempo pasaba Ava con Dylan, menos apuesto le parecía. La belleza y el carisma que tanto la habían atraído comenzaron a desvanecerse. Dylan hizo un comentario sobre su cambio y empezó a engatusarla para mantenerla cautivada. No era tan brusco. Se comportaba como un caballero. Ella ya no se dejaba engañar. Solo fingía que lo hacía.

«Nunca sé qué estás pensando detrás de esos ojos verdes que tienes. Nunca sé si realmente eres mía o no».

Quizás eso era lo único que lo mantenía interesado. No saber. Una vez, se vanaglorió de haber dormido con otra. Le contó todos los detalles. Ella lo escuchó, distante, y le preguntó si le molestaría que ella experimentara un poco por su lado. Había visto a cierto hombre en una de las fiestas de su madre...

Hasta ahí llegó. Nunca volvió a decir nada más por el estilo.

Sus latidos todavía se aceleraban cuando él entraba en la cabaña. ¿Era por amor o por miedo que temblaba cuando él la tomaba en sus brazos? Era mejor convencerse a sí misma de que era por amor.

Intranquila, Ava se levantó y abrió un cajón de la cómoda. Dylan le había dicho que estuviera lista a las diez para ir de compras. La llevaría a la boutique de Marisa. Lilith daría otra fiesta y esperaba que ella cumpliera con su parte. Marisa Cohen era mucho menos elegante que Dorothea Endicott, en El Refugio, pero esta mujer de mediana edad sabía vestir a las estrellas de cine.

Dylan solía quedarse a disfrutar del desfile de modas. Hoy, se estacionó junto al cordón y, sin siquiera simular buenos modales, estiró el brazo y abrió la puerta de un empujón. «Dile a Marisa que te llame un taxi cuando termines. Tengo que ir a encontrarme con alguien».

En su cabeza vio la señal de alerta, pero hizo lo que le dijo. Necesitó toda su fuerza de voluntad para no darse vuelta y quedarse mirándolo mientras se alejaba en su carro.

«Dylan quiere algo especial para mañana en la noche —anunció Marisa—. Fue muy específico. Es un punto a su favor que tenga buen gusto». Parecía una maestra de escuela, con sus anteojos de marco negro y su cabello oscuro recogido hacia atrás en un moño clásico. Solo sus pantalones simples, la blusa de seda color crema y el doble collar de perlas revelaban que tenía dinero.

Tenía un perchero de vestidos largos esperando que Ava se los probara. El blanco era demasiado virginal; el rojo era lindo pero un poco demasiado atrevido. Uno tenía capas de tela que flotaban como nubes sobre las curvas de Ava. Marisa le dijo que diera unas vueltas con ese puesto.

—La cabeza en alto; echa los hombros hacia atrás. Imagina que eres una reina. ¡Ese chifón verde mar te queda precioso! Es perfecto para esos increíbles ojos verdes y la cabellera roja que tienes.

—Siempre odié mi cabello —confesó Ava, distraída—. Preferiría ser rubia.

—¿Por qué? —Marisa miró de reojo a Ava—. En Hollywood hay rubias en cantidades, especialmente desde que Marilyn Monroe llegó a la ciudad.

—A Dylan le gustan las rubias. —No podía recordar una fiesta de las de Lilith donde él no se hubiera dejado atraer por alguna. A veces se preguntaba por qué había dejado de interesarse en Penny y se había fijado en ella.

—A Dylan le gustan las mujeres. No cambies para complacer a un hombre. Es probable que Dylan te haya elegido porque eres diferente. Y no se ha cansado de ti como de las otras. La mayoría de sus novias duran un mes o dos. Tú has durado más de un año. Eso es mucho para él. Debe amarte.

¿La amaba? ¿O la retenía por otro motivo? Nunca lo había expresado con palabras, y ella nunca había visto que la mirara con la ternura que había visto entre Peter y Priscilla.

—No te pongas triste. —Marisa le tocó el hombro suavemente—. Eres una muchacha hermosa, Ava. Aunque él pierda interés en ti, el mar está lleno de peces. —Le dio vuelta para que se viera en el espejo—. Mira lo que tienes para ofrecer.

Ava se quedó mirando su imagen. El vestido era hermoso.

—Ya puedes cambiarte. Usa el cabello recogido para la fiesta.

Ava no había estado ni diez minutos en la cabaña cuando Dylan salió furioso de la casa, con su madre pisándole los talones. Dylan se detuvo y la enfrentó, enfurecido. Sus voces llegaban desde el otro lado de la piscina, a través de las ventanas de la cabaña.

—¡Verónica me mata de aburrimiento!

—El año pasado sentías algo por ella.

—Fue un juego, madre. Yo gané. ¡Se terminó!

—¡No se terminó! ¡Y no me importa lo que sientas por ella! Tienes suerte de que su padre no sepa lo que hubo que hacer. Y más suerte aún de que la chica no se haya animado a contárselo.

Vas a pedirle disculpas y rogarle que te perdone. Vas a portarte lo más encantador que te sea posible. Serás un caballero.

—¿Acaso no lo soy siempre? —se mofó él.

—¡No puedes tratar a la hija del presidente de uno de los estudios más importantes de Hollywood como a una vulgar ramera!

—Ella *es* una...

—¡Cállate, Dylan! Es de mucho mejor pedigrí que esa perra callejera que tienes en la cabaña. No creas que no sé todo sobre sus orígenes. ¿Cuándo te vas a deshacer de ella?

—¡Cuando esté listo! —Avanzó un paso, adelantando el rostro para enfrentarla—. No te metas en mis asuntos, madre. Terminé con Verónica antes de irme al norte.

—Sí, pero me dejaste cargando con el muerto. Si te portas mal con ella, podría ir a llorar al hombro de su papá. Y él querrá saber por qué.

Dylan la maldijo.

Lilith Stark le respondió con otro insulto.

—Tienes suerte de que Verónica todavía sienta algo por ti, amigo. Busca la manera de defraudarla con delicadeza, preséntale a uno de tus amigos de la fraternidad, *o su papá mandará a los matones para que reordenen tu bello rostro*. Y podría cortarte lo único que parece importarte. ¿Me entiendes *ahora*?

—*¡Está bien!* —Dylan se dio vuelta y se frotó la nuca. Volvió a enfrentar a su madre—. Me portaré bien. ¿Estás contenta ahora? —Su voz destilaba sarcasmo. Cuando volvió a la cabaña, Ava corrió hacia la habitación y se lanzó de costado sobre la cama, fingiendo estar dormida. Dylan dio un portazo. Volvió a maldecir y rompió algo en pedazos contra la pared de la sala. Ella no podía fingir no haber escuchado eso.

Cuando entró a la sala, Dylan estaba sentado en el borde del sofá, sirviéndose *whisky* en un vaso. Ella podía sentir el calor de la ira en él y verla en sus hombros tensos. La miró y bebió el licor de un solo trago. Él le había enseñado a dar masajes, pero ella sabía que era mejor no tocarlo cuando estaba con este humor.

—¿Cómo te fue hoy con Marisa?

—Bien. —Mantuvo la voz en un tono neutral, pero la adrenalina corría a raudales por su sangre. Miró la urna griega hecha añicos y se preguntó si continuaría descargando su frustración con ella. Calculó la distancia que había hasta la puerta.

Dylan bebió el segundo vaso y lo apoyó en la mesa con un golpe.

—Ven aquí. —Sus ojos oscuros estaban entrecerrados y encendidos. Cuando ella se sentó al lado de él, Dylan se dio vuelta y se puso cómodo. Estiró sus brazos sobre el respaldo del sofá y la miró de una manera que ella había llegado a temer—. Hazme feliz.

Una hora después, cuando Dylan se fue, Ava se quedó en la cabaña. No fue a cenar a la casa. Nadie llamó para preguntar por qué.

Dylan no volvió esa noche y a la mañana siguiente le enviaron una bandeja con el desayuno y una nota de Lilith avisándole que el chofer la llevaría al Salón de Alfredo. Era el estilista de Lilith, un hombre joven, guapo y un poco pálido que le prometió a Ava que la dejaría como una diosa. Hablaba y hacía preguntas, la mayoría retóricas. Le preguntó si quería algo de almuerzo. Aparentemente era una cuestión menor pedir que se lo llevaran desde uno de los restaurantes exclusivos que había en la zona. Mencionó el favorito de Lilith. Ava le dijo que no tenía hambre.

Cuando Alfredo terminó, Ava consideró que se había excedido, pero no dijo nada. Marisa le había dicho que usara el cabello recogido con el vestido de chifón verde mar. El chofer de Lilith la miró con admiración antes de abrir la puerta del carro. La sirvienta mexicana apareció a las cinco trayendo una bandeja con la cena. No era la primera vez que Ava cenaba sola. Dylan apareció mientras estaba vistiéndose. Se apoyó contra el marco de la puerta y la observó. Parecía una estrella de cine con el esmoquin que tenía puesto. A pesar de todo lo que ella sabía de él, a veces todavía la impactaba su belleza física.

—Solo vine unos minutos. —Había olvidado la billetera y las llaves—. Tengo que ir a buscar a alguien. —Verónica. La joven que aún ardía por él, a pesar de haber sufrido a sus manos.

¿Cuántas como nosotras hay en el mundo? Se preguntó Ava.

—Te veré en la fiesta, pero no podré pasar tiempo contigo.

Estuvo a punto de recordarle que rara vez lo hacía.

—Por cierto, estás hermosa. —Se acercó, la tomó del mentón y la besó. La miró a los ojos—. Estaré vigilándote.

Lilith se veía deslumbrante con un vestido negro. Arqueó un poco las cejas cuando repasó a Ava con la mirada.

—Sí que tienes algo. —Sonó a una minúscula concesión—. *No* distraigas a Dylan. Tiene un asunto muy importante que atender esta noche. Quiero advertirte ahora para que no sea una sorpresa hiriente. Traerá a otra chica. Es muy importante que te mantengas al margen.

A medida que las personas entraban, Lilith se ponía cada vez más efervescente, más afectuosa, toda risas. A todos saludaba con besos al aire. La gente sonreía y charlaba alegremente. A pesar de los cumplidos y de las muestras de afecto, Ava tenía la sensación de que había pocas personas en el salón a quienes Lilith Stark les caía bien. Todos conocían el poder de su pluma y nadie quería que usara su veneno contra ellos. Dylan entró con una rubia esbelta colgada de su brazo. Muchos la conocían y la saludaron. Pasaron las bandejas con bocadillos y volvieron a llenar las copas de champaña. Ava se mantenía lo más alejada posible de Dylan y Verónica. Sintió que él la buscaba. Cuando la vio, le susurró algo a la muchacha que traía del brazo, luego la condujo a través de la sala. Lilith vio lo que hacía Dylan y trató de interceptarlo. Él la esquivó y Lilith le dirigió a Ava una mirada fulminante de advertencia. Ava caminó hacia la puerta para salir al patio exterior. Cuando Dylan dijo su nombre, no tuvo opción. Se dio vuelta y sonrió.

—Verónica, quiero que conozcas a mi prima. Ava, ella es Verónica. —Se inclinó y la besó en la mejilla. Ella se ruborizó de placer y lo miró con adoración. El corazón de Ava palpitó. Ese demonio todavía tenía poder para lastimarla. Un sirviente vestido con un esmoquin negro se acercó a ellos y les ofreció champaña. Dylan tomó dos copas de la bandeja y le dio una a Verónica y otra a Ava. Se sirvió otra para sí mismo—. No parece que estés divirtiéndote mucho, Ava.

Ella sonrió rígidamente.

—Lo suficiente.

—Es una futura actriz. —Él esbozó media sonrisa.

—Tienes suerte de que Lilith sea tu tía. —Verónica bebió champaña—. Ella conoce a todo el mundo en este negocio. —Examinó a Ava y echó un vistazo a Dylan.

Lilith llamó a Ava haciéndole señas para presentarle a alguien. Dylan se rio.

—Dile que todos sus esfuerzos son en vano.

Ava ya se había dado vuelta, pero escuchó a Verónica.

—Eso no fue muy amable, Dylan. Tu prima es muy bonita.

Lilith hizo las presentaciones y mantuvo el ritmo de la conversación. Ava estaba rodeada por seis personas, pero se sentía completamente sola.

—Estás un poco pálida, cariño —dijo Lilith, fingiendo preocupación—. ¿Por qué no vuelves a la cabaña?

Ava no estaba dispuesta a hacerlo. Dylan era la única esperanza que tenía. Tomó otra copa con champaña y se paró cerca de los ventanales, donde podía observar y no ser vista. Dylan estaba jugando su juego con Verónica y la joven estaba claramente bajo su hechizo. Ava se sentía desolada.

—¿Y quién eres tú?

Sobresaltada, prestó atención al hombre que estaba sentado en una silla cerca de la pared. Era atractivo y mayor que ella. Estimó que tendría unos cuarenta y algo. Él se puso de pie. Era más alto que Dylan y tenía la contextura y los hombros musculosos de un hombre maduro. Su cabello castaño dejaba ver apenas algunos mechones canosos en las sienes. Levantó una ceja.

—¿El ratón te comió la lengua?

—Me llamo Ava. —No le preguntó su nombre.

—Ava. —Pronunció el nombre como poniéndolo a prueba—. Un nombre interesante. Bien, Ava, ¿cómo encajas tú aquí? —Hizo un gesto con la cabeza que abarcó toda la sala.

—No encajo. —Por poco olvidó quién era ella supuestamente—. Soy la prima de Dylan. Vengo del norte.

—¿En serio? —Parecía divertido—. La prima de Dylan. Del norte. La clave está en los detalles, ¿no? ¿De qué lado de la familia eres?

—¡Franklin Moss! —Lilith caminó entre los invitados, enfocada en ellos—. ¡Querido! ¡Aquí estás! Te he estado buscando toda la noche.

Él la enfrentó, esbozando una sonrisa.

—¿Quién se atreve a esconderse de Lilith Stark?

—Lamenté tanto enterarme de lo de Pamela.

—Ah, Pamela. Apuesto a que sí. —Su tono evidenciaba humor—. Las chicas bonitas vienen y van.

Lilith miró a Ava por un segundo, antes de sacudir la cabeza y dirigirle a Franklin Moss una mirada un tanto reprobadora.

—No estarás pescando en estas aguas, ¿verdad, querido? Aquí, ya todos tienen su agente.

El señor Moss volvió a mirar a Ava y ladeó la cabeza.

—¿Incluso la prima de Dylan?

Lilith ocultó su irritación levantando la mano. Un sirviente apareció como un genio de una botella para ofrecerles champaña. El señor Moss negó con la cabeza y dijo que estaba bebiendo *bourbon* con hielo. Lilith le dijo al sirviente que le trajera otro. Ella arrancó la copa de champaña de la mano de Ava y dijo:

—Travieso, travieso. Es demasiado joven para beber, Franklin, y demasiado joven para ti.

—No sabía que fueras tan protectora.

—Es mi sobrina preferida. Y sí, es encantadora, y me atrevería a decir que tiene cierto talento, pero pronto se irá a su casa. —Bebió un poco de champaña con los ojos fijos en Ava—. Su familia la extraña.

—¿Y qué familia será esa?

Lilith estrechó los ojos.

—Nos conocemos desde hace mucho, Franklin. Estoy seguro de que entiendes. —Inclinó su mentón—. Ahora, háblame de Pamela. No me quedaré conforme hasta que escuche todos los detalles de primera mano. Sabes que prefiero enterarme de la verdad por ti, en lugar de tener que depender de los chismes.

—Claro, ese no es tu estilo, Lilith.

Sus labios rosados se pusieron tensos.

—Los rumores dicen que te despidió y se fue con otra agencia. No puedo creer que sea cierto. Después de todo lo que hiciste por ella.

Ava percibió la tensión subyacente y se retiró. Dylan estaba absorto en una conversación con Verónica y varios más. Ava se sentía como un fantasma que se movía, invisible, entre el gentío reluciente. Algunos la miraron frunciendo ligeramente el ceño, como si trataran de identificarla. Se sirvió una galleta salada con una rodaja de huevo cocido y caviar.

Elizabeth Taylor lucía increíblemente hermosa junto a su esposo, Michael Wilding, mientras conversaban con Debbie Reynolds y Eddie Fisher. Robert Wagner era aún más apuesto en la vida real que en el celuloide o en un afiche.

Ava rondó cerca de varios grupos, escuchando fragmentos de conversaciones: actores hablando sobre las audiciones que habían ido bien o mal, el papel que estaban interpretando, o ensalzando sus créditos con algún hombre que vistiera un traje negro, algunos pidiendo audiciones. Ella siempre podía detectar a los ejecutivos de los estudios.

Dylan se reía de algo que había dicho alguien. Su brazo seguía alrededor de Verónica.

Deprimida, Ava se retiró discretamente de la casa y volvió a la cabaña. Colgó el vestido estilo helénico en el clóset, se puso una camiseta y se fue a la cama. No pudo dormir.

Dylan entró después de la medianoche.

—Necesito la cama. La última despedida con Verónica antes de que termine con ella.

Una oleada de celos y dolor le pasó por encima.

—Ya es suficientemente malo que tuve que verte con ella toda la noche.

—Levántate.

—¡No!

—Nunca me digas que no.

Dylan arrancó las mantas de la cama. Las emociones que Ava había refrenado durante meses salieron a la superficie y la impulsaron contra él con manos como garras. Jamás había sentido tanta ira u odio.

Dylan la atrapó de las muñecas y las clavó contra el colchón.

—Hacía mucho que no hablabas como una novia celosa. —Sonriendo, se montó sobre ella a horcajadas—. Sabía que el fuego aún ardía en tu cuerpo.

Ella logró soltar una mano y le dio una cachetada. Los ojos de él cambiaron. Agarró una almohada y le cubrió la cara. Aterrada, se resistió y peleó. Cuando estaba a punto de perder el conocimiento, Dylan lanzó la almohada a un costado y la agarró del cabello.

—Si vuelves a abofetearme, te mataré. Tú sabes que puedo hacerlo. Nadie te echaría de menos.

Tomando una bocanada de aire, sollozó, aterrorizada. Él se

recostó sobre sus caderas. Sus músculos se pusieron rígidos cuando él recorrió su cuerpo con las manos, pero no luchó contra él.

—Finges indiferencia, nena, pero tu corazón todavía late por mí. Aún me amas. Todavía puedo tenerte cuando quiera.

Él se levantó. Se sentó al borde de la cama y soltó el aire. Le acarició el cabello con un roce delicado; el destello cruel desapareció de sus ojos.

—Ya ardías por dentro. Yo solo avivé el fuego. —Se levantó y su rostro se veía cansado—. A veces no estoy seguro de lo que siento por ti. Siento algo, más de lo que me haya hecho sentir cualquier otra. Tal vez sea por eso que no estoy listo para dejarte ir. —Suspiró como si esa confesión lo enojara. Levantó la cabeza bruscamente—. Ve a nadar.

Todavía temblando, Ava se levantó.

—Verónica sabe que no soy tu prima.

—Quizás es por eso que está tan decidida a satisfacerme esta noche.

Se quitó la ropa mientras él la observaba y se puso el bikini que le había comprado en Santa Cruz.

—Que te diviertas, Dylan.

—Siempre lo hago.

Ava se sentó en el borde de la piscina, tiritando, y vio que Verónica apareció entre las sombras. ¿Cuánto había escuchado? ¿Qué importaba, si no cambiaba de parecer respecto a Dylan? Tal vez él había dicho y hecho todo eso con ese fin.

Tragándose las lágrimas, Ava se metió en el agua tibia. Soltó el aire, se hundió hasta el fondo y se sentó con las piernas cruzadas sobre el hormigón blanco. Lo sintió áspero contra su delicada piel. Su largo cabello rojo flotaba alrededor de ella como algas marinas. ¿Le importaría a Dylan si ella se ahogaba? Dando rienda suelta a su angustia, gritó bajo el agua con los puños apretados.

Su cuerpo subió, traicionándola. Caminó por el agua. Sintió que alguien la observaba y miró hacia un costado de la piscina.

Entre las sombras, había un hombre fumando un cigarrillo. Lo lanzó sobre el cemento y lo aplastó con el pie antes de regresar a la casa. Él se dio vuelta un poco cuando entró, con el rostro iluminado. Era Franklin Moss.

El rostro de Joshua se deslizó entre los recuerdos de Ava; sus palabras susurrando entre las hojas de las palmeras, mezclándose en la brisa de la noche. *«Guarda tu corazón»*.

Demasiado tarde. Cuando huyó, lo hizo con la seguridad de que amaba a Dylan y que él la amaba. Aquella primera noche en San Francisco aprendió la verdad de la peor manera. Lo que él sentía no era amor. Ella había tenido la esperanza de que la lujuria se convirtiera en algo mejor, algo más delicado y duradero. Ella le había entregado todo con la esperanza de que eso sucediera.

Él había dicho que todavía sentía algo. ¿Pero qué era? Había dicho que no estaba listo para dejarla ir. Ella podía aferrarse a eso un tiempo más, esperar un poco más.

Flotó de espaldas, con las piernas y los brazos extendidos como los de una mujer muerta, los ojos bien abiertos, mirando el cielo nocturno. El aire estaba helado; la luna estaba llena. El agua cubría sus oídos y no podía escuchar nada, excepto sus propios pensamientos.

De todas maneras, no podía volver a El Refugio. Había sido muy tonta. ¿Qué le había dicho Mitzi una vez? *«Ningún hombre compra una vaca cuando puede conseguir la leche gratis»*. Hasta la mesera de la Cafetería de Bessie había tratado de advertirle sobre Dylan.

Fui ciego, mas hoy veo yo. La letra de «Sublime gracia» surgió en su mente. Había tocado ese himno docenas de veces. Otros versos le llegaron a la mente, sin invitación. No quería recordarlos. No quería pensar en Dios.

Pensar en Dios solo la hacía sentir peor.

Ezekiel se despertó en la oscuridad. Le dolía el corazón. Se incorporó despacio y se masajeó el pecho. Giró el reloj y vio la hora: las dos y cuarto. Escuchó atentamente y oyó el ulular gorjeante de un búho que chillaba en el patio, pero sabía que no era por eso que se había despertado. Se restregó la cara, calzó los pies en sus pantuflas y caminó lentamente hasta la cocina. La Biblia de Joshua estaba abierta sobre la mesa, con las notas escritas por su mano prolija. Ezekiel volvió a presionar los dedos contra su esternón como si pudiera borrar una vieja herida.

¿Ya es hora, Señor? Han pasado dieciocho meses.

Silencio.

¿Hay algo que yo pueda hacer, Señor?

Joshua entró a la cocina, descalzo y vestido con los pantalones de su pijama.

—Oí que te levantaste. ¿Un mal sueño?

—No. ¿Tú?

Joshua se desplomó sobre una silla y se pasó los dedos por su cabello corto.

—Durante el día, es más fácil. Puedo concentrarme en el trabajo.

—También trabajas de noche, de otra manera. Nuestro trabajo es creerle a Dios. —Sacó el café del mueble—. La lucha siempre es por la mente, hijo.

—¿Crees que alguna vez piensa en nosotros?

—Probablemente trata de no hacerlo.

—Es que no puedo entenderlo, papá. Ha conocido al Señor toda su vida.

—Ella sabía lo que le dijimos acerca del Señor, Joshua. Eso no es lo mismo que conocerlo. —Giró la llave del agua—. Ninguno de nosotros oye su voz hasta que escuchamos.

━━━━━━

Dylan iba y venía a su antojo. A veces, todavía se quedaba toda la noche. «¿Me echaste de menos, nena?». Al menos por unas horas podía simular que alguien la amaba. Lilith lo mantenía ocupado con sus constantes demandas. Él siempre estaba yéndose a alguna parte, «investigando cosas», como decía en broma. No había sitio de moda ni escondite que no conociera. Nadie podía sepultar tanto un secreto como para que él no lo descubriera. Tenía espías en las clínicas privadas que llamaban para cuchichear qué celebridad había ingresado y por qué. Lilith ganaba una fortuna. Ava se preguntaba si la mayor parte del dinero era por mantener en secreto ciertas historias. No obstante, era generosa al compartir un porcentaje de sus ganancias con Dylan.

—Madre dará otra fiesta.

¿Había algún fin de semana que no organizara alguna? Dylan tenía algo en mente y Ava sabía que a ella no le iba a gustar.

—Marisa se encargará de todo. Quiero que eclipses a todos los invitados.

—¿Por qué?

—Tengo mis razones. —Se levantó, tomó una ducha y se vistió con unos pantalones cortos y una camiseta blanca de tenis—. Siempre te cuidaré bien. —Levantó su mentón y se agachó para besarla—. Lo prometo. —Rozó su mejilla con unos dedos fríos y se fue.

Dylan le había dado indicaciones específicas a Marisa Cohen, y Ava vio que usaría un vestido color blanco de Chantilly con escote halter.

—Este resalta espléndidamente tu bronceado. —Ava había estado pasando mucho tiempo sola en la piscina—. Es casual para una fiesta por la tarde, lo cual te hará distinguirte más aún. Déjate el cabello suelto.

El teléfono sonó cuando estaba entrando.

—María está llevándote la cena. Debes estar lista alrededor de las siete, pero no vengas a la casa hasta que yo te llame. —Eran casi las ocho cuando la llamó.

Entró por las puertas francesas que daban al jardín y se encontró con la sala repleta de gente vestida con ropa de etiqueta. Las mujeres llevaban vestidos de noche largos y joyas brillantes; los hombres usaban esmoquin. Su vestido blanco e informal llamó la atención inmediatamente. Divisó a Dylan y se preguntó qué juego estaría jugando ahora, cuando una voz conocida habló detrás de ella.

—Una paloma entre los pavorreales. —Franklin Moss se llevó el cigarrillo a la boca, aspiró hondo y lo aplastó en un cenicero de mármol. Exhaló lentamente y analizó su rostro—. Te ves virginal. —Cuando ella apretó los labios, él negó con la cabeza—. No quise ofenderte. La última vez, cuando nos conocimos, Lilith dio a entender que estabas por irte de aquí. No esperaba volver a verte.

Ella levantó un hombro.

—Todavía estoy en la cabaña.

—Qué suerte tienes. —Sacó una cigarrera de plata y le ofreció uno. Ella negó con la cabeza y dijo que no fumaba—. Una chica inteligente. Es un hábito desagradable. —Tomó uno para sí y lo golpeteó contra la cigarrera. Guardó el estuche en su bolsillo y extrajo un encendedor, mirando hacia Dylan—. ¿Cómo fue que una chica decente como tú se enredó con Dylan Stark?

¿Una chica decente? Estuvo a punto de echarse a reír.

—Es mi primo.

—Y yo soy tu tío. —Recorrió la sala con la vista y volvió a ella—. Hay montones de tíos en el mundo. Este lugar no es para ti.

—Probablemente porque no soy una actriz.

—Oh, yo creo que lo eres, y actúas mejor que la mayoría de los que están aquí, aun de los que consiguen los papeles protagónicos. ¿Te molesta si te digo algo?

—¿Qué?

—Para ser una chica astuta, eres realmente tonta.

Ella se dio vuelta.

—¿Por qué te quedas con él? ¿Porque es guapo? Sí lo es, por cierto.

—¿Por amor?

Él sonrió en reacción a su tono sarcástico.

—Seguro. Por *amor*. —Se rio por lo bajo—. ¿O acaso es tan bueno en la cama? —Cuando ella no respondió, él suspiró, cansado—. Aunque te quites de encima el mono, el circo siempre vuelve al pueblo.

Ella no sabía de qué estaba hablando.

Dylan se abrió paso entre el gentío y llegó a ellos.

—Franklin, qué bueno verte, como siempre. —Rodeó con su brazo la cintura de Ava y miró a uno y al otro como si hubiera sucedido algo turbio—. No sabía que ustedes dos se conocían.

—No nos conocemos. —El señor Moss aplastó otro cigarrillo, listo para irse.

Dylan apretó la cintura de Ava.

—Franklin trabajó para una de las agencias más selectas de la ciudad, hasta que una cierta actriz desertó y a él lo despidieron.

—De tal palo, tal astilla. Conoces la vida de todo el mundo.

—Nada es secreto cuando una actriz novata de perfil alto tiene una aventura con el director de su última película. Es bastante difícil manejar el daño luego de eso, ¿no te parece?

—Pamela llegará lejos.

—¿Tú crees? —La expresión de Dylan cambió por una de profunda empatía. Ava sabía que todo era una actuación—. Me enteré de que tu esposa te pidió el divorcio. Lo cual me lleva a preguntarme si los rumores de que llegaste demasiado lejos con tu cliente...

Los ojos del hombre mayor parpadearon por la ira y el dolor, pero rápidamente ocultó sus sentimientos. Se encogió de hombros.

—Como le dije a tu madre, las mujeres vienen y van.

—Este hombre es una leyenda, Ava. Se decía que él podía sacar a una callejera de una esquina y convertirla en una estrella de cine.

—Todavía puedo, aunque ahora soy un poco más selectivo.

—¿Encontraste a alguien?

—Sigo buscando. —Desvió la mirada hacia Ava.

—¿Qué tan selectivo? ¿Qué buscas? ¿Otra rubia explosiva?

—Lealtad. Eso es lo que busco. Lamentablemente, eso no existe en estos tiempos.

—Te equivocas. —Dylan le sonrió a Ava—. Ava es leal como un labrador. ¿No es así, nena? —Ava vio lo que venía y no vio la manera de poder desviar lo inevitable.

Franklin Moss volvió a mirarla y, esta vez, no solo a los ojos.

—¿Tiene algún otro talento, además de ser fiel?

—Su hermana me dijo que toca el piano.

—¿Lo hace bien?

—No tengo idea, pero debe ser buena. —Dylan se rio—. Tocaba en la iglesia. —Soltó a Ava cuando alguien lo llamó desde el otro lado de la sala. Levantó una mano como respuesta y les gritó que le dieran un minuto—. Llévatela a tu casa y ve qué puede hacer. —Guiñó un ojo—. ¿Quién sabe? Tal vez te sorprenda.

—¿Tú crees? No me sorprendo fácilmente.

—Como dice el dicho: el que no arriesga, no gana.

—Dylan. —Ava se odió por lo pequeña y desesperada que sonó. Estiró el brazo y se aferró al suyo.

Él se inclinó.

—Ve. Es mejor a que te pongan en un autobús de regreso. —Acercó sus labios al oído de Ava—. Prometí que te cuidaría, ¿cierto? —Ella lo vio marcharse, demasiado estupefacta y herida para hablar. Dylan retiró una copa de champaña de una bandeja y se sumó a cuatro jóvenes hermosas.

El cuerpo de Ava se estremeció. Se había terminado. Como si nada. Lo había perdido. Sabía que sería así. A la larga. Algún día.

No esta noche. No ahí mismo. No ahora mismo.

Una y cien veces se había dicho a sí misma que llegaría este día, pero ahora que el momento había llegado, sintió el impacto, la devastación.

—¿Te animas?

—¿Qué? —Ava miró sin expresión a Franklin Moss.

Él levantó una ceja.

—A mostrarme qué puedes hacer.

¿Qué opción tenía? Levantó un hombro:

—Supongo.

—Entonces, ven. El que no arriesga, no gana.

CAPÍTULO 8

Hay una temporada para todo,
un tiempo para cada actividad bajo el cielo.
ECLESIASTÉS 3:1

FRANKLIN MOSS SOSTUVO EL CODO de Ava mientras salían por la puerta principal de la casa de Lilith Stark. Ava tenía la sensación de que él creía que escaparía. Se le había ocurrido, pero ¿adónde ir? ¿Huir en medio de la noche? ¿Dormir en un banco de un parque? ¿Y luego qué? ¿Volver y suplicarle a Dylan que la aceptara otra vez? A él le encantaría eso. Le temblaba el estómago por la tensión. ¿Estaba tomando otra decisión equivocada? ¿Debía decirle a este hombre que había cambiado de parecer?

—Sé que tienes miedo. Puedo sentir que estás temblando. —El señor Moss la miró con tristeza—. Pero déjame que te dé una advertencia: si vuelves a entrar en esa casa, Lilith hará que Dylan te lleve a la terminal de autobuses más cercana. Ambos quieren deshacerse de ti.

—¿Cómo lo sabe? —¿Dylan estaba simplemente cumpliendo las órdenes de su madre?

—Tú también lo sabes. —Soltó el aire con disgusto—. Fue el beso de despedida más frío que vi en mi vida, y he visto muchos.

Los ojos se le llenaron de lágrimas y empezaron a arderle. Su respiración se agitó. Dylan la había dejado en las manos de un hombre mayor sin siquiera avisarle y, por una bravuconada, ella había aceptado. El señor Moss pasó un brazo por su cintura y se agachó.

—No les des la satisfacción de voltear a mirarlos ni derrames una lágrima donde puedan verte. Mantén la cabeza en alto. —Fue una orden.

Ella obedeció.

—No sé si hago lo correcto en irme con usted —dijo con voz temblorosa.

—Por el momento, no existe lo correcto. Solo tienes una escapatoria. —Lo dijo en un tono práctico—. Aguanta hasta que crucemos la reja. Entonces podrás llorar a mares, y despotricar y descargarte. Pero no lo hagas ahora. No aquí. Mírame. Sonríe. Hazlo como con ganas. Eso es.

Un Cadillac nuevo y brillante se estacionó frente a ellos y de él salió un empleado joven, vestido con uniforme negro y gorro.

—Su carruaje la espera, Cenicienta.

Ava se subió rápidamente, y el señor Moss cerró la puerta tras ella. Los temblores empeoraron. Sentía frío en todo el cuerpo. Apretaba y aflojaba las manos, a punto de estirarse para alcanzar la manija de la puerta y abrirla nuevamente. *Cumple con lo que dijiste, cobarde. El que no arriesga, no gana.*

Observó al señor Moss caminar alrededor del frente del carro. Habló brevemente con el joven, le entregó un billete doblado y luego se deslizó en el asiento del conductor.

—Vamos a ver al mago, el maravilloso mago de Oz —cantó en voz baja, afinada y le guiñó un ojo mientras ponía el carro en marcha y presionaba el acelerador. Ni bien pasó por la reja y dobló a la izquierda hacia la calle Tower, le dijo en voz baja—: Ahora, puedes llorar.

Ava volteó la cara para que él no viera las lágrimas que corrían por sus mejillas. Apretó los dientes. Su salvador dejó caer sobre su regazo un inmaculado pañuelo blanco con sus iniciales bordadas. Ella lo agarró, agradecida.

—Lo odio.

—Aún no, pero algún día reconocerás cómo es Dylan realmente. Si quieres consolarte de alguna manera, piensa que duraste más que cualquier otra joven que yo haya conocido y, hasta donde sé, nunca hizo ningún tipo de arreglo para las otras.

—Qué afortunada soy.

El señor Moss le echó un vistazo.

—Eres valiente. Eso me gusta.

Ella apretó fuertemente los ojos. *Qué tonta soy.*

—Debes darte a ti misma el crédito que mereces. Lograste sobrevivir al escorpión y a su hijo. Esos dos te agarran y te pican. Lilith vive de las vidas arruinadas. Su negocio consiste en conocer los últimos y los peores escándalos.

¿Cuánto le había contado Dylan?, se preguntaba Ava. Por otro lado, ¿a quién le importaría, de todas maneras?

—Creí que Dylan me amaba. —Quería creer con desesperación que alguien podía llegar a hacerlo.

—Dylan Stark es incapaz de sentir amor. Olvídate de él.

—Como si fuera tan fácil.

—No es fácil. Es necesario.

—¿Y si no tengo ningún talento? ¿Qué pasará entonces? —¿La lanzaría a la calle este hombre?

Él recorrió su cuerpo intencionadamente con su mirada.

—Empezaremos con lo que sí tienes, lo cual es muy bueno, realmente muy agradable. —La miró con ironía—. No pongas esa cara de miedo. No estoy buscando lo que crees.

Las emociones aún se agitaban en su interior. ¿Sería tan rudo como Dylan? Era más alto y más corpulento. No tenía ganas de hacer preguntas. Afortunadamente, Franklin Moss tampoco le preguntó nada a ella. Ni encendió el radio. Nunca había salido con Dylan a algún lado sin que fuera con la música a todo volumen.

Miró hacia otra parte. ¿La había amado Dylan alguna vez, aunque fuera por un instante? Solo había visto en él lujuria, sarcasmo y furia. Se había quedado porque le daba demasiada vergüenza llamar para pedir ayuda. Se había quedado para no tener que escuchar que se lo había buscado y que ahora debía soportar las consecuencias. Se había quedado por miedo. Se había quedado porque no sabía adónde ir. Se había quedado por cien motivos que no tenían sentido ni siquiera para ella. Ahora, se sentía perdida. Y el sentimiento no tenía nada que ver con su ubicación.

Este hombre trataba al carro de una manera distinta a Dylan. No conducía a una velocidad vertiginosa, tampoco tomaba a la carrera las esquinas ni pasaba pegado a los otros carros. Conducía rápido, pero completamente bajo control. No golpeaba el volante al ritmo de la música, pero lo sujetaba firmemente.

¿Realmente estaba ofreciéndole una oportunidad de salvarse, o era solo un cambio de cama? Sintió que un aire frío recorrió su cuerpo cuando tomó consciencia de los hechos. ¿Acaso importaba?

Pasaron una luz amarilla.

—¿Quieres volver?

—¿A Dylan?

—A la vida o a la familia que tenías antes de conocerlo.

—No. —Incluso si alguien hubiera tratado de encontrarla, no habría vuelto. Nunca regresaría a El Refugio—. No tenía una vida.

—¿Nada de nada? —Parecía escéptico.

—Ninguna de la que valga la pena hablar.

—¿Y qué hay de tu familia?

—No tengo familia. Nunca pertenecí a ningún lugar, realmente.

Él analizó sus palabras y a ella y luego miró fijamente la carretera.

—Es una de las primeras cosas que noté en ti: un aire de

misterio. Sobresalías. También te mantenías al margen, observando y siendo observada.

—¿Observada?

Soltó una risita al ver su expresión.

—¿No me crees? El único motivo por el que nadie intentó seducirte fue porque Lilith dijo que eras su sobrina. Nadie quería arriesgarse a su ira.

—Se habría puesto a bailar en la calle si alguien me hubiera alejado de Dylan.

—Entonces no entiendes nada. —La miró fríamente—. Ni siquiera ella se pondría en contra de Dylan.

No hablaron más. Lejano y pensativo, el señor Moss aceleró por las calles de Los Ángeles. No sabía adónde la llevaba ni le interesaba. De todas maneras, ¿qué importaba ahora? Los edificios eran más grandes y más altos, las luces más brillantes. Los carros saturaban un bulevar. Un teatro art déco sobresalía con sus luces de neón mientras su marquesina ostentaba el anuncio de *La dama y el vagabundo*. La película había terminado. La gente paseaba por las veredas. Su vida acababa de derrumbarse, pero el mundo a su alrededor seguía como de costumbre. Si desaparecía de la faz de la tierra, nadie la echaría de menos. Bien podía hacer lo que fuera para sobrevivir.

Se estacionaron frente a un edificio gris de ocho pisos con hombres y mujeres egipcios tallados en piedra. Un portero uniformado apareció cuando el señor Moss rodeó el carro para abrir la puerta de Ava.

—Buenas noches, señor Moss.

—Así es, Howard. —El señor Moss le entregó las llaves y dijo que no volvería a necesitar el carro esta noche. Ava sintió que su rostro se acaloraba. Se suponía que debía agradecer que la dejara pasar la noche aquí, aunque su audición no resultara como él esperaba. Sintió que él apoyaba su mano grande contra la parte baja de su espalda, presionándola para que avanzara a través de la puerta que Howard mantenía abierta para ellos—. Llena el tanque y revisa el aceite, por favor.

—Sí, señor.

Ava sintió más vergüenza que la noche que Dylan los registró en el Hotel Fairmont. El señor Moss era tan mayor como Peter Matthews, o de una edad parecida.

El elevador Otis los llevó al piso más alto. El señor Moss cruzó el corredor y abrió una puerta. Solo había otra puerta, bastante alejada y al otro lado del pasillo.

—Hogar, dulce hogar. —Él inclinó la cabeza y ella entró a un mundo blanco y negro. La sala de estar se veía espartana; los muebles eran funcionales, caros y modernos. Un conjunto de ventanas desplegaba la noche oscura y un edificio de departamentos al otro lado de la calle, con todas las luces apagadas. El único color de la sala provenía de tres grandes cuadros que colgaban de una pared blanca: tres imágenes distintas de un hombre con una toga corta abrazando a una silueta de mármol que aparentemente acababa de cobrar vida.

El señor Moss se quitó el saco negro del traje, lo dobló hombro con hombro y lo dejó sobre el respaldo de cuero blanco de una silla. Se aflojó la corbata negra y soltó el primer botón de su camisa blanca.

—La obra de Jean-Léon Gérôme. ¿Qué te parece?

Una diminuta señal de alarma sonó dentro de ella. La silenció. Parecía una colección de pinturas perfectamente apropiadas para un buscador de talentos.

—Pigmalión y Galatea.

—Qué niña tan inteligente.

Apartó la mirada de las pinturas y se dirigió a un piano de media cola que vio en un rincón.

—¿Usted toca?

—Algo, pero no has venido a escucharme. —Se paró detrás de

un mostrador—. Primero, un trago. Toma asiento. Estás más tensa que un reloj barato. Yo no quiero comprometer tu virtud.

Como si le quedara alguna virtud por comprometer. Se sentó al borde de un sofá blanco. ¿Cómo podía relajarse, cuando la próxima hora determinaría qué sucedería el resto de su vida? Escuchó el tintineo del hielo contra el cristal, el rechinar de una tapa que era desenroscada. El señor Moss caminó hacia ella y la estudió mientras le entregaba un vaso con un líquido oscuro y burbujeante. Ava frunció el ceño, recordando el club nocturno.

—¿Qué tiene?

—Qué desconfiada. Supongo que es producto de la experiencia.

Ella sostuvo la bebida fría entre sus manos heladas.

—Una vez, Dylan me dio una bebida que me hizo bailar sobre una tarima.

—¿Dónde fue eso?

—En North Beach. San Francisco.

Él profirió un sonido despectivo.

—Dylan nunca ha tenido nada de sofisticación. —Su expresión cambió por una de curiosidad—. ¿Lo hiciste bien?

—Lo suficiente como para que empezara una pelea y el lugar se llenara de policías. —O, al menos, eso le había dicho Dylan. Ella no recordaba mucho de esa noche.

Él le indicó el vaso que tenía entre sus manos.

—Es ron con Coca Cola. No pareces la clase de chica que bebe *whisky* con hielo. Y jamás te daré drogas, a menos que lo sepas y que las haya recetado un médico.

Hablaba como si todo estuviera resuelto. Bebió un sorbo para probar. En general, no le gustaba el alcohol, pero esto tenía buen sabor.

El señor Moss se sentó en el otro extremo del sofá con una expresión amena. Parecía lleno de confianza en sí mismo, perfectamente a gusto. A pesar de la distancia que había entre ambos, ella lo sentía tenso, con un nerviosismo subyacente, expectante. Había dicho que esta audición no se trataba de sexo, pero ella todavía lo dudaba. Él apoyó su brazo sobre el respaldo del sofá.

—Algunas cosas que, quizás, quieras saber sobre mí antes de que lleguemos a tu audición. —Su sonrisa era irónica, como si pudiera leer sus pensamientos.

Hizo un monólogo resumiendo su vida. Se había graduado en la Escuela de Negocios de Harvard y había sido aprendiz en una agencia de Nueva York que trabajaba con actores de Broadway, antes de venir al oeste e incorporarse a la agencia de artistas más prestigiosa y poderosa de Hollywood. Le había ido bien, consiguiendo varios clientes que llegaron a ser grandes estrellas. Nunca en su vida lo habían despedido, aunque los rumores dijeran lo contrario. Había ganado mucho dinero y todavía tenía la mayor parte de él. Desde que dejó la agencia, había firmado contratos con varios actores, cada uno de los cuales ahora tenía trabajo fijo y eso significaba ingresos fijos también. Le gustaba apostar. Había estado en busca de otro proyecto. Y sí, había tenido una aventura amorosa con Pamela Hudson, la estrella, y efectivamente había causado mucho dolor, y por último, pero no menos importante, su esposa lo había abandonado y se había llevado consigo a sus dos hijos. No es que le importara mucho. Se habían casado muy jóvenes y habían crecido en direcciones opuestas.

—Divorciarse nunca es sencillo y, a veces, es muy caro. Lo que más lamento es lo que esa aventura les hizo a mis hijos. No me han perdonado por haber engañado a su madre.

—¿Y su esposa?

—Tiene la casa de Malibú, que los hace muy felices a ella y mis hijos. A ellos les gusta la playa. Yo tengo este departamento, que me hace feliz. Me gusta estar cerca de la acción.

Todo lo que le había dicho llegó demasiado rápido para que pudiera absorberlo.

—¿Cuántos hijos tiene?

—Un muchacho y una chica, de quince y trece. —Terminó de

beber su *whisky* y se levantó para servirse otro—. Mi hija desearía cortarme la cabeza y entregársela a su madre en una bandeja. Mi hijo no me habla. Son los efectos colaterales de Pamela.

—¿Todavía está enamorado de ella?

—Me arrepiento más por mi esposa que por ella. Qué le vamos a hacer. —Se rio ásperamente—. En este momento, mi único interés en cualquier mujer es profesional. Fue necesario que la gallina de los huevos de oro volara al nido de otro hombre para que entrara en razón. Lo bueno es que invertí la comisión que cobré por Pamela antes de que desplegara las alas y se fuera. —Sonrió sin ganas—. No es que haya llegado muy lejos. Está embarazada. Para cuando tenga al bebé y recupere su cuerpo, la habrán olvidado. Y a su matrimonio le doy dos o tres años, cuando mucho. Del divorcio sacará un par de millones, pero no la carrera que imaginó cuando enganchó a su director. No la que podría haber tenido, si hubiera mantenido su trayectoria. —Encogió los hombros—. Por lo menos tendrá lo suficiente para no tener que volver a trabajar de mesera.

—¿Esa historia es cierta? —Ella y Penny habían leído sobre Pamela Hudson en una revista de cine—. ¿De verdad la conoció en un restaurante?

Su sonrisa estaba llena de cinismo.

—Se inclinó para servirme café. Digamos que le di un buen vistazo a sus atributos y perdí la cabeza. —Se levantó y tomó el vaso semivacío de Ava—. Parece que te sientes mejor.

Tal vez era su franqueza, su trato de hombre de negocios.

—¿Le gustaría que tocara para usted, señor Moss?

—Adelante. —Se sirvió otra bebida—. Soy todo oídos.

Pasó una mano sobre las teclas para probarlo; el piano estaba perfectamente afinado. Poniéndose cómoda en el banco, tocó escalas y acordes para entrar en calor. Había pasado toda una vida desde la última vez que había tocado. Se sentía más en casa ahora que desde que partió de El Refugio.

Se relajó. La música fluyó a raudales en su mente y tocó lo que conocía mejor, un popurrí de himnos. Cada nota le recordaba a Mitzi, al pastor Ezekiel, a Joshua, a la iglesia llena de personas que conocía de toda la vida. Levantó las manos abruptamente y las apretó.

—¿Algún problema con el piano?

—No. —Hizo una pausa—. No creo que esté tocando lo que la mayoría de las personas quiere escuchar. Eso es todo. —Él estaba sentado en el taburete del bar, observándola atentamente—. ¿Qué le gustaría que toque?

Él parecía sorprendido.

—¿Estás dándome a elegir? Toca lo que quieras.

Empezó con la *Tocata y fuga en re menor* de Bach. Luego, «Claro de luna» de Debussy se derramó de sus manos. Pensó en Dylan y tocó «Your Cheatin' Heart» de Hank Williams, y «Crying in the Chapel» de los Orioles. Alejándolo de sus pensamientos, buscó otra inspiración y Mitzi apareció en su mente. Ava contuvo las lágrimas y se lanzó a una entrega apasionada de «Maple Leaf Rag». Cuando el señor Moss empezó a reírse, Ava se detuvo. Levantó sus manos con los dedos extendidos, el corazón en pedazos. ¿Qué le parecía tan gracioso?

—Bueno, ¡me sorprendiste! Y créeme si te digo que no me sorprendo muy a menudo. —Terminó su trago y dejó el vaso sobre el mostrador—. Dylan no tenía idea de que podías tocar así, ¿verdad?

—Sabía que tocaba en la iglesia.

—Indudablemente no es su tipo de música. Ya dijiste que bailas. ¿Sabes cantar?

—Bailé cuando estaba ebria por algo —lo corrigió ella—, no sabía qué estaba haciendo. Y supongo que puedo cantar como cualquier otra persona. Probablemente también podría cantar tirolés, si alguien me enseñara cómo.

Él levantó una mano como si quisiera impedir que siguiera hablando.

—No importa. Tienes la gracia de una bailarina. Tu tono de voz es agradable. ¿Sabes qué? Tienes todos los requisitos. —Se veía entusiasmado, con los ojos relucientes—. Podemos hacerlo.

—¿Hacer qué?

—Convertirte en una estrella.

Ella se quedó mirándolo. ¿Hablaba en serio? Su corazón palpitaba.

—Tendremos que trabajar duro. Yo estoy dispuesto. ¿Y tú?

Se contagió de su entusiasmo.

—Puedo trabajar duro, señor Moss. —Estaba dispuesta pero nerviosa—. Pero ¿dónde voy a vivir?

—Aquí. Conmigo. Y no me mires así. Tengo dos habitaciones extra, y tienen llaves en las puertas. Ven. —Hizo un gesto con la cabeza para mostrar el camino—. Echa una mirada.

Todavía nerviosa, Ava lo siguió por un pasillo. Pasaron por una puerta abierta que daba a una habitación con azules y marrones masculinos, una cama doble, y láminas firmadas y enmarcadas de Yogi Berra, Bob Grim y Joe DiMaggio. Abrió otra puerta y le mostró una habitación más femenina, bellamente decorada en tonos pastel: rosado, verde y amarillo. Tenía muebles blancos estilo francés provenzal: una cama matrimonial, una cómoda, mesas de luz y lámparas. Incluso tenía baño privado con una bañera con patas estilo garra y una ducha separada, baldosas rosadas y blancas, espejos con marcos bañados en oro, y toallas y alfombras en verde claro. A Penny le habría encantado.

—Esta es mi oficina. —El señor Moss abrió otra puerta, al otro lado del pasillo, que dejó a la vista un cuarto más grande, con una enorme silla giratoria de cuero marrón, un escritorio color caoba con archivos apilados y un teléfono. Junto a él había una caja fuerte de hierro. Contra la pared, había cuatro archiveros. Se veían afiches de películas y fotos brillantes de celebridades; la de Pamela Hudson estaba notoriamente ausente. A un costado de su escritorio, había una máquina de escribir con bandejas apiladas de papel y útiles de oficina. Le dio un momento para que contemplara todo y, luego, la condujo a la puerta que estaba al final del pasillo.

—Esta es mi habitación. —Abrió la puerta de una suite mucho más grande que la sala de Peter y Priscilla. Estaba llena de madera oscura, telas suntuosas e identidad masculina. Cuando él entró, Ava no lo siguió. La miró, desvió la vista hacia su cama extragrande y volvió a mirarla con una sonrisa sarcástica—. ¿No?

Se preguntó si todo dependía de que dijera sí. Tragó con dificultad. El señor Moss no la presionó ni se mostró decepcionado. Salió de la habitación y cerró la puerta tras de sí.

—Otra novedad. —Le sonrió—. Buena chica.

Ella lo siguió de vuelta a la sala.

—Hora de tomar una decisión, Ava. —Volvió a sentarse en el extremo del sofá, relajado, atento—. Puedes volver a la calle Tower y rogarle a Dylan que te acepte de vuelta, sabiendo que no lo hará. O puedes mudarte conmigo esta misma noche, trabajar conmigo y convertirte en una estrella. ¿Cuál es tu decisión?

¿Era realmente algo seguro? Estaba parada al borde de un precipicio, temblando.

—Da el salto. —Se rio suavemente—. Cualquier otra muchacha se lanzaría de cabeza ante la oportunidad que te estoy ofreciendo. Pero tú no eres como las otras, ¿verdad? Lo supe la primera vez que te vi. Hace un tiempo que vengo observándote.

Ella lo recordó parado junto a la piscina.

—¿Dylan lo sabía?

—Es lo más probable. —Sonrió sin gracia—. ¿Qué quieres, Ava?

—Quiero ser... —Sintió un nudo en la garganta que le impidió terminar de hablar.

—¿Rica y famosa?

—Alguien.

No quería seguir siendo invisible. No quería ser la niña descartable. No quería ser la novia que había desechado Dylan. Dylan iba a arrepentirse de haberse librado de ella. Penny y su grupito de amigas la envidiarían. Iba a ser *alguien*.

—Te convertiré en eso y más. —Se puso de pie con un aire de satisfacción, totalmente decidido—. Volvamos a mi oficina. —Caminó con determinación. Abrió un cajón, buscó entre los archivos y sacó dos documentos. Los dejó caer sobre el cuero negro de la carpeta del escritorio, sacó una pluma estilográfica plateada y negra del cajón superior y la apoyó sobre los papeles. Arrastró el sillón hacia atrás—. Siéntate. Lee. Toma todo el tiempo que necesites. Pregúntame lo que quieras.

—Ni siquiera sé qué preguntar.

Él parecía inexplicablemente triste.

—¿De dónde saliste, niñita?

—Nací debajo de un puente y fui abandonada para que muriera. —No había tenido la intención de decir eso.

Él ladeó la cabeza analizándola.

—Linda historia.

—Es verdad.

—Obviamente alguien te encontró.

—Y luego me entregó. —Y, ahora, Dylan también la había entregado. ¿Qué haría este hombre con ella?—. Nadie ha querido nunca tenerme cerca por mucho tiempo.

Frunció un poco el ceño, sondeando el rostro de Ava, luego descartó la idea.

—Si firmas ese contrato, te pondrás en mis manos por un largo tiempo. Y yo te convertiré en alguien que todo el mundo querrá.

¿Realmente podía hacer eso? Ella lo analizó un instante y vio que él lo creía. Ella también quería creerlo. Ava tomó la pluma, hojeó las páginas y firmó en el renglón vacío.

—El ímpetu de los jóvenes. —El tono del señor Moss era enigmático. Le quitó la pluma de los dedos. Cuando se inclinó sobre ella, Ava sintió el calor que irradiaba su cuerpo, la tibieza de su aliento en su cabello. Él firmó en la línea debajo de la suya con una floritura. Hojeó la segunda copia y señaló. Ella volvió a firmar. Él la firmó y devolvió la pluma al cajón, abrió la caja de seguridad y metió una copia adentro. Inclinó la cabeza hacia la copia que todavía estaba en el escritorio—. Deberías guardarla en un lugar seguro.

—¿Dónde sugiere que lo haga? ¿Debajo de mi ropa interior?

Él se rio y extendió la mano.

—Dámela. —La lanzó dentro de la caja fuerte con su copia, cerró la puerta y giró el disco. Abrió una caja de fichas, sacó una, anotó un número telefónico en un bloc de papel, levantó el teléfono y marcó. Sonriendo con confianza, le guiñó un ojo—. ¡Dylan! Mi joven amigo. Llamé para agradecerte. ¿Que quién habla? Franklin Moss. ¿Quién más?... ¿Son las dos de la mañana? No imaginé que estarías acostado tan temprano... No, no estoy borracho. Todo lo contrario. Me siento mejor de lo que me he sentido en mucho, mucho tiempo. —Volvió a escuchar. Luego, se rio—. En respuesta a esa pregunta, sí, me sorprendió. Acabo de hacerla firmar. —Apoyó una cadera contra el escritorio y le dedicó una sonrisa de oreja a oreja—. Dylan, ¿todavía estás ahí?... Sí, eso es exactamente lo que dije. —Arrancó el papel con el número telefónico, lo arrugó y lo lanzó al cesto de la basura—. Siempre sé lo que hago... No, no te molestes en mandarle nada. Ella empezará una nueva vida. —Dejó caer el receptor en la horquilla—. ¡Fin! Eso, mi niña, es el fin de una era oscura. Ha llegado un nuevo día.

Si tenía alguna idea de volver, ya era demasiado tarde.

—¿Qué dijo Dylan?

—Quiso saber qué tan bien habías tocado.

—No se refería al piano.

—Es cierto. —Los ojos del señor Moss adquirieron un fulgor duro—. Pero él no sabe que eso es lo único que hiciste.

Le dio otra bebida a Ava, luego dijo que era hora de ir a dormir.

Unos minutos después, golpeó su puerta, y el corazón de Ava dio un brinco, alarmado.

—Mi esposa dejó algunas cosas. —Le entregó una pila de ropa—. Por ahora, esto te servirá. Mañana iremos de compras. —Parecía vagamente divertido—. Cierra la puerta con llave, si eso te hace sentir más segura.

Ava apenas durmió. Siguió mirando el reloj sobre la mesa de luz. Divagando entre la desesperación por Dylan y la esperanza de que podrían llegar a cumplirse los sueños que Franklin Moss le había sembrado. Si trabajaba y se esforzaba lo suficiente, ¿tendría su recompensa?

—¡Terminé! —gritó Gil, saliendo del otro lado del techo del bungaló—. ¿Cómo vas tú?

—Aún me faltan dos. —Joshua clavó las últimas tejas y se levantó, metiendo el martillo en su cinturón portaherramientas. Se sacó las rodilleras y las arrojó.

—¡Desde aquí abajo se ve genial! —gritó Harold Carmichael desde la vereda, donde estaba sentado observando desde su silla de ruedas—. ¡Muchachos, han hecho un trabajo estupendo! Donna y yo estamos sumamente agradecidos.

Su anciana esposa estaba parada junto a él y sostenía la silla de las manijas.

—Hay limonada y galletas en la cocina para cuando estén listos, caballeros.

Gil empezó a bajar la escalera.

—Tiene un interesado, señora Carmichael.

Joshua bajó después. Ni bien puso los pies sobre la tierra, quitó los seguros de la escalera extensible, plegó los tramos y la subió a su camioneta. El bungaló de Harold y Donna ya estaba impermeabilizado. No había forma de que hubiera otra filtración cuando llegaran las lluvias del invierno.

El señor Carmichael parecía preocupado.

—Deberíamos pagarte algo, Joshua.

Joshua le agarró la mano con delicadeza, cuidando de no lastimar los dedos tullidos y artríticos del hombre.

—Es nuestra manera de agradecerles a ambos todos los años de fidelidad a la familia de la iglesia.

—¿Alguna vez te agradecí por la rampa?

Joshua se rio.

—Sí, señor. Lo hizo. —Unas cien veces.

—Amo mi casa, pero estaba empezando a sentirla como una celda de prisión.

La señora Carmichael empezó a empujar la silla de ruedas.

—¿Qué les parece si vamos adentro para que Joshua y Gil puedan tomar un refrigerio?

Joshua levantó las manos de la anciana.

—Permítame. —Ella lo miró con gratitud y se adelantó, mientras él subía al señor Carmichael por la rampa. Mantuvo abierta la puerta mosquitera. Gil los siguió.

El señor Carmichael estaba pensando en otras cosas.

—Tendré que pedir un poco de leña.

—Dígame cuánto quiere —le ofreció Gil rápidamente—. Puedo traérsela la semana próxima. No me molestaría deshacerme de una cuerda. De otra manera, se pudrirá. Siempre cae algún árbol en el bosque, y me gusta mantenerlo lo más despejado que puedo para disminuir el riesgo de incendio. Me haría un favor si la acepta.

—Aun así, quiero pagarte algo.

—De acuerdo. Quiero dos docenas de galletas de canela y un par de frascos de esas jaleas de granadas y membrillos que hace su esposa.

Donna Carmichael rebosaba de alegría.

—Puedo darte los frascos de jalea hoy mismo, pero tendrás que esperar por las galletas. Hice dos docenas, pero Harold las encontró primero. —Palmeó suavemente los hombros de su esposo—. Es un goloso.

—Yo también —se rio Gil. Terminó la galleta y bebió el vaso de limonada—. Lo lamento, señores y señora, pero tengo que irme corriendo. El miércoles traeré una camioneta con leña. ¿Qué les parece?

—Cuando quieras, Gil, y gracias de nuevo. —El señor Carmichael giró su silla y lo acompañó a la puerta delantera.

Donna tomó el vaso de Joshua y volvió a llenarlo sin preguntar. Tenía algo para decir. Él esperaba que fuera sobre la salud de su esposo.

—Hace varios días que tengo a Ava en mente. ¿Has recibido alguna noticia de ella?

Habían pasado casi dos años, pero la sola mención de su nombre todavía despertaba emociones en él.

—Ni una palabra. —Nadie había recibido una sola nota de Ava en todo ese tiempo. ¿Acaso se había olvidado de todas las personas que la habían querido? ¿Se había olvidado de él?

Joshua vació el vaso de limonada, lo enjuagó y lo dejó en el mostrador.

—Ava vendrá a casa cuando esté lista. Solo hay que seguir orando. —Le apretó un hombro. Gracias por la limonada y las galletas.

El señor Carmichael se dirigía a la puerta de la cocina.

—¿Tú también te vas? —No trató de disimular su decepción.

—Harold —dijo su esposa con ternura—. El pobre muchacho ha estado trabajando en el techo toda la mañana. Es sábado. Probablemente tenga una cita con una chica.

Joshua solo había salido un par de veces desde que él y Lacey Glover tomaron la decisión de dejar de verse. Quizás debía empezar a mirar a su alrededor. No se estaba haciendo más joven.

—Los veré mañana en la iglesia.

Mientras volvía al centro, reconoció a una vieja amiga que iba caminando por la acera y se detuvo. Estrechándose sobre el asiento, bajó la ventanilla del acompañante.

—¡Sally Pruitt! ¿Cuándo volviste a casa? —Había adelgazado y se había cortado el cabello castaño muy corto, lo cual le quedaba muy bien.

Sally sonrió, gratamente sorprendida.

—Qué coincidencia más graciosa. Estaba esperando encontrarte, Joshua. —Se acercó y apoyó los brazos en la puerta de la camioneta—. Dichosos los ojos que te ven.

—Tú también te ves bien. ¿Quieres dar una vuelta?

—Me encantaría. —Abrió la puerta y entró—. ¿Sabes qué me gustaría más? Una malteada de fresa en la Cafetería de Bessie. He estado caminando por dos horas alrededor del pueblo y creo que necesito algo que me tranquilice.

—¿Por el calor o por algún problema?

—Los hijos no pueden volver a casa sin que los padres quieran convertirse en padres otra vez, y yo ya estoy crecidita. Me fui de casa la semana después de la graduación de la preparatoria, por si no lo recuerdas.

No lo recordaba, pero sabía que era mejor no reconocerlo. Puso la camioneta en marcha.

—¿Te quedarás a pasar el fin de semana, o más tiempo?

Su expresión franca de placer se desvaneció.

—Vine para... —Encogió los hombros—. Pensar.

—¿Debería preguntarte en qué estás pensando?

—Qué quiero de la vida.

—¿Tienes alguna idea?

Sally lo miró.

—Siempre tuve una idea, pero nunca resultó como la había soñado.

Joshua se estacionó a la vuelta de la Cafetería de Bessie. Sally salió de la camioneta antes de darle la oportunidad de abrirle la puerta. Caminaron lado a lado. Cuando Sally estiró la mano para abrir la puerta, Joshua se adelantó.

—Permíteme ser un caballero.

Ella se rio entrando delante de él y le habló por encima del hombro:

—He vivido en una ciudad donde la mayoría de los hombres sueltan la puerta para que te dé en la cara o te golpee la espalda.

—Las cosas no fueron siempre así.

—Los tiempos cambian, Joshua. Yo he cambiado con ellos.

—Espero que no demasiado.

Susan y Bessie los saludaron. Bessie abrazó a Sally y le dijo qué bueno era verla. ¿Había traído su tarea escolar? Ambas rieron. Susan le pidió a Joshua que saludara a su padre de parte suya. Bessie los acomodó en el rincón de atrás, junto a las ventanas que daban a la calle lateral, donde se había estacionado. Le entregó un menú a Sally y miró a Joshua con una sonrisita, antes de entregarle uno. Él negó con la cabeza. ¿Qué les pasaba a las mujeres? Bessie siempre quería buscarle una pareja.

Sally dejó el menú a un costado, cruzó los brazos sobre la mesa y estudió a Joshua.

—Te ves diferente, Joshua.

Él dejó su menú encima del de ella.

—Estoy más viejo.

—Más viejo, más sabio, un poco maltratado y magullado.

—Fui paramédico en Corca.

—Es más que la guerra, Joshua.

Joshua sabía a dónde se dirigía. Ella se había enterado acerca de Ava y, como muchos otros, buscaba información.

Bessie se acercó a ellos.

—¿Qué puedo traerles?

Sally ordenó una malteada de fresa; Joshua pidió lo habitual: un café negro. Sally observó a Bessie alejarse y luego encaró a Joshua.

—Bessie dice que tu papá viene mucho por aquí. ¿Por algún motivo en particular? —Era claro que ya le habían llenado la cabeza con alguna idea.

—A papá le gusta más la comida de Oliver que la suya.

Sally levantó las cejas.

—¿Estás diciendo que no tiene nada que ver con Susan Wells?

—Digo que no se puede evitar que la gente especule. —Joshua sabía que Susan nunca había hecho algo que pudiera generar cuestionamientos sobre su conducta o la de su papá. Quizás esa era la razón por la que tanto le gustaba a papá buscarla con frecuencia. A veces Joshua se preguntaba a dónde los llevaría esa amistad que iba profundizándose entre ellos. La fotografía de mamá todavía estaba en su mesita de luz, y su retrato de boda aún estaba sobre la repisa de la chimenea.

—¿Y tú, Joshua? ¿Estás saliendo con alguien?

—Sí. —Se rio—. Estoy afuera contigo.

—Sabes de qué hablo. Supe que tú y Lacey Glover salieron por un tiempo.

—No estoy saliendo con nadie en este momento. —La miró con seriedad—. Lacey y yo seguimos siendo amigos.

—Está bien. —Suspiró ella y encogió los hombros levemente—. Te seguiré el juego.

Algunas cosas debían quedar en claro desde el comienzo.

—Yo no juego, Sally, especialmente cuando tiene que ver con los sentimientos de alguien. Nunca lo hice. Nunca lo haré.

Ella se sonrojó.

—Siempre me gustaste, Joshua. —Su sonrisa se tiñó de tristeza—. Nunca tuve que preguntarme qué pensabas de mí.

Bessie les trajo su pedido. Le hizo un gesto con la cabeza a Sally.

—Dime si la malteada está bien. —Llenó la taza de Joshua con un café humeante y negro. Sally metió obedientemente una cuchara de mango largo en el vaso de metal alto y escarchado. Puso los ojos en blanco dramáticamente y dijo que estaba divina, absolutamente divina. Bessie arqueó una ceja—. ¿Cómo se están llevando tú y tu madre?

Sally encogió los hombros.

—Estamos adaptándonos la una a la otra. Todavía somos dos

cabeza dura, y la suya sigue siendo más dura que la mía. Es probable que venga aquí a menudo como antes.

—Ven cuando quieras, cariño. Siempre eres bienvenida. —Se fue a atender a los otros clientes.

Sally preguntó si Joshua alguna vez veía a Paul Davenport, a Dave Upton o a Henry Grimm. Paul Davenport trabajaba en la hacienda de manzanas de su padre y no venía mucho al pueblo. Dave Upton se había ido a la USC con una beca para jugar fútbol americano. Poco después de graduarse, se había casado con una animadora de los Trojans. Joshua se enteró de que el padre de ella era directivo de un estudio. Paul le había contado que Dave y su esposa se habían instalado en Santa Mónica. Henry y Bee-Bee Grimm habían tenido un mal comienzo, pero ahora estaban felizmente casados y esperaban a su tercer hijo. No mencionó que su primer bebé había llegado solo seis meses después de la boda. Brady Studebaker se había quedado a cargo del negocio de su padre sobre la calle principal. Sally seguía en contacto con Janet Fulson. Estaba casada y se había establecido en el Valle Central y tenía dos hijos. Su esposo manejaba una estación de servicio en la autopista 99, en Bakersfield.

Sally revolvió su malteada con la pajilla.

—Una vez estuve a punto de casarme. ¿Sabías que hace dos años estuve comprometida?

—Lacey lo mencionó. ¿No se llamaba Darren?

—Darren Michael Engersol. Rompimos dos meses antes de la boda. —Levantó un hombro con un gesto de indiferencia y le dio un sorbo a su malteada—. Decidió que no estaba listo para comprometerse para estar toda la vida con alguien, y luego se casó con otra a los cuatro meses.

—Ay. —Joshua hizo una mueca de dolor—. Eso debe haber dolido.

—No tanto como uno podría pensar. —Lucía seria—. Es mejor saberlo antes de que sea tarde. Y, para decirte la verdad,

Joshua, yo misma tenía mis dudas. Darren era un tipo simpático, realmente agradable, pero...

—¿Pero qué?

—No dejaba de pensar en mamá y papá, y cómo se gritaban. No creí que se amaran en absoluto. Discutían todo el tiempo; era lo único que hacían. Luego papá murió, y vine a casa y vi cómo eran las cosas. Mamá está completamente destrozada sin él. Nunca vi a nadie sufrir como ella. —Sus ojos se llenaron de lágrimas—. Vaya sorpresa. Al fin y al cabo, sí lo amaba. —Soltó el aire rápidamente y sacudió la cabeza, como si estuviera deshaciéndose de las emociones que surgían en su interior—. Te aseguro que fue una revelación.

Metió y sacó la pajilla de la malteada.

—Darren y yo nunca peleamos. No recuerdo una sola vez que nos hayamos levantado la voz. —Se rio sin ganas—. Nada de fuego. Ni una chispa. A fin de cuentas, tuvimos una relación bastante aburrida.

—Entonces, ¿buscas una pareja de combate?

—¡No! Bueno, quizás. Ah, no sé. —Lo miró y le sonrió como autocriticándose—. Eso es lo triste de todo esto. No sé qué clase de tipo estoy buscando.

—Tal vez deberías dejar de buscar y dejar que Dios te traiga uno.

Lo miró fijamente.

—Sabes que estuve muy enamorada de ti desde el jardín de infantes hasta el año que nos graduamos de la preparatoria, ¿cierto?

El rostro de Joshua se puso rojo.

—¿En serio?

El rostro de Sally se iluminó.

—No sabía que un hombre pudiera sonrojarse.

—Gracias. Eso me está ayudando mucho.

—Tú lo sabías. —Se rio ella—. Tus compañeros me fastidiaban sin piedad hasta que les dijiste que dejaran de hacerlo.

—Me sentía honrado, Sally.

—Te sentías honrado. —Lo miró con humor—. Tan honrado que nunca me preguntaste si quería salir contigo. Ni una sola vez, Joshua. Me dolió mucho. —Lo dijo como si estuviera tomándole el pelo, pero Joshua tenía sus dudas. Ella ladeó su cabeza y sonrió apenas—. No tenías ganas de darme falsas esperanzas, ¿verdad?

—En esa época no estaba interesado en las chicas.

—Ah, sí, lo estabas —se rio ella—, pero solo en Ava.

Justo cuando pensó que las cosas no podían empeorar más.

—Era solo una niña.

—Sí. Bueno, supe que una noche tuviste una gran discusión con ella cuando salieron del cine, y eso no fue mucho antes de que ella desapareciera con algún chico malo del sur de California. —Sally observaba su rostro en busca de respuestas. Parecía impaciente—. ¿Estabas enamorado de ella?

—Sí.

—¿Todavía lo estás?

—No lo sé. Hace mucho tiempo que se fue.

—Esa no es una respuesta, Joshua.

Sabía que no era una conversación casual. Ya no eran colegiales. La mayoría de sus amigos estaban casados y habían formado una familia. Ella quería tener las cosas en claro. Así sería.

—Ya no sigo esperándola, si es lo que preguntas.

Ella terminó su malteada y dejó el vaso al borde de la mesa. Bessie se acercó.

—¿Cómo estuvo?

Sally sonrió ampliamente.

—¡La mejor de todas, Bessie!

—Dices eso cada vez. —Bessie miró a uno y a la otra—. Qué bueno verlos a ustedes dos, sentados aquí, lindos y cómodos, teniendo una buena charla.

—Olvídalo, Bessie. —Sally puso cara de tristeza—. Me lancé y Joshua me esquivó.

Joshua sacó su billetera.

—Y justo cuando estaba a punto de invitarte al cine.

—¿Estás bromeando? —Sally se rio, sorprendida.

—A menos que prefieras ir a los bolos. Hay un lugar nuevo al otro extremo del pueblo. —Joshua salió del reservado y tendió su mano para ayudarla a salir. Tan pronto como se incorporó, ella soltó su mano y caminó junto a él mientras se dirigían a la puerta. Esta vez no extendió su brazo para abrirla y le sonrió cuando salió. A él siempre le habían gustado sus hoyuelos.

—¿Sabes qué película están dando?

—Claro. —Sonrió—. *La dama y el vagabundo*.

—Ohhh. —Ella abrió los ojos debidamente—. ¡Suena muy atrevida!

Estuvieron conversando en la fila durante casi media hora, antes de llegar a la boletería. Joshua volvió a hacer otra fila para comprar hot dogs, palomitas de maíz, refrescos y chocolates de menta, antes de que entraran al cine. Sally enlazó su brazo con el de él. El cine se estaba llenando rápidamente y encontraron asientos al lado derecho, en el medio. Joshua recordó la noche que trajo a Ava al cine y que ella miraba con ojos hambrientos a Dylan, quien lo miró directamente a él, engreído y triunfante, desafiándolo a que intentara retenerla, si podía.

Dondequiera que Ava estuviera ahora, fuere lo que fuere por lo que estuviera pasando, él no podía dejar que su imaginación elaborara respuestas. Si pensaba en todas las tristes posibilidades, se volvería loco.

Sally lo miró.

—¿Estás bien?

Joshua dejó que el pasado y Ava se esfumaran. Había un tiempo para todas las cosas. No podía ir a rescatarla. Solo Dios podía salvarla.

—Hace tiempo que no venía a este lugar. —No desde que estuvo con Ava. No desde una última cita amistosa con Lacey, antes de que ella se fuera a vivir a otra parte. Se obligó a volver al presente.

—Yo también.

Bajaron las luces y comenzó la música. Joshua se relajó, disfrutando la compañía de Sally.

A la mañana siguiente, Ava se despertó cuando el señor Moss llamó a su puerta.

—Abre la puerta. —Ella se puso una bata y abrió la cerradura. Él le entregó una bolsa pequeña de papel—. Cepillo de dientes, pasta dentífrica, ropa interior de algodón. Espero que sea la talla correcta. Hay un cepillo en la gaveta del baño. Date una ducha. No te molestes en lavarte el cabello. Solo vístete y ven a la cocina.

Se bañó y se secó apresuradamente. La ropa interior blanca le quedaba perfecta. El sostén y la blusa blanca de su esposa eran demasiado pequeños; los capri negros le quedaban sueltos; los zapatos bajos le quedaban grandes. Se peinó el cabello y lo recogió en una cola de caballo, usando una banda elástica que encontró en la gaveta del baño.

El señor Moss dejó a un costado un periódico y se paró. Estaba vestido con un pantalón beige y una camisa blanca. Acercó una silla para ella.

—Siéntate. No tenemos mucho tiempo. Esta mañana tienes una cita en la peluquería de Murray. El mismísimo mago trabajará en ti, no uno de sus subordinados. —Colocó frente a ella una caja de cereal de trigo—. Come.

Ella sirvió el cereal en un tazón de porcelana azul y blanca.

—¿Puedo ponerle un poco de leche y azúcar?

Él dejó una caja frente a ella.

—El yogur es mejor para ti.

—¿Qué es esto? —dijo, frunciendo el ceño.

—Solo sírvelo sobre tu cereal y cómetelo. No hay tiempo ahora para una clase de ciencias. —Él ya había terminado y dejado su tazón en el fregadero—. Tenemos un gran día por delante. —Trazó el plan y habló tan rápido que ella se preguntó si debería estar tomando notas. Su cita en la peluquería apenas era la primera parada—. Ya le dije a Murray qué estilo quiero.

Una rubia, sin dudas. Los hombres parecían enloquecer por las rubias.

—Él hará que alguien te maquille y te arregle las uñas. —La miraba como si fuera un bicho debajo de una lente—. Luego iremos a comprar algunas cosas, a buscarte un atuendo apropiado, antes de ir a almorzar al lago Toluca para ver cómo están las aguas. —No le dio tiempo para preguntar qué significaba eso. Sonó el teléfono. Él se levantó, cruzó la sala y contestó—. Ya estamos bajando. —Colgó—. Vamos.

Un taxi amarillo esperaba estacionado junto al cordón de la vereda. El señor Moss le dio indicaciones al conductor y le pagó por adelantado. Apoyó una mano en el hombro de Ava.

—Ve en el elevador al sexto piso y dile a la recepcionista que yo te envié. Murray te hará un montón de preguntas. No le cuentes la historia de tu vida. Todavía no la he compaginado. De hecho, cuanto menos hables, mejor. Recuérdalo. Es importante. —Mientras la evaluaba, sonrió un poco. Le dio unas palmaditas en la mejilla, de manera paternal—. Sé valiente, pequeña. Vas a comenzar un viaje con el que otros solo sueñan.

El salón de Murray tenía un sector de espera donde había sillas de terciopelo, pilas de revistas y una recepcionista deslumbrante detrás de un mostrador. Ava le dijo que Franklin Moss la había enviado.

—Le avisaré a Murray que está aquí. —La joven sonrió—. Por favor, póngase cómoda. —Ava se sentó y miró unos ejemplares de *Photoplay*, *Silver Screen* y *Movie Spotlight*.

—Y tú eres la nueva protegida de Franklin —dijo un hombre

desde la puerta. Entró a la sala de espera y le tendió la mano—. Murray Youngman. —Él no era lo que esperaba. Alfredo era afeminado, efusivamente amable y tenía el cabello rubio decolorado y alisado hacia atrás como la cola grasienta de un pato. Murray medía un metro ochenta, usaba Levi's, una camisa blanca con botones, botas de vaquero y un corte al ras muy parecido al de Joshua. Estrechó sus dedos con firmeza alrededor de los de ella y la miró intensamente—. Franklin me dijo qué quiere, pero no puedo decir que esté de acuerdo con él. ¿Cómo te sientes al respecto?

Ella no sabía nada de qué ideas tenía el señor Moss y no estaba en una posición para rebelarse de ninguna manera.

—Franklin es el jefe.

—Apenas te reconocerás a ti misma.

—Eso no es tan malo, en algunos casos.

Los ojos castaños de Murray se llenaron de una expresión rara.

—¿Estás segura de que sabes lo que estás haciendo?

—No, pero Franklin sí. —Mientras él la conducía al salón, ella miró a la derecha y a la izquierda. No era un gran salón con estaciones a cada lado. Era una sucesión de pequeños cubículos privados, con solo unas pocas puertas abiertas.

Murray respondió su pregunta silenciosa.

—A nuestros clientes les gusta tener privacidad hasta que estén listos para la cámara. —La acompañó a una sala pequeña. Lo primero que hizo, luego de acomodarla en un asiento, fue pasar sus dedos por el cabello de Ava—. Lindo y grueso, ondas naturales, ya lo siento sedoso. —Su sonrisa era auténtica y cálida—. Primero, a lavarlo. —Giró el asiento y lo inclinó hacia atrás, bombeó una palanca que había en la base, mientras peinaba su cabello con los dedos desde la nuca, levantando la cabellera y acomodándola dentro del lavabo. Inclinándose sobre ella, abrió el grifo, probando la temperatura del agua sobre su mano a la vez que observaba su rostro—. Tú y yo seremos buenos amigos.

Ella no estaba tan segura.

Mientras trabajaba, le hizo un montón de preguntas. Ella respondió con evasivas.

Miró el reloj que había en la pared. Él lo notó.

—Es un suplicio, ¿verdad? Guardar secretos. —Se paró detrás de ella, volvió a pasar sus dedos por su cabello y lo ató holgadamente. Apoyó las manos sobre sus hombros—. Terminaremos ni bien la maquilladora acabe su trabajo contigo. Quédate quieta. —Pasó un dedo por su frente y acomodó un mechón descarriado—. No espíes.

Antes de empezar a mezclar su magia, le había dicho que quería ver su reacción honesta cuando ella viera el producto final. Con ese objetivo, había alejado la silla del espejo. Murray salió al pasillo.

—Dile a Betty que está lista.

Una rubia espléndida entró con una caja que abrió y dispuso en gradas de maquillaje.

—Tienes la piel perfecta. —Estudió a Ava con aire profesional y empezó a sacar tubos y cepillos de entre sus elementos—. No te preocupes. No tardaré tanto como Murray.

Él volvió en el momento que la mujer empezó a guardar sus cosas. Ava no le preguntó su opinión. No fue necesario. Él arregló brevemente el pelo de Ava.

—Franklin sabe lo que quiere. —Giró la silla—. Ahora, fíjate si estás de acuerdo.

Ava se quedó mirando a la hermosa muchacha de cabello color ébano que estaba en el espejo.

—¿Esa soy yo?

Murray sonrió

—Esa es la primera cosa sincera que has dicho desde que te sentaste en esa silla.

Nunca se había visto más hermosa en toda su vida.

—Creí que me convertiría en una rubia.

—Yo habría mantenido tu cabello pelirrojo. —Murray posó sus manos grandes y fuertes sobre sus hombros y los masajeó mientras sus miradas se cruzaban en el espejo—. Franklin no quería que fueras una rubia más en un mar de rubias. En mi opinión, un rojo más claro te habría quedado hermoso, pero el negro te hace exótica, especialmente con esos ojos verde mar claro que tienes. Eres como una sirena en la bruma. —Él hundió sus dedos en la espesa masa de rizos ondeantes y la levantó—. Los hombres verán tus ojos primero, luego el resto de ti. —Soltó el cabello para que se desparramara sobre sus hombros y su pecho, sin dejar lugar a dudas de a qué se refería.

La recepcionista apareció en la entrada.

—Franklin Moss está aquí.

—Tu Svengali te espera. —Murray giró la silla para que lo mirara de frente. La tomó de ambas manos y la levantó del asiento. Estaba parado de manera que no podía pasar al lado de él. Puso una expresión seria—. Ten cuidado. —La soltó—. Te veré en dos semanas.

—¿Dos semanas?

Su sonrisa no llegó a sus ojos.

—No queremos que aparezcan tus raíces rojizas, ¿verdad?

Los ojos del señor Moss resplandecieron cuando la miró.

—Exactamente lo que quería. —Le entregó algo a Murray, que lo hizo levantar las cejas.

Ava estaba impaciente por recibir un elogio cuando entraron al carro.

—¿Le gusta?

—Veo que a ti sí.

—Nunca en mi vida me había sentido tan hermosa.

—Recién estamos empezando.

El señor Moss la llevó a una boutique, donde le presentó a Phyllis Klein. La mujer inspeccionó a Ava de la misma manera que lo había hecho Dorothea Endicott en El Refugio.

—Veo cómo destellan tus ojos, Phyllis, pero no la traje como modelo. Algo sutil que haga que la gente la mire a ella, no a la ropa que tiene puesta.

—Como si alguien no lo hiciera.

El señor Moss miró su reloj pulsera.

—Y no tenemos mucho tiempo.

—No necesito más que unos minutos. Sé exactamente lo que tienes en mente. —Phyllis se llevó a Ava a un vestidor, tomó sus medidas rápidamente y salió otra vez. Regresó con un vestido gris sencillo y zapatos de tacón alto.

Ava empezó a desvestirse. Phyllis echó un vistazo al sostén de Ava y le dijo que esperara. Volvió con otro. Lanzó a un rincón los capri negros, los zapatos y la blusa blanca como si fueran harapos para el cesto de la basura, y ayudó a Ava a vestirse.

—Perfecto.

El vestido se ajustaba a cada curva y el cinturón resaltaba su cintura pequeña. Los tacones altos sumaban ocho centímetros a su altura y hacían relucir los músculos de sus pantorrillas. Phyllis abrió la puerta.

—Veamos qué piensa Franklin, ¿quieres? No porque yo tenga duda alguna.

Él arqueó levemente las cejas y le dijo que diera una vuelta para que pudiera mirarla. Como una marioneta colgada de sus hilos, Ava abrió los brazos y se dio vuelta lentamente. La risa de Phyllis sonó con un dejo de petulancia.

—No tengo que preguntar si te gusta.

—¿Los otros artículos de los que te hablé esta mañana? —El señor Moss sonaba enfocado en el negocio.

—Tengo sus medidas. Haré algunos cambios. Podemos hacer una prueba el viernes. Les enviaré algunos conjuntos esta tarde. ¿Quieres que te devuelva los capri y...?

—Descártalos. —No le había quitado los ojos de encima a Ava—. El vestido de noche. No hemos hablado de colores.

—Confía en mí, Franklin. —Phyllis volvió a evaluar a Ava—.

Creo que su color es lavanda. —El señor Moss ya estaba guiando a Ava hacia la puerta.

El resplandor del sol del sur de California cegó a Ava. Sintió la mano de él en su codo.

—Tendremos que conseguirte anteojos de sol. —La guio con suavidad.

—¿Adónde vamos ahora?

—Caminaremos un poco.

—No estoy acostumbrada a los tacones altos.

—Tómate de mi brazo. Me estacioné a dos cuadras. —Puso su mano sobre la de ella—. Fija tu propio ritmo. No tenemos prisa.

—¿No vamos a llegar tarde?

—No tenemos horario fijo para una reunión. —Ella sintió el aire de entusiasmo que había en él—. No te mires los pies. Levanta el mentón. Mira al frente.

—Podría tropezarme.

—No, no tropezarás. Solo estamos dando un pequeño paseo. Yo te sostengo. Respira hondo. Suelta el aire.

Ella se rio, nerviosa.

—Mi maestra de piano solía decirme lo mismo.

Un hombre de traje caminó hacia ellos. Aminoró el paso mientras se acercaba. Ava lo ignoró. El señor Moss miró brevemente hacia atrás y se rio entre dientes. Pasaron dos hombres más. Ava se sintió aliviada cuando llegaron al Cadillac negro. El señor Moss abrió la puerta del acompañante. No dijo nada hasta que ambos estuvieron sentados dentro del carro.

—Ya te acostumbrarás a llamar la atención.

—¿De verdad? —Sentía una mezcla palpitante de orgullo e incomodidad.

El señor Moss se incorporó con facilidad al tránsito.

—Cuando lleguemos al restaurante, camina como acabas de hacerlo: el mentón arriba y los hombros hacia atrás. No mires alrededor. No mires a nadie, salvo a mí. ¿Entendiste? Si alguien se acerca a nosotros y te pregunta algo, déjame hablar a mí.

El restaurante era pequeño con un comedor de ambiente abierto que tenía helechos en macetas ubicados aquí y allá. El gerente reconoció a Franklin.

—Por aquí, señor Moss.

Ava volvió a sentir su mano tibia guiándola con delicadeza. Él saludó informalmente a varias personas al pasar. No hizo presentaciones. Cuando se sentaron, él ordenó para los dos. A ella no le gustaba el pescado, pero no discutió. El cuello y los hombros le dolían por la tensión.

El señor Moss siguió diciéndole qué hacer:

—Gira tu cuerpo un poco hacia la derecha... Cruza las piernas. Despacio. No tenemos prisa... Inclina la cabeza un poco a la izquierda. Así es... Sonríe como si acabara de decir algo ingenioso... Inclínate hacia adelante. Mírame... Respira, pequeña. Respira. —Ava deseaba que dejara de llamarla así.

—Estamos a punto de tener compañía. —Una sonrisa cómplice rozó sus labios—. Albert Coen es uno de los productores más importantes de Hollywood. Te clavó los ojos cuando entramos por la puerta. No hables. Quédate sentada. Cuando te presente, asiente con elegancia y sonríe. Y no pongas cara de sorprendida cuando diga Lena Scott. Ese es tu nuevo nombre.

Ella tomó aire en un gesto de protesta.

—¿Por qué cambió mi nombre?

—Le queda mejor a tu nuevo yo. —Sus ojos revelaban un dejo de alarma, aunque parecía tranquilo y dominado, totalmente enfocado en su labor—. Acostúmbrate. —Levantó su copa de champaña—. Por la sociedad de Franklin Moss y Lena Scott. —Cuando ella levantó su copa de cristal con jugo de naranja, él la tocó suavemente.

La voz profunda de un hombre se escuchó y Franklin levantó la vista, fingiendo sorpresa.

—Albert. Qué gusto verte. —Se puso de pie y estrechó la mano del hombre calvo de bigote oscuro y traje fino. El hombre miró la otra silla, pero el señor Moss no lo invitó a acompañarlos. Ava alisó la falda sobre sus rodillas y entrelazó las manos delicadamente sobre su regazo. Respondió a la presentación asintiendo levemente la cabeza, con una sonrisa distante. Cruzó las piernas. El señor Moss fue simpático, pero brindó poca información. Cuando Coen preguntó acerca de ella, cambió de tema con habilidad.

En las últimas veinticuatro horas, la chica que huyó de El Refugio con Dylan Stark había desaparecido completamente. Se veía distinta. Se sentía distinta. Tenía un nombre nuevo. *¿Quién soy? ¿Quién voy a ser?* Fuera cual fuera la historia que Franklin Moss inventara para ella, dudaba que se aproximara a la verdad. Pronto encontraría el momento para decírsela. Tendría que hacerlo, si quería que ella interpretara el papel que la convertiría en la persona que ambos querían que fuera. Una estrella de cine. Alguien deseable. Alguien que la gente recordara. Alguien que nadie olvidaría. Ni querría desechar.

Norma Jeane Mortenson se había convertido en Marilyn Monroe, ¿o no?

Respiró hondo lentamente, mientras los hombres charlaban por encima de su cabeza, y soltó el aire de a poco. *Ava Matthews está muerta. Larga vida a Lena Scott.*

CAPÍTULO 9

*Un pedestal es una cárcel tanto como cualquier otro espacio
pequeño y limitado.*
GLORIA STEINEM

AVA DESAYUNÓ CON EL SEÑOR MOSS y trató de no hacer una mueca cuando vio que la esperaban una caja de cereal y un recipiente con yogur. Él dijo que la cámara aumentaba entre tres y seis kilos. Era mejor estar un poco debajo del peso normal, siempre que no redujera sus otros atributos.

El señor Moss cerró la revista *Daily Variety* y la arrojó sobre la mesa.

—Hoy tenemos por delante un día ocupado: fotografías con Al Russell, almuerzo en el Brown Derby, cena en Ciro's. Desayuna rápido. —Echó un vistazo a su reloj Vacheron Constantin—. Nos vamos en quince minutos.

—No sé qué usar y solo me he cepillado el cabello.

—Tu cabello está bien. En el estudio habrá una maquilladora, y Phyllis enviará tu vestuario. Ahora, andando.

Ella terminó su tazón con cereal. Él guardó la caja en la alacena y el yogur en el refrigerador. Ella supuso que no comería más que una taza de comida antes de encarar el atareado día.

Al Russell no parecía mucho mayor que el señor Moss, y era igual de esbelto y en forma, con sus pantalones informales y una camisa azul con el cuello desabotonado y una corbata aflojada sin cuidado. El señor Moss los presentó. Ava le tendió la mano y Al la tomó; sus labios esbozaron una sonrisa divertida. Sostuvo unos instantes la mano de ella, mientras la examinaba de la cabeza a los pies.

—Tiene algo especial, ¿no te parece?

El señor Moss parecía evasivo.

—Veremos. ¿Ha llegado todo?

—Está colgado y listo en el vestidor. Shelly está preparando su maquillaje de combate y sus pinceles, pero no creo que esta muchacha vaya a necesitar demasiado para quedar lista para la cámara.

El señor Moss la guio por delante de la recepcionista que los observaba, y atravesaron una galería de fotografías enmarcadas de actores y actrices famosos; entraron a un gran estudio dividido con compartimientos, cámaras sobre sus trípodes, luces montadas, sombrillas reflectantes, ventiladores y soportes. Él conocía el camino.

—Por aquí. —Abrió la puerta de una salita donde se encontraron con una mujer con cabello castaño, de rostro impecable y perfectamente pulcro, con un vestido de lunares rojos con cinturón blanco y tacones. Había un maletín abierto que mostraba un vasto despliegue de productos de belleza.

La mujer sonrió alegremente.

—¡Franklin! Es un gusto volver a verte.

—Igualmente, Shelly. —Hizo pasar a Ava delante—. Ella es Lena Scott. Hoy trabajamos en el conjunto completo. Dale el estilo de sirena.

La mujer analizó los rasgos de Ava con un aire profesional.

—Lindos pómulos, una nariz aristocrática, la piel perfecta, labios un poco gruesos y unos ojos espectaculares.

—Que quede muy sensual. —Él cerró la puerta cuando se fue. Shelly negó con la cabeza.

—Yo habría sugerido ingenua. Ahora mismo tienes los ojos muy grandes. ¿Cuándo firmaste el contrato con Franklin?

—Hace pocos días. —Desde entonces, él le había cambiado el color del cabello y el nombre.

—Bueno, parece que Franklin está decidido sobre lo que desea hacer contigo. —Le hizo un ademán a Ava para que se sentara en una silla elevada y la cubrió con una capa negra brillante—. ¿Dónde te encontró? ¿Sirviendo mesas en un restaurante? ¿Recorriendo barras en patines?

—Nos conocimos en una fiesta de Lilith Stark, en Beverly Hills.

Shelly parecía sorprendida.

—Así que ya estabas en la industria y tenías contactos en las altas esferas. No es su modus operandi habitual. —Shelly la miró fijamente en el espejo, esperando más información.

¿Qué historia deseaba el señor Moss que contara sobre Lena Scott? Pensaba que él no querría que confesara que había sido la amante de Dylan, y que él había engañado a Franklin con una apuesta que no pudo rechazar. Podía decir que era parte del personal contratado. En parte, era cierto. Tenía una habitación y una pensión, siempre que mantuviera contento a Dylan y husmeara para Lilith, hasta que su conciencia se interpuso. Ava sentía el silencio de Shelly y supo que tenía que decir algo.

—Solo estaba de visita.

Shelly empezó a limpiar el maquillaje que se había aplicado Ava.

—Bueno, dondequiera que te haya descubierto Franklin, él sabe exactamente cómo vender tu talento.

—No estoy segura de que tenga algún talento.

—Ay, cariño, estás llena de talento. —Shelly se rio antes de darse vuelta para revisar los diversos tonos de base de maquillaje—.

Fíjate lo que hizo Franklin con Pamela Hudson, aunque ella nunca apreció sus esfuerzos.

—¿La conociste?

—Sí, todavía tengo tratos con ella. Es hermosa y ambiciosa, y pensé que era lista, hasta que dejó a Franklin y se casó con Terrence Irving, uno de los mejores directores de Hollywood. Apostaría un millón de dólares a que jamás volverá a protagonizar otra de sus películas.

—¿Por qué no?

—Porque él solo trabaja con los mejores, y ella apenas es mediocre.

¿Acaso no acababa de decir Shelly que el señor Moss detectaba el talento a kilómetros de distancia?

Shelly aplicó la base con una expresión seria mientras se ponía a trabajar.

—Debo decir que tienes una piel preciosa. No podrías creer los lunares y defectos que tienen algunas estrellas. —Mencionó algunas y, luego, volvió a sus cepillos, aplicadores, polvos compactos y lápices.

El tiempo pasó rápido, mientras Shelly entretenía a Ava con anécdotas de las vidas privadas de actrices jóvenes muy famosas que ella conocía. Ava decidió no contarle nunca a Shelly algo que no quisiera que fuera difundido por todas partes.

—Tienes suerte de tener un agente como Franklin Moss —dijo Shelly—. No terminarás siendo una chica de las cinco de la tarde.

—¿Una chica de las cinco de la tarde?

—Bajo contrato con un estudio y bajo un directivo o un productor a las cinco de la tarde, si entiendes a qué me refiero. En Hollywood, hay muchachas bonitas por docenas, cariño. Llegan cientos de soñadoras, ilusionadas con recibir cualquier papel en cualquier película. Vienen con la esperanza de que las descubran. Algunas se espabilan y vuelven a casa. Otras terminan contratadas y no llegan más lejos que a los sofás de las audiciones.

Muy pocas terminan con un representante que sabe lo que está haciendo. Así es la triste realidad en Tinseltown. —Shelly retrocedió para revisar su trabajo—. Eres absolutamente preciosa. Sin duda, puedo ver tu rostro en la pantalla grande y tu nombre en las marquesinas.

—Si el señor Moss sabe lo que está haciendo.

—Acepta un consejito de alguien que ha visto de todo. Dale vía libre a Franklin, y él te llevará a donde quieras llegar. —Guiñó un ojo—. Es el mejor viejo adinerado que alguien podría tener. —Se rio—. No irás a preguntarme qué significa eso, también, ¿verdad? —Le quitó la capa y señaló el espejo con un gesto—. Y bien, ¿qué te parece?

Ava se quedó mirando a la muchacha deslumbrante que vio en el espejo.

—¿Esa soy yo?

Shelly se rio.

—Sí, tú, con solo un poquitín de mi magia.

El señor Moss estaba enfrascado en una conversación con Al Russell cuando Ava salió de la sala de maquillaje. Ambos hombres miraron hacia ella y se quedaron mirándola fijamente: el señor Moss con un orgullo paternal y Al, sonriendo plenamente.

—¡No veo la hora de ponerme a trabajar con ese rostro!

Shelly tocó el brazo de Ava y le indicó el vestidor, acondicionado con un espejo de cuerpo entero y un perchero lleno de vestidos de noche, trajes de baño y lencería ligera, además de varias cajas con zapatos. Encima de todo había una caja envuelta con papel dorado y un moño rojo. El señor Moss la había seguido al vestidor. Pasó al lado de ella, echó un vistazo a las perchas y sacó un vestido largo de satén negro.

—Primero, este. —Colgó la percha en el espejo. Tomó la caja de regalo y se la ofreció—. La primera sesión de fotos puede ser desconcertante. Esto es una cosita de París que puede ayudarte a que tengas el humor apropiado.

Ava desató la caja, la abrió y levantó con un dedo un body rojo y lo miró, sonrojándose.

—¿Quiere que use esto? ¿Frente a Al Russell?

Su sonrisa era casi tierna.

—Él no lo verá, pero lo que una mujer trae puesto debajo de la ropa se ve en sus ojos. —Le inclinó el mentón—. Será nuestro secretito.

—Pero...

Él apoyó dos dedos sobre sus labios.

—Prometiste confiar en mí. Así que, confía en mí. Vístete. —Cuando salió, cerró la puerta detrás de sí.

El murmullo de las voces masculinas al otro lado de la puerta se silenció cuando ella salió. El vestido negro de satén se ceñía a cada curva de su cuerpo. Afiebrada por los nervios, Ava sintió que los ojos de Al y de su asistente, Matt, se clavaban en ella. Recordó el entrenamiento de Mitzi y tomó aire a través de la nariz y lo soltó lentamente por la boca abierta. Trató de no encorvar los hombros.

El señor Moss le sirvió champaña en una copa.

—Es temprano, pero esto te ayudará a relajarte. —Se acercó a ella—. Echa los hombros hacia atrás. Levanta el mentón. Un poco más. Eso es. Trata de recordarlo de ahora en adelante. —La champaña le hizo cosquillas en la nariz y le calentó el estómago—. Bébela toda. —Hizo un gesto con su barbilla—. Al está listo.

Ava bebió toda la champaña como si fuera un refresco y le entregó la copa.

—Espera. —El señor Moss le dio la vuelta—. Pareces recién llegada de un salón de belleza. —Pasó los dedos por su cabello—. Lo quiero revuelto, un poco salvaje. —Levantó su cabello y lo sacudió con suavidad—. Esa es mi niña.

Al charlaba seriamente con Matt, quien se desconcentró cuando Ava se acercó. Al se dio cuenta y se dio vuelta para mirarla.

—Estás lista para el ataque.

—¿Dónde quiere que me ponga? —dijo Ava, arqueando una ceja.

Matt se puso rojo como un tomate. Al lanzó una risotada ronca.

—Es una pregunta peligrosa para una chica con tu aspecto. —La recorrió de arriba abajo con la mirada—. Y vestida así. —Le señaló una cama cubierta con ondas blancas satinadas—. Te quiero de espaldas en medio de eso.

Cuando miró alrededor, trató de no mostrar el pánico que sentía.

—¿Dónde está el señor Moss?

—Estoy aquí, Lena. Todo está bien. Haz lo que dice Al.

Al soltó una risita entre dientes.

—Mejor dale otra copa de champaña, Franklin.

—Mejor, deme toda la botella —murmuró Ava, cosechando la risa de ambos hombres.

—¡Buena chica! —Al guiñó un ojo—. Lo hará bien, Franklin. Ya puedes irte.

El señor Moss habló desde la penumbra:

—Me quedo, así podré estar al tanto de todo.

Ava suspiró aliviada, mientras Al subía la escalera del andamio que tenía encima. Armándose de coraje, levantó el vestido largo de satén y gateó hasta la mitad de la cama. Se acostó de espaldas con las piernas cruzadas y los brazos abiertos. Miró a Al.

—¿Así?

—Te ves como si estuvieras a punto de ser crucificada. —Al le dio instrucciones rápidas y metódicas—: Dobla un brazo; gira la cabeza a la derecha, el cuerpo hacia la izquierda; estira la pierna izquierda, dobla la derecha sobre la izquierda. Relájate. Apunta esos hermosos dedos de los pies. Mírame. Ahora sonríeme como si esperaras que yo bajara a esa cama a hacerte compañía.

—Me siento como un pretzel.

—Confía en mí, no pareces un pretzel. Tienes los puños

cerrados. Afloja los dedos. Eso es. —Mientras disparaba las fotografías, le hacía cumplidos exagerados.

La champaña comenzó a surtir efecto y ella empezó a divertirse. Imitó a varias actrices que siempre había admirado, casi sin atreverse a creer que pronto podría ser una de ellas. Al bajó de la escalera y se acercó.

—Cierra un poco los ojos. Quiero una mirada soñolienta, como la de Venus despertándose. ¡Eso es! ¡Hermosa!

El señor Moss se acercó para dar indicaciones.

—Arquéate al sentarte, Lena. ¿Lograste esa toma, Al? Estírate de costado, Lena. Levanta un poco el cuerpo, con las palmas de las manos sobre la cama. Inclina la cabeza. Eso es lo que quiero.

Al se acercó para lograr otro primer plano.

Otra vez el señor Moss desde las sombras:

—Sacude el cabello, Lena. Recuéstate hacia atrás sobre tus codos. Que esa cabellera sea como una cascada. Muy bien.

Al interrumpió:

—Dobla una pierna.

Ava sintió que el satén se resbalaba y escuchó que Al contuvo la respiración.

—Betty Grable tiene competencia —dijo en voz baja y ronca.

Ava dejó de lado el temor y la timidez. Era deseable, controlaba la situación, era poderosa. La sala se sentía húmeda y calurosa. Ella se movió de forma seductora y miró directo a la cámara.

—¿No se está poniendo caluroso este lugar?

Al se rio en voz baja.

—Cada minuto está más caliente. ¡Oye, Matt! Despierta. Enciende los ventiladores.

Se encendieron de repente y soplaron aire fresco. Ava sintió escalofríos en la piel. Al siguió disparando su cámara. Ava se olvidó de sus inhibiciones y disfrutó la atención de los hombres, la lluvia de halagos, la sensación de que su cuerpo cautivaba a Al y a Matt. Se movía lánguidamente cumpliendo con cualquier movimiento que ellos quisieran, imaginándose como Marilyn Monroe, Elizabeth Taylor, Rita Hayworth. Sonreía, hacía pucheritos, lucía jadeante con anticipación.

—Suficiente. —El señor Moss habló bruscamente desde atrás de las luces. Se acercó, la tomó de la mano y la ayudó a salir de la cama—. Ponte el vestido de ballet sin tirantes. —Se agachó y susurró—: Sin el body rojo. Nada de nada.

El corazón de Ava se desplomó.

Shelly retocó el maquillaje de Ava.

—Matt está enamorado de ti.

—¡Ni siquiera nos han presentado!

—Como si importara. Tendrás hordas de hombres enamorados de ti cuando llegues a la pantalla grande.

Ava se sintió más entusiasmada. ¿De verdad se convertiría en una estrella amada por miles de personas? ¿Querría la gente que les diera su autógrafo? Se rio de sí misma. Primero, tenía que estar en una película.

Se cepilló el cabello, lo recogió en una coleta y la enroscó alrededor, formando un moño clásico en la coronilla de su cabeza.

—¿Qué demonios le hiciste a tu cabello? —dijo el señor Moss, haciendo una mueca.

—Tengo puesto un vestido de ballet. Mi cabello debería estar peinado con un rodete, ¿no?

—Quítate eso del pelo —Le quitó los pasadores y la bandita elástica. La llevó a un banco bajo—. Siéntate con las rodillas unos centímetros separadas, las puntas de los pies tocándose. —Agitó la falda de malla para que se esponjara alrededor de ella como una nube blanca—. Agáchate hacia adelante. Un poco más. —Se paró detrás de las luces. Le dijo algo a Al en voz baja y le dio más indicaciones a Ava—. Aprieta los codos contra tus costados. Encorva un poco los hombros.

Ella contuvo el aire con miedo a salirse por la parte delantera del vestido. *Clic. Clic.* Al le dijo algo a Franklin.

—Inclina la cabeza, Lena. —Franklin se movió a un costado, donde ella pudiera verlo—. El mentón hacia abajo. Mira a la cámara, no a mí. Mójate los labios.

Shelly se rio desde alguna parte del estudio.

—Matt necesita una ducha fría.

A medida que la mañana transcurría, Ava sentía que su poder crecía cada vez más. Interpretaba cualquier rol que el señor Moss quisiera, sabiendo que, mientras él la cuidara, estaría segura.

Cuando decidieron que era hora de tomar un descanso, el señor Moss hizo que se cambiara a un vestido nuevo que Phyllis había incluido entre los vestidos largos. La llevó al Brown Derby. Ava no estaba segura de si él hablaba en serio cuando le dijo que había otro restaurante Brown Derby que realmente se parecía al sombrero por el que había recibido ese nombre.

El dueño reconoció al señor Moss, le dedicó a Ava una sonrisa de admiración y los acompañó para mostrarles su mesa, donde una mesera le ofreció a Ava un menú. El señor Moss lo agarró y dijo que él ordenaría por ambos: un vino tinto francés para él y agua con limón para ella.

La miró por encima del menú.

—Te estás divirtiendo un poco, ¿no? —La posibilidad parecía complacerlo.

—Sí, así es. —Se sentía suficientemente audaz como para reconocerlo—. Estaba un poco cohibida. Creo que la champaña me ayudó.

La miró con ojos más divertidos.

—¿Y la lencería francesa?

—Hasta que dijo que me la quitara.

—Me diste exactamente la mirada que quería: temor virginal y erotismo ardiente. —Dejó el menú a un lado.

Habían pasado cinco horas desde que había comido el tazón con cereal y yogur. Le gruñía el estómago y se lo apretó con la mano, avergonzada.

—Me muero de hambre.

—Yo te alimentaré. —Se reclinó en su asiento—. Conozco a Al Russell desde hace diez años y nunca lo vi transpirar como lo hizo en las últimas dos horas. Si puedes provocarle eso a un fotógrafo experimentado de Hollywood, nos va a ir muy bien con algunos directores que conozco.

—¿En serio?

Él sonrió.

—En serio.

—No sé cómo podré agradecerle algún día todo lo que está haciendo por mí, señor Moss.

—Puedes empezar llamándome Franklin.

Sintió un raro destello de duda, pero lo rechazó.

—Franklin. No me habría atrevido a posar como lo hice si no hubieras estado parado ahí en todo momento, asegurándote de que nadie se propasara conmigo.

La tensión se alivió dentro de ella. Les sirvieron el vino y el agua. Ava exprimió el limón.

—Shelly dijo que soy afortunada de que seas mi agente.

Él entrecerró los ojos ligeramente, bebiendo el vino.

—Tendré que recordar darle las gracias.

Ava desvió la mirada y se quedó boquiabierta.

—¿Ese que está allí es Cary Grant?

—Sí, y no te quedes mirándolo.

Trató de hacerlo a escondidas. Explorando un poco más, identificó a Mickey Rooney, que reía y hablaba con amigos. John Agar, el exmarido de Shirley Temple, estaba sentado a varias mesas de distancia con su segunda esposa, la modelo Loretta Barnett Combs. Ava sintió burbujas de emoción. ¡Estaba sentada entre las estrellas!

La mesera volvió a preguntarles qué deseaban ordenar. El señor Moss —Franklin— pidió dos ensaladas, un filete término rosado para él y pescado para ella.

Ava hizo una mueca y habló en voz baja:

—No me gusta el pescado.

Franklin no cambió la orden, y la mesera se fue. La miró.

—El pescado te hace bien; tiene menos calorías. Aprende a que te guste.

Como el cereal y el yogur. Reprimió su decepción y se regañó a sí misma. Debería estar agradecida. Él era quien pagaba; tenía derecho a decidir. Además, él sabía mejor cómo debía verse y actuar para ser una estrella. Si tenía que bajar cinco o seis kilos, que así fuera. No le costaría nada. ¿O sí?

—¿Cuánto costarán las fotografías?

—Nada de lo que tengas que preocuparte. Todas las facturas irán a mi cuenta hasta que tengas un empleo adecuado. Entonces resolveremos cómo podrás pagarme.

¿Cómo podía no preocuparse?

—¿Y si fracaso?

—No lo harás. —Él se inclinó con un gesto confiado y paternal—. Tu trabajo es dejarte enseñar. Yo puedo ayudarte con muchas cosas y, para las que no pueda ayudarte, me aseguraré de que tengas a las personas idóneas para prepararte. Estamos juntos en esto. Nuestra relación será de mutuo beneficio.

—Pasas todo el día conmigo. ¿Qué hay de tus otros clientes?

—Deja que yo me preocupe por ellos. —Él cambió de tema. Había logrado que los invitaran al preestreno de una gran película. Phyllis enviaría el vestido de noche, los zapatos y las joyas adecuadas. Cuanto más hablaba él, más se entusiasmaba y se ilusionaba Ava. Quizás todo sucedería simplemente porque Franklin Moss así lo quería.

Les sirvieron sus platos y Ava trató de no mirar con una envidia evidente el suculento filete de Franklin. El mero no estaba mal, pero, de todas maneras, una rebanada salteada de cartulina la habría satisfecho después de tantas horas sin probar bocado.

—¿Cuántos kilos tengo que bajar?

—No más que algunos.

Las personas pasaban por su mesa para saludar a Franklin y para que las presentara. Uno mencionó las largas vacaciones de Franklin. Otro dijo que no había visto nada de Pamela Hudson en mucho tiempo. Franklin se encogió de hombros y dijo que dependía de Irving lo que hiciera ella en el futuro. «No mucho», fue la respuesta. Cada visitante la miraba abiertamente con curiosidad. Un director le sonrió a Franklin y le dijo que todavía tenía buen ojo para lo que querían los estudios.

Franklin sonrió.

—Tienes mi número. Llámame. —El hombre la miró por encima del hombro antes de salir por la puerta.

Franklin apoyó su servilleta sobre la mesa y pagó la cuenta.

—Es hora de volver a trabajar con Al. —La ayudó a incorporarse y se mantuvo protectoramente cercano mientras salían del restaurante.

El traje de baño negro de una pieza que Franklin eligió era más sensual que el bikini que Dylan le había comprado en Santa Cruz. Al la ubicó frente a un timón de madera, en tanto que Matt desplegaba una pantalla color azul cielo con nubes pintadas. Al apoyó sus manos sobre las caderas de Ava y la hizo retroceder contra el timón. Ella no tenía hacia dónde ir y sintió en su rostro el calor de su aliento con aroma a menta.

—Te quiero precisamente aquí.

—Ya está bien, Al.

Los ojos de Al mostraron un fulgor malicioso.

—Te protege bastante, ¿verdad? Mejor ten cuidado. —La soltó y retrocedió. Ella frunció un poco el ceño, recordando que Murray le había hecho un comentario similar. ¿Qué estaban tratando de decirle? Franklin Moss se comportaba como un perfecto caballero. Solo negocios, había dicho. Ella no había visto nada que le indicara que él quisiera modificar el acuerdo.

—Sujeta las manillas que están detrás de ti, Lena. —Franklin dio las instrucciones.

Al hizo una mueca.

—No tan fuerte. Afloja esos dedos elegantes que tienes. —Movió sus manos hacia las manillas que él quería, antes de retroceder—. Apoya un pie contra el timón. Ahora, estírate sobre tus hermosas puntas de pie.

Franklin volvió a hablar:

—Levanta el hombro izquierdo, el mentón hacia abajo. Un poco más. Captura esa imagen, Al.

—El hombre sabe exactamente qué desea de ti.

Trabajaron toda la tarde. Mientras volvían al departamento, Franklin le dijo que tenían tiempo para darse una ducha y cambiarse rápido, antes de ir a cenar a Ciro's. Ella esperó que la dejara comer algo más que ensalada y pescado.

—Allí verás un montón de rostros conocidos. Trata de no mirarlos como una admiradora ansiosa. Cuando lleguemos al departamento, toma una ducha de cinco minutos. No te mojes el rostro ni el cabello.

—¿Debo recogerme el cabello?

Él la miró, evaluándola.

—Péinalo y déjalo suelto.

Hizo exactamente lo que le dijo. El vestido negro a la rodilla que él había elegido era perfecto para ella. Se cepilló el cabello rápidamente y salió a la sala. Franklin estaba parado junto al ventanal. Se veía distinguido con sus pantalones negros y una impecable camisa blanca. Su cabello aún estaba húmedo y peinado hacia atrás.

—¿Paso la inspección? —Ava dio una vuelta.

Franklin cruzó la sala lentamente, con una expresión enigmática. Ella notó los gemelos de oro con cabeza de león cuando él extendió las manos para apartar un mechón caprichoso que tenía sobre los hombros. Un alfiler de corbata que hacía juego sujetaba su corbata negra. Él retrocedió y sonrió.

—Clásica y elegante. —Asintió una vez en aprobación.

Ava se tocó el cabello.

—¿Ahora está bien? —Las ondas negras relucientes colgaban hasta la mitad de su espalda.

—Perfecto.

Franklin habló del negocio cinematográfico, de los directores que podían llegar a ver, del que habían conocido en el Brown Derby y de cómo quería que actuara ella cuando fueran a Ciro's. Ava absorbió cada palabra, deseosa de ser parte del mundo fascinante que él conocía tan bien. Dylan la había escondido. Franklin Moss quería presumirla.

La fachada sencilla de Ciro's no insinuaba el interior barroco ni los clientes glamorosos que lo frecuentaban. El corazón de Ava palpitó eufórico cuando vio a Humphrey Bogart y a Lauren Bacall. ¿No era ese Frank Sinatra? Dondequiera que miraba, reconocía los rostros de los ricos y los famosos.

Franklin la guio como si perteneciera a ese lugar. Siempre que ella estuviera con él, también lo haría. Cuando los hombres y las mujeres lo saludaban, él hacía una pausa y la presentaba como Lena Scott. Mientras caminaban, Ava contuvo la respiración y miró atrás, sobre su hombro, a Lucille Ball y Desi Arnaz. Franklin le apretó la mano y ella estuvo a punto de tropezarse con sus propios pies. La ayudó a estabilizarse y ella se vio frente a una rubia platinada con un vestido blanco ajustado y una estola de piel. Tardó solo un segundo en reconocer a Lana Turner.

—¡Oh! ¡Hola! —Era más bella aún en persona que en la pantalla del cine.

—Hola a ti, también. —La actriz se rio delicadamente y le sonrió a Franklin—. Otra jovencita encantadora. —Intercambiaron unos fugaces besos al aire en cada mejilla—. Qué gusto verte de nuevo, Franklin.

—Estás tan deslumbrante como siempre, Lana.

—Pamela fue una tonta al dejarte, querido. Pero ahora veo con qué facilidad la reemplazaste por una aún más encantadora. —Sonriendo, admiró a Ava—. Más curvas que Pamela, cabello azabache en lugar de rubio, y esos ojos verde mar llenos de misterio. —Se rio y le dirigió a Franklin una mirada que tenía un dejo de conspiración—. ¿Estamos listos? Elegí este rincón porque Hedda está a menos de ocho metros de aquí. Su fotógrafo se está acercando lentamente.

—Te debo una.

—¿Quién es Hedda? —Ava miró a Franklin.

La risa de Lana Turner sonó auténtica esta vez.

—¿Dónde encontraste a esta inocente? ¿En la terminal de autobuses Greyhound?

—La saqué de la casa de Lilith Stark.

—Lilith es una criatura despreciable —dijo Lana con una mueca de desagrado.

—¡Lana! —dijo un hombre detrás de Ava—. ¿Puedo tomarte una fotografía?

—Por supuesto. —Lana paso un brazo por la cintura de Ava—. Sonríe lindo. —Giró a Ava y se acercó a ella como si fueran las mejores amigas. Un relámpago de luz brillante cegó por un instante a Ava. Inmediatamente, Lana retiró su brazo y levantó la mano, despidiéndose con simpatía—. Que se diviertan.

Franklin recuperó a Ava y la condujo a su mesa, donde un camarero los esperaba, listo para recibir su pedido de bebidas: *whisky* solo para él y té helado para ella. Ava se rio asombrada, su corazón palpitaba con fuerza.

—¡No puedo creer que me hayan fotografiado con una de las estrellas más importantes de Hollywood!

Riendo, él le dio unas palmaditas en la mano.

—Apenas estamos empezando. —Ordenó la comida por ella, esta vez salmón. No le importó. Estaba demasiado feliz y fascinada de estar en Ciro's, entre las celebridades, como para pensar en comer. Mientras terminaban de cenar, vieron el espectáculo. Su camarero despejó la mesa mientras la orquesta de baile empezaba a tocar. Franklin la tomó de la mano—. Bailemos.

Miró nerviosa a las parejas que bailaban rumba.

—Solo relájate y sígueme. —La ayudó a levantarse del asiento. La acompañó a la pista de baile y la tomó en sus brazos. Él mantenía los ojos clavados en su rostro, pero ella tuvo la sensación de que él sabía exactamente qué sucedía en cada parte del salón. La acercó a él—. ¿Estás más feliz ahora? ¿A pesar de vivir en un departamento de cuatrocientos cincuenta metros cuadrados, con un hombre lo suficientemente mayor como para ser tu padre, en vez de estar en un bonito bungaló en Beverly Hills, con Dylan?

—¿Bromeas? —Ella sacudió la cabeza—. ¡Nunca he sido más feliz en toda mi vida! Todavía estoy tratando de entender cómo soy tan afortunada.

La expresión de él se volvió más cálida.

—Me alegro de que te sientas así.

Imaginó los días y los meses que tendría por delante con Franklin como su consejero y amigo. De ahora en adelante, se despertaría con la expectativa de las cosas buenas que sucederían, en vez de estar constantemente nerviosa, pensando con qué humor estaría Dylan cuando entrara por la puerta. Tenía la oportunidad de hacer algo con su vida.

—Creo que nunca podré agradecerte lo suficiente lo que haces por mí.

Franklin sonrió con frialdad.

—Todas dicen eso al principio.

—Yo lo digo en serio.

—Hace mucho que espero una chica como tú. Pensé que Pamela era la indicada, pero fue débil y se distrajo demasiado fácilmente. Quiero a alguien inteligente, ambiciosa, dispuesta a que la forme. Necesito una muchacha que no se queje cuando tenga que trabajar duro. No hay límites para lo que puedo hacer con una muchacha así.

—Yo soy esa chica.

Franklin la miró con ojos relucientes.

—Sí, creo que lo eres.

Joshua se sentó con Sally en la fila del medio del cine. Las lágrimas de Sally lo ponían nervioso. El mes anterior, los periódicos se habían llenado de noticias sobre James Dean, quien había muerto mientras conducía su Porsche 550 Spyder. Ahora, todos hacían fila para ver *Rebelde sin causa*. A juzgar por los sollozos que se escuchaban en todo el cine, Sally no era la única que no podía contener las lágrimas. Joshua no veía la hora de que terminara la película. Notó el pañuelo empapado de Sally, sacó el suyo y se lo ofreció.

—¿Vas a estar bien?

—Estoy bien. —Se sonó la nariz.

Cuando salieron del cine, fueron a la cafetería a comer algo ligero. Bessie observó los ojos enrojecidos de Sally y sonrió.

—Yo también vi esa película.

—¡Soy un desastre! —Sally hizo una mueca—. Es ridículo. Nunca lloro por las películas.

—Lloré a mares cuando la vi hace dos días. —Bessie apoyó las manos sobre sus amplias caderas y levantó la voz, asegurándose de que atravesara la puerta abierta de la cocina—. Tuve que ir *sola* porque Oliver no va al cine ¡a menos que den una película de vaqueros, ¡con muchos disparos!

Brady Studebaker llegó. Por la expresión en su rostro, Joshua supuso que deseaba ser él quien estaba sentado a la mesa con Sally. Cuando Bessie lo saludó por su nombre, Sally giró la cabeza apenas lo suficiente para echarle un vistazo, antes de volver a su posición. Su expresión era difícil de descifrar, pero Joshua sentía que había una tensión oculta.

—Brady. —Joshua le hizo un gesto para que se acercara—. ¿Por qué no nos acompañas?

Brady se deslizó en el asiento para sentarse frente a Sally.

—¿Estuviste llorando? —Miró a Joshua de manera amenazante.

Joshua levantó las cejas.

—Acabamos de soportar dos horas de James Dean.

Sally se ruborizó. Dijo que los hombres no entendían de romance.

Brady murmuró dos palabras groseras en voz baja y apartó la vista. Sally lo miró, furiosa.

—¿Qué sabes tú de eso? —Parecía a punto de decir algo más, pero cerró firmemente los labios.

Brady le devolvió una mirada furibunda y se incorporó.

—Ustedes dos se ven bien juntos. Que sean felices. —Sonó como una acusación, no como una bendición—. Nos vemos. —No se sentó a la barra. Salió por la puerta.

—¡Cómo me hace enojar! —dijo Sally entre dientes.

Bessie miró hacia la puerta y, luego, a Joshua.

—¿Dijiste algo para ahuyentar a un cliente?

—Yo no. —Joshua negó con la cabeza—. Supongo que tenía que ir a otra parte. —Sally parecía a punto de llorar otra vez, y Joshua presintió que sus emociones no tenían que ver en absoluto con la trágica muerte de James Dean. Se cruzó de brazos sobre la mesa y se inclinó hacia adelante—. ¿Qué está pasando, Sally?

—Nada. —Languideció cuando la miró profundamente—. Podemos hablar de eso después. —Parecía decidida a olvidar que Brady había entrado a la cafetería.

Mientras la llevaba a su casa, Sally iba callada. Joshua le echó un vistazo.

—¿Estás lista para hablar ahora?

—No pasa nada. —Suspiró—. El viernes pasado, Brady y yo volvimos a encontrarnos en el Restaurante de Eddie.

—¿En el Restaurante de Eddie? —se rio él.

—Sé que es donde van los estudiantes, pero me sentía nostálgica. Brady me vio y entró. Charlamos. Me llevó a dar una vuelta. —Lo miró con expresión de culpa—. No había salido con él desde la preparatoria, Joshua. Él me llevó al baile de graduación. ¿Lo recuerdas? —Se rio sombríamente—. No. ¿Por qué habrías de recordarlo? Estabas demasiado atraído y distraído por Lacey.

—¿En serio?

Ella lo miró.

—¿Acaso no era así?

—Nos estamos desviando del tema. —Se rio él—. Estábamos hablando de ti y de Brady.

—Me besó. Me dijo que me amaba.

—¿En la preparatoria o el viernes pasado? —Casi podía sentir el calor que sonrojaba las mejillas de Sally.

—Las dos veces —dijo discretamente, y luego volvió a enfadarse—. ¡Qué atrevido! —Se sentó más derecha—. Le dije que estaba saliendo contigo. Quiso saber por qué lo había dejado besarme. ¡Como si fuera mi culpa! Le dije que no lo había dejado. Él dijo... Ah, no importa lo que dijo. ¡Es un tonto! —Se pasó los siguientes cinco minutos despotricando contra Brady, lo cabezón que era, y quejándose de que no sabía nada sobre el amor. ¿Y qué clase de tipo besa a una chica cuando ella no se lo espera y sabiendo que sale con otro?

Joshua trató de no sonreír. Pobre Brady. Joshua había estado saliendo durante casi seis meses con Sally y no tenía idea de los sentimientos de Brady, hasta esa noche que entró a la Cafetería de Bessie. Suspiró. Él y Sally se habían besuqueado algunas veces en su camioneta. Una vez podrían haber llegado más lejos, si Ava no hubiera aparecido en su mente. ¿Qué clase de hombre besa y acaricia a una mujer mientras piensa en otra? Había sentido vergüenza. Cuando la soltó, ella preguntó qué había pasado. No le dijo que tenía miedo de estar usándola para olvidar a otra persona.

Recordó el día que volvió de Corea y vio a Ava en los escalones del porche. Su pulso se disparó con solo mirarla. Sally nunca le había provocado esa clase de reacción. Acababa de darse cuenta de que él tampoco le aceleraba el pulso a Sally. Pero Brady sí.

Era hora de cambiar esta relación. Necesitaban volver a ser amigos y dejar de fingir que podía llegar más lejos.

—Te ruborizaste cuando lo viste.

—¡No es cierto!

—Giraste la cabeza cuando Bessie dijo su nombre. Yo vi tu cara, Sally.

—No tienes que estar celoso de Brady.

Ese era el problema: Joshua no estaba celoso. Se sentía aliviado.

—Quizás sea hora de que hablemos de lo que está pasando y lo que no está pasando entre nosotros.

—No sé a qué te refieres.

Parecía distraída, no devastada. Joshua sonrió apenas.

—Sí lo sabes. Hemos ido lo más lejos que llegaremos juntos.

Ella estalló:

—¿Lo dices solamente por la escena que hizo Brady Studebaker en la Cafetería de Bessie?

¿Una escena?

—Lo digo porque ahora mismo estás alterada, y no es por mí.

—He estado loca por ti desde la primaria, Joshua Freeman. Solía quedarme dormida con tu foto debajo de mi almohada, y soñaba con casarme contigo algún día. —Parecía más enojada que dolida.

Él también podía ser directo:

—Y ahora tú sabes, así como lo sé yo, que no estamos enamorados el uno del otro. Quisiéramos estarlo. Lo intentamos con ganas. El problema es que ambos estamos atados a otra persona.

Ella inclinó la cabeza, exasperada.

—Brady me saca de quicio. Contigo, me siento cómoda.

—¿Y lo que buscas es comodidad? —Se estacionó frente a su casa—. ¿O solo te preocupa tener una relación como la de tu madre y tu padre? —Joshua salió y rodeó la camioneta para acompañarla hasta la puerta—. Un amigo ofrece comodidad, Sally. Y te anima. —Se inclinó y la besó en la mejilla—. Llámalo.

Ella sacudió la cabeza.

—No puedo.

Al día siguiente, Joshua fue a la empresa de carteles Studebaker. Brady estaba marcando el número de Sally antes de que Joshua se marchara. Un día después, volviendo del trabajo a su casa, vio a Brady y a Sally sentados en un banco de la plaza del centro. Se rio, alegrándose de que no hubieran demorado mucho.

1956

Ava trató de ignorar el martilleo en sus sienes, mientras Murray separaba su cabello y le aplicaba el tinte. Cerró los ojos para mitigar el dolor, sabiendo que provenía de la tensión incesante de representar el papel de Lena Scott para Franklin. Anoche la había llevado a otra fiesta. Habían asistido a fiestas todas las noches de la semana. Todo era para que los vieran, no para relajarse con sus amistades... aunque ella no tenía amistades. Franklin usaba las fiestas de la misma manera que Lilith Stark, excepto que él no buscaba chismes. Él estaba a la caza de nuevas oportunidades.

Los directores y los productores trataban a Franklin con respeto. Pudo haber quedado en ridículo con Pamela Hudson, pero reconocía un talento cuando lo veía. Se corría la voz de que tenía una nueva protegida. La gente quería conocerla. Franklin presentó a Lena y recibió algunas propuestas. Le dijo que aún no estaba lista para trabajar. Todavía tenía mucho por aprender y la sometió a lecciones de actuación durante doce horas al día, y a un profesor con el que trabajaba en su elocución. La puso a ejercitar con un entrenador personal que la hacía trabajar hasta que ella le imploraba piedad. Tenía pruebas para ropa nueva, sesiones fotográficas, un doctor que le recetaba vitaminas, así como estimulantes y tranquilizantes, que Franklin distribuía juiciosamente.

En el último año, la emoción de conocer a las estrellas cinematográficas y a los peces gordos de los estudios había comenzado a desaparecer. Ava no tardó mucho tiempo en darse cuenta de que todo el mundo buscaba la manera de escalar más alto, de conseguir más publicidad, un papel mejor, un contrato nuevo, a veces un representante nuevo. Una mujer le había ofrecido *cualquier cosa* a Franklin, si él la aceptaba como su nueva cliente. Él le recomendó a otro, pero no antes de que Ava se sintiera un poquito menos segura, un poco más fácil de reemplazar.

Seguía haciendo todo lo que Franklin le decía, pero ¿llegaría a ser suficiente algún día? No había considerado el costo de poner su vida en las manos de otra persona. A veces la crueldad de Dylan le parecía menos temible que las crecientes exigencias de Franklin para que fuera perfecta.

Murray dejó a un costado el recipiente con el tinte negro.

—Hoy estás muy tensa. —Se quitó los guantes—. ¿Las cosas no van bien?

—Al contrario. Ya tuve un papel sin diálogo y Franklin sigue recibiendo llamadas. Mañana tengo una audición para el papel principal de una película nueva. —No dijo que terminaría siendo una zombi si lo conseguía.

—Esa es una buena noticia. —El tono de Murray implicaba lo contrario.

Los hombros de Ava se hundieron. Estaba demasiado cansada para sentarse erguida, demasiado cansada para preocuparse de que su postura no fuera exactamente la que Franklin quería. Cuando Murray apoyó las manos sobre sus hombros, se sobresaltó, sorprendida.

—Lena, tienes que relajarte. —Recogió su cabello con unas pinzas para dejar que la tintura se fijara—. Y un masaje no te haría daño.

—No tengo tiempo.

—Dile a Franklin que lo agregue en tu agenda. —Parecía preocupado.

Todo iba muy bien. Franklin lo decía. Los instintos que tenía y su conocimiento habían funcionado con Pamela Hudson. Ava podía confiar en él. A ella le fascinaba usar esos hermosos vestidos de noche y que le arreglaran el cabello y la maquillaran. Disfrutaba de estar en los mismos salones con famosas estrellas del cine como Susan Hayward y Victor Mature, y conocer a directores como Billy Wilder y Stanley Donen. Incluso disfrutaba de ir a las clases de actuación. Franklin la preparaba. Cualquier cosa que le decía que hiciera, ella la hacía. Cooperaba, recordando el trato que había hecho y la promesa de trabajar duro.

Lo que ella no había entendido era cuán duro sería... y hasta qué punto Franklin deseaba controlar su vida.

Él controlaba su agenda diaria. Siempre estaba con ella, la esperaba o tenía a alguien listo para llevarla a donde él quería que fuera. Le decía cómo actuar cuando llegaban a cualquier sitio que él había dispuesto. Las fiestas servían para contactarse con gente que podía ayudar a promover su carrera. No perdían el tiempo con personas que no eran importantes. Cada vez, antes de presentarla, Franklin le indicaba qué debía decir, qué temas evitar. La manipulaba para que se acercara cuando estaban tomando fotografías. «Todo se trata de estar en el lugar indicado, en el momento indicado y con las personas indicadas». Y él se aseguraba de que ella lo estuviera. Tenía revistas de cine que lo demostraban. Quizás Penny vería alguna. Pero ¿acaso la reconocería?

Estar entre tantas personas ricas y famosas era una sensación embriagante, una atmósfera enrarecida, un entorno de competencia y precaución, esperanzas y decepciones. Todos aparentaban pasarla de maravilla, pero debajo de las conversaciones sin importancia, las sonrisas superficiales, los apretones de mano y los tragos siempre había otra corriente.

Si no había una fiesta que valiera la pena en algún lado, Franklin la llevaba a la discoteca donde iban las estrellas, las grandes personalidades a las que ella podría llegar a gustarles y mencionar su nombre en los oídos indicados. Hacía que la dejaran pasar igual como lo había hecho Dylan. Los hombres se acercaban, pero Franklin siempre estaba cerca, vigilante, protector. Ella bebía Coca Cola; él, *whisky* solo. Si alguien le pedía a ella su número telefónico, él les daba su tarjeta. «No estás aquí para tener un amorío. Viniste a trabajar».

A veces, Franklin le recordaba a Lilith y a Dylan Stark. Él sabía cómo relacionarse en un salón.

Murray masajeó sus hombros firmemente. No había hablado mucho, pero ¿cómo podía saber ella si lo había hecho? No le había prestado atención mientras le enjuagaba el cabello y le ponía el acondicionador. Ahora sentía que la miraba atentamente, pero evitó mirarlo en el espejo.

—Pareces deprimida. —Murray analizó su rostro—. ¿Qué te molesta?

Levantó un hombro y esbozó una sonrisa forzada.

—Ojalá lo supiera.

Él revisó las raíces de su cabello.

—¿Estás pensando en tu vida anterior?

Franklin había inventado una historia para ella y la había mantenido incómodamente parecida a la verdad, porque «los reporteros siempre escarbarán en tu pasado cuando seas famosa». La convirtió en Cenicienta: una niña sin padres que pasó de una familia a otra, creció con un talento y una belleza potenciales que nadie percibió, en un pueblito rural al norte de California. Un amigo le ofreció llevarla al sur de California. Franklin la detectó entre una multitud. Matices de la verdad. Se rio y dijo que una historia como esa atraería a mil muchachas a Hollywood, con la esperanza de ser la única en un millón hallada por un agente o un director que supiera cómo convertirla en una estrella. Creerían que no importaba si nunca habían salido de una granja o de Dakota del Norte. Podían descubrirlas en un restaurante, en una terminal de autobuses o mientras caminaban por la calle.

Murray volvió a apoyar sus manos sobre sus hombros.

—Lena, puedes hablar conmigo. A pesar de lo que Franklin pueda haberte dicho, sé guardar secretos.

—"A quien le cuentas tus secretos le vendes tu libertad".

—Ben Franklin, ¿verdad? ¿Moss te hizo memorizar eso?

—Tengo una cita para que me hagan manicura.

—Está bien. —Levantó las manos—. Como quieras. —Le quitó rápidamente la capa sedosa que protegía su ropa—. Solo te pido que busques la manera de relajarte, o te quebrarás.

Ava se puso de pie y se acomodó el vestido de diseñador que le quedaba ajustado como una segunda piel.

—Quizás debería correr ocho kilómetros más.

—Creo que ya corriste demasiado. —Enrolló la tela y la lanzó dentro del cesto que había en un rincón—. Te veo en dos semanas.

CAPÍTULO 10

Dios susurra a través del placer,
y habla a nuestra conciencia, pero grita mediante el dolor:
el dolor es su megáfono para despertar a un mundo sordo.

C. S. LEWIS

1957

Ezekiel estaba sentado en la oficina de la iglesia, con la Biblia abierta mientras revisaba sus notas para el sermón dominical. Las teclas de la máquina de escribir repiqueteaban en la oficina externa, lo cual le indicaba que Irene Farley estaba preparando el boletín semanal. Necesitaría un título para el sermón. Era un juego que jugaban cada semana. Ella solía querer algo más que las referencias bíblicas y, a veces, él tenía que poner límites. «Nacido para arrasar con el infierno» no le parecía a él un título apropiado para un sermón navideño, aunque debía reconocer que tenía su parte de verdad.

La máquina de escribir se detuvo. Irene lo miró desde el otro lado de la puerta.

—¿Listo?

—Juan, capítulo 11.

—Ah. Lázaro, ¿verdad? ¿Qué te parece: "Un despertar brusco"?

253

—¿Brusco? —Ezekiel levantó las cejas.

—Bueno, piénsalo un poco. ¿A ti te gustaría que te hicieran volver del paraíso para servir más tiempo en la tierra? No lo creo. Yo habría argumentado: "Ay, Señor, por favor déjame quedarme aquí". Jesús llama y Lázaro sale de la sepultura. —Ella frunció el ceño. Ezekiel casi podía ver los engranajes dando vueltas y vueltas en su cerebro—. Estaba envuelto como una momia. Debió salir saltando. —Sus labios dibujaron una sonrisa—. ¿Te lo imaginas? Debe haber sido difícil no reírse, si uno no estaba gritando de santo terror. En serio. ¿Quién dice que Dios no tiene sentido del humor?

—Nunca dejas de sorprenderme. Negativo a "Un despertar brusco".

—¿Qué dices de "Amor de momia"? —Soltó una risita.

Él se rio.

—Debería haberte despedido hace años.

—¿"Jesús llamó, Lázaro respondió"?

—Mejor, mejor.

—Pensaré en algo y te lo comentaré antes de mandarlo a imprimir.

—Más te vale.

Había dedicado semanas al Evangelio de Juan y apenas estaba raspando la superficie de lo que Dios tenía para enseñarle a su rebaño en crecimiento. Susan Wells le había hecho más preguntas que las que podía responder cuando paraba a comprar comida en la Cafetería de Bessie. No había duda de que estaba estudiando la Biblia que él le había regalado y tenía muchas ganas de aprender. Ahora asistía a los cultos todas las semanas y se había sumado a las damas que ayudaban a servir los refrigerios después de la reunión. Y ya no se sentaba en el último banco. Lo único que hizo falta para sacar a Susan del último banco fue un pequeño mareo fingido por parte de Mitzi. Mitzi dijo que no quería irse, pero que agradecería tener un brazo en el cual apoyarse. Susan la atendió y terminó sentada precisamente en la mitad del santuario, junto a los Martin. Una vez que Mitzi la tuvo ahí, no la soltó. Hodge y Carla recibieron a Susan como si fuera una hermana perdida hacía mucho tiempo, probablemente porque suponían que necesitarían un adulto más que vigilara de cerca a Mitzi. Desde entonces, Susan se sentaba ahí.

Desde su posición estratégica en el púlpito, Ezekiel podía ver a todos: a los soñadores despiertos, impacientemente esperando que terminara el culto para poder irse a pescar; a los que susurraban queriendo contar alguna anécdota nueva; a los artistas que hacían garabatos en las libretas para los pedidos de oración; a los que aparentaban prestarle atención mirándolo fijamente con ojos vidriosos, mientras sus pensamientos vagaban de aquí para allá; y a los muchos hambrientos y sedientos que se daban un festín con la Palabra de Dios. Que Dios lo perdonara, pero él tenía a sus favoritos: Mitzi, Peter y Priscilla, Dutch (que fruncía el entrecejo tratando de concentrarse, mientras Marjorie lo ayudaba a encontrar las citas bíblicas) y Fern Daniels, la santa más anciana de la congregación. Ella siempre se sentaba al frente, atenta y sonriéndole de la misma manera que lo había hecho el primer día que predicó en la Iglesia de la Comunidad de El Refugio. Cuando ella se dirigía a la puerta de salida, siempre le decía algo para hacerle saber que agradecía el tiempo y el esfuerzo que él le había dedicado a su mensaje.

—Hola, papá. —Joshua golpeó la puerta y entró en la oficina—. Te ves serio.

—Solo estoy pensando.

—Esta noche llevaré a un par de adolescentes a la pista de patinaje. Sally y Brady también vendrán. Es posible que salgamos después. No me esperes hasta tarde.

—Gracias por avisarme. —Cuando Joshua se fue, Ezekiel se echó hacia atrás. ¿Había empezado a disminuir el amor de Joshua por Ava con el tiempo y la distancia? Si así era, podía ser por la misericordia de Dios. Él aún se sentía dolido por la pérdida, pero no era como el corte agudo y punzante que fue cuando la dejó con Peter y Priscilla. Ahora, era un dolor adormecido en su pecho. Había aprendido a confiar en Dios en toda circunstancia. Dios tenía un plan que abarcaba todo. Se aferraba a esa promesa como la hiedra al muro.

Irene entró a la oficina y le dijo que había terminado el boletín. Se iba a casa. Él le dio las gracias y dijo que la vería al día siguiente. Miró su reloj pulsera. Tenía hambre. Tal vez iría de nuevo a la Cafetería de Bessie y pediría otro especial. Era más fácil hablar con Susan ahí. ¿Qué le preguntaría esta vez? Lo hacía pensar e investigar. Él disfrutaba el desafío. Solo deseaba que ella tomara una decisión.

Susan titubeaba. Él le daría un empujón, si eso sirviera de algo, pero muchas veces si uno presionaba mucho a alguien, hacía que la persona huyera y se escondiera, en lugar de recibir el regalo que se le estaba ofreciendo. Para él, la decisión era simple: ¿quieres quedar atrapada en las garras de Satanás o ser sostenida en las manos cicatrizadas de Jesús?

¿Qué pensaría Marianne de Susan? ¿Sería capaz de bendecir su afecto cada vez mayor?

Alguien dio unos golpecitos en la puerta y lo sacó de su ensimismamiento.

—Priscilla. —Se levantó y rodeó su escritorio para darle un abrazo paternal, luego hizo un gesto señalándole una de las cómodas sillas—. ¿Cómo le va a Penny en Mills?

—Le va bien. No puedo creer que está en su penúltimo año de la universidad. Cambió de carrera. —Se rio en voz baja—. Educación.

Él sonrió, complacido.

—Así que será una profesora, como Peter.

—A pesar de todo lo que protestaba diciendo lo contrario. Quiere un trabajo aquí, en El Refugio.

—Lo último que supe es que quería quedarse en el Área de la Bahía.

—Se comprometió con Robbie Austin. —Priscilla hizo una mueca y sonrió—. Penny dice que no me olvide de que ahora es Robert, que ya es grande.

—Eso les pasa a todos, ¿verdad? —Había visto a la joven pareja en la iglesia cada vez que Penny estaba en casa durante las vacaciones. Los había visto bailar en la plaza con la música de la banda durante las noches calurosas del verano. Parecían muy enamorados.

—Él no terminó sus estudios universitarios, pero tiene un buen empleo en una compañía de seguros. Ha ahorrado lo suficiente para comprar uno de esos bungalós lindos que Joshua ayudó a construir en la avenida Vineyard.

—Robert es un joven con planes. —Todos los Austin eran buenos trabajadores.

—No hace falta decir que Peter y yo no podríamos estar más felices de que Penny se quede en El Refugio. —Sus ojos se ensombrecieron, revelando un dolor que él entendía. Ambos estaban pensando en Ava. Priscilla siguió adelante—: Hay tantos jóvenes que se van hoy en día. ¿No te parece? Empiezo a entender cómo se sintieron mis padres cuando Peter y yo nos mudamos a California. Ahora los veo solamente una vez al año. Seguimos tratando de convencerlos de que vendan la casa y se muden aquí, cerca de nosotros, pero les encanta Colorado. Si Robert y Penny efectivamente se casan, podremos verlos cada vez que queramos. Y cuando lleguen los nietos... —Sacudió la cabeza—. Estoy adelantándome demasiado.

Priscilla no solía hablar tanto, a menos que estuviera pensando en algo. Ezekiel sospechaba que tenía que ver con Ava.

Priscilla dejó escapar un profundo suspiro y abrió su cartera.

—Quiero mostrarte algo. —Sacó una revista de cine—. Yo no acostumbro a leer estas cosas. —Se ruborizó mientras hojeaba las páginas—. Estaba en la cola del supermercado y agarré esto para pasar el tiempo. —Le entregó la revista y señaló una foto—. ¿Es Ava? —Su voz se quebró.

Ezekiel tomó la revista. La reconoció de inmediato, a pesar de que tenía el cabello totalmente oscuro y suelto sobre los hombros. Un vestido largo, azul marino, sin tirantes y con flores blancas bordadas con cuentas que resaltaba cada una de sus curvas. Estaba parada junto a un hombre joven, alto y apuesto, vestido con un esmoquin, que rodeaba su cintura con un brazo. La sonrisa de él era genuina; la de ella, sensual y enigmática.

—Sí. Es Ava. —Apenas podía creer lo diferente que se veía. La adolescente delgada y pelirroja se había convertido en una joven asombrosamente exótica y provocativa. ¿Era esto lo que Dylan le había hecho?

—Se cambió el nombre. —Priscilla parpadeó para reprimir las lágrimas—. Ya no es Ava Matthews. Ahora es Lena Scott, y sale con estrellas de cine. —Buscó algo en su cartera—. Lo siento, Ezekiel. No quería empezar a llorar de nuevo.

Ezekiel puso cerca la caja con pañuelos desechables para que pudiera alcanzarlos.

Priscilla se sonó la nariz.

—¿Te parece que es feliz?

Él estudió los ojos de Ava. Ambos conocían esa sonrisa.

—Está haciendo un gran esfuerzo.

—Todavía la veo como una niñita con su gruesa coleta roja. —Priscilla sacó otro pañuelo—. Ella y Penny eran amigas del alma. Esas dos chiquitas... Pensé que serían tal para cual toda la vida. —Su voz quedó ahogada por el llanto—. Nosotros la amábamos, Ezekiel. Y queríamos tanto que ella también nos amara. —Se sonó la nariz otra vez—. Penny sentirá envidia cuando se entere de que Ava conoce a Elvis Presley.

—¿Elvis Presley? —No se había tomado la molestia de leer la leyenda de la foto. ¿El hombre de "Hound Dog"? ¿El de las caderas giratorias que hacía gritar a miles de jovencitas?

—En estos días, él es lo máximo. Qué impresionante, ¿verdad? Nuestra pequeña Ava está entre las estrellas. —Apretando el pañuelo húmedo, señaló la injuriosa revista cinematográfica—. Y aparentemente estuvo en una película. "Una extra notable", dice ahí... lo que sea que eso signifique. —Estrujó el pañuelo sobre su regazo—. Tengo que mostrarles esto a Peter y a Penny. Seguro que alguien va a ver esa foto y sabrá que es ella. No quiero que los tome por sorpresa.

Ezekiel pensó en Joshua.

Las lágrimas corrían por las mejillas de Priscilla.

—Solo desearía poder decirle que lamento lo que sea que hayamos hecho mal.

—No fue tu culpa.

—Peter y yo habríamos salido corriendo en el carro hacia cualquier parte para traerla a casa.

—Ella lo sabía.

—No creo que lo supiera, Ezekiel. Se llevó muy pocas cosas, y esa nota horrible que te dejó. Es como si hubiera querido clavarnos a todos un puñal en el corazón. —Sacó una pila de pañuelos de papel de la caja—. Todavía me angustio cada vez que pienso en ella. Lo mismo le sucede a Peter. Y Penny... solo se enfada muchísimo. —Levantó la mirada con ojos llorosos y esperanzados—. ¿Tuvo Joshua alguna vez noticias de ella?

—Nos lo habría dicho, Priscilla.

—Creí que al menos le escribiría a él. Tenían una relación tan estrecha. Ella solía esperar las cartas que él le enviaba cuando estaba en Corea. Peter y yo siempre pensamos que terminarían casándose algún día. —Priscilla apretó los pañuelos mojados en su puño—. ¡Ese muchacho Dylan! Supe que causaría problemas desde el primer momento que lo vi. ¿Por qué tuvo que enamorarse de alguien como él? Él se sentó a cenar con nosotros, aceptando nuestra hospitalidad, mientras ponía a nuestras niñas una contra la otra. Con todo ese encanto y era tan atractivo como una...

—Hizo un ademán hacia la revista— estrella de cine. Sabía exactamente lo que estaba haciendo. Debimos haber hecho algo más para protegerla.

—Ella tenía casi diecisiete años, Priscilla. Ya pensaba por sí misma. —La madre de Ezekiel se había casado a esa edad.

El enojo de Priscilla se enfrió y dejó caer sus hombros.

—Él no está en ninguna parte de la fotografía. No sé si eso es bueno o malo. —Extendió la mano y Ezekiel le devolvió la revista. Priscilla volvió a guardarla en su cartera, como si fuera un pañal sucio que tenía que llevar al cesto de basura fuera de la casa—. Por lo menos sabemos que está viva y a salvo. Puede que Peter deje de tener esas horribles pesadillas.

Peter había soñado que Dylan había violado y asesinado a Ava. Después de escuchar el relato de Kent Fullerton, había tenido reiteradas pesadillas en las que Dylan empujaba a Ava al mar por un acantilado.

Priscilla se puso de pie.

—Supongo que tendrás que decírselo a Joshua.

Ezekiel también se levantó.

—Lo sé. —La acompañó a la oficina exterior. ¿Debía ir al centro y comprar un ejemplar de la revista? Se sentía desolado. La cajera se preguntaría por qué y haría comentarios. ¿Qué podía decir él?

—¿Hay algo que podamos hacer, Ezekiel? —El tono de voz de Priscilla estaba lleno de esperanza y desesperación.

—Podemos orar.

Pareció impaciente ante ese comentario.

—He orado. He orado hasta que me han dolido las rodillas.

—La oración nos lleva ante la sala del trono de Dios, Priscilla. Y pone a Ava ahí mismo, con nosotros, lo sepa ella o no. No olvides lo que sabes que es verdad. Ava nunca está fuera del alcance de Dios. Nunca.

—Creo que eso es lo que necesitaba escuchar. —Lo abrazó. Él

la sostuvo firmemente, como un padre. Ella apoyó su cabeza contra su pecho durante un momento y luego se apartó. —Gracias, Ezekiel. —Le sonrió trémulamente y se fue.

Ezekiel vio una nota sobre los boletines dominicales: *Vi entrar a Priscilla. Espero que no te moleste que haya escogido un título para el sermón. Es el mensaje que siempre necesitamos.* Levantó un boletín y lo abrió. *Fe en la resurrección.*

Ava trató de relajarse mientras Murray enjabonaba y lavaba su cabello, pero le dolía el cuello por la tensión. Cerró los ojos con la esperanza de que eso la ayudara. No fue así. Ese día solo le faltaba una cita más con una manicurista nueva, y luego volvería a casa a encontrarse con Franklin. Tal vez él le daría algo para el dolor de cabeza antes de que salieran. ¿Adónde irían esa noche? No podía recordarlo.

La noche siguiente, irían al estreno de *El despertar de los zombis.* ¿Les gustaría a los críticos? ¿O la odiarían? ¿Dirían cosas horribles sobre su interpretación? Franklin había trabajado con ella durante todo el rodaje, haciéndola practicar todas sus líneas reiteradamente, diciéndole cómo lucir, qué hacer. Siempre le dolía el estómago antes de entrar al plató. Todas esas cámaras eran como ojos que la miraban, y además estaban el director y el equipo. Franklin le dijo que los eliminara de su cabeza. Cuando no lo logró, le dijo que se acostumbraría. No fue así. Le preguntó cómo hacía para tocar el piano frente a toda la iglesia, a lo cual ella respondió que nunca tuvo que preocuparse de que Mitzi se levantara y gritara «¡Corten!», ni de que le dijera que lo hiciera de nuevo, empezando desde el comienzo.

Murray apoyó una mano firme debajo de su nuca al levantarla del lavabo.

—Parece como si se te estuviera partiendo la cabeza. —Posó las manos sobre sus hombros mientras la miraba en el espejo—.

Empezar de cero una carrera es un trabajo difícil. Se supone que este es un lugar donde puedes relajarte y soltarte el cabello, como quien dice. Aquí nadie te está observando, Lena.

—Tú sí.

Él sonrió con amabilidad.

—No con un ojo crítico. No tengo motivación alguna que no sea la de hacerte ver y sentir mejor. —Empezó a trabajar en los músculos tensos de su cuello y de sus hombros—. Respira profundo y suelta el aire.

De pronto, las lágrimas ardieron en sus ojos. Mitzi solía decir lo mismo. Ava bajó la cabeza y cerró los ojos. Cualquiera que la observara podía pensar que estaba orando, pero era algo que no hacía desde la noche que vio al pastor Ezekiel apartándose de la reja de Peter y Priscilla.

Dieciocho meses de mucho trabajo y esfuerzo habían producido un papel como extra, un catálogo de sofisticadas y brillantes fotos, y un papel protagónico en una película que aún no se había estrenado. Franklin aseguraba que eso pondría su nombre en órbita. Ella no veía cómo sucedería. Todo dependía de la reacción de los críticos a lo que se mostraría al día siguiente en la noche, más allá de lo que se comentaba en la ciudad... comentarios que Franklin había generado. Ava sentía que el entusiasmo creciente de Franklin era como un tren que avanzaba a toda velocidad por las vías. ¿Exactamente hacia dónde estaba llevándola? A veces veía algo en su rostro que la ponía nerviosa. Trataba de no pensar en eso, pero en las últimas semanas la preocupación la había molestado constantemente.

A veces lo único que quería era estar sola. Ansiaba encontrar un lugar donde pudiera esconderse de la ambición de Franklin, de su determinación, de su presión, presión, presión, puesto que ella no sería joven para siempre y solo tenían una ventana de tiempo muy pequeña para poner su nombre en los carteles iluminados.

Ella quería estar tranquila. Quería algún sitio silencioso. Como en lo alto de las colinas cuando salía a caminar con Joshua.

Joshua.

Alejó su mente del pasado.

A veces solo quería quedarse a solas en el departamento. Abriría el piano y tocaría el día entero.

Las manos de Murray eran fuertes. Ella gimió, aunque no estaba lastimándola. Hablaba en voz baja mientras seguía masajeándola.

—El mundo cree que todo es glamour, pero es mucho trabajo.

—Mucho más para unos que para otros. —Ella no podía adaptarse. Incluso cuando la consideraban parte del grupo, se sentía ajena.

—¿Te sientes un poco mejor?

Seguía sintiendo un dolor palpitante en la cabeza.

—Creo que solo tengo hambre.

—Eso lo podemos solucionar. ¿Qué te gustaría comer?

Se rio sin ganas.

—¡Una enorme y jugosa hamburguesa!

—Eso es muy fácil. —Sonrió—. Puedo mandar al otro lado de la calle y...

—No lo hagas. No puedo. —A Franklin le daría un ataque—. Necesito bajar otro kilo.

Él frunció el ceño.

—Toda mujer que he conocido ha estado a dieta, especialmente las que no la necesitan.

—Díselo a Franklin. Ante las cámaras, me veo como si tuviera tres kilos de más.

—¿Y cuál es el problema? —Sus manos dejaron de masajearla y se posaron levemente sobre sus hombros—. A la mayoría de los hombres les gustan las mujeres que tienen algo de carne en los huesos.

—El problema es que a la cámara no le gusta.

—El día que entraste aquí me pareció que te veías muy bien.

Ava descubrió una mirada reveladora en sus ojos antes de que la soltara y se apartara. Él se sentó en un banco cerca de la pared. Ava giró el asiento y lo miró de frente. Había estado cerca de suficientes hombres en el último año y medio como para saber cuándo un hombre se sentía incitado. En vez de coquetearle, Murray retrocedió. De vez en cuando la miraba, pero siempre desviaba los ojos rápidamente. Siempre la trataba con respeto, nunca la presionaba para profundizar su relación de manera alguna. Ella sabía que era por su culpa. El primer día, Franklin le había dicho cómo actuar con Murray y ella había hecho exactamente lo que le dijo. Murray respetaba la línea que ella había trazado y mantenía una conversación trivial con ella, hablando de cosas generales. A veces se quedaba en silencio, y ella se preguntaba si estaría esperando que abandonara su personaje.

—No he sido muy amable contigo, ¿verdad? —Franklin le había advertido que no confiara en nadie, pero ella sentía que deseaba confiar en Murray—. Lamento cómo me he portado contigo. No fue mi idea.

Él no fingió ignorancia.

—Franklin no quiere que hables de cosas personales. —Parecía triste mientras la observaba. Era como si dudara de si romper las reglas o no—. Recuerdo el día que te conocí. —Sacudió la cabeza—. Esa hermosa cabellera colorada. Pensé que Franklin estaba loco por querer cambiarla.

Ella no sonrió ni desplegó la coquetería habitual que Franklin le decía que mostrara con otros hombres.

—¿Qué piensas ahora?

—Es difícil de decir. El rojo parecía quedarte bien, pero por otro lado ¿qué sé yo? En realidad no te conozco en lo más mínimo, ¿verdad?

Ava volvió a sentir el escozor de las lágrimas ardientes y tragó saliva. Nadie la conocía realmente a ella, a Ava Matthews. Siempre mantenía la guardia bien alta, tal como le había dicho Franklin.

Estaba muy cansada de ser Lena Scott todo el tiempo. ¿Por qué no podía ser Ava por un par de horas, de vez en cuando?

Murray se mantuvo callado. Ava sabía que el rumbo de su relación dependía de ella. Respiró temblorosamente y cruzó la raya.

—No hay mucho para contar. Conocí a un chico malo y me enamoré. Él me trajo al sur y me llevó a vivir a un bungaló en Beverly Hills. Hacía lo que quería conmigo, y con otras. Supongo que podría decirse que era una chica a su entera disposición. Cuando él se cansó de mí, le hizo una apuesta a Franklin que él no pudo rechazar.

—¿Cuál fue?

—Franklin dijo que podía convertir en estrella a cualquiera. Mi novio dijo: "Prueba con ella". Mi vida, en pocas palabras.

Murray no parecía sorprendido ni disgustado. Tal vez un peluquero era como un sacerdote. Ya habían escuchado de todo.

—Él te convertirá en una estrella, si es lo que quieres ser.

—Nunca se me había ocurrido, hasta que Franklin me metió la idea en la cabeza. —Levantó los hombros—. Sería lindo ser alguien.

—Tú eres alguien, Lena.

Ella sacudió la cabeza y desvió la mirada.

—Bueno, entonces estás en camino, ¿verdad?

—Lena Scott está en camino. —Se arrepintió en el mismo instante que lo dijo. Estaba compartiendo demasiadas cosas personales. Se llevó los dedos a las sienes y cerró los ojos. Franklin se disgustaría si se enteraba de que estaba hablando así con Murray. Esperó a que él empezara a hacer preguntas. Cuando no lo hizo, se sintió curiosamente desolada. Tal vez no estaba interesado. Abrió los ojos y vio que sí lo estaba. Cegada por las lágrimas, le dijo lo que había querido contar desde hacía mucho tiempo—. Mi verdadero nombre es Ava.

—Ava. —Murray probó el nombre—. Me gusta. —Esbozó una sonrisa—. Gracias.

—¿Por qué?

—Por confiar en mí lo suficiente para decírmelo.

—Lamento no haberlo hecho antes.

—Estás diciéndomelo ahora.

Su corazón empezó a latir fuertemente.

—No le cuentes a Franklin...

—No tienes que decirlo, Ava. Lo que me cuentas termina conmigo.

Su cautela habitual todavía la controlaba fuertemente. Esperaba no haber cometido un error al confiar en él. Cambió de tema:

—¿Cómo viniste tú a parar a Hollywood?

—Nací en Burbank. Mi madre era peluquera. Mi padre nos abandonó cuando yo tenía dos años. Pasé la mayor parte de mi vida en el salón donde trabajaba mi madre. —Sonrió—. Al principio, las mujeres me sacaban del corralito o me sentaban en su regazo mientras mamá trabajaba con su cabello. A medida que fui creciendo, jugaban juegos de mesa conmigo o me leían cuentos mientras estaban sentadas en el secador. Tenía dos docenas de tías, hermanas mayores y abuelitas.

—Qué lindo.

—Lo era. Mi madre soñaba grandes cosas para mí. Quería que fuera a la universidad, que me convirtiera en médico o abogado. Como la mayoría de las madres, supongo. Me iba bien en la escuela, pero lo que realmente me gustaba era mirar a mi madre mientras trabajaba, y ver la diferencia que hacía en una mujer pasar un par de horas en un salón. —Se encogió de hombros—. Mi vida era la escuela, la peluquería y la iglesia los domingos en la mañana. Hasta que llegué a la preparatoria. Entonces todo tenía que ver con el béisbol y las chicas. Seguía teniendo buenas notas. Mamá era firme y se aseguraba de que me fuera bien. Salía con amigos, iba a fiestas, me besaba con chicas, pero nunca pasaba de ahí.

Cuando Murray se quedó en silencio y sus labios temblaron de emoción, Ava esperó, sin presionarlo.

—Yo estaba en segundo año cuando mi madre pasó por una mastectomía doble radical y le dieron radiación contra el cáncer. Ni siquiera tenía energía suficiente para arreglarse el cabello. —Tenía una expresión de tristeza y enojo—. Lloraba y decía que ya no se sentía como una mujer, como si los pechos y el cabello perfecto fueran lo único que importara.

¿Acaso no lo son? Estuvo a punto de preguntar Ava. Sintió el dolor y el enojo que había en él, y estaba conmovida por sus palabras. ¿Acaso Franklin o cualquier otro en el mundo se interesaría en ella si no tuviera senos grandes y cabello azabache?

—Compré una peluca para mamá y la arreglé. Se veía y se sentía mejor. Una de sus clientas vino a visitarla y comentó lo linda que se veía. Mamá me mandó a comprar más pelucas. Enseñarme su oficio le daba algo en qué pensar que no fuera el cáncer. Un día era rubia; al día siguiente, pelirroja; una morocha con el pelo suelto sobre la espalda, o una rubia platinada con pelo corto. —Se rio por lo bajo, recordando—. Pasamos algunos momentos maravillosos antes de que muriera.

—¿Cuántos años tenías cuando falleció?

—Diecisiete. Todavía estaba en la preparatoria. Una de las antiguas clientas de mamá me recibió para que pudiera terminar mis estudios. Dejé el béisbol y conseguí empleo en un lugar de hamburguesas donde trabajaba cuando salía de la escuela. Ahorré dinero para ir a una academia de belleza. Aunque no le conté a nadie sobre mis planes. —Se rio—. La mayoría de mis amigos pensaban que a los estilistas les gustaban más los hombres que las mujeres, si me entiendes. Ellos estaban solicitando su ingreso a las universidades o escuelas de oficios, o enlistándose en el Ejército o la Marina.

Sonriendo, negó con la cabeza con una expresión irónica.

—En la academia de belleza, yo era uno de los cuatro

muchachos, y el único al que le encantaban las mujeres, lo cual me hizo bastante popular. Podría haber caído en la tentación. Afortunadamente, mi futura esposa fue una de mis compañeras.

Ella se quedó mirándolo, sorprendida.

—¿Estás casado? —No usaba anillo de casado y ella siempre había tenido la sensación de que no estaba comprometido con nadie.

—Soy viudo. Perdí a mi esposa de la misma manera que a mi madre.

Ava contuvo la respiración.

—Eso no es justo.

—La vida nunca lo es.

—Lo lamento tanto, Murray.

—Sí, yo también. Janey era... —Se quedó callado unos segundos—. No alcanzan las palabras para describir cómo era ella. Durante un tiempo, le eché la culpa a Dios; creía que era una broma pesada que Él me había jugado. —Se puso de pie, giró el asiento de Ava y la miró a los ojos en el espejo—. Entonces recordé que pasamos juntos cinco años maravillosos. Estoy agradecido por el tiempo que viví con ella.

—¿Tienes hijos?

—No. Apenas habíamos abierto el salón dos años antes. Queríamos asegurarnos de que el negocio funcionara bien antes de empezar a tener hijos. Una decisión lógica, pensando que teníamos años por delante, pero que luego lamentamos cuando nos quedamos sin tiempo. —Le aplicó el acondicionador en el cabello—. La primera vez que te vi, me recordaste a Janey.

—¿En qué?

—El cabello colorado. —Murray sonrió melancólicamente. Recorría su cabello con manos firmes pero con delicadeza—. Con muros altos como si yo fuera Casanova llamando a su puerta. Ella no sabía que, desde la primera vez que la vi, fui hombre de una sola mujer. Todavía lo soy. —Pasó sus dedos por el pelo de Ava y la miró a los ojos—. No dejes que Franklin te convierta completamente en otra, Ava. Y trata de recordar que eres algo más que un rostro y un cuerpo. Eres un alma.

—Hollywood dice lo contrario.

—Hollywood y Franklin Moss no son el mundo entero. No tienen la razón en todo. —Volvió a abrir el agua y probó la temperatura—. Tú eres quién eres, mi joven amiga. Y ya eras hermosa.

—Ahora más, ¿no crees?

—Eres bella al estilo Lena Scott. ¿Es Lena Scott quien quieres ser?

—Lena Scott es quien llegará a ser una estrella.

Murray parecía querer decir algo más, pero no lo hizo. Le enjuagó el cabello, levantó el respaldo de su asiento y le envolvió la cabeza con una toalla caliente. Se lo frotó suavemente antes de quitársela y dejar que su cabello suelto, tupido y húmedo cayera contra la capa que le cubría la espalda. Hundió los dedos en la cabellera, levantándola y dejándola caer. Estiró el brazo y tomó el secador de pelo.

Ava lo miró en el espejo.

—¿Desde cuándo conoces a Franklin?

—Desde hace diez años. —Puso el secador a un costado, pero no lo encendió—. Él conoce el negocio. Es dedicado. Se lo reconozco.

—Él no te agrada, ¿verdad?

—No me desagrada. Simplemente no estamos de acuerdo en algunas cosas.

—¿Como cuáles?

—Mi visión siempre ha sido potenciar a la mujer tal como es. Franklin... —Apretó los labios y se encogió de hombros.

Ella concluyó lo que él no parecía dispuesto a decir:

—Franklin las convierte en otra persona.

Murray encendió el secador de pelo y siguió con su tarea. Ella no podía hablarle mientras estuviera encendido. Se quedó callada, con los ojos bajos, preguntándose si él querría terminar la conversación. Tal vez no deberían haberla empezado. Levantó la vista hacia él. Esta vez no la miró. Parecía adusto y concentrado, preocupado. Siempre le llevaba mucho tiempo secarle el cabello. Cuando finalmente apagó el secador, lo devolvió sin cuidado sobre el mostrador.

—¿Murray? —Esperó hasta que la miró a través del espejo—. Una vez me dijiste que tuviera cuidado. ¿Qué quisiste decirme?

—Que no dejaras de ser tú misma.

—¿Y piensas que lo he hecho?

—No importa lo que yo piense. Tienes que decidir quién eres, quién quieres ser.

—¿Y si no lo sé?

Él puso las manos sobre sus hombros y los apretó con suavidad.

—Trata de orar al respecto.

Ella le sonrió con tristeza.

—Dios no quiere tener nada que ver conmigo. Nunca lo quiso.

—¿Por qué dices eso?

—Una vez oré. Lo hice de todo corazón y con toda mi alma. —Se encogió de hombros—. Hizo lo contrario a lo que le pedí.

Murray retiró sus manos, desabrochó la capa y se la quitó.

—Tal vez tiene un plan mejor.

Ella se puso de pie sin mirar el resultado final en el espejo. Franklin decía que Murray era el mejor, y ella no quería mirar a Lena Scott.

—Te veré dentro de dos semanas... Ava.

Ella se detuvo en la puerta y se dio vuelta para mirar a Murray.

—¿Conociste a Pamela Hudson?

—Todavía la conozco.

Franklin había dicho que Pamela Hudson había sido una estrella fugaz, que había desaparecido y estaba casi olvidada.

—¿Se arrepiente de haber dejado a Franklin?

Murray la miró, pero no le contestó. Ella tardó un momento en entender y, entonces, sonrió.

—Todo lo que alguien te diga se queda contigo, ¿verdad?

—Si alguna vez necesitas un amigo con quien hablar, llámame.

Ava entró al salón donde las manicuristas tenían sus estaciones. La muchacha que siempre la atendía no estaba y la recepcionista le pidió disculpas y le presentó a una mujer atractiva, de pelo castaño, vestida con el uniforme del salón.

—Señorita Scott, ella es Mary Ellen. Mary Ellen, la señorita Scott.

Ava se preguntó si podría relajarse con otra persona nueva más en su vida. Se había acostumbrado a la inocua Ellie, que estaba demasiado enamorada de su propia vida para hacer preguntas indiscretas sobre la de Ava.

Mary Ellen la miró a los ojos y le estrechó la mano. La mayoría de las manicuristas parecían modelos, pero Mary Ellen se veía normal y usaba el pelo al estilo paje. Ava notó que llevaba las uñas cortas y rectas, en lugar de redondeadas, como ella solía usarlas cuando tocaba el piano. Franklin decía que las uñas largas eran más sensuales, especialmente cuando estaban pintadas de rojo.

Mary Ellen sonrió y tomó sus dos manos. Ellie solía tener un cuenco preparado con agua jabonosa y hablaba mientras Ava ponía sus dedos en remojo. Mary Ellen observó las manos de Ava y volteó las palmas hacia arriba y abajo, otra vez. Masajeó una mano y luego la otra.

—Se puede saber mucho de una persona al ver sus manos. Sus manos están frías.

Ava se sentía cada vez más incómoda.

—Entonces, tengo un corazón caliente.

—O mala circulación. O está nerviosa. —Le dirigió una

sonrisa fugaz—. O mis manos son las que están frías porque es mi primer día. ¿Lo están?

Ava no respondió. Mary Ellen sacó un recipiente con agua tibia y espumosa. Ava metió una mano en él mientras Mary Ellen removía el esmalte de uñas de la otra. Usaba un sencillo anillo de matrimonio.

—Tiene unas manos hermosas, señorita Scott. Si tocara el piano, podría llegar a una octava completa sin problemas.

—Lo hacía.

Mary Ellen levantó la vista.

—Yo también. —Sonrió con humildad—. No muy bien, me temo. —Cuando terminó la mano derecha de Ava, empezó con la izquierda—. La música es buena para el alma. —Volvió a levantar la vista—. ¿Tocaba música clásica o melodías populares?

—Un poco de todo. Más que nada, himnos. —No había querido decir eso.

—¿Tocaba en la iglesia?

—Hace mucho tiempo.

Los ojos marrones de Mary Ellen se enternecieron con humor.

—Usted no es tan mayor, señorita Scott. De hecho, me parece que es probable que yo sea unos años mayor que usted.

Ava quiso cambiar de tema.

—Así que hoy es su primer día...

—Realmente, estoy aquí por error. A decir verdad, lo que me hizo conseguir este empleo fue ir a la iglesia. O volver a casa desde la iglesia. Vimos un carro estacionado junto a la carretera Arroyo Seco y a un hombre que trataba de cambiar un neumático. Charles detuvo el carro. —Se rio en voz baja—. Me da vergüenza confesar que traté de convencerlo de que no frenara. Tenía el traje puesto, y lo único que pensaba yo era cuánto costaría limpiarlo. —Miró a Ava, divertida—. Tendría que conocer a Charles para entender. Si él ve a alguien que tiene un problema, quiere ayudarlo. En fin, era Murray. Los hombres se pusieron a conversar y Charles le dijo que éramos nuevos en la zona. Vinimos porque a Charles le ofrecieron un empleo mejor, pero no conocíamos a nadie aquí. Yo tenía mi grupo de clientas en San Diego. Ahora, estoy empezando de nuevo. Murray dijo que debía venir aquí; que le faltaba una manicurista. Así que, aquí estoy. —Terminó de limpiar y preparar las uñas de Ava—. ¿Limpias o con algún color?

—Rojo. —Ava señaló el que le gustaba a Franklin.

Mary Ellen lo sacó y lo sacudió.

—Es un tono hermoso.

—Como la sangre. —Ava extendió los dedos sobre la toalla enrollada.

—O los rubíes.

Mary Ellen tarareaba mientras trabajaba. Ava reconoció la melodía y recordó toda la letra. «El más bello Señor Jesús» había sido uno de los favoritos de Mitzi. Pensar en Mitzi le recordó al pastor Ezekiel y luego a Joshua. La invadió una oleada de nostalgia. Mary Ellen levantó la vista y pidió disculpas.

—Perdón. Es una costumbre que tengo: tararear todo el tiempo. Ese himno se me pegó el domingo. Yo solía silbar, pero Charles bromeaba por eso todo el tiempo. "Las mujeres que silban y las gallinas que cacarean siempre terminan muy mal".

—Está bien. No fue por eso.

Mary Ellen volvió a agachar la cabeza sobre su trabajo.

—¿Dónde va a la iglesia?

—No voy. Ya no.

—¿Perdió la fe? —Mary Ellen parecía afligida.

Ava sonrió con nostalgia.

—No estoy segura de haberla tenido alguna vez. —Por temor a que Mary Ellen se lanzara a darle un mensaje sobre el evangelio, agregó—: Y, por favor, no empiece a citar versículos bíblicos. —Trató de mantener un tono de voz trivial—. Me crie con ellos.

Mary Ellen tenía ojos marrón claro, como de chocolate derretido en leche.

—Trataré de no tararear.

—Tararee todo lo que quiera. No me molesta.

Pero sí le molestaba. Escuchar ese himno había traído muchos otros a su mente y, con ellos, un remolino de recuerdos. Joshua llevándola a pasear en su vieja camioneta; el pastor Ezekiel en el púlpito; Priscilla parada en la puerta de la sala, invitándola a acompañarlos mientras miraban un programa de televisión; Joshua comprándole una malteada de chocolate y papas fritas; Peter mirando la serie documental *Victoria en el mar*; Joshua llevándola a caminar a las colinas; Mitzi preparando chocolate caliente en su cocina; Penny tumbada en su cama, mirando minuciosamente las últimas revistas sobre cine, y Joshua...

Joshua.

Cerró los ojos. Las últimas dos veces que lo vio, terminaron peleando por Dylan. A veces, tenía ganas de escribirle y decirle que se arrepentía de las cosas que le había dicho enojada. La última vez que lo vio, le había cerrado la puerta en la cara. Probablemente ya estaría casado con Lacey Glover, o con alguna otra chica. ¿Por qué le causaba eso un dolor agudo en el pecho? Quizás le escribiría. Podía tragarse su orgullo y decirle que él tenía razón en cuanto a Dylan. Él tenía todo el derecho de responder: «Te lo dije». También podría contarle que ella había conocido a alguien mucho más amable que creía en ella, alguien que iba a convertirla en alguien importante, en una persona a quien la gente reconocería y envidiaría, en alguien amada por la gente.

Pero sabía que no lo haría.

¿Qué pasaría si él le contestaba?

La recepcionista se acercó al puesto de Mary Ellen.

—El señor Moss llamó. Está retrasado. Un chofer está esperándola abajo. —Ava le agradeció.

Mary Ellen había terminado de aplicarle la última capa.

—¿Anoto otra cita para usted? —Parecía tan ilusionada que Ava no pudo decir que no. Iba a necesitar otra a la misma hora, la próxima semana. Mary Ellen lo anotó en su agenda. Se puso de pie mientras Ava lo hacía y sonrió afectuosamente—. Espero verla nuevamente, señorita Scott.

—Llámame Av... —Al advertir que casi cometía un error, se ruborizó—. Lena.

En algún momento mientras caminaba hacia los elevadores, Ava cedió al impulso. En lugar de encontrarse con el chofer en la entrada, se detuvo en el segundo piso, buscó la escalera y abandonó el edificio por la salida de emergencia. La alarma se disparó, y ella corrió hacia el final del callejón y se asomó, antes de caminar apresuradamente hasta el final de la cuadra y voltear en la esquina. Sabía que lo lamentaría, pero tenía que estar sola un momento. Si volvía al departamento, Franklin estaría allí.

Caminó más lento y empezó a deambular por las calles. Lo único que tenía consigo era un bolso de mano con un pañuelo, un lápiz labial y la llave del departamento de Franklin. No tenía ni un centavo para hacer una llamada telefónica, mucho menos el dinero para subirse a un taxi. Franklin decía que ella no necesitaba llevar dinero consigo.

El sol brillaba fuertemente y ella se puso sus anteojos de sol. No necesitaba preocuparse de que alguien la reconociera en la calle. Dudaba que la reconocieran incluso después del estreno mañana. Era una película muy ridícula. Otro melodrama en blanco y negro.

Después de seis cuadras, los tacones altos le hicieron doler los pies. Podía sentir que el sudor goteaba por su espalda y se preguntó si estaría empapando la chaqueta blanca de lino. Desesperada por quitarse los zapatos unos minutos, entró en una tienda por departamentos y encontró el baño de damas. Después de descansar en el sofá durante un rato, se lavó las manos y se refrescó las mejillas con agua fría. Mary Ellen había hecho un trabajo hermoso. Las puntas de sus dedos lucían bañadas en sangre. *Franklin me va a matar cuando llegue a casa.*

Era la última hora de la tarde cuando Ava llegó al departamento. Howard parecía preocupado.

—¿Está bien, señorita Scott?

Ella sentía un dolor de cabeza punzante y quería sacarse los zapatos.

—¿Está Franklin en la casa? —Howard no lo sabía. Acababa de volver de su descanso. Mantuvo la puerta del elevador abierta para ella.

Ni bien se cerraron las puertas, Ava se quitó los tacones altos y suspiró, aliviada. Abrió la cerradura del departamento, con la sensación de que había estado caminando durante días. Quizás una ducha tibia haría desaparecer el dolor de cabeza.

—¡Lena! —Los pasos de Franklin llegaron por el pasillo—. ¿Dónde estuviste? ¡Desapareciste durante horas! —Su expresión cambió de preocupación a desconfianza.

Trató de recordar lo que había aprendido en el curso de elocución que él le había hecho tomar y mantuvo la voz tranquila y fría, con dignidad.

—Disculpa. Debí haberle dicho al chofer que quería salir a caminar un rato.

—¿A caminar?

—Sí. —El valor que había reunido se encogía con cada paso que él daba hacia ella—. Fui a caminar. —Él había bebido. No mucho, pero lo suficiente para avivar las emociones que ella había entrevisto durante las últimas semanas. Los ojos azules de él parecían de acero.

—¿Quién te acompañó?

Ella pestañeó, sorprendida.

—Nadie. —Entonces, supo lo que él estaba pensando—. Fui sola, Franklin. No tenía dinero, o habría llamado a un taxi para que me trajera a casa. —Sonó a acusación. Suavizó el tono—. Lamento que te hayas preocupado.

Pasó junto a él. Un sudor frío corría entre sus omóplatos.

—¿Adónde vas?

—A la cocina. Quiero un poco de agua. Me muero de sed.

—Había estado caminando bajo el sol durante dos horas, deteniéndose muchas veces a curiosear brevemente en las tiendas. Ahora sentía que su cabeza estaba a punto de estallar.

Franklin la siguió. Ava podía sentir que sus ojos le perforaban la espalda.

—¿En serio esperas que crea que estuviste sola todo este tiempo? Con una mano temblorosa, abrió el grifo.

—Nunca te he mentido, Franklin. —Tragó el agua y se sintió mareada. Dejó el vaso en el fregadero y se dio vuelta para enfrentarlo—. Nunca estoy con nadie, a menos que tú lo hayas organizado. —La cabeza le daba vueltas. Se apoyó contra el mostrador por temor a desmayarse.

—Estuviste con Dylan, ¿verdad?

—No quiero volver a ver a Dylan nunca más. Tú, más que nadie, deberías saberlo.

Era maravilloso que Dylan hubiera aparecido en una fiesta de Hollywood a la cual ellos asistieron. Franklin lo vio primero y la alertó. Cuando ella se dio vuelta, ahí estaba él, sonriéndoles de oreja a oreja y diciendo que era un gusto verlos tan bien a ambos. En cierto sentido, Ava se sintió aliviada. Se dio cuenta de que despreciaba a Dylan más de lo que jamás lo había querido.

—Nunca se te ocurra mentirme, Lena.

Había firmado el contrato de Franklin. Él debería confiar en ella. Sabía por qué no era así. Durante los últimos dos meses, él había dejado de mirarla como a una clienta. ¿Qué solía decir Mitzi? El tren estaba viniendo y no sabía si podría bajarse de las vías.

Lena. Ava apretó sus sienes palpitantes con las palmas húmedas de sus manos. Así la veía ahora. Como Lena. Había dejado de ser Ava. Ava había desaparecido de la faz de la tierra, en lo que concernía a Franklin, y así era como lo quería. El creador de estrellas pensaba que podía eliminar a martillazos los trozos de Ava. Había trabajado con mazo y cincel. ¿Por qué no podía ser Ava en la privacidad de este departamento? ¿Por qué insistía él en que desempeñara el papel de Lena en todas partes?

Una vez se lo preguntó y él se rio. ¿Roy Scherer sonaba sensual? ¿O Archibal Leach? Rock Hudson y Cary Grant sonaban mejor. Lena Scott era el nombre para una estrella. Ese era su nombre ahora. Mejor que se acostumbrara a él.

Algo dentro de ella se resistía. Quería que la conocieran por sí misma. Ava era de carne y hueso. Lena Scott era un invento de la imaginación de Franklin. O había empezado de esa manera. Sabía que no le convenía discutir con él. Él ya lo había decidido. Lena Scott, no Ava Matthews, era la mujer que él podía transformar en una estrella.

Pero la visión que él tenía de lo que sería ella había crecido en las últimas semanas. Ella había notado el sutil cambio. Para él, Lena estaba volviéndose más real que Ava. Y él quería a Lena.

Él estaba observándola.

—Dime adónde fuiste.

Ella podía sentir el calor que irradiaba de él. ¿Estaba enojado o era algo más?

—Ni siquiera lo sé, Franklin. Solo quería caminar un poco y estar sola un rato.

—Estás sola todas las noches, en tu cama.

Hubo algo en cómo lo dijo que le puso los nervios de punta.

—Tal vez, por una sola vez, quise desafiarte. —Había querido quebrantar sus estrictas restricciones de alimentos y comprar una hamburguesa con papas fritas y una malteada, pero no tenía dinero. Entonces, caminó. Fue a un parque y se sentó en un columpio. Estuvo dando vueltas por ahí y, luego, volvió a casa—. A veces, siento que este departamento es una prisión. —No dijo que él se comportaba como un carcelero—. Estoy agradecida. De verdad lo estoy. Pero, a veces... —Negó con la cabeza—. Es tan difícil.

Las lágrimas de agotamiento nublaron la vista de Ava. No había tenido un día libre en un año y medio. Pero, por otro lado, él tampoco.

—¿Nunca te cansas, Franklin?

—Tendremos tiempo para descansar algún día.

Algún día.

—Hago todo lo que pides. Todo. Estoy tan cansada que no puedo dormir. —Había estado nerviosa durante semanas, despertándose por cualquier sonido del departamento.

—Tan cansada que supuestamente caminaste varios kilómetros, cuando deberías haber venido a casa.

Una fisura se entreabrió y ella estalló de furia.

—¡Cansada de que me digas qué debo hacer cada segundo, todos los días! ¡Cansada de que cada minuto de mi existencia esté controlado por ti!

—Cálmate. —Él se acercó.

—¡He hecho todo lo que quieres, y sigues atormentándome! —Elevó la voz y se dio cuenta de lo chillona que sonaba. Lena no hablaba así. Se quedó callada. Otra vez temblaba y se estremecía por los nervios. *¿Por qué nunca soy suficiente?*

Franklin la tomó suavemente de los brazos.

—Yo sé cuál es tu problema. Es lo que nos está pasando a ambos. No podemos seguir así, Lena. Ambos nos volveremos locos si lo hacemos.

Ava lo miró y tomó aire despacio.

Ella había conocido a Pamela Hudson en la última fiesta, un mes atrás. Franklin había sido cordial con ella y con su esposo, una clara señal de que ya no la amaba. Cuando alguien distrajo a Franklin un momento, Pamela le habló rápidamente y en voz baja.

—Tienes que tener cuidado con Franklin. —Ava le preguntó a qué se refería. Pamela frunció el ceño—. ¿No te das cuenta de cómo te mira? Todos pensaban que estaba enamorado de mí. La verdad es que él amaba a la Pamela que había creado. Acepta un consejo de alguien que conoce a Franklin mejor que él mismo. Él está al límite.

Hace mucho que lo está. —Pamela le tocó el brazo ligeramente—. Ten cuidado de que no te lleve a caer al precipicio con él.

Menos de cinco minutos después, apareció el examante de Ava. Franklin no se había molestado por la aparición de Pamela del brazo de su esposo, pero cuando vio a Dylan, se enardeció. Ella lo vio en sus ojos, lo sintió en la mano firme con la que sostenía su codo. Era como si estuviera diciéndole a Dylan: *Ella es mía. Apártate de ella, si sabes lo que te conviene.*

Dylan estaba divirtiéndose y derramó encanto y halagos. Ya había visto la nueva película. ¿Cómo? Él tenía contactos en los estudios, ¿no lo sabían?

—Bravo, *Lena*. —Sus ojos oscuros se burlaban de su nuevo nombre—. Ahora serás una propiedad muy atractiva, nena. Te felicito, Franklin. Sigues siendo el magnífico Mago de Oz.

Ava se quedó callada. Su papel en *El despertar de los zombis* no había requerido dotes de actriz. En la audición, el director simplemente le había pedido que se pusiera un traje de época y después un negligé. Él quería escucharla gritar.

Después de la aparición de Dylan, Franklin quiso irse de la fiesta.

A partir de esa noche, la tensión había ido en aumento en el departamento. Ambos sabían por qué. Los ojos azules de Franklin perdieron su intensidad de acero.

—Te deseo —dijo simplemente, casi como una disculpa—. Es algo que siento desde hace mucho tiempo.

Hoy, caminando bajo el resplandor del brillante sol californiano, ella supo a qué se enfrentaría si volvía. Franklin había estado preparándola para el rol que él quería que interpretara en la película que se estaba ejecutando en su propia mente.

Vacilante entre la gratitud y la frustración, entre la confianza y el temor, negó con la cabeza. Ella le debía todo. ¿Dónde estaría ahora si no fuera por él? Estaría en las calles, vendiendo su cuerpo como la docena de muchachas que había visto mientras caminaba al departamento. Estaba agradecida; por supuesto que lo estaba. Pero ¿por qué tenía que seguir presionándola tanto y todo el tiempo?

Apretó los dedos contra sus sienes punzantes.

—Me duele la cabeza, Franklin. —Se apartó de él, buscando distancia y tiempo.

—¿Y piensas que a mí no me duele la cabeza por haberme preocupado por ti toda la tarde? ¿No crees que me preocupo por quién ha estado contigo y qué has estado haciendo? —Volvió a acercarse a ella. Ava se sintió atrapada—. Mírame. —Cuando lo hizo, los ojos de Franklin acariciaron su rostro—. Eres Lena Scott. No puedes salir así como así a caminar. No es seguro.

—Nadie me conoce en absoluto. —Vio que el pulso de él palpitaba en su garganta y el de ella se aceleró, pero no por el deseo.

—El estreno es mañana en la noche. Dentro de una semana tendrás hordas de fanáticos enloquecidos tratando de encontrarte. Recibirás cartas de amor en el correo. —Con una mano, la agarró de un brazo, y con la otra, le retiró el cabello de la frente empapada. No la estaba tocando de manera platónica—. Quiero protegerte. —Le rozó la mejilla con sus nudillos—. Yo te prometí una vida completamente nueva, ¿cierto? Estoy cumpliendo mi promesa. ¿Te has fijado cómo te mira la gente? Entras a una sala, y todos los hombres se fijan en ti. Hasta Dylan parecía hechizado. Y eso te dio placer, ¿verdad?

Lo había hecho. La venganza fue deliciosa... por un par de segundos, hasta que vio la mirada burlona en sus ojos. Nunca la había amado. Jamás lo haría. Era incapaz de amar. Fue en ese momento que ella sintió alivio, cuando se dio cuenta de que ella tampoco lo amaba. Todavía lograba que el corazón le latiera más rápido, pero no por amor. Sentía instintivamente que Dylan era peligroso, que había gozado lastimándola y que le encantaría lastimarla otra vez. Ella nunca volvería a darle esa oportunidad, jamás.

Los primeros indicios de los celos de Franklin aparecieron la noche que ella conoció a Elvis Presley. Desde luego, ella se había impresionado, pero solo necesitó diez minutos en su compañía para saber que solo era un tipo simpático a quien le gustaban las chicas y disfrutaba llamar la atención. No lo hacía más feliz que a ella el hecho de que otros le dijeran todo el tiempo lo que tenía que hacer. A ella le gustaba su acento sureño seductor, pero notó con qué rapidez se le iban los ojos de una chica bonita a la otra. Era como un niño en una chocolatería. Apareció un fotógrafo y él pasó un brazo por su cintura. Vio que Franklin fruncía el ceño y pensó que quería que sonriera. Así que lo hizo. No pasaron dos segundos antes de que otra joven con aspiraciones a ser una estrella y su agresivo representante la hicieran a un costado. Franklin le había hecho algunos comentarios sobre su embelesamiento, y ella tuvo que recordarle que había sido él quien la acercó para que tuviera una charla personal con Elvis.

Y ahora Franklin estaba tocándola. Tomó su rostro con ambas manos.

—Me he enamorado de ti.

—Estás enamorado de Lena, Franklin. —Lo sujetó fuertemente de las muñecas.

—Tú eres Lena. —Sus manos temblaban un poco mientras le acariciaba el cabello suavemente—. ¿Sabes que no he estado con una mujer desde que te mudaste conmigo?

¿Confiaría más en ella si se rendía? ¿Aflojaría su mano de hierro y soltaría las cadenas? Jugó para ganar tiempo.

—A veces te tengo miedo.

—¿Por qué? Jamás te lastimaría.

Ella agachó la cabeza:

—Lo sé, pero...

Él levantó su mentón.

—Todos en el edificio piensan que ya dormimos juntos.

—¿Y es esa una razón para hacerlo?

—Soy un hombre, Lena, no un eunuco.

Ava sintió la avalancha que crecía en él, la necesidad. En su corazón, ella sintió un suave susurro que decía: *Corre*. Una voz más fuerte le advirtió que midiera los costos si salía por esa puerta. ¿Quería ser una indigente caminando por el bulevar Hollywood como tantas otras muchachas que habían llegado a esta ciudad devoradora de personas para realizar su sueño? Franklin le ofrecía todo, si ella desempeñaba su parte.

Sintió el impulso de ser sincera.

—Yo no estoy enamorada de ti, Franklin.

—No todavía. —Lo dijo con total confianza en sí mismo.

Tal vez se enamoraría de él. Lo respetaba. Le caía bien, la mayoría de las veces. Gimió por el dolor incesante que sentía en las sienes. Él dijo que le daría algo para el dolor de cabeza. La acompañó por el pasillo hasta su habitación.

—Solo descansa. Enseguida vuelvo. —Le trajo una píldora y un vaso con agua y se sentó en el borde de la cama—. No saldremos esta noche. —Pasó los dedos por su frente—. No te enfermes. Mañana en la noche iremos al estreno. —Se quedó un momento, y ella temió que se inclinaría sobre ella y la besaría—. Te dejaré dormir.

Se levantó y salió de la habitación en silencio.

CAPÍTULO II

Si otros vuelven, yo sigo a Cristo;
No vuelvo atrás, no vuelvo atrás.

S. SUNDAR SINGH

PESE A LOS MIEDOS DE AVA, una multitud esperaba para ver el estreno en el Teatro Fox Village. Ella y Franklin llegaron en una limusina negra y salieron al encuentro de los *flashes* de las cámaras y los micrófonos. Ella posó con su vestido largo de satén color verde bosque, mientras Franklin le sostenía la estola de visón. Luego, volvió a posar con Tim Morgan, el protagonista. Franklin intervino y le dijo que era hora de entrar.

La película no era una obra de arte, pero la mayoría de los invitados parecía disfrutarla. Un crítico se dio vuelta y le dijo a Franklin:

—La película es un pedazo de basura.

—¿Pero...? —Sonrió Franklin, imperturbable.

El hombre se rio.

—Lo hiciste de nuevo, Franklin. Es una estrella en potencia.

285

—Le guiñó el ojo a ella y se dio vuelta para ver el resto de la película.

Franklin estaba emocionado por el éxito. Fueron a festejar a la fiesta de los productores. Él le dedicó un brindis con una copa de champaña.

—Felicitaciones, Lena.

Ava había estado demasiado nerviosa todo el día como para comer algo, así que Franklin fue al bufé y preparó un pequeño plato con comida. Ella comió y pidió otra copa con champaña. Una banda tocaba música, y ella quiso bailar. Se habría quedado muchas horas más, pero él dijo que era tarde y que tenían compromisos a la mañana siguiente. Ambos estaban todavía muy alegres cuando regresaron al departamento.

Cuando Franklin metió la llave en la cerradura y abrió la puerta, Ava levantó los brazos y entró bailando un vals, cantando: «Abril en París...».

Riendo, Franklin cerró la puerta.

—Tendremos que mejorar cómo cantas.

Ella se dio vuelta y se sujetó de las solapas de Franklin para no caerse.

—Fui un éxito, ¿verdad?

—Sí. —Él agachó la cabeza y la besó. Ella jadeó levemente, sorprendida, y se ladeó hacia un costado. Él la atrapó—. Lena. —Esta vez, la rodeó completamente en sus brazos e inclinó su boca sobre la de ella. Después de un momento, se detuvo, la agarró de la mano y la llevó por el pasillo. Ella frenó en su puerta, pero se sintió arrastrada.

—Franklin.

—Shhh. —La besó otra vez, le quitó la estola de visón y la dejó caer al piso. Él la soltó el tiempo suficiente para deshacerse de su chaqueta—. Lena. —Debió haber visto algo en sus ojos, porque dejó de desvestirse para acariciarle el rostro y los hombros—. No te lastimaré. Lo juro.

Cumplió su palabra. No la lastimó. Tampoco la emocionó.

Cuando terminó, la acercó a su cuerpo.

—Quise esperar. Quise tomar más tiempo. —Suspiró, relajado—. La próxima vez será mejor.

La próxima vez. Ava supo que no habría vuelta atrás.

Dylan siempre se alejaba después de que había acabado. Franklin la retuvo junto a él. Cuando él se durmió, ella trató de levantarse. Él se despertó y volvió a acercarla.

—¿Adónde vas?

—A mi habitación.

—Esta es tu habitación de ahora en adelante. —Él deslizó un brazo debajo de su cuello y apoyó una pierna sobre las de ella—. Te amo. —Acarició el cuello de Ava con su nariz—. Hmmm. Hueles tan bien... —Suspiró—. Duérmete, Lena. —Ella reprimió la necesidad de liberarse de su abrazo y se obligó a relajarse. Él aflojó sus brazos para que ella pudiera ponerse de costado y usar su brazo como almohada, entonces la rodeó con el otro brazo, posesivamente.

Se quedó acostada, completamente despierta, escuchando su respiración, sintiendo el calor del cuerpo de él contra su espalda.

La vida sería perfecta si pudiera enamorarse de él.

Lo intentaría.

Primero, tendría que olvidar que Ava Matthews había existido alguna vez.

———

La vida de Joshua regresó a la vieja rutina: trabajar, disfrutar del tiempo que pasaba con sus amigos, leer la Biblia, escalar las colinas en sus días libres. Sin embargo, por dentro sentía crecer la intranquilidad, la sensación de que la vida y el plan de Dios tenían algo más para él que eso.

Papá había dejado una nota diciendo que tenía una reunión con la junta directiva y que llegaría tarde. Joshua calentó unas sobras para cenar. Inquieto, decidió ir al cine. No sabía qué estaban presentando, pero igual se dirigió al centro en su camioneta. Los carros habían llenado los espacios alrededor de la plaza y tuvo que estacionarse a la vuelta. La cartelera del cine anunciaba *El despertar de los zombis* con grandes letras rojas. Hizo una mueca y se dirigió a la Cafetería de Bessie, mirando al pasar el anuncio protegido por un vidrio. Sintió que le subía calor por el cuerpo y luego, frío. Retrocedió y volvió a mirar.

Joshua nunca hubiera esperado ver a Ava publicitada como la estrella de una película de terror. Ahora ella tenía el cabello negro, largo y suelto, no la masa de pelo rojo ondulado. El cartel la mostraba gritando y huyendo con terror de un zombi con los brazos extendidos.

Leyó los créditos. *Lena Scott.* Papá le había contado que ella había cambiado su nombre. Le habló de la revista de cine que le había mostrado Priscilla. Joshua fue a la boletería y reconoció a uno de los adolescentes de la iglesia.

—¿A qué hora empieza *El despertar de los zombis*?

El muchacho parecía sorprendido.

—Empezó hace diez minutos.

—Una entrada, por favor.

—¿Estás seguro? No es tu tipo de película.

—¿La viste?

—Sí... bueno... —Se ruborizó—. Tres veces, en realidad.

Era viernes en la noche y el cine estaba lleno de gente. Encontró un asiento en la fila de atrás entre dos parejas que no parecieron alegrarse de que se sentara con ellos. Los ignoró y clavó sus ojos en la pantalla grande. Era Ava, sin lugar a dudas, vestida con una crinolina, la cintura ajustada y un cuello redondo que dejaba ver demasiado.

La historia, ambientada en Nueva Orleans antes de la Guerra Civil, era lenta. Su prometido tenía una plantación con esclavos que practicaban vudú. Había una boda y Ava bailaba feliz con su galante novio, quien unos días después moría trágicamente al caer de su caballo. Mientras ella estaba de luto, su suegra fue a ver a los esclavos, quienes llevaron a cabo un ritual que garantizaba que su hijo se levantaría de la tumba. Y así fue: él volvió a la vida como un zombi que estranguló a un potencial pretendiente de la exuberante joven viuda antes de desaparecer en el pantano. Luego, llevó a cabo una masacre desenfrenada, tambaleándose entre las tinieblas para atrapar a una víctima tras otra. Afortunadamente, los productores habían dejado ese festín a la imaginación del público, aunque cada vez que alguna mujer gritaba en la pantalla, una docena de chicas del público gritaba con ella.

La música cambió, advirtiendo al público que la hermosa novia del vástago muerto —ataviada con un camisón de encajes y gasas ligeras y espumosas, y dormida en una cama con dosel—, estaba en peligro. Dos veces antes, el zombi se había quedado parado en el jardín, mirando trágicamente hacia arriba, hacia su ventana. Esta vez, abrió la puerta chirriante del mausoleo y comenzó a caminar con lentitud, tambaleándose torpemente hacia la mansión. La muchacha se volteó en la cama y luego se sentó erguida, el camisón apenas le cubría sus abundantes senos.

Joshua sintió una sacudida al verla así, a medio vestir. El calor se propagó y se centralizó cuando ella apartó las sábanas, exponiendo sus piernas delgadas y torneadas. ¿Cuántos otros tipos en ese mismo cine estaban sintiendo lo mismo que él?

La muchacha llamó a gritos a la criada, quien en ese momento estaba siendo atacada en la planta baja. Se puso una bata ligera, corrió hacia la ventana y miró afuera, a la noche iluminada por la luna. Un lobo aulló.

Joshua puso los ojos en blanco, preguntándose si un hombre lobo saldría del bosque para salvarla.

El zombi subió la escalera. Abrió la puerta y avanzó lentamente bajo la luz de una lámpara. La muchacha tendría que haber estado completamente sorda como para no oír los pesados pasos en el piso de madera del cuarto, pero allí estaba ella, asomándose hacia afuera por la ventana, esperando algo, o a alguien, con el cabello negro ondeando sobre su espalda. Se dio vuelta. Por supuesto, era demasiado tarde.

El grito de Ava traspasó a Joshua. Sonó tan auténtico que le erizó la piel de todo el cuerpo.

La escena del funeral sucedía en un antiguo cementerio. En el ataúd abierto, Ava hacía el papel de muerta con un largo vestido de novia y un velo, con flores de buganvilla esparcidas sobre su pecho como oscuras gotas de sangre. Sus hermanos lloraban mientras deslizaban el ataúd en el nicho del mausoleo familiar y luego cerraban con llave la puerta al salir. La escena cambiaba a noche. Los musgos colgaban de los árboles. La niebla se elevaba, así como la luna. El zombi estaba de pie frente a la entrada del mausoleo. Rompió la cerradura solamente con sus manos y entró. En la escena siguiente, de alguna manera había logrado sacar a su esposa del ataúd. Por supuesto, ella también se había convertido en una zombi, pero, a diferencia de su macabro esposo en la pantalla, era exquisita, aunque su expresión facial y sus ojos carecían de vida y su rostro se veía mortalmente pálido a la luz de la luna. Cuando el zombi la abrazó con sus brazos en descomposición, ella gimió extasiada. En la última escena, la pareja iba caminando de la mano, atravesando las brumas del pantano. Juntos. Para siempre.

Joshua dio gracias a Dios que la película hubiera terminado.

Un muchacho sentado dos filas adelante de Joshua resopló en voz alta:

—¡Esa sí que fue una estupidez!

—Probablemente hagan una segunda parte.

—La película es una porquería, pero ¿te fijaste en esa chica? ¡Qué bombazo!

—Oh, sí. Bien vale la pena volver a pagar otra entrada.

—Cuando se asomó por la ventana, pensé que iba a salirse de su vestido.

El muchacho se rio.

—Veámosla otra vez.

Sintiendo náuseas, Joshua salió a tomar un poco de aire. El sol se había puesto mientras estaba en el cine. Se subió a su camioneta y manejó hacia las afueras del pueblo. Se estacionó donde siempre lo hacía y escaló las colinas. Apoyó su espalda contra un montículo y levantó la vista a las estrellas. Quería irse manejando hasta Hollywood y encontrarla. Quería hacerla volver a casa. ¿Y luego qué? ¿Esposarla?

Sus latidos se habían calmado, pero sus pensamientos todavía daban vueltas. Ava se veía muy diferente. Solo alguien que la amara y la conociera bien la reconocería. Otros podrían pensar que Lena Scott se parecía bastante a Ava Matthews, pero descartarían la simple idea de que una muchacha de El Refugio pudiera convertirse en una actriz de cine, mucho menos en una que irradiaba sexo como una cortesana experta.

Tal vez Lena Scott era la doble de Ava.

Joshua se pasó los dedos por el cabello y se sujetó la cabeza. Él era un hombre y no era ciego. En los últimos tres años, ella había crecido y había madurado. Ya no era una adolescente pelirroja de carita ingenua, sino una mujer sensual de pelo negro que se hacía la inocente con una mirada mundana. No serían solo muchachos adolescentes que la desearían con lujuria. Y esos dos chicos no eran los únicos que querrían verla de nuevo.

Ava era una estrella de películas de bajo presupuesto.

Pero ese grito. La mirada que había en sus ojos. ¿Lo había actuado?

Joshua agarró una piedra y la lanzó a las sombras de la pendiente. Soltó el aire, se contuvo y levantó los ojos al cielo. Las estrellas se proyectaban en los cielos como partículas relucientes de polvo. Esperaría. Seguiría esperando hasta sentir el impulso de hacer algo más que esperar. Aunque eso no sucediera nunca.

Joshua se estacionó en la calle lateral. Papá aún no se había acostado. La luz de la cocina estaba encendida. Joshua entró por la puerta trasera y lo encontró sentado a la mesa.

—Lamento llegar tan tarde.

—No estaba preocupado.

—¿Comiste? —Joshua sacó del refrigerador ingredientes para emparedados—. Podría prepararte algo.

—Cené en la Cafetería de Bessie.

Su tono apagado hizo que Joshua le echara un vistazo.

—Viste el póster de la película.

—Sí.

—Yo fui a ver la película. —Buscó un cuchillo para mantequilla, abrió el frasco de mostaza y untó un poco en una rebanada de pan.

—¿Y?

—Es una buena actriz.

—Siempre lo fue.

––––––––

Franklin se sirvió un vaso de *whisky* y se sentó en el sofá con un guion.

—Toca algo. —Ava caminó hasta el taburete del piano—. Que no sean escalas. —Franklin parecía irritado. Había estado leyendo guiones durante días, buscando el vehículo correcto que llevara a Lena Scott a su siguiente parada en el mundo de fantasía del celuloide—. Algo suave.

Ella tocó tranquilamente, tarareando como Mary Ellen. *«Persevero hacia arriba, nuevas alturas gano cada día; sigo orando mientras continúo hacia adelante: "Señor, afirma mis pies en territorios más altos"».*

No se dio cuenta de que había empezado a cantar hasta que Franklin habló.

—Están surtiendo efecto las clases de canto. Me gusta eso que estás tocando. —Había dejado el guion a un costado—. Resume nuestra misión, ¿verdad? Tratar de llegar a territorios más altos.

Ava levantó las manos del piano cuando se dio cuenta de que había estado tocando un popurrí de himnos que Mitzi había ensamblado como preludio. Se levantó y se paró junto a los ventanales, mirando hacia la concurrida calle. Franklin aborrecía el ragtime y ella odiaba el blues. No se había propuesto tocar himnos, pero parecieron salir de la nada. ¿Estaba Dios haciéndole alguna broma cruel?

—¿Podemos ir a alguna tienda de música para que elija algunas partituras?

—No tienes tiempo para eso. Estamos tratando de convertirte en una actriz, no en una concertista. —Franklin levantó el guion descartado, lo lanzó sobre la mesa de centro y dio unas palmadas en el asiento junto a él—. Ven aquí. —Su tono de voz la enervaba, pero fue como un perro llamado por su amo. Franklin la abrazó—. Te noto distante. ¿En qué estás pensando?

Franklin ya controlaba demasiadas cosas de su vida. No lo quería dentro de sus pensamientos, también.

—¿El guion es bueno o malo?

—Olvida el guion. —Levantó su mentón y la besó. Ella resistió el deseo de retroceder, levantarse y alejarse. Él se ofendería o se enojaría; una cosa siempre llevaba a la otra. Le diría cosas que la harían sentirse más culpable aún—. Hmmm. Hueles tan bien...

—Murray está probando unos productos nuevos.

—Dile que los apruebo.

Ella no estaba de humor para lo que él tenía en mente y trató de distraerlo con cosas laborales.

—Háblame del guion.

—Una película de vaqueros bastante buena.

—¿Me ves montando un caballo y disparando un arma? —Probablemente organizaría más lecciones para que ella pudiera hacer ambas cosas, si consideraba que el guion era lo suficientemente bueno.

—Interpretarías a una prostituta con corazón de oro, como Miss Kitty Russell en *La ley del revólver*.

Qué bueno. Justo para ella.

—Miss Kitty es la dueña de la cantina, no una prostituta.

—Dos años con Dylan y Lilith, y sigues siendo ingenua. —Se levantó y fue al bar. Ella lo siguió y observó cómo volvía a llenar su vaso con Chivas Regal. Él mezcló ron y Coca Cola y lo deslizó sobre el mostrador para ella. Siempre le preparaba un trago antes de abordar algún tema desagradable. Como actuar. Él estaba empezando a darse cuenta de que ella tal vez nunca se sentiría cómoda frente a las cámaras. Habían tardado dos meses en rodar *El despertar de los zombis*, y ella había sentido nauseas cada día del rodaje. Nunca se acostumbraría a que la gente la observara a través de la lente. Se sentía como un microbio bajo un microscopio. Todo era estudiado, criticado.

—¿Alguna vez viste *La diligencia*? —Franklin chocó su vaso contra el de ella—. Esta va por el mismo camino polvoriento.

Ella bebió un sorbo. Lo había preparado fuerte.

—Odio actuar, Franklin.

—Todo el mundo es un actor, Lena, y tu talento es natural.

¿Acaso nunca la escuchaba?

—Cada vez que entro al set, siento nauseas.

—El pánico escénico es parte del oficio. Hay muchos actores que lo tienen. A veces, aporta cierta ventaja a tu actuación.

No tenía sentido discutir. No dejaría que ella dijera que no. Dejó de beber. El solo pensar en hacer otra película hizo que se pusiera tensa. Todas esas personas paradas detrás de las luces, observando cada movimiento que hacía. Era especialmente desconcertante cuando tenía que ponerse un camisón transparente.

Franklin se sentó en el taburete a su lado y habló sobre el guion.

Ella terminó su trago y se levantó. Él preparó otro mientras Ava caminaba de un lado a otro. Él siguió hablando.

—¿Podemos salir a caminar, Franklin? Me siento confinada aquí.

Él puso otro trago de ron con Coca en el mostrador y le dijo que se sentara y bebiera. Dijo que la ayudaría a relajarse, que la haría pensar con claridad.

Ella lo levantó, lo bebió de un trago y volvió a apoyar el vaso.

—¿Contento? —Se estiró en el sofá. Sus músculos se relajaron. Se sentía cálida y un poco mareada. Él hablaba de negocios, de reseñas de películas, de la competencia, de las audiciones que vendrían. Ella odiaba las audiciones.

Él se sentó en el borde del sofá y le retiró el pelo de la frente.

—Ni siquiera estás escuchando, ¿verdad?

—Odio actuar, Franklin.

—Lo sé. —Sus manos recorrieron su cuerpo—. Pero eres muy buena actuando.

No le gustó el modo en que lo dijo.

—Soy buena gritando. —Los críticos elogiaron esa parte de su actuación, aunque no tanto como su apariencia con ese delgado camisón—. Nunca seré Susan Hayward ni Katherine Hepburn. —¿Por qué no decirlo en voz alta?—. O Pamela Hudson.

Él le quitó las manos de encima.

—¿No leíste los periódicos? Su última película fue un fiasco. Su carrera se terminó.

—No me parece que le importe, Franklin.

—Ah, sí que le importa. Confía en mi palabra. La conozco. Te olvidas de que dormí con ella un año, antes de que se fuera volando como una bruja en una escoba. Se casó para impulsar su carrera.

Ava se sintió lánguida.

—Está esperando otro bebé.

—Sí. No se dio cuenta de que su Romeo maduro quería una familia.

El esposo de Pamela no era mucho mayor que Franklin, pero Ava pensó que era mejor no mencionar ese dato.

—En este negocio, los bebés son la sentencia de muerte para una carrera. —Su risa estaba cargada de malicia—. Me imagino lo que habrá pensado cuando su esposo te sugirió como la protagonista de su próxima película.

Ella lo miró fijamente.

—¿Es cierto? —No pudo evitar sentirse halagada.

—Ah. —Sonrió él—. Veo esa chispa para la actuación que hay en tus ojos. —Se alejó y se puso de pie—. Desde luego, dije que no. Tú estás en ascenso, no de bajada.

—Creí que él era uno de los mejores directores de la industria.

—Un director solo es tan bueno como haya sido su última película. Su error fue poner a Pamela en el papel principal. Ella siempre creyó que su belleza la haría triunfar.

—Tuviste fe en ella.

—Mientras me escuchó y aprendió, tuvo potencial. Ahora, no tiene nada.

—Tiene un marido. Tiene hijos. Tiene una vida.

—¿Una vida? ¿Te parece que los pañales sucios y andar persiguiendo niños es tener una vida? Tu vida es emocionante. Tú vas a ser más importante que lo que ella alguna vez soñó ser. —Le preparó otra bebida.

Ava se incorporó y la tomó. Valentía líquida.

—Todo este trabajo que estás haciendo no tiene que ver con Lena Scott, ¿verdad, Franklin? Se trata de vengarte de Pamela Hudson.

La expresión de él se volvió gélida mientras la miraba, pero rápidamente se calentó.

—Quizás lo sea, un poco. ¿No te gustaría vengarte de Dylan,

hacer que se arrepienta de haberte descartado? —Se rio y tragó su *whisky*—. Qué pareja somos, ¿verdad?

«Vanidad de vanidades; todo vanidad». El buen rey Salomón sabía de qué estaba hablando, aún en su época.

Él cambió de tema. El nuevo profesor de actuación le había dicho que ella aprendía rápido. Franklin sabía que era buena, pero tenía la intención de hacerla mejor. Ella sabía que Franklin tenía objetivos ambiciosos. Negociaría hasta que Lena Scott fuera la número uno de la taquilla y entonces la impulsaría aún más arriba. ¿Por qué no un premio de la Academia? ¿Qué tal una obra teatral en Broadway y un Tony? Nunca estaría satisfecho.

—Tengo veinte años y ni siquiera sé conducir un carro.

La miró sorprendido.

—¿Adónde irías?

—A cualquier parte. A ningún lado. ¡A algún lugar lejos de este departamento! —*Y lejos de ti*, quiso añadir. Quería escapar de sus constantes exigencias, de sus ambiciones insaciables y de su deseo físico.

Se acercó a ella.

—Estás completamente tensa otra vez. —Tocó su cuerpo como el escultor del cuadro, admirando su obra.

Ella se levantó y se sentó junto a la barra.

Franklin también se levantó y parecía molesto.

—Te dije que no sería fácil. Dijiste que podías hacer el trabajo. Te lo detallé claramente. Tú firmaste el contrato. Simplemente estoy cumpliendo mi parte del acuerdo. —Se acercó y se paró frente a ella, cercándola nuevamente.

—Lo sé, Franklin. —A veces se sentía muy cansada. Estaba corriendo una carrera que no sería capaz de ganar.

—Pues, ahí lo tienes. Tenemos un acuerdo. Requiere tiempo y dedicación de nuestra parte. Hicimos un pacto. Yo he consagrado mi vida a ti.

—Tienes otros clientes, ¿verdad?

—Ninguno como tú. Todos son actores secundarios, actrices de reparto, y a todos les va bien, te lo aseguro. —Tomó el rostro de ella entre sus manos—. Tú eres especial, Lena. Te amo. Estoy haciendo todo esto por ti. —Parecía tan serio, tan sincero; ella sabía que él creía en todo lo que decía.

Ella se retrajo cuando sonó el teléfono. Él la besó levemente.

—Es la propuesta que estaba esperando. —Se paró junto al teléfono y le guiñó un ojo. Lo dejó sonar tres veces más, antes de contestar—. ¡Tom! Qué bueno tener noticias tuyas.

Ava regresó al piano. Era el único lugar de este mundo blanco y negro donde se sentía en casa. Tocó algunas notas. Franklin le chasqueó los dedos y sacudió la cabeza. Ella tenía ganas de tocar «Maple Leaf Rag» a golpes, pero cerró el piano como una buena niña y se dirigió a su cuarto. Franklin tapó el receptor con la mano.

—Siéntate en el sofá.

Se desplomó en el sofá y se estiró completamente. Cerró los ojos, deseando poder cerrar los oídos también. Así no habría tenido que escucharlo vendiéndola como a un carro usado. *Lena puede hacer esto; Lena puede hacer aquello; Lena puede hacer cualquier cosa que quieras.* Si no podía, Franklin se aseguraría de que aprendiera a hacerlo.

—¿Que si sabe nadar? —Ni siquiera la miró—. Como un pez. —Escuchó durante un minuto y luego se rio—. ¿Una sirena? Suena intrigante. Envíame el guion. No puede ser esta semana, Tom. Imposible. Su agenda está llena. Será mejor que envíes el guion con un mensajero, si quieres que lo lea pronto. No paran de llover ofertas.

Un poco exagerado. Solo había siete guiones sobre la mesa. ¿Una sirena? ¿Cuánto tiempo querría el director que se quedara bajo el agua? Ya estaba ahogándose.

—¿Estás tomándome el pelo? —Esta vez, la risa de Franklin fue auténtica. Escuchó y soltó una risita cínica—. Bueno, eso sí que no lo esperaba. Suena ideal para él. Supongo que mamita puede hacerlo posible. —Colgó con la boca torcida—. Dylan entregó una propuesta para un programa de juegos por televisión. Está tratando de reunir patrocinadores.

Franklin se lanzó de lleno a la trama de una sirena que rescataba a un pescador que había caído por la borda durante una tormenta.

Ava suspiró.

—¿Así que ahora seré una sirena en lugar de una prostituta con corazón de oro?

Franklin revolvió los guiones y le lanzó uno sobre el estómago.

—Siéntate y revísalo. Ese mostrará otra cara de tu talento.

Ava reconoció el título y lo dejó caer al piso.

—No sé cantar ni bailar tap.

—Estás aprendiendo.

—¡Franklin! —Sintió una burbuja de pánico—. ¡Acabas de decirle a Tom Fulano que enviara su guion con un mensajero!

Él recogió el guion que había desechado como una papa caliente y lo agitó delante de ella.

—Este es mejor para tu carrera, y la producción de Tom no estará lista para rodar hasta dentro de cuatro meses. Tendrás tiempo para hacer las dos películas, siempre y cuando el guion de Tom resulte ser tan bueno como él dice.

El corazón de Ava se agitó como un pájaro atrapado en las manos de Franklin. Cuanto más luchaba, más firmemente la apretaban sus dedos.

—No soy Debbie Reynolds.

—Ella tampoco sabía bailar cuando firmaron el contrato para *Cantando bajo la lluvia.* Aprendió durante el rodaje, cuando Fred Astaire la encontró sollozando debajo de un piano después de una escena de baile con Gene Kelly.

—¡Tampoco soy Esther Williams!

—¡Deja de preocuparte todo el tiempo! Puedes hacerlo.

—¡No puedo!

Él perdió la paciencia.

—Puedes y lo harás. Yo consigo los papeles y tú aprendes lo que tienes que aprender para hacerlos. Esa es tu parte en nuestro plan. ¿Recuerdas? —Lanzó el guion sobre el sofá—. ¡Léelo! Es una buena película, buen dinero, ¡y no vamos a rechazarlo!

¿Buen dinero? Se estremeció por dentro, impulsada por el miedo y la ira.

—Todavía no he visto ni un dólar de todo mi trabajo en esa película de zombis.

Él se dio vuelta con los ojos entrecerrados.

—¿Estás insinuando que te estoy estafando?

—¡Yo no dije eso!

—Más te vale que no. Solo para que nos entendamos. Ya he invertido una buena cantidad de mi dinero en ti. Lo poco que ganaste está bien guardado. Algún día tendrás un buen colchón.

—No me molestaría disfrutar una almohadita ahora mismo.

—¿En qué lo gastarías? —Sonrió apenas—. ¿En zapatos?

—¡En lecciones para aprender a conducir!

Él se rio como si ella hubiera dicho un chiste.

—Tengo que hacer algunas llamadas más. —Se dirigió a su oficina—. ¡Lee el guion! ¿Quién sabe? Podrías descubrir que amas el tap.

Sonó a que ya había cerrado el trato. Ella sintió el peso de gruesas cadenas. No podía lanzar el guion a la basura, por más ganas que tuviera. Había entregado su vida con una firma. Franklin era su dueño.

Por lo menos la amaba. O ella creía que así era. Por lo menos no la había abandonado a su suerte ni se había ido con otras mujeres como Dylan. Él no tenía la intención de romperle el corazón y arruinarle la vida. Todo lo contrario. Frustrada, se dijo a sí misma que dejara de lloriquear y de quejarse. Se peinó el cabello con los dedos y lo recogió en una coleta. Se levantó y revolvió los cajones de la cocina buscando una de las bandas elásticas que ataban los periódicos matutinos. Se sentó en el sofá con las piernas cruzadas y abrió el guion.

Franklin volvió a la sala.

—¿Qué rayos...? —Cruzó la sala y estiró el brazo para alcanzarla. Asustada, ella se echó hacia atrás. Él enganchó un dedo en la banda elástica y tiró de ella, arrancando algunas hebras de cabello al hacerlo. Ella ahogó un grito de dolor mientras el cabello volvía a caer sobre sus hombros—. ¿A qué estás jugando? —La miró furioso.

Se quedó mirándolo, impactada por la intensidad de su enojo.

—No estaba jugando a nada. —Fue la primera vez, en mucho tiempo, que había sido simplemente Ava.

<hr />

Los alumnos de la preparatoria Thomas Jefferson generación 1950 llenaban el Hotel El Refugio. Habían llegado setenta y ocho para la reunión organizada por Brady y Sally Studebaker, Henry y Bee-Bee Grimm y Joshua, quienes habían dedicado semanas a jugar a los detectives para rastrear a sus compañeros de clase. Solo habían pasado siete años desde la graduación, pero pensaban que ya era hora de reunir a los amigos. Sally y Bee-Bee querían una cena formal con baile. Brady, Henry y Joshua querían un picnic informal en el Parque Ribereño. Llegaron a un acuerdo de una comida bufé y un baile en el hotel, con un DJ local que se ocuparía de atender la música toda la noche.

La mayoría de los que vivían fuera del lugar habían llegado varios días antes; algunos se alojaban en el hotel; otros, con sus padres que todavía vivían en El Refugio. Janet Fulsom y su esposo, Dean, llegaron en carro desde el Valle Central. Steve Mitchell trajo a su familia desde Seattle. Él y su esposa dijeron que no habían tenido una salida nocturna desde que tuvieron a los mellizos, y agradecían que los padres de Steve los tuvieran entretenidos esa noche. Lacey Glover se había casado con un agente inmobiliario de Santa Rosa y estaba embarazada de siete meses.

Joshua vio a Dave Upton llegar con su esposa. No había visto la confirmación de su asistencia, y la fiesta estaba en pleno apogeo cuando entraron por la puerta. Dave lucía como un empresario exitoso con un traje negro, camisa blanca y corbata. Lo único que le faltaba era el maletín de cuero negro. Traía a su esposa del brazo, una rubia delgada ataviada con un vestido negro sencillo. Dave miró alrededor, como si buscara a alguien. Cuando sus ojos se encontraron, Joshua sonrió y levantó una mano para saludarlo. Dave se inclinó para hablarle a su esposa y la guio en el sentido opuesto.

Costaba dejar atrás los viejos rencores, supuso Joshua. Esperaba que tuvieran una oportunidad para hablar. Joshua habló con Lacey y su esposo, mientras Sally y Brady bailaban *be-bop* como una pareja de adolescentes.

La risa de Sally hacía sonreír a Joshua. Ella había empezado a llevarse mejor con su madre desde que estaba con Brady. La pareja llevaba a Laverne a la iglesia y después volvía a su casa para la cena dominical. Sally decía que estaba empezando a entender cómo dos personas podían pelear sin dejar de amarse la una a la otra. Mitzi había invitado a Laverne al almuerzo para damas, donde Laverne se vio reclutada por un grupo de damas que hacía acolchados. Tenía mucho para mantenerse ocupada, lo cual hacía menos complicada la vida de Sally.

Joshua se había sentado en una silla en una mesa vacante cuando oyó una voz grave cerca de él.

—Me enteré de que tú y Sally fueron pareja por un tiempo. —Joshua miró hacia arriba y vio a Dave de pie junto a su esposa. Joshua se levantó por respeto. Dave levantó la cerveza que tenía en la mano—. Lamento que las cosas no hayan resultado entre ustedes. —No sonaba a que lo lamentara en lo más mínimo. Su esposa lo miró, sorprendida, y luego a Joshua para evaluar su reacción.

—En realidad, diría que las cosas resultaron muy bien. —Joshua hizo un gesto con la cabeza hacia Sally y Brady, que ahora se abrazaban para un vals y se veían felices. Joshua empujó hacia atrás una segunda silla—. ¿Les gustaría acompañarme? —Le sonrió a la esposa de Dave—. Por cierto, soy Joshua Freeman.

—Kathy. —La rubia esbelta se presentó sola y le tendió la mano. Su sonrisa alcanzó sus ojos azules—. Dave parece haber olvidado sus modales. —Le estrechó firmemente la mano.

A Joshua ya le caía bien.

—Un placer conocerte, Kathy.

—David me ha hablado mucho de ti en estos años. —Dave le dirigió una mirada, pero ella no lo notó. Cuando la tomó del codo con una mano, Joshua entendió que deseaba estar en cualquier parte menos ahí. Kathy forcejeó para liberarse y se sentó en la silla que Joshua le había ofrecido.

—Pensé que querías bailar. —Dave no disimuló su enojo.

Ella levantó la vista hacia él.

—Dijiste que preferías no hacerlo.

—Cambié de parecer.

—Entonces, ve. Tienes muchas amigas aquí. Baila con alguna de ellas. Quiero conocer a Joshua. —Giró hacia Joshua—. David dijo que habían estado juntos en los Niños Exploradores.

Furioso, Dave soltó una risa fría, arrastró una silla hacia atrás y se sentó.

—Joshua era un verdadero fanático. Tenía que ganar todas las insignias. ¿No es así? Llegó al rango más alto antes de graduarse de la preparatoria. Hizo una rampa para la biblioteca para que los veteranos lisiados pudieran ir a sacar libros. —Estrechó la mirada—. No fuiste a la universidad, ¿o sí?

—No podía pagarla.

—Qué mal. En esta época no puedes llegar muy lejos sin un título. —Dave no le prestó atención a la vergüenza evidente de Kathy. Ella lo miró fijamente, pero él siguió hablando—. Ni siquiera has salido de El Refugio, ¿cierto?

—Pasé tres años en el Ejército.

—Ah, lo olvidé. Te alistaste, ¿cierto?

—Me reclutaron.

—Creí que tal vez te habías alistado para compensar a tu padre.

Joshua sintió que se acaloraba, pero se dominó.

—¡David! —Kathy le apoyó una mano en la rodilla—. ¿Qué pasa contigo?

Dave le sujetó la mano con la suya, pero miró furioso a Joshua.

—Carpintero. ¿No es eso lo que eres?

—Sí, eso soy.

Dave soltó una risa burlona.

—Joshua fue votado como el que tenía más probabilidades de tener éxito en la vida. Y ahora construye esos bungalós de mal gusto que están por todas partes como una plaga. ¿Todavía vives con tu padre? Apuesto a que ni siquiera puedes pagar un lugar propio.

Kathy retiró su mano y lo miró fijamente como si no lo conociera, y mucho menos le agradara. Una disculpa fugaz pasó por el rostro de Dave.

—Vamos. —Dejó el vaso vacío sobre la mesa y tomó la mano de Kathy—. Bailemos.

Ella se soltó.

—Prefiero hablar con Joshua.

—Haz lo que quieras. —Se levantó y se marchó.

Kathy lo observó mientras se alejaba.

—No sé qué lo está molestando. —Volvió a mirar a Joshua de frente—. Perdona que Dave haya sido tan grosero. No suele ser así.

—No tienes que pedir disculpas. —Joshua vio que Dave se había sumado a una pareja de compañeros de fútbol americano que estaban en la barra. Esperaba que las cosas no fueran de mal en peor.

Kathy también lo vio.

—Solo hemos venido un par de veces a El Refugio a visitar a sus padres. —Le sonrió a Joshua—. He conocido a Paul Davenport y a Henry Grimm. Hablan de ti. Paul dijo que ustedes cuatro eran amigos muy unidos cuando estaban en la escuela primaria. Dijo que hubo una pelea, pero no me contó por qué fue. ¿Querrías contarme tú?

—Mejor pregúntale a Dave.

—Ya lo hice. Dice que no se acuerda. —Frunció el ceño—. Obviamente sí se acuerda. ¿Qué quiso decir con eso de compensar a tu padre?

—Mi padre habló en contra de poner a los norteamericanos de origen japonés en los campos de reclusión. El tío de Dave estaba en uno de los barcos atacados en Pearl Harbor. —Joshua pudo ver que Kathy sacaba sus propias conclusiones.

Kathy aún parecía afligida, pero no insistió. En cambio le hizo preguntas sobre El Refugio y el Parque Ribereño. Quería saber sobre las aventuras en bicicleta. Pasó media hora hasta que Dave volvió y se sumó a ellos. Kathy sonrió y le tomó la mano. Dave se sentó junto a ella. Parecía un poco más apacible.

—Joshua estaba hablándome de los buenos tiempos en que tú, él, Paul y Henry solían subir en bici a las colinas. Dijo que una vez los persiguió un toro.

Dave parecía querer decir algo. Kathy le dio oportunidades, pero se quedó callado.

Joshua trató de facilitarle las cosas.

—Tu padre le dio a mi papá tu dirección. Así fue como supe adónde enviar la invitación.

—¿Ellos se conocen?

—Son amigos desde hace un tiempo. A los dos les gusta pescar.

Papá se había encontrado con el padre de Dave a orillas del río Ruso poco después de que Dave se fuera a la universidad.

Michael Upton sabía que Dave le había dado una paliza a Joshua. No había sido idea de él. Le habló de su hermano, quien falleció en el ataque a Pearl Harbor. Papá le contó sobre las industriosas familias Nishimura y Tanaka, y de cómo Bin Tanaka había combatido honorablemente en Europa. Mientras estaban en el campo de reclusión, sus propiedades habían sido embargadas y vendidas a Cole Thurman. Ese día terminaron teniendo una larga conversación y varias semanas después se reunieron para ir de pesca. Papá y Michael Upton se habían hecho buenos amigos.

Joshua le dio a Dave unos segundos para que lo asimilara, antes de añadir sus propios sentimientos.

—Tenía la esperanza de que vinieras esta noche, Dave. Ha pasado mucho tiempo, amigo. —Cuando Dave no agregó comentario alguno, Joshua se puso de pie—. Me dio gusto verte. —Asintió con la cabeza hacia Kathy—. Ha sido un placer, Kathy.

CAPÍTULO 12

¿Por qué no debiera, si tuviera el valor para hacerlo,
como el ladrón egipcio a punto de morir,
matar a lo que amo? Celos salvajes son,
que a veces saben a nobleza.
WILLIAM SHAKESPEARE

JOSHUA SE QUEDÓ DORMIDO ni bien apoyó la cabeza sobre la almohada. Se despertó en la oscuridad. El teléfono sonaba, pero eso no era extraño. Las llamadas a medianoche eran parte del trabajo de papá como pastor. Joshua se dio vuelta en la cama y se puso la almohada sobre la cabeza. Acababa de quedarse dormido cuando papá le puso una mano en el hombro.

—Es para ti, hijo.

—¿Quién es?

—No lo dijo.

Aturdido, Joshua se incorporó y se restregó la cara. Se puso una camiseta de manga corta y fue a la sala de estar.

—¿Hola?

—Soy yo.

Dave.

—¿Estás bien?

307

—Estoy ebrio, pero quiero hablar contigo. —No lo dijo en un tono agresivo.

Joshua había tratado de hablar con él durante años. Dave nunca estuvo dispuesto. ¿Ahora quería hablar, estando borracho y a mitad de la noche?

—¿Dónde estás?

—En una cabina telefónica junto a la estación del ferrocarril. ¿Qué te parece mañana? —Dijo una grosería—. Ya es mañana, ¿cierto? ¿Qué te parece hoy? Kathy y yo nos vamos en unas horas. Tengo que estar de vuelta en Los Ángeles el lunes por la mañana. —Arrastró las palabras—: ¿Qué hora es, de todas maneras? No puedo ver mi reloj. —Joshua se lo dijo. Dave escupió otra palabrota—. ¿Hay algún lugar abierto tan temprano?

—La Cafetería de Bessie. —Ya tendría el café en marcha—. ¿Sabe Kathy dónde estás?

—Ajá. Dijo que no quiere hablar conmigo hasta que yo hable contigo.

Genial. A Joshua le habría gustado más que la charla hubiera sido por iniciativa de Dave.

—Te veo en la Cafetería de Bessie dentro de media hora. —Eso le daría tiempo suficiente a Dave para caminar desde la estación. Tal vez el aire frío de la noche le aclararía la cabeza.

La campana tintineó cuando Joshua entró a la cafetería. Vio a Dave sentado ante una mesa con los hombros encorvados y las manos alrededor de una taza de café humeante, como si sostuviera el elixir de la vida. Todavía tenía puesto el traje Brooks Brothers, pero le faltaba la corbata italiana y tenía abiertos los dos botones superiores de la camisa. Joshua se sentó al otro lado de la mesa. Susan dejó una taza sobre la mesa y la llenó con café humeante recién hecho. Volvió a llenar la taza de Dave sin preguntar. Dave masculló un agradecimiento apagado, pero no levantó la cabeza hasta que Susan regresó detrás del mostrador y ya no pudo escucharlo.

—¿Qué nos pasó, Josh?

—Dímelo tú, Dave.

Dave sacudió la cabeza con ojos rojos y lagañosos.

—Tú eras mi mejor amigo en el mundo.

—Sigo siendo tu amigo.

—No, no lo eres. —No parecía feliz al respecto.

—¿Por qué piensas eso? —Notó que los ojos de Dave miraban fijo la cicatriz que le había provocado en el pómulo izquierdo. Con los años, casi se había desvanecido.

—Dije que tu padre era un traidor. Te golpeé. Delante de todos. No quisiste pelear. Yo quería molerte a palos, pero después de los primeros golpes, lo único que hiciste fue agacharte y esquivarlos. Te dije cobarde. No quisiste devolver los golpes. *¿Por qué?*

Dave parecía enojado y frustrado, pero Joshua sabía que la vergüenza era lo que más le molestaba. No había sido una pelea justa. Todos los que la vieron lo sabían, y Dave había tenido que pagar el precio.

—Yo sabía que papá no era un traidor. Y no quería pelear con mi mejor amigo, especialmente porque sabía que todavía estabas sufriendo por la muerte de tu tío.

A Dave no le agradó la respuesta.

—Siempre fuiste más rápido que yo. Podrías haber acabado todo el asunto con un solo puñetazo.

—¿Un puñetazo te habría hecho cambiar de opinión?

—No. Quizás. —Dave se frotó la nuca. Dijo una palabrota en voz baja—. No lo sé. —Desvió la mirada.

—Fue hace mucho tiempo.

—No sé qué decir. —Dave se pasó los dedos por el cabello.

—Sí lo sabes. —Joshua bebió un sorbo de café—. Solo que no tienes las agallas para decirlo. —Cuando Dave levantó la cabeza, Joshua sonrió—. Suéltalo ya y termina con el asunto. —El orgullo siempre había sido un obstáculo para Dave—. No te matará.

Dave dijo una grosería, pero no con malicia.

—De acuerdo. Lo siento. —Parecía y sonaba sincero.

—Disculpas aceptadas. —Joshua dejó su taza a un costado de la mesa, apoyó su codo en la mesa, con la mano elevada y abierta. De niños, solían jugar vencidas—. Tú solías ganar, ¿recuerdas? Creo que ahora puedo vencerte.

—¿Eso crees? —Dave aceptó el reto.

El juego terminó rápidamente y Dave se rio.

—Supongo que la carpintería te ayuda a formar músculos.

—Tú has estado sentado detrás de un escritorio, suavizándote.

Recordaron y se rieron de las diabluras inocentes que se hacían el uno al otro, los lugares a los que habían ido con Paul y con Henry. Bebieron café hasta que Dave volvió a estar sobrio y tuvo hambre, y entonces ordenaron un desayuno abundante.

Dave estaba concentrado en su filete.

—¿Alguna vez has pensado en salir de El Refugio, Joshua?

—Una o dos veces. —En los meses después de que Ava se había escapado con Dylan. Quería ir de caza.

Dave cortó un trozo de carne.

—Mi suegro está en la industria cinematográfica. Es un pez gordo. Conoce a todo el mundo. Los estudios contratan carpinteros para que hagan los platós. Si alguna vez te interesa vivir en Hollywood, avísame. —Sumergió el trozo de carne en salsa A.1.—. Yo podría conseguirte un empleo.

Joshua sintió que algo se movía en su interior. ¿Estaba Dios abriendo una puerta?

—Lo pensaré.

—Lamento lo que dije sobre esos bungalós que construiste. Cualquier cosa que hayas hecho es excelente. Incluso esa rampa. —Metió otro pedazo de carne en la salsa—. Yo no puedo poner ni un clavo derecho. Pregúntale a Kathy.

—Sabías cómo lanzar un balón de fútbol americano. —Eso le había otorgado a Dave una beca completa.

—Podrías haber ido a la universidad después de servir en Corea —dijo, frunciendo un poco el ceño—. ¿Por qué no lo hiciste?

—Supongo que es aquí donde Dios me quiere.

—¿Estás seguro de eso? Quiero decir, no estás ganando precisamente una fortuna.

Joshua se rio.

—Soy más rico que el rey Midas, Dave. —Se dio cuenta de que su amigo no lo entendió.

Esa noche, Joshua le contó a papá sobre la mañana que había pasado con Dave antes de que se fuera a casa a recoger a su familia. Kathy conduciría la mayor parte del camino hasta que Dave durmiera lo suficiente para relevarla.

Papá se quitó los anteojos para leer.

—¿Solucionaron sus cosas?

—Llevó bastante tiempo.

—¿Tienes algo más en mente?

Joshua no le habló a papá sobre la propuesta que le había hecho Dave de un empleo en Hollywood. Necesitaba orar por el tema. Quizás no fuera una buena idea empezar a buscar a Ava. Por otro lado, ¿estaría alguna vez en paz si no lo hacía?

Ava había temido la escena romántica durante toda la semana, sabiendo perfectamente que Alec Hunting, el protagonista, estaba enamorado de ella.

Franklin bromeaba acerca de eso, pero ella sabía que no le gustaba. El guion dictaba que Alec se enamorara de Helena, la protagonista, mientras que Ava hacía de la amiga que estaba secretamente enamorada de él. Se suponía que el beso sería puramente platónico y debía conseguir que las mujeres del futuro público derramaran algunas lágrimas. Franklin le había dicho unas cien veces que esta escena podía lograr que su carrera se disparara. Si ella podía llevarla a cabo. Franklin había ensayado con ella durante horas antes de quedar satisfecho con su actuación.

El momento había llegado. Ella había dicho todas sus líneas.

Solo faltaban el beso y la larga y conmovedora mirada mientras Alec se marchaba. En el instante que Alec la tomó en sus brazos, ella dio un grito ahogado, sabiendo que habría problemas. El director gritó: «¡Corte!», pero Alec no dejó de besarla.

«¡Corte!».

Escuchar las risas fue bastante malo, pero entonces Ava escuchó los insultos de Franklin. Algún objeto se hizo pedazos. Se oyeron exclamaciones de sorpresa. Casi cayó al piso cuando Alec fue arrancado de ella. Retrocedió con torpeza, jadeante. El director gritaba otra vez. Dos hombres agarraron por los brazos a Franklin antes de que pudiera golpear a Alec. Ahora, Alec también lanzaba insultos. Los hombres los sujetaron a ambos, alejándolos.

Exasperado, el director gritó: «¡Sáquenlo de aquí!».

Los dos hombres arrastraron a Franklin hacia la salida, mientras él gritaba que le haría tragar los dientes a Hunting si volvía a tocar a Lena.

Alec se sacudió de encima las manos que lo sujetaban y se rio.

—¡Ese tipo está loco!

—¡No deberías haberme besado así!

—Se cree tu dueño. Deberías abandonarlo y buscarte alguien que tenga la cabeza un poco más fría. —Una maquilladora secó delicadamente la transpiración de su rostro—. Menos mal que no me golpeó, o ya estaría demandándolo.

El director volvió a su asiento y les gritó que volvieran a sus marcas para rodar otra toma.

—Esta vez, que sea dulce y casto, Hunting, ¡o yo mismo te daré una paliza por desperdiciar cinta!

Esta vez Ava estropeó la escena. Obviamente Alec creyó que su beso la había estremecido. Mostró la famosa sonrisa que extasiaba a las mujeres y hacía que le escribieran miles de cartas de amor.

—No te preocupes. Lo mantendré amistoso. —Ella estaba demasiado distraída para hacerle un reproche, preocupada por Franklin, allá afuera, caminando de un lado a otro, furioso. Se necesitaron cinco tomas para que la escena quedara bien. Cuando Alec volvió, ella pasó rápidamente por su costado. Alec le atrapó una muñeca. Ella se soltó bruscamente. El director llamó a Alec e intercambiaron unas palabras. Alec se marchó enfurecido del plató.

—¡Estos hombres! —Helena suspiró teatralmente—. No se puede vivir con ellos, y tampoco sin ellos. —Le guiñó un ojo—. No te preocupes, Lena. Se ha vuelto un cliché que el actor principal se enamore de la actriz principal.

—¿Estás enamorada de él?

—¿Yo? ¿Estás bromeando? Me refería a ti.

—Puedes quedártelo.

Helena se rio.

—No, gracias. Estoy felizmente casada.

—¿Casada?

—Shhhh. El estudio quiere mantenerlo en secreto. Arruinaría la fantasía de mis fans, pero me mantiene a salvo de los coyotes imberbes como Alec Hunting.

Franklin estaba esperándola en el camerino, tenso como un tigre a punto de saltar.

—¿Te hicieron hacer la escena otra vez?

—Sí. —No le dijo cuántas veces. Su expresión le indicó que ya lo sabía—. A Helena la trata con respeto.

—No está enamorado de Helena.

—Tampoco está enamorado de mí, Franklin, y Helena está casada. Esa es la diferencia. Tal vez si le dijéramos que estamos casados, no pensaría que puede tomarse tales libertades.

La expresión de Franklin se alteró.

—¿Quieres que nos casemos?

Ella se sentó. ¿Quería? Se miró en el espejo y se arregló el cabello.

Él apoyó las manos sobre sus hombros.

—Estás temblando.

—¡Casi le diste un puñetazo!

Sus dedos se tensaron.

—Lo habría hecho si no me hubieran detenido. —Se calmó y presionó firmemente los músculos tensos en el cuello de Ava—. Quizás tengas razón. Quizás deberíamos casarnos. Así, ninguno pensaría que puede pasarse de la raya.

—¿Lo dices en serio? —Se encontró con su mirada en el espejo y supo que sí. Ya lo había decidido.

—La hoja de rodaje no te tiene programada hasta el viernes. —Había vuelto a su modo profesional—. Eso nos da tres días. Podemos ir manejando hasta Las Vegas, hacer una ceremonia privada en una capilla para casamientos y volver a tiempo para rodar el viernes.

—Qué romántico. —Le quitó las manos de los hombros y se levantó. Quería gritar. Quería llorar. Pero Lena Scott no haría ninguna de esas cosas.

—Fue tu idea, Lena. ¿Cuánto hace que vivimos juntos? Más de dos años. ¿Por qué no legalizarlo?

—Qué hermosa propuesta. —Le dio la espalda.

La tomó firmemente de la cintura y la hizo darse vuelta.

—Ya sabes que te amo. —No le preguntó si ella lo amaba. Si efectivamente se casaban, ¿sería menos celoso, menos desconfiado, menos posesivo? Le preguntó si estaba seguro. Él dijo que sí y la besó.

Regresaron al departamento. Franklin empacó por ella: dos conjuntos, nada apropiado para una boda. Ella mantenía la esperanza de que cambiara de idea. Él notó que estaba callada.

—Más adelante tendremos una luna de miel.

Mientras iban a Las Vegas, él dijo que las cosas irían aún mejor entre ellos una vez que estuvieran casados. ¿Tal vez sí quería construir una vida con ella y no solo una carrera?

Letreros de neón anunciaban las capillas para casamientos. Franklin eligió una que a Ava le recordó a una miniatura de la Iglesia de la Comunidad de El Refugio, excepto por las brillantes luces en lugar de la cruz en la torre. El propietario tenía un perchero con esmóquines negros y vestidos blancos para elegir: algunos eran sencillos, otros con encajes y perlas, algunos de confecciones con muchas capas. Ava tenía ganas de vestir de negro, pero eligió satén blanco. La esposa del propietario insistió en que usara un velo y le entregó un pequeño ramo de flores de tela, que probablemente había sido usado cientos de veces antes por cientos de otras novias que habían pasado por allí para una boda rápida. Franklin se paró ante el altar; se veía apuesto con el esmoquin alquilado. Sus ojos brillaron cuando ella se paró junto a él. A lo mejor, todo estaría bien. Cuando él sonrió, ella puso su mano en la suya y le correspondió la sonrisa.

«Estás muy hermosa. Deberíamos haber hecho esto hace mucho tiempo».

La ceremonia duró solo unos minutos. Franklin le puso en el dedo un simple anillo de oro. ¿La capilla también tenía una colección de esos a la venta? Firmaron los papeles y recibieron su acta de matrimonio. Eufórico, Franklin la llevó a un casino para la cena de bodas. Pidieron champaña. El sonido de las tragamonedas y de las campanas que anunciaban a los ganadores violentaba los sentidos de Ava. Le dijo a Franklin que quería irse arriba. Quería silencio. Franklin pensó que quería sexo. Ella hizo su papel como Lena Scott. Quizás demasiado bien.

—No sabes cuánto te amo, Lena. Dime que me amas.

—Te amo, Franklin. —En verdad, lo dijo para calmarlo. Se forzó a decirlo como si lo sintiera de verdad. Quería que así fuera. Lo dijo de nuevo porque él no le creyó. Siguió diciéndolo porque quería desesperadamente que fuera cierto.

━━━━

Joshua se levantó temprano e hizo café. No había dormido mucho. Había empezado a soñar con Ava otra vez, sueños muy vívidos que lo acosaban.

Papá volvió de su caminata matutina y entró por la puerta de atrás.

—Te levantaste temprano.

—Una noche difícil. —Se frotó la cara.

Papá se sirvió una taza de café y se sentó a la mesa. Joshua se levantó.

—¿Qué te parece si preparo un poco de tocino y unos huevos revueltos?

—Siéntate, hijo.

Lentamente, Joshua se sentó de nuevo.

—¿Pasa algo?

Papá lo miró por encima del borde de la taza.

—Michael me contó que Dave te ofreció un empleo el verano pasado.

—Sí. He estado orando por el tema.

—No estaría de más llamarlo. Si aparece un empleo, tendrás la respuesta.

Cuando Franklin por fin se durmió, Ava se escurrió de sus brazos y se encerró en el baño. Se quedó parada bajo el chorro de agua caliente y se refregó todo el cuerpo. Insensible, apoyó las palmas contra los azulejos y dejó que el agua aporreara su carne. Las palabras brotaron espontáneamente, intensas y nítidas. *«Precioso es el raudal que limpia todo mal...».* Podía escuchar a Mitzi. *«Un día, recordarás todo esto. Créeme».*

Todos esos himnos antiguos la perseguían.

Aparecieron las lágrimas. Sabía que si aflojaba y se entregaba al llanto, Franklin la escucharía. Entraría y querría saber qué le pasaba. ¿Y qué podría decirle? ¿Que se había casado con él porque no se atrevía a decirle que no?

La letra del himno se le pegó en la cabeza como un abrojo. No podía sacársela de la mente. *«Solo de Jesús la sangre...».* Se apretó las manos contra los oídos y suplicó: «Déjame en paz». Pero no pudo dejar de escuchar lo que estaba en su mente.

A veces quería volver atrás. Pero era demasiado tarde. Dylan había dicho que El Refugio era un pueblo sin futuro, que no tenía nada para ofrecer. Ella también tenía que pensar de esa manera, o se pasaría el resto de la vida lamentándose.

Ava cerró la llave de la ducha y se secó.

Lena volvió a la cama con Franklin.

1958

Cuando Dave llamó con la información sobre un posible empleo, Joshua casi había olvidado la posibilidad. «Disculpa que haya tardado tanto. Estas cosas suelen ser impredecibles. Pero si todavía estás interesado, tengo un empleo reservado para ti con una productora. Tal vez solo dure un par de meses, pero será la oportunidad para poner un pie en la puerta».

Joshua se preguntó si querría alejarse de El Refugio durante más tiempo que ese. La perspectiva de vivir en una gran ciudad nunca le había atraído. Dos meses deberían ser el tiempo suficiente para encontrar a Ava. No sabía con seguridad qué haría cuando lo lograra. Pero esta era la puerta abierta por la que había orado, y estaba listo para atravesarla. Afortunadamente, el equipo de Jack Wooding acababa de terminar una sección y tenía algún tiempo libre antes de empezar la siguiente. Irse por un tiempo no sería un problema.

—No te molestes en encontrar enseguida dónde vivir. Tenemos muchas habitaciones en la casa; puedes vivir con nosotros. ¿Qué tan rápido podrás llegar?

—Lo que tarde en empacar una maleta y conducir hasta allá.

Joshua llegó agotado y hambriento a la casa de Dave y Kathy a última hora de la tarde siguiente. Conoció a sus dos hijos: David Junior, llamado DJ, y Cassie, el diminutivo de Cassandra, que había recibido ese nombre por la madre de Kathy. Dave le mostró a Joshua la habitación para invitados con baño privado que tenían en el sótano. A simple vista, Joshua supo que tenía más metros cuadrados que toda la casa de papá.

—¿Qué te parece? —Dave lucía engreído.

—Posiblemente tendrás que echarme a patadas.

Se rio.

—Encenderé la parrilla y pondré los filetes.

Joshua se duchó rápido y se vistió con una camisa limpia de manga corta antes de subir las escaleras y salir por las puertas francesas a la terraza que tenía vista al Valle de San Fernando. En menos de veinticuatro horas había decidido viajar al sur, había empacado y había hecho el viaje de ochocientos kilómetros. Su camioneta recalentó al llegar al Grapevine y tuvo que hacerse a un costado del camino durante un rato. Aparte de eso, solo hizo algunas paradas para cargar combustible y comer. El olor de los filetes que estaban asándose en la parrilla hizo rugir su estómago.

Kathy había puesto la mesa de vidrio con vajilla fina de porcelana, copas de cristal y cubiertos de plata, todo bajo una sombrilla. Las servilletas que había sobre cada plato estaban dobladas en forma de tulipanes. Kathy le preguntó a Joshua qué le gustaría beber: ¿*bourbon*, vino, un gin-tonic? «O limonada recién hecha». Joshua pidió la limonada. Dave pidió otro *whisky* con hielo. La expresión de Kathy le indicó a Joshua que pensaba que Dave ya había bebido suficiente.

Joshua observó a Dave en la parrilla.

—Huele increíble.

—Nunca pensaste que me verías cocinar, ¿verdad? —Dave se rio con ironía.

—Ah, no sé. Sabías hacer hot dogs y malvaviscos en las fogatas de los campamentos. ¿Qué tienes ahí? ¿Medio novillo?

—Me imaginé que tendrías hambre, y los filetes de costillar son lo mejor. ¿Cómo te gusta la carne? A mi esposa le gusta que todavía esté mugiendo. —Joshua le dijo que término medio. Los filetes crepitaron cuando Dave los pinchó con un tenedor largo y les dio vuelta—. Tengo malas noticias. —Dave retiró del calor el filete de Kathy—. Sobre el trabajo.

—¿Me despidieron antes de contratarme?

—Pospusieron el rodaje. Te dije que el negocio es impredecible. —Su mandíbula se puso tensa—. Podría haber otra cosa. El padre de Kathy quiere hacer algunas remodelaciones.

Joshua vio que el entrecejo de Dave se arrugaba más.

—¿Y?

—Es un hombre difícil de complacer. Un perfeccionista. Probablemente sea una pérdida de tiempo hablar con él.

—¿Una pérdida de tiempo?

Dave parecía enfadado.

No estoy diciendo que no seas un buen carpintero. —Soltó en voz baja una palabrota y luego se apresuró—: Cuando veas la casa, entenderás. No se parece a ningún lugar donde hayas trabajado en El Refugio.

—¿Te preocupa que alguien hiera mis sentimientos, o que yo estropee un trabajo para tu suegro? —Joshua se rio—. No te preocupes, si el trabajo excede mis capacidades, se lo diré.

Kathy volvió de separar a sus dos hijos que estaban peleando. Joshua le dijo que su limonada era la mejor que había probado.

—David plantó los árboles apenas compramos la casa. —Señaló el naranjo, la lima y el limonero que crecían junto a la cerca, al otro lado de la piscina, donde los niños ahora chapoteaban y jugaban.

—¿Alguna vez hiciste ebanistería y trabajos de acabado? —Dave todavía parecía preocupado.

—Construí el púlpito de mi papá y el altar, renové el balcón del coro e hice las puertas delanteras de la iglesia. —Miró a Dave con una sonrisa divertida—. No creo que las hayas visto. Me parece que nunca te vi en la iglesia.

—Y no me verás. Es desperdiciar los domingos. Kathy habla de eso desde que visitamos El Refugio. —Resopló—. ¿Tú le metiste esa idea en la cabeza?

—No que yo sepa. —Joshua levantó su vaso con limonada—. Quizás Dios esté obrando en ella con la esperanza de llegar a ti.

—Sí, claro. Cuando las vacas vuelen. —Su sonrisa se volvió burlona—. ¿Qué querría Dios tener que ver conmigo?

—No me preguntes a mí. Pregúntale a Él.

—Siempre evangelizando. —Esta vez Dave no lo dijo con un tono hiriente—. Soy una causa perdida.

Dave siempre había sido terco y cabeza dura. Ahora, además, era resuelto y ambicioso. Joshua sabía que Dios podía usar esos rasgos para un buen fin, así como había transformado a Saulo de Tarso de perseguidor y asesino de cristianos en un hombre que difundió el evangelio por todo el mundo romano.

Ahora, con la televisión y los aviones, este tipo nuevo, Billy Graham, podría llegar aún a más personas en los rincones remotos de la tierra.

—¡DJ! ¡Cassie! —gritó Kathy—. Hora de cenar. —Los niños salieron ágilmente de la piscina, agarraron las toallas y corrieron a la mesa. Dave parecía exasperado de escuchar sus riñas. Kathy lo notó y los reprendió para que se tranquilizaran—. Tenemos visita. ¡Compórtense!

Joshua preguntó si podía dar gracias. Dave se mostró irritado y los niños curiosos, pero Kathy rápidamente dijo: «Sí, por favor».

Joshua contó una anécdota breve de una de las hazañas de Dave cuando eran pequeños. Los niños querían escuchar más. Dave les dijo que guardaran silencio y comieran. Cuando terminaran, podrían volver a la piscina. Kathy dijo que si volvían muy rápido, podían tener calambres estomacales y ahogarse.

—¿Con nosotros aquí? —replicó Dave, molesto. DJ y Cassie volvieron a pelearse—. ¡Basta! —explotó Dave. Cassie empezó a llorar. Dave murmuró algo y se levantó. Agarró su vaso vacío y se dirigió a la casa.

Kathy parecía avergonzada y preocupada.

—No siempre es así. —Envió a los niños al jardín y entró a la casa. DJ se lanzó como una bala de cañón a la piscina mientras Cassie se quedó parada sobre su toalla, gritando: «¡Mami, DJ está en la piscina!».

Dave salió con otro trago en la mano y Kathy pisándole los talones. Exasperada, fue a hablar con DJ. Él se resistió, pero obedeció.

Dave cerró la parrilla sin limpiarla. Quería hablar de negocios. Kathy volvió a acompañarlos y Dave dejó de hablar. Ella quería escuchar hablar sobre El Refugio y de lo que hacían cuando eran niños. Joshua le contó las jugadas más espectaculares de Dave en el campo de juego de fútbol americano.

El silencio de Dave se prolongó tensamente. Kathy lo miró, preocupada.

—Creo que los dejaré conversar. —Se levantó y llamó a los niños para que entraran.

Tan pronto como se fueron, Dave volvió a abrirse.

—Nunca sabes de verdad quiénes son tus amigos en esta ciudad. Nunca sabes qué piensan realmente. Los amigos pueden volverse enemigos de la noche a la mañana en este negocio. —El sol se puso y él apenas estaba empezando a descargarse.

Joshua lo dejó hablar largo rato antes de preguntarle:

—¿Estás seguro de que este es el lugar donde quieres estar?

—Estoy atrapado, Joshua. Es un poco tarde para cambiar de idea.

—Cambia de rumbo.

—Fácil para ti decirlo. Eres soltero. No tienes una esposa que nació en cuna de oro. Su padre es el que nos abrió las puertas. Es quien nos prestó el dinero para el anticipo para esta casa. Me ahorcaría si renuncio.

Kathy abrió las puertas.

—DJ y Cassie quieren un cuento, David.

—¡Léeles tú! Yo tengo que restregar la parrilla y limpiar aquí afuera. —Se levantó y caminó hacia la parrilla, como para poner en evidencia lo que había dicho.

—La parrilla puede esperar, David. —Kathy sonó molesta.

—No, no puede. Pronto será de noche.

—Ya es de noche y los niños necesitan acostarse para que mañana tengan la voluntad de levantarse para...

—¿Quién te detiene? Tú eres la madre. ¡Ocúpate de eso!

Joshua se levantó.

—¿Te molesta si yo les cuento una historia?

—Buena suerte con eso —masculló Dave, restregando la parrilla—. Lo único que hacen es pelear por cuál libro quiere cada uno. Estoy demasiado cansado para ocuparme de ellos.

Kathy le advirtió a Joshua que los niños estaban exaltados y que probablemente no se tranquilizarían para escucharlo. Les ordenó que se sentaran y que se portaran bien para que el amigo de papá pudiera contarles un cuento. DJ brincaba en la orilla del sillón. Cassie lo empujó. Él la empujó. Kathy los hizo sentarse en las mecedoras giratorias. DJ se meció; Cassie dio una vuelta en círculo. Joshua aceptó el desafío. Se sentó en el sofá y empezó a hablar. Tardó dos minutos en que dejaran de moverse, y cinco más para que DJ y Cassie se sentaran en el sofá junto a él. Joshua se recostó con un brazo alrededor de cada uno, sin dejar de hablar.

Cuando Dave entró por las puertas francesas, se sorprendió. Kathy escuchaba sentada en una de las mecedoras. Cassie se había dormido acurrucada contra el costado de Joshua, con un dedo en la boca, pero DJ estaba bien despierto y escuchaba. Dave tomó asiento con una expresión que mostraba más perplejidad que alivio. Cuando Joshua terminó, Kathy se puso de pie y levantó en brazos a Cassie y le dijo a DJ que se fuera a la cama. DJ la siguió y, de pronto, se detuvo en la puerta.

—¿Mañana en la mañana estarás aquí?

—Sí. —Joshua sonrió—. Tu mamá y tu papá dijeron que puedo quedarme hasta que encuentre un lugar propio.

—No creo que me gustaría pasar tres días dentro de una ballena.

Joshua sonrió.

—A mí tampoco.

—Dijiste que pasó de verdad.

—Así es. Tengo otra historia verdadera para contarte sobre un muchacho que mató a un gigante con una honda y una piedra.

Cuando DJ se fue a la cama, Dave parecía un poco divertido y un poco enojado.

—Historias bíblicas. Debí haberlo imaginado.

Joshua se rio.

—¿Te gustaría que te cuente una? Podría hablarte de Gedeón y los madianitas. Él se sentía perseguido y sobrepasado en número. En realidad, ahora que lo pienso, lo estaba, pero, por otro lado...

—No, gracias.

Kathy volvió de meter a los niños en la cama.

—Serías un padre maravilloso, Joshua.

Dave la miró con los ojos entrecerrados.

—Cuidado, Josh. Cada vez que una mujer conoce a un soltero, sin importar cuán satisfecho esté él con su vida, ella no estará contenta hasta verlo atado y marcado. —Su tono no fue ligero.

Kathy se puso rígida.

—Me han dicho que los casados viven más que los solteros.

—A menos que trabajen para su suegro.

Kathy se quedó boquiabierta, dolida.

De pronto la expresión de Dave se cargó de remordimiento antes de cerrarse. Se levantó.

—Me voy a la cama. —Joshua se paró y les agradeció la cena y poder usar la habitación de huéspedes. Dave hizo un ademán como si no importara y se dio vuelta hacia su esposa, quien seguía sentada en la silla con la cabeza agachada—. Tengo que llegar temprano a la oficina. —Lo dijo en un tono de voz bajo, aburrido—. Será mejor que anotes las indicaciones para que Joshua pueda encontrar la casa de tu padre.

—Le daré el mapa detallado. Así sabrás que no lo confundí.

Dave no dijo nada mientras se dirigía al corredor. Se detuvo y se dio vuelta para mirar a Joshua.

—Debes llegar antes de las diez. Si llegas siquiera un minuto tarde, bien puedes darte la vuelta e irte a casa.

—Eso no es justo, Dave. —Kathy parecía a punto de romper en llanto—. Hablas como si mi padre fuera poco razonable.

—Intenta trabajar para él.

—Quizás si trataras de comprender por lo que está atravesando...

—¡Buenas noches! —Dave desapareció por el corredor.

Kathy miró de reojo a Joshua.

—Él ha estado esperando que llegaras. Dijo que eres el único amigo en el que confía. —Parecía abatida—. Y se equivoca en cuanto a mi padre. Mi mamá murió hace dos años y... —Tenía una expresión suplicante—. Espero que mañana formes tu propia opinión cuando lo conozcas.

—Tengo muchas ganas de conocerlo.

Joshua se sentó en el borde de la cama en la habitación de huéspedes y bajó la cabeza. Siempre supo que el trabajo era un motivo secundario para venir al sur. Realmente había venido a buscar a Ava. Ahora parecía que tenía cuatro razones más para estar aquí.

Ava no era la única oveja perdida en el desierto.

———

Ava salió a la luz del sol, con Franklin a su lado, hablándole. Estaba demasiado cansada para prestar atención. Las cosas habían salido bien hoy, todas las secuencias de baile habían terminado. Ben Hastings, la estrella de *Damas y caballeros*, era un bailarín profesional y un perfeccionista. Él le había enseñado a bailar tap en el plató, y exigía aún más de lo que Franklin lo había hecho con la actuación. Ella se sabía tan bien los pasos, que los bailaba en sueños. Hoy había sido el último baile y el más difícil y sugestivo que él había coreografiado, y ella lo había seguido hasta el último paso.

El director gritó «¡Corte!» y se levantó de su sillón, sumamente emocionado. «¡Eso estuvo mejor que Fred Astaire y Ginger Rogers!». Ben la agarró, la abrazó fuerte y dijo que era una veterana. Debería haberse sentido triunfante. En cambio, se sentía aliviada de que se hubiera terminado, de que por fin se hubiera acabado. Reprimió las lágrimas, desesperada por escapar. Quería salir del estudio y respirar aire fresco. Quería alejarse de las luces y de las cámaras que seguían cada uno de sus movimientos. ¿Cuántos pequeños errores aparecerían en la pantalla grande? ¿Qué dirían los críticos? ¿Qué sentiría el público? Se sentía una impostora, siempre interpretando un papel, siempre otra persona y no ella misma. El problema era que ya no se conocía a sí misma, qué deseaba, adónde pertenecía. Se convertía en cualquier persona que Franklin quisiera, en lo que el guion y el director exigieran.

¿Qué había pasado con Ava?

La mano de Franklin la sujetó más firmemente del codo. Tal vez sentía que no estaba escuchándolo realmente. Él siempre quería que le prestara toda su atención.

—Te voy a enviar al salón de belleza para que te hagan la pedicura. —Él nunca le preguntaba, y ella no tenía las fuerzas ni el valor para decirle que quería volver al departamento y dormir durante una semana—. Esta noche iremos a una fiesta. Billy Wilder estará ahí. Se rumorea que va a hacer un drama judicial. Quiero que te veas elegante y refinada. —Se preguntó si sería capaz de pararse (mucho menos, caminar) con unos tacones altos después del día que había tenido. Franklin la besó en la mejilla y abrió la puerta trasera de la limusina—. Hiciste un buen trabajo hoy. Estoy orgulloso de ti.

—¿Tan orgulloso como para darme una noche libre?

—No te hagas la graciosa.

El chofer se acomodó en el asiento delantero, sonrió brevemente y la saludó, antes de poner en marcha el Cadillac. Cuando le hizo una pregunta, ella respondió con cortesía y le pidió que encendiera la radio. Él captó la indirecta. Ella no quería hablar. Lamentablemente, la estación de radio que escogió estaba transmitiendo «The Great Pretender», cantada por the Platters. Ava suspiró, cerró los ojos y apoyó su cabeza contra el asiento. ¿Habría alguna vez en la que no tuviera que fingir? ¿Había algo en su vida presente que fuera real?

Aún sentía náuseas cada vez que la cámara empezaba a rodar, sabiendo que el director observaba cada movimiento que hacía, cada expresión de su rostro, que escuchaba cada palabra y cada matiz que pronunciaba, siempre buscando una falla, un error que significaría más ensayos y una toma más, y luego otra.

Franklin estaba cumpliendo su palabra. Estaba consiguiendo papeles más importantes y mejores. Le había advertido desde el principio que sería un esfuerzo enorme. Ella aprendía sus líneas. Sabía sus marcas. Escuchaba y hacía exactamente lo que el director le decía que hiciera. Le parecía más fácil interpretar los papeles en las películas que ser Lena Scott. Tenía que obligarse a actuar ese papel sin importar dónde estuviera, especialmente en el departamento cuando solo Franklin tenía los ojos sobre ella. Cada vez que Ava se colaba, Franklin la miraba de cierta manera. *Ya no eres esa muchacha. Ahora, eres Lena Scott. No lo olvides.* ¿Cuánto faltaba para que el rol se volviera natural y ella, Ava, dejara de existir? Y, ¿le importaría a alguien si lo hacía?

Ava se relajó apenas entró en el salón de belleza de Murray. Era el único lugar al cual Franklin la dejaba ir sola. Además, estas habitaciones tenían cierta paz, algo más allá de los secadores de pelo, manicuristas y pedicuros.

«Está hermosa, señorita Scott. —La recepcionista le sonrió—. Le avisaré a Mary Ellen que llegó».

Por temor a que si se sentaba no volvería a pararse, Ava se quedó de pie hasta que Mary Ellen llegó a la recepción. Sus ojos marrones eran tiernos y luminosos como los de un cachorrito. Acompañó a Ava a un cubículo tranquilo y privado. Las luces eran bajas y la música clásica sonaba suavemente. Ava gimió al sentarse en el cómodo asiento. Le dolían los músculos de los muslos y de las pantorrillas. ¿Cuánto faltaría para que sintiera los calambres? Agachándose, se mordió el labio cuando trató de quitarse uno de sus tacones.

—Recuéstese, señorita Scott. Yo haré eso por usted. —Mary Ellen se arrodilló y quitó el zapato del pie de Ava—. ¡Oh! —Se quedó sin aliento frente a lo que vio—. ¿Qué ha estado haciendo? —Su voz estaba llena de compasión.

—Bailando tap. —Contuvo la respiración mientras Mary Ellen le quitaba con cuidado el otro zapato. Los talones le palpitaban y le ardían de dolor. La cinta con la que Franklin le había envuelto los pies esa mañana se había arrugado y estaba teñida de rosado con sangre.

Mary Ellen cortó con cuidado la cinta y murmuró algo compadeciéndose de ella cuando dejó al descubierto la piel en carne viva donde se habían reventado las ampollas.

—Empezaremos poniendo los pies en remojo durante un largo rato. —Preparó una palangana con algunas sales—. Al principio le arderá un poco, pero desinfectará y la aliviará también. —Ava dio un grito ahogado cuando metió de a uno los pies en el agua—. Lo siento tanto, Lena. —Mary Ellen parecía angustiada.

—Está bien. —Después de un momento, el dolor se calmó y Ava se relajó con un suspiro.

Mary Ellen se sentó frente a ella, con las manos cruzadas y una mirada de preocupación.

—¿Tendrá que seguir bailando?

—No en esta película, y tampoco si Franklin logra hacerme participar en una película judicial. —Billy Wilder no era ningún tonto. La miraría una sola vez y se daría cuenta de que no era una actriz del calibre que quería en una de sus películas. Sin embargo, ella tenía esperanzas. *Damas y caballeros* no era *Cantando bajo la lluvia*. Dudaba que fuera un éxito, pero Franklin decía que nada tenía más éxito en Hollywood que la repetición.

—Hace mucho que mi esposo y yo no vamos al cine. —Mary Ellen se arrodilló en un almohadón y empezó a masajear suavemente las pantorrillas doloridas de Ava—. Nuestros vecinos nos vendieron su televisor antes de mudarse. Les preocupaba que se rompiera y fuera una pérdida total. Miramos el Show de Ed Sullivan y *Cheyenne*. Me encanta el programa de Perry Como. Mi esposo se queda despierto para ver *La ley del revólver*, pero yo generalmente estoy muy cansada. Y, todas las noches, miramos el noticiero después de cenar.

—Dicen que la televisión es el futuro. —No el futuro que Franklin imaginaba para Lena Scott.

—Me encantan las películas, pero es muy fácil encender la televisión y tener el entretenimiento que fluye continuamente. Los anuncios publicitarios son molestos, pero supongo que tienen que pasarlos para pagar los programas.

Franklin decía que pronto todas las casas en Estados Unidos tendrían un televisor en su sala de estar. Las cadenas tendrían que producir programas en forma masiva. Sacarían materiales nuevos todas las semanas, una tras otra. Trabajar en los estudios de filmación ya era bastante difícil. Ella conocía actores de televisión que trabajaban seis días a la semana, empezando a las seis de la mañana, y a veces no se iban del estudio de filmación hasta las diez de la noche. Estaban bajo contrato con los estudios y pasaban hasta siete años viviendo como sirvientes contratados. Tal vez llegarían a ser ricos y famosos, pero lo más probable era que los cancelaran y los liberaran, o que los aislaran y los hicieran esperar para formar parte del reparto de una comedia televisiva o un papel en la serie *Zane Grey Theater* de Dicky Powell.

La industria cinematográfica estaba en rápida expansión. Algunos estudios diseñaban los afiches antes de que se escribieran los guiones. Lo único que necesitaban era tener una buena idea para conseguir el aval económico. En los últimos meses, había conocido a una docena de muchachas que sabían cantar y bailar mucho mejor que ella y, sin embargo, terminaban en la oficina del directivo de algún estudio, haciéndole un baile privado de media hora. Al menos Franklin la había salvado de eso. Pero las cosas podían cambiar rápidamente si no cumplía con su parte del acuerdo e interpretaba su papel. Cada vez que se quedaba despierta en la noche y miraba por los ventanales de la silenciosa sala, veía que Hollywood era un largo bulevar de sueños rotos.

Mary Ellen sacó del agua con cuidado el pie de Ava. Usó unas tijeras pequeñas y afiladas para cortar la piel herida.

—Espero no estar lastimándola.

—Estoy bien.

—Usted dice eso muy a menudo.

—¿Sí?

Con las manos quietas, Mary Ellen levantó la cabeza.

—¿Y está bien?

Ava la miró a los ojos y supo que podía ser sincera con ella.

—Ya no sé cómo estoy.

La expresión de Mary Ellen se suavizó.

—Bueno, el Señor sabe quién es usted y cómo quiere que sea.

Ava se había acostumbrado a la manera que tenía Mary Ellen de mencionar a Dios en todas las conversaciones, como si fuera otra persona que estaba en el cubículo a quien ella quería incluir. Como Mitzi, Mary Ellen centraba su vida alrededor de Jesús. Hablaba de Él como lo haría sobre un padre amado, un buen amigo en quien confiaba, alguien que deseaba compartir con los demás. Hablar de Dios incomodaba a Ava. Hablar de Jesús la hacía recordar a Joshua y al pastor Ezekiel, y a Peter y Priscilla y Mitzi, y la llenaba de nostalgia.

Podía ser una estrella de cine en ascenso, pero se sentía sola. El dolor que sentía en los pies era mínimo comparado con el dolor de su corazón. No creía poder soportar más el día de hoy, así que se envolvió en una armadura protectora de menosprecio.

—Así como Dios quiso que tú fueras una manicurista, supongo. —Oyó el tono despectivo de su propia voz y sintió vergüenza.

Mary Ellen la miró a los ojos con una sonrisa.

—Por ahora.

—Ojalá supiera lo que Él quería de mí. —Las palabras salieron sin permiso.

—Ah, eso es bastante fácil. Él quiere que lo ame.

—Bueno entonces no sé qué quiere que yo haga.

—Pregúntele.

Ava dejó escapar una risa entrecortada y burlona.

—Quizás querría mandarme a África.

—Supongo que podría, pero si lo hiciera, usted terminaría feliz de haber ido. —Con suavidad, aplicó un bálsamo en el pie de Ava—. El domingo pasado vino una misionera de visita. Ojalá hubiera ido a escucharla. —Mary Ellen había invitado a Ava a la iglesia por lo menos una docena de veces y nunca perdía las esperanzas—. Ella creció en nuestra iglesia. Contó que, un domingo, su madre la llevó a rastras al culto vespertino para que escuchara a una misionera que venía de África. Cuando regresaron a su casa, le dijo a su madre que había dos cosas que ella jamás sería en la vida: enfermera o misionera en África. Adivine qué hizo Dios. —Se rio—. La convirtió en una enfermera y la envió a África. Y dijo que nunca ha sido más feliz ni se ha sentido más plena en su vida. Hace veinticinco años que vive en la sabana y dirige un hospital, y planea quedarse allí hasta que Dios la lleve a su hogar.

—Bueno, entonces supongo que Dios nunca quiso que yo fuera actriz.

—¿Por qué lo dice?

—Porque odio ser otra persona todo el tiempo. Odio fingir que todo es maravilloso y que soy feliz. Odio... —Su voz se quebró. Se mordió el labio y negó con la cabeza. Cuando pudo respirar otra vez, habló—: No me prestes atención. Solo he tenido un mal día.

—¿Eso es todo? —Mary Ellen esperó.

Ava se recostó y cerró los ojos, esperando que eso pusiera fin a la conversación. Mary Ellen terminó con el bálsamo y envolvió el pie derecho con una toalla tibia, antes de levantar, secar y empezar a trabajar suavemente en el pie izquierdo. No hablaron. Con los pies arreglados y envueltos en toallas tibias, Mary Ellen masajeó otra vez las pantorrillas doloridas de Ava. Tarareó otro himno conocido que hizo que las lágrimas ardieran en los ojos de Ava detrás de sus párpados. Podría haberse sentado al piano y tocado sin errores todo el himno de Fanny Crosby. Era uno de los favoritos de Mitzi, así como tantos otros, además de los de Isaac Watts y Charles Wesley. Las melodías y las letras corrían por su mente.

«Tierno y amante, Jesús nos invita...».

Ava trató de rechazar los recuerdos haciendo una lista mental de sus pecados. No había manera de volver atrás y enmendar el pasado. Tendría que llevar esa culpa para siempre. Su peso la hundía más en las tinieblas en que vivía. Quería acurrucarse en un rincón oscuro donde Dios no pudiera verla. Le bastaba ver dónde había comenzado su vida para saber que Dios nunca la había amado. Siempre había estado a la deriva, siempre había sido una marginada, una intrusa. Recordó al pastor Ezekiel parado frente a la reja en la oscuridad de la noche y sintió el mismo dolor desgarrador que cuando lo vio irse.

Levantó la mano y la apretó contra su pecho.

Mary Ellen dejó de mover las manos.

—No quise lastimarla.

—Estoy bien. —Ava hizo una mueca de dolor. Otra vez la mentira que salía tan rápido de sus labios. Contuvo las lágrimas. *¿Estoy bien?* —No es algo que hayas dicho o hecho, Mary Ellen.

—Entonces, ¿qué pasa, Lena? ¿Cómo puedo ayudarla? Por favor. Déjeme ayudarla.

Ava sacudió la cabeza y miró hacia otra parte.

La verdad es que odiaba ser Lena Scott. Pero ya no sabía dónde encontrar a Ava.

CAPÍTULO 13

La serpiente me engañó.
LA EXCUSA DE EVA

EZEKIEL HIZO UNA PARADA para que le recortaran el cabello. La barbería de Javier Estrada era lenta los lunes en la mañana, y Ezekiel tendría la oportunidad de que lo atendieran rápido y podría hablar de béisbol mucho tiempo. Javier se mantenía actualizado sobre los jugadores y las estadísticas. A continuación, Ezekiel hizo una parada en la Panadería Vassa para comprar una hogaza de pan de centeno sueco y hacerles una visita breve a Klaus y Anna Johnson. Tenían un montón de hijos que habían trabajado en la panadería en un momento dado, pero ahora estaban dispersos por el norte y el sur, estableciendo negocios familiares propios.

Era una linda mañana para sentarse en la plaza. Las personas siempre se detenían para conversar o simplemente lo saludaban al pasar. A Ezekiel le gustaba estar afuera, entre la gente. Comió un pedazo de pan de centeno recién horneado, disfrutando la luz del sol que brillaba a través de las secoyas y de los arces, salpicando la acera y danzando como una bailarina. Había sido una semana atareada. Mitzi había querido dar un paseo y la había llevado con él a visitar a varias familias fuera del pueblo. Ella sabía hacer reír a la gente, aunque estuvieran decididos a que no se les filtrara una sonrisa siquiera. Tuvo un funeral el viernes y una boda el sábado. El domingo se fue a casa después del culto, se cambió a una ropa un poco más informal y fue a cenar con los McPherson. Hoy había estado en la Cafetería de Bessie a las seis y media de la mañana. Susan lo había atendido en el mostrador, pero casi no le había hablado. Pasaría más tarde y vería si estaba con más ganas de charlar.

Como si sus pensamientos la hubieran llamado, él escuchó el tintineo distante de la vieja campanilla que colgaba sobre la puerta delantera de la Cafetería de Bessie. Susan salió y cruzó la calle. Se había cortado el cabello. El nuevo peinado estilo paje le quedaba bien. Venía directo hacia él, como una paloma a su nido, y tenía un aspecto claramente sombrío.

—Estoy en mi descanso, Ezekiel, así que solo tengo unos minutos para hablar contigo.

—Siéntate. Por favor. —Él había estado predicando una serie de sermones sobre el libro de Romanos. Seguramente ella tenía una pregunta que sería un desafío para él. Frunció el ceño cuando vio que se quedaba parada y miraba alrededor, nerviosa—. No creo que Bessie te despida si pasas unos minutos aquí afuera.

—A Bessie le encantaría que me quedara todo el día aquí contigo. —Se sentó, dejando un espacio bastante amplio entre ellos en el banco.

Volvió a mirar alrededor. La plaza estaba vacía. Todos estaban trabajando.

—Bessie dice que Joshua se fue del pueblo. —¿Por qué esa expresión preocupada? —¿Discutieron o pasó algo? Es decir, sé que no es asunto mío, pero...

Ah.

—A Joshua le ofrecieron un empleo en el sur de California.

—Eso queda muy lejos de casa, Ezekiel.

—Fue una oportunidad que no podía dejar pasar.

Susan se alisó la falda sobre las rodillas. Parecía perturbada por algo, y Ezekiel sabía que poco tenía que ver con la partida de Joshua.

—¿En qué estás pensando, Susan?

Ella suspiró bruscamente, como si hubiera contenido el aliento un largo tiempo.

—La gente me pregunta si sé algo, como si tuviera que saber lo que sucede en tu casa. Yo les digo que no sé más que el resto, pero ellos... —Apretó los labios. Él podía ver las emociones que atravesaban por su rostro.

—Siguen insistiendo.

—Sí. —Frunció el ceño y volvió a su primera pregunta—: Ustedes dos son muy unidos. ¿Por qué querría irse Joshua al sur de California? Queda al otro lado del mundo de El Refugio.

—Hay un tiempo para todas las cosas, Susan. El hecho de que se haya ido ahora no significa que sea para siempre.

—¿No te molesta que esté tan lejos?

—Nos mantenemos en contacto. —Joshua lo había llamado para avisarle que había llegado bien y para pedirle que orara por Dave y por Kathy. No especificó por qué, pero Dios sabría lo que necesitaban.

Susan se relajó un poco.

—Está agradable aquí afuera, con la brisa fresca. —Cruzó las manos, pero no se apoyó en el respaldo. Seguía sentada en el borde del banco. Ezekiel sabía que era otra cosa lo que estaba pasando por su cabeza. Ella suspiró con la mirada fija en sus manos—. He estado aquí mucho tiempo. Creo que debería irme.

Ezekiel tuvo la sensación de que no se refería a la cafetería.

—¿Qué te preocupa, Susan?

—Las personas están especulando. —Susan se aclaró la garganta. Los nudillos se le pusieron blancos—. Sobre nosotros.

¿Acaso recién estaba empezando a darse cuenta?

—Y eso te molesta.

Susan se sonrojó.

—Sí, me molesta.

Él sintió un pinchazo agudo en el pecho. No estaba muy seguro de cómo pedir disculpas. Se había sentido atraído por ella desde el principio, quería ser su amigo.

Ella se mordisqueó el labio, preocupándose antes de decirlo.

—Cole Thurman dijo que la gente te ve entrar a la cafetería casi todos los días y sabe que vienes a verme .

La implicación tenía algo de desagradable. Entendible, considerando de dónde provenía.

—No sabía que conocieras a Cole Thurman.

—De vez en cuando viene y me invita a salir. Siempre le digo que no. Él cree que cambiaré de opinión. Eso ocurrirá el día que se congele el infierno. —Hizo una mueca—. Toda mi vida he conocido hombres así y no quiero tener nada que ver con él. —Miró a Ezekiel—. Él no podría interesarme menos, pero estoy preocupada por ti.

—¿Por mí? —Ezekiel levantó las cejas, sorprendido.

—La gente cree que pasa algo entre nosotros. —Se ruborizó cuando lo dijo, claramente consternada por la idea.

—Yo disfruto tu compañía. Me haces pensar.

—¿Y qué hay de tu reputación? Siendo el pastor y todo eso.

—No estamos portándonos mal, Susan.

—Esto no es un chiste, Ezekiel.

Vio que los ojos se le llenaban de lágrimas y supo que no podía tomarlo a la ligera.

—No te preocupes por eso.

—No puedes hacer que la gente piense que estás interesado en alguien como yo.

—¿Alguien como tú? —Lo entristecía escucharla decir algo así—. ¿Por qué no debería estar interesado? Más que interesado, si vamos al caso.

Ella negó con la cabeza.

—Sabes lo que quiero decir.

—Sé exactamente lo que quieres decir y me apena que tengas un concepto tan bajo de ti misma, cuando yo te tengo en alta estima.

Ella estudió su rostro por un momento.

—No se trata de eso, y lo sabes. —Empezó a levantarse.

Él apoyó su mano sobre la de ella para que no se fuera.

—Se trata precisamente de eso. Escúchame, Susan. —Apretó la mano, inclinándose hacia ella—. Tú y yo somos buenos amigos. Yo soy quien soy. La gente me conoce o no me conoce. Y también te conocen a ti.

Ella suspiró.

—¿Cómo puedes ser tan ingenuo?

—Podemos vivir para agradar a las personas, o podemos vivir para agradar a Dios. —Le dirigió una sonrisa reprobatoria—. Bessie no se alegraría mucho si supiera que saliste a tratar de convencerme de que no vaya tan seguido. Soy uno de sus mejores clientes.

Ella se rio discretamente.

—Me despellejaría, pero no por los motivos que piensas. Estaría convencida de que estoy rompiéndote el corazón.

Ezekiel apretó suavemente la mano de Susan y luego alejó la suya. La expresión de ella se ablandó.

—Eres el único amigo verdadero que he tenido en la vida, Ezekiel.

Ezekiel pensó en Marianne y se preguntó qué pensaría de esta relación.

—Lo dices como si estuvieras despidiéndote.

—He estado pensando en mudarme.

Ezekiel sintió una punzada de desilusión.

—¿A algún lugar en particular?

—Este es el lugar donde más tiempo me he quedado. —Susan se encogió de hombros sin entusiasmo.

Ella desvió la mirada, pero no antes de que él viera las lágrimas que se asomaban en sus ojos verdes. Ezekiel no quería que ella sacrificara la bendición de Dios por él.

—Me parece mejor que te quedes. Si te vas del pueblo, la gente empezará a especular que estoy con Mitzi.

Susan frunció el ceño.

—¿Mitzi?

—Sí, bueno. Paso mucho tiempo con ella también. Hasta me regaló un carro. Ahora, ¿por qué haría eso, a menos que estuviera pasando algo un tanto inapropiado? Y, ¿adónde vamos en esos largos paseos que hacemos?

Susan se rio.

—¡No seas ridículo!

Se dio cuenta de que nunca había oído su risa. Quiso escucharla de nuevo.

—Ah, no sé. Hasta Hodge podría empezar a preocuparse. Un hombre más joven anda tras su madre. —Ezekiel apoyó su brazo en el respaldo del banco y se puso serio—. No me uses como excusa para irte de El Refugio. Puedes huir, Susan, pero no puedes esconderte de Dios.

Ella pareció sobresaltarse y luego se quedó pensativa.

—Vine a El Refugio en busca de paz, Ezekiel. —Sacudió la cabeza—. Considerando todo lo que he hecho, no creo que sea posible.

Él sabía de qué hablaba. Ella aún no era capaz de recibir la gracia de Dios. Todavía sentía como si tuviera que ganársela.

—Dale tiempo a Dios para que obre, Susan. Su amor nunca falla.

Ella dejó escapar un suspiro tembloroso. Se puso de pie.

—Será mejor que vuelva a trabajar. —Se rio sin ganas y miró alrededor incómodamente. Mientras conversaban, otras personas habían llegado a la plaza. Ninguno de los dos lo había notado—. Vine a avisarte que la gente piensa que hay algo entre nosotros y probablemente les haya dado más motivos para chismear.

Susan se alejó unos pasos y entonces se dio vuelta.

—Ah. —Lo miró y sonrió con tristeza y una expresión llena de comprensión—. Joshua fue a buscar a Ava, ¿verdad?

—Si Dios lo permite, la traerá a casa.

Joshua encontró el camino a la casa de Harold Cushing sobre la calle Mulholland y llegó unos minutos antes. La mansión se alzaba sobre gruesas torres de cemento suspendidas sobre la colina, con vistas panorámicas al Valle de San Fernando. Si el día hubiera estado despejado, Joshua sabía que habría podido ver todo el paisaje hasta la costa del Pacífico.

Una sirvienta uniformada lo acompañó a la sala y dijo que iría a decirle al señor Cushing que había llegado. Joshua aprovechó ese tiempo para tomar nota de los muebles, los adornos, el estilo y el color, así como de la vista espectacular. Tuvo un presentimiento por Harold Cushing mucho antes de que el hombre mismo finalmente entrara en la sala, y no coincidía con la evaluación de Dave.

—¿Freeman? —La voz de Cushing era grave y profunda, como la de un locutor de radio. No se disculpó por la espera. ¿Había supuesto que Joshua se impacientaría y se marcharía? Se presentó brevemente, estrechó la mano de Joshua y dijo—: Por aquí. —Guio a Joshua por el amplio vestíbulo, hablando mientras caminaba, y enumeró lo que quería: ficheros laterales, una pared de estanterías, un escritorio con un aparador y gabinetes de almacenamiento y exhibición—. Quiero organización y fácil acceso. —Su tono era cortante, sin tiempo que perder.

Joshua miró a la izquierda y a la derecha, asimilando todo lo que podía. Contempló las pinturas antiguas de veleros, bergantines y goletas que había en la sala. En una mesa lateral vio *El Capitán Cautela* de Kenneth Roberts, abierto hacia abajo.

—¿Le gusta navegar, señor Cushing?

Dejó escapar una risa breve.

—Solía soñar al respecto. Nunca tuve tiempo. Quizás si hubiera nacido unos siglos antes. Vivimos en la era de los aviones.

Algunos. La mayoría viajaba en autobús.

Cushing abrió una puerta en el ala oeste de la casa.

—Eso es todo. Eche un vistazo. Le daré hasta el final de esta semana para que presente los planos. Tengo otro contratista en mente, pero Dave piensa que usted podría ser el hombre adecuado para el trabajo. —No se molestó en ocultar su opinión—. Tendrá que convencerme.

A Joshua le gustaba su franqueza.

—Aprecio la oportunidad.

Cushing salió nuevamente al pasillo.

—Tome el tiempo que necesite. María lo acompañará a la puerta. El viernes por la mañana, a las diez en punto. —Se fue.

Joshua echó un vistazo a todo, tomó medidas y sonrió. Mientras volvía a la casa de Dave y Kathy, paró en una tienda de arte.

Tuvo que tocar el timbre de la puerta. Kathy atendió la puerta vestida con un pareo sobre su traje de baño.

—Olvidé darte una llave, ¿verdad? —Cerró la puerta tras él—. David acaba de llegar. Ponte un traje de baño y ven a acompañarnos en la piscina.

Joshua salió con una toalla playera sobre su hombro.

—¿Cómo estuvo la reunión?

—Mejor de lo que esperaba. —Dave se sentó en una silla reclinable, con un trago en la mano—. ¿Cómo te fue con el padre de Kathy?

—Lo sabré el viernes, unos minutos después de las diez. —Joshua lanzó la toalla sobre una silla vacía y se zambulló en la piscina. El agua fría fue un impacto refrescante después del largo y caluroso viaje de vuelta. DJ quería jugar al balón. Joshua llamó a Cassie y jugaron los tres. Les enseñó a jugar a Marco Polo y fue «Marco» en la primera ronda. Una vez que entendieron el juego, Joshua volvió a la silla reclinable y a la limonada que Kathy le había servido. Bebió la mitad mientras se secaba el pecho—. Vaya, esto sí que sabe bien.

Dave empezó con la política empresarial, los acuerdos y las personalidades. DJ seguía mirándolo desde la piscina, deseando que papi los acompañara a jugar. Preocupado, Dave apenas se fijó en él. Joshua terminó la limonada y se levantó.

—¿Qué les parece si jugamos al balón prisionero? Tú y DJ son un equipo. ¡Cassie! Tú estás en mi equipo. —No les prestó atención a las excusas de Dave, simplemente se rio burlonamente al pasar—. ¡Gallina! —Se lanzó al agua, sabiendo que Dave no dejaría pasar el insulto. De niños, le había funcionado cientos de veces.

Dave tardó menos de diez segundos en meterse a la piscina. Él y DJ ganaron el primer juego; Joshua y Cassie, el segundo. Joshua propuso un cambio de compañeros. Fascinados, los niños reían y gritaban. Kathy se sentó en su silla reclinable y los observó durante un rato, después entró a preparar la cena.

Volvieron a cenar afuera. Dave parecía cansado; Kathy, relajada y feliz. Los niños comieron rápidamente y quisieron ir a nadar un poco más.

—¿Cómo se conocieron? —preguntó Joshua.

—En la universidad —respondió Kathy, mirando a Dave con una sonrisa—. Yo estaba en el equipo de porristas. Estábamos practicando la formación de la pirámide, perdí el equilibrio y me caí, llevándome conmigo a la mitad del equipo. Me quedé sin aliento. David fue el primero en venir a ayudarme. Se arrodilló y me preguntó si estaba bien. Yo había estado enamorada de él toda la temporada, y ahí estaba, jadeando como un pez fuera del agua, sin poder respirar, mucho menos decir algo ocurrente. —Se rio—. Y ese fue el momento que decidió invitarme a salir.

—Las palabras salieron de repente. Me sentí un completo idiota.

—Me las arreglé para susurrar un "sí" antes de que cambiara de idea. —Le dedicó una sonrisa a Dave—. Diría que las dos costillas rotas valieron la pena.

—Llegó la ambulancia. Supuse que ella había estado en shock y que lo olvidaría completamente.

—Cuando no me llamó, volví cojeando a la siguiente práctica y me senté en la banca. Me la pasé mirándolo fijamente mientras hacía ejercicios en la cancha.

—El entrenador quería saber por qué no lograba lanzar un solo pase decente. Dijo que me fuera a caminar un rato.

Kathy sonrió con un aire de suficiencia.

—Entonces se acercó y se sentó en la banca conmigo. Se quitó el casco y se quedó sentado, dándole vueltas en sus manos. Tuve que preguntarle si tenía la costumbre de invitar a salir a una chica y luego dejarla plantada.

Dave sonrió.

—Puede ser directa.

Kathy no parecía arrepentida.

—Estaba cansada de esperar, y sabía lo que quería.

—Un jugador de fútbol americano —dijo él con desprecio.

Eso la hizo enojar.

—A veces eres un tonto.

—No soy un becario Rhodes.

—Yo no quería un becario Rhodes. Quería a un tipo en particular que resultó ser jugador de fútbol americano. —Cuando él no dijo nada, ella empujó su silla hacia atrás y se levantó. Tomó su plato vacío y lo apiló con el de ella y se estiró para recoger el de Joshua—. ¿Te digo algo, David? ¡Tal vez sí tienes más músculos que cerebro!

Se encaminó a la casa. Dave la observó mientras se iba. Joshua esperó unos segundos.

—¿Te vas a quedar ahí sentado, sin más?

Eso fue exactamente lo que hizo Dave. Unos minutos después, propuso que fueran a lanzar la pelota de fútbol americano al jardín.

Joshua se dio cuenta de que DJ los observaba y le lanzó el balón despacio. DJ casi lo dejó caer, pero se las arregló para controlarlo. Dave pareció sorprenderse y le dijo a DJ que se lo lanzara. El balón fue de un lado a otro, en lugar de ir en espiral. Joshua levantó las manos.

—Juega con DJ. Parece que tienen otro jugador de fútbol en la familia.

Esa noche, Joshua salió a dar una caminata. Oró mientras subía la colina por la calle Amanda, rodeaba Laurelcrest y volvía. La luz del porche estaba encendida y entró con la llave que Kathy le había dado.

A la mañana siguiente, cuando subió a la casa, se sorprendió de encontrar a Kathy ya en la cocina, vestida y preparando café.

—Vaya. Te levantas muy temprano.

—Siempre me levanto antes de las cinco —le dijo—. Es el único rato que David y yo tenemos a solas.

Las cosas no debían haber andado bien esa mañana.

—¿Te molesta si te pregunto algunas cosas sobre tu padre?

—¿Qué quieres saber? —Le sirvió un café.

—Dijiste que ha pasado por unos momentos difíciles. ¿Te molestaría contarme sobre eso?

Se sentaron en la mesa rinconera de la cocina que tenía vista al jardín trasero, mientras ella hablaba sobre el diagnóstico de cáncer de páncreas de su madre. Se extendió por su cuerpo como un incendio descontrolado, y tanto Kathy como su padre quedaron en shock cuando murió.

—Estoy empezando a aceptarlo, pero él no hace otra cosa más que trabajar y trabajar. No me sorprendería que en cualquier momento me llamaran para avisarme que mi padre murió de un paro cardíaco. Amó a mi madre toda su vida. Crecieron juntos. Fueron novios desde la preparatoria.

Se parecía a la historia de papá y mamá. Joshua recordó los largos meses cuando ni él ni papá podían dormir. Perder a mamá había sido difícil, pero luego papá tomó la decisión más difícil de su vida al mismo tiempo. Entregó a Ava. Joshua se preguntaba qué habría sucedido si no lo hubiera hecho.

—Mamá trabajó para ayudar a papá a pagar la universidad —continuó Kathy, sujetando con ambas manos la taza con café—. Perdieron a su primer hijo, mi hermano mayor. Falleció a los dieciocho meses por una malformación en su corazón. Nunca lo conocí. Yo llegué siete años después. Papá trabajaba en bienes raíces. Vivimos en el Valle hasta mi adolescencia. Cuando compraron la propiedad en Mulholland, yo ya estaba en un colegio privado, así que no importaba. Mamá la quería, así que papá la compró.

—Es una casa grande.

—Es pequeña en comparación con la mayoría de las que hay por ahí, pero mamá se divirtió al transformarla en el castillo de papi en la colina. Empecé la universidad y ellos se fueron a Europa. Ella volvió con todo tipo de ideas. Tú viste los resultados. Terminó todas las habitaciones de la casa, excepto la del extremo oeste. Esa iba a ser la oficina de papi. Es un buen indicio que finalmente vaya a hacer algo con ella. Mamá seguro tenía algo creativo en mente, algo que congeniara con él. Lo conocía muy bien. —Tenía una expresión melancólica—. Ahora lo único que le preocupa es la administración del tiempo. Estoy segura de que dijo que quiere algo "simple y funcional".

—Dijiste bienes raíces. ¿Cómo se metió en la industria cinematográfica?

—A mamá y a papá les gustaba mucho ver películas. Iban al cine todo el tiempo. Como trabaja para un estudio, él conoce a muchas personas y a veces invierte en producciones. El otro día me contó que invertirá algún dinero en una producción basada en una obra de Tennessee Williams, si logran reunir todos los detalles y consiguen a la protagonista que quieren. —Dave entró a la cocina. Ella se levantó y le sirvió café.

Joshua pasó todo el día haciendo bocetos. Cuando consiguió lo que quería, pasó los dos días siguientes haciendo dibujos a escala. También empezó a buscar en los periódicos un departamento para alquilar. Dave notó que estaba marcando con círculos algunas direcciones. «No te apresures. familiarízate con la zona antes de empezar a buscar departamentos. La ubicación es fundamental».

El viernes por la mañana, guardó sus dibujos preliminares en una carpeta y tomó la calle Mulholland. Llegó temprano, pero ya había otra camioneta estacionada frente a la casa: una Ford blanca totalmente equipada, con un logotipo que decía *Constructora Matías*. María condujo a Joshua por el vestíbulo. Cushing pareció sorprendido de verlo.

—No creí que volverías. No tenías mucho para decir cuando nos conocimos.

—Estaba escuchando. —Joshua miró su reloj—. Son las 9:50. —Le tendió la mano al visitante de Cushing, quien lo saludó con una sonrisa y se presentó como Charlie Jessup. Le dio un apretón firme y miró a Joshua a los ojos con un aire de cordialidad y confianza en sí mismo. Joshua retrocedió—. Esperaré mi turno.

Cushing parecía avergonzado y molesto.

—Charlie ha trabajado antes para mí.

Jessup se rio.

—No le tengo miedo a la competencia, Harold. Deja que el hombre te muestre su plano antes de rechazarlo.

Joshua hizo un gesto hacia los bocetos de Jessup.

—¿Le molesta si les doy un vistazo? —Jessup se los entregó. Los dibujos eran excelentes; el plano, funcional y organizado, era exactamente lo que Harold Cushing dijo que quería—. Buen trabajo.

—Gracias. Ahora veamos los suyos.

—¡Está bien! —Con aire enfadado, Cushing interceptó la carpeta antes de que llegara a las manos de Jessup—. Yo los revisaré. —El tono de su voz implicaba que cualquier cosa que Joshua hubiera traído sería inferior a la propuesta de Charlie Jessup. Su expresión cambió cuando vio los dibujos—. Usted no me escuchó.

—Sonaba dudoso.

—Cambie las ventanas, saque esos arbustos, ponga césped, y tendrá la vista que va con el diseño.

Charlie Jessup se paró al lado de Cushing e inclinó la cabeza para echar un vistazo.

—¡La cabina de un capitán de mar! —Se rio—. ¡Vaya! ¡Déjame ver!

—No es lo que pedí. —Cushing dejó los dibujos en las manos de Jessup y miró furioso a Joshua.

—No. Actué por intuición.

Cushing podía no estar interesado, pero Jessup tomó la carpeta y repasó los dibujos.

—¿Puede hacer esto?

—Si tuviera seis meses.

Jessup ladeó la cabeza y observó a Harold Cushing.

—Estás un poco callado.

Cushing parecía inquieto.

—Esa es la clase de locuras que quería Cassandra.

—Tú hacías alarde de sus ideas.

Cushing lo ignoró y fulminó con la mirada a Joshua.

—Le di instrucciones claras. ¿Por qué concibió este diseño? ¿Kathy lo presionó a hacerlo?

¿Kathy?

—No. En realidad, sus cuadros sobre barcos y el libro de Kenneth Roberts en la sala me dieron la idea. Y la habitación tiene vista al mar y al sol poniente.

Charlie Jessup parecía prendado.

—¿Qué presupuesto calcula? —Parecía interesado aunque Harold Cushing no lo estaba.

—No lo he calculado.

—Bien, ahí tienen. —Cushing soltó una risotada despectiva.

Jessup le devolvió los dibujos a Joshua.

—Es una idea mejor que la mía. —Cuando Cushing lo miró, sonrió—. Y a ti te gusta.

—No estoy nadando en dinero.

—¿Para qué lo estás guardando? Este hombre es un artista y necesita un trabajo. —Miró a Joshua—. Da un estimado.

—Depende de los materiales, la fecha de entrega, los costos de los otros hombres que vendrían a hacer la parte eléctrica. —Mencionó una suma—. Podría ser menos.

—O más —dijo Cushing.

—Podría hacer los cálculos más exactos. —Joshua encogió los hombros y miró a Charlie Jessup—. Un contratista conoce esa clase de detalles mejor que un carpintero.

—Sí, así sería —Jessup sonrió de oreja a oreja.

Cushing miró a uno y al otro.

—Y si ustedes dos trabajaran juntos, ¿cuán rápido podrían terminar la obra?

Joshua estaba más sorprendido de lo que esperaba por haber conseguido el trabajo. Con dos hombres trabajando juntos, él y Charlie calcularon que demorarían entre ocho y diez semanas. Le parecía un gran milagro que un hombre que no conocía a Joshua en absoluto acabara de asociarse con él en un trabajo importante.

Jessup le ofreció a Joshua hacer un contrato, pero Joshua prefirió hacer caso de sus instintos.

—No es necesario. Confío en usted.

Cushing observaba con el ceño fruncido.

—Usted no es un empresario, ¿verdad? Nunca haga nada sin que primero se lo pongan por escrito y lo firmen.

—Un hombre vale lo que vale su palabra, señor Cushing.

—No en mi opinión.

—Según la mía, cuando un hombre dice que sí es sí, y cuando dice que no es no.

Joshua había observado la simple cruz de oro que Jessup usaba en el cuello. Se preguntó qué significaría el nombre Matías. ¿Sería un pariente? ¿O tenía que ver con el sorteo que se realizó después de la muerte y la resurrección de Jesús? Necesitaban a un hombre para reemplazar a Judas como el décimo segundo discípulo. Dios escogió a Matías.

Ava se paró frente a su espejo de cuerpo entero, mirándose, y se quedó pensando. Durante la primera noche con Dylan, y toda esa larga semana que estuvo viajando con él, no había tenido la claridad mental para preocuparse por quedar embarazada. Lilith, Dylan y su doctor se aseguraron de que tuviera lo necesario para cuidarse.

Franklin nunca había dejado la responsabilidad exclusivamente en ella. Pensaba que era considerado, hasta que abordó el tema de los hijos poco después de que se casaron en Las Vegas. Él dejó escapar una carcajada siniestra.

—Dos son un dolor de cabeza más que suficiente para toda la vida.

Fue como si le hubiera dado un portazo en la cara y la hubiera encerrado con llave.

—¿Por qué? ¿Porque no los ves tan seguido como te gustaría?

—Porque mi esposa los usa como un arma contra mí.

¿Su esposa?

—Yo soy tu esposa ahora, Franklin. Seremos una familia.

Se alejó de ella, frunciendo el ceño.

—¿Por qué estás hablando de hijos ahora? —Él había tenido deseos de hacer el amor. Obviamente el tema lo había molestado lo suficiente como para sacarle la idea de la cabeza.

—Me lo estaba preguntando. Eso es todo. —Apoyó su cabeza sobre su mano y lo analizó—. Estamos casados, Franklin. Es algo de lo que deberíamos hablar, ¿no?

Sus ojos se volvieron oscuros.

—Apenas tienes veintiún años, Lena. Tienes años por adelante. —Apartó la sábana y se levantó.

Ella sintió el aire frío.

—¿No quieres decir que *nosotros* tenemos años por delante?

—Es lo mismo.

Cruzó los brazos detrás de su cabeza.

—Algún día me gustaría tener hijos.

La miró con una sonrisa fría.

—No es algo para bromear, Lena.

Lena. El nombre le crispaba los nervios. Se incorporó.

—No estoy bromeando.

—Entonces hablaremos del tema. Algún día. Ahora no. No esta semana ni el mes que viene ni este año.

Ella se levantó y tomó su bata.

—Eso suena más a *nunca.*

—No dije *nunca.* —Sonaba irritado—. Pero démonos un año por lo menos, o preferiblemente dos, para disfrutarnos. Te quiero toda para mí por un tiempo. —Se metió al baño. Ella escuchó correr el agua de la ducha.

Ava le dio seis meses hasta que decidió que nunca sucedería a menos que Lena Scott lo hiciera perder la cabeza en uno de los días oportunos del mes. Sabía cuándo estaba más susceptible a los encantos de Lena y esas tardes sirvió un poco más de *whisky* en sus tragos.

Una vez que estuviera embarazada, él cambiaría de parecer. Él amaba a sus hijos. Lo sabía por su tono de voz cada vez que trataba de hablar con ellos, por el dolor que sentía cuando ellos acortaban las conversaciones. Este hijo le devolvería su amor. Podrían ser una familia. Podrían tener un hogar de verdad, en lugar de este sofocante departamento.

Se pasó la mano amorosamente sobre el abdomen. Tenía dos meses. Tenía sus esperanzas, pero se sorprendió por lo rápido que quedó embarazada. En el último mes había aumentado un kilo.

Sentía los senos más sensibles. A veces estaba tan cansada que solo quería dormir. ¿Acaso no eran señales positivas?

Ahora todo sería diferente. Franklin también se sentiría feliz al ver lo feliz que se sentía ella. Solo tenía que decírselo y hacer que pidiera una consulta con un médico para verificar lo que ella ya sabía. Su corazón dio un brinco cuando se abrió la puerta del departamento y escuchó la voz de Franklin. «¡Lena! ¿Dónde estás?».

Ava se puso una bata y se calzó las pantuflas. Los últimos dos meses habían sido frenéticos. Habían ido a cenar a LaRue en Sunset Strip y a Ciro's, se habían reunido con celebridades en el Café Trocadero, asistido a estrenos en el Teatro Chino de Grauman, en el Teatro Egipcio y en el Carthay Circle, con las luces de los gigantescos reflectores que se entrecruzaban en el cielo, mujeres vestidas con reluciente satén y lentejuelas, hombres con esmóquines, limusinas negras lustrosas, alfombras rojas y afiches en los vestíbulos. Había conocido a Gail Russell y a Guy Madison, e intercambiado algunas palabras amigables con Lana Turner y Ronald Reagan. La noche anterior habían salido hasta tarde a otra fiesta de Hollywood, donde él la había exhibido y se la había presentado a otro productor. Ava esperaba que llegara el día en que no tuviera que escuchar a Franklin alabándola frente a hombres que la miraban de arriba abajo como un trozo de carne de primera calidad.

—Tengo buenas noticias. —Él entró al cuarto—. ¡Ya tienes el papel! —La levantó y la hizo girar—. Tengo ganas de festejar. —La bajó y empezó a abrirle la bata.

Una veloz estocada de temor se apoderó de ella. Se dio vuelta y se apartó.

—¿Qué papel?

—*El* papel. —Se paró detrás de ella y puso sus brazos en su cintura. El corazón de Ava latía como un martillo neumático—. El papel del que hemos estado hablando durante semanas. Cuando termines esta película, estaremos establecidos. —Siguió hablando mientras introducía las manos en su bata. Era su gran oportunidad. Esta vez un rol dramático, una película basada en una obra de Tennessee Williams.

Su corazón se desplomó. ¿Acaso Franklin no la había escuchado? Le había dicho que no podría hacerlo. No tenía talento para actuar. Franklin le había dicho que lo tenía a él, y que eso era lo único que necesitaba. Él le enseñaría cómo interpretar el papel. Ella sabía lo que significaba eso. La moldearía sin descanso con martillo y cincel hasta lograr el personaje.

Franklin la soltó y se quitó el saco del traje. Se aflojó la corbata. El temor de Ava se disparó cuando vio que se desabotonaba la camisa.

—¿Por qué te quedas parada ahí? —Se rio él—. ¡Deberías estar bailando!

—No puedo hacerlo, Franklin.

—¡Sí lo *harás*! —La sujetó de los hombros y la miró con ojos refulgentes—. ¡Y lo harás mejor que ninguna otra! —Le tomó la cara entre las manos—. No tienes idea de lo que eres capaz, Lena. Todavía no. El mundo entero te conocerá por mis esfuerzos. —La besó en la frente, en la nariz, en la boca—. El dinero está arreglado, el equipo de producción está listo. ¡Es un hecho! Esto te ubicará entre las mejores. Lo único que necesitan es tu firma en el contrato.

Sus manos le recorrieron la espalda.

—Esto es lo que estaba esperando. Todo se está compaginando más rápido de lo que soñé. Es como si la mano de la Providencia estuviera de nuestro lado.

Ella se estremeció, dudando que Dios tuviera algo que ver con esto. Franklin frunció el entrecejo.

—¿Qué pasa? —Bajó la vista hacia su cuerpo—. Has aumentado un par de kilos.

Un escalofrío recorrió todo su cuerpo.

—Franklin... —Tenía que decírselo.

—Olvídalo. Mañana puedes hacer dieta. —Franklin no le dio

tiempo de tomar aire—. Te amo tanto... —Volvió a taparle le boca. Hundió los dedos en su cabello y retrocedió para mirarla. —Nunca llego a saciarme de ti. —No estaba viendo a Ava en absoluto, sino a Lena Scott, su propia creación.

Quería llorar. Él ni siquiera sabía que Ava seguía existiendo.

Como Galatea, guardó silencio mientras Pigmalión la veneraba.

———

Ava le dio la noticia a Franklin la mañana siguiente a la fiesta de postproducción de *Lorelei*. Él se puso pálido. Tenía en la mano un vaso con *whisky*, a medio camino entre el mostrador y su boca, cuando se dio vuelta y la miró fijamente, como si no entendiera.

—¿Qué quieres decir con embarazada?

Pronunció la palabra como si ella acabara de anunciar que tenía cáncer terminal. Ava tragó con dificultad, el corazón palpitante. No esperaba que pareciera tan devastado.

—Necesitaré ver a un médico para estar segura, pero han pasado dos meses desde...

La noticia caló rápido, como un químico tóxico en la arena blanca de la playa.

—Esto no puede estar pasando.

—Está pasando...

—No. No puede ser. Hemos sido muy cuidadosos. —Acabó el *whisky* de un solo trago.

—No siempre. —Vio la mirada fría en sus ojos entrecerrados, y se apresuró a seguir hablando—: A veces estabas demasiado apurado.

Lo observó asimilar el recuerdo. Franklin maldijo y lanzó su vaso contra la pared.

—¡No después de todo mi trabajo!

Ava se estremeció, pero su propia ira se despertó. ¿Todo el trabajo de *él*? Qué bien que se olvidara de los golpes, los martillazos y el cincelado que ella había soportado: los pies ampollados y ensangrentados mientras aprendía a bailar, las horas extenuantes de ensayar las líneas con él, sentirse expuesta como una farsante cada vez que rodaban las cámaras.

Tres años de su vida habían transcurrido para que se convirtiera en la mujer de sus sueños. Tres años de cumplir la pena en esta prisión abandonada por Dios. Cada minuto de cada hora planificada por su amo.

Los ojos de Franklin se oscurecieron.

—¿Tú lo planeaste, no es así, Ava?

Era la primera vez que lo oía pronunciar su nombre desde aquella mañana luego de que la trajo al departamento. Lo sintió como un puñetazo en el estómago. Su voz era gélida, cargada de sospecha y acusación. Ella sabía exactamente lo que él estaba pensando. Lena nunca lo traicionaría. Ava lo había hecho.

—Hice todo lo que me pediste desde la noche que me trajiste aquí, Franklin. He trabajado mucho para ser lo que tú quieres. Te entregué mi vida. —Las lágrimas nublaron su vista—. Si me amas tanto, ¿por qué lo ves como un problema?

Él analizó su rostro con una expresión impenetrable.

—Deberías habérmelo dicho antes.

—Quise esperar hasta estar segura. —Dio un paso adelante y extendió una mano—. Yo...

—Cállate y déjame pensar. —Se levantó abruptamente y se alejó.

—¿En qué tienes que pensar? —Era un hecho consumado. No había vuelta atrás. O así lo consideraba ella, hasta que vio esa mirada en sus ojos.

—Todavía tienes una película por hacer. No puedes tener un bebé.

Ella pestañeó.

—Voy a tener un bebé.

—No, no lo tendrás. Estás bajo contrato.

¿A qué contrato se refería?

Él caminaba de un lado al otro, con una mano apoyada en la nuca.

—No es la primera vez que pasa esto. Haré algunas llamadas. Buscaré un buen doctor.

—Ya tenemos un doctor.

—No del tipo que necesitamos.

Ella sintió un escalofrío por la manera que lo dijo. ¿Qué le estaba cruzando por la cabeza?

—Pueden modificar el cronograma.

—¿Y que le cueste al estudio decenas de miles de dólares? ¿Que te vean como una prima donna? El otro trato en el que estoy trabajando se iría directamente a la alcantarilla.

—No sería un cambio tan importante. Podrían grabar todas mis escenas en las próximas semanas y, luego, podría tomarme el tiempo que necesite para tener al bebé.

—No vas a tener un bebé, Lena.

¿Por qué no quería entrar en razón?

—No puedes deshacer lo que está hecho. Es nuestro bebé, Franklin. —Se le estrujó el estómago—. Tuyo y mío.

Él estalló de furia y empezó a gritarle con el rostro enrojecido:

—¡Te dije que yo no quería más hijos! Te dije cómo...

—*Yo* soy tu esposa ahora. ¡No será así!

Él no la escuchaba. Siguió caminando de un lado a otro, murmurando en voz baja.

—¿Por qué las mujeres siempre traicionan a quienes las aman?

El temblor empezó otra vez en lo profundo de sus entrañas.

—Yo no te traicioné, Franklin. Dijiste que hablaríamos de tener hijos.

—Tú hablaste. —La miró furioso—. ¡Yo dije que *esperaríamos*! —Se acercó mostrándole los dientes, los ojos desorbitados—. No vas a arruinar todo lo que he logrado con tanto trabajo.

Se alejó de él y se desplomó sobre un taburete. Él se detuvo.

Caminó hacia la ventana, cerrando y abriendo los puños. Miró hacia el Bulevar Hollywood.

—Si no fuera por mí, estarías ahí afuera, trabajando en la calle como otros cientos de chicas. ¡Y lo sabes! ¡Me lo debes todo!

Se puso el personaje de Lena, aferrándose fuertemente a su papel mientras se acercaba a él. Apoyó las manos en su espalda, masajeándola suavemente con la esperanza de calmarlo.

—Todo va a estar bien. Ya verás. Es solo que seremos tres, en lugar de dos.

Él se apartó de ella y volvió a la barra para servirse otro *whisky*.

—¿Quieres terminar como Pamela Hudson? Tres películas, una carrera prometedora, para luego bajar del pedestal y renunciar para casarse y tener un bebé. ¿Quién la recuerda ahora? Estás en ascenso, Lena. Tenemos que mantener el impulso. ¡El público es inconstante! Si desapareces durante un año se olvidarán de ti.

Su resolución decayó por un instante.

—No me importa. —Se dio vuelta y se quedó mirando por el ventanal, sin ver nada.

Franklin se acercó a ella. Le dio vuelta para que lo mirara. Tocó su frente con delicadeza.

—A mí sí me importa, Lena. Y me importa lo suficiente por ambos. Necesito hacer unas llamadas. Poner en orden las cosas. —Le levantó el mentón, pero no la besó—. Te ves cansada. ¿Por qué no te vas a la cama?

Se despertó un rato después y escuchó que Franklin hablaba en la oficina. Se levantó y caminó por el pasillo. Él sostenía el receptor contra su oreja mientras tomaba notas en su libreta. Le dio las gracias a alguien y colgó.

Bien. Franklin debía haber llamado al director. Cuanto antes supiera la situación, más rápido podría preparar un nuevo cronograma, reorganizar las escenas que debían filmar.

—¿Está todo bien?

—Ya me ocupé de todo. No tienes que preocuparte por nada.

Harás tu escena más importante el jueves. Veremos al doctor el viernes.

Aliviada, Ava entró en su oficina y rodeó su cintura con sus brazos, abrazándose contra él.

—Gracias. —Su voz salió ahogada y ronca por la sensación de alivio—. Tenía tanto miedo, Franklin. Todo será mucho mejor ahora. Sé que lo será.

Le frotó la espalda.

—Todo estará bien. Confía en mí. —Acarició su sien con un pulgar—. No tendrás que regresar al estudio hasta el martes de la semana siguiente.

A la mañana siguiente, mientras se dirigían hacia el plató, Franklin dijo que no le mencionara el embarazo a nadie. Ella no entendía por qué no. Él se lo había dicho al director. ¿Por qué debían mantenerlo en secreto? Franklin mantenía los ojos fijos al frente, en la calle.

—Ningún director desea distracciones innecesarias durante el rodaje. No digas nada sobre esto. —La miró con severidad—. Mantente enfocada.

La maquilladora le puso base suavemente.

—Te ves mucho mejor hoy, Lena.

—Me siento mejor, también. —Tenía deseos de anunciar su noticia, pero siempre había espías que buscaban beneficiarse de cualquier dato. Bastaría una sola llamada telefónica para que la prensa estuviera en la puerta, queriendo la historia sobre el embarazo de Lena Scott. La producción se vería trastornada.

Franklin esperaba fuera de la puerta. Parecía más protector que de costumbre.

—Haz la escena como la hicimos esta mañana, y estarás genial. —Tensa, se paró en su marca mientras las líneas se arremolinaban en su cabeza. Cada escena era una menos que tendría que hacer, una más cerca al final de la última película de Lena Scott.

Los días siguientes pasaron muy rápido. Franklin estudiaba las rutinas con el director. Ava odiaba verse a sí misma en la pantalla y pasaba el tiempo descansando en su camerino. El viernes en la mañana, Franklin estaba nervioso y preocupado. Conducía en silencio, con las manos apretadas sobre el volante. La transpiración empapaba sus cejas. Ella se durmió. Se despertó cuando él salió de la carretera. ¿Cuánto habían estado viajando?

—Ya casi llegamos. —Se estiró y pasó sus nudillos por la curva de su mejilla—. Dijeron que no será tan malo. Sentirás calambres por un par de horas. Luego, todo habrá terminado.

¿*Todo habrá terminado?* Se quedó helada y el pánico surgió en su interior.

—¿De qué hablas?

—Del aborto.

Cuando dijo que se ocuparía de todo, ella pensó que se refería a la difícil conversación con el director, no de matar a su hijo.

—No. —Su voz tembló—. Está mal.

—¿Quién nos dice qué está bien y qué está mal? En este momento, es bueno para ti. Es lo mejor que podemos hacer bajo estas circunstancias.

—¡Yo no quiero un aborto!

—¿Crees que no sé por qué planeaste esto? Sé que te presioné mucho, Lena. Tal vez demasiado. Cuando termine esta película, nos tomaremos más tiempo libre entre películas.

—¡Es un delito!

—¡Lo hacen todo el tiempo! —Resopló fuerte—. No te diré cuánto me está costando este pequeño error. —Ahora estaba enojado, decidido—. No quería que lo hiciera cualquiera. Quería a la mejor.

—¿A la mejor?

—Una doctora, no un carnicero privado.

Ava se echó a llorar.

—¡No lo haré! ¡No quiero!

—He estado pensando. Una vez que tu carrera esté consolidada, podrás dedicar un tiempo a tener un bebé. Podríamos contratar a una niñera. Tendrás que trabajar unos meses con un entrenador para volver a estar en forma, pero se puede hacer.

—¿No me estás escuchando?

—¡Escúchame tú! —Sus dedos se pusieron blancos mientras apretaba fuerte el volante. ¿Deseaba que fuera su cuello? —No estás ni de casualidad preparada para ser madre. No sabes nada sobre niños. —Giró hacia un camino rural que se dirigía a las colinas. Echó un vistazo a un papel con anotaciones y dobló en un largo camino para autos.

Se estacionó frente a una casita. Rápidamente, abrió su puerta de un empujón y rodeó el carro hacia el lado del acompañante. Sin ninguna escapatoria, Ava dejó de resistirse. Franklin no le soltó el brazo.

—Estaré contigo en todo momento. Lo prometo.

Una mujer abrió la puerta. Ava no levantó la vista. Franklin dijo algo de que los lupinos estaban particularmente hermosos este año y los invitaron a entrar.

—Tengo que ser cauta, ya sabe. —La mujer sonaba enojada, no pesarosa—. A los católicos les encantaría mandarme a la cárcel.

—Nosotros no somos católicos.

—¿Tiene el dinero?

Franklin sacó su billetera y extrajo dos billetes crujientes de cien dólares.

La mujer tomó el dinero y lo guardó en su bolsillo y luego retrocedió.

—Tengo todo preparado. Por aquí.

Franklin volvió a tomar del brazo a Ava.

—Vas a estar bien. Lo prometo. —Ava mantuvo la cabeza agachada mientras seguían a la mujer al interior de la casa por un pasillo y entraban a una habitación trasera que tenía paredes blancas, una mesa con estribos y persianas cerradas.

—Esto no es lo que esperaba. —Franklin sonó preocupado.

—Tengo todo lo que necesito.

—¿Habrá mucho dolor?

—No tanto como un parto, y se terminará pronto. Haga que se quite todo de la cintura para abajo y luego súbala a la mesa.

Ava se quedó congelada por el miedo mientras Franklin la desvestía. Él siguió hablando, con la voz tensa.

—Vas a estar bien. Terminará en pocos minutos. Luego olvidaremos que esto sucedió alguna vez. —La alzó en sus brazos y la depositó con cuidado sobre la mesa. La ayudó a levantar los pies y a meterlos en los estribos. Las piernas de Ava temblaban—. Tranquila. —Se agachó y apoyó su cabeza en el hueco de su hombro—. Lo siento —susurró—. Desearía que hubiera una manera más fácil.

Ella apretó los dientes y lloriqueó.

Franklin le acarició la frente con dedos helados.

—Pronto se terminará.

Así fue.

La mujer se incorporó y se quitó los guantes de goma. Se lavó las manos en el lavabo.

—Todo debe haber terminado mañana en la mañana.

Franklin se enderezó y su rostro se puso blanco.

—¿Qué quiere decir con *mañana*? Usted dijo que se terminaría pronto.

—Mi parte sí. La solución salina tarda un tiempo en hacer efecto en el feto. —La mujer abrió la puerta.

—¿Adónde va? —Franklin sonaba asustado. Salió detrás de ella.

—¡Franklin! —Ava trató de aferrarse a su brazo. Había dicho que no la dejaría. Ava pudo escuchar que discutían. Él dijo groserías en voz alta. Una puerta se abrió y se cerró. Ava logró incorporarse y bajarse de la mesa. Su cuerpo se sacudía tanto que le costaba vestirse.

Franklin volvió al cuarto con una expresión de furia, hasta que la vio. Rápidamente deslizó su brazo por la cintura de Ava y le brindó apoyo mientras caminaban hacia el carro.

—No podemos quedarnos aquí. Nos alojaremos en un motel cerca de la playa. Todo estará bien. Va a estar bien.

Durante toda la noche, Franklin se sentó junto a ella y sostuvo su mano. Cuando el dolor llegó a ser cada vez más fuerte, le tapó la boca con la mano.

—Shhh. No grites. Por favor, Lena. Alguien escuchará y llamará a la policía. —La dejó apenas el tiempo necesario para enrollar una toalla de manera que ella mordiera otra cosa que no fuera su mano. —Perdón, Lena. —Lloró—. Lo lamento mucho. Te amo, Lena. Te amo mucho. Haré que todo vuelva a estar bien. Lo juro.

—¿Cómo harás eso, Franklin? —Emitiendo un gemido agudo, Ava apretó las mantas de la cama y las retorció cuando el dolor se volvía incesante, mientras él permanecía observándola, inútil.

Todo terminó antes de la salida del sol. Franklin envolvió todo en una toalla y salió a la playa. Pasó un largo rato antes de que volviera, con el rostro pálido y las uñas llenas de arena.

Abrigó a Ava con una de las mantas del motel y la cargó hasta el carro antes de entregar la habitación. Cuando se estiró para tomarla de la mano, ella lo rechazó bruscamente y miró por la ventanilla hacia la nada.

Ninguno de los dos dijo ni una palabra durante el largo viaje de vuelta a Los Ángeles.

CAPÍTULO 14

«¡Insensato de mí! —se dijo—. ¿Por qué no me arranqué el corazón el día en que decidí vengarme?».
ALEJANDRO DUMAS

JOSHUA CERRÓ LA PUERTA de la cabina telefónica y rompió un paquete de monedas sobre el mostrador. Marcó el número telefónico de papá. Entre el trabajo, el tiempo que pasaba con la familia de Dave y las caminatas vespertinas que hacía mientras oraba, no había tenido tiempo para escribirle. Papá querría saber cómo estaban yendo las cosas. Joshua se apoyó contra la pared de vidrio y miró hacia el Bulevar Hollywood mientras esperaba que su padre contestara.

Observó a las personas que pasaban, algunas alegres y prósperas, otras con mirada hambrienta, algunas oprimidas. Una muchacha atractiva, vestida con una falda corta y una blusa ajustada, estaba parada al otro lado de la calle con una gran cartera sobre su hombro. Coqueteaba con los hombres que pasaban. Joshua pensó en Ava y agradeció que hubiera alcanzado alguna medida de éxito y que no estuviera en las calles tratando de ganarse la vida.

Oyó la voz de papá.

—Hola, papá. ¿Cómo están las cosas en El Refugio?

—Ha sido una semana atareada. Cené con Gil y Sadie. Mitzi está en el hospital y tiene a las enfermeras muriéndose de la risa.

—¿Tiene algo grave?

—Problemas en sus pulmones. Le prometió a Hodge que dejaría de fumar. Él creía que ya lo había hecho.

—¿Cómo está Susan? —Quería que fuera una pregunta capciosa.

—Susan y Bessie están bien —respondió papá con un tono inexpresivo y, luego, soltó una risita—. Ambas te mandan saludos. ¿Cómo está marchando el proyecto?

—Estará terminado para el fin de semana. Harold le pidió a Kathy que lo ayudara a organizar una fiesta para celebrar la conclusión del proyecto. Charlie quiere que me integre a su empresa. Tiene un par de proyectos por delante. Quiere que dirija un proyecto de renovación en Pacific Palisades.

—Te gusta trabajar con él, ¿verdad?

—Sí, me gusta. —La operadora indicó que pusiera más monedas—. Espera... Sí, Charlie es honesto, trabaja a la par de sus empleados, quiere que todo quede lo más perfecto que podamos hacerlo. Es un hombre bueno... y un hermano. Hemos tenido algunas conversaciones muy profundas. —Vaciló, esperando algún comentario de papá. Silencio—. ¿Todavía estás ahí?

—Estoy escuchando. ¿Tomaste alguna decisión?

—No estoy seguro de que quiera quedarme otros seis meses, y es el tiempo que necesitaría para completar el proyecto. —Observó a la muchacha del otro lado de la calle negociando con un hombre vestido como empresario—. Hoy almorcé con Dave en el restaurante Chuck's Hofbrau, sobre el Bulevar Hollywood. Buena comida, pero le falta el toque casero de la Cafetería de Bessie.

—¿En qué estás pensando, hijo?

—Hay muchas jóvenes hermosas por aquí, papá.

—Todas con grandes sueños de convertirse en estrellas de cine, imagino. —Su padre sonaba cansado.

Ambos se quedaron callados. El hombre de traje llamó un taxi. La muchacha entró con él.

—Sigo buscándola. Llamé al estudio conectado con su última película y no llegué a ningún lado. Anduve por ahí, pero no quisieron darme ni la hora, mucho menos decirme cómo ponerme en contacto con ella. Debe haber cien tipos más diciendo que la conocían antes que se hiciera famosa.

—¿Hablaste con Dave al respecto?

—No. Cada vez que estoy listo para hacerlo, surge alguna otra cosa. Dave tiene muchas cosas en qué pensar. Escribí a los estudios cinematográficos que produjeron las películas en las que ella actuó. Esperaba que al menos uno le reenviara la carta. Así ella sabría cómo contactarse conmigo. Ya pasaron un par de meses y no hubo ninguna respuesta.

—Puede que reciba muchas cartas de sus admiradores.

—Y es posible que ella no lea lo que recibe. Sigo esperanzado con que la persona que abra una de esas cartas se la pase. Charlie dijo que la manera más rápida de ubicar a una actriz es por medio de su agente, pero los estudios no se han mostrado comunicativos con dicha información. —Se rio sombríamente—. Habrán pensado que yo era un fanático desquiciado.

—Entonces, ¿qué planeas hacer?

—No lo sé, papá. Todavía estoy orando por el tema.

Joshua miró los rostros de las mujeres jóvenes que pasaban, sabiendo que Ava no caminaría despreocupadamente por una calle donde pudieran reconocerla. Solo había tenido algunos papeles, pero había logrado hacer de Lena Scott una estrella en acenso. Quizás esta fuera la vida que ella quería. Quizás Lena Scott no quería que le recordaran a El Refugio ni a las personas que amaban a Ava Matthews.

Tal vez era tiempo de dejar de buscar.

—Creo que sabes qué quiere Dios, hijo.

La respuesta que Dios le había dado a Joshua no era la que él quería escuchar.

Déjala ir.

El puente a El Refugio estaba ante Ava. Caminó por él y se detuvo a unos pocos pasos. Se inclinó sobre el riel y miró hacia la oscuridad. Alguien la llamó desde el otro lado. «Ven ahora. Cruza. Mientras puedas».

¿Era Joshua? Caminó unos pasos hacia él y se detuvo; el sonido de los rápidos iba en aumento. Una bruma subió debajo de ella, rodeándola de una niebla tan densa que no podía ver dónde terminaba el puente.

Gritó:

—¿Todavía estás ahí? —Su voz volvió como un eco.

—Estoy aquí. —No era la voz de Joshua, sino la del pastor Ezekiel.

Retrocedió, sin ganas de enfrentarlo, y escuchó unos pasos que se acercaban a ella. Los latidos frenéticos de su corazón se desaceleraron cuando escuchó a un hombre que cantaba, pero volvieron a acelerarse, temerosos, cuando el sonido se transformó de una melodía agradable a una burla disonante.

Dylan salió de la niebla. Se sintió paralizada al ver que caminaba despacio hacia ella. Su corazón latió más rápido a medida que se acercaba, hasta que se detuvo frente a ella. Sus ojos oscuros resplandecieron, ardientes, cuando le mostró su sonrisa radiante y blanca.

—¿Adónde huirás ahora, pequeña?

Ava se despertó abruptamente, con el corazón palpitante y el cuerpo empapado en transpiración. Se incorporó en la cama, temblando. Tomó algunos minutos para que su cuerpo se relajara, y el ritmo de su corazón y su respiración se desaceleraran.

El departamento estaba muy silencioso. ¿Por fin la había dejado sola Franklin? No había salido en varios días, quedándose cerca de ella, vigilándola como un halcón. ¿Qué pensaba que haría? ¿Suicidarse? No era que no lo hubiera pensado. Pero ella era demasiado cobarde para quitarse la vida. Prefería esta prisión y a Franklin custodiando las llaves. Era mejor este infierno que el del otro mundo, donde se consumiría por toda la eternidad.

No estaba haciéndole la vida fácil a Franklin. Quería que él también sufriera. Quería que él supiera lo que su sueño le había costado a ella.

Perdona. La palabra acarició su mente como un roce inoportuno de unos dedos suaves y sanadores sobre su frente. Se pasó los dedos por el cabello, sosteniéndose la cabeza, presionando para ahogar la palabra. ¿Perdonar? Ninguno de los dos merecía ser perdonado.

Quizás hubiera podido perdonar a Franklin si le hubiera dicho Ava, en lugar de Lena, mientras lloraba e imploraba que lo perdonara. Cuando llegaron a casa tras el horror, llamó a uno de los restaurantes más caros de Hollywood y pidió que trajeran comida y champaña y no escatimó en gastos. Disparó el corcho y dijo que volverían a empezar. Como si ella alguna vez pudiera olvidar.

Se había sentido demasiado enferma para comer o beber. Mientras ella permanecía callada, Franklin hablaba como si ella hubiera participado voluntariamente, como si hubieran resuelto un problema menor y ahora pudieran seguir adelante. Ella se preguntó si él había perdido la cordura mientras conducía de vuelta a casa.

Esa noche, Ava apartó a Lena de un empujón y asumió el rol protagónico.

—¡Si crees que *algo* volverá a ser igual, estás loco!

Él se quedó mirándola como si fuera un extraterrestre que había tomado posesión de su amante. Ava se fue a la habitación color pastel y se encerró con llave.

En los días siguientes, Franklin ordenó que trajeran tantas flores que el departamento parecía una funeraria.

Ahora, famélica, Ava se puso una bata y abrió la puerta sin hacer ruido. Se sentía mareada por no haber comido en tantos días. Se apoyó contra la pared hasta que se desvanecieron los puntos negros y amarillos que veía frente a sus ojos. Cuando vio a Franklin tumbado sobre el sofá, pálido y sin afeitar, se llenó de pavor.

Sorprendido, él se incorporó. Sus ojos azules se encendieron con una luz de esperanza.

—Te levantaste. —Se veía desaliñado, pero alerta, vigilante, cauteloso. Quizás temía que ella enloqueciera junto con él. Tratando de ignorarlo, Ava fue a la cocina y abrió el refrigerador. Los estantes estaban llenos de botellas de vino tinto y blanco, y envases de cartón con comida para llevar—. Comida mexicana, china, italiana... lo que uno quisiera. —Franklin la había seguido. Estaba parado con las manos metidas en los bolsillos, observándola de cerca, evaluándola.

Ava abrió un envase con fideos chinos cuajados y perdió el apetito. Abrió la gaveta debajo del fregadero y lo echó a la basura.

—Tienes que comer algo, Lena. —Franklin parecía peor de lo que se sentía ella—. Has bajado de peso.

—¿No era eso lo que querías? —Sintió una pizca de remordimiento al ver que su estocada lo había golpeado duro y profundo. Él tenía sombras oscuras bajo sus ojos. ¿Cuánto tiempo había pasado sin dormir? ¿Cuánto había bebido desde que ella se encerró? No quería que le importara. Ambos merecían sufrir. Caminó a la barra y se sirvió *whisky*.

—¿Recuerdas lo que sucedió la última vez que bebiste con el estómago vacío? —Su tono era frío, seco, tentativo.

—Sí. Pero ¿qué importa? —Bebió el *whisky* de un solo trago. Le hizo una mueca y se sirvió otra vez—. Siempre me he preguntado cómo soportas beber esto. —Lo tomó también.

—Me relaja.

El *whisky* flotó como lava ardiente en su estómago vacío.

—No quiero relajarme. Quiero olvidar. —Levantó la botella y la acercó a sus labios.

Franklin atravesó la sala en tres pasos y le arrebató la botella de la mano.

—¡Basta!

Ava se encogió.

—¿Te preocupa que no quede lo suficiente para ti? —Habría vuelto a su habitación si él no hubiera estado bloqueando el paso. Hundió sus dedos temblorosos en su cabello enmarañado. Sentía un redoble atroz en la cabeza. ¿La falta de comida? ¿Las pesadillas recurrentes, de las que se despertaba bañada en sudor frío?

El piano estaba silencioso en el rincón de la sala, llamándola. Siempre había tenido la capacidad de perderse en la música. Podía cerrar los ojos, tocar y soñar que estaba otra vez en la sala de Mitzi. ¿Qué pensaría Mitzi de ella ahora? Ava fue al ventanal y se quedó mirando la calle, allá abajo. Los carros pasaban en ambos sentidos; la gente paseaba por ahí. El mundo seguía funcionando.

Ella se sintió destruida por dentro, rota sin esperanza de reparación.

Franklin se acercó y se paró justo detrás de ella. Podía sentir su dolor, sus ansias. Le había dicho que lo lamentaba. Y ella sabía que era sincero. Franklin lamentaba profundamente que Lena ya no actuara como él quería. Esa noche, ella entendió que él nunca había querido que Lena Scott tuviera un hijo. Eso estropeaba la imagen mental que él tenía de su amante perfecta.

Las manos de él se aferraron a su cintura.

—Lena. —Sonaba tan herido.

Incapaz de soportar que la tocara, se apartó bruscamente y puso varios pasos de distancia entre ellos. Podían vivir juntos en el mismo departamento, pero los separaba un abismo enorme.

—No digas nada, Franklin. Nada de lo que digas cambiará

las cosas. —Era demasiado tarde para que cualquiera de ellos se arrepintiera, demasiado tarde para deshacer lo hecho.

—Necesitas un poco de tiempo para olvidar.

¿Olvidar? Cada día se sentía más culpable. Era peor que su madre. Ava se tapó el rostro. Al menos, su madre le había dado la oportunidad de sobrevivir.

—Lena...

¿Por qué dejé que Franklin me hiciera entrar por esa puerta? ¿Por qué no hui ni luché? Fui como una oveja al matadero.

Franklin la agarró de la muñeca y la hizo girar. Por un instante, pensó que quería rodearla con sus brazos y tranquilizarla. En cambio, la sujetó de las muñecas con una firmeza de hierro, mirando sus manos con repulsión.

—Te comiste las uñas hasta la piel.

Desde luego, Lena nunca habría hecho algo así. Ava se soltó de un tirón. Si le hubieran quedado uñas, se las habría clavado en la cara.

La expresión de él cambió.

—Lo siento. Fui muy rudo al hablar.

Ava cerró fuerte los ojos. No quería ver su dolor. Había sido decisión de él, ¿cierto? Así Lena seguiría bailando a su ritmo. *¿Qué hice? ¡Ay! ¿Qué hice?* Se abrazó a sí misma, apenas respirando por el dolor. ¿Qué pensaría el pastor Ezekiel? ¿Y Joshua? *Ay, Joshua, si pudieras verme ahora.* Una melodía socarrona sonó en su cabeza. Ella había quemado el puente a El Refugio mucho tiempo atrás.

¿Qué importaba? Probablemente Joshua estaría casado con alguna chica decente que se había guardado para su esposo. Y el pastor Ezekiel tendría la iglesia llena de feligreses y la mayoría del pueblo que lo quería y lo consideraba su amigo. Ninguno de los dos la extrañaba. ¿Estarían enterados siquiera de que Ava Matthews se había convertido en Lena Scott? No podía imaginar a alguno de los dos perdiendo el tiempo en las cinco películas patéticas que ella había hecho.

Esa antigua vida en El Refugio ahora parecía un sueño feliz. Había sido una tonta. Les había dado la espalda a todos solo para poder estar con Dylan. Se despertó de ese sueño color de rosa en San Francisco, pero siguió aferrada a él, con esperanzas. Cuando se mudó a vivir con Franklin, renunció por escrito a su vida. No se dio cuenta de que él la veía como arcilla en sus manos. La había puesto en un pedestal y había empezado a modificarla y remodelarla. Él creía que era Dios.

Ava sentía el estómago acalambrado por el hambre. No tenía la fuerza de voluntad para dejarse morir de hambre. Encontró una caja de cereal y el yogurt de una semana atrás. La comida sabía a aserrín con crema agria. Tragó amargura y culpa.

Franklin se sirvió un trago. Luego, otro. Después del tercero, dejó de parecer apenado.

—Hice lo que creí que era lo mejor para ti.

—¿Lo mejor? Enterraste a nuestra bebé en la arena.

Él golpeó la botella contra el mostrador.

—¡No era una bebé!

—Solo porque no la querías. —Así como la madre de Ava no la había querido a ella.

Exasperado, Franklin se acercó a la mesa. Arrastró su silla hacia atrás y se hincó sobre una de sus rodillas frente a ella.

—No era una *ella*. Tampoco era un *él*. No era *nada*.

Ava se inclinó hacia adelante y acercó su rostro al de él.

—¡Así como *yo* no soy nada! ¡Y *tú* no eres nada! *Ambos* somos menos que nada ahora, ¿verdad? Y, además, ¡estamos condenados! —Franklin se levantó y se alejó de ella, con un puño cerrado—. Adelante. Haz lo que quieras hacerme. —Levantó el mentón, esperando, incluso deseando un poco el golpe—. Golpéame si crees que eso cambiará la verdad. Sácamela a golpes.

Él aflojó la mano y la soltó a un costado de su cuerpo.

—Sé que estás castigándome. Sé que te dije que no habría dolor, Lena. Vi cómo sufriste. —Sus ojos se llenaron de lágrimas—. No sabía que iba a ser así. —Parecía enloquecido por el dolor—. ¡Juro que no lo sabía!

Ava se tapó el rostro con las manos.

—Solo déjame en paz, Franklin. Por favor. Déjame sola. —Sofocó sus sollozos, tragando su agonía hasta que la sintió como una bola dura de veneno en la boca de su estómago. Lo oyó salir de la habitación. Pensó que la dejaría en paz, pero volvió.

—Tengo algo para ti. —Franklin sacó dos píldoras de un frasco de medicina. Fue a la barra y llenó un vaso con agua. Volvió y le entregó el agua y las píldoras como si fueran una ofrenda—. El doctor dijo que te harán sentir mejor. Solo es un barbitúrico suave.

Ella levantó la vista y miró a Franklin. ¿Hasta dónde llegaría para recuperar a Lena? Ella no confiaba en él ni en su doctor.

—No me interesa qué sea. No lo tomaré.

Él entrecerró los ojos.

—Esto tiene que parar, Lena. —Era su voz de agente, la del representante que intentaba recuperar el control de la situación—. Estoy tratando de ayudarte.

Ella sabía a qué jugaba. Miró a propósito al otro lado de la sala.

—Y tu preocupación no tiene nada que ver con el guion que está en esa mesa. —Su voz destilaba sarcasmo. Se acercó y levantó *La gitana y el general* y se lo arrojó—. Esto es lo que pienso. —¿En serio esperaba que le interesara? Quería romper las hojas en pedazos y lanzárselas a la cara—. Ya he actuado lo suficiente para toda una vida, Franklin. Terminé. —Estiró la mano hacia él—. Si quieres que tome píldoras, dame todo el frasco.

Él se desplomó sobre un taburete, mirándola.

—No eres la mujer que pensé que eras.

—Vaya sorpresa. —Quizás por fin empezaba a entender.

—No podemos seguir así. Tienes que dejarlo atrás.

Vio la mirada desprotegida que había en sus ojos, la confusión. Él siempre había sido el escultor, el alfarero con su barro, el titiritero moviendo los hilos. Ahora la estatua de mármol se había roto, el barro estaba seco y partido. La marioneta había cobrado vida y lo aborrecía porque él no se arrepentía de lo que habían hecho. Él lloraba por la pérdida de su gran amor, Lena Scott.

—¿Cómo puedo dejarlo atrás, Franklin? —Cada decisión que ella había tomado en los últimos cinco años había causado un desastre; cada uno peor que el anterior. Todo lo que pensó que deseaba le había dejado un sabor amargo en la boca.

—¿No entiendes cuán amada eres? ¿Acaso leíste alguna de las cartas que te traje?

Él había pasado docenas bajo su puerta.

—¿Por qué debería leer cartas de desconocidos que ni siquiera saben quién es Lena Scott? ¡O que Lena Scott es Ava Matthews! Solo aman esa imagen falsa que ven en la pantalla. ¡Tal como tú! ¡Todos están enamorados de un producto de tu imaginación!

Él se levantó con el rostro lívido.

—¡Deja de decir eso! —Se agarró la cabeza como si estuviera padeciendo más dolor que ella.

—Es verdad. —Había hecho cinco películas e interpretado cinco personajes: una caminata de un minuto que hizo que los hombres ansiaran ver todo el cuerpo debajo de la blusa blanca y la falda ajustada, la esposa apasionada de un zombi, una ingenua enamorada del prometido de su mejor amiga, un rol de bailarina que le impidió caminar durante semanas y una sirena que terminaba arrastrando a las profundidades al hombre que amaba.

Franklin le había hecho eso. La había arrastrado cada vez más hondo a las aguas más profundas y oscuras de un mundo de fantasía.

Una oleada creciente de dolor la inundó y sintió que se ahogaba en ella.

—Lo lamento, Franklin. Lo lamento. No puedo fingir más. —¿Cuánto tiempo de su vida había pasado haciendo solo eso? Ya no sabía quién era.

Franklin la tomó de los hombros y la miró con devoción.

—Nunca fingiste conmigo. Te conozco mejor que tú misma. —Sus dedos se clavaron en ella—. ¡He invertido en ti mi corazón y mi alma!

Su cuerpo se congeló al sentir sus manos.

Él tomó su rostro con ambas manos y la miró con veneración.

—Miles de hombres te desean, pero tú te entregaste a mí. Tú me amas. He cumplido cada promesa que te hice. ¿No es así?

Esa era la espantosa verdad. Lo había hecho.

Pero era solo que ella nunca se había detenido a calcular cuánto le costaría.

———

La fiesta de Harold Cushing había estado llevándose a cabo durante una hora cuando Dave le dio un codazo a Joshua.

—Será mejor que te advierta: Kathy está jugando a la casamentera otra vez.

No era la primera vez que Kathy hacía el intento de emparejarlo con alguna amiga. Joshua había tenido la esperanza de que hubiera entendido cuando le dijo que no estaba buscando novia.

Dave hizo un gesto con la cabeza hacia Kathy, que se acercaba con una morena delgada, menuda y muy atractiva.

—Ella es Merit Hayes, una de las compañeras de universidad de Kathy. Es la abogada de un estudio. No te dejes engañar por su tamaño. Puede parecer un pececito, pero es un tiburón.

La gente socializaba, conversaba y reía mientras el personal del servicio de *catering* servía bocadillos y rellenaba las copas. Merit parecía recién salida de la oficina, con su blusa blanca, falda negra entallada y zapatos de charol negros. Mientras Kathy hablaba y gesticulaba hacia Dave y Joshua, Merit parecía molesta.

Afortunadamente, Harold Cushing llamó a Joshua. Harold le presentó a una pareja de mediana edad.

—Chet trabaja para Walt Disney. Está impresionado con lo que hiciste en mi oficina.

—Walt siempre está buscando hombres con imaginación. —Chet siguió hablando, jactándose de cómo Disneylandia ganaba dinero más rápido que un cosechador haciendo fardos. El cerebro detrás del parque de diversiones no estaba ocioso, sino concentrado en proyectos para expandirse. Chet se rio—: Lo irónico es que una vez despidieron a Walt porque el jefe dijo que no tenía imaginación. Las familias vienen en masa a Disneylandia, y no parece que las multitudes vayan a mermar pronto.

Alguien le dio un golpecito en el hombro a Joshua, y cuando se dio vuelta, vio a Kathy parada detrás de él, arrastrando a Merit Hayes.

—Lamento interrumpir, papá, pero quiero que Joshua conozca a una vieja amiga mía. Merit Hayes, él es el mejor amigo de David, Joshua Freeman.

Joshua sonrió cordialmente y respondió como correspondía mientras le tendía la mano. Merit tenía una mano pequeña y delicada, las uñas largas pintadas de rojo y la fuerza de un boxeador profesional. Lo miró con frialdad y humor irónico.

—Te lo advierto: está tratando de emparejarnos.

Joshua se rio en voz baja.

—Lo sé.

Merit arqueó las cejas.

—¿Eres su cómplice?

—Lo siento, pero no. No es que no sea un placer para mí conocerla, señorita Hayes.

Kathy se sonrojó.

—De acuerdo. —Levantó las manos en gesto de derrota—. Está bien. Hice lo mejor que pude. Que se diviertan.

Merit hizo una mueca.

—Qué incómodo, debo decir.

—Kathy tiene las mejores intenciones.

Ella echó un vistazo a la lata de Coca Cola que tenía Joshua y tomó un martini de una bandeja que pasaba, sobresaltando al camarero, quien parecía a punto de protestar.

—Es una ingenua. —Sacó la aceituna de la bebida y se la comió—. Si quisiera estar con un hombre, lo buscaría yo misma.

—Dave me dijo que eres abogada de un estudio.

—Me declaro culpable de los cargos. Él ha tenido que lidiar conmigo un par de veces. —Se rio—. Nunca logra lo que quiere. —Una mesera les ofreció unos emparedados exquisitos. Ella tomó dos—. Retiro lo dicho. Él se quedó con Kathy. —Encogió los hombros y lo observó con una mirada felina mientras comía. Él sabía que ella estaba esperando que hiciera algún comentario. Cuando no lo hizo, ella hizo un gesto con la cabeza hacia la casa—. Vi la nueva oficina de Harold. Un trabajo impresionante.

—No lo hice solo.

—El concepto fue tuyo e hiciste la mitad del trabajo, la última parte, según me dijeron. Todo fue parte de la brillante recomendación de Kathy. Así que, me da curiosidad. ¿Por qué un hombre con tus talentos trabaja medio tiempo en el estudio trasero de alguien?

Joshua sonrió y bebió un trago de su Coca Cola.

—Quizás he venido para ser descubierto.

—Quieres decir que no es asunto mío. —Tomó un canapé de otra bandeja—. Lograste meter un pie sin afiliarte al sindicato. Qué bien que tengas contactos tan buenos. —Levantó su copa mirando a Kathy y a Dave, quienes los observaban—. Míralos allá, Kathy con tantas esperanzas, Dave deseando que levante el vuelo con mi escoba. —Se rio, festejando su propio chiste.

Miró a Joshua otra vez.

—Kathy me dijo que vas a la iglesia habitualmente. —Resolló—. Y que gracias a ti, ellos también van. Dice que eres un hombre auténtico, ¿sabías? —Puso una expresión irónica—. Qué extraño que crea que me caes bien. —Se metió el canapé en la boca y meneó un dedo mientras masticaba y tragaba—. No es que quiera darte la impresión equivocada. No estoy diciendo que quiera salir contigo.

Le sonrió.

—¿Acaso te lo pedí?

Ella pareció sorprendida.

—Debería sentirme ofendida.

—Pero no lo estás.

Se acercó a él y susurró:

—Tal vez podríamos fingir que nos gustamos. Podría servir para distraer a mi querida amiga para que no vuelva a jugar a la celestina conmigo. No tiene idea de lo inútil que es eso. —Lo tomó del brazo y pestañeó—. Seré amable. Lo prometo. Mezclémonos con la gente.

Merit Hayes conocía a todo el mundo y, como a Dave, le fascinaba hablar de negocios. La gente seguía llegando y ella se centró en algunas personas específicas. Joshua escuchaba y contestaba preguntas solo cuando era necesario. Ella le dio una palmadita en el brazo.

—Me gustan los hombres que no hablan más de lo necesario. —Lo guio hacia una pareja que había llegado tarde: un hombre mayor y rechoncho de ojos astutos y una hermosa mujer, mucho más joven que él, que le pareció vagamente conocida. Merit los saludó amablemente a ambos y las dos mujeres intercambiaron besos en el aire antes de que Merit le presentara a Joshua a Terrence Irving y a su esposa, Pamela.

Joshua dijo que era un placer conocerlos. Pamela seguía mirándolo y, cuando él frunció el ceño, ella suspiró.

—Mi estrella está decayendo.

Su esposo pasó un brazo por su cintura y la acercó a él.

—Brillas más bella y luminosa que nunca.

Merit hizo un sonido discreto como si se ahogara, y Joshua notó su mirada divertida. Se preguntó por qué, hasta que Merit pidió disculpas a Pamela y a su marido.

—Tendrán que disculpar a mi amigo. Viene de un pueblito al norte de California donde probablemente ni siquiera hay un cine. Joshua, ella es Pamela Hudson.

En ese momento, Joshua la recordó, aunque solo había visto una película protagonizada por ella. Probablemente podría sacar a la luz la trama, si tuviera la oportunidad.

—Pamela dejó la actuación para casarse conmigo. —Terrence Irving le sonrió a su bella esposa—. Y luego me dio la bendición adicional de dos hijas hermosas.

Merit comprendió la señal y preguntó por sus pequeñas preciosas y si la pareja planeaba tener más. Pamela parecía irritada, pero Terrence dijo que ambos querían más. Otros se sumaron a la charla. Merit deslizó su mano por el brazo de Joshua y lo alejó del grupo.

—Bueno, ¡eso fue un verdadero desastre! ¿Viste la cara que puso? —Lo miró, riéndose—. ¿Cómo es que alguien no reconoce a Pamela Hudson?

—No frecuentamos los mismos círculos.

—¿De dónde eres? ¿De la luna? —Negó con la cabeza—. Estoy portándome como una bruja. Lo sé. El alcohol se me está subiendo a la cabeza. He tenido una semana larga y difícil.

—Entonces propongo que comamos. —La condujo hacia el elaborado bufé.

Ella tomó un plato, se lo entregó y se adelantó con otro para sí misma.

—Pamela estuvo en todas las columnas de los periódicos de Hollywood.

—Yo me informo por otros medios.

—Bueno, entonces te contaré la historia. Pamela surgió de la nada e irrumpió en la escena como una supernova. —Revisó las ensaladas y los platos con legumbres para encontrar qué comer—. Tenía un representante muy poderoso y brillante que literalmente creó su carrera. Franklin Moss. ¿Alguna vez oíste hablar de él? A veces es demasiado intenso, pero sabe muy bien cuando está frente a un talento, aunque lo encuentre en un restaurante en el Bulevar Sunset. O eso decían. El sueño hollywoodense. —Su voz destilaba cinismo—. Fui la abogada en una de las películas de Pamela, y te aseguro que ese hombre sabe pelear por sus clientes. Franklin Moss es astuto, ambicioso y muy duro a la hora de negociar. Lamentablemente, perdió la cabeza y tuvo un amorío con Pamela, algo que siempre es una mala idea entre socios comerciales. Ella es una preciosa ambiciosa. Abandonó el nidito de amor de Moss y saltó a la cama de Terrence. Por suerte para ella, los abogados de Terrence pueden encontrar un vacío legal en cualquier contrato. Cada periódico del país hizo eco del escándalo. Todos esperaban verla brillar en la siguiente película de Irving. Creo que Pamela apostó a eso. En cambio, su carrera se detuvo de golpe. —Soltó una risa siniestra—. Por lo que dijo Terrence, piensa mantener a Pamela embarazada y cuidando a los nenes en casa.

—A lo mejor es lo que ella quiere.

Merit parecía escéptica.

—Aunque lo quisiera, tiene un camino difícil por delante. Terrence Irving siempre se ha enamorado de mujeres hermosas. El leopardo podrá querer un heredero, pero dudo de que cambie sus manchas. Ahí lo tienes. El perfecto matrimonio de Hollywood.

Las cosas no siempre son como parecen.

—Vaya que eres un romántico ingenuo. Lamento desilusionarte, pero en Tinseltown hay cientos de Pamelas Hudson, amiguito. Franklin Moss perdió la cabeza y el empleo en la agencia cuando la perdió a ella. Su esposa lo dejó, y obtuvo la plena custodia de sus hijos y se mudó a la mansión en Malibú. Él desapareció por más de un año. Supongo que fue a lamerse las heridas, o lo que sea que hacen los hombres cuando recobran el juicio. —Le dijo al chef que quería una buena costilla gruesa de primera calidad—. Ahora está de vuelta. Me refiero a Franklin. Y está dándome otro enorme dolor de cabeza. —Extendió su plato para que le sirvieran la porción de carne jugosa—. Confeccionó otra Venus y quiere un precio astronómico por ella. —Se sirvió un panecillo y tres porciones de mantequilla—. Odio negociar con ese hombre. A diferencia de Pamela, esta muchacha realmente tiene talento y sigue las instrucciones. Es raro encontrar una triple amenaza que no tenga un ego tan grande como todo el estado de Texas.

—¿Una triple amenaza?

Merit le explicó que eso significaba que la chica podía actuar, bailar y cantar.

—Se robó todas las escenas de su última película. Una bobada sobre un amor no correspondido. —Su tono despectivo se volvió vivaz—. Ha crecido a pasos agigantados desde su primer papel hablado como zombi. La muchacha tiene potencial para convertirse en una verdadera estrella, de las que duran.

El pulso de Joshua se disparó.

—¿Una zombi?

—Me escuchaste. —Merit se rio—. No reconociste a Pamela Hudson, entonces es seguro que no has oído hablar de Lena Scott. Pero créeme: si nuestra compañía de producción la consigue, la verás en todas partes.

Joshua encontró un número de teléfono en las páginas amarillas, pero no la dirección de la Agencia de Artistas de Franklin Moss. Trató de telefonear durante su hora de almuerzo. Una mujer desapasionada contestó e indicó que podía dejar un mensaje. Colgó antes de que él terminara. Joshua llamó de nuevo. La mujer suspiró.

—Está llamando a la agencia equivocada, señor. Franklin Moss no maneja a nadie llamada Ava Matthews.

Joshua quiso darse en la frente con la palma de la mano.

—Ava Matthews es Lena Scott y yo soy un viejo amigo suyo.

—De... acuerdo. Deme un número de contacto y yo se lo pasaré al señor Moss. No le prometo que le devuelva la llamada.

—¿Puede brindarme la dirección de la oficina?

—Disculpe. No tengo esa información. La tiene el Departamento Contable, pero ellos no pueden hablar con usted. ¿Alguna otra cosa?

Joshua llamó a Kathy y le pidió el número de teléfono de Merit Hayes. Kathy sonaba demasiado feliz. Merit no tanto.

—Creí que tú y yo teníamos un acuerdo.

—Llamo para pedirte información, no una cita. ¿Puedes darme el número telefónico y la dirección de Franklin Moss?

—Déjame adivinar. —Lanzó una carcajada cínica—. No conoces a Pamela Hudson, pero te gustaría conocer a Lena Scott. —Le preguntó si tenía lápiz y papel—. Si él no deja que se acerquen los ejecutivos de los estudios, dudo que te deje a ti. —Le dio el mismo número que aparecía en las páginas amarillas. Él dijo que ya tenía ese número y que no había llegado a ninguna parte—. Es lo que tengo. No me sorprende que yo logre comunicarme, pero que un admirador no pueda.

—¿Cuál era el nombre de su esposa? ¿No dijiste que estaba en Malibú?

—Eres un hombre decidido, ¿verdad? Shirley, creo. O Cheryl. Quizás sea Charlene. Algo que empezaba con *shhhh*.

Encontró una Cheryl Moss en el listado y marcó el número. Un muchacho atendió y dijo que su mamá no estaba en casa. Cuando Joshua preguntó a qué hora regresaría, él se rio y dijo que se había ido de compras con su hermana al Valle y que no esperaba verlas hasta tarde. Joshua dijo que volvería a llamar al día siguiente. Había usado toda su hora de almuerzo y volvió a trabajar. Le costó concentrarse.

Dave sonreía de oreja a oreja cuando vio a Joshua subiendo las escaleras después de ducharse y cambiarse la ropa. Le entregó una carta que decía *DEVOLVER AL REMITENTE* con grandes letras de imprenta.

—No sabía que fueras un fanático.

La dirección de la productora estaba tachada y la carta reenviada a Franklin Moss, con una dirección en el Bulevar Hollywood que también había sido tachada. La carta había sido abierta y vuelta a cerrar con cinta adhesiva.

Déjala ir, Joshua. Ella no te pertenece.

Era hora de escuchar. Joshua arrugó la carta y la arrojó al cesto de la basura.

Dave y Kathy lo observaban. Kathy habló con seriedad:

—Pareciera que acabas de perder a tu mejor amiga.

—La perdí hace mucho. —Les contó quién era Lena Scott.

Dave silbó por lo bajo y dijo que nunca lo habría imaginado. Luego le dio a Joshua la última noticia que hubiera deseado escuchar.

—Dicen que se casó con su agente.

Joshua suspiró lentamente.

Kathy volvió a pelar papas.

—Hoy recibiste un par de llamadas. —Hizo un gesto hacia la punta del mostrador—. Charlie Jessup quiere hablar contigo.

Joshua dio una ojeada a los mensajes. Tres ofertas laborales. Deseaba irse a casa.

—¿Podría usar el teléfono? —Llamó a Jack Wooding, quien le dijo que tenía todo el equipo que necesitaba. Ojalá hubiera sabido antes que Joshua volvería a casa. Con gusto le avisaría tan pronto tuviera algún puesto vacante.

Joshua se frotó la nuca e inclinó la cabeza. *Señor, ¿estás diciéndome que me quede en el sur de California?*

Dios parecía estar dándole mensajes contradictorios.

———

Ava se despertó mareada por haber bebido demasiado. Franklin estaba hablando. ¿Había alguien en el departamento?

La puerta de su oficina estaba abierta. Debía estar al teléfono. Por su voz supo que debía estar hablando con su hijo. Algo sobre un Impala y por qué no le preguntaba a su madre. Lo escuchó abrir un cajón y mirar en su interior. Franklin tenía el receptor del teléfono entre la oreja y el hombro mientras leía la combinación y operaba el dial de la caja fuerte. Giró la manija y abrió la puerta de hierro, empujó la silla hacia atrás y metió el papel en el cajón. Antes de que apartara la silla, ella vio el dinero apilado en un estante dentro de la caja y los archivos justo debajo. Ella se retiró en silencio.

Todo lo que necesitaba para dejarlo estaba al alcance de la mano, pero no podía alcanzarlo mientras Franklin siguiera todo el día metido en la casa. Nunca se iba por más de media hora y, cuando lo hacía, era solo para comprar algunas provisiones y volver inmediatamente.

La única manera de liberarse de él era actuar como Lena Scott un día más.

Ava se levantó temprano, se bañó y se tomó un tiempo para lavarse el cabello con champú y secarlo. Se vistió con unos capri negros ajustados y un suéter verde que resaltaba sus ojos. Había adelgazado y la ropa le quedaba un poco suelta, pero no podía preocuparse por eso ahora. Fue especialmente cuidadosa con el maquillaje. Lena siempre usaba más del que le gustaba a Ava. Se cepilló el cabello y se lo dejó suelto sobre sus hombros.

La puerta de la habitación principal estaba abierta. Franklin todavía dormía; su cama era un desastre, las mantas estaban pateadas a un costado, la mitad caídas en el suelo, la mitad sobre la cama. Él nunca dormía bien después de hablar con sus hijos o con su exesposa. Se movió en la cama.

Ava caminó rápidamente hacia la sala. Tenía que interpretar su papel y le convenía que la actuación fuera digna de un premio de la Academia. ¿Qué haría Lena cuando Franklin entrara en la sala? ¿Qué diría Lena? No lo confrontaría por retenerle el dinero. No lo amenazaría con divorciarse ni con romper el contrato. Lena lo induciría a tener esperanza. Sería astuta y lo suficientemente inteligente como para no despertar sus sospechas.

Ava notó que estaba mordiéndose las uñas y se contuvo.

La rutina de Franklin siempre había sido precisa como un reloj. Él se levantaba a las cinco, usaba el baño y luego hacía cien abdominales y cincuenta lagartijas. Se afeitaba y se daba una ducha de diez minutos. Siempre elegía la ropa la noche anterior: un traje oscuro, una camisa blanca y una corbata colorida de seda italiana... el uniforme del empresario exitoso. Guardaba la billetera, los gemelos de oro y el reloj en una bandeja de peltre en su cómoda. A las siete y media en punto, cruzaba el pasillo, dejaba su maletín de cuero en el recibidor, recogía del otro lado de la puerta del departamento el *Daily Variety* y otros dos periódicos e iba a la cocina a preparar su desayuno: tres huevos duros y dos tostadas de pan. Si la balanza de su baño había marcado cualquier número por encima de los ochenta y cinco kilos, comía yogur y cereal integral. Leía rápido y echaba un vistazo a todo con los ojos atentos para detectar cualquier mención de Lena Scott.

Las cosas habían cambiado en las últimas dos semanas.

Ella lo escuchó en el pasillo.

—¿Lena? —Debió haber visto la puerta abierta—. ¡Lena!

—Estoy en la sala, Franklin. —Agarró el guion de *La gitana y el general* y se sentó en el sofá, con la espalda sobre el apoyabrazos y las piernas estiradas. Dobló algunas páginas hacia atrás, simulando leer.

Llegó a la sala, desaliñado y sobresaltado, con una expresión de pánico. Dejó escapar un soplido brusco y se esforzó por volver a dominarse.

—Pensé... —Sacudió la cabeza como para librarse del temor que perturbaba su mente—. ¿Te sientes mejor?

—Me siento descansada. —La mentira salió fácilmente, sin una pizca de remordimiento. En cuestión de horas, estaría fuera de esta prisión y lejos de él.

—Qué bueno. —La parte inferior del pijama le quedaba suelta. Él también había bajado de peso—. Estás leyendo el guion.

Ella levantó un hombro. Lena no sonaría demasiado entusiasmada.

—He leído todo lo que hay en el departamento. Es lo único que me queda por leer. —¿Qué haría Lena? Su mente se quedó en blanco.

Franklin abrió la puerta delantera y recogió los periódicos. Les quitó la bandita elástica mientras la miraba.

—¿Qué te parece?

Tardó un segundo hasta que se dio cuenta de que estaba preguntándole su opinión sobre el guion.

—Más o menos.

—¿Más o menos? —Parecía molesto—. Lo escribió uno de los mejores guionistas de Hollywood. Ha ganado un Oscar.

—No dije que no me gustaba, Franklin. Solo he leído diez páginas. Esta noche te daré mi opinión.

Su expresión cambió.

—Te fascinará. —El estrés de las últimas semanas se notaba alrededor de sus ojos.

—Me llevará todo el día leerlo y pensar en el papel que quieren que interprete.

Él entró a la cocina, puso tres huevos en una olla y abrió el grifo. Sacó pan y mantequilla del refrigerador.

—Veo que desayunaste.

Ella había hecho correr el agua sobre un tazón y lo había dejado con una cuchara en el fregadero para que él pensara que había desayunado.

—Limpiaré después, Franklin. —A él le gustaba que todo estuviera ordenado y limpio. Siempre le molestaba cuando ella dejaba los platos en el fregadero. Su irritación por algo menor lo haría sospechar menos de las cosas importantes que ella haría y así no frustraría sus planes. Dobló hacia atrás otra hoja del guion aunque no había leído un solo renglón del diálogo y jamás lo haría.

Las páginas del periódico crujían mientras los huevos rebotaban en el agua hirviente. La tostadora hizo su pequeño estallido.

Ella escuchó que el cuchillo raspaba sobre una tostada. Podía sentir que la observaba mientras masticaba.

—¿Quieres salir a almorzar?

Lo miró por encima del respaldo del sofá.

—¿Quieres que lea el guion o no? —Lena le preguntaría si prefería jugar a la casita. Ava no lo hizo. Él la sorprendió cuando sonrió. Le había dado apenas una pequeña esperanza, pero se había aferrado a ella.

Franklin se levantó y lavó los platos.

—Tomaré una ducha y me vestiré. —Ella fingió estar demasiado absorta en el guion como para escucharlo—. Creo que llamaré a Merit Hayes. Veré si puedo organizar un almuerzo para mañana. ¿O es demasiado pronto?

Ella suspiró y dejó el guion sobre su regazo.

—Supongo que sí, Franklin. Quizás tengas razón. Cuanto antes vuelva a trabajar, más rápido... —No pudo decir el resto.

—Te amo, ¿sabes? —Franklin la miró, pero no se acercó—. Te amo desde el primer momento que te vi.

Igual que a Pamela Hudson. Él no conocía a ninguna de las dos. Una ira ardiente brotó entre las rajaduras de su fachada. Mantuvo los ojos clavados en el guion, secándose las lágrimas de enojo, esperando que él pensara que lloraba lamentando el tiempo perdido.

—Hemos atravesado un tiempo muy difícil, Lena.

Ella sabía qué quería que dijera Lena.

—Fuiste muy paciente conmigo, Franklin. No sé cómo me toleraste. —Mantuvo un tono de voz suave, arrepentido. Cuando sintió que había dominado su agitación interior, levantó la cabeza. Él la deseaba. Si la tocaba ahora, Lena se desvanecería y Ava quedaría expuesta. Bajó la vista—. Quizás podamos hablar esta noche. Luego de que termine esto. —Levantó un poco el guion y no volvió a mirarlo.

Escuchó que hablaba por teléfono en su oficina. Estaba organizando una reunión. Bien.

Media hora después, Franklin volvió a la sala de estar vestido con un traje negro. Tenía su maletín.

—¿Estarás bien si me voy durante algunas horas?

Ella lo miró con una sonrisa irónica y habló con la voz sensual que a él le gustaba.

—Creo que podré arreglármelas.

Él le devolvió la sonrisa.

—¿Puedo traerte algo?

—Nos serviría algo que no sean las sobras de la comida para llevar.

—Iremos a cenar. —Se acercó y se inclinó sobre ella. Ava le ofreció la mejilla. Él pasó un dedo por su mandíbula y le levantó el mentón. La boca de él era firme y fría. La miró a los ojos—. Yo te cuidaré bien.

Dylan había dicho lo mismo.

—Regresaré pronto. —Recogió su maletín y salió del departamento.

Ava esperaba no volver a verle la cara nunca más.

Esperó un minuto completo antes de correr como un rayo hacia el ventanal. Volvió a esperar hasta que lo vio entrar en el carro que Howard le había llevado. Tan pronto como Franklin se alejó conduciendo por la calle, Ava entró a su oficina. El calendario de Franklin estaba abierto y desplegado sobre su escritorio. El día anterior había faltado a una reunión con Michael Dawson, el abogado de su exesposa. Había anotado una reunión con Merit Hayes a las nueve treinta de esta mañana. Ava abrió la pequeña gaveta del escritorio y encontró el papel gastado con la combinación. Hizo girar el dial a la derecha, a la izquierda, a la derecha y otra vez a la izquierda. La cerradura de la caja chasqueó ante su primer intento. Exultante, giró la manija y la puerta pesada se abrió completamente.

Con el corazón palpitante, hizo un inventario visual. No sabía que él tenía un arma. La había colocado en el estante de arriba, junto al dinero. Ella puso el arma en el escritorio y sacó dieciséis pilas de billetes de cien dólares prolijamente atados, mil dólares en cada una. ¡Dieciséis mil dólares! Si tenía tanto en el departamento, ¿cuánto tenía guardado en el banco?

¿Cuánto hacía que no tenía dinero propio? Nunca había visto un cheque de pago. Cuando se lo pedía, Franklin le daba lo que necesitaba. En cuanto al resto, le decía que lo había invertido para que obtuviera una buena ganancia. Siempre tenía el control del dinero. Furiosa, apiló el dinero sobre el calendario del escritorio de Franklin. Pensó en llevárselo todo, pero su conciencia la detuvo. Franklin había pagado sus tratamientos de belleza, las manicuras, las pedicuras, las visitas semanales al estilista y la ropa. Había pagado el portafolio de fotografías profesionales. Corría con los gastos de todos los taxis, las limusinas y las cenas que les traían de diversos restaurantes finos. En todo el tiempo que había vivido con él, ella nunca había pagado nada.

¿Cuánto necesitaría para empezar de nuevo su vida?

Devolvió ocho mil dólares a la caja fuerte y guardó el resto. Este era un estado con comunidad de bienes, ¿verdad? Sacó los archivos y los revisó hasta que encontró las dos copias del contrato que Franklin le había hecho firmar la noche que la había traído aquí.

Franklin había cumplido su promesa.

La idea de la traición debilitó su determinación. Se recordó a sí misma que él no lo había hecho por ella. Él había hecho todo lo posible por eliminar la existencia de Ava Matthews para poder crear a Lena Scott, la mujer de sus sueños. Destrozó su copia del contrato. Rompió a la mitad la copia de Franklin. Volvió a romperla y siguió haciéndolo hasta que los pedacitos del tamaño de estampillas postales revolotearon hasta el piso. Encontró el acta matrimonial de Las Vegas y también la rompió a la mitad, luego hurgó en la caja fuerte buscando el anillo. Cuando no lo encontró, se levantó de un salto y corrió hacia la habitación y lo vio en la bandeja de peltre donde él depositaba su billetera. Dejó el anillo sobre los trozos del certificado de la boda.

Franklin tenía un juego de maletas Hermès. Ava eligió una que pudiera cargar fácilmente. Él siempre podría comprar otra con el dinero que había ganado con ella. Solo llevaría algunos conjuntos. Con ocho mil dólares en el bolsillo, podría escoger su propia ropa. Lanzó la maleta sobre su cama, abrió el clóset y sacó algunos de sus vestidos favoritos, los pantalones Hepburn, un par de blusas y ropa interior. Metió el dinero en un bolso, agarró la maleta y se dirigió al pasillo. Estaba en la puerta de adelante cuando la dominó el deseo de vengarse un poquito. Dejó la maleta y volvió a la oficina y agarró un cuaderno.

Una vocecita suave en su interior le dijo que no lo hiciera. La ira habló más fuerte. ¿Por qué no debía hacerlo, después de todo lo que le había hecho pasar Franklin? Abrió furiosamente el cajón superior y sacó una de sus magníficas plumas estilográficas Montblanc.

¡Te odio! Nunca te amé. Solo fingí. No te molestes en buscar a Lena Scott. ¡Ha muerto!

Arrancó la hoja del cuaderno, la dejó violentamente en el escritorio y arrojó la pluma sobre ella. Se marchó furiosa al recibidor del departamento, agarró la maleta y salió por la puerta.

El portero se sorprendió al verla salir del elevador.

—¡Señorita Scott! Se siente mejor.

—Mejor de lo que me he sentido en muchísimo tiempo, Howard. —Quizás Franklin les había dicho a todos que tenía neumonía, una gripe persistente o amigdalitis.

Él notó la maleta que traía en la mano y frunció el ceño.

—El señor Moss no me dijo nada de que usted haría un viaje. —Parecía indeciso—. ¿Necesita un taxi?

—No, gracias. —Todavía no tenía destino. Caminaría un poco y luego lo decidiría.

Howard se veía preocupado ahora.

—¿Está segura, señorita Scott?

Cuando él no hizo ningún movimiento para abrir la puerta, ella lo hizo. No había salido durante dos semanas. ¿O habían sido tres? No podía recordarlo. Se llenó los pulmones con aire. Sabía a tubo de escape. Howard la había seguido.

—¿Por qué no vuelve adentro y espera en el vestíbulo, señorita Scott? Solo me tomará un minuto conseguir un taxi. No debería irse caminando sola.

Howard tendría el nombre de la empresa de taxis y del conductor, y Franklin estaría al teléfono más rápido de lo que Superman podía cambiarse de ropa.

—Gracias, pero necesito caminar. —El sol brillaba pero con la frialdad del otoño. Una fisura de tensión nerviosa recorrió su cuerpo cuando la puerta se cerró detrás de ella. Se dio vuelta para mirar. Howard ya estaba al teléfono. El servicio de mensajería de Howard siempre sabía cómo localizarlo. Howard quería que el señor Moss supiera que Lena acababa de salir por la puerta llevando una maleta, y ¿qué debía hacer al respecto?

Ella cruzó la calle sin mirar. Un carro hizo sonar un bocinazo y chirrió al frenar. Ella pestañeó, sorprendida, y miró a ambos lados antes de continuar hacia el otro lado.

—¡Señorita Scott! —Howard había salido del edificio—. El señor Moss quiere que lo espere. Viene de regreso. —Cuando empezó a cruzar la calle, Ava huyó—. ¡Señorita Scott! ¡Espere!

Cuando la maleta le impidió aumentar la velocidad, la dejó y echo a correr por Highland, aferrando debajo de su brazo el bolso que contenía el dinero de Franklin. Dobló corriendo la esquina del Bulevar Sunset y estuvo a punto de chocar contra dos hombres de negocios que iban absortos en su conversación mientras caminaban hacia el cruce peatonal. Ambos se quedaron mirándola. Ella aminoró el paso a una caminata rápida y siguió pasando entre los peatones. Unos cuantos se pararon a mirarla. Cuando alguien dijo su nombre, salió como una flecha entre dos carros estacionados y le hizo señas a un taxi, que frenó frente a ella. Abrió la puerta de un tirón y se lanzó al asiento de atrás.

—Avance. —Gritó sin aire—. ¡Vamos! ¡Siga!

El taxista pisó el acelerador. Condujo dos cuadras antes de mirar hacia atrás por el espejo retrovisor.

—¿Dónde quiere ir?

Ella no tenía idea.

—Lejos. No me importa. —Se dio vuelta y miró por el parabrisas trasero. No vio a Howard. Sintió que una risa histérica brotaba de su interior mientras imaginaba al portero rollizo y circunspecto tratando de correr más rápido que el taxi. Soltó un suspiro tembloroso con los dedos clavados en el borde del asiento.

—¿No sabe adónde va?

Ava miró al taxista por el espejo retrovisor. Todo su cuerpo temblaba, tenía la piel húmeda por la transpiración. Trató de calmarse. ¿Adónde quería ir? *¿Adónde? ¡Piensa, Ava! ¡Piensa!*

—A algún lugar donde pueda descansar.

—Todos van a la playa.

—Bien. Lléveme a la playa.

—Hay muchas playas en el sur de California. ¿Cuál prefiere?

Tenía dinero para derrochar. Le dedicó una sonrisa radiante como las de Lena.

—A la mejor.

CAPÍTULO 15

¡Jamás podría escaparme de tu Espíritu!
¡Jamás podría huir de tu presencia!
Si subo al cielo, allí estás tú;
si desciendo a la tumba, allí estás tú.

SALMO 139:7-8

JOSHUA MANEJÓ SESENTA KILÓMETROS hacia el noreste hacia el valle de Sierra Pelona y llegó a Agua Dulce, donde la obra estaba prevista para comenzar en la calle principal del Rancho Soledad. Como no tenía trabajo esperándolo en casa, había decidido aceptar un empleo temporal más, antes de regresar.

Se alojó en un motel casi en las afueras del pueblo y cenó en el pequeño restaurante de al lado, donde vio un letrero pegado en la ventana del frente ofreciendo empleo. La comida era buena, abundante y barata. Llegaron más obreros y ocuparon más de las habitaciones pequeñas del motel de un solo piso, con forma de L. Otros llegaron en remolques Airstream y montaron un campamento cerca de la obra.

Nadie cuestionó por qué la productora había decidido no alquilar el Rancho Melody de Gene Autry, ubicado treinta kilómetros más cerca de Los Ángeles en el Valle Santa Clarita. El éxito televisivo *La ley del revólver* estaba instalado allí. Además, según decían algunos, la película no requería un pueblo entero del Oeste, con la tienda mercantil, la mansión victoriana y la hacienda española de adobe; solo una cantina, una iglesia y un par de casas construidas cerca de las Rocas Vásquez, el escondite del bandido de antaño, Tiburcio Vásquez. Allí filmarían gran cantidad de escenas, incluidas las peleas entre el héroe vaquero y sus secuaces y los alborotados indios, la mayoría interpretada por los extras latinos que sabían cómo montar a caballo.

Estaba caluroso y seco. El polvo se filtraba por debajo de la puerta y cubría las mesitas de luz y el cubrecama acolchado. La alfombra tenía manchas. La luz del baño titilaba, pero el agua de Agua Dulce, fiel a su nombre, era transparente y dulce.

Joshua guardó sus cosas y se levantó temprano para trabajar. Tomó una manzana, pan, queso y una botella con agua para el almuerzo. Al final del día, volvió cubierto de polvo, empapado en sudor y muerto de hambre, como todos los demás. La mayoría fue al bar que estaba calle abajo; Joshua eligió el restaurante de al lado. Ordenó el plato del día: pastel de carne y puré de papas con ejotes, y para el postre, pastel casero de manzana.

Clarice Rumsfeld, la dueña, le hacía recordar a Bessie: bien alimentada, amigable y conversadora. Nunca ociosa, limpió el mostrador amarillo de fórmica y lustró el borde cromado mientras él comía. Con frecuencia rellenaba su vaso alto con té helado.

Más tarde entraron otros hombres, hambrientos después de haberse refrescado con cerveza helada. Clarice aceleró el ritmo y depositó los menús plastificados sobre los manteles de tela impermeable blanca y roja, y gritó los pedidos a su esposo, Rudy, que estaba atrás en el infierno de la cocina. Se veía en apuros. A los Rumsfeld los ayudaría contratar a una buena empleada como Susan Wells.

Joshua se llenó de nostalgia pensando en Bessie y en Susan. Estaría feliz cuando este trabajo terminara y quedara en libertad para regresar a El Refugio.

Era de noche cuando Ava despertó. Oyó sonidos extraños y sintió pánico por un momento, hasta que recordó que ya no estaba en el departamento de Franklin, sino en un bungaló al otro lado de la calle del océano Pacífico.

El taxista la había llevado al Hotel Miramar en Santa Mónica, entreteniéndola durante todo el viaje con relatos de cómo el senador John P. Jones había construido la mansión original de Santa Mónica para su esposa, Georgina, y cómo el magnate de las hojas de afeitar, King Gillette, había adquirido la propiedad para sí. Durante un breve período, el edificio se había usado como academia militar para cadetes y, posteriormente, la propiedad había sido vendida a Gilbert Stevenson, que tenía grandes planes de transformarla en un hotel. Veinte años antes, la mansión había sido demolida, dejando únicamente el edificio actual de ladrillos de seis pisos y los bungalós. Greta Garbo se había alojado allí. Betty Grable fue descubierta por un ejecutivo de la MGM mientras cantaba en el bar del hotel. El Miramar era el lugar favorito de Cary Grant para sus escapadas. Ava imaginó que los turistas debían amar a este taxista. Estaba lleno de información y muy ansioso por compartir todo lo que sabía.

Para su consternación, el taxista la había reconocido, al igual que el recepcionista del hotel. Pero Ava les había pedido que no le dijeran a nadie dónde estaba. Pagó en efectivo tres noches en el bungaló, el tiempo suficiente para decidir adónde iría y qué haría a continuación. Deambuló entre las tiendas y compró un vestuario de ropa informal que Franklin detestaría. Eligió un traje de baño enterizo negro y un pareo verde y turquesa que Dylan habría detestado. Compró sandalias y gafas para el sol, una toalla para la playa, una loción bronceadora y cuatro barras de chocolate. ¿Cuánto tiempo había pasado desde la última vez que había mordido una barra Mars o Snickers? Franklin no le permitía comer chocolate por temor a que le salieran espinillas y estropearan su piel perfecta. Compró una maleta y guardó todos los artículos antes de volver al bungaló, que resultó ser un paraíso en miniatura. Había dejado la maleta en el piso y, agotada, se desparramó en la enorme cama.

Aliviada al recordar que estaba a salvo, volvió a dormitar, atormentada por sueños en los que Franklin lloraba. La acusaba de traicionarlo. Una botella vacía de *whisky* estaba tirada sobre una alfombra roja.

Ava oyó voces y se dio cuenta de que era de mañana. Con miedo, se levantó y miró hacia afuera a través de las cortinas. Solo era el camarero que estaba entregando el desayuno en otro bungaló. ¿Cuándo había comido por última vez? Se armó de valor y llamó para pedir que le trajeran el desayuno. Pidió una cafetera, huevos revueltos, tocino y panqueques con doble ración de miel. La última vez que había comido panqueques, los había preparado Priscilla.

Una oleada de nostalgia la inundó. Pensó en Peter, sentado en la sala mirando el noticiero, mientras Priscilla preparaba la cena en la cocina. Se preguntó si Penny habría terminado la universidad en Mills. Si había ido, a estas alturas ya debía haberse graduado. Ava se acordó de la visita a la oficina del pastor Ezekiel. No recordaba una sola palabra de lo que él le había dicho, pero sí de su apariencia. Descorazonado, preocupado. Por ella, ahora se daba cuenta. ¿Seguiría Joshua en El Refugio? ¿Se habría casado, o todavía estaría viviendo con el pastor Ezekiel? En una de las últimas veces que lo había visto, habían peleado en la calle frente al cine. Recordó cómo solía sentarse en la cocina de Mitzi a beber chocolate, y saludaba con la mano a Carla Martin, que vigilaba a su suegra desde la casa de al lado.

Ava apoyó su antebrazo sobre sus ojos y se tragó las lágrimas. *Quiero ir a casa.* Volvió a reprimir su dolor. Ella no tenía una casa. Especialmente no en El Refugio.

Se levantó, abrió su maleta nueva y ordenó sobre la cama las cosas que había comprado. Retrocedió y se quedó mirándolas con las manos en las caderas, satisfecha. A Lena Scott no la encontrarían ni de causalidad vestida con jeans y una camiseta de manga corta. Ella no usaría una sencilla pijama ni ropa interior de algodón.

Alguien llamó a la puerta. Lena se horrorizaría si alguien la pescara vestida con la ropa arrugada con la que se había quedado dormida. No dejaría que alguien la viera hasta que se hubiera maquillado y cepillado el cabello. Ava abrió la puerta.

El camarero fue simpático y cordial y le dijo «señorita Scott», como podría haberle dicho «señorita Smith».

Ava bebió el café y comió todo lo que quiso de los huevos, el tocino y los panqueques. Después de la comida pesada, se sintió mareada. Franklin monitoreaba meticulosamente su dieta, exigiéndole que comiera verduras y cereales, pollo y pescado, agua purificada y té, nada de café. Cuando su estómago se calmó, se puso el nuevo traje de baño y guardó un billete de cien dólares en su corpiño. Las olas y la arena la harían sentir mejor. Envuelta en el pareo nuevo, salió a caminar por la playa. El aire frío de la mañana la hizo tiritar. En vez de volver al bungaló, corrió sobre la arena húmeda para entrar en calor, y lo disfrutó mucho más que la vuelta de ocho kilómetros sobre la cinta que hacía bajo la mirada atenta del entrenador contratado por Franklin.

Hombres y mujeres jóvenes habían llegado a la playa para disfrutar el día. Contemplándolos, Ava se sintió sola; por una parte, esperaba que alguien la reconociera y quisiera conversar con ella, y por otra, temía que lo hicieran. Se sentó en una banca y observó a unas adolescentes con trajes de baño más reveladores que el suyo, que extendieron toallas playeras rosadas y amarillas antes de cubrir sus cuerpos con loción bronceadora. El aire olía a bronceador. Todas le recordaban dolorosamente a Penny y a Charlotte, a Pamela y a Michelle, cuando holgazaneaban en las orillas del Parque Ribereño.

Franklin la perseguía. *«Tenemos que aprovechar tu día al sol, Lena».*

No se había referido a su día al aire libre, sino a la cobertura mediática. Siempre esperaba un titular. Qué ironía, teniendo en cuenta que la vida de Ava había comenzado como una historia para los titulares del periódico de El Refugio, luego de que el reverendo Ezekiel Freeman encontrara una bebé abandonada debajo del puente.

Cada vez llegaba más gente a la playa. La mayoría se tendía sobre las toallas a disfrutar del sol. A Ava le encantaba el calor sobre sus hombros y su espalda, la brisa salada en su rostro.

Había venido al lugar apropiado: Santa Mónica, nombrado así por la madre devota de san Agustín, quien había orado durante años por su hijo obstinado e irresponsable, hasta que finalmente se arrepintió y se convirtió en un santo. Ava pensó en su propia vida y en el desastre en que ella misma la había convertido.

¿Se preguntaría su madre alguna vez qué le había sucedido?

¿Acaso se lo preguntarían el pastor Ezekiel, Joshua, Peter o Priscilla?

Cuando sintió hambre, quebrantó otra norma sagrada de Franklin y compró un hot dog, papas fritas y una Coca Cola en un puesto de comida. Casi podía oírlo gritar. El solo pensar en él la enojaba. Decidió pasar el tiempo juiciosamente y romper cada una de las normas de su reglamento. Compró un emparedado de helado en el muelle de Santa Mónica y dio cuatro vueltas en el carrusel. Tardó esas cuatro vueltas para atrapar la sortija, pero luego se sintió demasiado mareada para dar la vuelta gratis. Le regaló la sortija a una niña pelirroja con trenzas. ¿Se habría visto ella alguna vez tan inocente?

Ahora que finalmente estaba libre y no bajo el dominio de Franklin, no sabía qué hacer. Quería llegar más lejos que Santa Mónica, pero ¿adónde? Deseó poder conseguir un carro y solo comenzar a conducir. Cruzaría todo el país y llegaría al océano Atlántico, si supiera conducir. Ahora que lo pensaba, ni siquiera tenía algún tipo de identificación. El único documento legal que había en la caja fuerte y tenía nombre era el acta matrimonial y decía Lena Scott, no Ava Matthews. Y el matrimonio, ¿sería siquiera legal?

Lena Scott ya no existía. Al parecer, tampoco Ava Matthews.

Quería hablar con alguien, pero la única persona que se le ocurrió era su manicurista, Mary Ellen, pero tendría que llamar a Murray y pedirle su número. Y, si llamaba a Murray, él podía llamar a Franklin. Sus pensamientos daban vueltas y vueltas.

Llama a casa.

¿Qué casa?

El atardecer salpicaba tonos rojos, naranjas y amarillos en el horizonte del poniente. Mientras volvía al hotel, compró una hamburguesa, papas fritas y una malteada de chocolate, y no pudo dejar de pensar en Joshua. Los ojos le ardían y tenía tal nudo en la garganta que descartó la mayor parte de la comida.

Pasó el tiempo caminando por la playa, tratando de decidir qué hacer y adónde ir. Había pensado que sería bueno estar sola. Volver a ser Ava, invisible. En cambio, se sentía vulnerable y asustada cuando las personas la miraban y un destello iluminaba sus ojos cuando la reconocían. Franklin decía que las fanáticas le arrancaban la ropa a Elvis Presley y trataban de arrancarle mechones de su cabello. «*A veces, su devoción es peligrosa. Quieren un pedazo de ti. Es por eso que yo tengo que protegerte*».

Franklin no quería un pedazo de ella; la quería toda. Quería que su mente, su cuerpo y su alma le pertenecieran a él. Había sido su mayor fanático y más peligroso que todos los demás combinados. Estaba dispuesto a compartirla en la pantalla del cine, pero en la vida real, ella le pertenecía y no quería compartirla ni siquiera con un bebé.

Durmió a ratos. Oyó un golpeteo suave en la puerta y encontró un periódico al otro lado. Un titular incompleto le llamó la atención. Con el corazón en la garganta, levantó el periódico y lo abrió sobre la mesa de centro.

AGENTE HALLADO MUERTO, ESTRELLA DESAPARECIDA

Franklin Moss, el famoso creador de estrellas, fue hallado muerto en su departamento... un aparente suicidio... Su amante, la estrella ascendente Lena Scott, está desaparecida... El portero del edificio dijo que la señorita Scott salió del edificio poco después de que Franklin Moss se fuera esa mañana. «Llevaba una maleta, pero la abandonó en la acera de enfrente y huyó cuando la llamé».

Franklin Moss ha estado separado de su esposa tras su amorío con Pamela Hudson, ahora casada con el director Terrence Irving. Sus amigos íntimos dicen que Moss era un perfeccionista, formidable en su trabajo, pero que solía padecer una profunda depresión. La señora Moss pidió el divorcio cuando la historia de la aventura amorosa con Pamela Hudson llegó a la prensa y posteriormente retiró la demanda, con la esperanza de una reconciliación.

Los vecinos de Moss informan haber escuchado fuertes discusiones entre Moss y Lena Scott, quienes vivían juntos desde hacía tres años. El portero no la había visto durante tres semanas. «El señor Moss dijo que ella no se sentía bien».

Ava dejó caer el periódico, corrió hacia el baño y vomitó.

«Ten cuidado de que no te arrastre con él», había dicho Pamela Hudson.

Ava había logrado escapar, ¿pero lo había empujado al abismo? *¡Te odio!* había escrito ella. Recordó el arma que dejó sobre el escritorio. Ava escuchó un sonido espantoso, como el de un animal agonizante, y se dio cuenta de que provenía de ella.

Joshua rodeó el mostrador y levantó la cafetera con el café recién hecho, entregando cinco tazas a los nuevos clientes que estaban sentándose en los taburetes.

—¡Vaya, qué hombre más útil con quien contar! —Clarice sonrió mientras apilaba sobre su brazo los platos con pastel de carne y puré de papas.

—Imaginé que no le iría mal un poco de ayuda.

—Agradezco que el restaurante esté lleno, pero necesito más ayuda. Sucede solamente cuando una productora cinematográfica viene a filmar algo en las Rocas. —Pasó rápidamente junto a él y entregó las comidas. Rudy volvió a tocar la campanilla y ella gritó—: Bueno, bueno, ya voy; ¡ya voy! —Sacudiendo la cabeza, chocó contra Joshua al pasar—. Te contrataría, si no supiera que ya tienes un empleo que te paga mejor. Pero seguro podría contratar a algunas personas de aquí. En el pueblo no hay suficientes chicas interesadas. —Las voces masculinas llenaban el lugar. A las siete, el restaurante rápidamente estaba quedando vacío. El horario de arranque de las cuatro de la madrugada era sumamente temprano.

Joshua se quedó, sin ningún apuro por volver a su habitación calurosa y polvorienta. Rudy salió de la cocina y se desplomó sobre un taburete del mostrador, a poca distancia de Joshua. Clarice le sirvió un vaso alto con agua. Él la bebió con prisa.

—Me siento como un caballo al que montaron durante horas y guardaron totalmente mojado. —Sacó un paño del bolsillo de su delantal y se secó el rostro transpirado.

—Bueno, disfrútalo mientras dure, viejo loco, porque dentro de seis semanas el personal se irá pitando del pueblo, y volveremos a mirarnos las caras y a preguntarnos cómo se nos ocurrió que alguna vez podríamos ganar dinero en este lugar.

—Me estoy volviendo demasiado viejo para esto.

—Yo tampoco estoy para estos trotes. Debería compartir las propinas con este caballero. Sirvió el café y limpió las mesas.

—Fue un placer, Clarice. —Joshua le sonrió a Rudy—. La comida que sirven ustedes es buena y abundante.

—Rudy aprendió a cocinar en el ejército —comentó Clarice—. En la Segunda Guerra Mundial.

Rudy resopló.

—No comerás nada elaborado, pero puedo llenar tu estómago.

—Lo único que se niega a cocinar es jamonilla, y a mí me encanta.

—No tuviste que vivir comiendo eso durante cuatro años.

Joshua se rio y dijo que él se había sentido igual después de Corea. Compartieron sus experiencias mientras Clarice limpiaba el mostrador y llevaba a la cocina otro cesto de plástico lleno de platos sucios. Rudy echó un vistazo alrededor.

—¿Dónde está el periódico?

—¡Cálmate! —Ella lo sacó de debajo del mostrador. Rudy separó las secciones, encontró la de deportes y dejó la primera plana sobre el mostrador.

Un titular captó la atención de Joshua: *Agente hallado muerto, estrella desaparecida*. Su corazón se estrujó.

—¿Le molestaría si le echo un vistazo?

—Tómalo. —Rudy hizo ruido con el periódico mientras lo abría a una página anterior y lo doblaba—. Te entregaré la sección de deportes en cuanto la termine.

Joshua leyó el artículo de la portada y buscó su billetera en el bolsillo.

—¿Me podría dar cambio para el teléfono? —Sacó algunos dólares.

Clarice le dio monedas de cinco, diez y veinticinco centavos.

—¿Algún problema, Joshua?

—Solo necesito llamar a casa. —Salió a la cabina telefónica y se encerró en ella. El calor era asfixiante mientras marcaba. El teléfono sonó una, dos, tres veces, antes de que papá contestara. Le dio la noticia.

—¿Piensas que podría regresar a El Refugio?

—Tal vez. Mantente alerta. No lo sé, papá. —Joshua suspiró—. Será ahora o nunca.

—¿Qué vas a hacer?

Ya había dado su palabra.

—Quedarme hasta terminar el trabajo.

_____

Alguien llamó a la puerta.

—Policía de Los Ángeles, señorita Scott. Por favor, abra la puerta.

Cuando lo hizo, esperó que la arrestaran y la llevaran esposada. El policía la miró a los ojos, vio el periódico abierto y dijo que solamente querían hacerle algunas preguntas. Parecía un interrogatorio, pese a los modales considerados del oficial Brooks y el ofrecimiento del oficial Gelderman de un vaso con agua que trajo del baño.

Le temblaba tanto la mano que el agua salpicó su muñeca.

—¡No sabía que se suicidaría! Solo quería alejarme de él. Ya no podía seguir respirando. ¿Tomó píldoras? Guardaba tranquilizantes en su bolsillo.

—¿Tranquilizantes?

—Dijo que eran barbitúricos. Dijo que el doctor los había recetado para mí.

—¿Sabía que él tenía una pistola?

Lo miró fijo.

—No. No me diga que usó el arma. Por favor, no me lo diga. —Se cubrió los oídos y se meció hacia adelante y hacia atrás.

Los policías esperaron y entonces le preguntaron si sabía algo sobre los papeles rotos que estaban esparcidos por todas partes.

Les dijo que era el contrato que habían firmado ella y Franklin y el certificado de matrimonio de la capilla, el cual probablemente no valía ni el costo del papel en el cual había sido impreso, porque ella leyó que después de todo él no estaba divorciado de su primera esposa. También había dejado el anillo que él nunca le permitía usar y una nota. Se daba cuenta que ya la habían leído.

¿La culpaban por su muerte? Aunque no lo hicieran, ella sabía que era su culpa. Nunca había considerado qué podría hacer Franklin si Lena Scott lo abandonaba. Ava solo quería escapar.

El oficial Brooks habló en un tono tranquilizador. El otro oficial llamó a la recepción y preguntó en voz baja si el hotel tenía un médico disponible. No querían dejarla sola. Una carcajada emergió antes de que Ava pudiera volver a dominarse. Tal vez tuvieran miedo de que ella también pudiera quitarse la vida. Otro titular. ¿No haría eso feliz a Franklin? No, no lo haría feliz. Nunca volvería a sentir nada. Por culpa de ella.

Apenas oyó lo que le decía el oficial Brooks acerca de que no cuestionaban su culpabilidad.

—Usted no es sospechosa, señorita Scott. Hemos confirmado a qué hora se registró aquí. —Apoyó una mano sobre la de ella y la apretó suavemente—. Trate de calmarse. Usted no es culpable. Solo tenemos que hacerle algunas preguntas y dejar la información registrada. —Siguió explicando.

—El portero escuchó un disparo una hora después de que Franklin Moss volvió a su departamento. Llamó a la Policía y abrió el departamento cuando llegaron. Allí encontraron a Franklin en la sala, muerto.

¿Su sangre habría salpicado sus queridos cuadros de Pigmalión y Galatea? Ava se apretó las manos, los dedos fríos como el hielo.

—¿Cómo me encontraron?

—Recibimos varias llamadas de personas que la reconocieron.

Pudo haber sido el taxista que le dio su palabra, o la adolescente que buscaba estrellas de cine en los acantilados, o algún empleado del hotel deseoso de proteger la reputación del Miramar. Si la Policía no hubiera venido a tocarle la puerta, ¿los habría llamado ella? ¿O habría huido, como hacía siempre?

Llegó un médico. El oficial Brooks le habló en voz baja, antes de retirarse con su compañero. El doctor Schaeffer sugirió que pasara unos días en el hospital. Ella se negó, y él le dio una píldora y habló de banalidades para tranquilizarla, hasta que Ava tuvo ganas de gritarle que se callara; él no sabía de lo que estaba hablando: ella no era Lena Scott; no era nadie. El temblor cesó y él le tomó el pulso.

—Todavía está acelerado.

Le aseguró que ahora estaba bien. Hizo una actuación como para un premio de la Academia. ¿Cuántas había hecho a lo largo de toda su vida? Nadie había podido adivinar qué pensaba ni qué sentía realmente.

Yo te veo. Yo sé.

—Estaré bien. Gracias por haber venido. —Ava lo acompañó a la puerta.

—En un par de horas vendré a ver cómo está —dijo él, dubitativo.

La recepcionista llamó y preguntó si quería hacer una declaración. Había periodistas esperando en el vestíbulo. Ella preguntó cuántos reporteros había y la señorita dijo que tres, pero se esperaban más. Ava dijo que no estaba lista para hablar y colgó.

La culpa la carcomía. Ya no importaba lo que Franklin le hubiera hecho ni por qué había huido. Ella lo había empujado al abismo. Si solo hubiera dejado una simple nota de gratitud y disculpas. Ya no podía seguir siendo Lena Scott. No podía ser su Galatea. Quizás entonces aún seguiría vivo.

Se despertó ante cada sonido. Soñó con El Refugio, el pastor Ezekiel y Joshua. Estaba parada frente a la congregación. Todas las personas que había conocido en toda su vida en El Refugio estaban sentadas en los bancos, mirándola, esperando su confesión.

Franklin estaba en la primera banca.

—Habría sido mejor para todos que murieras debajo del puente.

Se despertó sollozando.

Otras palabras llegaron como un susurro de su pasado. *Si bajas al fondo del mar o subes a la montaña más alta, no hay lugar donde no pueda encontrarte.*

Alguien llamó suavemente a la puerta.

—Soy yo, nena.

¡Dylan!

Abrió la puerta unos centímetros. Dylan le mostró su sonrisa blanca y radiante y le dijo que quitara la cadena; había venido a ayudarla. Cuando ella hizo lo que le pedía, él entró rápidamente, como si Ava fuera a cambiar de parecer.

Cerró la puerta y la tomó en sus brazos, pura compasión y simulación.

—Lo lamento tanto, nena. —Retrocedió y tomó su rostro con las manos, besándola. Ella no sintió nada más que la fuerte presión de los labios de él contra los suyos. Sus manos se movían, hurgando en su carne. Había olvidado lo brusco que podía ser, pero no se había olvidado de cómo la había entregado a Franklin Moss.

Ella se apartó. ¿Cómo la había encontrado? Por uno de sus muchos espías, era lo más probable, o de Lilith. Seguramente esa miserable ya estaría trabajando en un artículo sobre ella y Franklin. ¿Qué hacía Dylan aquí?

—Ah. —Él leía sus pensamientos con mucha facilidad—. No me has olvidado. —Se acercó otra vez—. Traté de sacarte de mi cabeza, nena, pero aquí estoy.

Ava le retiró la mano y puso distancia entre ambos.

—Te deshiciste de mí, ¿lo recuerdas? Prácticamente me empujaste al carro de Franklin.

—Adelante, échame la culpa. Puedo soportarla. —No parecía arrepentido en lo más mínimo. En realidad, parecía divertido—.

Lo cierto es que te emparejé con Franklin. Te estaba cuidando, nena. Y te ha ido bastante bien, con la ayuda de él, por supuesto. Una estrella ascendente. Igual que Pamela Hudson. —Su risa en voz baja le crispó los nervios—. Debí haberte advertido que el tipo estaba loco como una cabra.

Pudo ver el brillo malicioso en su mirada.

—Franklin era un buen hombre, Dylan.

—¿En serio? —Sus ojos oscuros fulguraron—. No esperes que le llore. Él nos despreciaba, a mí y a mi madre, pero no le molestaba beber nuestra champaña y hacerse el amable para que el nombre de su protegida apareciera en la columna de mi madre. No sé por qué vino aquella primera vez, después de que Pamela lo dejó, pero sí supe qué lo hizo seguir viniendo. *Tú*. No podía dejar de mirarte. —Se rio con frialdad—. Supe que se había obsesionado. También sabía que tendría las manos ocupadas contigo. —Sonrió—. Un pajarito me contó que Franklin te llevó a Las Vegas y te puso un anillo en el dedo. Caíste en esa boda de mentira, ¿verdad?

—¿Qué pajarito?

—Ay, nena. Yo tengo amigos en todas partes. Lo sabes. Tengo uno o dos aquí mismo, en este hotel. Recibí una llamada telefónica dos minutos después de que entraste al Miramar. Y pagaste en efectivo. —Levantó una ceja—. Te queda una noche más.

Ella se sonrojó.

—Es dinero que gané, Dylan.

—Ah, seguro que sí. —Su sonrisa estaba cargada de provocación—. Por eso te escapaste. Fue por eso que abandonaste tu maleta en el bulevar Hollywood y te largaste como un gato perseguido por una jauría de perros. ¿Cuánto sacaste de su caja fuerte? —Ladeó su cabeza sin pestañear mientras inspeccionaba su rostro—. Estás pálida, nena. ¿La conciencia te está perturbando otra vez?

Ella sintió que empezaba a dolerle la cabeza. Él siempre disfrutaba atormentándola.

—¿Por qué estás aquí, Dylan?

La expresión de Dylan se ablandó. Se sentó en el sofá y palmeó el asiento de al lado.

—Tengo una propuesta para ti. —Cuando ella no se sentó junto a él, se reclinó hacia atrás observándola con sus ojos enigmáticos y brillantes. Ella se preguntó cuánto habría pagado por sus mocasines italianos—. Quiero ser tu representante.

—¿Qué?

—No pongas esa cara de sorprendida. Tengo más contactos que Franklin en la industria. Y sé cómo sacarles lo que quiero.

Con el chantaje. Ava recordó cómo trabajaban él y Lilith, recaudando historias y secretos, torciendo los datos, haciendo insinuaciones. *Si me rascas la espalda, yo te rascaré la tuya.*

—¿Pero por qué esa cara de deprimida, nena? Podemos darle un giro a todo este escándalo y hacer que te beneficie. Hay un guion que está circulando sobre una mujer con un pasado secreto que se casa con un hombre rico y luego se consigue un amante.

—No me interesa.

—Todavía están buscando inversionistas, pero contigo a bordo, el cielo será el límite. Es el papel perfecto para ti, nena.

—No, Dylan. No volveré a actuar.

Él se levantó, pura belleza y elegancia masculina, los ojos negros como pozos. Nunca había podido quedarse sentado por mucho tiempo.

—Ciertamente lo harás. ¿Qué más puedes hacer? ¿Ir a trabajar de mesera? Ya te descubrieron. Escúchame. Desde el momento que dejes ver tu hermoso rostro en el vestíbulo, los periodistas no te dejarán en paz. Llora. Gime. Clama a gritos. Diles a todos cuánto lamentas que Franklin Moss se haya volado la cabeza por ti.

Ella se dio vuelta.

—No escuchas más que Franklin.

—Te entregaste a mí, ¿lo recuerdas? Te vendiste a él. —Se paró detrás de ella y le dio vuelta para que lo mirara a los ojos—. Quiero que vuelvas a ser mía. —Acarició sus brazos con las manos. Su roce le dio escalofríos. Por la mirada que había en sus ojos, sabía que él creía que estaba excitada—. Ay, nena, ha pasado demasiado tiempo. — Cuando él se inclinó hacia adelante, lo esquivó pasando debajo de su brazo y se escapó al baño. Cuando cerró la puerta con llave, él se rio—. ¿Otra vez con eso?

Se sentó en el borde de la bañera y se sujetó la cabeza, que palpitaba.

—Vete, Dylan.

—No hablas en serio, nena. —Siguió hablando mientras recorría el bungaló. ¿Andaba de un lado a otro como un león que espera abalanzarse?

Tamborileó los dedos sobre la puerta.

—Vamos, nena. Haremos un gran equipo.

Revivió los recuerdos de la primera noche en San Francisco, y la segunda, y de todos los momentos miserables que siguieron. Sabía que le convenía mejor no decir un no rotundo.

—Necesito un poco de tiempo para pensar, Dylan.

—Déjame abrazarte. Yo te haré olvidar a Franklin Moss. Lanzó una risotada gutural—. Tú sabes que puedo. —Cuando no respondió, él se apartó de la puerta. Lo escuchó abrir cajones. ¿Qué estaba haciendo? Él volvió—. Te daré tiempo, nena. Esta noche. Mañana volveré para recogerte.

Escuchó que la puerta se abrió y se cerró. ¿De verdad se había ido? Antes de abrir la puerta del baño, esperó otros cinco minutos y salió. Dylan estaba sentado en el borde de la cama. Se había quitado la chaqueta. Esa sonrisa seductora, que alguna vez la hizo derretirse por dentro, ahora la enfrió.

—Pensé que te habías ido. —Su corazón se aceleró cuando él se levantó y caminó hacia ella.

—Me iré cuando digas que sí. —Le tocó el cabello, estiró un mechón y lo frotó entre sus dedos. ¿Estaba pensando en convertirla en rubia?— Querías liberarte de él, ¿y quién podría echarte la culpa? El tipo estaba loco. —Retiró las manos y las extendió—. Si no quieres que te toque, no lo haré. Entre nosotros, todo será estrictamente profesional. En cuanto a lo que pasó entre tú y Moss, podemos decirle a la prensa lo que queramos.

—No voy a mentir, Dylan.

—Ay, nena, mientes desde que te conozco. ¿Ahora tienes escrúpulos? No me hagas reír.

Cómo le gustaba retorcer el cuchillo siempre.

—¿Es que no lo entiendes, Ava? A nadie le interesa cuál es la verdad. La gente solo quiere una buena historia... cuanto más jugosa, mejor. Franklin te hizo llegar bastante lejos; lo reconozco. Yo puedo llevarte directamente a la cima.

Le daría la respuesta que él quería, si así lograba sacarlo del bungaló.

—Déjame meditarlo esta noche. Sola. Luego podremos empezar a hablar de nuestros planes, a partir de mañana.

Su capitulación pareció sorprenderlo.

—Bien. Mañana traeré el contrato. —Se puso la chaqueta y levantó la cabeza—. ¿A las ocho de la mañana es demasiado temprano para ti?

Echó un vistazo al reloj que estaba sobre la mesita de luz.

—Ya es más de medianoche, Dylan. Que sea a las nueve.

Cuando él se acercó, ella levantó una mano:

—Estrictamente profesional.

—De acuerdo. —Levantó las manos, rindiéndose. Fue hacia la puerta y la abrió—. Que duermas bien, nena. Nos vemos en la mañana. —Le sonrió con arrogancia—. Creo que no irás a ningún lado sin mí.

En el instante que Dylan salió por la puerta, Ava puso la cadena. Hasta ese instante, no le había pasado por la cabeza qué había estado buscando. Se arrodilló y sacó el bolso de debajo de la cama. El dinero había desaparecido.

Se desplomó en el piso. Ahora entendía por qué Dylan se había ido tan seguro de sí mismo, con una expresión burlona. ¿Qué haría ella ahora? ¿Se quedaría y dejaría que él tomara el mando donde Franklin la había dejado? ¿O seguiría el ejemplo de Franklin? Se levantó y fue al baño. Buscó entre sus artículos de tocador y encontró el paquete de hojitas de afeitar Gillette. Desenvolvió una y la apoyó sobre las venas verdeazuladas de su muñeca. La mano le temblaba. ¿Cuán profundo tendría que hacer el corte para estar segura de que se desangraría hasta morir? Las lágrimas nublaron su vista.

Temblando violentamente, Ava se miró al espejo y vio a una chica de grandes ojos verdes, mejillas pálidas y una gran cantidad de pelo negro y ondulado. Había faltado a su cita habitual con Murray. Franklin no estaría contento de ver que asomaban sus raíces. Dando un gemido, Ava agarró un puñado de cabello negro y se lo recortó. Lamentándose, con el cuero cabelludo ardiendo, siguió hasta que vio una pila de rulos negros sobre el mármol blanco del piso, alrededor de sus pies descalzos.

Insultando a Dylan, se agarró la cabeza. *Piensa, Ava. ¡Piensa!* Cada vez que había salido de la habitación, siempre llevaba consigo un billete de cien dólares. Volvió corriendo a la cama, lanzó la maleta sobre ella y revisó su ropa, hurgando todos los bolsillos. Era suficiente para comprar un pasaje de autobús hacia alguna parte y comprar algunas comidas, si no comía filete.

Corre, Ava.

Esta vez escuchó a la suave voz.

Volvió a meter sus cosas en la maleta nueva y la cerró. Con el corazón latiéndole desbocado, abrió la puerta y miró hacia afuera. Era lo suficientemente tarde como para que todos estuvieran durmiendo. Zigzagueó entre los bungalós y salió a hurtadillas a las sombras oscuras de la gigantesca higuera de Moreton Bay.

Había pocos autos en la carretera a esta hora de la noche. El oleaje chocaba contra la playa mientras corría por la acera. Un taxi se aproximó al cordón, pero ella no quería usar el dinero que le quedaba para pagar un viaje en taxi. Varios jóvenes ebrios salieron de una discoteca. Se escondió detrás de un puesto cerrado de hot dogs. Mientras veía que se acercaban a ella, divisó que otro taxi se dirigía hacia ella. Cambiando de parecer, le hizo una seña con la mano y preguntó cuánto le costaría ir a la terminal de autobuses Greyhound. No podía darse el lujo de quedarse ahí. Se subió al taxi y miró por la ventanilla trasera, preguntándose si vería el Corvette de Dylan siguiéndola.

Algunos pasajeros esperaban para subir al autobús en la estación. Preguntó adónde iba el siguiente autobús que estaba por salir.

—Bakersfield.

Compró el pasaje en el momento que el autobús llegaba. Encontró un asiento en la última fila y se encorvó para que nadie la viera. No miró por la ventanilla hasta que el autobús entró a la calle principal. Ningún carro lo seguía.

Al cabo de una hora en el autobús, Ava se sentía descompuesta. El autobús se había detenido una docena de veces antes de subir la pendiente y descender a un valle alto. Mareada, bajó del autobús en Saugus y entró a una cafetería para usar el baño. Cuando salió, no vio el autobús. Salió corriendo y dobló en la esquina, pero el autobús ya estaba demasiado lejos para que pudiera alcanzarlo.

—¿Señorita?

Desesperada, Ava se dio vuelta. La mesera de la pequeña cafetería dejó en el suelo la maleta de Ava.

—El chofer la dejó para usted.

—¿Y ahora qué voy a hacer?

—Esperar el próximo autobús, supongo. —La muchacha encogió los hombros y volvió adentro.

Una rubia teñida, vestida con una falda corta y una blusa escotada, salió.

—¿Vas a algún lugar en particular, cariño?

Ava se encogió de hombros.

—Iba a Bakersfield.

—¡Bakersfield! Nunca estuve ahí. Linda maleta. Debe costar un dineral.

Ava sintió que la mujer la estudiaba y mantuvo su rostro desviado. Seguramente con todo el cabello recortado ya no se parecía a Lena Scott.

—Pareces una niña rica que está huyendo de casa. —La mujer sonó compasiva y curiosa.

—No soy rica. Y no tengo casa.

—¿Nadie en Bakersfield?

—Nadie en ninguna parte.

—Bueno, entonces puedo llevarte, si no te molesta terminar en Las Vegas pasando por el Mojave.

Las Vegas le parecía tan bueno como cualquier otro lugar, mejor quizás. Ava la miró.

—¿Dónde queda Mojave?

—Por ahí. —Señaló al noreste—. Pasando Palmdale y Lancaster. Voy a visitar a un novio que tengo en la Base Aérea Edwards, antes de continuar. Eres una chica bonita, a pesar de ese pelo mocho. No tendrías ningún problema para encontrar un camionero que te dé un aventón.

Ava le agradeció. No podía quedarse en Saugus. No le alcanzaba el dinero para pagar una noche de alojamiento, ni siquiera en un motel barato. La mujer la acompañó a un carro viejo con asientos de cuero resquebrajados. En el asiento trasero había apiladas una almohada y mantas.

—Disculpa el desorden. —La mujer se subió, se ató un pañuelo rojo alrededor del pelo y puso en marcha el motor. Ava dejó su maleta en el asiento de atrás y se sentó en el del acompañante.

La mujer se alejó de la vereda y se dirigió a la calle, siguiendo la misma ruta que había tomado el autobús, y luego dobló hacia el este. La mujer habló de problemas del carro y de caballos. Había trabajado desde niña en un rancho en el Valle Central.

—No veía la hora de huir del olor a estiércol de vaca. —En los últimos dos años había tenido mala suerte, pero ahora las cosas estaban mejorando.

—No has comido nada, ¿o sí? —La mujer la miró de reojo—. Debí haberte dejado comer algo antes de que partiéramos. ¿Qué te parece si paramos a comer algo en el siguiente pueblo?

Ava aún se sentía mareada por el viaje en autobús. No había comido nada desde que se enteró que Franklin se había matado. Miró su reloj. Menos de veinticuatro horas desde que su vida volvió a dar un vuelco y quedó al revés. Miró hacia el desierto y se sintió vacía por dentro.

La mujer se estacionó frente a un restaurante al costado de un motel destartalado. El pueblo no parecía tener más de unas pocas cuadras.

—Un café y unos huevos, y volveremos a la ruta. —Cuando entraron, sonó una campanilla sobre la puerta, que le recordó a Ava la Cafetería de Bessie en El Refugio y las mesas con asientos rojos de vinilo. ¿Cuántas veces se habían sentado ella y Joshua en uno de esos? Él le compraba una malteada de chocolate y unas papas fritas y charlaban durante horas. Se le hizo un nudo en la garganta al recordarlo.

La mujer se deslizó en un reservado junto a la ventana delantera. Tomó un menú del soporte donde estaban el salero, el pimentero, las botellas plásticas de kétchup y mostaza, y un azucarero de vidrio.

—Deberías comer algo sustancioso. Todavía te falta camino por recorrer. —Le entregó el menú—. Pídeme un pastel danés y un café. Olvidé algo en el carro.

La mesera parecía ya entrada en la tercera edad, pero sus ojos castaños tenían una chispa juvenil.

—¿Qué te traigo, querida?

—Huevos revueltos, una tostada, jugo de naranja, un pastel danés y un café para mi amiga.

La mujer levantó las cejas.

—¿Te refieres a la amiga que está yéndose en ese carro?

—¿Qué? —Ava se dio vuelta y vio que la mujer daba marcha atrás con el carro para salir del estacionamiento frente a la cafetería. Ava se levantó de un salto y corrió afuera. Con un rechinar de llantas, la mujer pasó de una velocidad a otra y se lanzó por la calle principal.

—¡Espera! ¡Tienes mi maleta!

La mujer tocó la bocina dos veces y la saludó con la mano mientras se alejaba. Con la boca abierta, Ava se quedó mirando el carro hasta que desapareció de su vista. Se dio vuelta, volvió sobre sus pasos y se hundió en la banca que había afuera de la cafetería.

Puedes huir, pero no puedes esconderte de Mí.

Ava se encorvó, se tapó el rostro y lloró.

La mesera salió y se puso en cuclillas junto a ella.

—Parece que te hace falta una amiga de verdad.

Ava tomó la servilleta que le ofreció la mesera y le dio las gracias. Sonándose la nariz, balbuceó:

—Dios me odia.

La perseguiría y la atormentaría hasta que muriera. Y entonces la mandaría directo al infierno.

—¿Por qué no vuelves adentro y desayunas?

De pronto, Ava sintió una oleada de pánico.

—¡Mi bolso!

—Está sobre la mesa, donde lo dejaste.

Con los hombros caídos, Ava siguió adentro a la señora y volvió a sentarse. Hurgó en su bolso y perdió las esperanzas.

—Disculpe. —Negó con la cabeza—. No puedo comer esto.

—¿Tiene algo malo?

—Nada. Se ve delicioso. —Su estómago rugió fuerte y su rostro bronceado se acaloró—. Es que no me alcanza el dinero para pagarlo.

—Bueno, come, tesoro. La casa invita. —La mesera fue hacia el mostrador y volvió enseguida—. Si necesitas un empleo, nosotros ciertamente necesitamos un poco de ayuda por aquí. Incluso puedo darte el uniforme y un delantal.

—No tengo dónde quedarme.

—Bea Taddish administra el motel de al lado y es una buena amiga nuestra. Tiene una habitación libre y justamente esta mañana estaba diciendo que necesita a alguien que le dé una mano para limpiar las habitaciones. En el pueblo hay un equipo de obreros. Todos los hombres salen por la mañana temprano, pero les gusta que las cosas estén limpias y pulcras cuando vuelven. Podrías servir el desayuno aquí a primera hora, arreglar los cuartos de Bea, y tener tiempo para dormir una siesta antes de volver a ayudarme a la hora de la cena. —Recorrió la cafetería vacía con la vista—. Si miras el lugar ahora, no lo parecería, pero cuando la gente viene con hambre, se llena. —Miró a Ava—. ¿Qué dices?

—¡Sí! ¡Por favor! ¡Gracias!

—Bien. —La señora dejó escapar una risita—. Es curioso cómo se resuelven las cosas. Se alejó unos pasos y miró hacia atrás—. Por cierto, ¿cómo te llamas?

Ava estaba a punto de decir Lena Scott cuando recordó la nota que le había dejado a Franklin. Lena Scott había muerto… y no valía la pena resucitarla. Ava Matthews había desaparecido hacía mucho tiempo. ¿Quién iba a ser ahora?

—Abby Jones. —Era un nombre tan bueno como cualquiera y podía recordarlo fácilmente.

—Gusto de conocerte, Abby. Soy Clarice. —Se dieron la mano.

—¿Puedo preguntarle algo? —La voz le salió ínfima e infantil.

—Claro, tesoro. ¿Qué quieres saber?

Ava miró por la ventana al pequeño pueblo situado en medio del desierto.

—¿Dónde estoy?

—Estás en Agua Dulce.

CAPÍTULO 16

Florece en el pecho humano una esperanza eterna;
Jamás es feliz el hombre, pero siempre debe serlo.
El alma inquieta, y confinada en su encierro,
descansa y se distrae con la idea de una vida venidera.

ALEXANDER POPE

JOSHUA SE SECÓ EL SUDOR de la frente antes de clavar otra teja de madera sobre el techo del hotel de la escenografía para la película. Los martillos golpeaban arriba y abajo en la calle de fantasía mientras montaban los armazones de otros edificios vacíos. Todo se veía auténtico por fuera, pero el interior era muy diferente. Aseguró las tejas restantes y pidió que le trajeran otro paquete.

El sol azotaba su espalda. Había metido un trapo húmedo debajo de su gorra de béisbol para que no le ardiera el cuello. El aire estaba quieto y sofocante. Sacó una cantimplora con agua de su cinturón de herramientas y bebió la mitad del contenido. Vertiendo un poco sobre su mano, se enjuagó la cara y luego volvió a trabajar. Nadie quería trabajar más de lo necesario bajo el calor abrasador. Habían empezado a las cuatro y acabarían a las dos.

—¡Oye, Freeman! Baja un poco la velocidad, ¿quieres? Nos estás haciendo quedar mal a los demás. —El hombre parado junto a la escalera de Joshua bromeaba a medias.

—Solo estoy haciendo mi trabajo, McGillicuddy.

—Bueno, hazlo más lento. Estamos adelantados. No estamos en una carrera.

—Solo trato de agradar al Jefe.

—No he escuchado a Herman quejarse. ¿Tú sí?

—No hablaba de Herman.

—Sí, sí. Otra vez ese tema de Jesús. —Se rio McGillicuddy—. ¿Acaso es Dios quien te paga?

—Claro que sí. Herman solo firma los cheques.

—Me parece que Dios podría haberte dado un trabajo mejor que estar aquí afuera en este infierno, golpeando clavos para hacer un techo que será destruido ni bien la película haya terminado de filmarse. —McGillicuddy sacudió la cabeza y atravesó la calle polvorienta para subir la escalera hacia el techo del burdel de la escenografía.

Joshua le gritó:

—Me he estado preguntando lo mismo.

Una hora después, el equipo bajó, guardó las herramientas y volvió al pueblo. McGillicuddy estacionó su nueva camioneta GMC al lado de la de Joshua y gritó a través de la ventanilla abierta:

—¿Qué dices de ir por un par de cervezas al Restaurante de Flanagan?

—Digo que gracias. Te veré ahí después de darme una ducha fría y cambiarme la ropa.

Se unió a los hombres en el bar y pidió una Coca Cola. Lo molestaron un poco, pero rápidamente siguieron hablando del trabajo, de deportes, de mujeres y de política. En un extremo del bar habían puesto un pequeño televisor para que pudieran ver las competencias de lucha libre. Eligieron a sus favoritos y gritaban como si estuvieran en la primera fila del ring y los rivales pudieran oírlos. Herman se levantó de su taburete y ocupó un reservado, luego le hizo señas a Joshua para que se acercara.

—Te invito a que me acompañes a cenar, a menos que todavía no te hayas cansado de esos pueblerinos.

Joshua se sentó.

—Son un buen equipo.

—He estado observándote, Freeman. Los carpinteros que hacen buenos acabados son difíciles de conseguir. —Bebió un trago de cerveza—. ¿Por qué estás aquí y no trabajando con Charlie Jessup?

—No sabía que lo conocías.

La mesera se acercó y les tomó el pedido. Herman se reclinó y miró a Joshua.

—Charlie es un amigo. Te respeta mucho, pese a lo poco que te conoce. Eso dice algo.

—Gracias por decírmelo.

—Entonces, contesta mi pregunta. ¿Por qué estás aquí y no en proyectos de alto nivel en Beverly Hills?

—Esto es solo un compromiso a corto plazo y luego me iré a casa.

—¿Dónde queda tu casa?

—El Refugio

—Nunca oí hablar de ese lugar.

—Podría decirse que Dios me empujó aquí.

—Sean cuales sean tus motivos, lo cierto es que pones todo en esto.

—Es la regla número uno en mi libro. —No le dijo que su libro era la Biblia.

—Me haces más fácil el trabajo. —Hizo un gesto señalando con el mentón a los hombres que estaban en el bar—. Han estado observándote. Algunos se quejan, pero la mayoría ha acelerado el ritmo.

Joshua sonrió discretamente.

—¿Estás diciendo que me quedaré sin trabajo antes de lo esperado?

—Tal vez, pero tengo otro listo para comenzar. Si cambias de idea acerca de El Refugio, avísame. Eres el hombre que encabeza mi larga lista. Necesito un buen capataz. ¿Qué me dices al respecto?

—A menos que Dios diga lo contrario, me iré a casa.

Era temprano cuando Joshua volvió al motel, pero después de un día completo de trabajar en el desierto, estaba listo para acostarse. Se quitó la ropa, cayó en la cama y se durmió apenas su cabeza se posó sobre la almohada. Soñó con Ava, sentada al piano frente a la iglesia, iluminada por un rayo de sol que entraba por la ventana lateral y hacía brillar su cabello rojo como si fuera de fuego. Él estaba sentado en la galería del coro, con los brazos apoyados sobre la baranda, observándola. No reconoció el conmovedor himno. Alguien palmeó su rodilla, sobresaltándolo. Mitzi le sonreía, con aspecto vivaz, radiante y satisfecha. «¿No te dije que ella nunca se olvidaría?». Le tomó la mano y se la apretó. «Es hora, Joshua».

Se despertó en la oscuridad y escuchó que una mujer lloraba. ¿Todavía estaba soñando? Necesitó un momento para recordar que estaba en un motel en Agua Dulce. Había abierto las ventanas antes de irse a la cama, pero la habitación todavía estaba sofocante. Los grillos chirriaban. Fue al baño y se echó agua a la cara. Cuando regresó a la habitación, la mujer todavía lloraba al otro lado de la pared. Sus sollozos le atravesaban el corazón. Alguien golpeó la pared al otro lado. «Cállate, ¿quieres? ¡Necesito dormir un poco!». La ocupante de la habitación 13 guardó silencio.

Con una mueca, Joshua meditó si debía ir a tocar la puerta de la mujer y preguntarle si necesitaba hablar. Imaginó lo que pensaría una mujer si un desconocido le hiciera semejante propuesta. Debía haber ingresado tarde. En la mañana probablemente volvería a la ruta hacia donde fuera que se dirigía. Joshua apoyó su mano sobre la pared y elevó una oración rápida. *Señor, Tú sabes lo que está mal y cómo solucionarlo. Ayúdala a encontrar Tu paz.*

Ava abrazó su almohada, se tragó sus sollozos y trató de no hacer otro ruido. La Biblia de Gedeón que había estado leyendo yacía abierta sobre la cama. Si necesitaba alguna otra confirmación de cuánto la odiaba Dios, y porqué, la había encontrado. *«Los ojos altivos, la lengua mentirosa, Las manos derramadoras de sangre inocente, El corazón que maquina pensamientos inicuos, Los pies presurosos para correr al mal, El testigo falso que habla mentiras, Y el que enciende rencillas entre los hermanos».* Las palabras atravesaron las paredes que ella había levantado alrededor de sí misma y las derrumbaron.

Trataba de buscar excusas para las decisiones que había tomado, pero no podía justificar nada de lo que había hecho, no cuando lo contraponía a la norma que Dios había dispuesto. No podía escapar de la condenación. Era culpable. Su conciencia se había despertado y el dolor la paralizaba. No podía seguir huyendo.

¿Cuánto tiempo atrás había comenzado este descenso? ¿Cuándo había empezado a ahogar su conciencia? Pensó que había empezado con Dylan. Trató de convencerse a sí misma que no sabía cómo era él, pero sí lo sabía. Y ahora, con una tristeza absoluta, se daba cuenta de que Dylan había tenido razón: él solo había avivado la llama que ya ardía en el interior de ella. Huir con él había sido la culminación de su rebeldía, y desde entonces había luchado cada día, usando su propio sentido común y su determinación, para sacar algo bueno de tantas cosas malas.

¿No había tratado de demostrar que valía algo cuando se fue con Franklin Moss? Había querido vengarse de Dylan, hacer que se arrepintiera de haberla descartado. Se metió en una relación con un hombre que le duplicaba la edad, dispuesta a hacer todo lo que él quisiera, con el objetivo de lograr lo que ella deseaba. ¿Y cuál era ese deseo? ¿Ser *alguien*? En lugar de eso, dejó que la convirtiera en otra persona.

Estaba desesperada por atribuirle eso a Franklin, pero la culpable era ella. Lo había ayudado a crear a Lena Scott; había obedecido cada una de sus órdenes y había dejado que la guiara, incluso hasta su cama. Sus protestas habían sido débiles y mínimas, la mayoría hechas en silencio, mientras crecían la amargura y el resentimiento. Ella había sido la hipócrita, no Franklin, y eso la había llevado a aquel pasillo tenebroso, a esa mujer que la esperaba con guantes quirúrgicos. Podría haberse opuesto. Podría haber dicho que no. En cambio, siguió adelante y lo culpó a él de todo. ¿Por qué? Porque en el fondo quería seguir siendo... ¿Qué? ¿Qué quería ser?

Amada.

Al principio, el sueño de Franklin había sido su sueño. Pero luego se había convertido en una pesadilla compartida. Ahora veía la infinidad de veces que otros habían tratado de advertirle: Pamela Hudson, Murray, hasta Lilith y Dylan. Ella había intentado agarrar la sortija del carrusel, y ahora no paraba de dar vueltas.

«Puedes hablar conmigo», le había dicho Murray, y ella no lo había aceptado. Mary Ellen le había hablado de Dios y ella había cerrado los oídos. Franklin siempre era la excusa.

Se sintió abrumada por la vergüenza de lo cruel que había sido con él. Había deseado vengarse por lo que creía que él le había hecho. Y sabía cuál era su punto más débil, en qué parte sus palabras lo lastimarían más. Lena, su sueño, su perdición.

«Mía es la venganza: yo pagaré, dice el Señor».

Ahora entendía por qué. Nunca tuvo la intención de lastimar tanto a Franklin como para que renunciara a vivir. Solo había querido recuperar su libertad, hacer que la dejara ir.

¿O acaso quiso hacerlo? Su conciencia se retorcía. *Sé sincera, Ava, por una vez en la vida. ¿O ya no distingues cuál es la verdad?*

Empezó a transpirar; su corazón palpitaba con fuerza.

Recordó cuán destrozado se había visto Franklin en esas últimas semanas. Él estaba desmoronándose. Ese último día, ella le dio un poquito de esperanza y él se aferró a ella. Y, entonces, ¿qué hizo ella con el resto del tiempo que se quedó en esa prisión que él había construido para los dos?

Lloró hasta que no le salieron más lágrimas. *Lo siento, Dios. Lamento mucho lo que he hecho y las personas a las que he dañado. No quiero seguir siendo así. Apiádate...*

Reprimió esa súplica. ¿Cómo se atrevía a clamar a Dios ahora y pedirle misericordia? Nunca había clamado a Él en alabanza. Nunca le había agradecido nada, no desde que el pastor Ezekiel la llevó a la casa de Peter y Priscilla y la dejó allí. A decir verdad, había odiado a Dios y le había echado la culpa por todo lo malo que le había pasado en la vida.

Su propio y obstinado orgullo la había traído aquí. Aquella noche que se encontró con Dylan en el puente y dejó que le arrancara el collar de Marianne y lo tirara, ella había fijado su propio rumbo. Se había dicho que quería ser libre y en cambio se había convertido en una cautiva.

Otro de los himnos de Mitzi vino a sus pensamientos: «*Cautívame, Señor, y libre en Ti seré*». No lo había entendido en ese entonces. No lo entendía ahora. Lo único que sabía era que había llegado tan lejos como podía con sus propias fuerzas. Había intentado todo por sentirse completa y ahora se sentía como Humpty Dumpty.

Tú ganas, Dios. Estoy tan cansada de luchar. Haz lo que quieras. Acaba conmigo. Conviérteme en una estatua de sal. Ahógame en una inundación. No quiero seguir con este dolor. No quiero lastimar a nadie más. Solo quiero... Ni siquiera lo sé. Exhausta, Ava se relajó y apoyó la cabeza sobre la almohada.

Durmió profundamente por primera vez en muchos días y soñó con agua cristalina y burbujeante, y el puente a El Refugio.

Joshua se despertó temprano y se estiró. Las paredes del motel eran tan delgadas que pudo escuchar el chirrido de la cama de la habitación 13. Buscó su reloj y encendió la luz. Las tres de la mañana. Apagó la alarma y se levantó. Se sentó en la gastada silla de tela chintz cerca de las ventanas que daban al frente y abrió su Biblia en el lugar donde la había dejado la mañana anterior.

Las cañerías traqueteaban mientras la ducha corría en el cuarto de al lado. Terminó su lectura antes de escuchar que se cerraban las llaves de la ducha. Cuando la puerta se abrió y se cerró, Joshua apartó la cortina lo suficiente para echarle un vistazo a la mujer que lloraba como si el mundo se le hubiera venido abajo la noche anterior. Afuera todavía estaba oscuro, pero la luz tenue del letrero del motel dejó ver que tenía el cabello oscuro que parecía haber sido cortado con una podadora. El vestido de cuello blanco y el delantal dejaban ver su delgadez, pero su silueta tenía curvas. Sintió un ligero despertar de algo en su interior. Joshua se levantó y observó a la joven mientras se alejaba caminando. Tenía unas pantorrillas bien torneadas.

Las luces se encendieron en el restaurante. La muchacha abrió la puerta y entró. Joshua sonrió y soltó la cortina. Clarice había conseguido ayuda. Una oración contestada. Pensó en Susan Wells y se preguntó cómo estarían yendo las cosas con papá.

Era hora de ponerse en movimiento. Joshua se afeitó, se duchó y se vistió para ir a trabajar. Escuchó las voces de los hombres que subían y bajaban mientras los hambrientos integrantes del equipo pasaban caminando por su puerta, camino al restaurante. Joshua se sumó a McGillicuddy, Chet Branson y Javier Hernández. La campanilla de la puerta sonó y se sentaron en un reservado junto a las ventanas del frente y conversaron sobre el día de trabajo que les esperaba. La joven no se veía por ningún lado. Probablemente estaba al otro lado de la esquina, atendiendo las mesas del comedor más grande.

—Vaya, vaya, vaya. Hay una chica nueva en el pueblo. —McGillicuddy hizo un gesto con el mentón—. Bonita, pero miren ese pelo.

La muchacha estaba recogiendo los platos del desayuno del mostrador del cocinero. Cuando se dio vuelta, Joshua sintió que sus pulmones se quedaban sin aire. ¡Ava!

Su corazón se aceleró, latiendo más rápido cuando ella pasó justo a su lado mientras se dirigía a entregar la comida a los hombres de un reservado más lejano. Parecía pálida y tranquila, hasta que se dio vuelta y lo vio. Por un instante, se quedó congelada, conmocionada, luego bajó la vista rápidamente, con el rostro intensamente rojo, y volvió a ponerse pálida cuando caminó al lado de él. Joshua tuvo que cerrar fuerte los puños para no estirar la mano y agarrarla de la muñeca. Se dio vuelta, preguntándose si volvería a la barra del cocinero o saldría corriendo hacia la puerta. Se puso tenso, dispuesto a ir tras ella si se echaba a correr.

Alguien la llamó desde la mesa donde había servido la comida.

—¡Oiga, señorita! ¿Puede traernos un poco más de café?

Ava pareció quedarse en blanco, luego se vio confundida. Se sonrojó de nuevo.

—Disculpe. —Fue rápido a recoger la cafetera.

McGillicuddy agitó su menú cuando ella volvió a pasar.

—Estamos listos para ordenar cuando tenga un minuto, señorita.

—Enseguida estaré con ustedes, señor. —Volvió rápido al fondo.

McGillicuddy apoyó los brazos en la mesa y miró severamente a Joshua.

—Deja de mirarla, Freeman. La pones nerviosa.

Joshua sabía que tenía razón. Su pulso no se había desacelerado desde que la reconoció. ¿Qué había visto ella en su rostro para que se viera tan asustada?

Se obligó a mirar el menú. Necesitó toda su fuerza de voluntad para no levantar la vista cuando ella volvió a pasar para dejar la cafetera en la hornilla al otro lado de la barra. Ella se acercó a su mesa. Él creyó que el corazón no podía latirle más fuerte. Ella tenía puestas unas sandalias de cuero marrón que parecían nuevas. Se veían nuevecitas. Él reconoció esos dedos. Volvió a fijarse en sus piernas. Ella estaba a treinta centímetros de distancia.

Luego de cinco años preguntándose dónde estaría, ahora podía estirar la mano y tocarla. Y era precisamente lo que deseaba hacer. La hubiera agarrado, levantado y girado por el salón si no hubiera visto esa expresión en su rostro. Estaba bastante seguro de que él era la razón por la que se había puesto así. *¡Cálmate, Joshua!*

—¿Qué puedo traerles, caballeros? —Las palabras eran correctas, pero su tono estaba cargado de nerviosa tensión. ¿Qué estaba haciendo ella aquí en Agua Dulce? No tenía sentido. Levantó la cabeza y la miró. Ella evitó mirarlo, sosteniendo su libreta y un lápiz listo para escribir—. ¿Y usted... señor? —Estaba temblando. Parpadeó con los ojos vidriosos y humedecidos. ¿Estaría a punto de llorar otra vez?

—Te habla a ti, Freeman. —McGillicuddy lo pateó por debajo de la mesa—. ¿Qué quieres desayunar?

Joshua eligió un número cualquiera del menú en el instante que el cocinero golpeó la campana. Ava se sobresaltó y dejó caer el lápiz. Se agachó y lo levantó rápidamente; por poco se golpeó la cabeza contra la mesa cuando se incorporó. Garabateó el número en la libreta y escapó.

—¿Qué rayos pasa contigo? —dijo McGillicuddy con el ceño fruncido.

—Nada.

—Deberías verte la cara.

—¿Qué? —gruñó Joshua, rogando que Ava no dejara caer algún plato ni volcara el café caliente sobre alguien. Cualquiera que estuviera observándola podía ver su tensión, sus movimientos rápidos y espasmódicos. Ella lo había reconocido. ¿Por qué estaba tan asustada?

Trató de asimilar la situación. Ava era la chica de la habitación 13. Era la que había estado llorando la noche anterior, la que estaba destrozada y sollozando. ¿Lloraba por la muerte de Franklin Moss? ¿Tanto lo había amado? El dolor atravesó el corazón de Joshua. Sabía cuánto dolía una pérdida. Lo había sentido cuando vio cómo miraba ella a Dylan Stark. Lo había sentido cuando ella desapareció. Durante los últimos cinco años había sentido todo tipo de matices del dolor. Pensó que tenía sus emociones bajo control. ¡Qué risa!

¿Qué clase de broma es esta, Señor? Me dijiste que la dejara ir, y lo hice. Y ahora aquí está, en medio de la nada, en el último lugar donde hubiera esperado cruzarme con ella. Obviamente soy la última persona que ella esperaba ver. ¿Sabes qué se siente? Por supuesto que lo sabía.

Joshua trató de relajarse y escuchar lo que estaban diciendo McGillicuddy y los otros. Sus oídos parecían estar atentos a los pasos de Ava. Actuaría de manera normal cuando ella regresara. El problema era que no recordaba qué era lo normal.

Ella trajo cuatro tazas por sus asas y las dejó sobre la mesa. Llenó cada una y las entregó con cuidado. Él le dio las gracias, pero ella ya estaba alejándose, sirviendo café a los comensales de la siguiente mesa, y luego volviendo a recoger otra cafetera recién preparada. No lo miró a los ojos ni siquiera cuando sirvió su desayuno. Cuando se agachó, él vio cómo latía el pulso de ella en su garganta. Iba a la par del suyo.

¡Di algo, Joshua! No encontraba las palabras. Cuando ella se fue, se sintió desolado, hasta que vio el tazón con avena. ¡Qué asco!

Javier le sonrió desde su lugar junto a la ventana.

—¿No te gusta la avena, Freeman?

—Está genial. ¿Te molestaría compartir un poco de tu miel de maple?

McGillicuddy se rio, cortando una porción de su jugosa carne.

—Nunca imaginé que un buen cristiano como tú pudiera perder la cabeza por una chica como esa.

¿Una chica como esa? El calor invadió el sistema de Joshua. Tuvo que apretar los dientes para no decir una estupidez.

Chet Branson esparció mermelada de fresa en su tostada.

—Un poco flaca, pero vaya que tiene curvas en los lugares debidos. Parece nerviosa. Primer día de trabajo y tiene que atender a un montón de bobos como nosotros.

Javier Hernandez había empapado sus panqueques con miel de maple mientras observaba a Ava.

—Es el peor corte de pelo que he visto en mi vida. ¿Por qué una joven tan bonita se haría eso a sí misma?

Joshua revisó el menú para ver el costo de su desayuno. Buscó su billetera y dejó lo suficiente para pagar su pedido, más una buena propina, luego recogió los cubiertos, el recipiente con la papilla de avena y la taza de café y se levantó.

—Nada personal, caballeros, pero si me disculpan, creo que me sentaré en la barra.

—Ten cuidado, Freeman —se rio McGillicuddy—. Podría volcarte café en las piernas.

Joshua eligió un taburete cerca de la apertura del mostrador, el asiento más cercano a la cafetera. Clarice sirvió varios desayunos y miró de él a los otros tres hombres del reservado junto a la ventana.

—¿Algún problema?

—Ninguno en absoluto. —Observó a Ava, que estaba levantando dos desayunos más del mostrador del cocinero.

Clarice desvió la vista hacia Ava y volvió a mirarlo.

—Ah, ya veo. —Sonrió, se acercó más a él y le dijo en voz baja—: Se llama Abby Jones. Ayer, una ladrona en un Cadillac le dio un aventón desde Saugus y de pronto se escapó con su maleta, que estaba en el asiento trasero. —Ava pasó sin mirarlos—. La pobre niña no tiene ni un centavo. Pero es la respuesta a mis oraciones. Está trabajando aquí y en el motel para pagar sus gastos. No sé qué hará cuando todos ustedes se vayan y ya no la necesitemos.

Joshua tenía varias ideas al respecto, pero no quería adelantarse. Su lista de preguntas seguía creciendo. Ava volvió y se estiró para recoger una cafetera. Clarice se le acercó, le dijo algo en voz baja, agarró la segunda cafetera y se fue. Ava se encogió un poco. Se acercó a él como un cordero frente a un león hambriento dispuesto a arremeter contra ella. Volvió a llenar su taza. Él se inclinó hacia adelante, deseoso de que lo mirara.

—Hola, Ava.

—Hola, Joshua. —Su mano tembló y derramó el café sobre el mostrador. Soltó un suspiro atormentado cuando el riachuelo marrón corrió hasta el borde y se escurrió sobre los pantalones de trabajo de Joshua—. Disculpa. No sé por qué soy tan torpe... —Miró alrededor y agarró un trapo, aunque luego no supo qué hacer con él.

Joshua lo tomó y lo puso sobre el café derramado.

—Está bien. —Sacudió de su pantalón el café hirviente—. Nada pasó.

Ella levantó su taza y limpió el café derramado.

—¿Cómo me encontraste? —Lo miró con sus grandes ojos verde claro.

—No te encontré. Hace una semana que trabajo aquí, en la escenografía para una película, en las afueras del pueblo.

—Ah. —Sus mejillas se ruborizaron, y puso una cara de repulsión—. Qué presuntuoso de mi parte, ¿verdad? Pensar que viniste hasta aquí a buscarme.

Joshua frunció apenas el ceño, deseando saber qué pasaba dentro de su cabeza.

—Habría venido hasta aquí a buscarte, de haber sabido dónde estabas. Te seguí la noche que te fuiste con Dylan. Hace tres meses vine al sur pensando que podía hacer otro intento de encontrarte.

No quería hacerla llorar otra vez; ella parecía a punto de hacerlo.

—Estuve viviendo con Dave Upton. ¿Te acuerdas de él?

Ava tragó con un nudo en la garganta.

—Solían andar en bicicleta juntos.

—Claro. —Hizo a un costado el tazón con avena y se cruzó de brazos sobre el mostrador—. Ahora está casado y tiene dos hijos.

—Alguien pidió más café. Él quería darse vuelta y gritar: «Dennos un minuto, ¿quieren?», pero sabía que ella tenía su trabajo y que él estaba impidiéndole realizarlo. Ella se escabulló. Clarice le hizo un gesto negativo con la cabeza. Frunciendo el ceño, él bebió su café.

Rudy volvió a tocar la campanilla, y Ava se acercó a recoger los platos y salió de atrás de la barra para servir a los clientes. Volvió por la cafetera. Los hombres comieron rápido, pagaron sus cuentas y se fueron. Joshua logró terminarse la avena. Necesitaba algo en el estómago para el día que tenía por delante. El lugar se estaba vaciando rápidamente. No era necesario preguntarse si ella estaba evitándolo. Seguía dando vueltas por todo el restaurante, excesivamente atenta a los clientes que quedaban. Por mucho que quisiera quedarse y acorralarla, él tenía sus responsabilidades.

Clarice aseó el mostrador, pasando un trapo y colocando manteles de papel nuevos y cubiertos limpios.

—¿Más café?

Él le dio las gracias y dijo que no y buscó su billetera hasta que Clarice le recordó que ya había dejado el dinero para pagar la comida y la propina en la otra mesa.

—No lo tomes a mal, Joshua. —Clarice observó de reojo a Ava, que estaba limpiando las mesas, y lo miró fijamente—. Esa chica necesita un amigo, no un novio, si me entiendes.

—Entiendo. No tiene por qué preocuparse.

—Más vale que no. —Dejó la jarra de café en la máquina detrás de ella y lo enfrentó—. Esta mañana, este lugar estaba lleno de tipos que parecían tener sus propias ideas acerca de ella y, en su situación, eso podría ser una tentación y un problema a la vez.

Él no fingió no entenderla. Había visto a demasiadas mujeres en Corea que se volcaron a la prostitución para sobrevivir. Clarice salió a limpiar una mesa cuando Ava volvía con una bandeja cargada de platos y vasos sucios. Joshua se paró donde ella no pudiera esquivarlo.

—Estoy trabajando, Joshua.

—Lo sé. Seré breve. Esto no puede ser una coincidencia, Ava. Dios orquestó este encuentro.

Ella se rio sin ganas.

—Dudo que Dios quiera tener algo que ver conmigo.

—Entonces ¿qué explicación tienes para que tú y yo terminemos en el mismo pueblucho, cerca de la nada, al mismo tiempo? Dios me trajo aquí una semana antes que a ti. Creo que está tratando de decirte algo. Anoche te oí llorar.

Ella levantó la cabeza y abrió la boca, mortificada. Tal vez él no debería haberle dicho eso.

—Y no me mires así. No fui yo el que te dijo que te callaras. —Ahora podía ver su quebranto por cómo estaba parada y la manera en que desviaba la mirada. Los platos traquetearon. Era el momento de dejarla tranquila—. ¿Estarás aquí todavía cuando vuelva de trabajar? —*Ay, Dios, por favor. No permitas que huya de nuevo.*

Entonces lo miró con ojos vidriosos por las lágrimas.

—¿Adónde podría ir para que Dios no me encontrara? —Se le quebró la voz.

Joshua quería quitarle la bandeja, acercarla a su cuerpo y abrazarla fuerte, pero estaban en un restaurante. Y Clarice los miraba preocupada. No era el momento ni el lugar adecuado.

—Bien.

Ella bajó la cabeza.

—Por favor déjame pasar.

Joshua se apartó para que pudiera pasar. Antes de salir por la puerta, la miró por última vez. *Señor, hazle saber cuánto la amas.*

———

Ava limpió las mesas restantes, volvió al motel y pasó el resto de la mañana tendiendo camas, limpiando baños y pasando la aspiradora sobre las alfombras raídas. En su mente se agitaba un coro de voces. *No tienes que escuchar a Joshua, ¿sabes? Probablemente quiera que recuerdes a cuántas personas lastimaste en El Refugio. Es probable que tenga la intención de saber qué pasó con Dylan para poder reprocharte que te lo dijo.* Media docena de hombres le habían dado a entender que querían «llegar a conocerla». Podía elegir a cualquiera de ellos y pegarse a él el tiempo suficiente hasta lograr salir de aquí.

¿Como una sanguijuela, como un parásito adherido a su desprevenido portador?

¿Otro Franklin?

El solo hecho de que se le hubiera ocurrido la llenó de desprecio por sí misma.

Joshua. ¿Qué iba a decirle cuando volviera?

Había pensado en él tantas veces desde que se fue de El Refugio. No podía creerlo cuando lo vio sentado a esa mesa, mirándola como si fuera un fantasma. O un zombi. Se rio sin alegría. ¿Sabría él de todo eso? No era la clase de película que él pagaría por ver.

Cinco años, y ella nunca había llamado a nadie de su pueblo. ¿Qué debía pensar de ella? Cualquier cosa que él tuviera para decir, ella le debía la oportunidad de escucharlo.

Secándose el sudor de la frente, Ava siguió fregando el piso del baño. No podía pensar más que en el día que tenía por delante. Esta noche, cuando terminara su turno en el restaurante, tendría que lavar el uniforme y el delantal en el baño de su cuarto en el motel. Con el calor del desierto, la ropa se secaría lo suficiente para plancharla por la mañana.

Tengo un empleo, comida y un lugar para dormir. En este momento, es suficiente. Gracias, Dios, por el techo que tengo sobre mi cabeza. Es más de lo que merezco. Sacó las toallas limpias de la bolsa de la lavandería y las apiló en los estantes del cuarto de almacenamiento.

A las dos de la tarde, terminó de atender las habitaciones del motel y fue a una tienda de baratijas. Esa mañana había ganado lo suficiente en propinas como para comprar un paquete de ropa interior barata, un cepillo de dientes, pasta dentífrica y un peine.

Se dio una ducha y trató de dormir una siesta antes del turno vespertino del restaurante, pero su mente no podía descansar.

Sacó la Biblia de Gedeón de su mesa de luz y leyó la lista de temas en la parte posterior. Pasó las dos horas siguientes consultando las Escrituras. Recordaba muchos versículos que ella y Penny habían memorizado en las clases de la escuela dominical cuando eran niñas. El pastor Ezekiel había predicado sobre algunos de esos versículos. Joshua y Mitzi solían hablar con palabras como estas.

Había vivido mucho tiempo en las tinieblas, pero ahora, en algún lugar en lo profundo de su ser, la luz titilaba.

Clarice le dijo que no habría tantos clientes para el turno de la cena.

—La mayoría va al bar y la parrilla. Nosotros también tenemos filetes, pero no servimos alcohol. Rudy tiene un problema con eso. Significa menos ganancias, pero es inflexible. El especial de esta noche es asado a la olla, puré de papas y zanahorias. Pastel fresco de manzanas, duraznos y cerezas.

—¿Hay algo que pueda hacer ahora mismo?

—Casar la mostaza. —Los ojos de Clarice se iluminaron, divertidos, al ver la expresión de Ava, y le explicó—: Échale mostaza fresca a la que queda en los dispensadores.

Cada vez que tintineaba la campanilla sobre la puerta, el corazón de Ava daba un brinco. Se acercaba rápidamente a los clientes y los atendía rápidamente para evitar pensar en Joshua. Tal vez él había cambiado de idea en cuanto a regresar. Tal vez había ido al bar. ¿Bebería ahora? Antes no lo hacía. Recordó a Franklin sirviéndose *whisky*, embriagándose casi todas las noches porque era el único modo en que podía dormir.

Todos los comensales habían empezado a irse cuando Joshua entró por la puerta. Tenía el cabello mojado, usaba jeans limpios y una camisa azul a cuadros, ligera y de manga corta, metida en el cinturón.

Había cambiado en estos cinco años. Estaba más fornido, más

musculoso y usaba el cabello oscuro muy corto. Habló brevemente con Clarice y ocupó una mesa en el sector donde servía Ava.

Sabía que no podría eludirlo para siempre. Ella no sabía qué esperaba, pero ciertamente no la mirada que le dirigió cuando ella le entregó el menú. Le sonrió con la misma sonrisa de siempre.

—Me alegro de que te hayas quedado. —Siempre había sido seguro de sí mismo. Desde que era niño, siempre supo quién era. No importaba qué hiciera, siempre y cuando hiciera lo mejor en cualquier cosa que Dios pusiera delante de él. Le gustaba la gente. Siempre había sido cálido y amistoso, se interesaba por todos y por todo lo que pasara a su alrededor.

—No hay otro lugar adonde ir. —¿Qué posibilidad había de que pudieran volver a ser amigos, y mucho menos algo más? Tenía que recordárselo a sí misma—. Quemé todas mis naves.

—¿De verdad crees eso?

La esperanza la hacía sufrir. Era mejor no dejarla crecer.

—Sé lo que quiero. —Él le devolvió el menú sin mirarlo.

Ella sintió algo raro en la boca del estómago y sacó la libreta y el lápiz del bolsillo de su delantal. Mantuvo el tono neutro.

—¿Qué puedo traerte?

Joshua pidió el especial. Ava le trajo agua y té helado y luego lo dejó a solas hasta que su cena estuvo lista. Puso el plato delante de él.

—Que disfrutes tu cena. —Volvió a llenar su vaso con té helado y se mantuvo ocupada a la distancia hasta que él terminó. Le trajo la cuenta y levantó su plato. Él pagó en la caja registradora y le entregó un billete doblado como propina. Un dólar era demasiado. Ella lo guardó en el bolsillo del delantal sin mirarlo.

—No me iré, Ava.

Él la miraba como si nada hubiera cambiado entre ellos. Pero todo era diferente. No era la misma chica que él había conocido en El Refugio. Había sido ingenua, inocente, conflictiva, ansiosa, deseosa de rebelarse, de liberarse. Joshua la había cuidado cuando era una bebita, jugado con ella cuando era una niña, la había tomado bajo sus alas cuando era una adolescente y había tratado de hacerla entrar en razón cuando ella no quería otra cosa que lanzarse a los brazos de un diablo que terminó usándola, abusando de ella y descartándola.

¿Cómo podía Joshua mirarla con tanta ternura, como si todavía la quisiera como siempre le había querido?

—Sería mejor que te fueras, Joshua.

Él ladeó la cabeza, tratando de estudiar su rostro.

—¿Por qué?

Ella se paró erguida y lo miró a los ojos.

—Porque desde que me fui de El Refugio, he hecho cosas que ni siquiera podrías imaginar.

—Estuve en la guerra, Ava. ¿Recuerdas? —Habló con voz suave—. He visto de todo. —Rozó su brazo con los dedos, y ella sintió un cosquilleo en su piel, pero no como cuando Dylan la tocaba—. Hablemos cuando termine tu turno.

Ella tragó con un nudo en la garganta.

—No sabría qué decir.

—Entonces empezaremos con el silencio.

No quería empezar a llorar de nuevo. Si le confesaba todo, él la dejaría en paz. ¿Eso era lo que ella quería? Sabía la respuesta, pero sabía que la verdad era más importante.

—¿En qué estás pensando? —le dijo con mucha delicadeza.

—En lo que debería contarte. —Se pasó una mano temblorosa por el cabello recortado—. Por primera vez en la vida, quiero ser sincera. —Vio que él fruncía el ceño interrogante y se metió las manos en los bolsillos del delantal. Le costaba mantenerse tranquila mientras él esperaba—. Después de que te cuente todo, Joshua, podrás decidir si aún quieres ser mi amigo o no.

—Nada de lo que digas cambiará lo que siento por ti.

Por supuesto que era lo suficientemente bondadoso como para decir algo así.

—No te obligaré a cumplir ninguna promesa. Me falta una hora para...

—Te esperaré afuera, en la banca.

Tuvo la sensación de que él creía que ella podía salir por la puerta trasera y desaparecer en medio de la noche. El día anterior bien podría haberlo hecho. Lavó los platos, los secó y los guardó. Trapeó el piso y levantó las sillas en el área abierta para sentarse, mientras Clarice limpiaba los asientos de los reservados.

Clarice levantó su cubeta llena de agua con jabón.

—Todo está impecable, Abby. —Hizo un gesto con la cabeza señalándole las ventanas del frente—. ¿Joshua te está esperando, o solo está mirando cómo pasan los carros?

—Está esperándome.

—Es un joven agradable. Deja tu delantal en el mostrador. Mañana te entregaré uno limpio. —Clarice sonrió—. Que disfrutes tu noche.

Joshua se levantó cuando Ava salió. Ella miró al otro lado de la calle.

—Podemos sentarnos allá, en esa banca.

—¿Has visto las Rocas Vásquez?

—No, pero...

—Mi camioneta está en el motel. Todavía falta una hora para que sea de noche. Y tendremos luna llena.

—No tengo zapatos para escalar ni...

—No importa. Vamos.

Caminó junto a él sin hablar. Reconoció la camioneta, aunque tenía una capa nueva de pintura anaranjada brillante. Parecía recién lavada. Joshua le abrió la puerta. Lo observó mientras rodeaba la parte delantera del vehículo y se subía al asiento del conductor. Él puso en marcha el motor y le sonrió.

—Apuesto a que te sorprende ver esta vieja chatarra.

—Has pasado mucho tiempo arreglándola. —Ava pasó la mano por el cuero viejo, blando por el cuidado que Joshua le dispensaba.

Joshua dio marcha atrás y se dirigió al camino. Ella sonrió, recordando todos los paseos que había dado en este viejo pedazo de chatarra—. Ibas a enseñarme a conducir.

—¿Nunca aprendiste?

—Nunca me enseñaron.

Se estacionó al costado de la carretera y apagó el motor.

—No hay mejor momento que el presente.

—¿Qué? —Cuando Joshua salió, lo llamó—. ¿Estás bromeando?

Le abrió la puerta.

—No seas cobarde. —Tomó su lugar en el asiento del acompañante mientras ella daba la vuelta para sentarse en el asiento del conductor. Confundida, trató de concentrarse mientras él le daba las indicaciones paso a paso. Todo parecía fácil.

—Primera lección. —Dijo él, divertido—. Enciende el motor.

Ava obedeció sus pacientes instrucciones, castigando la caja de cambios mientras operaba el embrague. La camioneta se sacudió hacia adelante y murió.

Volvió a intentarlo con las palmas sudorosas y los dientes apretados, mientras trataba de recordar todo a la vez.

—Calma, Ava. Estás agarrando el volante como si estuvieras en el mar, aferrándote a un salvavidas.

—"Calma", dice —rezongó ella.

—Vas aprendiendo. —Apoyó el brazo en el respaldo del asiento.

—¡Estoy asesinando a tu camioneta!

—Revivirá. Ponla en marcha.

—Vamos a terminar en una zanja, Joshua.

—Intenta acelerar un poco más.

—¿Acelerar *más*?

—Bueno, si quieres llegar a las Rocas Vásquez antes de Navidad...

Ava se rio y apretó más el acelerador.

—Así está mejor, pero trata de mantenerte al lado *derecho* del camino.

—¡Voy por la derecha!

—Un poco más a la derecha. A la derecha de las rayas blancas.

—Ay, Dios, ayúdame —oró en voz alta—. ¡Ahí viene un carro!

—Lo estás haciendo bien. ¿Escuchas la gravilla? Eso significa que tienes que estar un poco más a la izquierda.

¿Por qué tenía que sonar tan tranquilo?

Con el brazo todavía apoyado sobre el respaldo, Joshua estiró el otro y señaló:

—La curva que conduce al parque está un poco más adelante. ¿La ves?

—¡Sí! —Aceleró y dobló a la izquierda. La gravilla golpeó debajo de la camioneta. Rebotaron violentamente sobre el camino de tierra. Pisó firmemente los frenos y las ruedas derraparon un metro o más. Joshua se agarró del tablero con una mano antes de que la camioneta frenara por completo. Ava resopló aliviada.

Joshua le palmeó el hombro.

—Bien hecho. —Empujó la puerta para abrirla y salió. Levantó las manos en el aire y gritó—: *¡Estoy vivo! ¡Gracias, Jesús!*

Ella se rio otra vez.

—¡Ay, cállate! ¿Qué esperabas? ¡Fue mi primera lección!

¿Cuánto hacía que no se reía, reírse de verdad, y no solo fingir reír? El alivio que sintió la hizo romper en llanto. Agachó la cabeza para que él no la viera, se limpió rápidamente las mejillas y salió de la camioneta. Mientras se acercaba a él, escuchó un sonido extraño.

—¡Cuidado! —Joshua pisó la cabeza de la serpiente con su bota antes de que ella se diera cuenta de lo que estaba pasando. La serpiente se revolcó y se enroscó en su tobillo. Joshua torció el talón y la serpiente se aflojó—. No suelen salir a plena vista.

Ava se puso pálida y se estremeció.

—¿Está muerta?

—Ajá. —Joshua usó la punta de su bota para lanzarla a un

arbusto cercano—. Una pena que no se haya quedado en su lugar. —Empezó a caminar hacia las formaciones rocosas.

Ava lo siguió sin entusiasmo, mirando a todos lados.

—Tal vez deberíamos volver al pueblo. Podría haber más serpientes.

La miró por encima del hombro.

—Siempre hay serpientes en este mundo, Ava. Tendremos los ojos bien abiertos. —Le ofreció la mano.

Su mano era cálida y fuerte. Siempre lo había sido. Cuando llegaron a un promontorio de rocas lisas, Joshua la levantó en brazos y la depositó sobre la roca. Él se sujetó con ambos brazos y subió mientras ella todavía trataba de recobrar el aliento. Volvió a tomarla de la mano mientras subían los estratos inclinados y apilados. Se pararon juntos, no tan cerca del borde como para arriesgarse, pero lo suficiente para que Ava se quedara sin aliento. En caso de que siguiera pensando en suicidarse, este sería un buen lugar para lograr su propósito.

—Qué vista, ¿verdad? —Joshua se sentó y apoyó los brazos sobre sus rodillas levantadas.

Ava se ciñó la falda del uniforme alrededor de sus piernas y se sentó con cuidado, suficientemente cerca de Joshua como para charlar, pero no tanto como para no poder ver su rostro. Estiró las piernas y se tapó las rodillas con la falda. La piedra se sentía caliente debajo de ella.

Una sonrisa nostálgica se dibujó en los labios de Joshua.

—¿Recuerdas cómo solíamos escalar las colinas al otro lado del puente para tener una vista panorámica de El Refugio?

—Sí. —Los recuerdos volvieron rápidamente. En esa época, ella podía hablar de todo con Joshua. ¿Podría hacerlo ahora?

Joshua no dijo más. Contemplaba el paisaje, pero ella sentía que no estaba tan relajado como parecía. Ava esperó, sin ganas de arruinar el momento, pero a cada instante su agitación interior era mayor. ¿Debía confesarle todo, o no? Su respiración salió temblorosa. Era todo o nada, y nada significaba que no podrían ser amigos como lo habían sido.

Bajó la cabeza.

—Tenías razón sobre Dylan. —Pudo sentir que la miraba y empezó lentamente, deteniéndose y volviendo a empezar cuando descubría que estaba poniendo una excusa. Le contó del encuentro con Dylan en el puente, el viaje a San Francisco, aquella noche en el hotel elegante, la noche siguiente en la discoteca.

Joshua desvió la mirada y ella vio que los músculos de su mandíbula estaban tensos. Titubeante, le habló de la fiesta en Santa Cruz, de Kent Fullerton, de haber seguido conduciendo por California, y de Dylan robando en las tiendas y bebiendo.

Le contó de Lilith Stark, del tiempo que vivió en la cabaña, de cuando asistía a las fiestas, de haberse sentido importante entre todas las estrellas de cine, de haber escuchado los chismes y presenciado la competitividad constante.

Franklin, su salvador. Franklin, el escultor. Pigmalión y Galatea. Ella lo había usado. Él la había usado a ella. Se había casado con ella, pero en realidad no lo había hecho, como descubrió. Su bebé se convirtió en el sacrificio del altar de la estrella ascendente de Lena Scott. Había odiado y culpado a Franklin por todo, antes de darse cuenta de que ella tenía la misma culpa que él. Lo había lastimado de mil maneras y, después, al final, robó lo que consideraba que le pertenecía y le dejó una nota que le puso un arma en la cabeza. Literalmente.

—Eso es todo. Mi vida en resumen.

Joshua miraba fijamente al desierto.

Las manos de Ava seguían plisando y arrugando el uniforme azul que le había dado Clarice.

—Sé que ahora debes despreciarme, Joshua. —No lo culpaba por hacerlo. Ella se odiaba a sí misma.

—No. —Joshua se dio vuelta y la miró—. No te desprecio.

Tenía miedo de esperar que eso fuera posible.

—¿Cómo puede ser que no?

—Siempre te he amado, Ava. Lo sabes. Lo que no entiendes es que mi amor nunca dependió de que fueras perfecta. —Se rio en voz baja, sin gracia—. Dios sabe que ambos somos seres humanos.

—¿Qué pudiste haber hecho en tu vida para necesitar pedir disculpas?

—Pensé en mil maneras de encontrar a Dylan y matarlo.

—No es lo mismo que matar a alguien. —Pensó en su bebé.

—Dios no ve las cosas como las vemos nosotros, Ava. El corazón humano es engañoso y está lleno de toda clase de maldad. Yo no soy la excepción.

Ava recordó lo que le dijo la noche después que fueron al cine. *«Guarda tu corazón. Eso afectará todo lo que hagas en esta vida».*

¿O había sido Mitzi? No podía recordarlo.

—No puedo pensar en una sola cosa buena que haya hecho por alguien. —Hasta ser una «niña buena» para Peter y Priscilla había estado contaminado por su egoísmo y por el orgullo.

—Todos somos un desastre, Ava. No eres la única.

Ella bajó la cabeza y no dijo nada.

—¿Estás lista para volver?

El sol se había puesto mientras hablaban y el cielo estaba perdiendo su luz. Sabía que él debía levantarse temprano.

—Creo que sí.

Joshua se incorporó y le ofreció la mano. Ella puso su mano en la de él y dejó que la levantara. Cuando tropezó, él la agarró de la cintura y la estabilizó.

—¿Te sientes mejor ahora que confesaste todo?

Ella sabía que lo había herido profundamente.

—He sido muy tonta, Joshua.

Él no lo negó.

—Nadie puede ver con los ojos medio cerrados, Ava. Ahora, tus ojos están abiertos.

Igual que su corazón. Lo miró y se dio cuenta de que nunca

antes lo había visto, no realmente, no como lo veía ahora. Algo destelló en los ojos de Joshua y luego desapareció. Mientras descendían de la inclinada formación rocosa, la llevó de la mano. La soltó y brincó al suelo, luego estiró los brazos hacia arriba. Ella se inclinó para que pudiera tomarla de la cintura. Apoyó las manos sobre sus hombros cuando la levantó. Su comportamiento hacia ella no había cambiado: su hermano de acogida, su compañero, su mejor amigo. Pero esta noche algo había cambiado dentro de ella, como si se hubieran movido las mismas rocas que estaban bajo sus pies.

Caminaron en silencio hasta la camioneta. Joshua tintineó las llaves, captando su atención.

—Tienes que practicar más. —Lanzó las llaves para que ella tuviera que reaccionar rápidamente. Luego, sonrió—. Buena atrapada.

Ella se quedó parada, indecisa.

—¿Estás seguro? Podría destruir tu camioneta.

—Lo dudo. —Fue hacia el asiento del acompañante y se subió.

Emocionada, Ava se acomodó en el asiento del conductor y giró la llave al punto de arranque. Miró hacia adelante por el parabrisas y frunció el ceño. La luna brillaba fuerte, pero todavía se sentía preocupada.

—Está oscuro, Joshua.

Él se inclinó y estiró el brazo para alcanzar algo debajo del volante, su hombro firme contra el de ella, casi rozando su rodilla. Jaló un botón. Cuando retrocedió, ella miró sus ojos castaños y sintió que su corazón daba un vuelco. Él sonrió.

—Siempre hay luz cuando la necesitas.

CAPÍTULO 17

Los ojos del SEÑOR recorren toda la tierra
para fortalecer a los que tienen el corazón
totalmente comprometido con él.

2 CRÓNICAS 16:9

JOSHUA NO PUDO DORMIR luego de que acompañó a Ava a su habitación. Esperó hasta que ella cerró la puerta antes de abrir la suya. Le dio tiempo de sobra para que ella se preparara para dormir antes de volver a salir. Caminó por la calle hacia la estación Chevron que estaba abierta toda la noche y se encerró en la cabina telefónica. Papá estaría acostado, pero Joshua pensó que no le molestaría si interrumpía su sueño.

—Ella está aquí, papá. En Agua Dulce.

La voz atontada despertó.

—¿Hablaste con ella?

—Le di una lección de manejo hasta las Rocas Vásquez. Hablamos. En realidad, ella habló. Yo escuché.

—¿Está lista para venir a casa?

—No lo sé. No creo. Todavía no, al menos. —Joshua se masajeó la nuca—. Ponte a orar, papá.

—Nunca he dejado de hacerlo. Llamaré a Peter y a Priscilla.

441

—Mejor espera.

—Hace mucho tiempo que están esperando recibir alguna noticia, Joshua.

—Está bien. Pero no les des demasiadas esperanzas.

———

Ava tiritó por el aire frío de la mañana hasta que Clarice abrió la puerta del restaurante y la dejó entrar.

—Bueno, esta mañana te ves mejor. —Le sonrió ampliamente—. Supongo que pasaste un buen rato con Joshua.

—Sí, así fue. —Ava bajó las sillas y colocó las servilletas y los cubiertos mientras Clarice sacaba el café Farmer Brothers y preparaba cuatro cafeteras. Rudy ya estaba cocinando el tocino y el aroma llegaba al comedor. Él y Clarice hablaron a través de la ventana abierta entre el mostrador y la cocina. El equipo de obreros empezaría a llegar pronto. Acababa de acomodar algunos cubiertos cuando sonó la campanilla de la puerta y Joshua entró. Ella le sonrió—. Buenos días.

—Buenos días para ti también. —Sonaba bien descansado, de buen humor.

—¡Vaya, que alegres están los dos! —Clarice dejó escapar una risita mirando del uno al otro—. Entonces ¿adónde la llevaste, Joshua? Por acá no hay cines.

—Fuimos a las Rocas Vásquez. En casa solíamos ir a escalar juntos.

Clarice abrió muy grandes los ojos.

—¡Se conocían!

Ava fue detrás del mostrador.

—Crecimos juntos.

—Perdimos contacto. —Joshua se sentó en un taburete.

Ava puso una taza frente a él y la llenó con café recién hecho. Ahora sentía una timidez extraña con él.

—Gracias por enseñarme a conducir ayer. Y por escucharme.

—¿Te gustaría otra lección de manejo esta tarde? —Levantó la taza y la miró por encima del borde—. Necesitas practicar más el uso del embrague.

—Y el acelerador, los frenos y la dirección. —Mantuvo un tono trivial, tratando de ignorar la agitación que sentía en el estómago. Volvió a apoyar la cafetera en la hornilla.

—Te falta aprender muchas cosas. Y todavía tenemos mucho de qué hablar.

Ava pensó en El Refugio y en toda la gente que conocía allí. Algunos habían significado más para ella que otros. Uno, en particular, pero no se atrevió a mencionar al pastor Ezekiel.

—¿Cómo están Peter y Priscilla?

—Llámalos y pregúntales. —Él bajó su taza.

Ava hizo un gesto de dolor.

—Dudo que quieran saber de mí.

—Te equivocas. Peter fue a buscarte. Priscilla ha estado yendo y viniendo a la oficina de papá desde que te fuiste. Ellos te aman.

La culpa volvió como una aplanadora. Tuvo que reprimir sus lágrimas.

—Sé la dirección. Les escribiré.

—Ya les escribiste una vez antes —dijo él, entrecerrando los ojos—. Dejaste notas para todos. ¿Lo recuerdas? Excepto para mí. ¿Por qué?

Por un momento, no pudo hablar.

—¿Qué te gustaría ordenar para el desayuno?

—No estoy atacándote. —Joshua dejó la taza en el mostrador y la sujetó con las dos manos.

¿No fue así? Parecía que sí.

—Cuando vuelvas a El Refugio, diles a todos que me viste. Diles todo lo que te conté. Eso debería dejarlos contentos de no volver a verme nunca más. —Desde el instante que la primera palabra ofensiva salió de su boca, supo que se arrepentiría de cada una de las que siguieron. Tomó aire, temblando, esperando que él contraatacara.

Joshua se apartó un poco del mostrador y la miró con ojos opacados por el enojo. No dijo nada.

Ella bajó la cabeza, avergonzada.

—¿Qué quieres desayunar?

—Sorpréndeme.

Ava se dio vuelta.

—Un momento —la llamó él—. No quiero avena. —Tomó un menú y le echó un vistazo rápido—. Un filete término medio, tres huevos, croquetas de papas, una tostada, jugo de naranja y más café.

Al menos no le había hecho perder el apetito.

Sonó la campanilla sobre la puerta, anunciando la llegada de otros clientes. Ava agradeció la distracción. Tomó los pedidos y llenó los vasos con agua y las tazas con café. Cuando Rudy tocó la campanilla, recogió y le entregó el desayuno a Joshua y llenó con café su taza, luego volvió a trabajar.

Joshua comió, pagó su cuenta y salió sin mirarla. Trató de no sentirse abandonada. Ella había querido que se fuera, ¿verdad?

Cuando terminó su turno, volvió al hotel y cargó el carrito con sábanas limpias, toallas, cajas de pañuelos y botellitas de champú. Trabajó rápido y eficientemente, hasta que llegó a la habitación 12.

Excepto por la Biblia y por el cuaderno que había en la mesa de centro, el cuarto de Joshua era igual que todos los demás. Tenía una cama doble con un cubrecama acolchado estampado con bumeranes, dos mesas de luz de abedul con lámparas de la era espacial, una silla de madera tapizada con tela escandinava en el rincón, donde había una lámpara colgante para leer. El estuche con los artículos de tocador estaba abierto: una espuma de afeitar Barbasol y una rasuradora, un cepillo con mango de madera y desodorante Old Spice. El cepillo de dientes y el dentífrico Colgate estaban en un vaso.

Ava quitó la ropa de cama y recogió las toallas usadas y las metió en el cesto de la lavandería. Abrió las sábanas limpias y las tendió, metiendo las esquinas debajo del colchón. Esponjó las almohadas con las fundas limpias, y alisó y enderezó el cubrecama. Fregó el piso de linóleo azul del baño, el inodoro y la ducha, limpió el espejo y la grifería, antes de lustrar los muebles y las lámparas y aspirar la alfombra beige. Antes de cerrar la puerta, revisó el lugar para asegurarse de que todo estuviera bien.

Ya había tendido su propia cama, pero cambió la toalla húmeda por una limpia y continuó con la limpieza de las otras siete habitaciones. Luego de guardar el carrito de trabajo, volvió a descansar hasta el turno vespertino del restaurante. Durmió una hora y despertó sintiéndose acalorada y pegajosa. Había soñado con Penny. Entró a la ducha y dejó que el agua tibia le refrescara la piel acalorada. Seguía pensando en Priscilla, en Peter, en Mitzi y en todas las otras personas que habían sido buenas con ella.

Y en el pastor Ezekiel.

Durante mucho tiempo, no se había permitido pensar en él, y ahora sentía un anhelo muy intenso de hablarle. De todas las personas que había conocido en su vida, él había sido a quien más había lastimado. Mamá Marianne le había contado cómo él le había salvado la vida. *«Te encontró y te metió debajo de su camisa para mantenerte calientita...».* Tenía un vago recuerdo de él cantándole y cargándola en la noche. Siempre se había sentido abrigada y protegida con él. Se había sentido amada. Hasta que la entregó.

Su mundo se vino abajo cuando Marianne murió y el pastor Ezekiel la abandonó. *«Necesitas una familia, Ava. Tendrás una mamá, un papá y una hermana».* Todo cambió ese último día cuando él salió por la puerta. A partir de ese momento, Ava nunca volvió a sentirse parte de ninguna familia.

Ava se cubrió el rostro, dejando que el agua la tranquilizara. ¿Se había contaminado todo por el dolor y por la cólera? Durante las semanas posteriores, cuando el pastor Ezekiel había regresado para visitarla, Ava había guardado esperanzas de que la llevara de nuevo a casa. Luego, dejó de ir. Después de eso, Peter llevó a la familia a otra iglesia. Ella nunca entendió el porqué; solo sabía que de alguna manera era por su culpa.

Después de eso, el pastor Ezekiel no volvió a visitarla, pero a veces ella se despertaba y se sentaba en la ventana a esperarlo. Lo veía doblar la esquina durante las altas horas de la madrugada. Se paraba frente a la reja y bajaba la cabeza.

«Nosotros te amamos, Ava». ¿Cuántas veces le había dicho Priscilla esas palabras? *«Queremos que tú también seas nuestra hija»*.

Pero Penny también había dicho cosas, el tipo de cosas que podían ser más cercanas a la verdad. *«Ellos solo te adoptaron porque yo dije que quería tener una hermana. En el momento que lo desee, puedo decirles que he cambiado de idea»*.

Ava había esperado que llegara ese día. Nunca había dejado que se acercaran demasiado. Tenía miedo de que, si lo hacía, ellos también la entregarían. Creía que solo decían cosas amables, pero que en el fondo, no las decían de verdad. Veía cuánto amaban a Penny. Sabía cuál era la diferencia.

Ahora se preguntaba: ¿había sido culpa de ellos o de ella?

No había dejado que nadie se le acercara hasta que llegó Dylan, y qué desastroso había resultado eso. Pensó en el pobre Franklin y apoyó la cabeza contra los azulejos. Quizás si hubiera sido sincera. Quizás si hubiera seguido siendo Ava, en lugar de haber estado tan dispuesta a convertirse en otra persona.

Cerró el grifo y se quedó parada, temblando. *Dios, no sé qué hacer ni adónde ir. ¿Cómo seguiré adelante con mi vida, si lo único que puedo hacer es mirar atrás?*

———

Cada vez que Joshua estaba con Ava, sentía la lucha que había dentro de ella. Salían cada día después que ella terminaba su horario de trabajo. Debía tener cien preguntas para hacer sobre las personas del pueblo, pero no hizo una sola. Cada día hablaba menos. Habían pasado ya diez días, y el trabajo iba más rápido de lo que todos esperaban. El pueblo de la película quedaría terminado pronto, y él se quedaría sin trabajo. Igual que Ava. ¿Y luego qué? ¿Se subiría ella a un autobús y volvería a desaparecer en medio de la noche? Tenía que recordarse a sí mismo que ella no era suya. No era asunto suyo lo que ella decidiera hacer con su vida.

Dios, ella está en Tus manos. Siempre ha estado en Tus manos.

Exploraron las Rocas Vásquez. Ahora ella tenía zapatillas, jeans y camiseta de manga corta.

—Gracias por enseñarme a manejar. —Ava se abrazó las rodillas con los brazos y se quedó contemplando el horizonte azul pálido teñido de dorado.

¿Era ese comentario el preludio de una despedida?

Ella seguía con la mirada fija en el horizonte.

—¿Cuánto falta para que termines tu trabajo aquí?

Entonces, ella también estaba pensando en eso.

—Tres semanas, quizás menos.

—¿Y luego?

—Me iré a casa.

—Pensé que lo harías.

Él vio el brillo de sus lágrimas, aunque Ava abrió muy grandes los ojos antes de sonreír nostálgicamente. Ella nada dijo por un momento.

—Clarice ya me ha dado una advertencia realista. Bea también. El trabajo volverá a la normalidad, por lo que no necesitarán ayuda extra.

No habían hablado del futuro. No la había presionado en ningún momento acerca de ir a casa, pero sintió que era el momento indicado.

—¿Qué quieres hacer, Ava?

—He ahorrado algo de dinero. —Su boca esbozó una sonrisa

forzada—. Los hombres han tenido la bondad de dejarme buenas propinas. Me alcanza para comprar un pasaje a Las Vegas y pagar un par de noches en un motel. Allí podré encontrar un trabajo fijo.

—¿Qué clase de trabajo? —Quiso morderse la lengua. La pregunta había salido totalmente mal.

—No te preocupes. No será esa clase de trabajo. Ya me he prostituido. No volveré a hacerlo.

Las personas lastimadas prometen muchas cosas que no pueden cumplir. Joshua decidió no dejar el tema.

—¿Qué deseas hacer, Ava? —Lo dijo despacio, deliberadamente, mirándola directo a los ojos.

Ella apoyó el mentón sobre sus rodillas y cerró los ojos antes de hablar.

—Sé lo que debería hacer, Joshua. Pero no sé si tengo el valor necesario.

—Podría requerir menos de lo que piensas.

—Y doler más de lo que puedo soportar.

—Yo estaría a tu lado.

Sus labios temblaron y los apretó firmemente. Negó con la cabeza. Joshua sabía que ella quería que se olvidara del tema, pero no podía.

—¿Por qué, Ava? ¿Es por miedo o por orgullo?

—Supongo que por ambos. —Lo miró de frente con los ojos brillantes por las lágrimas—. ¿Sabes a quién temo ver más que a nadie? A tu padre.

—¿Por qué?

—Para él las cosas son blanco o negro.

Sabía de lo que estaba hablando. Para papá, la vida no tenía cosas indefinidas. Eran correctas o equivocadas. Buenas o malas. Vida o muerte. Servías a Dios o servías a otra cosa. Pero Ava no había visto lo más importante en él.

—Él mira a través de los ojos de la gracia, Ava. —No había

hablado con papá desde que le avisó que Ava estaba aquí en Agua Dulce, pero sabía que estaba orando. Imaginaba que Peter y Priscilla también estaban haciéndolo, así como Mitzi y muchos otros que esperaban un punto final para su angustia—. Nunca tendrás paz a menos que los enfrentes.

—Cuando dices *enfrentarlos*, te refieres a todos: Peter y Priscilla, Penny y Mitzi. —Ella desvió la mirada y él vio que le costaba tragar, antes de decir con voz ronca—: El pastor Ezekiel.

—Ven a casa conmigo —dijo, dándose vuelta hacia ella.

—No puedo. —Se puso de pie con una expresión herida que lo atravesó. Dio un paso atrás y se abrazó a sí misma—. Volvamos. Está poniéndose fresco.

Joshua la dejó conducir de vuelta al motel. Ava sacó la llave del encendido y la puso en su mano. El mínimo roce de sus dedos agitaba sus sentidos. Ella lo miró, y su expresión era una mezcla de tristeza y anhelo.

—Te amo, Joshua.

Él acarició la mejilla de Ava con sus nudillos.

—Sé que me amas. —Pero no como él deseaba—. Yo también te amo. —Más que nunca. Su piel se sentía tibia y suave como terciopelo. Al sentir su roce, ella se movió como un gatito que deseaba ser acariciado, y el corazón de Joshua se aceleró. El calor se extendió y se hundió. Retiró su mano. Abrió la puerta de la camioneta y salió, tomando una bocanada profunda del frío aire nocturno.

Ava salió y cerró con cuidado la puerta del lado del conductor. Él le dio alcance en el sendero que había entre las habitaciones. Ella se quedó callada y levantó la vista hacia él, indagando, pensativa.

—Ava. —La rodeó con sus brazos, casi esperando que lo alejara. En cambio, ella hundió su rostro en su hombro. Su pulso se aceleró cuando ella se acercó más y apretó todo su cuerpo contra el de él. Dudaba que supiera lo que sentía por ella, las sensaciones que había despertado en él cuando regresó de Corea y la vio parada en el porche delantero. Cuando ella se abrazó a su cintura, él se encendió. Quería levantarle la cabeza y besarla. Quería perderse en ella. Qué fácil sería. *Ay, Señor, ayúdame.*

Joshua apoyó las manos sobre sus hombros y la separó unos centímetros de él, esperando que ella no se diera cuenta de su intensa respiración. Él tomó la llave de su habitación de su mano, abrió la cerradura y empujó la puerta. Retrocedió un paso y se obligó a sonreír de manera relajada.

—Te veo mañana temprano en el restaurante. —Se preguntó lo que significaba su expresión derrotada antes de que se apartara de él y entrara a la habitación.

Joshua entró en su habitación y lanzó las llaves de la camioneta sobre la mesa de centro. Sacó su billetera, la dejó en la mesa de luz y se estiró sobre la cama. ¡Las Vegas! Todavía le costaba respirar y su corazón no había dejado de golpear con fuerza. Si tan solo el motel tuviera una piscina, se lanzaría a refrescarse y nadar varias vueltas en ella. Salir a correr lo ayudaría, pero estaba oscuro.

Unas voces masculinas llegaron desde afuera. Escuchó a McGillicuddy, a Chet y a Javier. Debían haber ido al bar, porque no sonaban como que estuvieran adoloridos. Las puertas se abrieron y se cerraron. Silencio. Los minutos pasaron. Su corazón seguía acelerado. Oyó pasar una camioneta que se dirigía hacia Mojave, una vuelta nocturna.

Tenía que levantarse temprano al día siguiente. Necesitaba dormir un poco. Se desató las botas de trabajo y se las quitó, y luego se sacó las medias. Se desabotonó la camisa y se la sacó, lanzándola a la silla con una violencia innecesaria.

Inquieto, fue al baño y se lavó la cara con agua fría. Se cepilló los dientes. Caminó de un lado a otro de la habitación y se desabrochó el cinturón. El cuero siseó al rozar contra la tela cuando lo soltó de las presillas y lo arrojó sobre la cama.

No sabía qué estaba esperando, hasta que escuchó los golpecitos en la puerta. Se le disparó el pulso. Sabía quién estaba ahí y qué podía suceder. Abrió la puerta unos centímetros. Ava estaba parada bajo la luz tenue, con aspecto frágil y vulnerable.

—No deberías estar aquí, Ava. Las personas podrían verte y hacerse una idea errónea sobre nosotros.

Ella le echó un vistazo a sus torso desnudo y a sus pies descalzos y desvió la vista, avergonzada. Sin embargo, esa mirada breve tuvo su impacto.

—No me importa, Joshua.

—A mí sí. —Ella lo había visto sin camisa antes, pero él sintió una nueva consciencia entre ellos. Lo hizo temblar. Su mano apretó la puerta.

—¿Puedo entrar? ¿Solo unos minutos?

La tentación lo rodeó con sus brazos y le susurró al oído. Luchó contra ella

—Podemos hablar mañana.

—No quiero hablar, Joshua. —Lo miró con ojos suplicantes—. Quiero que me abraces.

Él soltó la respiración bruscamente y sintió que el calor se desbordaba por todo su cuerpo. Ella abrió grandes los ojos.

—No hablaba de *eso*. —Se mordió el labio—. Me refería a la manera en que solías abrazarme. Cuando yo era pequeña y...

Él vio el brillo de las lágrimas en sus ojos y contuvo el instinto de arrastrarla hacia adentro y rodearla con sus brazos.

—Ya no somos niños, Ava.

—A nadie le importa lo que hagamos.

—A Dios le importa. A *mí* me importa.

—Has sido como un hermano para mí —suspiró ella tiernamente.

Estaba mintiéndose a sí misma, tanto como a él.

—Pero no soy tu hermano, ¿verdad?

Él vio el parpadeo de sus ojos llenos de remordimientos, que luego se despejaron. Su rostro se ablandó.

—¿No sería lindo si pudiéramos volver a como fueron las cosas?

—En algunos sentidos. —Él quería seguir avanzando. Por lo menos había disminuido la tensión entre ellos. Podía respirar un poco más fácil—. Trata de dormir un poco.

Ella retrocedió, sonriente, más relajada ahora.

—Es bueno saber que estás al otro lado de la pared.

Joshua no cerró la puerta hasta que ella volvió a su habitación. Estirándose de nuevo en la cama, puso las manos detrás de su cabeza y escuchó el suave rechinar de la cama de ella.

Algún día, si Dios quería, no habría paredes entre ellos.

Los edificios que flanqueaban la calle principal del pueblo de la película parecían erosionados por la intemperie; la calle, polvorienta y sin pavimentar. La cuadrilla se había marchado a ganarse el dinero en alguna otra parte y dejado un pueblo fantasma en el umbral del redescubrimiento. Ava caminó delante de Joshua. Subió al entablado y entró a la taberna por las puertas vaivén.

La barra tenía un pasamanos de latón y un espejo adornado montado en la pared. Empezó a subir las escaleras. Joshua entró por la puerta.

—Cuidado. El barandal de arriba está hecho para facilitar una caída.

Ava echó un vistazo y lanzó una risa sin ganas.

—No será una estrella quien haga la caída. Será su doble. —Probó una puerta. No abrió.

—Es pura fachada. No hay más que aire del otro lado.

—Es un trabajo impresionante. Un pueblo fantasma completamente nuevo. —Bajó las escaleras. Miró alrededor. Lo único que faltaba eran los actores y la utilería para que pareciera real—. Franklin quería que hiciera una audición para esta película. Habría interpretado el personaje de una bailarina del salón con corazón de oro. Decía que sería el próximo paso para convertirme en una estrella. —Ava pasó las manos por la barra y las retiró llenas de polvo—. Él tenía grandes sueños para Lena.

—Supongo que podrías volver a Hollywood.

—¿Por qué?

—Hablas como si lo extrañaras.

¿Lo extrañaba? Le había gustado usar vestidos hermosos, que la gente se diera vuelta a mirarla cuando entraba en un restaurante o una fiesta, pero el precio había sido demasiado alto. Tuvo que olvidarse de sí misma. Siempre lo sintió como un ambiente extraño, ajeno a ella, en el que nunca podría sentirse cómoda. Cada vez que las cámaras rodaban, se sentía como una impostora a la espera de que un director le preguntara qué creía que estaba haciendo en el plató. Había observado el trabajo de otras actrices, admirando su desempeño y el amor que sentían por lo que hacían. Ella había tratado de encajar, pero odiaba pararse delante de las cámaras con esas lentes como ojos que podían ver dentro de su propia alma.

—Traté de ser Lena Scott, pero Ava Matthews seguía luchando por salir.

—¿Hiciste amigos?

—Hay dos personas que podrían haber sido mis amigos, pero no les permití acercarse lo suficiente. —Parecía ser un patrón en su vida. Joshua no la presionó. Volvieron afuera y caminaron por el entablado.

Ella sentía que la tensión crecía entre ellos.

—Ahora que el pueblo está terminado, te irás pronto.

—Ya pagué la cuenta del motel. Me iré mañana temprano.

La noticia la dejó sin aliento.

—¿Tan pronto?

Él la miró irónicamente.

—No es tan pronto, Ava.

—No. Supongo que no. —Le había avisado durante días que el trabajo estaba por terminar y, por lo mismo, su tiempo con ella en Agua Dulce.

—¿Has decidido qué vas a hacer? —Ahora su tono era amable, interesado pero sin presionarla. Él también era un buen actor.

Esa mañana, dos camionetas con remolques habían pasado frente al restaurante. La productora cinematográfica llegaría pronto, trayendo la utilería y el vestuario. El servicio de *catering* se encargaría de las comidas. El motel de Bea estaba bien para algunos carpinteros, pero habían hecho arreglos para alojar a los actores en lugares mejores. Bea le dijo a Ava que podía quedarse en la habitación hasta el final de la semana, y después tendría que empezar a pagar.

Si hubiera hecho lo que Franklin quería, Ava podría haber sido la protagonista de *La rosa del desierto*, viviendo en un remolque lujoso entre las tomas en esa cantina que Joshua había construido. En cambio, tenía tres vestidos sencillos y decentes, un par de sandalias, un par de zapatillas blancas y un bolso con cierre. Su último salario y las propinas del restaurante alcanzaban para un pasaje en autobús, algunas comidas y un par de días en un motel barato en Las Vegas.

—Me las arreglaré, Joshua. —Ella tocó su brazo. Le debía tanto—. No soy tu problema.

Se había escapado de su casa para encontrar su hogar. Había viajado con un diablo que la llevó a algunos pozos de agua secos y a terrenos desolados e infértiles, llenos de animales de rapiña del desierto. *Detente en el cruce y mira alrededor*, le dijo una voz suave. *Pregunta por el camino antiguo, el camino justo, y anda en él. Ve por esa senda, y encontrarás descanso para el alma.*

Había escuchado el mismo mensaje en El Refugio y había dicho: «No, ese no es el camino que yo quiero». Ahora sabía que el camino que pensaba que la llevaría a la libertad solo la había conducido a la desesperanza.

Su mente le decía que lo que había salido mal nunca podría ser corregido. Lo que se había perdido nunca podría ser recuperado. Pero su corazón tenía esperanzas.

Podía tener una buena vida por sus propios medios. Lo único

que tenía que hacer era resucitar a Lena Scott y encontrar al dueño de algún local de música dispuesto a contratarla para que tocara el piano en su bar. Lilith Stark le había enseñado que el escándalo podía ser útil para el negocio. Los reporteros de los periódicos acudirían en masa. Dylan vendría a golpear a su puerta.

¿Lena Scott o Ava Matthews? ¿Cuál quieres ser?

Vivir una mentira o vivir en la verdad. Todo se reducía a eso.

No podía seguir fingiendo que Dios no estaba interesado en ella. ¿Quién sino Dios podría haber puesto a Joshua en Agua Dulce y luego haberla llevado a él? *«Fui ciego mas hoy veo yo. Perdido y Él me halló...».* Los himnos seguían volviendo a su mente; los cuartetos cantaban dentro de su cabeza. ¿Qué oraciones había estado contestando Dios? ¿Las suyas o las de Joshua?

El pastor Ezekiel, Priscilla, Peter y Mitzi habían hablado de la misericordia de Dios. Ella realmente nunca les había hecho caso. Tal vez había llegado la hora de buscarlo. Deseaba salir de las sombras, pararse a la luz del día y dejar que Dios quemara todo lo malo que había en ella: el egoísmo, la vanidad, el orgullo. Pero era una perspectiva aterradora. Dios podía llegar a mandarla a otra parte, adonde ella no deseaba ir. *¿Y si Dios me manda a África?* No se dio cuenta de que había dicho las palabras en voz alta hasta que Joshua la miró.

—¿A África? ¿Por qué haría eso?

Encogió los hombros, avergonzada.

—¿No es ahí donde Dios envía a las personas que le entregan su vida?

Él se detuvo y sus ojos repentinamente se llenaron de brillo.

—¿Eso es lo que quieres? ¿Entregarle tu vida a Dios?

Ella no quiso darle falsas esperanzas.

—No lo sé, Joshua. —Siguió caminando—. Todavía tengo... —Trató de buscar la palabra adecuada— ...ciertas reservas.

—Hasta las personas con una fe sólida como una roca a veces tienen sus luchas, Ava.

—Tú no.

—¿Bromeas? —Se le escapó una risa breve—. He estado teniendo una batalla monumental con Él durante bastante tiempo.

—¿Tú?

—Sí. Yo. Me dejó salirme con la mía el tiempo suficiente para saber que las cosas no funcionarían así. Me agoté de probar a mi manera.

—¿Cuándo fue eso?

La miró de manera cómica.

—La primera vez que fui a buscarte. Y la segunda. —Levantó la cabeza, un músculo se tensó en su mandíbula—. Y ahora, que voy a dejarte atrás.

Otra vez, esa dura estocada al corazón. Ava enlazó su brazo en el de él y apoyó la cabeza sobre su hombro.

—Lo siento. He sido una prueba para ti. Algún día volveré a El Refugio. Es simplemente que no creo que esté lista en este momento. —Primero mandaría una carta, probaría las aguas y vería si Peter y Priscilla querían verla. Entonces, tal vez...

No te he dado un espíritu de temor y timidez.

Casi no recordaba un momento de su vida en el que no hubiera tenido miedo.

Joshua caminó más despacio.

—Nunca podrás hacer bien las cosas hasta que vuelvas a donde salieron mal.

Retiró su brazo del de él. Volver. Aceptar la culpa. Enfrentar la vergüenza. Tendría que ser Ava Matthews, con todos sus defectos y sus debilidades, con todos sus fracasos, con su historia al descubierto. Tendría que rendir cuentas por el sufrimiento que les había causado a los demás. Siempre se había sentido expuesta ante las cámaras. En El Refugio, no habría lugar donde esconderse. Todos conocían su historia: la bebé no deseada, abandonada bajo el puente, que pasó de una familia a otra.

Te entretejí en el vientre de tu madre. Tú eres mía.

Sintió una aceleración en su interior y la asustó. Sería más fácil y menos doloroso viajar a Las Vegas. Podría volver a ser Lena Scott, una muchacha a quien nadie conocía realmente, sobre todo el pobre Franklin. *Invéntate una vida nueva en el camino.* Un pensamiento tentador.

¿A qué costo, Ava?

Nunca antes había estimado el costo. Joshua decía que Dios tenía un plan para su vida. Quizás debería esperar eso, en lugar de hacer su propio camino. Todos los planes que había hecho hasta ahora la habían llevado a la desolación.

Las palabras daban vueltas en su mente, palabras que había escuchado u oído alguna vez y que había olvidado hacía mucho tiempo. «*¿Adónde me iré de tu espíritu? ¿Y adónde huiré de tu presencia?*». El autor no quería escapar. Deseaba acercarse. «*Como el ciervo brama por las corrientes de las aguas, así clama por ti, oh Dios, el alma mía*».

¿En qué lugar era más probable encontrarlo? En cualquier parte. En todas partes.

Recordó la melodía de otro himno, y la letra se filtró en sus pensamientos. «*Venid, desconsolados, dónde estáis los que languidecen, venid al trono de la gracia, arrodillaos con devoción. Traed aquí vuestros corazones heridos, aquí decid a vuestra angustia: no hay dolor en la tierra que el cielo no pueda curar*».

Ava cerró los ojos un instante y exhaló con calma. ¿Por qué todos esos himnos antiguos que Mitzi le había enseñado volvían ahora con tanta claridad? La atormentaban con promesas que le parecían imposibles de lograr, más allá del alcance de sus dedos .

—¿Estás lista para regresar?

Ava levantó la vista y vio ojeras bajo los ojos de Joshua. Él tampoco había dormido bien últimamente y necesitaría descansar bien una noche antes del largo viaje al norte para volver a El Refugio. No le preguntó si ella quería manejar. Si lo hubiera hecho, habría respondido que no.

El aire había enfriado, y la Estrella del Norte había aparecido en el cielo. Joshua no la tomó de la mano mientras caminaban hacia la camioneta. Ava deseó que hubiera sido un silencio más agradable.

—No me despediré, Joshua.

Cuando él no respondió nada, se preguntó si la había escuchado.

—Te escribiré. Lo prometo.

Él manejaba con la vista fija en el camino, sin hablar. No parecía enojado ni triste. Parecía resuelto.

En el restaurante, todavía había algunas luces encendidas. Clarice y Rudy estaban sentados a una mesa, conversando. Ava sabía que ellos también tenían que tomar una decisión. ¿Cerrarían el restaurante o tratarían de mantenerlo abierto un año más?

Joshua hizo un giro amplio y dirigió la camioneta al estacionamiento que había frente a su habitación. Puso el freno de mano, apagó el motor y sacó las llaves. No hizo ningún movimiento, y el silencio la oprimió.

Sentía la acumulación de lágrimas que ardían en sus ojos, pero las contuvo. ¿Intentaría Joshua volver a convencerla de que volviera a casa? ¿Pensaba que era una tonta? ¿Acaso no lo había sido siempre?

No se dio cuenta de que Joshua estaba conteniendo la respiración, hasta que lo escuchó exhalar abruptamente.

—Bueno, supongo que hasta aquí llegamos.

Eso sonó como un punto final.

—Supongo que sí.

Entonces giró hacia ella.

—Es tu vida, Ava. —Tomó su mano y la apretó contra su mejilla, antes de darle vuelta y besarla en la palma—. Te deseo solo lo mejor. —La soltó y abrió la puerta de la camioneta.

Conmocionada, Ava salió rápido. Se quedó parada con los brazos cruzados para protegerse del frío, mirándolo al otro lado del capó naranja, confundida por las sensaciones que le había provocado su beso. Él siguió caminando.

—¿Te veré en la mañana, antes de que te vayas? —Pisó el sendero peatonal. Las polillas revoloteaban alrededor de la luz.

Joshua destrabó la cerradura de su puerta y la abrió.

—Depende de a qué hora te levantes. —Entró sin mirar atrás. La puerta hizo un fuerte clic cuando la cerró detrás de él.

Ava se quedó parada un rato, mirando la puerta cerrada, haciéndose la idea de cómo sería la vida si no volvía a ver a Joshua.

Después de algunas horas de dar vueltas en la cama, Joshua renunció a tratar de dormir. Si esperaba hasta la mañana y veía otra vez a Ava, podía terminar llevándola a Las Vegas. ¿Y luego qué? ¿Se quedaría? ¿Seguiría pendiente de ella? ¿Solo para volverse loco? Era mejor emprender el largo regreso ahora, aunque todavía faltara una hora para el amanecer.

Había llenado el tanque y revisado el aceite antes de llevar a Ava a ver el pueblo de la película. Quiso que comprendiera que la obra estaba terminada y que él se iría. Había esperado, y orado, que ella cambiara de parecer y volviera a casa con él. Si lo hacía, él estaba listo. Bueno, no lo había hecho.

Déjala ir, Joshua. Ya lo había hecho antes. Lo haría otra vez, sin importar cuánto le doliera. Por todo el tiempo que fuera necesario.

Joshua se bañó, se vistió, guardó las últimas cosas en su bolso de lona y lo cerró. Metió la billetera en su bolsillo y agarró las llaves. Dejó su bolso en la parte de atrás de la camioneta y abrió de un tirón la puerta del conductor.

—¿Joshua? —Ava estaba en el sendero del motel, sosteniendo con ambas manos las tiras de su bolso—. ¿Puedo pedirte un aventón?

—Depende. ¿Adónde quieres ir?

—A casa.

CAPÍTULO 18

Entonces regresó a la casa de su padre,
y cuando todavía estaba lejos,
su padre lo vio llegar.

LA HISTORIA DEL HIJO PRÓDIGO

YA ERA AVANZADA LA NOCHE antes de que salieran de la carretera principal y tomaran los caminos rurales que recorrían las colinas ondulantes y los campos de los ranchos, pasando por ciénagas y remontando cerros altos, viñedos y manzanares. Ava cerró los ojos.

—Huele a casa. —A tierra fresca, cultivos, hierba y aire puro.

Habían viajado todo el día hasta entrada la noche, parando ocasionalmente para comer y tomar café. Cerca de la hora de la cena, un accidente los demoró. Joshua se sentía completamente agotado. De haber estado solo, habría detenido la camioneta al costado del camino para dormir un par de horas, pero con Ava al lado, siguió adelante. El temor de ella crecía con cada hora que pasaba. De nada servía decirle que no la llevaba al patíbulo.

Llegaron al desvío a El Refugio a altas horas de la madrugada. La luna llena se reflejaba en el río y la armadura del puente a El Refugio se elevaba por delante.

461

—Detente. —Ava dijo muy bajo y luego más alto, en un tono de pánico—: ¡Frena!

La adrenalina surgió a raudales por el cuerpo de Joshua, frenó súbitamente y derrapó.

—¿Qué pasa?

—Ahí está él.

Había un hombre parado junto al barandal, a la mitad del puente.

Joshua se relajó.

—Es mi papá. Debe estar haciendo su caminata matutina de oración. —Su padre salió de la vía peatonal del puente y se paró bajo el armazón de vigas. Miró directamente hacia ellos. Joshua levantó el pie del freno y la camioneta avanzó.

Ava tomó aire.

—Espera.

—Ya nos vio, Ava.

—Lo sé. —Abrió su puerta y lentamente bajó de la camioneta.

Joshua salió y rodeó la camioneta para tomarla de la mano.

—Todo va a estar bien. Confía en mí. —No habían caminado más que unos pasos sobre el puente cuando papá vino a su encuentro. Joshua la soltó.

—Ava. —Con ojos radiantes, papá tomó el rostro de Ava entre sus manos—. Estás en casa. —La besó en la frente y la rodeó con sus brazos. Joshua escuchó la voz ahogada de papá. Toda la tensión en Ava desapareció, y lloró.

Sabiendo que necesitarían tiempo a solas, Joshua volvió a la camioneta. Se acomodó en el asiento del conductor y apoyó los antebrazos sobre el volante, contemplando a las dos personas que más amaba en el mundo. Papá soltó a Ava y se quedaron parados cerca uno del otro. Ava habló rápido, mirándolo; luego, bajó la vista. Papá estaba inclinado hacia ella, de manera que su frente casi tocaba la de ella. Papá no intentó frenar el raudal de palabras que brotaban del orgullo quebrantado. Cuando ella paró de hablar, él le pasó una mano por su cabello y le dijo algo. Ava avanzó un paso y lo abrazó fuertemente.

Joshua puso en marcha la camioneta y se detuvo al lado de ellos.

—Ha sido una larga noche, papá.

Papá rodeó los hombros de Ava con un brazo y la mantuvo a su lado.

—Gracias por traerla a casa, hijo. —Parecía veinte años más joven.

El rostro de Ava estaba empapado por las lágrimas y el alivio cuando articuló silenciosamente: *Gracias*.

—¿Quieren que los lleve de vuelta a casa?

—Caminaremos un rato.

Joshua sabía adónde la llevaría papá y que no podía interferir.

—Entonces, los veré luego. —Cruzó el puente y miró por el espejo retrovisor antes de doblar a la derecha. Papá y Ava caminaban tomados de la mano.

———

Ava se sentía débil por el alivio mientras caminaba junto al pastor Ezekiel. Había confesado todo sin ver ninguna condenación en sus ojos. Cuando pasó la mano por su cabello, recordó que solía hacer lo mismo cuando ella era una niñita. Se sentía desbordada por las emociones, entre las cuales no era una cuestión menor: si la había amado tanto todo ese tiempo, ¿por qué no pudo encontrar la manera de quedarse con ella? Tenía miedo de hacer esa pregunta que la había atormentado desde el día que la dejó en manos de Peter y Priscilla.

Caminaron en un silencio agradable, con la mano de ella envuelta en la de él, hasta que se dio cuenta hacia dónde la llevaba. Hacia la avenida Maple. Se apartó y dejó de caminar.

—No querrán verme.

—Ah, claro que quieren verte.

—Es demasiado temprano. —Quería decir, demasiado pronto. Él estaba en la esquina y podía ver a lo largo de la cuadra.

—La luz de la cocina está encendida. —Le tendió la mano.

Ava se rindió. Su corazón latió fuertemente cuando llegaron a la reja blanca de madera. El pastor Ezekiel abrió la puertita y esperó a que entrara. Conteniendo las lágrimas de pánico, Ava respiró hondo y lo siguió. Él subió los escalones con ella, pero dejó que Ava tocara el timbre.

Priscilla, en bata y pantuflas, abrió la puerta. Miró al pastor Ezekiel y a ella.

—¿Ava? —susurró apenas, pasmada. Luego, su rostro se llenó de alivio—. ¡Ava! —Salió al porche de un solo paso, estirando la mano y después replegándose. Conmocionada, rompió en llanto y entró corriendo a la casa. Se paró al pie de las escaleras y gritó—: ¡Peter! ¡Ven rápido!

Ava escuchó el sonido de unos pasos rápidos en la planta alta y Peter bajó, vestido con un pijama y la bata que se había puesto con prisa. Parecía diez años más viejo. Las arrugas de las preocupaciones se suavizaron y masculló «Gracias a Dios» con una voz ahogada.

—Les pido perdón por las cosas que dije y por las que no dije. Yo...

Peter salió al frente y la abrazó tan fuerte que Ava apenas podía respirar, mucho menos, hablar. Apoyó su mentón sobre la cabeza de Ava y se retiró, pero no la soltó. La sostuvo firmemente de los brazos, con la cabeza inclinada, capturando la mirada de Ava con la suya.

—Ya era hora. —En sus ojos, Ava vio enojo y dolor, alivio y amor. La soltó y le tendió la mano al pastor Ezekiel—. Gracias por traerla a casa.

—No fui yo.

—Ven adentro. Podemos conversar todos en la sala.

—Mejor me voy a casa. —El pastor Ezekiel retrocedió y volvió a dejarla—. Hoy me espera un día atareado. —Levantó la mano, traspasó el umbral y cerró la puerta detrás de sí.

Priscilla se secó unas lágrimas de felicidad.

—Te ves cansada, Ava.

—Vinimos manejando sin parar.

Priscilla levantó la mano para acariciar la mejilla de Ava y enseguida la bajó. Ava recordó cuántas veces había rechazado el cariño de Priscilla y el dolor que había visto en sus ojos. Se acercó un paso, tomó la mano de Priscilla, la apoyó contra su mejilla y cerró los ojos.

Priscilla contuvo la respiración y abrazó a Ava.

—Estoy tan feliz de verte —dijo con voz ronca. Peter dijo algo y Priscilla lo interrumpió—. Luego, Peter. Necesita descansar.

La habitación de la planta alta estaba exactamente como la había dejado. Priscilla plegó el cobertor hacia atrás. Suspirando, Ava se acostó, ya semidormida mientras apoyaba su cabeza sobre la almohada. Priscilla la tapó.

—Hemos orado sin parar desde que el pastor Ezekiel nos contó que estabas en Agua Dulce con Joshua.

—¿En serio?

Priscilla alisó el cabello de Ava que caía sobre su frente.

—Hemos estado orando desde la noche que te fuiste. —Acomodó un mechón del cabello de Ava.

—Sé que tiene un aspecto terrible. Lo corté con una hoja de afeitar.

—¿Una hoja de afeitar?

—Lamento mucho todo lo que hice, Priscilla. Mamá. Yo...

Priscilla apoyó sus dedos trémulos sobre los labios de Ava.

—Te amamos, Ava. Duerme un poco. Hablaremos más tarde. —Priscilla se inclinó y la besó como siempre había besado a Penny—. Ya estás en casa. Estás a salvo.

Exhausta, Ava se relajó. Ni siquiera escuchó cuando Priscilla cerró la puerta al salir.

Los pájaros cantaban al otro lado de la ventana abierta. Con los ojos aún cerrados, Ava los escuchó. *«Fluye como un río el gozo desde que el Consolador llegó...».* Se estiró y se levantó, sintiéndose rígida y atontada. ¿Cuánto había dormido? El sol estaba muy alto. Caminó hasta la ventana y miró el jardín de atrás, con el césped impecable y recién cortado, rodeado por rosales, delfinios y dedaleras, que sobresalían de canteros de alisos de mar blancos y orejas de cordero.

Cuando se apartó de la ventana, Ava vio regalos apilados sobre su cómoda, algunos envueltos en papel de regalo navideño y otros en diferentes tonos pasteles, con todo tipo de moños. Sobre cada uno había un sobre con su nombre. Abrió una tarjeta de cumpleaños que tenía una poesía conmovedora sobre una hija y estaba firmada por *mamá y papá.* Ava tocó los paquetes y las lágrimas le nublaron la vista; había un obsequio por cada Navidad y por cada cumpleaños que había estado ausente.

Abrió un cajón de la cómoda y encontró algo de ropa interior. Las prendas que usaba en la preparatoria todavía estaban colgadas en el clóset. Solo se había llevado lo que había comprado con sus ahorros en la tienda de Dorothea Endicott.

La puerta del cuarto de Penny estaba abierta, y todavía estaban en su lugar la cama con dosel y los muebles estilo provenzal francés, pero las paredes ya no tenían afiches de estrellas de cine y habían sido pintadas en un tono verde claro, en lugar del rosado de antes. La habitación se veía pulcra y vacía. ¿Dónde estaba Penny ahora? ¿Casada? ¿Trabajando?

Ava entró al baño y encontró en el tocador un cepillo dental nuevo, un tubo de pasta Colgate y un peine. Se dio una ducha y se lavó el cabello. Después de secarlo con una toalla, lo peinó. Se miró en el espejo y vio a una chica de ojos verde claro y cabello negro parado y enmarañado, que dejaba ver sus raíces rojas. *Eres un desastre, Ava. Por dentro y por fuera.*

Mientras bajaba las escaleras, oyó voces en la sala de estar. Repentinamente sintió una punzada de preocupación cuando escuchó la de Penny. La sala se veía exactamente igual. Insegura, Ava se quedó parada en la puerta hasta que Peter la vio y se levantó de su sillón.

—Ava, pasa y siéntate. —Priscilla y Penny estaban sentadas en el sofá.

Penny levantó la vista y abrió muy grandes sus ojos azules, conmocionada.

—¡Te ves terrible!

Ava la miró fijamente, no menos conmocionada, mientras Penny intentaba ponerse de pie.

—Tú te ves... ¡embarazada!

Penny dejó escapar una risa.

—Vaya, qué eufemismo. —Apoyó una mano sobre su protuberante vientre—. Rob y yo esperamos a nuestro primer hijo para dentro de tres semanas.

—¿Rob?

—Robbie Austin. ¿Te acuerdas de él?

—¿Robbie Austin? —Ava no podía creerlo. Habían crecido con él. Robbie no era jugador de fútbol ni el chico más guapo de la escuela. Era bastante normal y a veces era un pesado. Ava tuvo que morderse la lengua para no decirlo—. ¿El que te hundía la cabeza cuando nadábamos en el río?

—Dice que trataba de captar mi atención.

—No lo soportabas.

Penny estaba rebosante de alegría.

—Maduró. —Se desplomó en el sofá y se recargó. Ava se sentó en la silla mecedora más cercana a ella. La sonrisa de Penny se desvaneció. Penny cambió de posición y trató de ponerse más cómoda—. No creí que volverías.

El rostro de Peter se tensó.

—Penny —dijo en tono de advertencia.

—Bueno, ¡es que pasaron cinco años, papá! ¡Ni siquiera una carta! —Le dirigió a Ava la antigua mirada altanera—. Eres actriz ahora, ¿verdad? De cine. —Su tono fue un poco burlón.

—Lena Scott lo era.

—Tú eres Lena Scott.

—Ya no.

—Leímos los periódicos. —Esta vez, Penny hizo caso a las suaves protestas de sus padres. Recorrió con la vista el cabello de Ava.

Ava dibujó una sonrisa en su rostro y simuló ahuecar su cabello negro húmedo y mal cortado.

—Es mi nuevo estilo.

Ahora frunciendo el ceño, Penny la miró directo a los ojos.

—¿Qué te pasó?

—Parece que nos están dejando afuera de la charla, Pris. —Peter se levantó e hizo un gesto hacia la cocina—. Dejemos que las chicas hablen a solas.

Ava no se sintió más relajada cuando salieron de la sala. Se preguntó si Penny seguía siendo la guardia de la familia, la elegida para hacer las preguntas difíciles. Penny mostró su enojo ni bien Peter y Priscilla desaparecieron de su vista.

—Es muy descarado de tu parte volver, ¿sabes? Mamá bajó diez kilos luego de que te fuiste con Dylan. ¡Papá apenas durmió durante semanas! Lo único que han hecho estos últimos cinco años ha sido preocuparse por ti. —Dejó de hablar lo suficiente para tomar aire—. Dime: ¿Fue Dylan el príncipe azul que esperabas que fuera?

Ava sentía que cada palabra era un golpe certero y bien merecido, pero el orgullo herido surgió de manera desagradable. Quería defenderse, pero luego se preguntó cómo podría hacerlo sin poner excusas para lo inexcusable, o echarles la culpa a otros, cuando ella había tomado sus propias decisiones. Si alguna vez ella y Penny volvieran a ser hermanas, o amigas siquiera, debía ser sincera y rogar que Penny la perdonara.

—Fui una tonta y Dylan resultó ser peor de lo que pudieras imaginar.

Penny abrió la boca, pero toda la intensidad se desvaneció de sus ojos.

—¿Adónde fueron esa noche?

—Me llevó a un hotel lujoso en San Francisco. Antes de que terminara la noche, supe que había cometido el error más grande de mi vida. Pero no me atreví a regresar a casa.

—¿Por qué no?

—Estaba demasiado avergonzada.

—Ay, Ava. —Penny parecía destrozada—. Mamá y papá habrían caminado sobre fuego para traerte de regreso.

—Yo no lo sabía. —Nunca había creído que la amaban. Creía que la habían adoptado por cumplir con su deber cristiano y porque Penny quería una hermana.

Los ojos de Penny se llenaron de lágrimas.

—En parte, es culpa mía. Debí haberte advertido sobre Dylan. Yo sabía que el tipo era un problema.

—No es cierto. Estabas tan encaprichada con él como yo.

—Al principio. Las primeras dos o tres veces que estuve con él. Todavía sigue siendo el hombre más hermoso que haya conocido. Pero la última vez que estuve con él... —Suspiró—. Probablemente no me creas, pero cuando Dylan me tocaba, me daba escalofríos. Pero no en el buen sentido. —Hablaba seriamente—. A veces, cuando me sonreía, tenía la sensación de que quería lastimarme, incluso que era posible que lo disfrutara.

—Tú lo viste más claramente que yo.

El mentón de Penny tembló y sus ojos se llenaron de lágrimas.

—Traté de decírtelo en el pasillo de la escuela una vez. Pensé que podría hablar contigo luego, en casa, pero después me olvidé completamente del asunto, hasta la noche en que mamá y papá me despertaron para decirme que te habías ido. Me preguntaron si yo sabía algo, y no sabía nada. —Secó las lágrimas que corrían por sus mejillas—. Mamá estaba frenética. Ella también tenía un presentimiento sobre él. Tenía miedo de que te encontraran en una zanja, y yo sabía que sería mi culpa si llegaba a suceder eso.

—Nada de eso fue por tu culpa, Penny.

—Sé que a veces fui terrible contigo, Ava. Yo siempre supe que me amaban. Sin importar lo que hiciera, seguiría siendo su hija. Y tú también lo eres. Solo que nunca te comportabas como tal. Ni siquiera los llamabas mamá y papá. Y creo que era por las cosas que yo te decía. Recuerdo haberte dicho que el único motivo por el que mamá y papá te dejaban vivir aquí era porque yo quería tener una hermana. No era cierto, Ava, pero me ponía muy celosa cuando mamá pasaba tiempo contigo. —Sacudió la cabeza—. Y tú siempre hacías lo correcto. Hacías la tarea. Hacías tus quehaceres y los míos. Tocabas el piano tan bien como Mitzi. Creo que me volví un poco loca cuando Kent te prefirió a ti.

—Terminó siendo tu novio.

—Vaya novio. —Hizo una mueca—. De lo único que hablaba era de ti. Se me pasó el enamoramiento en menos de un mes. ¿Sabes qué era lo que más me molestaba de ti? ¡Que tú te veías mejor en un traje de baño que yo! Yo tenía el cabello rubio, pero tú tenías las curvas femeninas. —Penny se sentó más derecha, con los hombros hacia atrás—. Desde luego, creo que ya no tengo ese problema.

Ava sonrió irónicamente.

—Pero no te pongas un bikini.

A Penny se le escapó una carcajada.

—¡Vaya! ¡Qué ocurrencia!

Ava sintió que algo se suavizaba dentro de ella. Quizás podrían ser hermanas después de todo.

—Siempre fuiste la más bonita, Penny. Los chicos siempre prefieren a las rubias de ojos azules.

—Ah, yo también lo creía, hasta que Rob me dijo que era una porrista presumida con cabeza hueca. —Se rio de sí misma y luego se quedó mirando a Ava con aire de conjetura—. ¿Sabes? Kent y

Rob son buenos amigos. Kent es un tipo realmente agradable y sigue siendo guapo, a pesar de que Dylan le rompió la nariz.

Avergonzada, Ava apretó las manos sobre su regazo.

—Te enteraste de lo que pasó.

—Todos se enteraron cuando él volvió a casa esa Navidad. Tuvieron que quebrarle de nuevo la nariz para enderezarla. Todavía está un poquito chueca. Él dice que le da personalidad a su rostro. ¿Te gustaría verlo?

—Solo para pedirle disculpas.

—¿Por qué? Tú no le rompiste la nariz. Y él obviamente no te echó la culpa a ti. —Penny se puso seria—. Todos han estado orando por ti: mamá y papá, el pastor Ezekiel, Mitzi, Ian Brubaker, Susan Wells, Rob y yo, y probablemente una docena más. A pesar de tener a toda esa banda tratando de llamar la atención de Dios, no creí que algún día volverías a El Refugio. Siempre pareciste ser muy infeliz aquí.

No habría vuelto por sí misma.

—Joshua me trajo.

—Ah. —Esa sola palabra salió llena de significado, aunque Ava no supiera exactamente cuál era. Penny sonrió apenas—. Por supuesto que fue él. Es el único que podía alcanzarte.

—No siempre. Él me advirtió acerca de Dylan. —Ava negó con la cabeza—. Le dije cosas terribles.

—Y a pesar de todo fue a buscarte. —Penny se estiró y tomó la mano de Ava con firmeza—. Me alegra que hayas vuelto. ¿Te quedarás? ¡Tenemos tanto de que hablar! ¡Quiero saber cómo fue vivir en Hollywood! ¡Vi una foto tuya con Elvis Presley! —Podía estar casada y a punto de ser madre, pero Penny seguía siendo una niña en cierto sentido.

Se quedó todo el día y Ava solo contó la verdad. Fue difícil por momentos, y estropeó algunas de las ilusiones que tenía Penny sobre la vida entre las celebridades en Hollywood. Rob llegó después del trabajo y saludó a Ava con un beso casto en la mejilla.

Priscilla había estado entrando y saliendo de la cocina toda la tarde. Cuando dijo que la cena estaba lista, todos se sentaron a la mesa y Peter les dio la mano a Ava y a Penny. Priscilla tomó la otra mano de Ava. Con ojos húmedos, Peter miró a Priscilla y dijo con una voz ahogada: «Es la primera vez que nuestra familia se reúne en cinco años. Alabado sea Dios». Ava bajó la cabeza mientras él oraba dando las gracias.

El temor que aún afloraba a la superficie se aquietó un poco. Todos la habían recibido bien. Era una hija, una hermana y una amiga. Pero, por más cariñosos que fueran todos, todavía no sentía que este lugar fuera su casa.

Ava y Penny lavaron los platos y siguieron hablando en voz baja. Sonó el timbre de la puerta, pero no le prestaron atención hasta que Priscilla llamó a Ava.

Joshua estaba parado en el recibidor.

—Solo pasé a traerte tu bolso. —Se lo entregó.

Lo tomó y lo sostuvo a un costado.

—¿No quieres entrar?

—Necesitas pasar tiempo a solas con tu familia. —Salió al porche delantero.

Ava dejó el bolso y lo siguió.

—A ellos no les molestaría.

—En otro momento.

Ava bajó los escalones con él.

—Gracias por traerme a casa.

—Fue un placer. —Joshua pasó al otro lado de la reja. Ella lo habría seguido, pero él se detuvo, cerró la puerta y se inclinó para cerrar el pestillo. Ava sintió un fuerte tirón de anhelo. La intensidad que vio en los ojos de Joshua despertó un cosquilleo raro que atravesó su cuerpo. Él parecía estar estudiando cada milímetro de su rostro—. Te llamo en un par de días.

Ava se quedó junto a la reja hasta que Joshua entró en su camioneta y se alejó calle abajo.

Joshua quería darle a Ava el tiempo suficiente para ser hija y hermana, antes de empezar a tocar su puerta. Fue a ver a Jack Wooding, quien volvió a contratarlo como encargado de la nueva urbanización Quail Run. A fines de la semana siguiente, Joshua eligió un lote al final de una calle sin salida y unos planos para una casa estilo rancho de tres habitaciones y dos baños, en la primera fase de edificación. Habló con el gerente de ventas y fue al banco. Con el anticipo del veinte por ciento, un trabajo de jornada completa y una lista de referencias, le aseguraron que no tendría problemas para calificar para un préstamo para veteranos. En algunas semanas, cuando la construcción comenzara, planeaba ir con frecuencia a controlar la calidad de la obra e intervenir en algunas mejoras que pudiera realizar en su tiempo libre. El fin de la obra estaba proyectado para dentro de seis meses.

Jack lo llamó.

—Me enteré de que compraste el lote más grande en la primera fase.

—Así es.

—Es una buena inversión.

—Ajá. —Joshua sonrió.

La boca de Jack esbozó una sonrisa de complicidad.

—¿Estás pensando en echar raíces, Joshua?

—Lo más profundas que se pueda, Jack.

—Has estado loco por esa chica desde que tengo memoria.

—El momento justo es lo más importante.

—En mi opinión, has esperado lo suficiente.

Le habían advertido a Ava que Mitzi no se encontraba bien, pero no estaba preparada para encontrarse con una enfermera que le abrió la puerta y una Mitzi frágil y marchita, acostada en una cama de hospital en la sala. Sin embargo, los ojos de Mitzi seguían teniendo su chispa.

—Ah, pero miren a quién tenemos aquí. Nuestra bella trotamundos... ¡Ya era hora de que volvieras a casa! —Palmeó la cama—. Ven y siéntate aquí, donde pueda verte bien.

—Mitzi. —Ava no pudo decir nada más.

—Deja de mirarme así. Todavía no he muerto. —Mitzi la tomó de la mano y le dio una palmadita—. Toda esta parafernalia fue idea de Carla. Por supuesto, Hodge hace lo que ella dice. Ambos querían mandarme a un asilo, pero les dije que sobre mi cadáver. Así que esta era la mejor opción que seguía. —Mitzi echó un vistazo alrededor y le presentó a Frieda King—. Hodge la contrató. —Mitzi sonrió con suficiencia—. Estoy segura de que él sabía de antemano que es una sargento aficionada a suministrar píldoras.

—Y usted es la paciente más gruñona que haya tenido en mi vida. —Frieda le guiñó un ojo a Ava.

Mitzi la fulminó con la mirada.

—¿Serías tan amable de levantar mi respaldo para que no esté tendida como un cadáver?

Frieda se rio. Se pinchaban la una a la otra mientras Frieda giraba la manivela que estaba en el extremo de la cama. Mitzi levantó una mano cuando llegó a la posición sentada.

—¡Hala! Ya está bien, a menos que quieras que me toque la punta de los pies mientras me beso las rodillas.

—No me tiente. —Fue hacia la cocina—. Prepararé un té para usted y una taza de chocolate para su visita.

Mitzi miró con seriedad a Ava.

—Bien. Así que te fuiste con Romeo y terminaste con el rey Lear. —Cuando Ava bajó el mentón, Mitzi se lo levantó y la miró con ternura—. No te preocupes, tesorito. No voy a fustigarte con el tema. Supongo que ya te habrás castigado más que suficiente. No quiero perder tiempo con eso ahora. —Sujetó firmemente la mano de Ava—. Este es el nuevo día que hizo el Señor. ¿Qué planeas hacer con él?

—Terminar la preparatoria, conseguir un empleo y tratar de reconstruir los puentes que quemé.

—Hay muchísimas personas dispuestas a darte una mano.

—Eso descubrí.

—Ah, la niña está madurando. —Mitzi empezó a toser. Soltó la mano de Ava y se tapó la boca, haciendo gestos hacia la caja de pañuelos con la otra mano. Ava sacó dos o tres y se los dio. Mitzi siguió tosiendo y luchando por respirar. Frieda apareció y se hizo cargo, indicándole a Mitzi que expulsara eso de sus pulmones. Sostuvo con fuerza a Mitzi y le frotó la espalda, luego tomó los pañuelos y los depositó en un cesto de basura con tapa.

Mitzi se recostó hacia atrás, pálida y débil.

—Tuve neumonía. Parece que no puedo recuperarme.

—Lleva tiempo, Mitzi. —Frieda levantó el estetoscopio y se puso las olivas antes de escuchar el pecho de Mitzi.

—¿Hay un corazón ahí?

—Deje de hablar. Estoy tratando de encontrarlo. —Le dedicó a Mitzi una sonrisa bromista—. Ahí está.

—Ahora que sabes que estoy viva, ¿qué tal si me traes el té?

—En un momento.

Era obvio que ambas mujeres ya habían pasado por este procedimiento. Frieda se quitó el estetoscopio y tomó un sujetapapeles con una lapicera atada a él. Apuntó algunas cosas.

—Una mejoría estable. —Volvió a la cocina.

Ava volvió a sentarse al borde de la cama.

—Te ves agotada, Mitzi.

—Toda esa tos y la respiración sí me sacan algo más que la flema.

Frieda trajo el té, el chocolate y un plato con galletas de coco caseras, y dijo que iba a estar en la cocina preparando la cena.

—Está tratando de engordarme.

—Bueno, por favor, déjala.

—No empieces tú también. —Mitzi se sirvió una galleta—. Ahora, cuéntame de tu música.

Ava encogió los hombros.

—Probablemente he olvidado todo lo que me enseñaste.

—Lo dudo. Pero veamos, ¿te parece? —Señaló el piano con un ademán—. Toca para mí "En el dulce futuro".

Ava hizo una mueca.

—¿Puedo terminar primero mi chocolate y mis galletas? —Siempre había relacionado ese himno con el servicio fúnebre de Marianne Freeman.

—Que sea rápido. No estoy volviéndome más joven. —Mitzi succionó con gusto las migas de galletas de sus dedos—. Estoy haciendo la lista de las canciones que me gustaría que se toquen en mi funeral.

Ava apenas pudo tragar.

—¡No es gracioso!

—¡Ah, debiste ver tu cara! —se rio Mitzi.

—¡Debería vaciarte el chocolate en la cabeza!

—Por lo menos no tienes aspecto de que hayas venido para el velorio. Ahora muévete a ese taburete. Han pasado cinco largos años. Quiero escucharte tocar otra vez.

Ava dejó a un costado la taza y fue al piano. Se sentó en el taburete y con reverencia recorrió las teclas con sus manos. Empezó con las escalas para entrar en calor; sus dedos corrían de un extremo al otro del teclado. Tocó acordes y resoluciones.

Entonces las canciones emergieron de sus recuerdos, una tras otra. «Sublime gracia». «Oh profundo amor de Cristo». «¡Inmortal, Invisible!». «Santo, Santo, Santo». «Saluden todos el poder del nombre de Jesús». Una seguía a la otra con transiciones fáciles. El reloj de Mitzi dio una campanada y Ava levantó las manos del teclado.

—Sabía que nunca los olvidarías, tesorito. Confiaba en eso.

Ava cerró el piano y pasó la mano sobre la pulida madera.

—Solía pensar en los versos de los himnos en los momentos más raros.

—Probablemente cuando Dios sabía que más los necesitabas. ¿Alguna vez has pensado en componer tu propia música?

—¿Yo? —Ava se rio—. No sabría por dónde empezar.

Mitzi la analizó.

—No solo te ves diferente. Tocas de una manera diferente. Esos dedos bellos y largos que tienes están dejando salir más de Ava. Deberías probar y ver qué sale. Nunca sabrás qué sucederá a menos que des un paso con fe.

Ava se sentó al costado de la cama.

—¿Y qué me dices de ti, Mitzi? ¿Tienes alguna composición original oculta? ¿Algo en lo que hayas volcado tu corazón y tu alma?

Mitzi tomó la mano de Ava y le sonrió directo a los ojos.

—Solo tú, tesorito. Solo tú.

―――――

Joshua llamó a Ava y la invitó a cenar. Cuando se estacionó, ella salió por la puerta con un precioso vestido amarillo veraniego. Ahora tenía el cabello castaño lustroso, en lugar de negro, prolijamente recortado como un casquito que enmarcaba su rostro delicadamente. Él salió de su camioneta, pero ella bajó los escalones y salió por la reja antes de que él llegara a la vereda.

—¡Espera!

—¿Para qué? —Ava abrió la puerta del acompañante y se subió.

Molesto, Joshua dio la vuelta y se subió a la camioneta.

—La próxima vez, espera hasta que toque el timbre.

—¿Por qué?

—Porque eso es lo que hace una dama, y yo quiero escoltarte a mi carruaje como un caballero.

Se rio de él.

—Ay, Joshua, arranca ya la camioneta. No veo la hora de ir a la Cafetería de Bessie.

Joshua giró la llave en el contacto, pero el motor ya estaba acelerado.

—Pensaba llevarte al restaurante nuevo que está...

—Ay, no. Por favor. Hace siglos que no como una buena hamburguesa con papas fritas y una malteada de chocolate.

Hasta ahí llegaron sus planes de pasar una velada tranquila e íntima en un restaurante elegante. Joshua esperaba que no fuera una señal de que Ava quería que volvieran a ser buenos amigos. Él tenía en mente algo más que una relación platónica.

Bessie les dedicó una sonrisa radiante cuando los vio entrar por la puerta.

—¡Qué alegría me da verlos a los dos! ¡Susan! ¡Ven a ver quién tenemos por aquí! —Los ubicó en un reservado frente al mostrador y apoyó las manos en sus caderas—. ¿Necesitan un menú, o les traigo lo de siempre?

Ava le regaló una amplia sonrisa.

—Yo no necesito el menú.

Joshua se encogió de hombros, derrotado.

Ava frunció apenas el ceño cuando Bessie los dejó solos.

—Me alegro de que me hayas llamado. Hace mucho que no te veía.

Él podría haberle dicho cuántos días y horas.

—¿Te preocupaba que me olvidara de ti?

—Cuando no te vi en la iglesia, pensé que tal vez habías cambiado de idea y habías vuelto al sur de California.

Ahora que ella estaba de regreso en El Refugio, no había ninguna posibilidad de que eso sucediera.

—No me viste porque tu familia asiste al segundo culto, y yo voy al primero.

—Ah.

Joshua sonrió.

—A ver si te atreves a decirlo.

—¿Decir qué?

—Que me extrañaste.

Ella se rio delicadamente.

—Está bien. Te extrañé.

Joshua siguió observándola. Dejó que su mirada recorriera sin prisa su rostro, demorándose en los labios y en su garganta. Ella tragó saliva y él levantó los ojos, observando que los suyos se dilataban. Las mejillas de Ava se sonrojaron y abrió la boca. Parecía consciente, pero insegura. Él sonrió.

—Tu cabello se ve mejor.

—Pris... *Mamá* me llevó a la peluquería para que arreglaran el desastre que hice. Pasará un tiempo hasta que vuelva a ser mi color rojo, pero por lo menos me parezco un poco más... —encogió los hombros— a mí.

No le pasó desapercibida la nueva manera de referirse a Priscilla, pero Joshua no quiso darle demasiada importancia al asunto.

—¿Qué más has estado haciendo?

—Peter me va a dar clases para que pueda pasar el examen de equivalencias de la preparatoria. Dorothea Endicott me dio un empleo de medio día. El lunes empezaré a trabajar en su tienda, veinte horas por semana. ¿Y tú?

—Recuperé mi antiguo empleo con Jack Wooding. Está comenzando una urbanización nueva en el extremo noreste del pueblo. Cuando las viviendas modelo estén listas, te llevaré a verlas. —No mencionó el lote ni los planos de la casa, tampoco lo pronto que estaría terminada la casa que deseaba.

—Eso me gustaría.

—¿Cómo se están llevando tú y Penny?

—Estamos pasando mucho tiempo juntas. Viene a la casa todas las mañanas. El bebé llegará en cualquier momento. Anoche, Penny y Rob estaban discutiendo por el nombre. Paul o Patrick, si es varón, Pauline o Paige, si es una niña. —Ava sonrió sin reservas—. Sea como sea, serán cuatro Pes inseparables.

—Y una *A* —le recordó él.

Ella se rio.

—Siempre podría cambiar mi nombre por Pandora. —Su expresión cambió—. He estado pasando tiempo con Mitzi.

Él había ido a visitarla.

—Me dijo que estás tocando el piano de nuevo.

—Quiere que trabaje con Ian Brubaker. Cree que debería componer mi propia música. De eso, no sé. Ojalá hubiera vuelto antes a casa. Perdí tanto tiempo.

Él observó los destellos de las emociones, cómo las contenía y cómo volvían a surgir.

—Tenías que aprender algunas cosas, Ava.

—Ay, Joshua, algunas cosas que ojalá no hubiera sabido. —Se obligó a sonreír cuando Bessie les sirvió las hamburguesas y las papas fritas.

Susan les trajo sus malteadas.

—Qué gusto tenerte en casa, Ava. —Ava dijo que estaba contenta de haber vuelto. Joshua notó que no llamó casa a El Refugio. Susan dejó de mirar a Ava y lo miró—. Qué gusto verte a ti también, Joshua. —Susan los dejó solos, pero miró varias veces hacia su lugar.

Ava tomó la hamburguesa y le dio un mordisco. Cuando gimió de placer, el pulso de Joshua se disparó. La vio masticar, tragar y beber un sorbo de la malteada de chocolate. Ava puso los ojos en blanco.

—Esto está divino. —Miró el plato de él—. ¿No vas a comer?

—Es demasiado divertido observarte.

—Las de Oliver son las mejores. Franklin no me dejaba comer hamburguesas ni papas fritas. Tampoco beber refrescos. —Mordió otro bocado, claramente disfrutando la comida—. Era malo para mi piel y demasiadas calorías. —Volvió a relajarse y a hablar, y él empezó a hacerse una idea de cómo habían sido los años vividos en un departamento de lujo con un hombre que controlaba cada aspecto de su vida—. No debería estar contándote todo esto.

—¿Por qué no?

—Te molesta.

Había hecho el mayor esfuerzo por no demostrar cuánto.

—Nada de lo que estás contándome cambia lo que siento por ti, Ava. —Eso era todo lo que diría por ahora, sabiendo que sería suficiente.

Se demoraron en terminar de comer sus hamburguesas y luego se sentaron en la plaza. Ava ya había compartido con él los hechos en su confesión; ahora, estaba compartiendo sus sentimientos. Él escuchaba cosas entre líneas, vivencias que ella ni siquiera sabía cómo expresar. El dolor se remontaba hasta una etapa muy temprana en su vida, cuando era demasiado niña para entender o siquiera recordar claramente. Ella necesitaba hablar con papá.

El reloj de la torre repicó. Ava se dio vuelta y levantó la vista.

—¡Es medianoche! He hablado sin parar y tú casi no has dicho una palabra.

—Estaba escuchando. —Su brazo descansaba sobre el respaldo de la banca, detrás de ella—. Sabes, si nos quedamos aquí el tiempo suficiente, podremos desayunar en la Cafetería de Bessie. ¿Tienes horario de regreso?

—Peter... es decir, papá... sabe que estoy contigo. No se preocuparía aunque no regresáramos toda la noche.

—Qué bueno que piense que soy alguien seguro.

Ella se acercó más a él y apoyó su cabeza contra su hombro.

—Gracias por escucharme, Joshua. —Se incorporó abruptamente—. ¿A qué hora tienes que estar en el trabajo?

—A las siete.

—¡Ay! Lo siento mucho. —Se puso de pie, lo tomó de la mano y lo jaló para que se levantara—. Tienes que ir a casa para que puedas dormir un poco.

—Solo si vuelves a salir conmigo mañana y me dejas elegir el lugar para cenar.

—Si quieres.

—Lo nuestro recién empezó en Agua Dulce. —La tomó de la mano—. Tenemos mucho de qué hablar para ponernos al día.

―――――――

Ian Brubaker dijo que el mejor lugar para las clases de Ava era la Iglesia de la Comunidad de El Refugio porque toda la congregación se había puesto unánimemente de acuerdo para invertir en un piano de cola. Con los contactos que tenía Ian, habían comprado un Steinway de calidad a un precio módico. Nadie había puesto objeciones cuando Ian pidió permiso al pastor Ezekiel y a la junta directiva para usar el instrumento para las clases de Ava.

Ian demostraba ser tan estricto como siempre, un maestro autoritario que, en algún sentido, le recordaba a Franklin. Franklin era un perfeccionista que la había ejercitado hasta que las líneas de los diálogos se confundían con la realidad. Franklin ya estaba perdido desde antes de encontrarla, y convirtió a Lena Scott en el centro de su vida. *Y yo contribuí a su destrucción, Señor. No puedo decir que no sabía lo que estaba haciendo.*

Las cosas habían ido bien hasta hoy. Ava no podía concentrarse, tocaba las notas equivocadas y luego le costaba encontrar dónde debía volver a empezar. Frustrada, levantó las manos, tratando de reprimir sus ansias de golpear las teclas con los puños. No era culpa del piano que hoy no pudiera usar bien sus dedos.

Ian apoyó una mano firme sobre su hombro.

—Es suficiente por hoy. Te llevará un tiempo recuperar el nivel que tenías antes. Te veo el domingo.

Ava juntó las partituras. En lugar de volver a casa, fue a la oficina de la iglesia, donde Irene Farley la saludó con un abrazo, antes de asomarse a la oficina del pastor Ezekiel.

—Pasa. Yo tengo que salir un rato.

El pastor Ezekiel rodeó el escritorio y le dio un abrazo. Con suavidad frotó el mentón contra su cabeza, luego la soltó y le indicó una silla para que se sentara, mientras él se ubicaba en la otra, frente a ella.

—Hoy iba a ir al santuario a escucharte tocar. ¿Ya terminaste la clase de hoy?

—Sí. Y qué bueno que no hayas ido a escuchar. Parecía que no lograba tocar nada sin cometer todo tipo de errores. —Se mordisqueó el labio.

—¿Hay algo que te preocupa?

Había algo que la preocupaba desde hacía mucho tiempo, una herida que nunca había sanado.

—Tengo que hacerte una pregunta.

—Puedes preguntarme lo que sea.

Tenía la rara sensación de que él sabía lo que iba a preguntarle. Pero, aun ahora que había llegado el momento, Ava no estaba segura de que sus palabras podrían pasar por encima del dolor de su corazón y traspasar la opresión que le cerraba la garganta.

—Y, por favor —suplicó—, esta vez dime la verdad. —Apenas se lo dijo, vio un destello de dolor en sus ojos.

—Siempre lo hice, Ava.

¿En serio? Quizás él ni siquiera se había dado cuenta. Ava levantó la vista y lo miró a los ojos.

—¿Me echaste la culpa por la muerte de mamá Marianne? —Él pareció sorprendido, luego consternado—. No me contestes hasta que lo hayas meditado. Por favor.

Él se reclinó y cerró los ojos. Estuvo tanto tiempo en esa posición que Ava se preguntó si debía irse. Estaba a punto de levantarse cuando él exhaló un suspiro y dijo desoladamente:

—No de manera consciente.

La miró a los ojos, sin esconder nada.

—Pero entiendo cómo pudiste haberte sentido así. Estaba tan enredado en mi propio dolor que me costaba pensar en las necesidades de los demás.

Ezekiel se inclinó hacia adelante, con sus manos ligeramente entrelazadas entre sus rodillas. La miró fijamente.

—La prueba más difícil de mi vida tuvo que ver contigo. Yo no quería entregarte. Entonces Dios me hizo saber que eso era lo que Él estaba pidiéndome. Me llamaban a cualquier hora del día y de la noche, y Joshua era apenas un niño. No podía dejarlo a cargo de ti. Una vez antes había rechazado el plan de Dios, y tuve que enfrentar el costo de haberlo hecho.

—Trataste de explicármelo.

—Sí, pero ¿qué puede entender una niña de cinco años? —Sus ojos brillaban—. Sé que te lastimé, pero tengo más para confesar, Ava.

Ava esperó con las manos apretadas sobre su regazo.

—Cuando te encontré y te salvé, te amé como si fueras de mi propia carne. Marianne no fue la única que quiso llevarte a casa y hacerte parte de nuestra familia. Yo sabía que no debíamos hacerlo. Marianne había tenido fiebre reumática en la infancia y eso había debilitado su corazón. Le costó mucho dar a luz a Joshua, y el doctor nos advirtió que no tuviéramos más hijos. Pero ella siempre había soñado con tener una niña. Tú fuiste la respuesta a todas sus oraciones, y un regalo inesperado para mí también.

Se reclinó despacio, con aspecto cansado.

—Si hubiera sido más fuerte, o menos egoísta, me habría mantenido firme. Ambos sabíamos cuál era el riesgo, pero yo quería que ella fuera feliz. Desde entonces, siempre pensé que habría sido mejor entregarte a Peter y a Priscilla desde el principio.

—¿Qué quieres decir con "desde el principio"?

—Peter y Priscilla vinieron al hospital inmediatamente después de que te encontré. Querían adoptarte. No tuve el ánimo ni el valor para sacarte de los brazos de Marianne.

—¿Ellos me querían?

—Oh, sí. Desde el principio, Ava. Yo no pensé en las posibles ramificaciones de mi decisión hasta que Marianne murió y tuve que enfrentar la realidad. No podía cuidarte adecuadamente. No tenía dinero para contratar a alguien que te cuidara. Y tenía que salir tan a menudo. Tú apenas tenías cinco años y estabas haciendo el duelo por la muerte de la única madre que habías conocido, y yo no podía estar presente para ayudarte. Peter y Priscilla me ayudaron mucho contigo después de que falleció Marianne, y Penny ya te quería como a una hermana, y yo sabía cuál era la voluntad de Dios. Me partió el corazón llevarte a la casa de ellos y dejarte allí. Me di cuenta de que no lo entendías. Vi cómo te retraías. Luego de eso, no fuiste la misma niña. Traté de hacerte las cosas más fáciles al ir a visitarte cada vez que podía. Seguía esperando que lograras hacer la transición. Finalmente, Peter tuvo que pedirme que me mantuviera alejado. Mis frecuentes visitas solo empeoraban las cosas. —Su boca se torció en una sonrisa triste—. ¿Cómo podrías establecer el vínculo con ellos si yo siempre estaba pasando por allí? Reconocí mi egoísmo y me aparté.

Las piezas del pasado encajaron.

—Por eso fuimos a otra iglesia.

—Sí. Todos estuvimos de acuerdo que sería lo mejor. —El pastor Ezekiel negó con la cabeza, el remordimiento lo abrumaba—. O esperábamos que así fuera. Ayudó a que Penny fuera más extrovertida, pero tú te cerraste más aún. Cada cambio parecía causarte más mal que bien. Te esmerabas por ser perfecta, por agradar a todo el mundo. Era doloroso verlo. Yo me sentía impotente. Lo único que podía hacer era orar. No ha pasado ni un solo día de tu vida que no haya orado por ti, no una sino muchas veces.

Ava sintió que el tenso puño de su corazón se abría ampliamente hacia él.

—Te veía parado junto a la reja, noche tras noche. Deseaba que llamaras a la puerta y me llevaras a casa.

Se le llenaron los ojos de lágrimas.

—Estabas en casa, Ava. Estás en casa. —Estiró sus manos con las palmas hacia arriba—. Te pido perdón.

Ella puso sus manos en las de él.

—Así como tú me perdonaste, así también yo te perdono. —Recordó cuánto había sufrido él por la muerte de Marianne y supo que, en los años que siguieron, su frialdad lo había hecho sufrir aún más—. Es cierto. ¿Podría Marianne haber vivido más tiempo si yo no hubiera llegado a sus vidas?

—No. Yo luché con esa idea y me culpaba a mí mismo, hasta que Dios me hizo recordar que Él conoce el número de cabellos que hay en nuestra cabeza. Él ha previsto nuestro tiempo. Esos cinco años que pasaste con nosotros fueron un deleite para Marianne. —Le besó la mano derecha—. Y para mí. —Besó su mano izquierda—. Y para Joshua. —Cuando levantó la cabeza, su expresión se suavizó con una sonrisa expectante—. Dios guarda nuestro futuro en sus manos. —Juntó las manos de Ava entre las suyas—. ¿Alguna otra pregunta?

Ava pudo volver a respirar.

—Probablemente, pero ninguna se me ocurre en este momento. —Cuando la soltó, ella se puso de pie y suspiró largamente—. Gracias.

—De nada. —Puso su brazo sobre los hombros de Ava mientras caminaba con ella—. Mi puerta siempre está abierta.

Ella se dio vuelta, se paró en puntas de pie y lo besó en la mejilla.

—Te amo. Papi.

—Hace muchísimo tiempo que no escucho esas palabras de ti. —Sus ojos se humedecieron—. Yo también te amo.

Ava abrió la puerta y por poco chocó con Susan Wells, quien retrocedió abruptamente y abrió muy grandes los ojos con expresión de sorpresa. Pidió disculpas tartamudeando. Nerviosa, desvió la mirada hacia el pastor Ezekiel y se sonrojó.

Ava levantó ligeramente las cejas mientras decía que no había sido nada; rodeó a Susan y salió. Susan no solo parecía sorprendida.

Se veía culpable. Ava siguió caminando con una sonrisa en sus labios.

¡Así que por eso el pastor Ezckiel pasaba tanto tiempo en la Cafetería de Bessie!

El pastor Ezekiel y Susan. Ahora que lo pensaba, harían una linda pareja.

CAPÍTULO 19

Puedes hacer todos los planes que quieras,
pero el propósito del SEÑOR prevalecerá.

PROVERBIOS 19:21

1959

Ava terminó su turno de la mañana en la tienda de Dorothea y se sentó en un banco de la plaza para absorber la paz, mientras la luz del sol de los primeros días primaverales bajaba entre las imponentes secoyas. Levantó el rostro y sintió la caricia de su tibieza. Se levantó, pasó al costado de la glorieta y cruzó la calle hacia la Cafetería de Bessie. A veces el pastor Ezekiel estaba ahí a la hora del almuerzo y tal vez podría sentarse y conversar un rato con él. Hacía varios días que no veía a Joshua y lo extrañaba. Le había dicho que estaba trabajando hasta tarde en un proyecto, pero no había querido decirle qué era.

Susan levantó la vista, sorprendida.

—Qué gusto verte, Ava.

—Igualmente. —Ava se sentó en la barra en lugar de ir a un reservado, preguntándose otra vez si pasaba algo entre la mesera y el pastor Ezekiel. Hacía mucho que Marianne había partido. Susan era una buena mujer, aunque le parecía un poco enigmática.

Susan le sonrió cariñosamente.

—¿Qué puedo servirte?

—Creo que voy a vivir al límite: quiero una Coca Cola con helado.

—Por lo general estás con Joshua cuando vienes —dijo Susan por encima del hombro mientras servía una cucharada de helado de vainilla en un vaso alto.

—Es mi mejor amigo.

Susan bajó una palanca y la bebida cayó siseando sobre el helado. Metió una pajilla en la bebida y la dejó sobre la barra.

—Joshua es un joven especial.

—Sí.

—Te quiere, ¿lo sabes?

—Lo sé.

—No, no creo que lo sepas. Desde que trabajo aquí, los he observado a los dos. Las cosas cambiaron para él cuando volvió de Corea.

—¿Qué quieres decir?

—Está enamorado de ti. Eso quiero decir. No hay alma en este pueblo que no lo sepa, excepto tú.

Ava se quedó mirándola con la boca abierta. Había momentos en los que tenía sus sospechas, que había tenido esperanzas, pero él se comportaba de la misma manera prudente que había tenido siempre.

—La gente no sabe todo.

Susan parecía estar en una misión.

—Veo cómo te mira cuando no te das cuenta, y veo cómo lo miras tú a él. Tú lo amas, Ava. ¿Qué harás al respecto?

Ava sintió que sus mejillas se encendían. Nunca había tenido una charla así con Susan, ni con nadie más, para el caso, y no estaba preparada para contestar otra cosa más que la pura verdad.

—Él merece alguien mucho mejor que yo.

—Él te quiere a *ti*.

Alguien entró y se sentó en un reservado. Susan apoyó las manos en la barra y bajó la voz, con una expresión casi suplicante.

—Tienes la oportunidad de vivir un verdadero amor, Ava. ¡Aprovéchala! ¡Aférrate a ella con todas tus fuerzas! No todos somos tan afortunados.

Mientras caminaba hacia su casa, Ava oyó detrás de ella el rugido familiar de la camioneta de Joshua. Su corazón dio un brinco y todo lo que Susan le había dicho resonó como una trompeta en su cabeza. Se dio vuelta, sonriendo, y estiró el pulgar.

Él se acercó a la acera y abrió la puerta del acompañante. «¿Cómo podría dejar pasar a una chica tan hermosa?». Su mirada la recorrió mientras ella se acomodaba en el asiento de al lado.

El pulso de Ava seguía escalando. El olor a sano sudor masculino llenaba la cabina.

Inhaló el olor de Joshua mientras «Una noche» de Elvis Presley sonaba en el radio que había instalado. *La vida sin ti ha sido demasiado larga, demasiado tiempo».* Qué raro se sentía darse cuenta de haber conocido alguna vez al joven que había logrado tanta fama y fortuna. Se preguntó si habría encontrado lo que buscaba entre el brillo y el glamour que a ella le habían resultado tan vacíos.

Joshua puso la camioneta en marcha.

—Iba ir a buscarte después de asearme. Las viviendas modelo están terminadas. ¿Quieres ir a verlas?

Otro lugar la había estado llamando desde hacía mucho tiempo, pero no había querido prestarle atención.

—¿Podemos ir primero al Parque Ribereño?

Él arqueó las cejas, sorprendido.

—Claro. Te dejo en tu casa, voy a bañarme y paso por ti en...

—Me gustaría ir ahora, Joshua, si no te importa. —Si esperaba, podría llegar a encontrar excusas para no ir.

—De acuerdo. —Giró en U sobre la avenida Maple y se dirigió al puente—. ¿Qué ocurre?

—No lo sé.

Bajó la ventanilla cuando Joshua llegó al puente. Se asomó para ver el agua azul y transparente ondulando allá abajo. Era demasiado pronto para que hubiera visitantes veraniegos. No había ningún remolque en el estacionamiento del área de acampar, tampoco había niños corriendo en las orillas. Escuchó el golpeteo de las ruedas de la camioneta mientras Joshua pasaba sobre el puente. Redujo la marcha al otro lado y dobló hacia el Parque Ribereño.

Se estacionó frente al río.

—Muy bien. Aquí estamos. ¿Ahora qué?

—Quiero ir sola a caminar un poco.

Ava salió y caminó sobre el montículo cubierto de hierba. Sus pies se hundieron en la arena blanca que El Refugio traía cada año para rellenar «la playa». Se dirigió hacia los pilares de cemento que sostenían el puente.

Ava miró hacia arriba y vio la cubierta del puente. Retrocedió unos pasos para poder ver el barandal. Infinidad de veces había soñado que el pastor Ezekiel estaba parado allí, mirándola desde arriba. Una vez le había contado que tuvo la sensación de que tenía que ir al puente esa mañana. Siempre creyó que Dios lo había enviado.

¿Por qué no le había creído? Era cierto, su madre la había abandonado, pero Dios no. Dios la había puesto en los brazos de Ezekiel y Marianne Freeman y, cuando Marianne partió para estar con el Señor y el pastor Ezekiel tenía la responsabilidad de una congregación de personas necesitadas, Dios se aseguró de que otra familia la recibiera, con un segundo padre y una segunda madre, y le sumó la bendición de tener una hermana vivaz. Cuando huyó, Dios le tendió su mano a través de Murray y Mary Ellen. Cuando perdió toda fe y esperanza, la llevó a Agua Dulce y a Joshua.

Ava levantó la vista hacia el puente: una bóveda de protección, un camino para cruzar, una vía a su hogar. Se sintió abrumada por el amor que se le había brindado. *Tienes una oportunidad, Ava. Aprovéchala. Aférrate a ella con todas tus fuerzas.* ¿Por qué veía ahora tan claramente lo que había estado oculto a su vista durante tanto tiempo?

Te he sostenido en la palma de mi mano, y nunca te abandonaré.

Ava se sintió viva y libre cuando aceptó plenamente lo que su corazón siempre había anhelado creer y que no podía comprender del todo.

Dejó escapar una suave y quebrantada risa de alegría.

—Tú me amas a *mí*, Señor. A pesar de mi corazón terco y rebelde.

Te conocía aun antes de que nacieras. He contado cada cabello de tu cabeza. He escrito tu nombre en las palmas de Mis manos.

Mientras Ava miraba a través del armazón del puente y repasaba su vida, vio la verdad. Con espíritu humilde, susurró versos de uno de los himnos favoritos de Mitzi. «*¡Oh, profundo amor de Cristo, vasto, inmerecido don! Cual océano infinito, ya me inunda el corazón*».

Al darse vuelta, vio que Joshua no estaba lejos de allí, parado con los pulgares metidos en los bolsillos, relajado, contemplándola, esperando. Su corazón dio un vuelco y se llenó de amor. Le gritó:

—¿Me bautizarías, Joshua?

El rostro de él dejó ver su sorpresa.

—Seguro. Podemos hablarlo con papá.

—No quiero esperar. Quiero que me bautices ahora.

—¿Aquí?

¿Qué mejor lugar? ¿Qué mejor momento que ese?

—¡Sí! —Ava entró caminando al río hasta que el agua le llegó a las caderas y la corriente arrastraba suavemente su falda.

Joshua fue a su encuentro allí. Sus manos callosas cubrieron las de ella mientras ella se tapaba la nariz y la boca. La bajó hacia atrás al agua.

—Sepultada con Cristo...

Ella contuvo la respiración mientras descendía al agua fría y cristalina. Al abrir los ojos, vio el resplandor del purificador arroyo que se movía encima y alrededor de ella, y a Joshua, más arriba.

El brazo de Joshua sostuvo sus hombros firmemente mientras la levantaba.

—... resucitada a la vida nueva.

La sostuvo hasta que ella estuvo firmemente apoyada sobre sus pies.

Ava se limpió el agua de su rostro y se rio.

—Ay, Joshua, he sido una mendiga ciega toda mi vida. —Levantó la cabeza—. ¡Y ahora veo!

—Ava. —Su nombre salió como una suave exaltación; sus ojos brillaron mientras le tomaba el rostro con ambas manos—. Ava. —La besó, no como un hermano ni un amigo, sino como un hombre enamorado.

«*Tienes la oportunidad de vivir un verdadero amor, Ava. ¡Aprovéchala! ¡Aférrate a ella con todas tus fuerzas!*».

Ava pasó sus brazos alrededor de la cintura de Joshua y levantó la cabeza. Cuando sus brazos la rodearon, encajó su cuerpo contra el de Joshua. Esta vez, cuando él la besó, ella le devolvió el beso.

Joshua se retrajo y la apartó unos centímetros.

—No más. —Le costaba respirar y tenía la mirada oscura—. No hasta después de que te cases conmigo. —Hizo una mueca, disculpándose—. Perdón. Fue la peor propuesta matrimonial de todos los tiempos.

—Fue bastante buena. ¡Sí! —Ava reía y lloraba al mismo tiempo—. ¿Cuándo?

Riendo con ella, Joshua la cargó.

—Le pediremos a papá que nos abra un espacio en su calendario.

La llevó en brazos mientras salían del río.

El día de la boda, Ezekiel pasó a ver a Ava de camino a la iglesia.

—Iré a buscarla. —Priscilla se dirigió escaleras arriba—. ¡Penny! Paige tiene hambre y yo no puedo alimentarla. Ava, cariño, el pastor Ezekiel está aquí abajo. Quiere hablar contigo.

Peter puso los ojos en blanco y acompañó a Ezekiel a la sala.

—Gracias a Dios que solo tenemos dos hijas. No creo que Pris pueda sobrevivir a otra boda.

—¡Pastor Ezekiel! —Ava apareció vestida con una bata rosada afelpada y pantuflas, con el cabello con ruleros—. Perdón por no estar vestida todavía.

Ezekiel la abrazó.

—No te preocupes —le susurró al oído—. Estás hermosa. —Cuando retrocedió, sacó una cajita de un bolsillo de su chaqueta—. Algo viejo para usar con algo prestado y algo azul.

Ava abrió la caja y contuvo la respiración.

—La encontraste.

Lo miró, y el dolor y la culpa que había en sus ojos lo llenó de una ternura abrumadora.

—Unos días después de que te fuiste.

Las lágrimas se resbalaron por las mejillas de Ava mientras tocaba la cruz de oro de Marianne.

—No merezco tener esto.

—Marianne querría que fuera tuya. La usó el día de nuestra boda.

Ava dio un paso adelante y apoyó la frente sobre el pecho de Ezekiel.

—Gracias.

El corazón de Ava saltó como un conejo asustado cuando Joshua se desvió del camino y se estacionó frente a una casita que tenía un segundo piso a medias con la forma de un faro. Unos cipreses protegían los costados y la parte de atrás. A unos cuatrocientos metros camino abajo había un pequeño pueblo con algunas luces encendidas en las ventanas. El oleaje golpeaba al otro lado de la calle, y ella sintió el aroma salado del mar en el aire. Joshua salió de la camioneta y se acercó para abrir su puerta. Antes de ayudarla a salir, sacó una linterna de la guantera. La noche brumosa era escalofriante. El viento le revolvió el cabello. Ava sintió escalofríos.

Su boda había sido todo lo que podría haber soñado. Parecía que había asistido todo el pueblo, incluso Mitzi, vestida de rojo y con una chalina colorida envuelta alrededor de su cabello. Se le notaba la edad y su salud deteriorada, pero todavía sabía cómo lucir elegante. Al finalizar la ceremonia, le susurró a Ava: «Me prometí a mí misma que no pasaría a mejor vida hasta que viera esta boda».

Priscilla y Rob, con la pequeña Paige en brazos, estaban en la primera fila, junto a Susan. El pastor Ezekiel debía haberla ubicado en ese lugar. Dave Upton y Penny acompañaron a la novia y al novio ante el altar y, desde luego, el pastor Ezekiel ofició la ceremonia. Les recordó a todos que el matrimonio había sido ordenado por Dios en el jardín de Edén entre el primer hombre y la primera mujer, que fue confirmado por el primer milagro que hizo Jesús en la boda de Caná y proclamado por el apóstol Pablo mediante una inspiración divina: «Cuando un hombre y una mujer se unen en matrimonio, se convierten en una sola carne y un solo espíritu. Esposas, sométanse a la guía de su esposo como se someten al Señor. Esposos, amen a su esposa como Cristo Jesús también amó a la iglesia y se entregó por ella. Así que deben amar a su esposa así como aman a su propio cuerpo. Lo digo de nuevo: ama a tu esposa como a una parte de ti mismo. Y esposas, ocúpense de respetar a su esposo, tratándolo con reverencia, alabanza y honra».

Joshua no le había dicho a Ava adónde la llevaría de luna de miel. Solo le había dicho que empacara jeans y zapatillas. Tampoco le había permitido ver el interior de la casa que había construido. Quería sorprenderla. Ella no sabía si podría dominar mucha más emoción.

Joshua la tomó de la mano y la condujo por el camino, abriendo la puerta del frente y encendiendo la luz en el interior. La sala se veía acogedora y cómoda con sus muebles sencillos. Antes de que ella pudiera pasar, Joshua la levantó en sus brazos y la cargó para cruzar el umbral. Antes de dejarla en el piso, la besó.

—Hogar, dulce hogar, por los próximos siete días.

Ava se tensó cuando las manos de él se deslizaron por su espalda y se posaron en sus caderas. Joshua frunció levemente el ceño antes de apartarse.

—La habitación y el baño están detrás de esa puerta, y el interruptor de la luz está a la derecha. Encenderé el fuego y traeré tu equipaje.

Todo estaba preparado. Lo único que tenía que hacer era encender un fósforo.

El estómago de Ava se estrujó por la tensión.

Una puerta abierta dejaba ver unas escaleras, pero Ava primero pasó a la pequeña habitación para usar el baño, preguntándose por qué habían quitado las mantas y las sábanas de la cama. El baño tenía una gran cantidad de toallas limpias, una bañera con patas de león y un lavabo de pedestal. El gabinete con espejo contenía un cepillo de dientes, pasta dentífrica, desodorante masculino, crema de afeitar y una rasuradora. Cuando volvió a entrar a la habitación, notó un par de Levi's y varias camisas de algodón colgadas en el clóset. Ava revisó la cómoda y un baúl que había debajo de la ventana. La puerta delantera se abrió y se cerró.

—No tenemos ninguna manta, Joshua. —Y estaba fresco y Ava sentía cada vez más frío.

Joshua entró a la habitación y apoyó su maleta sobre el baúl.

—No vamos a dormir aquí. —Fue la manera en que lo dijo lo

que aceleró su pulso. Él retrocedió—. Alguien puso una canasta en la camioneta. Veamos qué hay adentro.

Fue a la sala, donde el fuego crepitaba en la chimenea y la única lámpara emitía un fulgor dorado.

—Esa es la canasta para picnic de Priscilla.

Joshua la puso sobre la alfombra frente a la chimenea. Ella se arrodilló y la abrió. Había emparedados de ensalada de pollo, uvas, queso Brie, galletas, una botella de champaña, dos copas de cristal y dos velas con candelabros.

—Qué bueno. Todo lo que necesitamos para una cena romántica.

La sala ya estaba poniéndose más cómoda y cálida. Ava se quitó los zapatos y se sentó, sintiéndose demasiado formal con el traje verde que tenía puesto. Estiró las piernas. Ninguno de los dos había comido más que un par de bocadillos y algunos bocados del pastel de bodas, que se dieron en la boca el uno al otro.

Los últimos tres meses habían sido una confusión de preparativos para la boda, despedidas de novia, visitas a Mitzi, el trabajo con Ian Brubaker y pasar medio día cinco días por semana en la tienda de Dorothea. Ava había visto menos a Joshua después de que pusieron fecha para la boda.

El día anterior, Penny había llevado a la pequeña Paige y un moisés y anunció que se quedaría a pasar la noche. Penny había jugueteado con su bebé, mientras hablaba de la boda y de la luna de miel. Ava había sentido dolor, tristeza y remordimiento cuando observó a su hermana cubrirse recatadamente mientras amamantaba a Paige.

—Rob sabía más que yo, y no porque fuera sumamente experimentado, te aclaro. Él y su padre tuvieron *la charla* la noche anterior a su despedida de soltero. —Se rio—. Rob me contó que nunca había visto a su padre ruborizado y le dijo que él ya sabía acerca de las flores y las abejas. —Penny apoyó a la dulce Paige sobre su regazo, profundamente dormida mientras el arco de su boquita todavía se movía, y se reacomodó la ropa—. Mamá también tuvo la charla conmigo. —Mientras apoyaba a Paige sobre su hombro, miró a Ava y dejó de reírse—. ¿Qué sucede?

Ava se encogió de hombros.

—Al menos mamá no tendrá que pasar por ese momento incómodo conmigo. Sé más de lo necesario sobre las cosas de la vida. —Miró hacia otra parte, con lágrimas corriendo por sus mejillas—. Lo desperdicié todo, Penny. No puedo darle a Joshua el regalo que tú le diste a Rob. No soy virgen. No soy inocente.

Los ojos de Penny se llenaron de compasión.

—Joshua no te reprocha tu pasado. Todo forma parte de la persona en la que te has convertido. —Le entregó a Paige, inconscientemente causándole más dolor—. Ten, tía Ava, carga a tu sobrina. —Tocó la rodilla de Ava—. No será como fue con Dylan ni con un hombre lo suficientemente mayor como para ser tu padre. Joshua es... bueno, Joshua.

Ava apretó a la bebé contra su pecho, mirando su rostro dulce, otra causa de dolor. Ni siquiera sabía si podría tener otro bebé, después de lo que había hecho. ¿Lo permitiría Dios? Joshua sabía todo, pero ella debería haber planteado la interrogante, para darle la oportunidad de que tuviera en cuenta el otro regalo que quizás nunca podría darle.

Joshua le acarició la mejilla suavemente con los nudillos, sobresaltándola de su ensimismamiento. «Ahora somos solo tú y yo, Ava».

Sabía a qué se refería. *No permitas que Dylan ni Franklin entren en la casa. No los invites a la luna de miel.* Ni ella ni él los querían allí en absoluto. Los ojos de Joshua eran tan tiernos que tenía miedo de decepcionarlo. Ella tenía miedo de enfriarse cuando llegara el momento final.

Sí, él la excitaba como ninguno lo había hecho antes, pero ¿podría entregarse, y qué podría significar eso? Sentía que la tensión se acumulaba en su cuerpo, el temor exasperante de no ser suficiente para él. Sintió la necesidad instintiva de resguardarse.

Deja de preocuparte. Basta, basta, basta. Quería recordar el beso del río, no los miles de besos que le habían traído desilusión.

Joshua no era como Dylan ni como Franklin. Ni siquiera la había tocado en los últimos tres meses. Cuando ella le preguntó por qué, le había dicho que era porque la deseaba demasiado y él quería que todas las cosas sucedieran debidamente y en el tiempo de Dios. Bromeó sobre la cantidad de duchas frías que estaba dándose. Su compromiso con la pureza prematrimonial hizo que ella se afligiera porque no tenía pureza alguna para ofrecerle. Había tentado a dos hombres, y había sacado lo peor de ambos. No quería tentar a Joshua.

El fuego crepitaba. Las olas golpeaban.

—¿Quieres hablar de lo que estás pensando? —Joshua observó que las expresiones cambiaban en el rostro de Ava y quiso traerla de regreso al presente y a él. En las semanas previas a la boda había estado pensativa, pero esto era otra cosa. ¿Los nervios por la luna de miel? Él también sentía mariposas en el estómago. Deseaba que no fuera más que eso, pero la conocía demasiado bien. Apartó un mechón de cabello de su mejilla y se lo acomodó detrás de la oreja.

—Esta es una noche para el amor, Ava, no para los remordimientos.

—Perdón. Estoy intentándolo.

Joshua rodeó sus hombros con un brazo, la acunó delicadamente contra él y le dio un beso en la parte superior de la cabeza.

—No te esfuerces tanto. Las cosas van a ir bien entre tú y yo.

Papá tenía años de consejería sobre sus hombros, y habían hablado de lo que Ava podía llegar a sentir después de lo que había vivido. Había sido abusada y usada, nunca amada. Era entendible que se cerrara y se refugiara en sí misma. Papá habló de cuál era el propósito de la luna de miel. Esta noche no tenía que ver solo con la unión sexual entre ellos; se trataba de que Joshua encontrara la manera de demostrarle a su novia cuánto la apreciaba, que ella podía confiar plenamente en él, que tenía la intención de restaurarla, enaltecerla y amarla.

Sería una noche de paciencia tanto como de pasión... si lograba dominar su deseo el tiempo suficiente. Se había reído cuando se lo admitió a papá, y papá le dijo que hiciera participar a Dios en todo, que le pidiera dominio propio. Joshua ayunó y oró para que sus necesidades físicas no se impusieran sobre su deseo de darle a Ava todo el tiempo que necesitara. Ahora respiraba el aroma único de Ava y la cabeza le daba vueltas.

Oh, Señor, estoy caminando sobre un campo minado. Ayúdame a llegar a mi esposa herida. Ayúdame a que mis caricias le traigan sanidad.

Le quitó el brazo de encima, recordando que ella apenas había comido en el banquete nupcial.

—Dios bendiga a Priscilla por pensar en esto. —Untó queso Brie sobre una galleta y se la dio—. Planeé todas nuestras comidas hasta el último día de la semana, pero no pensé en esta noche. No tuvimos mucha oportunidad para comer, ¿verdad? —Le sonrió mirándola a los ojos. Le partió el corazón ver la mirada que tenía en sus ojos; no quería verla así ni pensar en quién y qué la había puesto ahí.

Ava le dio un pequeño mordisco a la galleta y la dejó en la mesa lateral. Joshua la imitó y dejó a un costado la canasta. Comerían más tarde.

—Nos conocemos de toda la vida, Ava. Pero esto es terreno inexplorado, ¿cierto?

—Sí —dijo en voz baja y él sintió que estaba cada vez más tensa.

—¿Confías en mí?

Ella lo miró, estudiando su rostro.

—Sí. —Respiró agitada—. ¿Cómo encontraste este lugar?

Él sabía que demorar lo inevitable no iba a facilitarle más las cosas a ella.

—Jack me habló de este lugar. Él y Reka vienen un par de veces al año. —Se puso de pie y le ofreció las manos. Las de ella estaban frías—. El dueño es arquitecto. Vive en San Francisco y no viene muy seguido por aquí. Por eso deja la casa para alquilar. Cruzando la calle hay un buen trecho de playa. Mañana la verás. Podemos hacer una caminata cuando queramos.

La acercó a su cuerpo, sintiendo que el de ella temblaba.

—No te preocupes, Ava —dijo con dulzura, rozando su cabello con sus labios—. Esta noche nos tomaremos nuestro tiempo. —La respiración intensa de ella lo excitó. Le retiró algunos rizos de la sien—. No tenemos prisa. —Esto no sería una carrera de arrancones por un camino rural, sino las 500 millas de Indianápolis.

—Ay, Joshua. —Su tono implicaba que ella sabía mejor que él qué esperar de esta noche.

Él le levantó el mentón.

—Te amo. —La besó como deseaba hacerlo desde hacía semanas. Tenía un sabor delicioso y la disfrutó—. Eres preciosa para mí. —Se tomó su tiempo hasta sentir que el cuerpo de Ava se relajaba e iba entrando en calor. Ella se acercó más y el deseo ardió en él como un fuego. Retrocedió un poco, controlándolo. Ella suspiró suavemente, con los ojos cerrados. Él desabotonó la chaqueta de lana que ella tenía puesta y la quitó de sus hombros; después, contuvo el aliento repentinamente cuando ella trató de aflojar su cinturón—. No. —La tomó de las manos y las llevó sobre sus hombros. Si empezaba a tocarlo debajo de la cintura, todo se terminaría muy rápido—. Quiero que nos conozcamos bien el uno al otro.

—Ya nos conocemos el uno al otro, Joshua.

—Conozco tu mente y tu corazón, Ava. Quiero conocer tu cuerpo, qué necesitas, qué te da placer. —Ella parpadeó y sus ojos se empañaron—. Quiero quitarte la ropa. ¿Estás lista para que lo haga?

Ava se armó de valor y asintió con la cabeza, porque no podía confiar en su propia voz para responder. Su piel ardía al sentir el roce de sus dedos. Él le quitó cada prenda como si fueran capas de papel de envolver que ocultaban un obsequio precioso con un cartel que indicaba *Frágil: Tratar con cuidado*. Le quitó todo, excepto el collar que tenía la cruz de su madre, y luego la miró, maravillado. Cuando sus manos suaves recorrieron su cuerpo, ella se estremeció.

—¿Tienes frío?

—No. —¿Esa voz ronca era la suya? Ava tuvo una sensación de asombro, una confianza interior.

Despójate de todos tus temores, amada. Todo iba a ser diferente con Joshua.

—Eres tan hermosa. —Sus manos se deslizaron sobre su cuerpo—. Tan suave.

Contuvo la respiración mientras oleadas de calor y otras sensaciones se extendían por su cuerpo. Cuando él le sonrió, Ava le devolvió la sonrisa. Él tomó sus manos y las apoyó contra su pecho. Ava sintió el latir fuerte y rápido de su corazón.

—Tu turno.

Siguiendo los pasos de él, se tomó su tiempo. Joshua también temblaba. Cuando se quedó desnudo, ella recorrió la cicatriz de su costado con su mano. Se inclinó y la besó. El *David* de Miguel Ángel no podía compararse con su esposo.

Cuando ambos estuvieron frente a frente como Adán y Eva en el jardín de Edén, Ava no sintió vergüenza, sino una expectación dulce y urgente que se abría como una flor dentro de ella. Él era tan perfecto, tan fuerte, tan hermoso, y ella lo amaba tanto que le dolía el corazón.

Contuvo la respiración por la fuerza que demostró cuando la levantó en sus brazos como si no pesara nada y la cargó hasta la habitación. Recordó cuánto lo conocía. Este era el niño con el que había jugado, el adolescente que la había provocado, el amigo que la había sacado a pasear por el pueblo y que la había invitado a comer hamburguesas, papas fritas y malteadas de chocolate. Era Joshua, el hombre que amaba. Joshua, el esposo que estaba a punto de convertirse en su amante. La colocó en la cama.

Ava le tocó el rostro mientras él se inclinaba sobre ella, fascinada por sus ángulos, por el indicio de su barba, sus labios entreabiertos, la tibieza y la dulzura de su aliento. Dejó escapar una risa tierna y jadeó cuando él se estiró junto a ella: lo áspero contra lo delicado; el músculo duro contra sus curvas suaves. Ella sintió que se retraía, y supo que él también lo había sentido.

—¿Qué necesitas, Ava? ¿Qué deseas? —Habló dulcemente, mirándola con ternura—. Dime.

—No sé. —Nunca se lo habían preguntado y no sabía qué necesitaba para librarse del temor persistente que amenazaba con arruinar este momento—. Joshua —dijo su nombre para recordárselo a sí misma—. Ay, Joshua, lo siento.

Él apoyó la punta de sus dedos contra sus labios y sonrió tiernamente.

—Lo descubriremos.

Y, milagrosamente, lo hizo. La frialdad se derritió y su cuerpo se llenó de sensaciones voluptuosas. Cuando Joshua finalmente deslizó una mano detrás de su cabeza y la envolvió en la acogida marital, estaba lista. Una sinfonía empezó dentro de ella cuando lo miró a los ojos, tan tiernos y colmados de placer, mientras acariciaba su rostro.

El oleaje palpitaba. Escuchó el redoble de tambores, la aceleración del ritmo. La tensión se hizo más profunda; se dilató y se tensó, y sintió elevarse cada vez más alto, hasta que los acordes armoniosos irrumpieron en exaltación. Arrebatada, sintió la exquisita resolución, el dejarse llevar como una hoja que se agita suavemente de un lado a otro al caer, hasta descansar, agotada, en la tierra.

Joshua desplazó su peso.

—Y a Dios se le ocurrió esta idea. —Lanzó una risa gutural, acariciando el cuello de Ava con su nariz mientras caía de espaldas y la sostenía encima de él. Recorrió su espalda con largas caricias—. ¿Cómo te sientes?

Ava suspiró y recostó su cabeza sobre el pecho de su esposo.

—Nacida de nuevo. —Lánguida y soñolienta, se acurrucó contra él—. Creo que ahora podría dormir una semana.

—Entonces es hora de irnos a la cama. —Joshua se levantó y la tomó de la mano. La guio a subir las escaleras hacia el observatorio, donde había preparado una cama con sábanas y mantas.

—Me preguntaba cómo nos mantendríamos en calor.

—¿Ah, sí? Mira hacia arriba.

Acurrucados el uno en los brazos del otro, durmieron bajo un manto de estrellas.

Ezekiel esperó algunos días antes de pasar por la casa de Joshua y Ava para ver cómo les estaba yendo. Escuchó los sonidos distantes de alguien que sabía cómo tocar muy bien el piano. Mitzi había sorprendido a Ava con el regalo de su piano, entregado y afinado mientras los recién casados aún estaban en su luna de miel. Parecía que Ava ya estaba aprovechándolo bien.

—¡Papá! —Joshua abrió la puerta delantera—. Entra. No has venido desde que volvimos de la luna de miel.

—Quise darles un poco de tiempo a solas.

Ava se acercó para abrazarlo.

—Te oí tocar. Una pieza que no había escuchado antes.

—Solo es algo en lo que he estado trabajando. —Le pidió que se sentara y se pusiera cómodo. Ezekiel se sentó en un extremo del sofá, Joshua en el otro, y Ava se posó sobre el apoyabrazos junto a su esposo. Su hijo parecía feliz y relajado; Ava, radiante. Ezekiel nunca dudó de que Joshua y Ava se llevarían bien. Mientras hablaban de cosas cotidianas, observó su interacción: los dedos que se rozaban, una mirada fugaz, una expresión de amor profundo. Habían aprovechado sabiamente su luna de miel. La pálida sombra de la duda había desaparecido de los ojos de Ava. Ahora estaban completos, brillantes, llenos de alegría. Ella sabía que era amada y que podía corresponder amando plenamente. La promesa de lo que podía ser estaba cumpliéndose.

—Te traje algo. —Le entregó el regalo a Ava y la observó mientras desenvolvía la Biblia de Marianne. ¿Recordaría que se la había devuelto con la directiva de que la guardara para la esposa de Joshua?

Ava la apretó contra su pecho y le sonrió con lágrimas brillantes de gratitud.

—La guardaré como un tesoro. —Él vio que recordaba todo, especialmente que sus pecados habían sido alejados de ella tan lejos como está el oriente del occidente.

CAPÍTULO 20

Cerca, más cerca, oh Dios, de Ti,
Acércame, mi Salvador, tan precioso eres Tú.
Estréchame, oh estréchame cerca de Tu pecho,
Ampárame a salvo en ese «Refugio de descanso».
LEILA MORRIS

JOSHUA SE DESPERTÓ AL OÍR QUE AVA GEMÍA. Se movía inquieta debajo de las mantas, como si estuviera peleando. Hablaba, pero no con la claridad suficiente para que la entendiera. Se acercó y le tocó el hombro desnudo.

—Ava. —Ella se sobresaltó al despertarse, jadeante. Joshua acarició su brazo—. Era una pesadilla, cariño. —Su respiración se calmó y luego empezó a llorar.

—Cuéntame. —Le acarició el cabello.

Ella tragó.

—Casi vi su rostro.

Cuando se acurrucó a su lado, Joshua la rodeó con su cuerpo para consolarla. Frotó la parte superior de su cabeza con el mentón.

—¿El rostro de quién?

—El de mi madre. —Se estremeció y suspiró.

Joshua sintió que la respiración de Ava se calmaba. Estaba cansado, pero si ella quería hablar, él la escucharía.

—Solía soñar con el puente y con estar acostada sobre la grava, indefensa y con frío. Podía ver a papá allá arriba, en la baranda, mirándome, pero no podía gritar.

Joshua la acercó más a su cuerpo.

—Él te encontró y te trajo a casa. —La había amado desde la primera vez que la vio. Cambió su cuerpo de lugar para dejarle más espacio, y apoyó la cabeza sobre su mano—. Papá no quería entregarte.

—Lo sé.

—No estaríamos casados ahora si no lo hubiera hecho.

—Lo sé. —Ava se puso de costado y pasó sus dedos por el vello de su pecho—. Me alegro de que me haya entregado a Peter y a Priscilla.

—Mamá y papá.

—Sí. —Él escuchó que lo decía sonriendo—: Mamá y papá.

Ava se despertó en la mañana sin recordar mucho la pesadilla y sin deseos de pensar en ella. Una semana atrás, había ido a ver al doctor Rubenstein para hacerse una prueba de embarazo. Tal vez el hecho de guardarle un secreto a Joshua era lo que había causado que volviera la pesadilla. No había mencionado nada porque no quería que Joshua se llenara de esperanza. Ella le había quitado la vida a su primer hijo y no estaba segura de que Dios le daría una segunda oportunidad.

Salió de la cama con cuidado para no despertar a Joshua. Fue al baño, cerró la puerta silenciosamente y abrió la ducha. Dios la había perdonado. Lo mismo habían hecho Joshua y muchas otras personas. Algún día, conocería a su hijo en el cielo. No iba a pensar en el pasado. No iba a preguntarse de dónde venía ella.

Se secó, se vistió y se peinó el cabello, que había crecido hasta los hombros, tan rojo como había sido siempre. Otra vez se veía como ella misma.

Preparó café y encendió el radiador para que la casa estuviera tibia cuando despertara a Joshua. Corrió las mantas y admiró el cuerpo de su esposo. Tenía una contextura tremenda y maravillosa. Se arrodilló al borde de la cama y se inclinó para besarlo.

—Hora de levantarse. —Los ojos de Joshua estaban turbios por el sueño. Volvió a besarlo, demorándose esta vez. Él emitió un sonido de placer y dijo que ella tenía sabor a pasta dentífrica. Cuando él trató de arrastrarla a la cama, le apartó las manos—. Ah, ah, ah... —Se alejó fuera de su alcance.

—Tú empezaste. —Le sonrió despreocupadamente y dio unas palmaditas sobre el colchón—. Vuelve a la cama.

—Es lunes por la mañana. Llegarás tarde al trabajo.

Echó un vistazo al reloj que había sobre la mesa de luz y se quejó.

—Siempre puedes volver para el almuerzo. —Riendo, se dirigió a la cocina—. Tendré el desayuno servido para cuando estés listo.

Oraron y desayunaron juntos. Él le preguntó qué planeaba hacer ese día. Practicaría piano y trabajaría en la música que estaba tratando de escribir. Ian Brubaker vendría a última hora de la tarde para asesorarla. Más allá de eso, tenía mucho para hacer en la casa y en el jardín.

Joshua le dio un beso prolongado en la puerta del garaje.

—Te veré al mediodía.

Ava pasó una hora leyendo la Biblia de Marianne, luego limpió la cocina, tendió la cama y puso una carga en el lavarropas. Dudó si salir al jardín por temor a no escuchar el teléfono o no llegar a tiempo para contestar. Pero tenía cosas para hacer en el jardín. Acababa de abrir la puerta de vidrio cuando sonó el teléfono. Corrió a atenderlo y lo alcanzó antes del segundo timbrazo.

—¿Has pasado toda la semana sentada junto al teléfono? —El doctor Rubenstein dejó escapar una risita.

—¿Sí o no?

—La prueba de embarazo dice que sí. Estás embarazada. Te transferiré a Colleen. Ella te dará una cita para que vengas a hacerte un examen completo. Calcularemos la fecha de parto.

—¡Gracias! ¡Gracias!

—No me agradezcas a mí. —Se rio él—. Dale las gracias a Joshua. —Colleen apareció en la línea y le preguntó si desearía ir el miércoles.

Ava danzó por toda la sala.

—Gracias, Jesús. ¡Gracias, Jesús! —Quería llamar a Joshua y decirle que fuera a la casa en ese mismo momento, pero lo pensó mejor. No quería darle la noticia por teléfono, pues él pensaría que sucedía algo malo si Ava decía que lo necesitaba de inmediato. Eran las diez treinta. Podía esperar una hora y media. ¿O no?

Sonó el timbre.

Los vendedores a domicilio habían pasado toda la semana. Ya había rechazado una aspiradora, un surtido de cepillos Fuller y cosméticos de Avon. Abrió la puerta y se sobresaltó por la sorpresa.

—¡Susan! —Ella nunca había venido de visita—. Me alegro de verte. —Recordando sus buenos modales, Ava abrió la puerta mosquitera—. Entra, por favor.

Susan dudó un instante antes de cruzar el umbral.

—Espero no encontrarte en un mal momento.

—En realidad, es el momento perfecto. —El gozo por el bebé seguía burbujeando en su interior. ¡Un bebé! ¡Iba a tener un bebé!— ¿Puedo ofrecerte algo para beber? ¿Café, té helado?

—Nada para mí, gracias.

Ava dio la vuelta en la puerta de la cocina y volvió.

—¿Estás segura? No es ninguna molestia.

Ahora notó su incomodidad y tuvo la extraña sensación de un desastre inminente.

—Por favor. Siéntate. Ponte cómoda.

Susan se sentó en el borde del sofá. Estaba temblando.

Ava no podía imaginar por qué la mujer estaba tan nerviosa.

Habían hablado muchas veces cuando ella era una estudiante en la preparatoria que iba a pasar un rato en el restaurante. De hecho, Susan la había ayudado a decidirse sobre Joshua. Por un segundo, un pensamiento cruzó por la cabeza de Ava.

—¿Viniste a hablar sobre papá? Todos saben cuánto tiempo pasa contigo. —No le sorprendía que estuviera tan nerviosa. Los rumores abundaban. Esperaba poder tranquilizar a Susan.

—Todos tienen una idea equivocada sobre nosotros. —Susan sacudió la cabeza—. Ha sido el mejor y único amigo verdadero que he tenido en mi vida. —Tragó con dificultad, observando a Ava y luego desvió la mirada—. Él quiso que viniera, pero no sé si puedo hacer esto.

—¿Hacer qué? —Ava se inclinó hacia ella. Susan se ponía más pálida a cada instante. La boca le temblaba y sus manos estaban apretadas tan fuertemente que los nudillos se le habían puesto blancos.

Susan cambió de posición en el sofá para mirar de frente a Ava. Por la expresión que tenía en la cara, bien podía haber estado enfrentando a un pelotón de fusilamiento.

—Yo soy tu madre.

Un escalofrío se extendió por el cuerpo de Ava.

—¿Qué? —No pudo haber escuchado correctamente.

—Yo soy tu madre. —Susan lo repitió en un tono impasible, aunque sus ojos traicionaban el miedo que sentía. Bajó la cabeza y continuó, apurada—: No hay excusa para lo que te hice.

Ava se levantó y retrocedió, con el corazón latiéndole fuertemente. ¿Su madre? Toda su vida se había hecho preguntas sobre la mujer que la había dado a luz bajo el puente y la había abandonado para que muriera.

Pero no moriste, ¿verdad?, susurró dentro de ella la voz tranquila y suave.

Ava se llevó una mano temblorosa a la frente, tratando de

pensar. ¿Susan Wells? Siempre le había caído bien. ¿Cómo pudo haber hecho semejante cosa?

No juzguen a los demás...

Ava cerró los puños. ¿Cómo se atrevía a venir a esta casa? *¿Por qué hoy, justamente hoy? Estaba tan feliz...* Se detuvo, recordando por qué.

El criterio que usen para juzgar a otros es el criterio con el que se les juzgará a ustedes.

El teléfono sonó.

Susan se sobresaltó al oír el sonido.

—Lo lamento, Ava. Lo siento tanto, tanto. —Apoyó las manos sobre el borde del sofá y empezó a ponerse de pie—. Es todo lo que vine a decir.

—¡No es suficiente! —Ava miró el teléfono y, luego, a Susan—. No te irás. Te quedarás aquí mismo. —Señaló el sofá mientras el teléfono sonaba sin parar, exigiendo ser atendido—. Viniste, ¡y no te irás hasta que me digas *por qué*!

El teléfono seguía sonando.

—¡No puedes lanzar una bomba atómica y luego salir como si nada por la puerta! ¡No te lo permitiré!

Susan se hundió en el asiento con los hombros encorvados. Cuando el teléfono por fin dejó de sonar, la sala quedó inmersa en el silencio.

Los minutos pasaban. Ava apretó los puños, haciendo un esfuerzo por no llorar. Cuando finalmente pudo dominarse de manera racional, habló con una voz oprimida por el dolor.

—Solo dime *por qué*.

Susan no levantó la cabeza.

—Me he hecho la misma pregunta un millón de veces. Ira. Miedo. Vergüenza. —Sus manos apretaban sus rodillas—. Culpa.

—¿Y creíste que abandonar a un bebé recién nacido debajo de un puente mejoraría las cosas? —Ni bien escuchó sus propias palabras, Ava sintió un pinchazo agudo de culpa y volvió a escuchar el susurro en su mente. ¿Qué derecho tenía de juzgar? ¿No había hecho ella algo peor? Se llevó las manos temblorosas a la cabeza.

—Perdón, Ava. No debí haber venido.

—Quizás no, pero ya es demasiado tarde, ¿no crees? —Ava sintió que se ahogaba. Escuchó el chirrido de unos neumáticos en la calle. Con los ojos llenos de lágrimas, miró furiosa a Susan—. ¿Por qué tuviste que traer el pasado? —Pensó en Franklin y en todos los argumentos que le dio para no tener el bebé. Pensó en el viaje nocturno que hizo con él. Recordó a la mujer que esperaba en la habitación de atrás de una casucha en las colinas costeras. Se ahogó con un sollozo y la expresión del rostro de Susan reflejó lo que ella sentía.

La puerta delantera se abrió.

Joshua entró aprisa, preocupado de que algo le hubiera pasado a Ava. Toda la mañana había tenido un mal presentimiento y llamó a la casa, pero ella no contestó el teléfono. La vio parada en la sala, conmocionada, y supo que algo estaba mal. Ni siquiera notó que había alguien más en la sala, hasta que llegó al lado de Ava.

—¿Susan? —Dejó de mirarla para ver a Ava otra vez—. ¿Qué está sucediendo?

Ava la señaló con un dedo acusador.

—Ella es mi madre. —Se abrazó.

Sonrojándose, temblando, Susan se levantó.

—Lo siento. —Todo el color se desvaneció—. Me iré. Esto fue un error.

Ava dio un paso hacia ella y habló con la ira del dolor:

—Quieres decir que *yo* fui un error.

—No. —Las lágrimas desbordaron sus ojos y cayeron a las mejillas pálidas de Susan—. ¡No!

Joshua podía sentir al enemigo en la sala con ellos en ese mismo momento, y el enemigo no era Susan Wells. Veía el dolor, la rabia y la confusión de Ava, y veía el miedo y la infelicidad de Susan. Estaba a punto de huir y, si lo hacía, Joshua sabía que nunca volvería. Seguiría huyendo, sola, al desierto.

—Por favor siéntate, Susan. —Joshua hizo un ademán amable. Ava, con los labios entreabiertos, lo miró fijamente. Joshua se acercó a ella y la rodeó con un brazo—. Hablemos de esto. Por favor. —Sentía que Ava temblaba. ¿Era por el impacto o por la indignación? Su cuerpo estaba frío. Le frotó los brazos y habló con tranquilidad—: Estuviste soñando con ella de nuevo. ¿Lo recuerdas? Tienes que averiguar lo que sucedió.

Ava se apoyó en Joshua para sostenerse y lo dejó hablar. Joshua le pidió a Susan que les contara todo.

La voz de Susan era suave, quebrantada.

—Tenía diecisiete años y creía que lo sabía todo. Mis padres me habían advertido sobre el joven con quien estaba saliendo, pero no quise escucharlos. Cuando quedé embarazada, él no quiso tener nada que ver conmigo. Había sido una tonta. Me las arreglé para mantener oculto mi embarazo hasta el final. Entonces comenzaron las contracciones. Estaba muy asustada y avergonzada. No sabía qué hacer. Tomé las llaves del carro de mi padre y empecé a conducir. No sabía a dónde iba; solo quería irme lejos, muy lejos. Pasé la desviación hacia la costa y pensé en dar la vuelta y regresar. Se me ocurrió que podría llevar el carro a un acantilado y arrojarme al mar desde allí; de esa manera, nadie podría saber lo que me había sucedido ni lo que había hecho. Pero los dolores eran muy fuertes para entonces. Salí de la carretera principal. Vi el Parque Ribereño y frené. Estaba tan oscuro...

»Lo recuerdo como si hubiera sido ayer. Aún puedo oír los grillos en la hierba. Había luna llena. No sabía qué hacer, pero tenía que salir del carro. Mis contracciones llegaban cada vez más y más rápido. Pensé que podría encontrar un refugio, algún lugar oculto. Traté de entrar al baño de damas, pero estaba cerrado con llave. Ojalá hubiera parado antes, me hubiera registrado en un motel, pero era demasiado tarde.

»Tenía mucho miedo de que alguien pudiera oírme. Me había ilusionado tanto cuando descubrí que estaba embarazada contigo.

Mi novio me había dicho que me amaba. Dijo que si yo lo amaba de verdad, tenía que entregarme a él, y lo hice: mi corazón, mi mente, mi cuerpo y mi alma. Luego, cuando le dije que estaba embarazada, ni siquiera quiso creer que el bebé era suyo. Si me había entregado a él, probablemente había hecho lo mismo con otros. Dijo: "¿Por qué debería creerte? Es tu problema, no mío". Me dejó en la puerta de la casa de mis padres y jamás volvió. Fui tan tonta.

»De alguna manera, logré llegar a las sombras debajo del puente. Sabía que allí nadie me vería. El ruido del río ahogaba mis gemidos y había agua para lavarme cuando todo terminara. Cuando naciste, estabas tan callada que pensé que estabas muerta. Y, para ser sincera, creí que sería lo mejor. Estabas acostada ahí, pálida y perfecta sobre el manto oscuro de la tierra. Estaba demasiado oscuro como para ver si eras un niño o una niña. Me quité el suéter y te lo puse encima. No sabía adónde iría, pero tenía que salir de ahí. Supe que nunca me liberaría de la culpa y el remordimiento. No lo merecía. Planeaba buscar algún lugar donde suicidarme. Pero, al final, ni siquiera tuve el valor para hacer eso.

Ava se inclinó y apoyó las manos sobre su cabeza; no quería escuchar nada más. Joshua le dijo a Susan que continuara. Cuando Ava lo miró, vio que la entendía. Ella le había contado todo, ¿cierto? Le había confesado lo peor que había hecho cuando estaban en Agua Dulce y él había seguido amándola. Las palabras de Susan sonaban como si las hubiera dicho ella misma. *Diecisiete años... creía que lo sabía todo... Todos me habían advertido... Fui una tonta.* De tal palo, tal astilla. Ava lloró. Le corría la nariz. Joshua se levantó y volvió con dos pañuelos, uno para ella y el otro para Susan, que estaba llorando a unos pasos de distancia.

—Todo va a estar bien. —Les estaba hablando a ambas.

¿Sería así?

Tragándose sus lágrimas, Ava miró a Susan y vio su propia angustia reflejada en ella.

—¿Quién era mi padre?

Susan apretó el pañuelo con las dos manos.

—Nadie que debas conocer. —Susan levantó la cabeza y miró a Ava con tristeza—. Era guapo, carismático y malcriado. Venía de una familia rica y se creía el dueño del mundo. Yo no fui la primera ni la última chica que él usó y descartó.

—Por eso me advertiste sobre Dylan.

—Traté. —Los ojos de Susan estaban llenos de remordimiento—. Supe cómo era ese muchacho desde el momento en que entró al restaurante.

—Y yo no quise escuchar. —Analizó el rostro de Susan y buscó similitudes—. ¿Me parezco a mi padre?

—En absoluto. —Su voz se puso nostálgica—. En realidad, te pareces a mi madre. Ella tenía el cabello rojo. Pero tienes mis manos. —Extendió las suyas para que Ava pudiera ver sus dedos largos, la forma de las uñas.

Ava se recostó contra Joshua, buscando consuelo en su apoyo sólido y en su calor. Miró a Susan a los ojos y sintió su dolor. Veintitrés años con ese sentimiento.

—Después de esa noche, ¿te fuiste a tu casa?

—Después de quedarme unos días en un motel barato. Nunca les conté a mis padres lo que había hecho, pero sabían que algo había sucedido. Luego de esa noche, no fui la misma. Finalmente traté de suicidarme, pero mi madre me encontró. Volví a la escuela, pero no podía concentrarme. Conseguí un empleo como mesera en Fisherman's Wharf.

—Yo fui mesera en Agua Dulce.

Susan sonrió levemente.

—Lo sé. Ezekiel me lo dijo.

Se miraron una a la otra, profundamente. Ava siempre se había preguntado quién era su madre. Ahora entendía por qué Susan le prestaba tanta atención cuando iba a la Cafetería de Bessie, por qué la buscaba y hablaba con ella, y por qué había sido tan insistente cuando le dijo que se aferrara al amor y que lo cuidara.

—Luego de que naciste, lloré todo el día. Sabía que tenía que volver, pero al día siguiente vi un periódico al salir del motel. El titular decía que un pastor había encontrado a un bebé abandonado en el Parque Ribereño. Le di gracias a Dios porque habías sobrevivido. Estabas en buenas manos. Sabía que estarías bien. Creí que podría olvidar.

—Pero no pudiste. —Ava sabía cómo se había sentido.

—No. No pude.

Joshua llenó el silencio:

—¿Podemos conocer a tus padres?

—Ambos fallecieron en un accidente automovilístico. Después de eso, me mudé muchas veces. Tengo fotografías de ellos, si quisieras tenerlas.

—Por favor.

—Me aseguraré de que las recibas. —Los ojos de Susan seguían mostrando su angustia—. No podía dejar de pensar en ti y de hacerme preguntas. Por eso volví a El Refugio, para averiguar qué había pasado contigo. En la Cafetería de Bessie, escuchas de todo. —Le echó un vistazo a Joshua—. Me enteré de todo lo de Marianne Freeman. Debe haber sido una mujer maravillosa. —Se dio vuelta para concentrarse en Ava—. Peter y Priscilla te habían adoptado. Te habían querido desde el primer momento. Bessie habla mucho, con bondad, desde luego. Sabe cosas de todo el mundo. —Sonrió débil y tristemente—. Bueno, de casi todo el mundo. No sabe sobre mí. —Se fijó en Ava—. Pasabas mucho tiempo ahí. Cuando te escapaste con ese muchacho, seguí orando para que volvieras.

Muchas cosas tenían sentido ahora.

—Siempre parecías interesada en lo que tenía para decir.

—Me interesaba mucho.

—Papá lo sabía, ¿verdad? —Joshua sonaba convencido.

Susan sonrió con dolor, desaprobándose a sí misma.

—Se lo conté hace algunos años, pero él ya lo sabía. —Flexionó sus dedos—. Quizás fueron mis manos las que me delataron. Ezekiel dice que Dios abrió sus ojos para que se diera cuenta.

Los ojos de Ava se llenaron de lágrimas. Sabía a qué se refería. Miró a su madre y se vio a sí misma.

Susan suspiró.

—Sé que es demasiado pedirte que me perdones, pero creí que tenías derecho a saberlo. —Se puso de pie—. Gracias por escucharme. —Se dirigió hacia la puerta.

Ava se levantó rápidamente. Sintió que sus ojos volvían a llenarse de lágrimas.

—Sé que no te fue fácil venir, Susan.

Ella se detuvo.

—Nunca pensé que lo haría, pero Ezekiel no quiso darse por vencido. —Abrió la puerta—. Pronto me iré.

Le pareció un choque conocer a su madre y enseguida saber que esta podía ser la última vez que la vería. Ava sintió las manos gentiles de Joshua sobre sus hombros.

—¿Adónde irás?

Susan encogió los hombros.

—A algún lugar donde pueda empezar de nuevo.

Ava pensó en la noche que Joshua la había traído de regreso a El Refugio. Papá había estado parado en el puente. Casi parecía que había estado allí esperándola todo el tiempo, desde que ella se había ido. Cuando salió de la camioneta, él vino a su encuentro adelantándose a sus pasos y la abrazó. La perdonó antes de que ella hiciera su confesión. Nunca había dejado de amarla. Ava pensó en Joshua y en cuánto tiempo había esperado a que creciera, y cuánto le había perdonado. Todos en el pueblo sabían que papá amaba a Susan. Solo que no sabían hasta qué punto.

Susan parecía muy perdida. Salió por la puerta.

Ava escuchó el susurro de Dios. La decisión era suya. Siempre lo había sido. Salió.

—Susan, espera. —Se apartó de Joshua, orando para que Dios

le diera las palabras. Alcanzó a Susan a mitad de camino hacia la vereda. Cuando Susan se dio vuelta, Ava la tomó de las manos—. Sí, te perdono.

—Gracias. —Apretó suavemente las manos de Ava.

—No te vayas.

Los hombros de Susan se desplomaron.

—Tengo que hacerlo.

—Pero ya empezaste de nuevo. No tienes que volver a hacerlo.

Susan se detuvo por un momento y consideró sus palabras, luego se soltó de las manos de Ava.

—Me alegro de haberte conocido. Eres una joven excepcional. —Sus ojos se llenaron de lágrimas—. Adiós, Ava. —Rodeó su viejo Chevy y se sentó en el asiento del conductor.

Ava se dio vuelta para mirar a Joshua, suplicante. Él negó con la cabeza, pero salió para acompañarla. Ava siguió esperando, pero Susan se alejó sin mirar atrás ni una vez.

—Por lo menos, ahora sé.

Joshua se paró detrás de ella y rodeó su cintura con sus brazos. Le frotó la cabeza con su mentón.

Ava sintió que la carga del pasado se disipaba, que la cizaña se alejaba revoloteando. Joshua sabía todo sobre ella. Conocía la ira que la había mortificado desde que era niña, la terquedad, la arrogancia. Y de todas maneras la amaba. ¿Qué había sucedido para cambiarla? *«Ahora, Dios vive en ti»*, dijo papá cuando le contaron que Joshua la había bautizado en el Parque Ribereño. *«Te has convertido en Su templo»*. Sin que ella se diera cuenta de lo que estaba pasando, el Espíritu Santo había empezado la obra de transformación. ¿De qué otra manera podía ser perdonada toda una vida de odio en el lapso de pocos minutos?

Ava suspiró.

—Dios nunca dejará de sorprenderme.

Joshua la soltó y se dio vuelta para volver a la casa.

—Será mejor que llame a Jack y le diga que la casa no se incendió y que no estás en el hospital.

El hospital.

El doctor Rubenstein.

¡El bebé!

—Joshua. Cuando dejes de hablar por teléfono, tengo algo que decirte.

———

Por la emoción que había en la voz de Joshua, Ezekiel supo cuál era la noticia que tenía para darle.

—Así que voy a ser abuelo.

—Sí, señor. Dentro de cinco o seis meses. El miércoles lo sabremos mejor, después de ver al doctor Rubenstein. —Ezekiel oyó que Ava decía algo en el trasfondo. Joshua se rio—. Ava ya está hablando de volver a pintar una de las habitaciones. Verde o durazno, algo que sirva para niño o niña. Posiblemente mañana querrá salir a buscar una cuna.

—Es bueno estar preparados.

—Hablando de estar preparados, Susan Wells vino de visita. Supongo que sabes por qué.

Gracias a Dios.

—Le dijo a Ava que es su madre.

—Sí, eso hizo. —Su tono cambió—. Toda la mañana tuve una sensación rara de que algo andaba mal, y llamé por teléfono. Cuando Ava no atendió, vine a la casa y las encontré en la sala, y pude sentir que el diablo se estaba aprovechando al máximo. No era mi batalla, pero oré.

—¿Cómo tomó la noticia Ava?

—Al principio estaba consternada y a punto de explotar, luego lloró por casi todo lo que Susan dijo. Creo que ninguna de las dos esperaba que Ava la perdonara, pero eso fue lo que sucedió.

—Gracias a Dios. —Ezekiel sintió que el gozo brotaba en su interior. El perdón era la muestra de una vida rendida a Dios.

—Amén. Qué mal que Susan se vaya del pueblo.

—¿Eso fue lo que dijo?

—Ava trató de convencerla de que no lo hiciera. No sé hasta dónde llegó con eso.

—El tiempo lo dirá.

Después de colgar el teléfono, Ezekiel buscó su chaqueta y la gorra del perchero y caminó hacia el centro, a la Cafetería de Bessie. Cuando volteó en la esquina, miró a través de la ventana. Bessie estaba parada detrás del mostrador. La campanilla sonó cuando él entró y ella levantó la vista.

Cuando miró hacia las puertas de la cocina, ella sacudió la cabeza.

—Si buscas a Susan, no está aquí. Vino hace un momento y renunció. Así como así. No lo podía creer. Pensé que le gustaba vivir aquí. —Sacó un sobre de su bolsillo—. Dejó esto para ti.

Con el corazón oprimido, Ezekiel lo abrió y leyó la breve carta. Luego la dobló y volvió a guardarla en el sobre, que metió en el bolsillo de su camisa.

—¿Qué dijo?

—"Gracias". —Todas las otras palabras eran solo para él.

———

El ulular del viejo búho del pino del patio trasero despertó a Ezekiel. Aún no eran las tres, pero de todas maneras se levantó. Después de vestirse rápidamente a oscuras, se puso su chaqueta y la gorra de los Cardenales de San Luis y salió. Esa noche, había soñado con Susan. Estaban sentados otra vez en la Cafetería de Bessie, hablando del Señor como lo hacían siempre, cuando Marianne entró por la puerta. Les sonrió y se unió a ellos en la barra. Ezekiel guardó silencio y dejó que las dos mujeres conversaran. Marianne siempre sabía cuándo hablar y qué decir cuando alguien estaba dolido, pero ahora que estaba despierto, no podía recordar ninguna de sus palabras.

Y Susan seguía sin aparecer. Había pasado un mes, y nadie la había visto ni recibido una palabra de ella. *Señor, ella sigue allá en el desierto. Otra vez está en peligro y dolida.*

Ezekiel sintió la respuesta dentro de su corazón, el susurro de las palabras serenas y consoladoras de Dios. Susan no estaba perdida; estaba haciendo su propio viaje. Cuando Ava se fue, Joshua sufrió terriblemente y Ezekiel le dijo a su hijo que la dejara ir y confiara en el Señor. Ezekiel debía seguir su propio consejo ahora. Dios sabía dónde estaba Susan y lo que tendría que vivir antes de que pudiera rendirse, entregar su vida y experimentar el poder de la resurrección que Jesús le ofrecía. Susan podía huir a los confines de la tierra y, aun así, Dios nunca la perdería de vista ni dejaría de prodigarle su cuidado amoroso. Tampoco se quedaría fuera del alcance de las oraciones de Ezekiel. Cada oración que ofrecía Ezekiel llevaba a Susan ante el trono del Dios omnisciente, omnipresente y omnipotente. El Señor haría lo que quisiera con ella, ya fuera en El Refugio o en Tombuctú. ¿Cuántos años pasarían hasta que ella lo entendiera?

No obstante, a Ezekiel le dolía el corazón. El enemigo tenía dominada a Susan.

Con las manos en los bolsillos de su chaqueta, Ezekiel caminó por su calle, pasando por las casas de sus amigos y vecinos. Habían pasado años desde la época en que Joshua cortaba el césped de los Weir y de los McKenna.

Mientras Ezekiel recorría los vecindarios, oraba. Penny, Rob y Paige estaban muy bien. Otro bebé venía en camino. Se rio en voz baja. Esta vez, ¿se llamaría el bebé Paul o Pauline?

Siguió caminando y dando gracias por las oraciones contestadas.

Dutch y Marjorie habían abierto su hogar para un estudio bíblico los miércoles por la noche.

Gil y Sadie MacPherson venían al pueblo para asistir al estudio y se corría la voz de que Dutch era bastante bueno como maestro.

Mitzi se había recuperado de un largo episodio de neumonía y ahora estaba instalada en la residencia para ancianos Shady Glen, para el alivio de Hodge y Carla. Al principio, Mitzi les había llevado la contra. Decía que no le gustaba sentir como si ya tuviera un pie en la tumba y otro sobre una cáscara de plátano. Estaba llamando la atención y haciendo nuevas amistades. Llegó anunciando que si alguien pensaba que se la pasaría jugando al bingo o armando rompecabezas por el resto de su vida, estaba equivocado. En el lugar había un piano y ella lo tocaría. Al personal no le molestaba en lo más mínimo. «Les gusta el ragtime en la mañana y los himnos por la noche. Son como el toque de diana y el toque de silencio —bromeaba Mitzi—. A los vejestorios nos levantan y nos hacen mover por la mañana, y en la noche nos preparan para que nos encontremos con nuestro Creador, antes de irnos a la cama».

Ezekiel pasó por el hospital El Buen Samaritano y oró por los médicos y por los pacientes. El doctor Rubenstein, ya pronto a jubilarse, había aceptado a su sobrino Hiram como su asociado. El joven había terminado recientemente la residencia en Johns Hopkins y tenía suficiente talento como para elegir dónde hacer sus prácticas. Ezekiel recordó cómo sacudía la cabeza el viejo doctor cuando le habló del tema. «Traté de disuadirlo de no hacerlo, pero dice que quiere estar aquí. —Hiram Cohen quería seguir los pasos de su tío preferido y ser médico de cabecera en un pueblito—. Mi hermana tenía ambiciones más encumbradas para él, pero el muchacho tiene sus propias ideas. Ella dice que me perdonará si le consigo una buena esposa judía».

Las luces de la comisaría estaban encendidas. Jim Helgerson salió por la puerta. Ezekiel se detuvo.

—Vaya hora para estar trabajando, Jim.

—Es lo que te toca cuando eres el comisario de un pueblito y le das vacaciones a tu suplente. Recibí una llamada y atrapé a un vándalo pintando grafiti a la espalda de la estación de tren. No se le ve feliz en el calabozo, pero quizás le sirva para recapacitar. Sus padres ya no saben qué hacer. Iré al Restaurante de Eddie y veré si todavía quiere aceptar un nuevo proyecto.

—Eddie nunca dice que no —sonrió Ezekiel.

Cuando volvió al centro del pueblo, Ezekiel pasó por la tienda de Brady Studebaker. Sally y Brady esperaban su primer hijo. El Refugio parecía estar pasando por una explosión demográfica. Los hijos de Penny y Rob, Sally y Brady, y Joshua y Ava crecerían juntos.

Ya había luces encendidas en la cafetería de la esquina. Bessie y Oliver estaban sentados en la mesa de adelante, compartiendo una taza de café y conversando antes de que su día empezara. El letrero que decía: «Se busca empleado» seguía colgado en la ventana. Todavía no habían encontrado a alguien para reemplazar a Susan.

Sintiendo un impulso, Ezekiel caminó hacia el puente a El Refugio. Cuando el dolor llegaba en oleadas, la paz del río calmaba su corazón atribulado. Había algo muy especial en escuchar el movimiento del agua viva.

Se detuvo a la mitad del puente y apoyó los antebrazos sobre el barandal, escuchando las olas allá abajo. Recordó la noche que encontró a Ava, y se afligió por la madre que había vuelto a huir. Estrechó levemente sus manos, agachó la cabeza y oró. *Tráela a casa, Señor.*

Todo en su momento oportuno.

Casi podía escuchar a Marianne cantando un himno hermoso que había surgido de una pérdida importante. Ezekiel cerró los ojos y pronunció en voz baja las palabras: «Tengo paz en mi ser, gloria a Dios». De alguna manera, decir las palabras en voz alta le trajo paz. Levantó la cabeza y volvió a prestar atención. No estaba solo.

A lo largo de los años, Ezekiel había presenciado muchos

milagros. Sabía que podía esperar más. Otras palabras, que no habían sido escritas, salieron directamente de su corazón. Se incorporó y las cantó ahora para su Señor. Un canto de esperanza, un canto de gratitud por todo lo que había sucedido y todavía estaba por suceder. Su voz se desplazó por el agua y se elevó como la primera señal del amanecer en el horizonte.

Palabras de amor por su pueblo, por sus hijos, el rebaño que Dios le había dado para pastorear. Ah, cuánto los amaba. Lo hacían reír. Lo hacían llorar. Hacían que su corazón se desbordara de amor y se rompiera de dolor. Ah, pero él no quería otra cosa que ser lo que Jesús lo había llamado a ser: un siervo del Dios viviente, un portavoz de la Buena Noticia. Abrió las manos como si las extendiera sobre su rebaño para bendecirlo y elevó su voz con las palabras que Dios le había dado. Y, mientras obedecía el impulso, la oscuridad retrocedió.

Una luz se encendió en una casa frente al río, luego otra y otra.

Cuando Ezekiel se quedó en silencio y bajó sus manos nuevamente, renovó su promesa. *Cantaré sobre ellos con acción de gracias todos los días de mi vida, Señor. Con Tu fuerza, los amaré con todo mi corazón y con toda mi alma. Siempre.*

Como lo haré Yo.

Con el corazón satisfecho, Ezekiel metió las manos en los bolsillos de su chaqueta. Se quedó un instante más, disfrutando la seguridad de que todo estaba bien. Luego, cruzó el puente a El Refugio, preparado para lo que trajera el día.

NOTA DE LA AUTORA

QUERIDOS LECTORES:

La inspiración para *Puente al refugio* surgió de Ezequiel 16, donde Dios habla de su pueblo elegido como una recién nacida no deseada a quien Él atendió, cuidó y finalmente escogió para convertirla en su esposa, a pesar de que ella lo había rechazado. La historia me habló profundamente a mí, alguien que creció en un hogar cristiano y después abandonó lo que le habían enseñado. Emprendí mi propio camino, desperdiciando los dones que Dios me había dado. Esa expedición trajo sus propias consecuencias de dolor y arrepentimiento, pero a la larga, las repercusiones me hicieron ponerme de rodillas y me rendí al Señor, quien me amó en todo momento.

Tuve mis luchas al escribir este libro. Quería que el pastor Ezekiel reflejara el carácter de Dios, pero me di cuenta de que ningún hombre, ni siquiera uno ficticio, puede lograr eso. Solo Jesús, el Dios encarnado, es una representación auténtica. Ezekiel tenía que ser un padre amoroso, totalmente humano en sus fortalezas y debilidades, en sus defectos y fracasos. Lo mismo aplicaba para Joshua, el hijo, quien se esfuerza por ser como Jesús. Ava es como muchos de nosotros: una persona herida, confundida, que busca la felicidad persiguiendo cosas que nunca satisfacen realmente. Pocos de mis amigos se acercaron fácilmente a la fe. Yo luché y force-jeé contra el Señor, porque creía que entregarme era reconocer la derrota. Tardé mucho tiempo para abrir los puños. Pero, cuando finalmente lo hice, Él estaba esperándome y me tomó de la mano. Nunca me ha soltado y, desde entonces, he estado enamorada de Él.

Mi oración es que la historia de Ezekiel, Joshua y Ava los acerque a una relación más íntima con el Dios que envió a su Hijo unigénito, Jesús, a morir por nosotros, para que podamos vivir para siempre en Él. Nuestros anhelos de alcanzar la felicidad se cumplen únicamente en Él.

Mi deseo es que cada uno de ustedes pueda salir a caminar con fe y que cruce el puente al refugio del descanso que Dios provee.

Francine Rivers

GUÍA PARA LA DISCUSIÓN

1. El puente a El Refugio figura prominentemente en la historia: Ava nace y es abandonada debajo del puente. El pastor Ezekiel la encuentra allí. Ava cruza el puente para irse y luego para volver. Joshua la trae hasta el puente, y Ezekiel está esperándola en ese lugar, pero Ava tiene que tomar la decisión de atravesar el puente por sí misma. Finalmente es bautizada bajo el puente. Analice el simbolismo del puente a El Refugio. ¿Quién, o qué, es el puente? ¿Cuáles son algunos de los puentes de su propia vida? ¿Está usted deseoso de cruzarlos, o está reacio? ¿Por qué?

2. El pastor Ezekiel cede a las súplicas de Marianne de recibir a la pequeña Ava en su hogar, pese a que sabe que es riesgoso. ¿Cree que tomó la decisión acertada? ¿Por qué sí o por qué no? ¿Considera que es importante distinguir entre la dirección de Dios y nuestros propios deseos? Si piensa que es importante, ¿cuáles son algunas maneras en que podemos hacerlo?

3. Peter y Priscilla Matthews quieren adoptar a Ava desde el primer momento. ¿Por qué cree que están preparados para amar a esta bebé abandonada? ¿De qué maneras demuestran su amor por Ava, tanto durante su niñez como cuando es una joven

rebelde? ¿Qué errores cometen? ¿Hay alguien en su vida que le cause la angustia que Ava le traía a su familia adoptiva? ¿Cómo ha manejado usted esa relación?

4. Luego de que Peter y Priscilla adoptan a Ava, ella ve a Ezekiel desde la ventana de su habitación y ora para que Dios la haga volver con él. Convencida de que Dios no quiere contestar su oración, Ava le da la espalda por muchos años. Finalmente, ¿cómo y cuándo es respondida su oración? ¿Qué oraciones o sueños en su vida han parecido seguir sin realizarse, tal vez por años, antes de que finalmente se hicieran realidad? ¿Qué oraciones o sueños todavía está esperando que se concreten?

5. Mitzi es una fuerza estable en la vida de Ava, una amiga cariñosa que es siempre sincera con ella. ¿Tuvo usted algún mentor como ella mientras crecía, o tiene alguno en la actualidad? Si es así, ¿qué es lo más importante que le ha enseñado esa persona? ¿Hay alguien en su vida, ya sea un niño o un joven, de quien usted podría ser un mentor fiel? ¿Qué involucraría eso?

6. Joshua, un hombre de paz, está profundamente marcado por lo que vivió en la Guerra de Corea. Hoy en día, su condición se conoce como «trastorno de estrés postraumático». ¿Cómo lo afecta su estado emocional cuando regresa a casa? ¿Cómo repercute en la relación que tiene con su padre? ¿Con Ava? ¿Hay alguna persona en su vida que padece estrés postraumático? ¿De qué maneras podemos ayudar a las personas que están en esa situación?

7. Ni bien conoce a Dylan Stark, Joshua sabe la clase de persona que es. Pero no puede persuadir a Ava de que se aleje de él. ¿Hay algo que podrían haber hecho diferente Joshua, Ezekiel, Peter o Priscilla, que hubiera sido más eficaz? ¿Alguna vez ha visto a algún ser querido yendo por un camino con el que no estaba de acuerdo? ¿Cómo manejó la situación?

8. Parte de la reticencia de Ava para regresar a casa, a pesar de darse cuenta de que fue un error huir, es por su miedo al qué dirán de la gente. ¿Cree que sus temores están fundamentados en la verdad? ¿Hubo alguna vez en su vida que le haya costado tomar la decisión correcta por temor a cómo reaccionarían los demás? ¿Cómo lo resolvió? ¿Qué consejo le daría a una persona que está en la situación de Ava?

9. Siendo una adolescente, Ava le dice a Joshua: «No recuerdo una sola vez que no haya sentido que yo no valía lo suficiente». ¿Por qué piensa que ella se siente así, estando rodeada de personas como el pastor Ezekiel, Joshua, Mitzi y la familia Matthews, personas que la aman? ¿Qué hace falta? ¿Alguna vez se sintió usted así? ¿Cómo trató de llenar esa necesidad en su propia vida?

10. Después de que Ava huye, Joshua siente la necesidad de perseguirla. Pero Ezekiel le dice reiteradas veces que quizás lo mejor que puede hacer es dejarla ir. ¿Está de acuerdo con el consejo de Ezekiel? ¿Alguna vez ha tenido que dejar ir a alguien, o algo, como un sueño? ¿Cuál fue el resultado? ¿Cómo sabe cuándo es el momento de seguir buscando algo o cuándo es tiempo de dejarlo ir?

11. Franklin Moss le pregunta a Ava qué desea, y ella dice que quiere ser «alguien». ¿Qué le parece que quiere decir con eso? ¿Por qué se siente así? ¿Qué clase de cosas cree ella que la ayudarán a lograr su objetivo? ¿Qué terminan dándole (o costándole) esas cosas? ¿De qué maneras usted, o alguien que usted quiere, anduvo tras cosas que creía que lo satisfarían? ¿De qué manera fueron gratificantes esas cosas? ¿De qué manera lo dejaron vacío y lastimado?

12. ¿Es culpable Ava del suicidio de Franklin? Si no le hubiera dejado la nota, ¿cree usted que las cosas habrían resultado de otra manera? ¿Hay algo de lo que desearía poder retractarse, después de que vio el efecto que causó en otra persona?

13. Como señala Joshua, parece providencial que tanto él como Ava terminen en Agua Dulce al mismo tiempo. ¿Puede señalar algún ejemplo como ese en su vida: algo que fue una coincidencia tan notable que no pudo evitar reconocer la mano de Dios obrando? ¿Por qué nos resulta más fácil ver la mano de Dios en nuestra vida cuando miramos hacia atrás, que confiar en que Él nos guía en cualquier momento dado?

14. Cuando Ava lee la Biblia de Gedeón en el cuarto del motel en Agua Dulce, parece fijarse solo en los versículos que confirman su culpa y su pecado. Si usted hubiera podido sentarse y hablar con ella en ese momento, ¿qué le habría dicho?

15. Cuando Joshua lleva a Ava a casa, a El Refugio, Ezekiel está orando en el puente, casi como si estuviera esperándola. ¿Cómo lo hizo sentir esa escena? ¿Alguna vez ha experimentado una situación similar, ya sea en el lugar de Ava o en el de Ezekiel?

16. Joshua es el único hombre en la vida de Ava que la ha amado y deseado como Dios quiere que un hombre ame y desee a una mujer. ¿Qué ejemplos demuestran que su amor es diferente a lo que sentían por ella Dylan y Franklin? ¿Hay personas en su vida que lo amen de una manera santa? ¿Tiene usted la capacidad de amar así a otras personas?

17. ¿Qué imagina que le pasará a Susan Wells después de la conclusión de la historia? ¿Piensa que su vida será diferente cuando empiece de nuevo en otra parte? ¿Debería haberse quedado en El Refugio? ¿Por qué sí o por qué no?

18. Cada uno de los personajes principales del libro tienen una lucha singular: Ezekiel tiene que entregar a Ava; Joshua tiene que dejar ir a Ava; y Ava tiene que decidir si volverá o no. ¿Con qué personaje se identifica más? ¿Por qué?

ACERCA DE LA AUTORA

FRANCINE RIVERS, una autora de éxitos de venta del *New York Times*, inició su carrera literaria en la Universidad de Nevada, Reno, donde se graduó con una Licenciatura en Humanidades con especialización en Literatura y Periodismo. De 1976 a 1985, desarrolló una exitosa carrera como escritora en el mercado literario general, y sus libros fueron sumamente aclamados por los lectores y los críticos. Si bien creció en un hogar religioso, Francine no tuvo un verdadero encuentro con Cristo sino hasta más adelante en su vida, cuando ya estaba casada, tenía tres hijos y era una reconocida autora de novelas románticas.

Poco después de su renacer en Cristo en 1986, Francine escribió *Redeeming Love* (*Amor redentor*) como su declaración de fe. Publicada por primera vez por Bantam Books, y luego relanzada por Multnomah Publishers a mediados de la década de los noventa, esta adaptación de la historia bíblica de Gomer y Oseas, situada durante la época de la Fiebre del Oro en California, actualmente es considerada por muchos como una obra clásica de ficción cristiana. *Redeeming Love* sigue siendo uno de los títulos más vendidos de la Christian Booksellers Association (Asociación de libreros cristianos) y se mantuvo entre las listas de libros cristianos más vendidos durante más de una década.

Desde *Redeeming Love*, Francine ha publicado numerosas novelas con temas cristianos (todas éxitos de ventas) y continúa ganando tanto el reconocimiento de la industria literaria como la lealtad de los lectores en todo el mundo. Sus novelas cristianas han ganado o han sido nominadas para diversos premios, incluidos el Premio RITA, el Premio Christy, el ECPA Gold Medallion y el Holt Medallion en Honor al Talento Literario Sobresaliente. En 1997, luego de ganar su tercer Premio RITA por ficción inspiradora, Francine fue incluida en el Salón de la Fama de los Romance Writers of America (Escritores estadounidenses de novelas románticas). Las novelas de Francine han sido traducidas a más de veinte idiomas y ella disfruta de tener éxitos de venta en muchos países, incluso Alemania, los Países Bajos y Sudáfrica.

Francine y su esposo, Rick, viven en el norte de California y disfrutan de los momentos compartidos con sus tres hijos adultos y de cada oportunidad que tienen de consentir a sus nietos. Francine utiliza la escritura para acercarse más al Señor, y su deseo es adorar y alabar a Jesús por todo lo que ha hecho y está haciendo en su vida.

Visite su sitio web en inglés: www.francinerivers.com.